泉州文庫

選中題

（明）蔡獻臣 著
陳 煒 點校

清白堂稿（上）

泉州文庫整理出版委員會

商務印書館

前　言

泉州建制一千三百多年，爲中國歷史文化名城和古代海外交通的重要港口。"比屋弦誦，人文爲閩最"，素稱海濱鄒魯、文獻之邦。代有經邦緯國、出類拔萃之才，歐陽詹、曾公亮、蘇頌、蔡清、王慎中、俞大猷、李贄、鄭成功、李光地等一大批傑出人物留下了大量具有歷史、文學、藝術、哲學、軍事、經濟價值的文化遺產。據不完全統計，見載於史籍的著作家有一千四百二十六人，著作多達三千七百三十九種，其中唐五代二十九人三十二種，宋代二百人三百九十一種，元代二十一人四十種，明代五百三十六人一千五百八十五種，清代六百四十人一千六百九十一種；收入《四庫全書》一百一十五家一百六十四種，《四庫全書存目叢書》五十六家七十四種，《續修四庫全書》十四家十七種。二〇〇八年國務院頒布第一批國家珍貴古籍名錄，屬泉人著述、出版者十三種。

遺憾的是，雖然泉州典籍贍富，每一時代都有一批重要著作相繼問世，但歷經歲月淘汰、劫難摧殘，加上庋藏環境不良，遺存至今十無二三，多成珍籍孤本。這些文化遺產，是歷史的見證，是泉州人民同時也是中華民族的寶貴文化財富，亟待搶救保護，古爲今用。

對泉州地方文獻的搜集與整理，最早有南宋嘉定年間的《清源文集》十卷，明萬曆二十五年《清源文獻》十八卷繼出，入清則有《清源文獻纂續合編》三十六卷問世。這些文獻彙編，或已佚失，或存本極少。二十世紀四十年代，泉州成立"晉江文獻整理委員會"，準備整理出版歷代泉人著作，因經費短缺未果。八十年代，地方文史界發起研究"泉州學"，再次計劃編輯地方文獻叢書，可惜後來也因爲各種條件的限制，其事遂寢。但是這兩次努力，爲地方文獻叢書的整理出版做了準備，留下了珍貴的文獻資料和書目彙編。

二〇〇五年三月，中共泉州市委、泉州市政府決定將地方文獻叢書出版工作列爲國民經濟和社會發展第十一個五年規劃的一項文化工程。翌年，正式成立"泉州地方典籍《泉州文庫》整理出版委員會"，着手對分散庋藏於全國各大圖書館及民間的古籍進行調查搜集，整理出《泉州文庫備考書目》二百六十七家六百一十四種，以後又陸續檢索出遺漏書目近百家一百八十餘種。經過省內外專家學者多次論證，最後篩選出一百五十部二百五十餘種著作，組成一套有一定規模、自成體系、比較完整，可以概括泉人著作風貌、反映泉州千餘年文化發展脉絡的地方文獻叢書，取名《泉州文庫》，二〇一一年起陸續出版發行。

整理出版《泉州文庫》的宗旨是：遵循國家的文化方針政策，保護和利用珍貴文獻典籍，以期繼承發揚中華民族優秀文化傳統，增進民族團結，維護國家統一，提高民族自信心和凝聚力，加强社會主義核心價值體系建設，增强文化軟實力，爲泉州的物質文明和精神文明建設服務。

《泉州文庫》始唐迄清，原著點校，收錄標準着眼於學術性、科學性、文學性、地域性、原創性、權威性，具有全國重要影響和著名歷史人物的代表作優先。所錄著作涵蓋泉州各縣（市、區），包括金門縣及歷史上泉州府屬同安縣，曾在泉州任職、寄寓、活動過的非泉籍人氏的作品，則取其內容與泉州密切相關的專門著作。文庫採用繁體字橫排印刷，内容涉及政治、經濟、歷史、地理、哲學、宗教、軍事、語言文字、文化教育、文學藝術、科學技術等領域，其中不乏孤稀珍罕舊槧秘笈，堪稱温陵文獻之幟志。

值此《泉州文庫》出版之際，謹向各支持單位、個人和參加點校的專家學者表示誠摯的感謝！由於涉及的學科和內容至爲廣泛，工作底本每有蛀蝕脱漏，加之書成衆手，雖經反復校勘，但限於水平，不足或錯誤之處還是難免，敬請讀者批評指教。

泉州地方典籍《泉州文庫》整理出版委員會
二〇一一年三月

整理凡例

一、《泉州文庫》（以下簡稱"文庫"）收録對象爲有關泉州的專門著作和泉州籍人士（包括長期寓居泉州的著名人物）著作，地域範圍爲泉州一府七縣，即晋江（包括現在的晋江市、石獅市、鯉城區、豐澤區、洛江區）、南安、惠安（包括泉港區）、同安（包括金門縣）、安溪、永春、德化。成書下限爲一九四九年九月以前（個別選題酌情下延）。選題內容以文學藝術、歷史、地理、哲學、政治、軍事、科技、語言教育等文化典籍爲主，以發掘珍本、孤本爲重點，有全國性影響、學術價值高、富有原創性著作優先，兼及零散資料匯總。

二、每種著作盡量收集不同版本進行比較，選擇其中年代較早、内容完整、校刻最精的版本爲工作底本，并與有關史籍、筆記、文集、叢書參校，文字擇善而從。

三、尊重原著，作者原有注釋與説明文字概予保留。後來增加者，則視其價值取捨。

四、凡底本訛誤衍漏，增字以[ ]表示，正字以（ ）表示，難辨或無法補正的缺脱文字以□表示，明顯錯字徑直改正，均不作校記。

五、凡底本與其他版本文字差異，各有所長，取捨兩難，或原文脱訛嚴重致點讀困難，或史實明顯錯誤者，正文仍從底本，而於篇末校勘記中説明。

六、凡人名、地名、官名脱誤者，均予改正，訛誤而又查不到出處之人名、地名、官名及少數民族部落名同異譯者，依原文不予改動。

七、少數民族名稱凡帶有侮辱性的字樣，除舊史中習見的泛稱以外，均加引號以示區別，并於校記中説明。

八、標點符號執行一九九六年實施的國家《標點符號用法》。文庫點校循新版二十四史及《清史稿》例，一般不使用破折號和省略號。

九、原文不分段者，按文意自然分段。

十、凡異體字、俗體字、通假字，如非人名、地名，改動又無關文旨者，一般改爲通用字；異體字已經約定俗成、容易辨認者不改。個別著作爲保持原本文字語言風貌，其通假字則不校改。

十一、避諱字、缺筆字盡量改正。早期因避諱所產生的詞彙成爲習慣者不改正。

十二、古籍行文中涉及國家、朝廷、皇帝、上司、宗族等所用抬頭格式均予取消。

十三、文庫一般一册收錄一種著作，篇幅小的著作由兩種或若干種組成一册，篇幅大的著作則分成兩册或若干册。

十四、文庫採用橫排、繁體字印刷出版。每册前置前言、凡例。每種著作仿《四庫全書》提要之例，由編者撰寫《校點後記》，簡略介紹作者生平、著作内容及評價、版本情況，説明其他需要説明的問題。

泉州地方典籍《泉州文庫》整理出版委員會辦公室
二〇〇七年二月五日

虛臺蔡先生文集序

萬曆以來，同安蓋有兩蔡先生，其一清憲公敬夫，其一則體國先生。二先生皆蚤歲以文學魁於鄉、於天下，明習古今，吐辭下筆著於文苑。及至敷歷中外，更以吏幹功名著。敬夫定湖北兵變，不叱咤而縛其大首。後以司馬中丞督黔，馘級八千。營星雖隕，餘略猶足以威彥酋。體國始官儀部，值御史與選郎争朝班，時久不視朝，莫曉故事，公引穆廟朝儀一言定之。郭宗伯之議假王，公昌言楚王不可不勘，宗伯宜引避不與議。二事皆盈庭所莫敢下語，即有其識者，無其膽；有其膽者，無其平心。於是天下皆曰，二公非文章士也。余不謂然。必如二公，然後可以爲文章士爾。

益、稷之事在《謨》，旦、說之業在《命》、《誥》。三代以來，德行政事、名卿碩輔之業，皆藏於文章中。孔氏有叙事之文焉，左氏是也；有議論之文焉，孟、荀是也。至於言性與天道，可聞不可聞，總謂之夫子之文章，而胡輕言文章哉！余讀虛臺先生《清白堂稿》，乃知先生平生爲人皆在乎是。先生抗厲守高慕汲長孺，今其文直心必達如其人。先生風格慕李元禮，今其文簡切趨峻如其人。先生沈毅慕范忠宣，今其文情至懇惻如其人。先生兼綜朱、陸如吕伯恭，今其文微參性命而顯證事物如其人。公之魁於鄉也，出楊太史貞復之門。其於理學探索極蚤，終身不倦。故其議論雖宗考亭，而子静之船亦可同舟。有明以來，文苑自金華、青田諸公至濟上、婁江，而彬彬矣，然而理學一路終未能合。理學至新建、二溪諸君子而極深矣，然文苑猶有晉江、毘陵之論。豈惟我明程、蘇兩賢，道同而不相爲謀。近者袁公安之優孟婁江也，誠過；而其鼓吹姚江也，則是。陶會稽稍稍以西京之筆發濂洛之微，後有作者雖有至有不至，庶幾合理學文苑而一之，不亦可乎？公今集中，深有取爾於此矣。

同安於吾邑接郊關也。吾仲兄而近與公同己丑進士,與敬夫三人皆以文字聲氣相友,不佞道獲肩隨焉。司馬與吾太常既往,吾兩人交益厚。敬夫疏草,不佞序之。其全集與先太常集,皆先生序之。今先生集,不佞道序之。一死一生,乃見交情。篤而論之,敬夫之文以才情勝,體國之文以識力勝。並稱兩蔡先生,信矣。若以先生之文章見先生之理學,貞復之門墻、考亭之堂室、尼山之大誼、孔壁之微言,莫不比義連類,博證約説。是編之外,更有《合講》一書。吾鄉自蔡文莊而後,未有若斯之篤也。即與虛齋、敬夫俱稱温陵三蔡先生,可也。

　　崇禎壬午一之日,年家友弟王志道譔。

　　門人陳鑾拜書。

目　　錄

虛臺蔡先生文集序 ………………………………… 王志道　1

清白堂稿卷一
奏疏
懇乞勵精圖治以光聖德以釋群疑事疏己丑 ………… 1
擬南京九卿恭候聖躬萬福因軫時艱輸忠悃疏 ……… 2
奉詔陳情懇乞天恩復父職以廣皇仁疏 ……………… 3
議處貢夷利瑪竇疏萬曆辛丑 …………………………… 4
放歸病夷以彰柔遠德意疏 …………………………… 5
代馮琢庵宗伯告病第三疏 …………………………… 5
代馮琢庵宗伯告病第六疏 …………………………… 6
擬九卿請信勅諭疏壬寅 ……………………………… 6
擬禮部論黃河水竭疏壬寅 …………………………… 7
題催回夷玉價疏壬寅 ………………………………… 9
省直歷滿應試通例疏壬寅 …………………………… 9
擬覆習儀班次疏呈大宗伯馮壬寅 …………………… 10
又擬覆習儀班次疏壬寅 ……………………………… 11
循職掌條舊例懇乞聖明特賜詳奪以重明旨以存祖制疏壬寅 ………… 12
禮官守禮蒙詁乞賜罷斥以謝言路疏壬寅 …………… 14
石田說 ………………………………………………… 15
覆議公主子孫輪廕疏壬寅 …………………………… 16

覆孝女張壽姑割股旌獎疏 壬寅 17
覆南京禮部考選局儒疏 壬寅 17
覆晉府懇恩恤寡以全孀節疏 壬寅 18
執奏崇世子頂補額妾疏 癸卯 19
覆朝鮮請封世子疏四 癸卯 20

清白堂稿卷二 22

奏疏 22

覆魯監請給關防疏 癸卯 22
會覆生員凌辱郡守等官疏 癸卯 22
催三省考官疏六 癸卯 24
擬部院請勘楚藩交訐疏呈右堂郭 癸卯 25
擬部院科會覆楚藩交訐疏呈右堂郭 癸卯 25
擬部院會覆楚府遣官疏呈左堂李右堂郭 癸卯 26
執奏襄府為弟請封疏 癸卯 27
覆代府廣靈王改封長孫疏 癸卯 28
覆淮府俯賜母封疏 癸卯 28
遵旨查擬宗正疏 甲辰 29
執奏秦藩違例請封疏 甲辰 30
擬駙馬習禮已滿疏呈左堂李 甲辰 31
祖妾孤貞難泯微臣遵例直陳乞賜旌表以裨風化疏 甲辰 32
聞言悚衷敬陳楚事始末以剖白心跡以挽回世道疏 己酉 33
赴任就道夙疾陡發懇乞天恩允放以安愚分疏 庚申 34
代李都諫子遵詔陳言疏 辛酉 35
微臣叨竊踰涯乞賜休致以安愚分疏 癸亥 36
微臣因言賈罪再懇天恩特賜罷斥以謝言路以明素節疏 癸亥 36
海氛未戢親闈縈思懇恩予假以便歸省疏 癸亥 37

清白堂稿卷三 …… 39

時務 …… 39

庚子答銓問八條 …… 39

壬寅河工錢粮議 …… 42

癸亥山海兵餉議 …… 42

鎮下關添將分兵議丁巳 …… 44

添將分兵問答 …… 45

論彭湖戍兵不可撤癸酉 …… 45

浯洲建科羅城及二銃城議丙寅 …… 46

下四場增課議代何二守 …… 48

下四場裁鹽場官議丙寅 …… 49

職掌 …… 50

[禮部職掌] …… 50

查革通事孫光範等公移辛丑 …… 50

查革通事張可揚公移辛丑 …… 51

又移鴻臚寺主簿廳論張可揚公移壬寅 …… 52

議覆鄧范二通事案呈壬寅 …… 52

行戶部催賞貢夷鈔錠咨壬寅 …… 53

回覆內承運庫貢物不堪公移 …… 53

准補恩貢通行壬寅 …… 54

廣靈王請封長孫議呈右堂郭壬寅 …… 55

襄府請加封說堂帖癸卯 …… 56

名封循環簿移內閣癸卯 …… 56

管理奏乞代行禮儀咨都察院癸卯 …… 57

燒燬四書書經刪正等書劄各提學癸卯 …… 57

申飭宗室奏請期限劄付癸卯 …… 58

選娶內助妾媵議呈左宗伯李 甲辰 ·············· 59
萬壽賀禮議上首相沈 甲辰 ················· 60
清理宗室設官議 甲寅 ··················· 60

常鎮道職掌 ······················· 61
駁人命首抵從徒議 乙巳 ·················· 61
風化事行武進丹徒八縣 丁未 ················ 62
清屯審甲以甦運苦事呈文 丁未 ··············· 63
答蘇州申相公及諸紳論限田 丁未 ·············· 64
詳吳復菴崇祀鄉賢 戊申 ·················· 65
常州各營戰船改造楠木呈文 戊申 ·············· 65
示勸懲以隆孝治事行縣 己酉 ················ 66

浙海職掌 ······················· 66
申嚴保甲以清盜源行寧波府 ················ 66
定卑官委署例以示體悉杜營鑽事行府 ············ 67
置簿紀過以嘉與維新事行寧波府 ·············· 67
覆照制幫差以甦煩役申文 ················· 68
外洋攻擊倭船申文 丙辰 ·················· 69
申禁擅受民詞以肅吏治行寧波府 ·············· 70

浙學職掌 ······················· 70
浙學道欽條演義行十一府 ················· 70
示浙東六郡士 丁巳 ···················· 76
正名維風行寧紹二府 ··················· 76
總送額外遺才以廣搜羅行十一府 ·············· 77
武林書院懇恩增額行杭州府 ················ 77
行餘姚孫月峰尚書鄉賢牌 諱鑛 戊午 ············ 78
送薛屠二學道名宦行杭州府 戊午 ············· 79

送譚葉二海道名宦行寧波府戊午 …………………… 79

節儉訓示浙江戊午新科 …………………… 79

清白堂稿卷四

序題 …………………… 81

合刻范文正公忠宣公全集序戊申 …………………… 81

讀要語密箴序辛卯 …………………… 82

題年友林志唯兄警語辛丑 …………………… 82

蘇紫溪易經生生篇序丙午 …………………… 83

林次崖先生集序壬子 …………………… 83

黃逸所公海眼存集序丁丑 …………………… 84

李東明公白鶴山存稿序乙亥 …………………… 85

顧涇陽小心齋劄記序戊申 …………………… 86

刻方本庵心學宗序戊申 …………………… 87

陳文定公年譜綱目序丙辰 …………………… 87

許鍾斗太史遺集序辛亥 …………………… 88

李邑侯正俗編序庚戌 …………………… 89

題王同伯詩後丙辰 …………………… 89

同安縣新志序壬子 …………………… 90

四書破愚錄序癸丑 …………………… 91

浙江丁巳歲薦齒錄序 …………………… 92

戊午浙江歲薦齒錄序 …………………… 93

浙江戊午同年齒錄後序 …………………… 93

丁戊浙英錄序 …………………… 94

致良知四書摘序丁巳 …………………… 94

致良知四書摘後己未 …………………… 95

四書膚証序 …………………… 96

理學宗旨序 辛酉 ... 96
題區羅陽四書翼 丁丑 ... 97
常鎮小約題言 乙巳 ... 97
鄭氏家訓引 己未 ... 97
題侍御林道卿生壙記後 丙辰 ... 98
曹子貞玉芝樓序 辛酉 ... 99
儀曹二難存稿自序 甲寅 ... 99
潘鵬江中奉集序 壬戌 ... 100
王玄亭方伯集序 ... 101
同安任明李侯吏牘序 甲子 ... 101
黃鱗伯侍御延露編序 庚午 ... 102
十三經通考序 庚申 ... 103
同安曹侯德政頌言序 丙寅 ... 103
題林混中兵書 丁卯 ... 104
清憲蔡公遯菴全集序 己巳 ... 104
陳止止東山法語序 己巳 ... 105
劉國成遺集序 己巳 ... 106
廿不林止嵓存稿序 庚午 ... 107
池直夫澹遠詩序 庚午 ... 107
曹方城令同政錄序 庚午 ... 108
熊令公同政錄序 丙子 ... 109
田氏族譜後序 乙丑 ... 109
豪山康氏重脩族譜序 壬申 ... 110

清白堂稿卷五 ... 112
序文 ... 112
楊文懿先生家藏宦稿序 戊寅 ... 112

王文恪公詩經文粹序丙午	112
題顧涇陽選義序	113
發吾兄百一齋制義序	114
題張尚宰就正草己亥	114
古鐔八面鋒稿序乙未	115
楊侍御得英錄後序丁未	115
仕學全稿自序壬子	116
又題	117
詩經制義自叙庚寅	118
詩經仕學稿自叙癸丑	118
曹方城邑侯近稿叙丙寅	119
兩殷熊進士新義序辛未	119
題士觀姪恢奇齋新蓺	120
池致夫邁征堂詩義辛亥	121
刻張伯發近蓺序壬子	121
仰紫堂問業序癸丑	121
黃邑侯南岳社稿序甲寅	122
兩浙觀風校士錄後序戊午	123
輪山課士錄序辛酉	123
二吴唾草序甲子	124
題同卿李端和近稿癸酉	124
許敦夫制義序壬申	125
題林鱗伯靜觀齋制義	125
題文元盧海韻制義丙子	126
蔣仲旭伐檀草序戊寅	126
四稽齋稿題詞癸酉	127

篇目	頁碼
黃非驍孝廉復草序丙子	127
題郭德周松風軒草丙子	128
南都己丑會例序庚寅	128
送王省軒勳丞序庚寅 代	129
送錢繼忠守毘陵序庚寅 代	130
送孫司獄之靈山所幕序庚寅	131
送王德閑郎中守順德序辛卯 代	132
送吳給諫之閩臬序辛卯 代余少司徒	133
送王省庵郎中守鎮江序辛卯 代王尚書	134
送陳蘭臺郎中僉閩臬序壬辰 代王司寇	135
送張崑岡備兵左江序壬辰	136
周海門司封擢憲贈行序丁酉	137
程蘿陽郡伯歸養卷序丁酉	138
賀侯汴源總鎮入蜀序乙巳	139
賀都督李鳳屏鎮守粵西序己酉	140
王弘臺少方伯視海序丁巳	141
林栩庵司理奏最贈言壬戌	142
送趙梅源邑侯移劇句容序代	143
賀邑侯徐雲林移劇莆田序己未	144
送黃鮮生邑侯入覲序乙卯	145
贈邑侯李青岱入覲奏最序壬子	146
贈邑侯曾敬元臺獎序	147
邑侯李青岱屯課獎勵序庚戌	148
姚敬庵學博院獎序庚子	149
送楊邑博擢授思明序甲寅	150
賀車司訓擢諭弋陽序甲寅	151

送劉起田學博諭藍山序庚戌 …… 152

清白堂稿卷六 …… 154
序文 …… 154
少傅許穎陽老師七十壽序 …… 154
大學士史蓮岳公壽序辛酉 …… 155
奉常池明洲婦翁六裦壽序戊戌 …… 156
少司寇丁哲初公六十一初度序己巳 …… 157
林道卿侍御暨袁孺人偕壽序壬戌 …… 158
表兄王瞻明廉憲壽序癸丑 …… 159
壽憲副陳賓門親翁七十序甲戌 …… 160
右方伯來槎庵公壽序庚午 …… 161
壽陳同凡七十初度乙亥 …… 162
壽大理林行卿公六十序壬戌 …… 162
署邑何蘭池二守壽序乙丑 …… 163
署漳郡曹秋水節推公壽序甲戌 …… 164
壽邑侯李青岱五裦序壬子 …… 165
壽邑侯黃鮮生序甲寅 …… 166
曹方城令公壽序丙寅 …… 167
壽熊雨殷令公序壬申 …… 168
封中丞舒翁暨配淑人七裦序庚寅 代 …… 169
沈巽洲封君八十壽序辛卯 代余少司寇 …… 171
陳敬齋封君偕壽貤恩序 …… 172
參藩存蓼胡公奏最貤恩序 …… 173
壽封廷評陳仰台翁開八裦序乙卯 …… 174
卜怡泉封君壽序己亥 …… 175
賀李邑侯父母榮封序壬戌 …… 176

賀熊雨殷邑侯奏最貤恩序丙子 …… 177
賀張南陽榮壽序己亥 …… 178
賀王師齋封君舉曾孫序甲午 …… 179
賀吳觀國舉子直方序乙丑 …… 180
壽石母林太淑人序庚寅 代朱淡庵 …… 180
壽李母林太安人序庚寅 代石少司馬 …… 181
池岳母傅宜人七十偕壽序壬子 …… 182
池岳母傅宜人八袠壽序壬戌 …… 183
壽蘇大母柯淑人八袠序甲子 …… 184
林母劉氏七袠壽序乙丑 …… 185
張中丞達宜人七袠壽序己卯 …… 186
賀謝淦川邑簿臺獎序己亥 …… 187
送曾邑簿還泰和序甲午 …… 188
邑簿鄒起唐擢桂陽衛幕序 …… 189
南都掾史同試錄後序辛卯 …… 190
贈豐城游肖川堪輿序乙丑 …… 191

清白堂稿卷七 …… 193

雜紀 …… 193

南都紀遊丙申 …… 193
庚子冬廷杖紀事 …… 194
壬寅朝班紀事 …… 195
壬寅差琉球紀事庚戌 …… 196
癸卯北場紀事甲寅 …… 197
癸卯妖書紀事甲寅 …… 197
勘楚紀事引甲寅 …… 199
癸卯勘楚紀事 …… 199

- 勘楚紀餘 甲寅 …… 202
- 折柬名抄紀事 甲寅 …… 202
- 癸亥小草紀事 …… 203

記碑 …… 204

- 邑侯熊雨殷生祠記 崇禎戊寅 …… 204
- 同安邑侯李青岱生祠記 甲寅 …… 205
- 林萬峰先生訓同記 戊戌 …… 206
- 允受軒記 戊戌 …… 208
- 表賢祠配享記 代陳五岳 …… 208
- 濬九里青暘山塘河記 丙午 …… 209
- 重建大輪驛記 壬子 …… 210
- 呼鶴鳴把總脩船記 壬子 …… 211
- 重遊端平岩記 …… 212
- 文崎澳嚴革海稅記 庚申 …… 212
- 同李邑侯建銃臺脩壇廟記 甲子 …… 213
- 浯嶼把總翁曉暘去思碑記 癸丑 …… 214
- 同山廟塑陳我泉像記 辛未 …… 215
- 重建和尚橋記 癸酉 …… 215
- 熊邑侯重修西安橋記 甲戌 …… 216
- 同安溪南蠲稅功德碑 壬子 …… 217
- 邑丞歐陽君政碑 甲寅 …… 218

贊箴偈 …… 219

- 還金刲股贊 庚寅 …… 219
- 讀耿敬亭侍御遺事贊 …… 219
- 潘鵬江年兄五十畫像贊 辛亥 …… 219
- 題姚主簿畫像贊 己未 …… 220

清白堂稿

    池直夫内弟像贊庚申 220

    邑博鄭見可遺像贊 220

    唐宗洙畫像贊壬申 220

    呂潛中像贊丙寅 220

    劉員嶠畫像贊癸酉 221

    蠅虎贊 221

    江得雲道人琴瑟箴丙寅 221

    戲贈峰頂上人偈丙寅 221

    燒臂偈有序 221

書題 222

    書城南別業示謙光兒 222

    書儀制司題名後 222

    題殳質甫山人詩草 222

    書丙申小像自警 223

    書戊午天台試士圖 223

    書金臺紀聞後二條 224

    書李卓吾黨籍碑後 224

    題清查蔡戶授受產米簿 225

    書王廉憲瞻明暨配黃恭人祀業簿 225

    書林次崖公祀業 226

    書蘇氏嗣嫡公議 226

清白堂稿卷八 228

論 228

    曾點漆雕開已見大意 228

    充無受爾汝之實 229

    國士報論 230

目　錄

不黨論 … 231
非公論 … 232
舍車論 … 233

引
　… 233
司馬總督蔡元履公正氣祠引丙寅 … 233
重新樂圃公祠堂簿引庚午 … 234
興學廣義簿引甲寅 … 235
邑城隍脩理簿引己卯 … 235
公建方城曹邑侯功德碑亭簿引 … 236

募疏
　… 237
刻林次崖全集義助疏 … 237
重脩梵天寺寶藏殿鐘樓募疏己未 … 237
重募龍歸岩竣工疏 … 238
重興同安安福岩募疏壬申 … 238
重脩馬巷通利廟募疏癸酉 … 239
香山巖新佛像建僧舍募疏甲戌 … 240
重新雪山巖募緣疏甲戌 … 240
重修萬安五顯廟併第二橋募疏庚午 … 241
葺新同山五顯靈宮募緣疏庚午 … 241
辛未太武巖門堂僧舍募疏 … 242
丁丑重修太武巖募疏 … 242
同山寺中元普度募疏丁丑 … 243
小盈嶺觀音庵亭募緣疏己卯 … 243
脩造芋溪石橋募疏己巳 … 244
題募櫃詞 … 244
修補董水通濟橋公募疏丁丑 … 244

清白堂稿卷九 ································ 246
尺牘 ································ 246
與王瞻明司理表兄 甲申 ································ 246
又 ································ 247
與袁文海行人 甲申 ································ 247
金臺答陸憲峰令尹 己丑 ································ 248
與馮琢庵侍講 己丑 ································ 249
與馮琢庵少詹 丙申 ································ 249
上王鳳洲司寇 己丑 ································ 250
答霍南溟衛輝 庚寅 ································ 250
上楊復所老師 辛卯 ································ 251
又上楊復所老師 壬辰 ································ 251
上楊復所少宗伯座師 丁酉 ································ 252
與周中岳年兄 壬辰 ································ 253
與李衷一解元 辛卯 ································ 253
答李衷一解元 庚戌 ································ 254
與祝石林休寧年兄 辛卯 ································ 255
又與祝石林年兄 ································ 255
答汪登源副使 辛卯 ································ 256
答倪的山老師 壬辰 ································ 256
請急上孫立峰太宰 壬辰 ································ 257
上朱淡庵中丞 壬辰 ································ 258
與戴今梁侍御 壬辰 ································ 258
與蔣蘭居南廷評 壬辰 ································ 258
與蔣蘭居奉常 己酉 ································ 259
與鄒南皋南比部書一 甲午 ································ 259

與鄒南皋書二乙未	260
與鄒南皋書三辛丑	261
答鄒南皋寅長書四甲辰	261
與鄒南皋書五辛酉	262
與鄒南皋總憲書六壬戌	262
與鄒南皋公子乙丑	263
與何匪莪乙未	263
與佘漢城大參乙未	264
寄湯若士遂昌乙未	264
與周海門乙未	265
答郭希宇開府	265
與唐曙臺選君丙申	266
與王弘陽少司空己酉	267
上蔡見麓太宰丁酉	267
答蔡元履比部丁酉	268
答汪雲陽郡伯論上廣平倉戊戌	269
與洪含初令君論許家離婚書	269
又答洪含初令君	270
與洪家勸出許廷基書	271
答葉臺山少宗伯書辛丑	271
答葉臺山少宰書癸卯	272
上葉臺山閣老書庚申	273
又	273
上葉臺山閣老書壬戌	274
上葉首揆論王良德等書癸亥	275
上葉閣老書癸亥	275

答駱台晉主客己亥 …… 276

答沈泰垣提學己亥 …… 277

上沈相公論楚瑞及逮問何馮書 …… 277

答鄞楊明叔茂才辛丑 …… 278

與相知諸侍御啓壬寅 …… 279

與黃鍾梅開府書壬寅 …… 280

與黃鍾梅宮傅書壬戌 …… 280

與黃鍾梅宮傅書乙丑 …… 281

答馬誠所侍御同年壬寅 …… 282

與陳毓台右都壬寅 …… 282

與鄭崑岩開府癸卯 …… 283

答畢松坡大司徒癸卯 …… 283

答吳徹如比部癸卯 …… 284

上李左宗伯揭帖癸卯 …… 284

答朱恒嶽提學副牘癸卯 …… 285

答陳玉海廬陵甲辰 …… 286

答李斗野廉憲甲辰 …… 286

答方岱陽按臺甲辰 …… 287

答王損庵乙巳 …… 287

上周懷魯中丞揭乙巳 …… 287

又 …… 288

上周懷魯撫院論撤奔牛稅乙巳 …… 288

上周撫臺揭論靖江盜船乙巳 …… 288

上周撫臺揭辭留任丁未 …… 289

答馮文所廉使乙巳 …… 290

答陳明卿孝廉丙午 …… 290

答顧體庵大參論假子乙巳 …………………… 290
　　與徐州倉胡瞻明戶部丙午 …………………… 291
清白堂稿卷十 ……………………………………… 293
　尺牘 …………………………………………… 293
　　與楊按院丁未 ………………………………… 293
　　與周廣裕丁未 ………………………………… 293
　　與王緱山編脩丁未 …………………………… 294
　　答鄒愚谷丁未 ………………………………… 294
　　答李明鰲憲副丁未 …………………………… 295
　　與陳心抑漕院戊申 …………………………… 295
　　答施麟陽戊申 ………………………………… 296
　　上王荊石相公戊申 …………………………… 296
　　答秦耻罍己酉 ………………………………… 297
　　與姜養冲己酉 ………………………………… 297
　　答薛青雷辛亥 ………………………………… 298
　　寄徐海石僕少壬子 …………………………… 298
　　與鍾贊宇老師壬子 …………………………… 299
　　與張二無解元壬子 …………………………… 300
　　答陳蟲源癸丑 ………………………………… 301
　　答陳蟲源操江戊午 …………………………… 301
　　與李碧海屯道論林次崖配祠書癸丑 ………… 302
　　寄東林高景逸年兄書癸丑 …………………… 302
　　與徐匡嶽廉憲癸丑 …………………………… 303
　　與邵上葵工部丁巳 …………………………… 304
　　答丁司空改亭丁巳 …………………………… 304
　　答郭青螺大司馬丁巳 ………………………… 305

17

與楊初陽寧波守丁巳 …… 305
與董見龍吏部乙卯 …… 306
答李懋明按臺乙卯 …… 306
寄蔣頌平吏部乙卯 …… 307
與李景顥同年乙卯 …… 307
答毛孺初侍御己未 …… 307
與蘇石水開府己未 …… 308
與茅吉雲比部辛酉 …… 308
與張誠宇冢宰一壬戌 …… 309
與張誠宇太宰二癸亥 …… 309
與陳荆碧河南道壬戌 …… 310
與徐心霍都督壬戌 …… 310
與商撫院論紅夷求市癸亥 …… 311
與趙儕鶴冢宰癸亥 …… 312
答南二泰撫院癸亥 …… 312
與李任明侍御乙丑 …… 313
與馬君常春元乙丑 …… 314
與陳果庵都諫乙丑 …… 314
與楊脩齡滇撫丙寅 …… 315
與朱如容撫臺丙寅 …… 315
與馮揭陽令鄰仙丙寅 …… 316
與熊撫臺請授師公書己巳 …… 316
與林益謙掌科己巳 …… 317
與陳麟定侍御庚午 …… 318
與劉念臺大京兆庚午 …… 318
與道府公書庚午 …… 319

與黃毅庵大宗伯壬申 ………………………………………… 320
與葉慕同學臺壬申 …………………………………………… 320
與陳藥亭癸酉 ………………………………………………… 321
與林栩庵侍御癸酉 …………………………………………… 321
與林省庵公子甲戌 …………………………………………… 322
與沈蒼嶼比部乙亥 …………………………………………… 322
答劉乾所提學丁丑 …………………………………………… 323
與章格庵户科丁丑 …………………………………………… 323
與馮留仙丁丑 ………………………………………………… 324
與吴旭海新令君戊寅 ………………………………………… 325
與周芮公吏部戊寅 …………………………………………… 325
與黄東崖翰林己卯 …………………………………………… 326
書致長安諸正人君子甲子 …………………………………… 326
與周抱齋少宗伯己巳 ………………………………………… 327
答祁世培侍御甲戌 …………………………………………… 328
與關耐菴海道公書己卯 ……………………………………… 328
同紳販洋議答署府姜節推公庚辰 …………………………… 329

清白堂稿卷十一 ……………………………………………… 331
四六啓 …………………………………………………………… 331
上許穎陽相公己丑 代家君 ……………………………………… 331
答蔣九觀江山啓癸巳 ………………………………………… 331
壽汪雲陽郡伯啓癸巳 ………………………………………… 331
代蔡見麓謝陸中丞賀七十啓丙申 …………………………… 332
答王在吾漳浦啓 ……………………………………………… 332
答南銓舊寅啓 ………………………………………………… 333
答朱海曙杭守 ………………………………………………… 333

答王霽宇督撫啓	333
答朱午臺建寧啓	333
戊子同年上座師劉如野祠部	334
答馮大咸襄陽啓	334
答彭秀南開府啓壬寅	335
答王繼津大司馬啓癸卯	335
答戴鳳岐總督啓癸卯	336
答臧九岩提學啓癸卯	336
答張震峰宮保癸卯	336
答吳霞城陸津陽二方伯癸卯	337
答趙行吾方伯癸卯	337
公答南銓甲辰	337
答南都常鎭縉紳賀啓乙巳	338
答侯汴源總鎭壽啓	338
答宜興縉紳賀啓乙巳	338
答陸平泉大宗伯乙巳	339
迎黃學院乙巳	339
餞馬按院金山啓乙巳	340
答黃冲宇工部乙巳	340
答劉元定丙午	340
賀左鹽院丙午	341
答龔毅所方伯	341
答當道賀壽啓丁未	341
與葉臺山閣老丁未	342
答勞金粟丁未	342
答李總戎中秋啓丁未	342

請溫用庭巡按丁未 …… 343

答丁衡岳吏部丁未 …… 343

答雲間陸自齋諸鄉紳公啓戊申 …… 343

答史企愚巡按戊申 …… 343

答莊星銘戊申 …… 344

答林考吾右伯戊申 …… 344

中秋通張九岳户部戊申 …… 345

答錢傅菴戊申 …… 345

答張九岳冬至啓戊申 …… 345

答王槐亭僉憲戊申 …… 346

賀李脩吾總漕啓戊申 …… 346

答喬訒齋戊申 …… 346

答余葆素戊申 …… 347

賀楊學院擢憲副己酉 …… 347

錢方鹽院己酉 …… 348

與張九岳己酉 …… 348

答韓參嶺給諫己酉 …… 348

答霍翰垣鎮江庚戌 …… 349

賀張程川憲副辛亥 …… 349

與袁希我左方伯 …… 350

答周長庵吳縣壬子 …… 350

答袁景源癸丑 …… 350

賀袁睎我開府癸丑 …… 351

與黃鮮生請啓甲寅 …… 351

與蔡五岳太守乙卯 …… 352

答丁哲初吏部乙卯 …… 352

21

答陸仰峰太守乙卯 ……… 352

答戴蔡二遊戎乙卯 ……… 353

答王止敬僉憲賀履任丙辰 ……… 353

答邵芝南賀履任丙辰 ……… 353

答祁夷度 ……… 354

賀黃撫院公祖啟 ……… 354

答林樗朋賀到任啟丙辰 ……… 354

答周右華賀壽啟 ……… 355

答周王二同臬賀壽啟 ……… 355

與胡存蓼賀壽啟 ……… 355

答陳侍御丙辰 ……… 356

賀南關宋工部 ……… 356

請劉撫臺出汛啟 ……… 356

答王茂槐丙辰 ……… 357

與李按臺懸明丙辰 ……… 357

答薛青雷丙辰 ……… 358

與徐雲林新令尹 ……… 358

答李碧海賀壽丁巳 ……… 359

答姚羅浮丁巳 ……… 359

答王岵雲丁巳 ……… 359

答賀浙學丁巳 ……… 360

答湖廣文宗葛水鑑 ……… 360

答湖州守邵徵石請臨校啟丁巳 ……… 360

答周右華守道 ……… 361

答戴學憲 ……… 361

答孫鳳林戶部 ……… 361

答蔡景運淮安己未	362
請徐雲林啓	362
賀蔡景運提學己未	362
與張澹若晉江令啓己未	363
答彭讓木會稽庚申	363
答聞人二宇別駕庚申	363
賀史聯岳閣老啓庚申	364
答聞人別駕辛酉	364
答宋江陰辛酉	364
答駱學院	365
賀丁哲初起南太常	365
賀商等軒撫院	366
答商等軒撫	366
與陳鏡滄郡伯	366
答許華芝大參	367
答朱恒岳總督	367
答來馬湖	367
答南二泰撫院餽別乙丑	368
答蔣恂菴安溪令乙丑	368
請曹方城令公	368
與王帶如提學請洪司寇鄉賢公啓	369
答劉別駕爟己巳	369
答陳鹿萍方伯辛未	370
與吳節推公	370
答戈臣在晉江甲戌	370
壽林平華七裘乙亥	371

答林平華丙子 ... 371
答鄭飛黃總戎饋年己卯 ... 371
答蕭撫臺寧齋庚辰 ... 372

表 ... 372
爲外戚李侯謝恩表 ... 372

清白堂稿卷十二上 ... 374

四言古詩 ... 374
季冬朔日寫懷時年六十壬戌 ... 374
南山麖祝有序 戊辰 ... 374

五言古詩 ... 375
里婦詞丁亥 ... 375
贈吳江沈太和己丑 ... 375
送蔡涓泉司務奏最入都庚寅 ... 375
秋夜嘆 ... 376
送錢繼忠守毘陵 ... 376
詠史贈塗揆宇守大名辛卯 ... 376
辛卯上巳集陳五嶽廷尉衙 ... 377
送湯若士祠部諫謫 ... 377
金陵誡子壬辰 ... 377
秋江夜泊 ... 377
贈丹徒裴仁泉國醫丙申 ... 378
題竹梧交翠圖贈胡鳳賓上舍 ... 378
輓王鳴環表姪詩有序 戊戌 ... 378
詠荷 ... 379
輓盧貞甫爲李見羅先生上足 ... 379
阻雨晚抵水口驛庚子 ... 379

送張尚宰進士令懷寧懷寧隋名同安	379
壽趙吏部乾所母七十趙爲滕令有聲辛丑	380
詠晉郭贈君	380
過家贈內甲辰	380
溪行詠磵中松己酉	380
輓林玉吾大參辛亥	381
送戴亨融憲副謁補壬子	381
輓蘭溪趙工部梅源老師翁媼甲寅	381
輓徐鳴卿職方	381
令德篇爲江陰袁贈公賦乙卯	382
別帷中諸友	382
望武夷	382
江陰張樹伯午卿二子枉顧四明丙辰	382
浙還車盤道中作戊午	383
輓李叔玄奉常	383
贈舒慎吾少府	383
丁亨文奉常邀飲巢雲彌陀二岩有感時事庚申	383
輓潘士鼎方伯	384
蔣師岩寧洋書來有彭澤之志賦贈辛酉	384
壬戌上元前一夕	384
送林止岩應呂守三衢君自號二十不先生。	384
何稱孝以少司徒予告奉訊甲子	385
贈楊茂才遠訪	385
移搆倉房乙丑	385
王鳴玉太學貽予黃菊	385
貞松篇贈大司農林省庵丙寅	386

丁卯秋對菊 ································· 386
林婦李五娘守節十八年既葬翁夫立叔子遂經以殉丁卯 ········ 386
贈陳止止先生止止爲楊復所先師總角交時年八十三矣己巳 ······ 386
鞔蘇文所八十六翁 ······························ 387
送客部劉國壯還朝庚午 ··························· 387
贈崧岩筏喻上人 ································ 387
池致夫僑寓建州寄此招之辛未 ······················ 387
張紹和自號逸民貽詩賦答壬申 ······················ 388
乙亥仲夏田居寫懷 ······························ 388
送士觀姪赴部謁選乙亥 ··························· 388
題張紹和萬石山房 ······························ 388

七言古詩 ······································· 389
秋夜歌 ······································· 389
長干行 ······································· 389
送袁君學大行册封周藩便道歸越己丑　燕都 ·········· 389
題椿萱並茂册贈閻比部父母 ························ 390
寄酬何稚孝庚寅 ································ 390
送郭希宇符丞之南銀臺 ··························· 390
送陳次岩蜀臬 ·································· 391
送王省軒之勳寺 ································ 391
題畫爲王省庵壽其父母辛卯 ························ 391
壽張大司成母八袠 ······························ 391
贈新都汪仲徽 ·································· 392
送馮清宇觀察豫章 ······························ 392
提牢廳床頭舊刀 ································ 392
送王省庵寅長守潤州 ····························· 393

題一望松圖爲陳熙所孝廉壽父甲午	393
張遇齋中翰招飲聚寶山晚望報恩寺塔燈丙申	393
送持心上人募緣還金山寺	393
琉球之役大行王葵陽慷慨請行縉紳咸壯之臨當別筵短歌奉贈	394
鉛山道中望分水關有作甲辰	394
醉歌寄徐耀玉職方	394
輓貞烈葉啓翼妻陳氏辛亥	395
壬子二月十一日初度放歌	395
秋深宿西山觀音閣壬子	395
聞李玄室總河予恤甲寅	395
甲寅秋松嘆乙卯	396
長歌送萬九雲學博赴公車	396
哀鳳操傷南奉常李子叔玄也己未	396
讀李杜詩放歌庚申	396
靈溪道中杜鵑癸亥	396
題馬遠畫爲周允儀尊人養黃壽辛未	397
和邵堯夫首尾吟二首	397
壽何稚孝光祿歌	397
壽陳賓門憲副六十甲子	397
送李吏部還朝丙寅	398
壽張尚宰廷尉六十	398
丙寅除夕作	398
曹大來明府春仲初度採民言爲歌丁卯	399
送蔣元實任子應舉南畿	399
輓少傅尚書蘇石水庚午	399
贈莆陽寫真黃章甫癸酉	400

論詩賦經義甲戌 …………………………… 400
　贈熊夢澤明府報滿 …………………………… 400
　送陳伯武給諫還朝乙亥 ……………………… 400
　瑞樹篇爲德化姚若麓令公賦丙子 …………… 401
　題洪爾蕃雪樓 ………………………………… 401
五言律詩 …………………………………………… 401
　建溪夜泊有懷甲申 …………………………… 401
　賦得謁帝承明廬己丑 ………………………… 401
　同衛簡吾嚴一醇安我素飲卓月波第醉餘步月長安市 …… 402
　謝李本寧大參翰貺之及 ……………………… 402
　送王鳳洲司寇予告二首　庚寅 ……………… 402
　庚寅五日同諸同年泛舟 ……………………… 402
　偶集何公露家園賦謝 ………………………… 402
　秋日得黔閩二書志喜 ………………………… 402
　早秋入直書懷 ………………………………… 403
　九月遊牛首二首 ……………………………… 403
　五日送王中溪守順德二首　辛卯 …………… 403
　早秋見月 ……………………………………… 403
　送張孺愿太學還四明 ………………………… 403
　送高比部入賀冬至 …………………………… 404
　送陳蘭臺僉閩臬壬辰 ………………………… 404
　送王瞻明少參表兄入滇二首　甲午 ………… 404
　洪芳洲侍郎予祭葬二首 ……………………… 404
　積雨園居 ……………………………………… 404
　秋夜山樓 ……………………………………… 405
　重過汶上路太守丙申 ………………………… 405

秋夕同蘇弘家户部王仲紹茂才集何稚孝儀部宅戊戌 …… 405
送徐奕開進士轉餉雲中便道省覲辛丑 …… 405
送賀道星文選扶侍還浙 …… 405
送曹能始大理還金陵 …… 405
送夏鶴田給諫使琉球癸卯 …… 405
晨發滋州甲辰 …… 406
夜飲黃貞父令君賦謝 …… 406
月夜度萬安橋 …… 406
過三衢懷鄭心葵憲副庚戌 …… 406
遊武夷二律 …… 406
壽李青岱邑侯辛亥 …… 407
潘士鼎大參首春枉駕二首 …… 407
奉母望洋庵居 …… 407
送蔡敬夫大參入楚二首 …… 407
貞節庶祖母楊氏諱日 …… 407
壬子正月廿九日定兒舉孫 …… 408
悼次兒婦陳氏壬子 …… 408
七夕陪李明府譙喜雨亭 …… 408
哭薛玄臺國子二律癸丑 …… 408
訓學兒加冠二首 …… 408
哭王華岡户部 …… 409
銅魚亭成邀林負蒼陳賓門張輔吾三君夜坐 …… 409
示定兒 …… 409
懷鄭可竹甲寅 …… 409
立春日蔡仲吾少仲二茂才攜酒過訪望洋庵乙卯 …… 409
蔡少仲之黃甘尋小史啓兒戲贈 …… 409

29

乙卯上元夕有作 …………………………………………… 409
喜吳玄麓表叔 …………………………………………… 410
送體謨弟肄業成均 ……………………………………… 410
送呂益軒海憲還松陵時方推晉臬 ……………………… 410
乙卯立秋日聞鄉試加額 ………………………………… 410
吳星海工部過訪即席賦 ………………………………… 410
嶆峽道中詠松 …………………………………………… 410
蛟關視師聞警丁巳 ……………………………………… 410
錢塘江上作 ……………………………………………… 411
送姚主簿之衛參軍己未 ………………………………… 411
莆陽道中庚申 …………………………………………… 411
酌茶懷蔡敬夫 …………………………………………… 411
送王景瞻表侄遊南雍辛酉 ……………………………… 411
哭方伯發吾兄二首 ……………………………………… 411
除城南小池中萍子感時 ………………………………… 412
送舊令徐雲林莆陽入覲 ………………………………… 412
蚤春同客遊梵天寺限韻壬戌 …………………………… 412
壽內弟池致夫和州守六十 ……………………………… 412
丁卯中秋夜月 …………………………………………… 412
讀書樓二首 ……………………………………………… 412
建溪道中癸亥 …………………………………………… 413
宿武夷萬年宮 …………………………………………… 413
登天遊峰一覽臺 ………………………………………… 413
池直夫述爛柯山石梁之奇 ……………………………… 413
謁孟廟二首 ……………………………………………… 413
長安送鍾升中選士歸粵 ………………………………… 413

小疏兩奉留命仍欲借差歸省述懷 …… 414

出都阻風蘆溝橋道院何匪莪使人餽食 …… 414

任丘縣鄭城作 …… 414

輓李宗謙解元二首 甲子 …… 414

送蔡仁夫就試南闈先之楚 …… 414

送張于虜之南 …… 415

送劉海若謁補乙丑 …… 415

贈莆陽唐宗洙茂才 …… 415

壽王春和七十丙寅 …… 415

送陳克鷟入南雍 …… 415

海上賊嘆丁卯 …… 415

哀蔡敬夫大葬二首 戊辰 …… 415

張紹和貽予凱甫集二首 己巳 …… 416

送邑丞汪觀我擢紹興參軍庚午 …… 416

別駕唐宜之署同賦送 …… 416

送王臨江國醫還辛未 …… 416

登南庵石亭 …… 416

贈陳雲紀 …… 417

答應宗洙茂才贈詩壬申 …… 417

壬申夏海警 …… 417

送陳旭之歸清源 …… 417

廉憲府君諱日 …… 417

贈陳應萃七十乙亥 …… 417

送邑丞徐蹇庵擢去丁丑 …… 417

五言排律 …… 418

　輓馮夫人庚寅 …… 418

清白堂稿卷十二下 419
七言律詩 419
送郭希宇之南銀臺己丑 419
送周中嶽年兄請告還楚 419
擬與李本寧大參 419
壽石中丞母六十六時晉封太恭人庚寅 419
爲蕭昆陽題寶綸樓 419
題京山孫侍御永思圖 420
別潘士鼎時以校蒐入南 420
胡幼泉冬至入賀便道還楚 420
送艾熙亭之同卿任 420
送帥淡泉先生回臨川 420
送許學真簽閫之南海 420
送董仲恭博士守欽州辛卯 420
送屠沖陽郎中守廣州 421
送王弘陽少卿之滁寺 421
壽江津劉封君 421
送薛道譽提學入楚 421
喜何穉孝調儀曹却寄壬辰 421
送王麟泉司寇予告還閩 421
李養白明府被言解任甲午 421
九日東山邀林計部李都諫蘇茂才得寒字 422
送汪雲陽郡伯入覲 422
汶上路鳳岡太守招飲見其冢孫賦謝乙未 422
送周繼元驗封觀察粵海丁酉 422
贈程太守賜綵堂 422

題程太守郡閣遐思圖 …………………………… 422

徵兵得塵字 …………………………………………… 422

送郭邑簿士瀛之德藩 ………………………………… 423

崇德胡鳳賓上舍赴吊先觀察公賦謝戊戌 …………… 423

壽邑侯新安洪含初仲冬初度 ………………………… 423

喜蔡敬夫比部入都兼讀新詩庚子 …………………… 423

送樂仲律客部冊封淮藩君五日生近有還妾事 ……… 423

送龍斗冲上計還郡龍由比部守東萊辛丑 …………… 423

送何公露觀察浙江并期長君延陵恩赦 ……………… 423

壽賀吏部母太安人吏部爲行人得請贈父兹覃恩并得封母予假侍
　還橋李壬寅 ………………………………………… 424

別王憲葵光禄王爲儀郎疏請冊立禮成晉卿勳寺告歸 ……… 424

唐華濱年伯觀察青州贈行 …………………………… 424

過黃有懷嘉魚李景穎甲辰 …………………………… 424

過溫陵晤何稚孝儀部 ………………………………… 424

帥淡泉先生二子遠顧澄江奉寄乙巳 ………………… 424

過草埣和孫忠烈公韻己酉 …………………………… 425

又和王陽明先生韻 …………………………………… 425

車盤驛讀謝繹梅尚書壁間韻 ………………………… 425

余乙酉秋遊九鯉兩日夜不得夢今二十六年矣庚戌元日暫憩楓亭因
　和林楚石黃門韻 …………………………………… 425

庚戌九日同體謨弟學孚二兒展謁董水先塋適世卿姪偕李興東浮
　海至二首 …………………………………………… 425

送蕭叶宮遊燕兼簡吳亮恭中翰 ……………………… 425

送李斗初憲副入楚 …………………………………… 426

題呂純陽先生像 ……………………………………… 426

聞王華岡出守思南却寄 辛亥	426
聞王華岡不赴思南却寄	426
輓朱淡庵司空宮保 二首	426
九日同李令君遊西山巖喜雨有作	426
讀林次崖先生集有感 二首 壬子	427
別謝山子比部	427
丁亨文吏部詩贈五十初度依韻賦謝	427
喜丁亨文吏部召起考功	427
送張程川憲副入賀	427
壽丁亨文吏部兼趣還朝	427
送內弟池致夫孝廉計偕	428
送胡璞完少參擢憲粵	428
合邀李青岱令君梵天寺既陟輪峰復醉夜月時將有入覲之行	428
寄懷何稚孝并賀次郎得舉	428
至日寄吉水鄒爾瞻 二首	428
送閔昭余憲副還吳興 癸丑	428
送吳復初國醫還檇李	429
蔣鯨台民部告滿還朝	429
寄謝蔣尊陽中翰	429
送胡拱柱惠州還朝	429
壽王瞻明憲長六十四	429
哭顧涇陽少卿 二首	429
壽世卿姪五十	430
送沈恒川國醫還吳門	430
壬子新秋宿三秀山牛皮田僧居	430

癸丑季秋禱雨豪神廟遂陟天馬山請水廟在馬山之麓而名豪神乃知

天馬即豪山之宗也 …………………………………………………… 430

上元日家方伯兄赴邑賓之招賦贈 甲寅 ………………………………… 430

丹徒潘修業文學遠訪賦別 ……………………………………………… 430

初夏園居雨餘讀擊壤集二首 …………………………………………… 431

喜林志唯吏部奉常得命 ………………………………………………… 431

郭復庵遠顧敝廬旋當還朝賦贈并謝 …………………………………… 431

五日同洪春寰陳賓門邀蘭谿趙玄樞世兄于梵天寺晚登羅漢峰 …… 431

訪小嶐山丘吉甫先生舊宅 ……………………………………………… 431

快坐丘吉甫釣磯山海環静是此山最勝處下有石棋盤題字先生筆也

　今僅存其三 ………………………………………………………… 431

壽陳仰台封翁七衺 ……………………………………………………… 432

贈懷寧任公子圓水 ……………………………………………………… 432

丁亨中賢坦深秋遠顧情見乎詞 ………………………………………… 432

甲寅冬望壽蘇文所七十一 ……………………………………………… 432

甲寅冬壽奉常池岳翁七十六 …………………………………………… 432

池直夫内弟邀登洪濟山絶頂夜宿留雲洞阻雨未遂觀日 ……………… 432

臘月壽黃鮮生邑侯 ……………………………………………………… 432

鞔黃儀庭大宗伯二律 …………………………………………………… 433

歲首春前咏缾梅作 乙卯 ………………………………………………… 433

送吕益軒海憲入賀 ……………………………………………………… 433

和袁希我中丞韻 ………………………………………………………… 433

喜陳蠡源左轄入閩 ……………………………………………………… 433

寄懷李鳳屏大將軍兼問母太夫人起居 ………………………………… 433

贈丁亨文選郎初度時新膺銓命 ………………………………………… 434

董見龍考功予告奉訊 …………………………………………………… 434

秋晦遊宿石空岩時有海豐築岸之役 …………………………………… 434

賀韓少參璧哉新擢海憲	434
歲暮奉母出分水關依己酉冬入關韻	434
車盤驛和葉少師韻	434
過鵞湖書院和朱陸三先生韻	434
起赴浙臬過草萍再和孫忠烈公韻	435
再和王陽明先生韻	435
會江道中作兼簡楊侍御	435
過曹娥江謁孝女廟丙辰	435
秋日邀周南陽憲副林槐亭提學遊阿育王寺觀金塔舍利寺有娑羅樹二株是先大夫守四明時移種金陵蘇東坡碑是先大夫重勒感懷有作	435
丙辰四明除夕作是日立春	435
丁巳元日四明試筆時年五十有五	436
登盤陀石丁巳	436
禮潮音洞	436
喜陸伯生枉顧四明二首	436
聞浙學誤簡有作	436
浙江驛舟中共丁亨文館卿夜話	436
春日遊玉屏山絕頂己未	437
送徐雲林邑侯移劇莆田	437
送林璞所應召赴闕	437
奉訊林省庵納言時方推太常	437
仲春宿石竹山庚申	437
到三山聞彭侍御疏及先一夜宿石竹夢云相送榕門月色新乾坤萬里一歸人	437
池致夫直夫邀遊清源洞	438

送詹見五巡憲入賀萬壽	438
送王玄亭方伯再入中州	438
庚申秋聖節日后服未除忽聞賓天之報復聞泰昌新政情見乎詞	438
喜黔中蔣美若年兄已到難兄寧洋縣署兼訂枉駕	438
張紹和孝廉即席有作步韻	438
步韻送蔡敬夫方伯赴召之易州三首 天啓辛酉	439
邀蔡對石工部夜飲有贈辛酉	439
蔣象岩太守從寧洋縣齋以二詩言別云復將入齊視令子華令克家期而不到有懷和韻二首	439
步韻壽太僕李伯東	439
壬戌人日望洋庵作	440
即席戲贈歌妓壬戌	440
送周台石大參入潮陽	440
送林璞所侍御按南畿	440
癸亥展獅山先壠時將北行	440
劍浦道中癸亥	440
車盤驛又和葉臺翁韻	440
過釣臺和葉臺山相公韻	441
和陽別內弟池直夫	441
和陽訪內弟池致夫州守	441
送莊羹若脩撰冊封趙藩	441
陳白意計曹招飲檢玉亭同何匪莪王虞石陳四游陳季琳分韻得蕭字	441
和師相葉臺翁自壽韻	441
題井研侍御陳岷麓公冊	442

宿柳泉公館逢至日	442
輓林負蒼憲副二首	442
癸亥冬草萍又和孫忠烈公韻	442
草萍又和王陽明先生韻	442
過分水關和黃大司馬韻	442
大橫驛和黃大司馬韻	443
送洪爾蕃上舍偕兄赴京甲子	443
初秋送張方復孝廉計偕	443
爲李令公壽封翁思涯暨孺人呂詩二首	443
送邑侯李任明再覲	443
除前一日立春書懷	443
送林栩庵司理徵選乙丑	444
奉寄林槐亭提學	444
陸伯生以詩箋見寄奉答	444
贈蔣恂庵安溪令	444
南思受中丞平夷奏凱紀贈四首	444
送宮傅黃鍾梅公應召二首	445
贈桂允虞大參齋賀萬壽兼拜家慶	445
又南中丞平夷奏凱	445
壽蔣翰林祖母吳太安人九十一	445
簡勛思祥刑三載報最賦贈	445
送蔡仁夫往迎令兄司馬歸櫬	446
輓蔡敬夫總督三首 丙寅	446
送按察孫東曙卿回寺	446
丙寅秋老母誕辰王春和兄有歌爲壽云多得呂仙之助	446
丙寅八日同張尚宰過牛灰山僧舍	446

曹方城令公贈言 ……………………………………… 447
送簡劭思祥刑入郎儀部丁卯 …………………………… 447
雨中訪友朱文公祠祠爲蘇紫溪許鍾斗讀書處上房僧舍予舊棲也
…………………………………………………… 447
送漳守汪鶴嶼歸新安 …………………………………… 447
送沈漢陽郡守擢憲粵西 ………………………………… 447
送周愛日選郎入都 ……………………………………… 447
送池直夫孝廉上公車 …………………………………… 448
戊辰元日立春試筆 ……………………………………… 448
輓戴亨融廉憲二首 戊辰 ……………………………… 448
海道周際五擢憲江右賦送 ……………………………… 448
陳季和赴鄴省覲有贈己巳 ……………………………… 448
送張尚宰起大理寺丞還朝 ……………………………… 448
送黃元眉侍御巡方川陝 ………………………………… 449
送憲伯蔡五岳告歸庚午 ………………………………… 449
佛可上人到鄴取藏經還山有贈 ………………………… 449
送方城曹令公入覲 ……………………………………… 449
送士觀姪赴公車 ………………………………………… 449
寄題張凱甫幼清祠 ……………………………………… 449
送王而弘少廷尉還朝 …………………………………… 449
送陳白南太倉赴京謁補辛未 …………………………… 450
送海道徐魯人擢憲山東 ………………………………… 450
偶憩開年寺歸從硯內出石佛 …………………………… 450
讀威寧伯王襄敏公集 …………………………………… 450
贈郡守王壯其擢興泉憲 ………………………………… 450
哭少司空何穉孝先生四首 壬申 ……………………… 450

- 七十書懷 451
- 安溪往還 451
- 送陳伯武之南京刑垣 451
- 贈張紹和六十 451
- 送安溪許箕頴令君應召 甲戌 451
- 賀周愛日選郎舉子 452
- 壽陳賓門憲副七十 452
- 送顏吏垣入都 乙亥 452
- 送少宗伯林鶴台應召 452
- 曾二雲少參兩推楚蜀未俞更喜題留賦贈 452
- 壽王東里中丞六十三 丙子 452
- 送熊夢澤明府入覲二首 453
- 送區長澤祥刑署同還郡 丁丑 453
- 送陸天隨巡道入賀萬壽 453
- 送葉國文學御入都 戊寅 453
- 題熊夢澤邑侯生祠 453
- 題陳季和古莊書室 453

七言排律 454
- 送史聯岳傅相告歸 癸亥 454

五言絕句 454
- 溪行 癸巳 454
- 題畫 454
- 城西驛 庚子 454
- 獅山先塋封石告成有作二首 454
- 過麻城弔李卓吾八首 甲辰 454
- 蘭畹 庚申 455

- 榕蔭 ……………………………………………… 455
- 籬菊 ……………………………………………… 455
- 藪篁 ……………………………………………… 455
- 荷池 ……………………………………………… 456
- 霜栢 ……………………………………………… 456
- 夜梧 ……………………………………………… 456
- 松濤 ……………………………………………… 456
- 望洋庵春夜古體 乙卯 …………………………… 456
- 長平道中作 ……………………………………… 456
- 題畫四絕 ………………………………………… 456
- 題松鼠畫圖二絕辛酉 …………………………… 457

六言絕句 …………………………………………… 457
- 建州山行即事甲辰 ……………………………… 457

七言絕句 …………………………………………… 457
- 題西山巘戊子 …………………………………… 457
- 送葉涵臺秀才還里二絕庚寅 …………………… 457
- 周中岳年兄讀書習射詩以問之二首 …………… 457
- 楊花歌 …………………………………………… 458
- 夏直白雲署 ……………………………………… 458
- 早起恤囚辛卯 …………………………………… 458
- 送何雪漁遊楚二絕 ……………………………… 458
- 燕磯觀漁壬辰 …………………………………… 458
- 檇李別薛茂才 …………………………………… 458
- 早發嵱峽癸巳 …………………………………… 458
- 蔡童子暢過予山園論文口占爲贈甲午 ………… 458
- 雁 ………………………………………………… 459

荔枝 459
度分水關甲辰 459
度分水關 459
聞鄧直指推陞楚臬己酉 459
懷玉道中蚤梅 459
望西山二首 459
壬子生朝憶雋卿姪 459
送方思萱學博歸安吉二絕壬子 460
又遊西山岩四首 460
讀詩漫興二首 460
對菊 460
送謝司訓還建州癸丑 460
戲贈楊心空道人甲寅 460
夜雨 461
送車弘宇掌教弋陽二首 461
歲暮望洋庵作 461
春吟 461
夜過嚴灘有懷二首 461
踏雪訪虞長孺銓部不遇遂入越州丙辰 461
渡西興憶三十年前 461
遊蘭亭二首　丁巳 462
度分水關大安道中作戊午 462
太平驛道上溪行二首 462
人日望洋庵作庚申 462
哀遼陽十絕 462
聞毛文龍領兵二百六十人夜入鎮江縛獻僞將佟養真父子辛酉 463

42

渡浯海送發吾左伯兄葬志感二首 ········· 463

經略熊芝岡壬戌 ························ 463

遼撫王肖乾 ···························· 464

望洋庵憶梅癸亥 ························ 464

汎海歸望洋庵 ·························· 464

葛陽道中 ······························ 464

富陽江上絕句 ·························· 464

過項王烏江廟五首 ······················ 464

汾水驛庭和壁間咏葵 ···················· 465

過獻縣有懷耿藍陽故兵曹 ················ 465

感滕民爲故令趙乾所起祠 ················ 465

江浦道中作 ···························· 465

癸亥冬再過釣臺 ························ 465

再咏澗松 ······························ 465

大安驛遇雪是日立春 ···················· 465

茶洋舟中 ······························ 465

芋源溪行 ······························ 465

常山道中逢梅 ·························· 466

贈陳生繼及世功父甲子 ·················· 466

留欵郭鍾陵王春和二玄丈 ················ 466

重陽前一日菫水橋頭泛小艇出海 ·········· 466

丙寅重陽日望洋庵作 ···················· 466

推南奉常得門戶閑住旨有作四首 丙寅 ······ 466

又門戶嘆四首 ·························· 466

原黨四絕 ······························ 467

開歲自菫水歸庚午 ······················ 467

北望二首	467
口占贈大壑寨行腳仙 辛未	468
仲冬海豐莊居	468
壬申壽呂翠盤九十以元日初度	468
辛未歲暮又贈曾我魯	468
歲暮自吟	468
贈相士楊念溪二首 壬申	468
秋夜宿龜窯田舍	468
甲戌春日飛雪二首	468

清白堂稿卷十三 ... 470

紀 ... 470
關聖帝君紀 ... 470

傳 ... 472
唐李白傳 ... 472
明戶部主事周蹟山公傳 ... 474
明南京工部尚書贈太子少保澹菴朱公傳 ... 475
旌表庶祖妾貞節楊氏傳 ... 478
旌表貞烈顧門薛氏傳 ... 479
旌表貞節黃氏傳 ... 480
蘇母純節張氏傳 ... 480
烈婦何三娘傳 ... 481
同安趙陳二烈女傳 ... 482
鄭氏葉氏貞義合傳 ... 484
書歙洪氏節烈傳後 ... 484

神道碑 ... 485
明通政使致仕贈右都御史考吾林公神道碑 ... 485

明中大夫太僕寺卿純吾鄧公神道碑 …………………… 488
　墓表 …………………………………………………………… 491
　　福建右參議十峰殷公暨配張宜人墓表 ………………… 491
清白堂稿卷十四 ……………………………………………… 494
　墓誌銘 ………………………………………………………… 494
　　南京兵部武選司郎中小峰趙公墓誌銘 ………………… 494
　　四川按察使省庵王公墓誌銘 …………………………… 496
　　南戶部主事林三庭公暨配黃孺人墓誌銘 ……………… 500
　　進士治庭張公暨配貞順孺人蔡氏墓誌銘 ……………… 501
　　南京戶部郎中李質所暨配楊宜人墓誌銘 ……………… 503
　　山西參政祀鄉賢林玉吾暨配封宜人九十六壽慈安葉氏墓誌銘 …… 505
　　雲南左布政使發吾蔡公墓誌銘 ………………………… 506
　　明兩浙都轉運鹽使司運使桐岡柯公暨配累封恭人陳氏墓志銘 …… 511
　　刑部山西司主事恂所蔡公暨配陳氏墓誌銘 …………… 512
　　安寧州知州郭旭東暨配李孺人墓誌銘 ………………… 514
　　明昭勇將軍惠潮參將榕齋邵公暨配淑人吳氏墓誌銘 …… 515
清白堂稿卷十五 ……………………………………………… 519
　墓志銘 ………………………………………………………… 519
　　誥封左參政致仕儒學訓導栢坡洪公暨配封淑人王氏墓志銘庚申 …… 519
　　明樂安王府教授方北葉公墓誌銘丁未 ………………… 520
　　徐州學正陳渼南先生暨配孺人吳氏墓誌銘 …………… 521
　　外曾祖梧圃黃公暨配蔡孺人墓誌銘 …………………… 523
　　誥封中憲大夫知府仰台陳公暨配封恭人許氏墓誌銘天啟癸亥 …… 524
　　贈主事中溪公暨配許安人墓誌銘癸巳　代家大人 …… 526
　　贈武昌府推官東濂李公暨配贈孺人林氏封太孺人林氏
　　　墓誌銘崇禎戊辰 ……………………………………… 530

封承德郎郭穎台公暨配葉吳二安人墓誌銘 ……………… 531

贈浦江知縣蘇新郭暨張黃二孺人墓誌銘 ……………… 532

叔祖眉山公暨配陳氏墓誌銘甲午 ……………………… 534

明隱君周震吾暨配靜懿孺人黃氏墓誌銘 ……………… 535

明隱君林葵洲暨配孺人彭氏墓誌銘 …………………… 537

少泉蘇公暨配李氏合葬墓誌銘甲寅 …………………… 539

太學生池三洲翁暨配李孺人墓誌銘 …………………… 540

隱君蘇文所公暨配張孺人墓誌銘 ……………………… 542

邑文學鄉賓呂東浯暨配陳孺人墓誌銘 ………………… 543

邑文學莘野王公合葬墓誌銘 …………………………… 544

劉長公肖沂暨配孺人歐陽氏墓誌銘 …………………… 545

邑文學國成劉君暨配孺人黃氏墓誌銘 ………………… 546

王念齋暨配李孺人墓誌銘 ……………………………… 548

王日近暨配陳孺人墓誌銘 ……………………………… 549

太學弼臺弟暨配貞勤周孺人墓誌銘 …………………… 551

明故王敏直伯子敏冲叔子合葬墓誌銘 ………………… 552

明隱君吳仁齋墓誌銘 …………………………………… 554

功伯蔡爾遠爾實公暨配合葬墓誌銘 …………………… 555

處士少桂蔡君墓誌銘 …………………………………… 556

誥封淑人蔡母許氏合葬墓誌銘 ………………………… 557

明誥贈安人周室黃氏墓誌銘 …………………………… 559

明封孺人陳室葉氏墓誌銘 ……………………………… 560

吳母林氏暨男庠生觀光墓誌銘 ………………………… 561

清白堂稿卷十六 …………………………………………… 563

  禱祭文 …………………………………………………… 563

    癸丑秋南街禱雨文 ………………………………… 563

條目	頁碼
癸丑秋豪神廟禱雨文	563
豪山禱雨紀事癸丑	564
庚午春豪山祈雨文	564
豪神謝雨文	565
林次崖先生配祀朱祠告文癸丑 代	565
赴常鎮任謁先府君崇德四知祠文乙巳上九日	565
謁祀先府君四明平政祠文丙辰	565
謁祀先府君四明報恩新祠文丁巳	566
科試嘉興謁祀崇德四知祠丁巳	566
科試四明謁祀先府君報恩祠文戊午	566
赴光祿任謁崇德四知祠文癸亥	566
南都同年會祭王鳳洲大司寇文辛卯	567
南京九卿會祭王鳳洲文辛卯 代	567
辛卯祭胡寅賓知縣文代家大人	568
同鄉祭祠部蔡調吾公文壬辰	568
祭大司寇陳我渡公文癸巳	569
會祭洪賓吾觀察使甲午	569
祭同年傅太行驗封文丙申	569
祭同年黃居約侍御文戊戌	570
祭王日近表兄文戊戌	571
祭蘇新郭秀才	571
合祭林三庭戶部	572
會奠趙瀔陽首相文辛丑	572
會祭大宗伯林璧東姻翁文辛丑	573
鄉同年會奠鄧同卿純吾老師文辛丑	574
禮部公祭大宗伯馮琢庵文癸卯	574

祭封少參王師齋丈翁文甲辰 …… 575

祭陸平泉大宗伯年九十七 …… 575

祭少參林光璧親翁文戊申 …… 576

祭王緱山己酉 …… 577

祭雋卿姪孫文辛亥 …… 577

祭李振日秀才文壬子 …… 578

祭同年劉鄰蒼憲副壬子 …… 578

祭蒙陰署教昭宇兄文壬子 …… 579

祭金壇王華岡太守文癸丑 …… 580

祭傅星波茂才文甲寅 …… 580

海道祭沈蛟門相公文丙辰 …… 581

寄祭王瞻明廉憲表兄文 …… 582

寄奠鍾贊宇老師文丁巳 …… 582

祭池明洲岳翁太常文戊午 …… 583

祭柯三槐轉運年兄文己未 …… 583

祭同年潘鵬江方伯文庚申 …… 584

祭雲南右布政發吾兄文辛酉 …… 584

祭方伯王玄亭年兄文辛酉 …… 585

祭宮保總憲鄒南臯公文乙丑 …… 585

祭林璞所侍御文乙丑 …… 586

祭司馬總督蔡元履文丙寅 …… 587

邑紳會奠蔡元履總督文丙寅 …… 587

合祭師相葉臺翁文丁卯 …… 588

祭胡拱柱參政戊辰 …… 589

祭長壻丁亨中文戊辰 …… 589

公祭陳對墀揭陽文壬申 …… 590

祭少司空張玄中年兄文 ············ 591

祭張輔吾中丞親翁文癸酉 ············ 591

祭鄞林槐亭癸酉 ············ 592

祭大司徒林省庵年兄甲戌 ············ 593

祭方伯慈谿袁文海公文甲戌 ············ 593

祭左司寇丁哲初親翁文丙子 ············ 594

公奠大參洪春寰公祭文丁丑 ············ 595

祭陳佩韋秀才襟丈文丙子 ············ 595

祭吏科給事陳伯武文 ············ 596

祭體謨弟文乙丑 ············ 597

亡兒謙光哀詞丙子 ············ 597

冢孫思鞠二七祭文己巳 ············ 598

哭仲朋孫二七文丁丑 ············ 599

祭清遠李太師母文庚寅 ············ 599

祭伯母許太安人文壬辰 ············ 600

禮寅會奠梅夫人徐氏文辛丑 ············ 601

祭王表嫂陳氏文癸巳 ············ 601

祭姑端懿王恭人文 ············ 602

祭親姆丁太孺人文壬子 ············ 603

祭一嫂許孺人文丙寅 ············ 603

祭王表嫂黃恭人文丁卯 ············ 604

祭陳恭人親姆文戊辰 ············ 605

祭九十一壽慈儉林伯母文甲戌 ············ 605

祭丁室亡女文壬子 ············ 606

清白堂稿卷十七 ············ 608

同安縣志萬曆壬子修 ············ 608

輿地志 ··· 608

　　規制志 ··· 608

　　水利志 ··· 609

　　官守志 ··· 610

　　防圉志 ··· 611

　　典禮志 ··· 613

　　賦役志 ··· 614

　　物産志 ··· 616

　　風俗志 ··· 616

　　官師志 ··· 619

　　人物志 ··· 619

　　廣善志 ··· 622

　　祥異志 ··· 623

　　叢祠釋道志 ··· 623

　　宅墓志 ··· 623

　　盗賊志 ··· 623

　　徵文志 ··· 624

附錄 ··· 625

　　虛臺公小傳 ··· 625

　　蔡獻臣傳 ·· 625

　　明故嘉議大夫浙江按察司按察使肖兼蔡公［墓誌銘］ ·········· 黄鳳翔　626

　　明太學生蔡君哀卿墓誌銘 ························· 池顯方　629

校點後記 ··· 632

清白堂稿卷一

奏　疏

懇乞勵精圖治以光聖德以釋群疑事疏己丑

新選南京刑部主事蔡獻臣

夫今天下之久企而未定者，莫大於儲貳；而久曠而宜舉者，莫急於視朝。建儲之事，多官上請，伏蒙睿旨：立儲自有長幼，天下翹首而望盛典有日矣。乃視朝一節，三時缺焉。夫盛夏溽暑，偶輟猶可，今秋氣涼爽矣。皇上春秋鼎盛，即有微痾，宜可勿藥，今曠日移時矣。向者，或疑皇上勵精漸不如初，既內閣再傳聖諭，知宸躬尚須靜攝，亦遂委心將順，閣部不以請，臺省不以言。然而，皇上一日未出，疑未歇也。竊聞外人之言，以爲皇上率夜深方寐，日旰乃起，故不能及朝期。此內事，臣不能知。如果有之，不審皇上之所以夜寐而晏起者，何爲乎？夫美麗窈窕，令人性蕩；便嬖柔媚，令人意傾；甘脆醇醲，令人體憊。如是，則迹雖靜而實不得靜，名雖攝而實悖其所以攝之方。臣愚以爲，不如日御臣工，日攬幾，務使其神有所淬勵而不弛，其形有所運用而不佚。則德自清明，身自強固。古昔哲王所以養壽命，登綦隆者莫不由此。陛下何憚而不爲耶？

夫人主一身，天地祖宗之所付託，中外臣民之所觀望。今之習尚，見人拱揖觸地，隨聲唯諾，則目爲老成。稍自發一識，則必笑之。遇事首鼠兩端，摸稜規避，則目爲鎮靜。稍激昂擔當，則譏其任氣。上之大臣以此品格其下，下之新進以此程量其上，鮮有實心任國家事者也。重以淮徐苦水，浙直苦旱，萬姓嗷嗷，莫必其命。陛下不躬自勉以爲之倡，天下聞之又必怠矣！即聖諭諄切，亦屬虛聲，必且玩矣。大臣者，庶僚之表，今或會推有本，而命閣旬日不下。此非所以重具瞻示天下也！若朝期不虛，則輔臣得以面請，必不至是。又觀輔臣錫爵求去之疏，亦謂皇上徒優以體貌，而不必用其言。夫使十七年之早朝晏罷墮於今日，使直節讜言之臣忍離左右，臣竊惜之。《易》曰："飛龍在天，利見大人。"夫布衣韋帶之士，猶心艶朝廷。今諸臣升奧渫需次都城，久未嘗得見上也，日且服官遠邇辭闕下去矣，非三年考績，不得至京師。竊恐遠方之父老、封疆之外吏，想像聖顏，聚而相問，將安置對乎？臣愚不勝欵欵，又以事關皇上，輒不避出位之罪，伏乞開張聖聽，慎寢興，省藥餌，遠聲色，薄滋味，明詔視朝之期，則累年之勤勵益光，而臣民之疑盡釋，精神流貫，四體康强，奚必優游大內乃稱靜攝哉！夫皇上誠一視朝，親近耆碩，屏去內誘，而後建儲、日講之大典可次第舉行。臣愚幸甚！天下幸甚！

擬南京九卿恭候聖躬萬福因軫時艱輸忠悃疏

近該吏部尚書臣巍等，一本爲感時事、念聖躬，懇乞視朝御講以保太平事。

奉聖旨："覽奏，知道了。但朕疾未愈，寢食俱廢，非敢安逸。卿等爲國大臣，當爲君任職，爲民任事，豈以聞言沽譽爲是？這問慰該衙門知道。"

臣等伏而思之，夫爲君任職，而職孰大於補袞；爲民任事，而事莫要於恤災。蓋周公之告其君，歷叙三宗、文王迪哲，享國或五七十年，而其大要不過度天命，惠庶民。自朝至昊，不遑暇食。三代下，主乃有沉湎夜分，聞聲咈諫，猜嫌刻薄者，治日以替，祚亦不長。

竊見皇上經年靜攝，邇萬壽聖節，俯從輿論，纔一升殿，一御門，旋復免朝講如故。是群下將假此以回大內之駕，而皇上徒一出以挂天下之口。竊聞中外藉藉，以爲皇上有意法世宗乎。夫世宗最號英明，雖設醮脩齋，而朝奏事，夕得報；內批手詔，一日再三下；太阿在己，威福莫測，故天下僅維持以不亂。然而晚年權奸用事，盜賊生發，其累嘉靖之治非淺鮮也。今皇上方升之年，庭燎不問，經筵不講，而寢興無節，麴蘗過度。此豈可優游之時，而亦豈卻疾之方乎？臺省臣言之不聽，閣部臣言之不聽，不特此耳，一切章奏稍涉逆耳，即便留中。諸臣竭忠盡慮,皇上若罔聞知,猶意曾經睿覽矣。而中外惶惶,莫知所出。設有憸人壅蔽其間,事卒出不測,須取上裁者,再請則無及,再請而又不得,則奈何！方今地震水涸,天鼓鳴,颶風作,近河之民,魚鱉爲鄰,旱熯之地,饔飧不繼。此皆百年未有之災。又其甚者,民窮則且生心,而兵餉匱竭,邊釁猶有可虞。皇上雖發帑賑貸,所及幾何？又不知民得沾實惠否。比者權璫復進,雖未有滔天燎原之勢,而已有涓涓星星之萌。且聞宮闈侍御之際,少不中旨,輒加箠楚。夫御下之道,惟在節制束縛,不假以事權。若苟譴細故,褻尊傷重,或生他故。雖神明擁護,萬萬無事,然本非天子之所宜親也。若此者,以事天地,恐干和氣；以御臣民,恐成隔閡；以聞外夷,恐損威靈；以書史册,恐累盛德。皇上何不鷄鳴而起,辨色而視朝,退御講幄,或臨便殿,召儒臣與辨論經旨,召輔臣與裁決章疏。夫未明求衣,端拱南面,見爲不如燕寢之娛；廣廈細旃,牙籤玉軸,見爲不如歌舞之適。然接賢士大夫之時多,必能有所涵養開發。而人主之精神用之於政事經史,則必不分之於聲色貨利,喜怒自平,意氣自通,何恙弗已？何治弗臻？皇上若果行此,則有世宗勵精之實,而無世宗倦勤之迹。萬年之曆,三宗、文王,何足云哉！臣等非敢招過沽譽,念受國恩厚,不忍負皇上,且以任職任事無出此者。伏惟聖明裁詧,宗社生靈幸甚！

奉詔陳情懇乞天恩復父職以廣皇仁疏

禮部主客司郎中蔡獻臣

臣行能淺薄,叨塵郎署。茲者蒙恩實授,揣分已踰,何敢過有希覬。惟是烏鳥私情,際此曠典,不得不哀陳於君父之前。

伏讀恩詔:"兩京文官一品至九品,各給與應得誥勑。欽此。"一時大小臣工,誰無父母,誰不霑被。而臣故父原任浙江按察司按察使蔡貴易,以聽降之官,不得與於進階之列,臣心竊痛之。竊照臣父,由隆慶二年進士、浙江崇德縣知縣,歷南曹、郡守、副使、參政,以至前官。生平宦跡多在浙、黔,兩地之人,頗皆相信。緣浙臬勘問執法,以致仇口中傷。萬曆二十三年大計拾遺,覆奉欽依降用。臣父感激恩造,正思畢力以收桑榆,而不虞身先朝露矣。

查得吏部職掌,凡閑住官職高於子者,准其子陳乞復職。又查得原任廣東按察使唐九德考察降調,近以伊子南京户部員外郎唐斯盛考滿,奏准復職。臣父視唐九德官同,聽降同,比之閑住者又爲有間,而覃恩浩蕩,亦非尋常考滿之比。用是披瀝上請,伏乞勑下吏部,查例題覆,將臣父准復按察使致仕。則汪濊湛恩,不致遺於泉壤,而銜結報私,當共矢於存殁矣。

議處貢夷利瑪竇疏 萬曆辛丑

禮部題,爲盤獲遠夷隨身行李一併題知事。

主客清吏司案呈云云。看得利馬竇一寓夷耳,異物進獻既非貢例,到京潛住尤涉詭秘,相應酌議題請等因到部。看得外夷之進貢也,必齎國王表文,必由布政司起送。而其入都也,必扃之會同館,必餼之光禄寺,必下臣部譯審明白而後疏進内府,必經鴻臚寺報名,見朝而後宴賞禮遣焉。此祖宗之定制,而禮官之職掌也。

查得《會典》,止有西洋國及西洋瑣里國,並無大西洋名色。其遠近、真僞俱不可知。寄住二十年方行進貢土物,則與遠方特來慕義貢獻者不同,其有無希冀營圖亦不可知。且其所貢天主圖、天主母圖,既屬不經,而隨身行李如神仙骨等物。夫既稱神仙,自能飛昇,安得有骨?則唐韓愈所謂凶穢之餘,不宜令入宫禁者也。臣等以爲此等方物,若先到部譯驗,臣等必以例上請卻回。又若隨身行李,未經該監徑進,則仰揆明旨,止是解進所貢方物,而未嘗概及其餘。

今馬堂混進之非,與臣等溺職之罪,俱有不容辭者。利瑪竇既奉旨送部,乃不赴部譯而私寓僧舍,臣等不知其何意也。但查各夷進貢,必有回賜,使臣到京,必有宴賞。利瑪竇以久住之夷自行進貢,雖從無此例,而其跋涉之勞,芹曝之思,似不可不量加賞齎,以酬遠人。合候命下,將利瑪竇比照暹羅國存留廣東有進貢者事例,頭目人等,賞紵絲衣一套,紵絲羅各二疋,麗迪峩比照從人,紵絲衣一套,紵絲羅一疋。其隨身行李,容令内府各衙門開具上請,量給回賜價值。

臣等一面移文兵部討取勘合，候事畢，送回廣東、江西等處官司收管。或入籍居住，或附船歸國，俱各聽從其便。第不許潛住兩京，與内竪交往，以致别生事端。

再照夷人自有夷方服餙，中國自有中國儀章，而利瑪竇之到臣衙門也，方巾野服，尤屬可駭。臣等以爲，本夷及龐迪峩見朝謝恩，俱當青衣小帽，以安爲聖人之民。惟復念其進貢微誠，見朝之後，照暹羅等國通事事例，將利瑪竇量給冠帶回還。則遠人向化之心既慰，而明王慎德之治益光矣。

放歸病夷以彰柔遠德意疏

禮部題，爲放歸病夷以彰柔遠德意事。

主客清吏司案呈云云到部。看得利瑪竇涉遠貢珍，乃其一念芹曝。臣等議擬賞賜之外，量給所進行李價值，并給冠帶回還。蓋亦參酌事理，上聽裁奪。迄今候命不下者五閱月矣。無怪乎本夷之鬱而成病，病而思歸也。察其情詞懇切，蓋真有不願尚方賜予，惟欲山棲野逸之意。譬之禽鹿久羈，愈思長林而志豐草，人情固然，委宜體念。臣等再三斟酌，合無止照前例，給與衣服紵絲羅疋，利瑪竇量給冠帶，行移兵部，填給勘合，仍差通事送回江西等處，聽其深山遠谷，寄跡怡老。下遂本夷物外之踪，上彰聖朝柔遠之仁。儻明旨猶或遲留，臣恐本夷因病轉鬱，因鬱轉病。且其人冉冉老矣，萬一霜露不虞，無論臣部職掌有辜，即皇上弘慈不遺一介，將必追咎臣等不力請而無及也。四裔亦必相率以利瑪竇爲戒，尚復有重譯而趨闕廷者哉？恭候命下，容臣等遵奉，行移關給，應付施行。臣等幸甚！遠夷幸甚！

代馮琢庵宗伯告病第三疏

頃該臣以抱病侵尋，職業久曠，再疏奉旨："該部侍郎員缺，着將原推寫來看。卿有疾，宜慎加調理，稍可即出供職。吏部知道。欽此。"旬日以來，除左侍郎恭候欽點外，顧君恩愈重，臣病愈深。臣之飲食起居，無以大異於常人。而肌肉日就瘦弱，精神日覺銷亡，顏色痿黄，咳唾不止。知交咸訝其一旦至是，諸醫盡謂非時月可療。兼之部務煩多,欲置而靜攝,則瘝曠爲懼;欲出而視事,則病憊不支。兩者交戰,臣心益苦,病益進矣。夫以臣之年,則事陛下之日宜長;以臣之病,則事陛下之日虞短。陛下幸愛憐臣,何不早令解釋部務,就醫故里。庶幾狗馬病軀漸有起色,與村童、野叟長祝萬年之壽,臣心竊快之。孰與羈臣簪紱,而責之以其所必不堪;優臣體面,而望之以其所未易復。臣恐溘先朝露,長負恩私。爲此,哀鳴於君父之前。伏惟陛下憐察放歸,臣無任伏枕懇切祈籲之至。

代馮琢庵宗伯告病第六疏

頃該臣奏爲病勢沉重,痊可無期,懇乞聖恩早放生還事。

候命二旬,未奉俞旨。仰見皇上眷念微臣,不即棄捐,自非十分危苦,詎忍再瀆宸嚴?臣身素彊無恙,不虞一疾遂至狼狼。其瘦削咳啞之狀已具屢疏,計在聖明憐憫。今淹延愈久,形神俱非,二陽爲祟,諸醫皆走。初,臣猶慮部務廢格,勉強支撐。今則靡有膂力以念職事,陛下典禮還諸陛下耳。

夫臣所受恩深而莫能報,情摯而不忍離者,惟皇上與臣母。日者萬壽節届,嵩呼盈廷,臣伏枕展轉,竊自憐也。臣母衰年,惟臣一子。臣病以來,母氏晝夜流涕,欲得俱歸。已不忍見臣之病,則欲先歸,以需臣歸。臣亦不忍傷母之心,於十三日先聽其歸,而後自圖爲歸。顧自臣母行後,臣思轉深,病轉劇,母之涕泣而念臣者,更當何如?即今不歸,臣母子不及見也。臣以旦夕餘生,忍不自決。曠乎邦禮之典司,孤一人之眷倚,貽母氏之離憂,是臣乃不忠不孝之人耳。雖溘先朝露,目亦不瞑。皇上作養臣,擢拔臣,忍令臣危苦至此而不怛然垂慈哉?是用瀝血陳誠于至尊之前。

伏乞皇上俯施哀憐,容臣回籍調理,餅罌相依,或有起色。則從今之年,皆皇上再生之賜。即不幸膏肓難療,長負恩私,歿無所憾。臣綿惙勒辭,無任迫切待命之至。

擬九卿請信勅諭疏壬寅

謹奏爲成命風行,歡聲雷動,懇乞聖明決大機,彰久信,以保萬年治安事。

十六日，伏聞聖躬違和，詣闕問安。維時欣傳皇上特召輔臣，將罷礦稅、釋干連、補臺省、復言官，臣等不勝顒顒待命。已而勅諭果下，京師歡騰，自夜達旦，以爲皇上真仁明雄略之主，追堯、舜於一時，轉治安於片紙。次早，部科隨即抄行坊市，隨即傳布，該謝恩者謝恩，該辭朝者辭朝。不知四方聞之，其歡欣踴躍又當何如！午後，忽聞内使取回原勅，又聞皇上於礦稅尚在必行。一時傳誦變而爲惶惑，萬姓歡呼轉而爲觖望。不知四方聞之，其觖望惶惑又當何如！

夫礦稅之害，臣等連歲疏罷，及聞册立諸禮次第舉行，相戒靜俟，以爲天啓聖衷，必有悔悟停止之時。今嘉禮甫完，勅諭隨頒，不惟繋憶萬蒼赤之命，而實徹宗廟社稷之靈；不惟體聖母子惠之心，而實示皇儲佑啓之範。綸綍一敷，豈容更易？若聖意尚復猶豫，竊恐遠邇愚民傳聞疑惑，以爲過此機括，何日得停。必將妄意左右之人，有言利以熒聖聽者；必將歸罪閣部諸臣，不能將順以成德美者。必謂勅既止之而誰復徵之，必不復俯首甘心而就參隨遊棍之朘削，倡禍釀亂，實從茲始，其關安危治亂之機不細。且書之信史，聞之四夷，謂天子神聖而二三其命。咸爲今日惜。此舉動其所關於聖德亦不細，臣等當日即欲叩閽，第聖體未平，慮致煩聒，茲謹合疏以請。

伏乞皇上察雲霓之情，執金石之令，除釋干連、補臺省、復言官等事，容該衙門遵奉施行。其礦稅、織造申命如原勅停止。則祝頌之聲蒸爲太和，而萬曆之治永保無虞。不然，竊恐四方紛紛多事，皇上必且追咎臣等今日不言也。無任激切俟命之至。

擬禮部論黃河水竭疏壬寅

奏爲災變異常，懇乞聖明亟圖消弭，以維治安事。

竊惟人主精神，上與天地流通，而下與群生繫命，故得道則天應之祥，失道則天應之異。漢臣有言，祥多者其國安，異多者其國危。災異之來，在審所由致，而求以實事挽回之。是以天休滋至，而福祚無疆也。

比聞陝西河州城北黃河水竭，深僅三尺，期逾半月。臣等不勝駭愕，以爲皇上神聖,蒼穹孚佑,何所過差而災變若是？考之今歲,異星入垣,日光如赭,兼之風霾塞天,黃霧晝晦。占候所言,有識寒心,然未有如此河之爲變且異者也。夫河出崑崙,水來天上,是以榮光表瑞,流清兆聖。善既先知,咎豈無徵？昔夏、周之季,伊洛三川嘗竭矣。伯陽甫曰：國依山川,山崩川竭,不過其紀。劉向謂：陽失在陰者,火氣煎水,故川竭。占曰：君德消,政易則然。《京房易傳》曰：君臣相背,厥異水絶。此皆爛然往牒可考鏡也。臣等愚蒙,不知其解。

竊謂河瀆之行地,猶元氣之周身,而貨財流布於天下也。自礦稅使出,而四方民力竭矣。參隨爪牙,椎吮膏血,饑鷹餓虎,縱橫道路。所輸內帑能幾,而所朘生靈無算。故今之時,閭閻貧矣,府庫亦貧,獨貂璫投充之家富耳。則滾滾神河,源涸流徙,而中僅藉莽刺諸水以不至斷絶,斯亦氣索而財壅之徵象也。人身縱強無恙,而元氣乾枯,豈長生延歷之道？夫財亦民之元氣也,饒則安樂,匱則愁苦。民愁苦矣,亂直須時耳。説者謂,秦監梁永人妖之極,故水異先應秦分,理固應爾。然謫雖見於一方,變實關於宇內。間者,滇以張安民故火廠房矣,粵以李鳳醸禍欲剚刃其腹矣,陝以委官迫死縣令矣,兩淮以激變地方打搶官舍錢糧矣,遼左以余東壽故碎屍抄家矣。土崩瓦解,在所見告。試觀此等民情,譬之壅水,有久而不潰者乎？萬一一夫倡亂,有不群起而響應者乎？皇上其無方收也！夫皇上第見地方小譟,旋就寧帖,以爲何施不可,而不知國體已損,亂形已成矣。自古禍敗,必民窮於下,而後譴見於天；必天變於上,而後巨盗大奸乘之而起。何也？以積怨深怒之人,而重以饑饉窮迫之天,何忌而不爲？何戀而不動？勢之必然,其無足怪。

臣等典禮無狀,致兹殃咎。言念及此,不覺晝夜屏營。顧惟犬馬微誠,何能動天？皇上爲宗子,未有父怒而子可晏然者,未有子實恐懼修省而父不霽威者。出言行政,便可旋乾轉坤。伏望皇上事天以心,應天以實,亟將礦稅先行停罷,而又釋干連之繫,錄廢棄之臣,通遷轉之路。憬然深思,曠然更始。則人心悦而天意得,將見四海安瀾,九河順軌,特在一念轉移間耳。臣等無任懇切祈籲之至。

題催回夷玉價疏壬寅

禮部題，爲遠夷貢畢，乞賜開市，以便回還事。

主客清吏司案呈，查得前項玉石，該御用監於萬曆二十九年十一月十二日差官匠號進去後，今夷使沙黑等七十名，本年正月二十五日領賞，三月十九日給與求討物件。其貢事已完，惟玉石選進者未奉明示，則留館者未敢遽賣。各夷出外日久，有抱病者，有病故者，想望回家，以日爲年。相應題請，將中用者發館估計，其餘准令開市等因，案呈到部。

看得四夷朝貢，賞賚遣回，原有期限。歷查節年，四夷進京出京不踰半年，即號玉估價，《會典》未有開載，亦不過數日而決耳。今次沙黑等自去年九月陸續到館，迄今已十閱月，未得完事。夫以貢畢之夷，而久淹鞮譯、象胥之館，則費大。官以有用之銀，而多市玉石無用之物，則又費內帑。臣等竊謂非計。矧疾病死亡，久客思歸，揆之夷情，與人豈遠。伏乞皇上將前項選進玉石，如果無用，則勅令該監盡數發還，以彰天朝抵璧投珠之美。其或御服所需，不得不用，亦乞就中量爲選取，欽定等第，發館秤計，查例給與價值。免致夷使久羈，廩餼多費。遠人幸甚！臣等幸甚！

省直歷滿應試通例疏壬寅

禮部題，爲大比屆期，乞賜申明省直歷滿應試通例，以便遵守事。

照得歲貢、恩貢、例貢、官生、恩生入監者，俱謂之監生。京府鄉試，另置中額，制也。而聽選監生，許就本處鄉試，亦制也，從其便也。蓋歷滿歸家而復之京師科舉，往返數千餘里，誠不便於孤寒之士。然南方監生多利於京闈，而北方監生多安於省試，則中式難易之大較耳。查萬曆元年，有監生上選未及行取者，起送兩吏部應試之例。萬曆九年，有監生歷滿回籍者，悉聽提學官取送本布政司鄉試之例。而二十五年，有選貢歷滿歸本省者，提學官考選應試試卷不分皿字之例。俱各遵行已久。第如北直入北監考（者）應北京試，南直入南監者應南京試，原無在監、在歷、在籍之別。京闈監生編號中額自有舊規，亦無提學起送與諸曹六館起送之別。而兩科未及申明，於是有以監生占生員之額，如丁酉，而生員稱不便者；有以監生分監生之增額，如庚子，而監生稱不便者。乃知本處鄉試之法爲各省監生設，非爲兩直隸設。而監生編生員之號，在各省則可，在兩京則不可。何也？各省監生可京、可省，而兩直則總之京闈，無有兩也。各省監生中式無另額，而兩京監生中式有另額也。無另額則合之，有另額則分之，此理之確然而不易者。

今科場在邇，宜再明白申飭。一應歷滿聽選監生，各省除起送兩京應試外，其願就本處鄉試者，不分貢粟官恩，通與生員一體編號取中，不得另分皿字，以妨收錄。兩直仍赴提學御史及吏部，各考送京府應試，不分貢粟官恩，通與監歷諸生一體編號取中，亦不分有無增額，通不許混入生員及另加識別。再有參差，提調各官俱不得辭責。如此，則十三省既聽其便，又不妨其進取之途；兩直隸各仍其舊，永不復有紛更之擾，科場事宜較若晝一矣。伏候聖明裁爲定制通行，順應各省直及各提學官知會施行。

奉聖旨：是。

擬覆習儀班次疏呈大宗伯馮壬寅

禮部謹題，爲百載班行，一旦隕越，請乞聖裁，申明舊制，以肅官常，以存國體事。

儀制司案呈，奉本部送禮科抄出，吏部文選等司署郎中事員外郎等官倪斯蕙等奏云云。又該浙江等道御史何淳之等奏，爲朝班原有定規，部屬妄生異議，懇乞聖明特賜申飭，以肅官聯，以重朝廷事云云。俱奉聖旨："禮部看議來說。欽此。"又該南京湖廣道御史胡鸚奏，爲正班次，肅官聯，以尊朝廷，以冀和衷事云云。奉聖旨："禮部知道。欽此。"欽遵抄出到部，送司。案查，隆慶元年二月內，該本部會同禮科都給事中辛自修等看議得，翰林官不拘品級，叙於京堂之內，科道官自爲一等，列於部屬之先。今後常朝列班，悉照此例。其御殿大賀原有歷年習儀舊禮,各宜遵行等因。奉穆宗皇帝聖旨:"是。欽此。"今該前因通查,案呈到部。

看得國初朝班專準品級,永樂以後兼優侍從,自隆慶奉旨迄今,遵行已久。不謂復有銓臺諸臣所争執者。臣等再四講求,則銓臣所執品級之説,今既不足盡憑,臺臣所執侍立宴坐之班,亦不可以概謁拜之班。而南京慶賀禮儀,誠以科道銓屬等官為次而並列,然亦留都沿襲之規,非高皇帝品山之舊也。其奉旨近而可據者,莫如丁卯之一疏。其習行而習見者,莫如朝天宫之習儀。謹按大賀習儀之拜,六科原列四班之首,而吏部等司官接之;十三道原列五班之首,而兵部等司官接之。耳目之司切近御路,華要之署聯綴班行。臣等以為,斯禮也,侍從優矣,品級聯矣,豈非所謂舊禮者哉?夫言官誠重,言官之禮誠當隆。但邇因常朝罕御而大賀沿行,止據科道同班之文,惟恐改正之不速。而不知皇上一日御門,則其自為一班,而先於部屬者,固自在耳。天威咫尺之地,無論臺臣不宜輕為進退,即臣等禮官豈敢狗一時之争執,致歷年之彝章,以自取溺職之誚。今冬至習儀,近在旬日,所當請旨仍舊者也。

再照朝儀班列,有已經奉旨而中間不無參錯者,如户、禮、兵、工之屬,容臣部查照原題,逕行申飭。亦有未經奉旨,如中書科,亦係侍從官員,宜列六班之首,而以通、大、太常屬官及行人等官接之。其謝恩見辭上御路者,宜稍斟酌常朝以編、檢、科、道部屬為次。人衆則班異,人少則班聯,但不得攙越,是亦品級侍從之遺意也。方今時事多艱,第願諸臣以禮讓相序,以和衷共濟,毋得以區區體面,悻悻意氣致傷國體。恭候命下,通行各衙門遵守。惟復以御史言官,另賜裁奪。

又擬覆習儀班次疏壬寅

看得班次一節,國初之制專準品級,永樂以後兼隆侍從,此隆慶初覆疏可鏡也。然當時止詳常朝而略大賀,是有以今日之争執。禮法之地,諸臣豈敢求勝,無非重班聯以重朝廷之意。臣等連日講求,先稽祖制,次考舊規。品級之説,既不足盡憑，而侍立之班、宴坐之班，又不可以概例，謁拜之班，其容默默持兩端已乎？臣等謹參輿論，質之見聞，則習儀之禮，銓省同班所從來矣。今日之事，在銓屬，可謂之舊規；在御史，可謂之爭執。《論語》曰："爲國以禮。"又曰："禮讓爲國乎，何有？"即使臺臣當先，銓臣當後，猶必議請定奪。若因其爭執而遂成之，臣等禮官竊所不敢。

合無今後常朝，科道仍爲一班，列於部屬之先，而大班謝恩見辭，宜亦如之。至於殿前大賀，四班仍先六科，而吏、户、禮郎中等官接之。五班仍先十三道，而兵、刑、工郎中等官接之。六班則先中書科，而通、大、太常等屬行人等官接之。侍從耳目之司切近御路，曹寺清華之屬，聯厠班行，庶幾國初品級遺意猶有存者。如有紊越，聽糾儀官指名彈奏。

再照臣等此議，必有謂大賀不宜異常朝者。夫常朝有侍班、奏事等項，而大賀無此矣。歷年相安，未見有礙。矧非特銓屬然也，即户、禮，亦接之矣。必有謂北不宜異南者。南京習儀四班，誠以科道、吏部爲次。然是留都相沿之規，非高皇帝品山之舊也。又必有謂曲狥銓屬者。夫臣等因不可奪御史之班以與銓屬，亦豈可奪銓屬之班以與御史？且獨不見三班之卿寺有陞四班之僉都者乎？僉都非御史大夫哉？文班原以西爲前，以次而東；武班原以東爲前，以次而西。安在五班之首遜於四班之聯也？

方今時事多艱，正須同心共濟。臣等願諸臣以禮讓相守，無以氣力相先。以建豎重班行，無以班行重體面。恭候命下，通行各衙門一體遵守。惟復聖明，別賜裁奪，朝規幸甚！

循職掌條舊例懇乞聖明特賜詳奪
以重明旨以存祖制疏 壬寅

頃該臣部題爲百載班行，一旦隕越等事。不敢定擬，而取裁于皇上。

奉聖旨："凡議禮，當以會議題准者爲準。這班次你部裡既説隆慶初年曾經禮部與禮科議定，奉有明旨，自後雖常改行，却未題准。照隆慶初年例行。欽此。"欽遵已經通行去訖。第隆慶事例,原自不同,若非再請明示,未免奉行有違。蓋隆慶初年朝儀疏內有曰:科道自爲一等,列於部屬之先,以後常朝,悉照此例。又有曰:御殿大賀,自有習儀舊禮,各宜遵行。兩者並列,皆屬題准之例。乃昔也臺臣并常朝而亦讓,今也臺臣并習儀而亦爭。姑無論矣,請以習儀之禮言之。

高皇帝分文武官爲十八等,拜則樹之品山,立則列之品牌,當時班次,一準品級。永樂御門,始以翰林院、尚寶司、給事中爲侍從官。嗣是以後,體貌漸隆。然常朝有糾察侍立等事,必須近上以便觀聽,若大賀,不過班中拜舞而已。故六科七品官也,而列四班曹郎之首。十三道七品官也,而列五班曹郎之首。諸曹郎五品官也,而承五、六品京堂之後。則其侍從則既優矣,則其品級則猶聯矣。此非習儀之舊禮而題准遵行者乎?隆慶迄今,未有改也。不聞其爭自何人,讓自何時也。

臣欽誦明旨而申究之,則常朝之科道同班,題准者也;而後之科部同班,改行者也。大賀之科先道後,題准者也;而今之科道同班,改行者也。常朝照隆慶例,則當還御史;大賀照隆慶例,則當還曹郎。今冬至,御史依然上矣。倘御史終上而不下,諸曹郎終下而不上,則是以常朝之禮而陰移於大賀。是皇上欲循行隆慶之故事,而諸臣猶創執今年萬壽之新儀。名是實非,謂明旨何有?如皇上詰問臣,臣職掌所關,安得逃罪?不然,承訛久假,以爲固然,使祖宗品級之遺意,從茲蕩然而不可返,書之史冊,曰:時儀郎臣某也。臣不愧負多哉!用是別白上請,乞將習儀舊例特賜申明。或確然必照隆慶例行,則御史當退就原班,以循舊禮。或照常朝,科道自爲一等,則請斷白今日爲始,非隆慶之舊也。蓋侍從之官起於成祖,大賀之禮傳自國初,則儀節不同,固亦有因。矧永樂末年,侍從官仍復原班矣。列聖相承,曷嘗盡置品級不論哉?

臣職司典禮,即臣部班行稍越戶部,猶必請於堂官改正。區區之心,誠不忍奉行不確,以致違背明旨,而祖制之漸盡也,故不憚白簡而有是請焉。干冒宸嚴,無任隕越。

禮官守禮蒙詬乞賜罷斥以謝言路疏壬寅

頃該臣奏爲循職掌條舊例，懇乞聖明特賜詳奪，以重明旨，以存祖制事。

候命未下，忽傳十三道御史安文璧等論臣妄奏媚人，反覆千言，皆爲班次一事。夫臣惟不能媚人以及於白簡，若臣能媚吏部，獨不媚御史乎？臣不能媚御史，而獨媚吏部乎？臣生無媚骨，素頗砥礪自好，即格御史而畏吏部，善媚人者顧如是乎？臣衙門之班不獲守，而代爲人爭乎？臣之前疏實辨職掌，媚人與否，下有公論，上有聖鑒。然御史怒臣深矣，若復避諱不盡，是蘊罪也；隱忍不去，益召辱也。夫班次相延舊矣，起於關中之爭名刺，成於廷試之爭揖立。初出意氣，既而漸及朝班。臣偶聞其事，以爲宜疏請，不宜徑改，同門之會者，未嘗不是臣言。不意臺臣遂貽書吏部，往復爭論。比萬壽習儀之旦，遂進而並班科臣。一時臣工莫不相顧失色，詫此舉動。此爭班之始末也。

二疏下部之後，臣調儀署，則無不爲臣頻顧此事者。臣以常朝科道同班，而大賀原有舊禮，隆慶部題已別遵行，仍復無異。故力持其説，具疏呈堂，有曰：謹按，習儀之拜，六科原列四班之首，而吏部等司官接之；十三道原列五班之首，而兵部等司官接之；侍從之司切近螭陛，清華之署聯綴班行。斯禮也，豈非舊禮者哉？冬至在近，所宜請旨仍舊。又有曰：即使銓臣當後，臺臣當先，猶必議請定奪。若因其爭執而遂成之，臣等禮官竊所不敢。臣堂官則謂爭端方熾，徒益之爭，不如開具事理，取自上裁。遂屬草，而臣獲藉手焉。此覆班之始末也。

及部疏得旨，次日習儀，則御史安然上矣。然明旨照隆慶例行，而隆慶習儀舊禮何如也？所謂五班之首，而兵部等司官接之者也。老成在朝，耳目未改。一旦科道並列，名爲照例，實則新儀，不幾於陽奉綸音，而陰悖之乎？臣禮司也，而講求不審，職掌之謂何？於是不顧異同，不恤多口，而別白申請。實祈明示奉行，以究覆疏之所未悉。其御史、曹郎，孰先孰後，豈臣所敢取必。此臣疏請之本心也。

昔漢興綿蕞之儀，而魯兩生不肯行，鄙儒不知時變，然未聞拔劍擊柱之徒以兩生爲非者。臣私心竊慕效之。夫常朝則科道同班，非臣創議也，原題固如此也。大賀則科首四班，而道首五班，亦非臣創議也，題行舊禮固如此也。謂諸曹郎，承五、六品京堂之後，非諱銓郎也。禮、户二曹聯班銓省，題行舊禮，又如此也。一升一降，共惜品山之陵夷，詎謂帖服？一先一後，總屬准行之彝典，何名説謊？且銓屬爭執未平，則謂之光明正大；禮屬申請確遵，則謂之趨權慢旨。省銓聯班，則謂銓屬之獨前；禮户聯班，則謂五部之盡後。豈簪筆者止見銓屬，不見五部耶？不知誰爲媢人耶！原疏舊禮，全指班次，並不爲導駕致詞等項，何故鄧書燕説耶？三十餘年沿行不駭，而駭今日耶？此臣之所未解也。

夫班其小者也，自姚尚書、董侍郎被累之後，朝紳以爲大諱，今臣以職掌復膺其鋒。語曰："禮義之不愆，何恤人之言？"臣雖不肖，奉教於君子矣。臣十四年郎署，稍稍擔荷，輒蒙詬辱。不虞任事之難，一至於此！臣力不足以存典禮，而臣留適足以辱職司。伏乞皇上將臣罷斥，以謝御史。但使國家舊禮與臣之彈疏並存，則臣雖屏處林泉，猶拜文璧之旌。臣無任戰悚，伏俟斧鉞。

石　田　説

爲壬寅朝班也，全銓也，計户也，容禮也，澹臺臺也，陸省也。儀郎蔡子，以持朝班爲御史，詆其可駭者三，不可解者三。

燕黃金臺下多豪喜爭，有家於市之東者，曰全氏，其南則計氏、容氏。有家於市之西者，曰澹臺氏。皆大姓也。而全、澹臺氏尤豪有力，繆相重，亦時相軋。計、容二氏，則越二百年閥閲如故云。開闢初，賜三家者燕中之石田二，高可麥，低可稻，令各自立。已而澹臺氏及著姓陸者有凹縮其要，而三家稍縮而與陸接壤。三十餘年來，賜稻田於澹臺氏，券在故府，澹臺氏忘其券，又嫌道遠，恣三家者蓻粳糯焉。比復蕪穢者久之，其麥田亦附券中，第稱如舊執業，不署誰氏，而三家者種來牟如一日也。蓋一歲三刈焉。後以小忿，澹臺氏曰："燕中田，吾田也。"更蓻麥其中。全氏曰："吾田也，若彼①奪者何？"相與質之官家。事下府，府曰："其徵諸守藏者。"既報可，下之邑。邑申請曰："是稻者，澹臺氏券明，宜歸之。是麥者如舊執業,而故執業者三家也。欲持是,安歸乎?"不報。澹臺氏盛怒,聚族而鬭。曰:"全、臺匹也,何以易我而畏全氏,我力能得之官家,我則蟄汝無遺類矣。"邑曰:"吾職在,有疑,焉敢辭?吾非畏全氏,畏公議耳。且彼兩家者共之,獨全氏也乎哉?吾將謁於柱後冠惠文者。"

迂哉!予聞其事,逌然曰:"可駭!子持石田者也,其孰能解之?夫澹臺氏惠文而冠者,奚啻數十人哉!雖然田石也,可播而不可食也,徵券奚爲?嘗試與之遊無競之閈,履君子之境而已矣。"書之俟信史。

覆議公主子孫輪廕疏壬寅

禮部題,爲奉明詔、循職掌、查酌舊規,懇乞聖裁,特示畫一之法,以便遵守、以息紛爭事。

儀制清吏司案呈云云到部。看得南京禮部署部事尚書張孟男等題稱:累朝及見在公主子孫有志向學者,廕一子入監讀書。查《會典》,論長,論房,都無明載。嘉、隆二次恩廕,以長,以房,參差不一。乞要議覆,酌爲定法,以補《會典》之缺。

南京錦衣衛都指揮同知致仕梅應魁奏稱:公主子孫入監讀書,歷查嘉、隆承廕事例,非從長房,則取向學例,該伊次男世裕承廕。又南京禮部署部事尚書張孟男等題參:梅應魁豪弁爭廕,顛倒是非,凌鑠部司,欺罔天聽,難逃罔上之誅,所當盡法究治,以爲豪弁披猖之戒各一節。

爲照公主之子孫有志向學者,得與廕序,自嘉靖十八年恩詔始也。我朝定制,凡用廕者,以嫡長子孫而廕叙。公主之子孫,必曰有志向學者,則固取其材堪作養,而不專重倫叙,可知也。徧查嘉靖、隆慶年間二次恩廕,或以長房,或以次房,或以三房,或先次後長,或先長後次,俱相安無爭。蓋公主嫡長子孫,既有襲替奉祀,指揮千百户,各房不得而與。而遇有持恩國學之廕,則長房、次房皆得蔭叙。有常而世及者獨歸于長房,非常而間值者均沾于諸子。於情於理,俱屬便妥。然未經欽定,人情何極?于是有爭廕、謀奪、瀆奏、誣揭如梅應魁者。

合無今後公主子孫遇有入監恩例,宜於向學之中兼寓倫叙之意,先長房而次房而又次房。通計嘉靖、隆慶及今二十九年恩例,各房輪徧補足,週而復始。其應輪之房,或絕嗣、老疾、頑愚,不堪廕敘等項,明白開具,方及以次應廕房分。如有攙越爭占者,照律問罪,永爲定例。其以前廕敘已定者,不許奏告,以啓爭端。則公主之世澤,首及於嫡派,次及於旁枝。而不材者不得冒濫恩典,以辜朝廷作養之意。至於寧國公主之廕,亦當以是爲定。照例聽從南京禮部起送應廕之人到部,轉咨吏部題廕。梅應魁凌鑠部司,狂逞瀆奏,據法本當究處。然爭執在未奉明旨之先,又念其年老致仕,姑准免究。容候命下臣部,通行吏部、南京禮部一體遵行。

覆孝女張壽姑割股旌獎疏 壬寅

禮部題,爲舉揚地方孝行,以勵風化事。

儀制清吏司案呈,奉本部送禮科抄出,巡視中兵馬司地方廣西道試監察御史溫如璋題。奉聖旨:"禮部知道。"隨該禮科參看得云云到部。

看得已故右給事中張鳳翔女張壽姑,年方十五,侍父之病,誦禱祈代,見父之瞑,割股煎湯。其父之既瞑復視,少延二日之生者,人謂其孝心之感,蓋不誣也。此其事在丈夫子,固已難之;而在冲齡未笄之女,尤爲希覯。臣等以爲若壽姑者,非至性天植,何以有此。既經巡視御史具題,及該科看詳前來,旌表門閭,亦屬相應。但查《大明會典·洪武年間申明孝道詔》:"凡割股或致傷生,臥冰或致凍死,通行禁約,不許旌表。"蓋恐人子倣效,激詭或過於中道爾。雖原張女之心,實無所爲而爲。而揆國初之制,尚未協諸例而協。所據旌表一節,臣等不敢輒議,合候命下移咨都察院,轉行江西巡按御史,量行破格旌獎。庶世之人子,知女子有不難危身以救其父如壽姑者,而壽姑一念之精誠,亦因以不泯泯於世,未必非勸孝之一助也。

覆南京禮部考選局儒疏 壬寅

禮部題,爲表箋繕寫缺人考補,舊典難廢,呈乞題復,以備器使,以重典禮事。

儀制清吏司案呈到部。看得兩京鑄印局儒士例俱考選，自嘉靖十九年開納，而考選之法幾廢。今事例盛開，兩京皆例進矣。然開例以濟用則可，以開例而廢考選之典則不可。北局納銀者多，而本局止於鑄造印文，則寓考選於開納而自足。南局納銀者少，而一應表箋之役，并責之儒士，則宜援例赴考者之寥寥也。且納銀者各欲加納及乞班、乞選爲速化地耳，安能使之株守歲年而供胥吏之役哉？據南京禮部具題，及移咨催覆前來。蓋慮缺人廢事，誠爲不便。合無查照萬曆四年事例，行令該部，行文附近省直起送，會同南京吏部，從公考選五名，各以衣巾辦事三年，仍聽該部覆考，題補食粮。其覆考首名，量給冠帶，署本局副使事滿三年，題與實授。又滿三年，起送吏部，陞補内外相應員缺。其餘依次頂補，但不准加納、乞免。使有考選之名，而不得儒士之用。其納銀子弟照例肄業，加乞、起送，兩不相妨。以後有願援例赴考者聽。容候命下臣部，移咨吏部及南京吏、禮二部，欽遵施行。

奉聖旨："是。"

覆晉府懇恩恤寡以全孀節疏壬寅

禮部題，爲懇恩恤寡代奏，俯賜封號，以勵風化，以全孀節事。

儀制清吏司案呈，奉本部送内府抄出，晉王敏淳奏，奉聖旨："禮部知道，欽此。"欽遵抄出到部，送司，案呈到部。

看得已故寧河王之娶郭氏，私婚也。《宗藩要例》開稱，不經奏選，不請封號，私自成婚者，比之擅婚，違礙尤甚。所生子女，比照濫妾例行。則私婚之禁，不可謂不嚴，而所以嚴私婚之禁者，防其有子女冒濫名封故也。若郡爵夭逝絶嗣，而爲之請收妾額，則又從來未有之例矣。但郭氏成婚半年，旋即孀居。夭王未葬，病姑尚存。而郭氏矢志守節，婦姑爲命，其節操亦若有可取者。若不假之一妾名色，則何以統率宫人，令無渙散？既經晉王敏淳具奏前來，臣等以爲，寧河王若在，則私婚之禁當嚴，寧河王既逝，則衰病之母當恤。況妾媵額數原不列於封典,而本王夭絕,本氏無出,他日亦無遺下子女可以爲冒濫名封地者。且極不幸之事,極苦之人,又誰得而援之。合無准從所奏,將郭氏准作寧河王一妾,使之送王終葬,事姑終年。是亦皇上所以憫恤郡宗之餘恩,而非臣部所敢擅擬也。伏候聖明裁奪,容臣等遵奉施行。

奉聖旨:"是。"

執奏崇世子頂補額妾疏癸卯

禮部題,爲孤藩情勢危急,乞恩填補額妾,以延國脉事。

該臣部題覆崇王翊鑞奏前事。奉聖旨:"既係王所特請,不必行查。黃氏等准與頂補額妾,不爲例。欽此。"

臣等仰見皇上體恤崇王危急之情,世子逝而遺孤幼,特允其請,甚盛心也。第宗藩自有情,朝廷自有例,狥百不得已之情,而廢萬不可廢之例,臣等職掌所關,反覆思維,不容無言。

夫世子常溎額外妾黃氏,既生有子,子又應繼王爵之人,撫按各官,耳目難掩,皇上特恩,免其行查,可也。然國家所以約束宗藩者,惟妾媵限制爲最嚴。《要例》一欵,世子額妾四人。今崇世子額妾尚存其二,一旦復補三人,則五也。藉令世子尚在,額不過四。嚴於生前,而溢於身後,恩數不但少踰,亦大異矣。《要例》,不經奏選,皆爲濫妾。其在額外者,所生子不給贍米,女不給嫁資。今黃氏既與收補,則其遺腹子女除應繼王爵而外,餘將何以處之?既紊限制,將礙封典,其不便明甚。朝廷所以示信於宗藩者,遠則例,近則旨。今收補濫妾,唐藩以不爲例得之,而崇府復援之。親工以不爲例得之,而世子復援之。則不爲例亦例也。從兹郡鎮而下,將無不得援者。臣部何所據以題覆,而杜其非望之覬?

臣等竊謂,崇藩今日之事,急在國脉,不在妾媵。世子雖逝,兩孤見遺。但使臨期可以請封,則皇上之所以體念宗藩者,不啻足矣。收補黃氏等無益於崇,而祇啓諸宗濫妾之端。不收黃氏等無損於崇,而足明累朝畫一之法。且黃氏猶爲舉有首子,而李氏未聞有出,馬氏僅生一女,此亦何與國脈?而必欲收之,又必溢額收之,使諸宗藉口也。伏乞皇上勅下臣部,將黃氏所生第一子候到名封之期,請旨定奪。其世子已故一妾,三妾額數不與黃氏,并李氏、馬氏頂補而又過之。則崇藩幸延綫緒,而諸宗不致效尤,臣部職掌幸甚!

奉聖旨:"卿等説的是。既于條例未協,黃氏、李氏准補前額,馬氏罷。"

覆朝鮮請封世子疏四癸卯

禮部題,爲懇乞聖恩,曲諒微悰,亟封世子以定國本事。

儀制清吏司案呈,奉本部送内府抄出朝鮮國王李昖奏。奉聖旨:"禮部知道。欽此。"隨該禮科參看得云云。又准本部主客清吏司付稱,該本部題爲懇乞聖恩,曲諒微悰等事。奉聖旨:"方物着進收,請封事還行與該國王詳議的確來奏。欽此。"通查案呈到部。

看得朝鮮國王李昖奏稱,次子琿賢而有功,欲乞聖慈早賜册封,以慰舉國臣民之望一節,十年之間,請已再四。爲照國之大事,莫過立嗣。自古兄弟得序者謂之順,以小加大者謂之逆。去順取逆,所以敗也。朝鮮國王無嫡出,僅有已故妾金氏二子,長珒、次琿。曩倭訌之際,皇上特賜琿勅書,責其成功,許其優處,而再三難其立嗣之請。蓋以一時光復之功望琿,亦以萬世繼嗣之義爲該國計長久耳。今東國粗定,珒之失德,未有的據,而琿之奇功,亦無灼然可紀。不意國王復申前請,請又益勤。臣等竊謂,該國臣民有忠愛之心,則當翼戴冢嗣,以固國祚。光海君有興復之能,則當光輔母兄,以重天倫。國王有長久之圖,亦當善處二子,使之得宜。況倭奴窺伺未已,該國積弱未振,一旦亂常拂經,恐東國之憂不在日本,而在蕭墻矣。

伏奉明旨,復令國王詳議的確。臣等仰見皇上慎重建儲之典,體悉外藩之情,復何容喙!合無恭候命下臣部,移咨該國,使之宣諭臣民,俾知倫序不可紊,國本不可輕。父子、兄弟之間,不可使少有猜嫌,無輕廢置,以啓禍本。如或長珒委果病悖憒亂不堪托國,國王果非溺於愛憎之私,通國臣民果皆出於推戴之公,萬不得已,方許據實具奏以聞。臣等一面咨行遼東督撫查訪明白,候國王另有奏請之時,一併具奏到部,方行會官定議,請旨定奪。則以長,以賢,各得其當,藩維幸甚!

奉聖旨:"是。請封事大,難以輕率。還移咨該國王詳加擬議,務至當來奏。"

【校記】

① "彼":原文作"波",據文意改。

清白堂稿卷二

奏　疏

覆魯監請給關防疏 癸卯

禮部題，爲請頒專勅關防以重織務事。

儀制清吏司案呈到部。看得經理兩淮鹽法御馬監太監魯保請頒專勅關防，以重織務一節。除勅諭係翰林院掌行外，爲照織造事務，非臣部職掌，所職掌者惟印信耳。查得本部見行事例，凡内外衙門應給關防，俱該各部院斟酌可否，題奉欽依，而後移咨臣部鑄給，臣部乃敢覆請欽定字樣。今魯保所請關防，未經工部題覆，即使事體果妥，而臣部徑行鑄給，尚未免有越俎之嫌。萬一事體未妥，則皇上今日命臣刻印，而他日或至命臣銷印，臣等職掌所關，其何說之辭。且聞該科及蘇松巡按御史俱有疏言其不便，尚在候旨。又浙直地方各有内臣，各有職掌。今魯保既理鹽法，而又欲兼織造；既在淮上，而又欲督浙直。假如浙直内臣查出淮上別項事情，亦請勅諭，亦請關防，臣恐地方往來絡繹，不勝擾囔，而彼此争競亦無了時。皇上之勅諭不勝改，而臣部之關防亦不勝鑄也。織造一事，舊屬撫按。皇上以撫按遂不可盡信乎？即撫按不足信而信内臣，今浙直及福建内臣遂不可盡信，而獨信一保于二三千里之外乎？伏乞皇上再加裁奪，勅下工部詳議可否上請，仍行臣部遵奉施行。

會覆生員凌辱郡守等官疏 癸卯

禮部等衙門題，爲生員抗違鼓譟，凌辱郡守等官，戢法殊甚，懇乞聖明嚴勅重懲，以端士習，以挽頹風，以維世道人心事。

禮科抄出禮科都給事中張問達等題前事云云通抄到部。該臣會同都察院左都御史臣溫純參看得，國家之治亂係士風，而上下之陵替緣積漸。三吳士風驕悍已極，揭官造謗，結黨橫行，所由來矣。然未有辱守令、歐教官、毀公座、壞公門、搶物搶卷如蘇州今日之變者。當孫汝炬之抗拒點名也，出不遜語於府縣也，周知府背而朴之，原不爲過。何意一唱群和，拋甎揮拳？以臣等所聞，尚有各州縣官所隱忍不欲言者。士習至此，真與亂民、亂兵何異！不及今一大創之，非所以振紀維風而令衆庶見也。

查常熟原申，止有孫汝炬、朱魯唯、錢朝位等六名，而狠歐陳教官者，則皆認非常熟人。夫當日之事，豈六人所能烏合？實藉衆力，以爲莫可誰何耳。若法行于六人，而不稍懲大衆，恐元惡大憝或在罰外，而將來不逞之徒，益藉衆力以犯上矣。合候命下，臣等移文撫按，會同提學御史將孫汝炬等一干真犯，不論生員、童生，或本學，或別學，確訪嚴究，一體分別首從，查照律例，從重問擬，具奏定奪。白晝大都之中，萬耳萬目，豈容漏網。即有勢豪子弟及屢試前列諸生，亦不得曲爲庇護。其常熟通學生員并童生，停勒一科，不許考試。亦不許改名援例，例提年月，另圖僥倖，使其父兄、師友之間，互相尤怨。庶悔厥心，以警兇頑。蘇州知府周一梧，素有執持，今非已甚。容臣等移咨吏部，行令本官，即出供職。

再照當今士風，各處盡壞，其原起於學校之官太輕，提學之考不時，進學之數太濫。生童平日皆奔走府縣正佐之庭，執贄投拜，扛幫請囑，而不知學校爲何地，師長爲何官，廉恥爲何物。稍拂其意，則群起而噪呼，不惟無師長，且無郡縣、無監司。而爲提學者，既養成之，又終庇之。廣植桃李，偏護荊棘。多簡拔，不多黜退。賞行優，不罰行劣。甚且旋革旋復，僅同兒戲。名借惜才，實則釀禍。姑息之極，至於不可收拾。如蘇州，其特甚者耳。科臣通行申飭之請，深爲有見。

合行各省直提學官，務照本部原題，每三年之中，歲考兩遍，文章行誼，嚴爲進退。仍行所屬府州縣，不許濫收門生及縱容生員出入公門，稟囑公事。填報三等簿，有司與教官公心開報，要見某人以某事凌虐鄉里，某人以某事挾制有司，一經革退，永不許辨復。如遇有糾衆生事等項，不分人數多寡，輕則革錮終身，重則照律問遣，不得止將一二孤寒之徒苟且抵塞。其大衆罰科，一如前法。如提調各官縱容姑息者，聽令撫按該科參奏處治。則禮義風俗、紀綱名分，庶幾猶有所維，而士風之驕悍或可挽回一二矣。伏乞天語嚴勅，臣等遵奉施行。

奉聖旨："吳中生童驕悍異常，至于群毆官長，狂逞公門。所讀何書，作養安用？着撫按、提學，嚴行訪拿，分別正法，不得仍前徇情容縱。常熟一縣，今科不許應試入學。仍着嚴加汰黜，昭示儆戒。周一梧即出供職。師道貴嚴，以後提學官，務遵臥碑及勅書事理而行，督率有司，填報三等簿，行止有虧的，不時懲革。餘俱如議，通行天下遵守。舊時蘇州，原爲巡撫駐劄之所，何爲移駐僻遠，無資彈壓？還着照舊回駐。"

催三省考官疏六癸卯

禮部等部題，爲六懇聖明亟賜點用考官，以無悞盛典事。

竊見皇上比年以來留神機務，如大計、大選、册封、科場之類，皆極慎重，亦極果決，雖時遲回，未嘗停格。然大選以月計，册封以歲計，惟科場則三年一舉，其八月初九進一場，十二進二場，十五進三場。此聖祖欽定日期，二百年來不敢那移。京考之差，幾二十年矣，未有一省考官不以時遣者。乃今浙江、江西、湖廣三省考官，臣等凡五疏矣，幾經御覽矣，而迄今未蒙點用。夫三省之地，遠在三千里之外，而省試之期近在旬月之內。諸臣朝受命而夕就道，猶懼後時，若復遲一二日，其勢非晝夜兼行不能至。乃衡文一役與別項事務不同，場中時日有限，較閱爲難，馳驟入境，迨受事之時，而精神耗瘁極矣，安能保其翻閱多卷無掛漏哉！又不然，而偶有風雨之阻，疾病之患，程限太逼，馳驅不前，其勢必至于改易日期，傳播各省，驚駭視聽，目爲異事。

皇上一日慮周萬幾，何獨此等大典，何獨今年而屢推屢格乎？用是不避煩瀆，開列上請。伏乞即賜點用，仍嚴勅諸臣，刻期起行，毋得遲悞。此係臣部職掌,實爲皇上興賢能,爲皇上舉大典也。臣等不勝悚息待命。

擬部院請勘楚藩交訐疏呈右堂郭癸卯

禮部等衙門題,爲宗藩交訐,事干天潢,不敢朦朧議處,乞賜行勘,以昭國法,以服人心事。

內府抄出楚王華奎奏,爲極惡悍宗,悖違祖訓,欺辱親王,挾制官員,殺傷差校等事。奉聖旨:"覽王奏,惡宗罪狀多端,該部院參看來說。欽此。"

會覆間,續據儀制司案呈,准通政司經歷司手本,楚府鎮輔奉國將軍中尉華越、蘊鈐等奏,楚藩大變,異姓假王,冒濫圭璋,污辱潢派,巇法欺君,竊祿盜國等事,齎本到司等因。隨照例將華越、蘊鈐送館。經今候命月餘,未奉明旨。

夫據楚王所奏事情,臣等職在參看;據華越等越關具奏,臣部法宜參處,而未敢遽冒昧以請者,何也?以其事情之所關者大也。我高皇帝家法待宗室與臣庶不同。宗室小罪不遽加刑,大罪必下撫按會勘,或差法司往勘。未有止據一偏之詞輕自處分者,亦未有不經勘問能得真情者。今楚王所奏華越,與華越等所奏楚王、宣化王,事情關係重大,臣等遠從三千里外,何由知其虛實?若中間稍容黨護,高皇帝固有靈,楚士民固有口,臣等又安敢以未委虛實之事,而嘗試於皇上之前?萬一今日處分少有偏重,參看朦朧之罪,安所避之?竊謂使楚王所奏得實,使華越所奏涉虛,則華越罪在不赦,而越關特其小者。若使華越所奏得實,則王位豈可暗干,天網豈容終漏!皇上英明,當必別有處分,而華越等之情罪,似又當別論矣。

相應請旨行勘,以求真確。伏乞皇上勅下湖廣撫按,將二疏事情秉公持正,會官勘問,定限本年九月內回奏。仍乞明諭楚士毋得疑畏,宗室毋得狙狂,總待勘明之日,一聽乾斷施行。但事干宗藩,臣等未敢擅擬,伏祈聖明特賜裁奪。國法人心幸甚!臣等幸甚!

擬部院科會覆楚藩交訐疏呈右堂郭癸卯

該臣會同左都御史臣溫純、禮科都給事中臣張問達參看得,楚宗室華越等三十人所奏：楚王華奎係王如言同婢尤金梅所生，宣化王華璧係王如綍、王如綸家人子，俱假作楚恭王子，冒濫王爵，乞命法司往勘，及先行撫按嚴擒逆黨，以免逃遁。楚王華奎奏：華越因被戒飭，遂出揑呈，要結宗儀，暗行謠謗，明肆穢言，乞重加究遣。各一節。

爲照楚始封自高皇帝，歷代相傳王楚者，皆高皇帝子孫也。親王統轄將軍、中尉，大小相維，原有定分。從來未有諸宗訐奏親王，如今日華越等之爲者；亦未有親郡王之貴重，而以假王冒姓見訐於屬宗數十人者。此楚藩之訐奏，真宗社古今之變異，詎細故哉！臣等竊謂，事必有真，理無兩立。國體固當重，而別嫌明微，尤所以重國體；親藩固當崇，而正名嚴分，尤所以崇親藩。今二王之生三十餘年，襲封亦已久矣。一旦濫冒之疑自諸宗發之，使其無據，則急宜爲楚王昭雪，而華越等之罪必誅無赦。使其有據，則急宜爲天潢改正，而華越等之罪又當別論。但事體重大，歲月久遠，一干人証，或在或亡，豈容少加黨護？豈容懸斷虛實？伏乞勅下湖廣撫按官，秉公持正，將楚王所奏華越罪惡及華越所奏二王事情，會集多官，逐一勘問，務求真確。定限本年九月内回奏前來，請旨處分。天地祖宗昭鑒不爽，天下後世清議可畏，臣等今日之參看及所望於地方諸臣者，如此而已。但事干宗藩，臣等未敢擅擬，伏惟聖明裁斷施行。

擬部院會覆楚府遣官疏呈左堂李右堂郭 癸卯

該臣等會同左都御史臣溫純看得，楚王華奎與中尉華越交訐事情，已經遵奉明旨，轉行彼中撫按會勘去後。今該撫按官趙可懷等隨即會官勘問，開具情詞奏聞，而未敢定爲歸一之說。

臣等查得舊例：凡親郡王重大事情，俱差法司堂上官及司禮監、駙馬、錦衣衛等官各一員，與該撫按官會勘。蓋事關宗藩，我祖宗特慎重之如此。楚藩事出異常，詞未歸一，撫按二臣特請遣官再問，誠慎之也。伏乞皇上俯允其請，欽遣法司等官二三員，前往湖廣，會同各官，再加勘問，務求真確。毋聽一偏之詞，毋持兩可之見，亦毋得連及多人，而使無辜含冤。勘明之後，速行會奏，請旨定奪。臣等未敢擅便，伏候聖裁。

執奏襄府爲弟請封疏癸卯

禮部題，爲乞恩遵例請封事。

儀制清吏司案呈云云。查得翊鎬生年月日與奏相同。案查嘉靖四十四年本部題准宗藩條例一欵，以郡王而進親王已爲踰等，苟以進封之親王，而又推恩於本支，不亦太濫乎？以後世子世襲親王，次嫡庶子每世止照原封世次本等官職。奉世宗皇帝聖旨："是。欽此。"

萬曆十年，本部題准宗藩要例一欵，親王薨而絕嗣，許親弟、親姪進封爲親王。如無親弟、親姪，以次推及倫序相應者進封。日後子孫除承襲親王外，其餘俱照原封世次，授以本等爵級，不准加封，若嘉靖四十四年例。前加封者，姑准照常傳襲例；後加封者，查照世次改正。奉聖旨："這宗藩事例，既將前後議奏删訂畫一，依擬刊刻頒布，永爲遵守。欽此。"

又查得萬曆二年，秦靖王敬鎔爲庶弟敬鉏請封。本部查得，王父秦宣王懷埢，嘉靖二十七年以再從姪鎮國中尉進封。敬鉏應照宣王原封中尉世次授封，難以濫希郡爵。題奉聖旨："是。敬鉏續封輔國中尉。"訖萬曆九年，秦敬王誼澏爲弟誼㳺、誼溰請封。該本部查照秦宣王原封世次，將誼㳺、誼溰題封奉國中尉。訖萬曆七年，潘宣王恬蛟爲第五子珵㙊請封。本部查得，王父潘憲王胤栘，以姪孫靈川王進封，應照憲王原封靈川王世次，珵㙊題封鎮國將軍。訖萬曆十一年，秦敬王誼澏奏乞敬鉏、誼㳺、誼溰各賜郡王封號、禄量給等因。本部據例執奏。奉聖旨："是。以後各土府再不許越例陳乞。欽此。"

今該前因看得，藩例甚嚴，封典甚重。襄莊王厚熲，嘉靖三十一年以從姪陽山王進封，一傳靖王戴堯，再傳今王翊銘。其靖王庶二子翊鎬，止宜查照莊王原封陽山王世次，授以鎮國將軍。必如所請，是條例要例不足憑，而秦、潘之封中尉、封將軍，爲無據也。我世祖、我皇上歷年明旨，炳如日星，臣下惟有遵守，王爵何可輕畀等因，案呈到部。

臣等看得，襄王翊銘爲弟翊鎬奏乞遣官册封一節，爲照襄莊王之進封雖在例前，而今日翊鎬之乞加封則在例後。要例一頒，永遠遵守。即使各藩加封，有在嘉靖四十四年以後者，猶當遵照改正，而況可復濫加爲乎！襄王此請非制也，既經該司查例明白，合候命下，將翊鎬照例封爲鎮國將軍，行移吏部、户部，題給誥命、禄粮。以後如有違例陳乞而長史、司官不能諫止者，容臣等請旨究治，則皇上親親之仁與裁制之義兩得之矣。

覆代府廣靈王改封長孫疏癸卯

禮部題，爲乞恩改封辭禄事。

儀制清吏司案呈云云到部。看得代王鼐匀奏稱，廣靈王長子鼐鈖故絶，乞將已故二子鼐鑽嫡第一子輔國將軍鼎濡辭禄改封長孫一節。爲照廣靈王廷塀次子鼐鑽先故，長子鼐鈖繼故，而次子之子鼎濡尚在，則長子雖絶，而本王猶幸有一綫之脈也。郡王無長子、長孫，則次子應改封長子。無次子，則次子之嫡長子又應改封長孫。國理之必然，而例之無碍者。既經該司查明，又查有南川王舊例，臣等覆查相同，相應題請，合照例將鼎濡改封爲廣靈王長孫，妻夫人周氏改封爲長孫夫人。除誥命冠服等項，例不該給外，其輔國將軍禄米從人，行各該衙門停止。恭候命下本部，行移山西布政司，轉行該府長史司啓王知會施行。如長子、長孫已襲王爵而故絶者，即親弟、親姪，不得妄援，以紊明例。

覆淮府俯賜母封疏癸卯

禮部題，爲仰遵恩詔，俯賜母封，少全孝道事。

儀制清吏司案呈，奉本部送，内府抄出淮王翊鉅奏。奉聖旨："禮部知道。欽此。"隨該禮科參看得云云。通查案呈到部。看得淮王翊鉅奏稱：生母王氏，請封次妃。臣父内助趙氏，雖未授封，係父元配。乞照生母事例，併封次妃一節。

爲照王氏者，淮順王之選妾，而今淮王之生母也。授以次妃而給之誥命，於恩例允合。惟是内助趙氏，未封而婚，先經奉有欽依，今又未有所出。誠有如科臣所謂，未可與王氏同例而并請者。但趙氏之奏選而入府也，准順王以爲配，准王以爲母，而王氏亦以爲嫡矣。先年部覆，固已慮及後來之積薪。今淮王爲母請封，而併及趙氏。蓋揆之嫡庶子母之間，萬有不容恝然者。若皇上念趙氏之題選原係正配，今王之併請情非得已，或將趙氏併賜次妃封號，仍照要例，止請勅知會，不給誥命、冠服。是則朝廷之特恩，所以曲體淮王人子之至情，而非臣部所敢擅擬也。通候聖明裁定，勅下臣等遵奉施行。

奉聖旨："是。"

遵旨查擬宗正疏 甲辰

禮部題，爲遵旨查擬宗正事。

儀制清吏司案呈，奉本部送，准刑部咨云云。看得國家宗室蕃衍，前代罕儷。其中樂善循理者固多，而越禮犯分者亦復不少。是以累年題覆建宗學，設立宗正副，所以教化作新之術甚備。然建學之工力未易措辦，正副之推舉未易得人。權輕則約束難行，情暱則教誨難施。廩給從人之不備，則人情亦不樂爲。不惟各宗視宗正爲贅疣，即宗正亦何苦爲宗人強聒哉！是以申令雖頻，舉行竟少。惟周府有宗正勤羹見在，此外則杳然無聞矣。

查得楚府宗正向未設立，弦誦之教既微，禮讓之風何由而起？臣等切見鎮國將軍翊㸌所稱，人心玩常而貴新，忽近而重遠，欲以此藩之宗室爲彼藩之宗正，切中肯綮，而裨藩教，其說可行。而翊㸌父兄郡爵，所生女皆辭封祿，適儒門，一家之中，歲省朝廷祿米五千餘石，其清風雅尚尤卓然諸宗所希有者。合候命下臣等，行湖廣撫按官，於附近府分推舉一位如翊㸌其人者爲楚府宗正，再舉二位爲宗副。即查本府廢閒第宅，該布政司量處工資，改建宗學，設先聖先師神位，群宗生於其中講習勸懲，一依增定事例，要以禮法德行爲主。其宗正、副來自別府，准攜妻室及幼小子女自隨。其已封長大者，仍住本府，不得隨任，以犯出城之禁。宗正、副除本等祿糧照舊關支外，該布政司仍量處廩給。夫皂果能開導化誨,著有績效,聽撫按官會奏,或降勑旌獎,或優加禄秩。如有不稱,疏黜另推,略如流官之法。庶乎師道立而漸染薰陶之益多,禮教興而鬭凌囂訟之風息矣。至於他藩,但於本府推舉,如或乏人,乃於別府推舉。其宗人不多府分不願設立者,聽從照舊,通俟聖明裁定。臣等行湖廣撫按官推舉計議,定限本年三月終奏請定奪,并通行有王府地方各撫按官一體擬議奏聞。

奉聖旨:"王府宗學,載在《會典》,大於宗範有裨。今楚府尚未設立,着照周府例舉行。翊壆既有德行,就與做宗正。着用心教習,以興禮讓之風。其餘都依擬。"

執奏秦藩違例請封疏甲辰

禮部署部事左侍郎兼翰林院侍讀學士臣李謹奏,爲秦藩違例請封,諸藩將來難處,懇乞聖明嚴爲裁抑,以重國典,以紓國計事。

頃該秦王誼㵾奏,爲三懇天恩,俯完封典,以廣聖澤事。奉聖旨:"覽王奏,情詞甚懇。禮部便看了來説。欽此。"

伏惟聖主展親,德意甚盛。然猶未知其間事體有萬萬不可從者。皇上試垂聽臣言,則必卻秦王之奏而抑其求,當不待臣詞之畢矣。蓋秦王本以中尉進親王,其時爲萬曆十五年。在條例謂之例後進封,不得與親王世及者比也。其庶長子之例,須俟母妃年滿五十而無所出,則庶長子應封世子。如有所出,則庶長子應封中尉。今母妃年限未滿,有出尚未可知。臣揣秦王,蓋慮其子或爲他日之中尉,而欲先得目前分外之郡王。此其意,但爲子謀,不暇爲皇上謀耳。

夫例後進①封與秦一體者九府,王家庶出常多,即今九府見有三庶,如封則俱封,是一輩而三郡矣。自此而一輩復一輩,王爵之濫可勝計乎?雖其禄米止照原爵關支,而封一郡王,即有一郡王之銀册、銀印,又有郡王妃之銀册,又有教授、典膳、民校、民厨俸給供應等項銀兩,此皆一一仰給於朝廷。今當内外公私萬分匱竭之秋,聖主憂勞,百吏拮据。日徵求而猶苦其不足,日節省而猶病其未盡。即臣部每爲王府題覆,極力磨勘,細至名粮,不敢輕與。亦以朝廷名器、朝廷錢粮,爲臣子者何敢不爲朝廷慎重愛惜也!今此一事,不獨秦藩,更有諸藩,不惟國典,尤關國計。在臣可不固執,在皇上可不三思乎?

伏望皇上毅然獨斷,勿狥親愛而廢典章,勿忽藩封而忘國計。明諭秦王以進封之恩,報禮宜重,首藩之體,作法宜端。推愛子之心以愛國,使其子存樞或就本等中尉之封,或俟母妃年限之滿,恪遵彝典,永杜倖門。上之彰聖主裁制之明,下之成親藩廉靖之美。即臣禮官,亦得以不溺其職矣。臣不勝悚息懇祈之至。

擬駙馬習禮已滿疏呈左堂李甲辰

禮部謹題,爲欽奉聖諭事。

本年三月三十日,内閣傳奉聖諭:"朕覽東廠所奏事件,駙馬楊春元不知緣故,於二十八日小帽青衣,朝府門行禮畢,坐用二人小簥,回原籍固安縣去訖。且駙馬何官,不奉明旨,擅自離任,好生狂肆可惡。着便着錦衣衛官踶伴回來,奏請定奪。此乃伊父素欠教子之方,教習部官鮑應鰲訓示之禮安在?姑着革了職爲民當差。卿等可傳示遵行。欽此。"

本年四月初四日,又該錦衣衛千户李如林題前事。奉聖旨:"駙馬楊春元今既自行來京還府,顯有畏懼省悟之意。姑着禮部官伴送國子監,交付堂上官教習禮儀百日具奏。該衙門知道。欽此。"臣等即將駙馬楊春元伴送到監,扣至七月十五日,百日已滿。臣等奉旨伴送,理宜回覆。

竊惟駙馬楊春元擅回原籍,不爲無過。然性本樸直,心亦謹畏,訓誨既久,悔悟必深。伏乞皇上寬宥,准令回府,照常委官教習。臣等又查得主事鮑應鰲,去年四月内,先以兵部武選司主事差往江西等處催徵馬價,至本年二月報調教習,本官尚在江西,未及到任。其有無入京見朝,可查也。今人家延師,必師已受事,而子弟不聽約束,乃可歸責于師。應鰲調補未任,而以駙馬擅回之罪罪之,竊謂應鰲猶可原也。今聞本官差完復命,屏息都門之外,而不敢自白。如蒙勑下吏部查明,准復原職,俾其到任教習。本官素稱謹飭,其於訓示,必有可觀。

臣與應鰲素未識面,然教習臣屬,不敢不據實上請。伏祈聖明裁察。

祖妾孤貞難泯微臣遵例直陳乞賜旌表以裨風化疏甲辰

頃臣待罪儀署,竊見臣部所覆上省直旌表節孝諸疏,無不朝上夕報。我國家加意世風,蓋其重矣。而臣祖妾楊氏,獨身執節,至苦至難。臣以司存,未敢陳瀆。茲蒙恩擢臣今官,違遠闕廷,謹昧死以楊氏之苦節為我皇上陳之。

楊氏係福建泉州府同安縣故民楊禮室女,嘉靖二十二年,氏年十八,聘歸臣故祖台州府通判蔡宗德為妾。善事臣曾祖、曾祖母,以孝謹稱。臣祖訃聞京邸,氏年二十三歲,無子。哭泣悲哀,屏水漿,紉周身衣裳,誓必死殉。兩次闔門自縊,賴祖母洪氏奔救,幾絕獲甦,氏猶暗地求死。臣祖母泣諭以共守大義,仍苦浼妯娌管顧。氏不得已,泣涕勉從。既除喪,歲時忌臘,悲慟不勝,聞者泣下。臣家世故貧,嘉靖之末復遭兵火。氏間關萬苦,以紡績佐嫡。而以臣祖屬望之意勸督嫡子,臣父先臣蔡貴易是以克有成立。初,氏幼孤,母改適張氏,心常恥之。及母死,張氏已營母穴,氏乃典簪珥治塋別葬,終不令出母祔張也。

氏歿于萬曆十二年,年五十九歲。屢經該學里老柯鳳翔、陳榮弼等舉呈旌表,院道府縣等官勘結明白,然以妾故,難為題請。伏念楊氏單寒女流,青茂寡守,外無昔功之親,內無子女之遺,自非天植其性,何所恃賴而矢靡他,何所顧望而執不移? 就令闔戶自縊之時,非祖母洪氏苦救、苦勸,則亦足以烈烈一時矣。然死易,守死立家難耳。據其別塋葬母,尤見始終微志,雖讀書知理之人,有未及者。夫婦之節,猶臣之忠也。忠無間于崇卑,節何分于嫡庶! 查得萬曆十七等年,四川梓橦縣原任永平府同知趙沛然妾周氏、江西吉水縣原任商河縣縣丞李朴妾楊氏,俱以生存獲蒙表門。然二妾尚有親生兒男,忍死存孤,于情猶易。竊謂必如楊氏而後節為苦節,難為極難。伏乞勑下禮部,轉行巡按御史勘明具奏,照例旌表。則不惟楊氏已歿之幽貞不至泯泯溝瀆,而以此風勵天下,其為世教人紀之助不淺少矣。臣無任逼切待命之至。

聞言惕衷敬陳楚事始末以剖白心跡以挽回世道疏己酉

常鎮兵備按察使蔡獻臣

臣爲郎兩都，備兵五載，半生行業，人頗見諒。近聞江臣汪懷德以楚事會疏論臣，臣當靜俟處分。但楚事，今之大事，臣之名節，敢不剖心直陳，以希天聽。

夫臣在儀署，與李、郭二侍郎間或異同。顧所異同者，在宗藩之名封、襄府之郡爵，而楚事則未嘗異也。楚府之事，臣堂官欲催則具催疏，欲勘則具勘疏，欲請遣官則具請遣官疏，臣未嘗異也。惟是事體重大，苦心苦口。有云恐勘未及明而逼出范應期之事，誰人擔當；有云同城居住，律得廻避；有云且緩代理府事，姑待遣官奏到；有云議單舊例，當全入疏。此亦堂屬間商榷行事之常，臣未嘗異也。會單到部日，已逼暮。臣偕同官入請全抄。而堂官以具草辭焉，第令部役傳稟而已。其後以單多不能全錄，爲臺省疏駁，科臣楊應文逢臣而問故，臣直告以逼暮不及相見，而傳稟全抄之意，遂揮手別去。不謂數日後，楊疏參郭，而中入議單一條，謬云閉門不容入議，又云儀郎見在可問。夫全抄一語，傳稟足矣，有何可議？而臣堂官亦何嘗閉門不納乎？近楊臨終，乃語行人高攀龍曰："此疏實出武林同官手。"彼代草者素不利臣，而藏機以交搆耳。攀龍雅負時望，其言必信。此臣今日之釁端而實未嘗異也。

夫楚事，臣嘗有概于中矣。蓋主勘楚者，爲耳聞目擊之貞心。而主存楚者，亦老成持重之穩計。然存之易而勘之難耳。總計在事諸臣，以楚爲必宜勘者，郭正域也；以楚爲必宜存者，趙世卿也；心欲存楚而力不敢任，必仗朝議而後擬旨行之者，沈一貫也；始而協心議勘，既而絶口不言，第力爲同官護持者，李廷機也；始如議行勘，及候旨處分，而猶持勘結之說者，張問達與臣也。張有疏，臣有揭，可覆按也。承勘而爲活法以推鞫者，趙可懷也；舊相在而默默、舊相去而侃侃者，史學遷也。趙可懷模稜兩可，天宜殛之；郭正域激昂任難，天宜佑之。第恨擁戴諸臣，希光附景，先登後勁，以山中之宰相奉爲驅除之主盟，他日出山，未免稍減福力，恐亦非正域意也。昔楚江陵柄政，如王國光、王篆、米璉輩，皆效力于大阿在手之時,未有預爲摧陷如今日者也。先臣王用汲謂逢君之惡罪小,逢相之惡罪大。臣謂逢相之惡罪小,逢將相之惡罪大。竊欲持此以效諸臣忠告,庶世道人心其少有救乎!至于沈一貫,雖係年家,然臣父官浙已不免鐫秩去,何有于臣?楊學院地方相臨,非甚厚善也。臣之辭覆考者,亦以一歲之中定科非遥,案牘之吏謙讓未遑耳,豈有他意,何足深怒?且臣業已代校矣,所得士可數也。李知州爲江夏同年,而鄉紳刺之,各廳開之,鹽臣參之。林無錫之清介自有公評,林司理、耿常熟之才品,另有道府。臣何能爲力?任怨任德,俱所不敢。其他臣不及聞,然江南人有心有口,亦無俟臣辨也。

伏乞勅下部院,將臣先賜罷斥,仍將臣疏宣示中外,使知楚事之論以臣爲正,異日國家善類亦不至一網打盡。臣無任隕越俟命之至。

奉聖旨:"吏部、都察院知道。"

赴任就道夙疾陡發懇乞天恩允放以安愚分疏 庚申

臣年五十四歲,福建泉州府同安縣人。萬曆十七年進士,授南京刑部山東司主事。歷陞南京兵部職方司署員外郎事、車駕司署郎中事,調南京吏部文選司署郎中事。病痊赴部,復補前職。丁憂復除禮部主客司署郎中事,調儀制司署郎中事,恩詔實授。陞湖廣布政司右參政、整飭常鎮兵備,加陞湖廣按察司按察使。大計降調,該撫按官奏薦。四十三年,起臣浙江按察司巡視海道右參議,陞浙江按察司提學副使。四十六年十月内,吏部題,奉欽依蔡獻臣陞光禄寺少卿。欽此。

臣罪戾孤踪,蒙恩拔擢。分宜捧檄之官,緣母氏隨任,扶侍南還。臣私念,母老身病,已絶意出山。而臣母以君恩隆重,時事多艱,勉令赴任供職。不期禀氣素弱,舊疾陡發,本年二月間,行至福州府閩縣地方,眩暈症忡,寸步難前。延醫調治,踰月加甚。僉云積勞積思所致,非假以歲年,難冀痊復。臣于是嘆賦命之多乖,而報主之無從也。蓋海道防汛之時,嘗駕一葉輕舟,視師于驚風駭浪之中。及司文柄,已逼科期。臣素性憐才,每郡搜遺生盡試卷,無論取與不取,一一批評，發府給領。自謂心力頗殫，而臣之精神亦已耗盡矣。鬚鬢乍白，目光瞇忽，不待今日之驟發，而後倉、扁始却步也。

且臣自儀曹持議，常鎮中讒以來，側目未已，煩言實多。卿寺清秩，尤非臣之垢府病軀所宜。竊忝自分甚明，伏乞皇上憐臣真疾，察臣至情，勅下吏部，查例題覆，准令回籍調理。倘醫藥可效，視息未泯，臣讀書味道，奉母餘年，雖難圖補報于今生，猶將效銜結于來世。臣無任祈籲隕越之至。

代李都諫子遵詔陳言疏 辛酉

臣惟人臣，念切元良，而尤以黜削爲致身。人君褒先忠直，而尤以繼述爲大孝。故幽有必闡，而典有必隆。此仁孝之主所以勸臣忠而成先德也。

臣故父獻可，福建同安縣人。由萬曆十一年進士，授武昌府推官，行取考選給事户科。時當潞藩之國，切直陳規，荷神宗皇帝置疏袖中，偶墜，顧謂左右曰："此李給事疏，勿致遺失。"亦可謂魚水一時矣。諸所建白，如折衷祀典，請卹賑饑。稽奏日之留中，蕘邊防之廢弛，皇祖多見採納，臣父益自發舒。比擢掌禮垣，纔三日耳，適辛卯獻歲，遂率同官以光宗皇帝出閣講學爲請。蒙皇祖御批，切責首罪，臣父降一級調外任，餘各罰俸六個月。旋以太學士王家屏特揭封還，科道官鍾羽正、孟養浩、張棟等交章申救，重干震怒，再降極邊，雜職爲民，永不許朦朧推用。先臣回籍以來，地方交薦。病殁之日，隔宿無儲。經今沉淪地下二十餘年。

伏覩光宗皇帝登極詔書，内一欸建言："廢棄併礦稅詿誤諸臣，已奉遺詔，酌量起用。其有事關國本，抗言得罪，降黜謫戍，永錮没身者，吏部作速開查職名，分别奏請，召用卹錄。欽此。"臣父奏請諭教，固關國本，而得罪永錮，遂至殁身。籍令今日而在，必且與鍾羽正、孟養浩、鄒德泳等同躋華膴。今諸臣已蒙召用，而臣父危言一官，賷志九泉，獨遺臣等藐孤，學而未成，貧而未立。此忠臣義士之所憫惻，而恩詔之所卹錄也。夫卹者卹其朽骨，錄者錄其後嗣，先帝德意甚厚。我皇上繼述大孝，同符虞周，涖祚之初，即明詔所司，遵承條欵，按實舉行。如臣父之抗言國本,首應恤録,實與先帝詔書脗合。

臣謹冒昧陳情,伏乞勅下該部開查覆請,將臣父特賜贈廕。不惟尺壤生輝,結幽魂於既往;抑且普天爭勸,瀝清血於將來矣。

微臣叨竊踰涯乞賜休致以安愚分疏癸亥

臣繇萬曆十七年進士,授南京刑部山東司主事,陞南京職方司員外郎、車駕司郎中,調南京吏部文選司郎中。告病回籍,丁憂,除禮部主客司郎中,調儀制司郎中,陞湖廣右參政,整飭常鎮兵備。三十五年加陞按察使,三十八年考察降調,四十三年起補浙江海道右參議,陞浙江提學副使。四十六年陞光禄寺少卿,具奏養病。吏部覆准,病痊起用,天啓二年起光禄寺添註少卿。

伏念臣性質迂疏,才能庸譾,惟生平兢兢自矢,不敢爲黨同之行,亦不能作違心之言,臺班楚事罪戾多矣。臣自庚戌被察後,屏居六載,無復用世之志。不意皇祖過聽按臣徐鑒、陸夢祖等言,起臣於謫籍之中,畀以文柄,而擢以今官。臣自庚申再告後,益復無出山之志。不意皇上復過聽部臣鄒元標,臺臣鄭宗周、林一柱等言,起臣於痼疾之中,而予以原官。夫臣之壯也猶不如人,今冉冉老矣,豈顧不審於止足之義?感激恩私,尺寸未酬。又臣母勉令就道,今受事五閱月矣。凌雜米鹽,臣之分也。惟是髭白髮短,旁觀者見以爲怪物。言質論迂,風傳者訝以爲翻案。矧臣筮仕比部,妄有譏彈,秉禮衡文,復多觸忤,自分救過之不贍,微分之已盈,尚能圖効於犬馬哉!當此印纍綬若之際,汰一匪人,即進一正士。竊以爲澄汰冒濫,宜自臣始。

伏乞聖明俯鑒愚衷,特准休致。臣力田將母,讀書味道,以歌詠皇上太平之烈,銜結亦且不朽。而分別嚴、仕路清,未必無少補於聖治矣。

奉聖旨:"蔡獻臣着照舊供職,不准請告。該部知道。"

微臣因言賈罪再懇天恩特賜罷斥以謝言路以明素節疏癸亥

頃該臣具奏乞休,奉聖旨:"蔡獻臣着照舊供職,不准請告。該部知道。欽此。"偶因抱疴，未能報名謝恩。隨該科臣章允儒有疏摘臣，奉聖旨下部分別議覆，臣當靜聽處分。緣臣病甚，急圖首丘，不敢遽默默而去。夫臣之積訾多矣，今日臣何罪哉！今日之罪，蓋自言生也。科臣謂臣擊節范得志之疏，夫臣與范得志無涉也，訐疏不知其曲折也。即不隨聲唾之，何遽擊節賞之？而誤信人言者，謂臣稱其不可磨滅，臣褊心不任受也，安得無言？又謂臣疑疏語暗刺逢人巧卸，夫臣以十七載廉憲之資，一經誣陷，沉淪迄今。而臺疏兩察語傳聞暗以指臣，臣又褊心不任受也，安得無言？此皆臣快口直腸之過，其終諒之可，終尤之亦可。所謂得失在彼，臣何與焉？惟是謂臣儀郎害正，學憲媚邪，則關臣名節，不得不剖心明者。

夫臣自儀郎後，受許多無端風波。然同時諸君子知而信者，衆矣。鄭繼之、周嘉謨知之，故或起家而內推，或請告而覆起。鄒元標知之，故出山而疏薦。李廷機、張問達知之，故始終共事而不疑。不然，臣何得有今日！若近科臺省之未甚悉，亦無怪也。臣郎儀曹也，臺班難矣，楚事又難。棟壓榱傾，岌岌有將壓之慮。臣所害何人？豈以郭宗伯之去爲儀郎罪乎？則江夏既參四明，四明自仇江夏，皇祖且聽其告歸矣。夫宗伯與閣臣爲難，則宗伯去，猶之司寇與閣臣爲難。則司寇去，不聞司寇咎刑屬，而顧爲宗伯尤儀郎乎？事理甚明，在朝多老成可問也。臣督浙學也，勉竭心目，頗稱得士。即生童落卷，亦盡數批閱給領。臣所媚何人？豈以一二縉紳子時弋獲乎？則卷號既發府矣，席號盡揭去矣，臣無從引嫌而徧置，亦無從狥情而濫收，去取一憑文字，何與知其他而爲媚乎？士紳有口，在朝多浙人，可問也。

總之，臣稟性既迂，賦命復蹇，忝竊非據，止足宜甘，告疏偶未遂耳。旬日以來，風邪驟襲，痰火交攻。豈惟陰陽之患，且有性命之憂。伏乞聖明特賜罷斥，以謝言路。以臣因言起釁，負病實深。亦乞勅部議覆，准臣休致。

奉聖旨："蔡獻臣着遵旨供職，不必陳辨。該部知道。"

海氛未戢親闈繋思懇恩予假以便歸省疏癸亥

頃該臣具疏請告。奉聖旨："已有旨了，該部知道。欽此。"仰惟皇上使過之仁,自宜遵旨供職,然臣子至情,不得不控陳於君父之前。臣母黃氏,春秋高矣。客春,臣起補今職。母氏命臣行,臣趑趄不欲行。既而臣縣中左所有紅夷之警,賴撫道焦勞,添兵飭防。知縣李燦然新銃械,繕城堡。而總兵徐一鳴,躬擐甲胄,援枹督戰。夷是以不克逞志於我,而求見撫臺。臣母語臣曰:"此奴豈宜令經城市、覩紛華,且彼將無為索俘計乎。"猶幸夷到三山求市不得遂,矢必歸。聞彭湖間墮城者二之一,還棹者三之一,衆謂夷氛少靖矣。於是,母氏復命臣行。臣不獲已,黽勉服官,然念未嘗不在庭闈也。詎夷心未革,夷舟漸集。近接鄉信,言夷仍入浯嶼求互市,大將旗鼓相望,莫可如何。臣不覺神思飛越,恨不得插翅而依膝下。諒母之諄諄令臣出者,今且盻盻望臣歸矣。夫母也倚門倚閭,臣也為人為子,用敢披瀝上陳,伏乞皇上憐臣孺慕至情,准臣給假回籍。若臣歷官罪狀,指摘在科疏,進退在部議,即臣行後,其罪而斥之,惟皇上命;其原而放之,亦惟皇上命。臣母子相依,不敢復問長安道。頂戴高厚,寧有窮極哉!

奉聖旨:"准給假。吏部知道。"

【校記】

① "進":原文作"道",據文意改。

清白堂稿卷三

時　務

庚子答銓問八條

一、正人不可不亟録

夫盡忠極慮者，皆宇宙正氣所激，第患素不乾净而借爲勁羽者耳。癸巳以前，尚或推用一二，是忠義之氣猶在世間也。至乙未之後，概不談及。曰："如是，則柄銓者先不能安矣。"此權説也。夫皇上之所惡者，主爵亦惡之可乎？宜將坦中勁氣係蒼生之望，如鄒爾瞻者，亟加峻録。且向轉正郎已得旨，非有意終錮之也。他正人削籍者，雖未能遽望薦起，其見在遷謫者，亦當斟酌才品，量陞清銜，以待機括之轉移，人才世風維持不少。不然，如隆慶初起用大禮諸臣，皆已老死。聞今海内名流，有一二化爲異物者，此可爲痛心者也。且皇上縱不允行，亦必留中，不至甚怒。留中，則尤爲不痛不癢之症，在銓曹及政府加之意而已矣。

一、方面不可不内轉

官至兩司，閲歷最深，而人亦最多，寧無高賢大良出於其間乎？除方伯、廉憲需次開府、京卿矣，若大參、少參、憲副、憲僉，非邊道，則節鉞之路尚遥。宜博訪精擇才品超卓者，歲陞卿寺二人，以示異等。雖卿寺不如藩臬，得着實爲地方幹事，然而超格之擢，亦風勵之一機也。

一、部屬不可不精拔

三衙門需次，京堂以爲固然矣。人才豈甚相遠哉！諸曹人最多，賢者當亦不少。今部屬雖有憲副、參議、知府、僉憲之推，然挨俸耳。尚寶、光禄丞，非所以待部屬之優異者乎？且其官止六品，舊非甚重也。有主事未考滿而改者，有出爲少參、僉憲者，特以其稱小九列故重耳。近又以諫謫官居之，驟陟華要，則益重。夫諫謫官宜優處者，即卿寺可耳，何必丞也。今或缺至兩三年不補，寧無秦無人之嘆？合儘前缺改而未下則催，催而再不下則再催，又不下則別推。博選才品資望之最著者，以充是任，則於三衙門之外，多得一番異等人物。若轉後而才品無奇者，不妨照職掌外轉。

一、推知不可不部轉

方今朝廷，不喜科道。行取久而不下行取矣，請考選不下考選矣。又久不下，目前郡理、邑令俸四五年之上者，再遲兩三年，不七八年乎？恐行取、考選之留難猶故也。將奈何？宜及朝覲未赴任時，多處部寺之缺，酌量內遷。若遲至復任之後，則又多一番送迎之費，徒擾地方，未必有益。且隆慶己巳、庚午間，多有部屬改科道者，其人率成功名、致大位。蓋由郡邑而部寺，則閱歷益熟，品格益定矣。他日兩衙門缺，便將部寺俸三年以內者，照例改用，何患無人哉！

一、林泉不可不起用

夫廢閑者，如膂力方剛，而一時病告。如地方事體齟齬而去，如無心詿誤而公論已明，如病痊、服闋而久不赴補。此在科道部屬、方面知府等官，往往有之。或著高節，或擅長才，屢經撫按奏薦，頃科道乏人，搜羅殆遍，餘未及也。誠宜博訪精擇，相兼起補，則白駒無空谷之嘆，而國家亦得用人之利。且廢閑官與見任不同。見任者較量資俸，猶有遷轉之期；廢閑者非遇十分得力知己，則沒世不振也。夫壯強而棄之，將老憊而馳驟之乎？爲計左矣。此當事所宜亟爲甄錄者也。

一、擬部不可不填補

方今考選中格，計不能驟得之朝廷。然朝廷所留難者，科道耳，非部屬也。科道候久，不失美官，乃擬部屬者，既不得爲科道矣，而猶令需次索長安米，不益苦乎？宜照原擬衙門，遇缺題補。亦通變之一策也。

一、兼銜不可不痛革

兼銜之官，如副使、按察；而守則兼少參政、參議；而巡則兼僉事。曩時，或加銜久任，或爲地方擇人，間出兼銜，非得已也。數年來，則幾遍滿省直矣。無論以藩銜而管臬道之事，以臬銜而管藩道之事，彼此衙門，莫適爲主。甚至藩司乏人之時，有以兼銜而爭署印務者。即如一巡道缺，而内外官無一人不可轉。無一人不可轉，則無不可講。不幾於吏道雜而多端乎？夫官制未改也，前何以不兼，今何以多兼？兼之不加治，而徒使人懷捷徑之心，分明爲人不爲官也，則兼官何爲？可爲痛革者，此也。

一、地方不可不體悉

官無崇卑，而其便風土，樂室家，人情一也。貴州，瘠地也。四川、雲南，饒瘠半地也。其去福建、廣東，均萬里而遠，遠於去京師，而道路崎嶇險澁，則不啻倍之。自銓曹以滇、黔、閩、廣，俱屬南方，而不知其東西之邈也。於是滇、黔之藩臬府縣，以至倉巡小官，閩、廣之人幾居其半矣。然閩人之藩臬滇、黔，往往單車就道，曰歲有兩齎捧，差可圖耳。齎捧兩番，即擢矣。舉無以官爲家者，何也？地遠而携家不便也。故滇、黔雖有司道，而常若缺官。司道雖名俸三年，而走路、在家者二年。如此，則人與官俱不便矣。方面大吏猶尚如此，況其下者乎！夫銓曹所以相延而莫爲意者，豈以滇、黔之官非閩、廣人不可，而閩、廣人舍滇、黔別無相應近地哉？夫滇最近者，黔也。黔最近者，滇也。而滇、黔最近者，湖廣、四川也。其次則廣西、江西、南直、浙江也。未有若閩、粵東之遠者也。四川最近者，湖廣、陝西、雲貴也。其次則江西、南直、河南、山西也。未有若閩、粵東之遠者也。福建最近者，江西、浙江、廣東也。其次則南直、河南、山東、湖廣、廣西也。未有若黔、滇、蜀之遠者也。廣東最近者，福建、江西、廣西也。其次則浙江、南直、湖廣、河南、山東也。亦未若黔、滇、蜀之遠者也。竊以爲掣簽者閩、廣人，直可不掣滇、黔、蜀之缺。即方面知府，雖彼此輪轉，不拘省分，亦須先其近者、次者，不得已而後一二及於極遠者。夫官不必尊，地不必好，而室家易携，音問易達，則人安於官。人安於官，則所以謀其官者必悉。使人不安於官，則所以謀其官者必疏。此非獨爲官人計也，亦所以爲地方計也。其所省於驛遞往來，又不少矣。此在銓曹一斟酌調停間，可以體悉人情，而久爲此纏牽不便也，所亟宜變通者也。

壬寅河工錢糧議

方今河徙歸德，欲築遙堤，復故道，塞決口，成迦河，其勢非百餘萬不可。然今府庫、閭閻竭矣。歲額出入無論，司農竭於鮮、播，又竭於珠寶。司空竭於兩宮，閭閻竭於礦稅。鮮、播雖稍釋肩，而東事恐未得息肩；珠寶、兩宮可以釋肩，而不肯釋肩也。三殿分封行且繼之，區區開例所濟幾何？二部之力竭，而囧寺亦并竭矣。一旦河決壅運，道衝祖陵，此如隔咽、如然頭，豈細故也哉！然無米之炊，巧婦何益；空手談河，神禹何益！為今上策，則惟皇上沛然大發內帑百萬，可以濟時艱而揚令名。九卿竭誠疏請，其半宜可得也，非所敢冀也。次則戶、工二部，宜辦五十萬，工三之，戶二之。然當那移措處，需以歲年，未可卒辦也。今欲取辦，目前惟借之南部乎，再借之囧寺乎？南工之節慎，南戶之老庫，南兵之總庫，各可得十萬。囧寺頗有贏餘，再借三十萬可也。此皆還至立效者也。

河南、山東、江北諸州郡，稍搜抉，或各可得五萬乎。不則，三方田畝稍稍加編，一歲而罷，衆輕易舉，當不甚害。然礦稅未弭，加編恐難言也。浙、閩、滇、粵，或可借十萬乎。浙、滇三之，閩、粵東二之。江南諸州郡或可稍搜抉乎，當亦不下五萬。此八地責成撫臣，宜拮据以報。其餘不敷，則戶、工何辭焉。夫借南部、借囧寺、借閩、浙、滇、粵、江南，當事者必爭，又囧寺百萬之痛未復也。然財非一家私財，事非一家私事，與其設法而倍徵，孰若那見在以舒見在乎。何言未然加派又必爭？然禍中剝膚，百姓雖費，安可以已乎哉！

此總在十五萬之內，若三方別可處辦，則無出下策可也。至於珠寶、兩宮玄殿花園、南北臺之役，不可以告成事、告停罷乎。已就之緒，無名之費，時需歲進，日省月試，何為者也？此皆工、戶職掌，宜在發內帑之先，以去就爭之。而九卿、臺省合疏佐之可也。舍此無可為計已。

癸亥山海兵餉議

今榆關重地也，然兵食難言之矣。餉不足則兵必譁，甚者必逃。兵不清則有虚數無實用，而費餉必多，費愈多則餉愈不足，此兩敝之道也，於戰守何賴焉！矧自兵興以來，加田畝、加商稅、加典稅、加贖鍰、開加納、開乞免，入孔亦既竭矣，豈宜輕議增減哉！愚見止有稅契一法，行之似擾，然令甲也，每銀一兩，原以三分爲率，倘量稅一分五厘，其買賣三兩以下者勿問。乘今大造之年，稽查尤易。必令各道印簿發府下縣，照册徵收鈐印。而無令奸頑民得隱漏、貪墨吏得侵漁。一歲之入，可以不貲。

又，職去吳地久矣。憶吳地如魚課、河泊等項雜稅，或二三百兩，或五六百兩。歲逋十之八九，查盤問罪，終同故紙。蓋田地錢糧追完，則解留已充，無所事此，故頑戶猾胥得通同欺蔽。若嚴催完以佐軍興，則各縣可歲得二三千金。此索逋也，非加賦也，何憚而不爲此？然此等欠項，有無多寡，不可一例論也。

至於山海兵餉，收放宜歸於部司，而兵數餉籍綜覈，宜總於該道。兵之收補在各道，而武弁領之。兵之訓練在將領，而各道監之。兵虛而餉冒，道臣之責也。餉足而兵不練及僱替充數，將領之責也。執此議罪，咎將誰諉？倘專任武弁，則兵與餉未有能清者也。今後道臣造支總册，一送餉司，一送户部，庶有稽乎。

又如津海運糧到關，急宜築倉建城。倉不築，則糧米之浥爛可惜。城不建，而以兵守之，則夷虜之襲據可虞。又如榆關之地幾大，而聚兵十四萬其間。自古多多益善者，惟淮陰侯獨耳。自非然者，一團虛冒，何從清楚，何從提運。即使天津米豆盡可用，亦供給不敷；即使榆關盡蓋爲營房，亦蹲跕不下。風雨霜露，誰能堪？此兵之病且逃，無怪也。故必聚數萬精兵丁榆關，特拜一大將爲之提督，而其餘散布諸處，如各州縣、各隘口，使副、參、遊統領。而又汰其老弱，汰其虛冒，并汰其浮遊無用、求薦、乞劄之徒。每日輪番教習技藝，一教十，十教百，而後兵可精也，非僅操場較閱齊聲放炮之謂也。夫兵精，則數不必多，而餉自減。又必隨處多建營房，若小堡然，而後可爲各兵安身立命之地。雖多費，寧可以緩乎哉？此其實做在經撫，又非獨户、兵二部之責也。如此，則兵不必十四萬，月餉不必二十七萬，而以之制奴酋、威西虜，有餘矣。

鎮下關添將分兵議丁巳

夫鎮下關，浙閩之咽喉，而近於南麂，尤溫之外户。故添將之議，必然之畫也。按鎮下、飛雲、江口、黄花四關，計兵千人，溫道亦欲割此以隸之矣。第欲分南遊兵千四百人之半，而台道欲多留二百以益台，故溫有加餉二百人之議。此亦各爲地方深計，愚敢不謂然哉？第就中折衷之有三策焉。

其一，溫分南遊兵六百人。蓋以四關而統之有能之遊戎，可以聯絡浙、閩，可以專防南麂，可以肩鐍商榷，而杜其窺伺。此不必加兵加餉，而鎮下一關，隱然有虎豹在山之勢，其爲溫之金湯不淺。至於廩粮雜流諸費，有南遊例在，取之缺兵足矣。溫、台晏然俱利，上策也。

其一，溫分五百人，而另處二百人之餉益之。此則台多留得二百人之用，而藩司增二千五六百金之措置。雖計大事者不惜小費，然加派亦未易言。此中策也。

其一，則南遊之兵，溫、台各分其半，而台另割汛兵之近新河者約可八百人，以益南遊，俾之成軍，而責之兼防。此不論分兵幾何，第彼既分，則此必益。而此一遊戎者，始可以藉台而少展布於台矣。然台兵終未大振。此下策也，猶愈於已者也。

今汛題設已無及矣。第得撫臺揀一廉勇有能之將，直提遊兵五百，往住鎮下。而使之兼督四關兵軍，且使之料理建署防汛諸務。俟其灼得肯綮，稍見成效，而後坐名題請。此又上之上也，策止矣。

倘不然，而愚請得言其不便。溫區兵多而將少，雖鞭之長不及馬腹。若鎮下不添一將，即加名色總數員，何裨殿最？不便於溫者一。台區兵少，勢頗單弱。正藉新河移鎮，而兩區共之。僅僅一總二哨七百之兵，所裨幾何？不便於台者二。以南遊一枝分汛二區，區七百人，兵既晨星，地餘千里，聲息不相聞，奔馳不相及。在溫區則以主而待客，在遊將則以客而岐主，責均於丘山，而權渺於一粟。不惟本遊自以爲綴旒，即溫區亦綴旒之矣。惟罪是懼，何功能圖！不便於南遊者三。

夫以前之三策如彼，而後之三不便若此，添將之議斷斷乎不容已矣，亦昭昭乎無難事矣。若建署之費，不過六七百金而足，以溫區辦此，當亦易易。不然，南遊歷年缺兵，尚有貯在寧庫者，即那此銖錙以成勝事，亦何分於彼此哉！夫添將則溫、台俱有將，分兵則溫、台俱有兵。不添將猶無將也，不分兵猶無兵也。南麂三盤客，夏之倭船，今正之賊舟，其明鑒矣。而總之，議兵必先議將。故曰：添將便。

添將分兵問答

問：溫分五六百人，虞弱何？

曰：四關之兵軍原以備倭，且溫兵九千五百餘人矣，加之五百則萬。萬盈數也，六百不又多乎哉？

問：南遊，溫、台遊也，分兵之議，何厚台而薄溫？

曰：溫兵幾於萬矣，台僅半之。裒益之道，不宜爾耶？

問：二遊戎既分，宜請勅乎？

曰：宜。

問：南遊既有勅書，宜請改乎？

曰：宜一台、一溫，一鎮下、一新河，可也。

問：溫勅宜及金盤總，台勅宜及松門總乎？

曰：宜。兩洋勅書原云，該區自把總而下營衛等官，遇警悉聽調度約束，無分彼此。今何獨不然？不然，則不相指臂使矣。其補兵、補哨之事，不預聞可也。

論彭湖戍兵不可撤 癸酉

彭湖者，我東南海之盡境也。舊傳爲晉江尾都，後乃徙而墟之。今爲漳、泉海民耕漁之區,而與東番臺灣爲鄰。其內則浯洲、則烈嶼、則嘉禾,皆同安都圖地。

彭湖戍兵未詳創自何年,然陳懷雲撫臺時即有撤兵之議。愚私心以爲不可,曰:多兵不足禦夷,而撤兵適足資賊。既而南撫臺時,紅夷外訌,築銃城於彭之風櫃,而耕漁之業荒矣,內地且岌岌焉。南撫臺與俞總戎費盡心力,誘而處之臺灣。尋疏請設一遊戎,而增漳、泉兵至千二三百人,更番戍守。今未十年,而兵僅存其半矣。毋亦爲餉少乎?然主帥既不能數履,而裨帥亦多偷安內地,則僅以二三兵哨往。其有無三分之一,誠不可問。故議者欲撤而去之,曰:與其守外,何若守內。與其置之茫茫不可稽之域,何若布之目前而時偵探及之之爲。愈不知夷與賊豈懼偵探,而我兵亦豈肯茫茫海洋中時出偵探者哉!且夷賊相依者也,賊聚必借夷以爲聲,夷入則我民之爲賊者必附之。今紅夷敗衄之餘,聞有二三船停泊于彭,而耕漁之民已驚擾而竄矣。倘一旦盡撤,令夷賊得盤據其中,而不時入而騷我內地,豈惟向之城風櫃而已,吾懼濱海之不得寧居也。夫浯洲之去彭湖也七更船,其去臺灣也十更船,今深計者,尚以處夷於臺灣爲隱憂,奈何欲棄彭而揖之入也?故裁遊戎、題欽總,設二名色總、四哨官,而二郡各以兵四百人隸之,使更番哨守便。

適有兵中人至,乃故嘗戍彭者。詢之,則云:向未題設遊戎之前,彭湖兩汛兵不居陸而居舟。其發收之期,亦如海上之例。間有異舟過,則操舟而逐之。其餘攬泊者有譏。比來設官戍守,而兵士乃安居島中,即有異舟之過且泊者,亦不及知,即知亦付之不問耳。此則有兵與無兵同,所謂法立而弊生者也。故不必撤兵而當勵將,又戍彭之要着也。

浯洲建料羅城及二銃城議 丙寅

同安海嶼,地大而山高者,惟浯洲、嘉禾爲最。嘉禾之南,中左之所城也,而洪濟爲之鎮。浯洲東北,四巡檢之所碁置,而南則金門之所城也,而太武爲之鎮。嘉禾去邑五十里,一海可亂。而浯洲之西,則緣溪入海,行六十里出澳頭,而淼乎不見水端矣。其之邑則有金門渡、後浦渡、埔下渡、平林渡、金山港鹽渡。之董水則有平林渡，之蓮河則有西黃渡，之安平則有官澳渡。此皆內海也。其東則外海，爲彭湖，爲東番、琉球諸國。凡夷賊之由泉而南、由漳而北者，必取水而維舟焉。其澳最平深，於北風尤穩。而登岸尤便者，曰料羅。故設汛以來，歲勤郡營戍守，汛畢乃歸。承平久而戍撤，僅僅浯銅遊春秋汛及之，然亦寄空名耳。

癸亥冬，紅夷登岸，把總丁贊死之。於是，撫鎮出二標以戍，而一民居寓兵八九人，大爲民苦。未幾復撤去，而分金門營兵守焉。本澳有官廳、有媽宮。媽宮之前營房對列，汛兵居之。近左起一小阜，其下二盤石並入海，大各四五丈。又左則一石山，如虹直亙海中。甲子夏，予至澳相其地形，時方議建銃臺於盤石上，予謂小阜據高而銃臺反居其下，非宜，第宜於媽宮前建一城，高二丈，縱二十丈，橫殺其四之一，度可居汛兵二三百人。有警則群村民暫收保其中，而城上列數巨銃，賊舟近岸，可一擊碎也。然海岸多沙，城基故亦未易。若稍移入堅土，而外夾一線灰垣，高尋丈，厚尺餘，而穴之以發銃，亦一策也。

或曰：石將焉取？曰：有廢巡司城二，曰田浦，曰陳坑；有空巡司城一，曰官澳，可移也。官澳司城在浯洲北，孤懸無水，去人家二里許。嘉靖庚申陷賊，遂墟焉。今司兵已裁，巡檢住邑中，留之無益。近鄉有二廢堡焉，可貿也。田央、西埔。又不足，則旁近之山可鑿也。或曰：費將焉出？曰：夷訌以來，增兵製器，費至二十餘萬。苟垂永利，何惜此千餘金哉？

又有二銃城宜建，其一即左之石山直亙海中者，建一臺其上，左右衝擊，當令賊不敢近；其一爲入陳坑之要道，舊司城之石可先就近移建，而其餘乃用之料羅。約一臺，居平可分汛兵十名，急則倍之。亦制賊一策也。蓋浯洲外海可登陸者，惟料羅、陳坑，故不可惜小費云。

初，予相度時，問銃城何不議建於媽宮前而議盤石上？曰：民居在左，懼其昂頭。夫民居依山處高，何右昂之足慮？而田浦司住人數家，頗不願拆城。度城石不拆，亦將漸盡。即拆，又未免搬移工力。倘有帑金可備石費，雖仍之可也。

蔡子曰：三山横亘海外，彭湖，闽南之界石；浯洲、嘉禾，泉南之捍门也。曩时诸夷风帆，犹在旬月之外。自倭奴潜贩东山，而红夷城大湾，寇贼奸宄渊薮，往来其指同安、海澄间，信宿耳。嘉禾、彭湖，设将宿兵，贼或未敢边窥。独浯易而无备，实启戎心，急而图之，不已晚乎。则料罗之城，讵非百年石画哉！

今乙丙冬春间，贼艘停泊料罗、陈坑间者，月无虚日。或入村焚舍，或登岸取水，或烧沉兵民船只。虽未大肆剽掠，然居民走匿山间，而渔舟废业矣。若使二地有城、有铳、有铳城，贼安敢尔乎！金门新营建于西宫，去贼冲远甚，则半移所外，半移料罗，而领之二哨，岂不两得？矧今招抚之后，而内外海之贼舟，又复纷纷见告耶。

下四场增课议代何二守

天下事，利多而害少，则人情不令而自趋；利少而害多，则虽招之而不从。浔美、㳉洲、浯洲、惠安四场之盐户，其以竃丁米石晒盐上仓，而召商开中者，自洪武间始也。后因仓盐低黑，海道险远，商贾弃去，畦丁逃亡。其浔、㳉、浯三场，每一引折米一斗，而摊派丁米，科纳不等，月给卫所官军者，自正统八年始也。其惠安场比照浯场，改折每引征银七分，解部济边者，自弘治十六年始也。其浔美场每米一斗折银五分三厘，解府给军者，自嘉靖九年南道粘御史疏请始也。其浯、㳉二场，折米亦如浔美，每斗折银五分三厘解府者，自嘉靖十九年始也。其浔、㳉、浯三场，每米一斗加银二分，如惠场七分之例，名曰加复，共加银一千一百五十七两六钱七分零者，自万历二年始也。其议移运同分司于漳、泉，召商开中给票，纳税计盐三千斤，税银一钱五分，两府岁派一千八百两者，亦自万历二年始也。

然自晒自卖，相沿已久。骤见召商，民已心骇。况埠头盘掣之严，哨兵巡索之扰，益苦不堪，告诉纷纭。于是乎税盐丘，四场丘盘丈分三则，上则方丈七厘，中则六厘，下则四厘，民犹苦诉不前。于是乎税盐船，百石之船，税银一钱五分，递而加之，以足本府九百两之数，而分司官商议罢矣。逮万历十二年，吏科杨给事疏下撫按司道議而免加，復又免丘船稅三分之一。蓋鹽民始獲稍甦，而部疏所謂反出依山折價之下者也。不知上里、牛田、海口三場，雖每引納銀二錢五分，然丁米之額甚輕，每丁尚不滿一引之鹽，每畝或止十斤、二十斤者。下四場引折雖僅七分或五分三厘，然潯美一丁受鹽七引三百十九斤，民米一石，派鹽五引二百斤。㘲洲一丁受鹽四引二百五十斤，民米一石，派鹽五引八十斤。浯洲一丁受鹽三引二百三十八斤，民米一石，派鹽二引二百斤。惠安一丁受鹽二引二百八十五斤，民米一石，派鹽一引一百二十斤。丁米之重，視上場不啻數倍。矧上三場通舟行鹽之地廣，下自福興，上至延、建、汀、邵，故商賈輻輳而鹽利多。下四場通舟行鹽之地狹，僅僅行於本府，而漳又自有南鹽，故商賈不至，而鹽利薄甚，且積久而耗餒矣。且此鹽民非盡竈丁也，乃民丁也，其真晒賣者不能十之二三也。所納非第鹽課也，乃民糧也。十七供差稅，十二三供課也。產米一石，派糧料銀若干與民同，今加遼餉興民同，舊例概免雜辦，而今酌量派差與民同，十年里甲大造與民同。而十年總催、秤子、團首大造其費更倍，則民戶所無，而鹽戶所獨苦。浯洲彈丸大海中，飛沙走石，田屋丘盤半被沙壓，尤為獨苦。即四場所派引額，不過防館謹藏之，若故紙然，第俟完課之日銷繳而已。

今遼餉緊急，倘獲加課萬餘，豈不甚善？然國朝垂三百年，有減無增，非不析秋毫也。萬曆初年之設官招商，稅丘稅船，心計非不工，法非不密也。且當閩省倭患軍興之後，江陵為政操切之時，不過加復之一千一百五十餘兩而已，不過稅丘船之九百兩而已。合四場尚不足二千之數，不觳設分司之用，故未幾停罷。蓋真有不便者，而今可易言哉？即使盡復萬曆初年之舊，亦何能有裨遼餉之萬一乎？若以鹽折隸海防，軍餉屬撫院，鹽司不欲問，鹽法道不敢問，按院不便問，則自鹽折正額之外，不聞分毫有入於官，亦不聞分毫有入於豪富牙販之家，此可見法窮於無可加矣。職考之前事，揆之人情，竊以為仍舊便。

下四場裁鹽場官議丙寅

潯美、㘲洲、浯洲、惠安四場鹽戶，其丁米折課有定額而與民異，其田產之差税無定額而與民同，特差稍輕耳。乃里甲十年一編，鹽既與民同。而總催十年一編，又民户之所無。是民籍役一，而鹽籍役兩也。即以浯洲一場而論，歲課不過七百四十八兩耳。萬曆初，復益以丘船稅二百有奇耳。而贅之以場官，重之以總催，其爲分例雜費，已鞭繫不可堪。後又督以海防，真不啻九羊而十牧之矣。使當年併歸縣官，第謹别其户籍而時徵其課入，不尤徑省乎哉，何必另編役爲？

頃該鄉紳建議鹽民苦訴，已蒙院道允行。而郡太守復議，四場各加課銀若干兩，綱銀若干兩。即浯洲一場，共加銀二百四十六兩四錢，已不啻四分之一。計三場，亦猶此矣。至丘船二稅，則責令邑幕追解，而要在裁場官省總催，以少舒鹽民增編之苦，甚盛心也。今縣已徵課，而場官仍復下場以圖朘削，法無畫一，民誰適從？此輩鑽營，究不仍歸鹽司不止，則裁革場官之疏不可不亟題。即捧檄至者，或留司别委，或送部改銓，可也。

職　　掌

[禮部職掌]

查革通事孫光範等公移辛丑

禮部主客清吏司爲懇恩比例，繼習世業，以圖補報事。

案照先於萬曆二十八年十二月初一日出示，查點各館官生，有回回館原告補缺通事孫自化，世業習學援例冠帶子弟孫光範，畏兀兒館原告序班孫寶，世業習學暫給冠帶子弟孫光第等六名不到，隨行鴻臚寺主簿廳呈堂。查得孫光範、孫光第，俱於二十四年八月内給假回覆到司。查得《會典》開載，通事給假，違限至六箇月者，官聽本部參革，冠帶通事以下聽本部徑自查革等因，遵行在卷。查孫光範二十四年八月二十五日呈稱，隨伯父吏部孫回家，至真定府，不料陡病，給假調理等因，行查未報，徑自回籍。孫光第二十四年八月告假，限次年正月回銷，計今違限四年以上。

爲照通事官生之設，原爲引領朝儀，傳譯夷情，非爲膏粱子弟貪緣進身、冒濫世業之地。故爲通事者，月有卯，歲有考，托病避考，即行查革，此定制也。孫光範、孫光第兄弟入館之故，以賄以力，姑不必深求。但孫光第以習學而題給冠帶，孫光範未經行查而徑剳習學，皆從來未有之例。據其意，豈僅欲得一通事以爲榮，無亦有所覬於世業憑藉而爲之乎？夫使孫寶之世業爲孫光第有，而其子不得有，則攘也。使孫光第既替孫寶，而孫自愛又替，則濫也。異日，孫自化之世業，又將誰屬哉？此亦姑不必論。但孫光第違限四年以上，其奸法而弁髦法也甚矣。孫光第、孫光範俱當查照《會典》革役除名。惟復以當時冠帶俱係題奉欽依，聽其冠帶榮身，第日後不許矇矓進館，希圖子孫告替，亦不得冒免原籍差徭，仍應通行提督主事、鴻臚寺及陝西布政司知會。其孫自愛果否係孫寶親男，亦應併行原籍查明，取具里鄰官吏結狀，回報定奪。則朝廷之名器不輕，而世業之承替不濫矣。

查革通事張可揚公移 辛丑

禮部主客清吏司爲稽查怠緩通事事。

據小甲徐舉拘喚候缺通事，并習學子弟張可揚等十一名到司，當堂考得西番館候缺通事張可揚夷語尚半生，隨審本生，供稱年十六歲。卷查張可揚係二十六年正月山西行都司保舉到部，文結不稱年歲若干。據今見年十六歲，則保舉之時正十二三歲豎子也。本生係鴻臚寺卿張某次男，一向在任，口尚乳臭，其原籍非大同前衛右所三百戶下舍餘明甚，安所得韃靼西番夷語而習之？即使能習，而大同巡撫安從物色之而保舉之？又其時訪保事例已經本部停止，此其貪緣冒濫無疑。豈以伊父見在該寺，而通事俱隸司賓署，希圖世世不可動之業，而爲稚子營此窟乎哉？夫使鴻臚而可爲此，則以前鴻臚皆可爲其子孫地矣！而本部主事提督二館者，本司提調通事者，亦又可爲子孫地矣！何從來無一人敢出此者，而獨張可揚可出此也？以白丁而冒衣冠，以方十二歲乳臭之子而冒稱幼習夷語夷情，在邊日久，以平地而冒希世業，於理於法妥乎？不妥乎？此非所謂富貴之中有私壟斷者乎？

張可揚，據法直當參革。但念年尚幼小，事不由已。且父兄之愛其子弟者，宜使讀書進身，何必營充此役以圖倖成，覬世業而奸國家之典！張可揚相應停其考補，或仍准其自行告退，以重名器而全體面。爲此，除稟堂外，合用手本前去鴻臚寺主簿廳，呈寺自行斟酌，備由過司，以憑呈堂定奪施行。

又移鴻臚寺主簿廳論張可揚公移壬寅

禮部主客清吏司爲比例訪保以圖報効事。

看得張可揚起送原文，並未嘗言及比照張繼隆事例。及今查革，乃創言比例。夫例出於欽定題准者，方得明白比照，豈可以夤緣鑽刺之弊竇，而私行比照之哉？不言比照，則暗地壞法，尚懼指摘。言比照，則是公然壞法，以爲固然。恐自今以後，不惟以張可揚冒濫爲無傷，而且使凡爲鴻臚者有所藉口，蓋斷斷乎其不容姑息矣。

昔漢世孝廉，年不及格，尚有聞一知幾之詰罷歸。況以十二歲豢養宦邸之子，而捏稱久居邊地，習熟夷情夷語，將誰欺乎？據李用賓自稱十四訪保，然彼單門之士，其所從來，或無可疑。使用賓之父亦爲堂卿，用賓年十二三如可揚，用賓足不出國門如可揚，則必不得訪保，即訪保亦當發還，安得有今日哉！且其時訪保之例正開，若可揚之訪保，則例停久矣。陳以元、任文翰之後，猶有張可揚，而何張可揚之後，遂無一人也？則張可揚之夤緣鑽刺，而干國家法彰彰也。乃自去歲行文聽行告退之後，迄今數月，束閣猶故，而僅欲以比例二字抹殺此場公案。名器可惜，弊竇當嚴。張可揚仍候回文呈堂定奪。

議覆鄧范二通事案呈壬寅

奉本部送，據安南館通事署丞鄧汝舟呈，本館候缺通事范光裕夤緣改館等情。又奉本部送，據范光裕呈辯改館係題請等情，各到部，俱批司查，奉此。

看得安南館通事，舊有黎、范、陳、鄧四家。然徵之《會典》文卷，亦無可考。

自三家故絕革職之後，僅一鄧汝舟在館。而本官二十四年營戶部差回家，適遇安南入貢，領伴缺人，故前任朱郎中呈堂題改范光裕伴送回還。據呈，派出范可久不無牽合，然鄧署丞無事之時則營別差，有事之時則借他館，事完之時，則欲其拱手而讓己，揆之情理，亦屬欠妥。且本館缺二，而鄧氏能專之耶？鄧序班見以勘合差行，則館務將虛以待耶？安南人至，又將誰借耶？范光裕已經題改，相應在安南館考補，無容別議。以後子孫世業之時，仍歸琉球館，不得紛爭。伏候堂裁。

行戶部催賞貢夷鈔錠咨壬寅

禮部爲番人進貢事。

主客清吏司案呈，奉本部送，准戶部咨，內開折鈔一節，所議極便。但據內庫回文，乃以折銀議支太倉，是欲太倉爲內庫代償也。當此匱乏，又難輕議，事關內府，更求詳妥，再咨計議等因，到部送司。

看得折鈔一節，事關內庫。此不待移會，而已知其掣肘矣。但朝廷恩澤，雖纖微亦必下究，而番夷賞賚，閱時月豈能久待？故備鈔速發者，成規也。而折價直者，權宜也，窮變通久之術也。今折給既難輕議，而過運又未可卒辦。歷查三五年之前，未有遲捱若此者。始何以裕，今何以缺；始何以易，今何以難？此其責安在？即如崔工千官等鈔，本部專爲此項題奉欽依，而本番竟不能得一鈔，賤賣以去，則該庫爲壅皇上之賜乎？爲彰皇上之賜乎？將來耽閣，益何底極！據稱鈔有盈餘，視爲故紙，則又非銀兩之缺乏者比，何難過運，而令遠人不得蒙實惠也？是在主計者，計令流通，無致缺乏，則本部無事越俎，而議本折爲矣。爲此，合咨貴部，煩爲查照行內庫，將鈔錠立限過運，以便關領施行。

回覆內承運庫貢物不堪公移

禮部爲驗收貢物事。

准承運庫印信手本，內開，准禮部手本，開送朝鮮國王李松差陪臣柳根等，進到冬至令節年貢綿紬苎布共一百四十疋,當該本庫驗出內有水濕、漬污濫惡不堪等因。爲照外國之事,天朝不論其儀物之豐與不豐,但觀其誠敬之至與不至。據朝鮮所進方物,該司看驗,頗覺不堪。且瑣布微物,亦致缺供,殊乏誠敬之道。但念小國,初脱兵火,物力未完,又跋涉山海而來,即有不堪,無從補換,不得已,姑與題進。今據承運庫印揭開具到部,隨即喚陪臣柳根等,責令該司,當堂嚴諭。小國貢琛,理當萬分敬慎。況朝鮮素稱禮義,與諸夷不同;蒙天朝再造之恩,又與往日不同。今進貢之物,管解員役不行用心管理,路途漬污,敬謹何在?我皇上聖度如天,不與小邦計較,但屬國事,天朝豈合忽略如此?柳根等輸服謝罪,隨即嚴諭該司,以後方物俱如法用心驗看。如再有水漬等弊,即便題請移文該國,將差來人員,從重究治。既經申飭,理合回覆。爲此合用手本,前赴內承運庫查照施行。

准補恩貢通行壬寅

禮部爲恩貢事。

儀制清吏司案呈,案照萬曆二十九年十月內,欽奉恩詔欽開:"天下儒學生員,于額貢外,在外各貢一名,俱于年深廩膳挨次考選。欽此。"已經通行欽遵去後,今據各省直陸續起送前來到部。

查得補貢舊例,過一年以上者不准。又查得萬曆二年題准事例,貢生遇有事故,例應補貢者,提學道查,果人文未久批准補貢等因,俱經通行在卷。今該前因,看得恩貢一途,原與歲貢不同。此係慶典,皇恩覃被,遐壤均霑。況在黌序,不應遺漏。今各省直州縣,尚有數處缺人。或係未經起文,別有事故;或係人文已到,偶爾病沒。今除已經廷試事故如浙江張有孚者,例不應補外,其未經起文與已經起文到部而未經廷試偶有事故者,俱應補貢,以廣明揚之典,以霑浩蕩之恩。爲此,合就照會本布政司,轉行提學道,查照先今事理,如有前項事故,恩貢名缺,即將年深廩膳挨次考補一名,起送赴部,以憑三十二年題請廷試施行,俱無違錯未便。

廣靈王請封長孫議呈右堂郭壬寅

廣靈王廷埨長子蕭鈖故絕，次子蕭鑽先故，王無子，請以蕭鑽之子鼎濡爲長孫。

看得册庫，郡王不繼統之説詳矣。然疑猜不當避，而防冒濫則尚有説。《要例》郡王各欸有云：故絕者俱不得襲封。又云：進封親王或薨故絕嗣，或犯罪革爵者，子孫弟姪及旁支疏族，俱不許承襲王爵。弟姪旁支無論矣，子孫必專指進封革爵者言。若無子而有孫，亦不得言絕。又云：長子有故，郡王次嫡子改封長子，或妃五十無出及已故，庶長子改封長子，若未封者，徑得請封。郡王嫡長孫封爲長孫，長孫有故，次嫡庶孫應繼王爵者，亦許改封爲長孫。使蕭鈖已襲而絕，則例不繼統，雖百蕭鑽之子，何言哉？今蕭鈖雖絕，而王尚在，鼎濡尚在。則長子絕，而王尚未絕也，蕭鑽不幸先死耳。使遲蕭鈖一歲死，則必照例改封長子，而鼎濡稱長孫無疑也。鼎濡稱長孫襲郡，則必追封蕭鑽爲王，亦無疑也。例固未嘗明禁，曰長子絕，次子死，而次子之孫不許改封。蓋此乃不必然之事，但云次嫡庶孫許改封長孫，則括之矣。

又有問者曰：本王老且死，鼎濡將承重乎？不承重乎？曰：承重。夫承重矣，而不承其爵，例乎？查得萬曆二十三年江川王次子之子譽枨事體，極類。然有兄譽枅瘋疾無子，故譽枨管理之，疏有曰：請封候奏到之日酌議。夫譽枅雖病無子，猶然兄也。譽枅貞疾不死，則譽枨自不得王。使以譽枅王，則絕可必也。以譽枨管理，則譽枅故而襲郡猶有人也。此題覆忠厚之至也。今論故絕，則本王見存有孫；論改封，則鼎濡爲次嫡孫。比譽枨則有請封酌議之部覆，鼎濡之不礙改封，亦明白矣。若曰應封輔軍之孫，非應繼王爵之孫，夫長子長孫在，次嫡庶子孫亦豈應繼王爵者哉？興必有廢，次而又次，固其所耳。若曰蕭鑽先死，不及改封，則上文云未封者徑得請封，何也？長子故而次嫡庶子未封鎮軍者，徑得封長子。應封長子者未封而故，而次嫡庶長亦得徑封長子。至孫不重言者，互見耳。本王無子又無長孫，則鼎濡即長孫也，雖徑得請封可也，孫與子，一也。次子在則改封，次子故則其子改封，一也。語云：過而廢之，寧過而立之。若有孫而謂之絕，又若遲之，而本王眞故，雖未絕更難圖矣。神明之冑，國脈坐斬，理恐未妥，心亦不安。雖然，猜疑之說，即素號擔當者猶然，況以本司之菲薄者乎！謹捐成心，具事理，伏候堂裁。

襄府請加封說堂帖癸卯

儀制司爲乞恩遵例請封事。

看得襄莊王以從姪進封，雖在嘉靖三十一年，然要例所謂四十四年例前加封子孫，姑准照常傳襲，例後加封，查照世次改正者，非進封之謂也。加封專指進封者之次嫡庶子而言，如應中尉而加將軍，應輔而加鎮，應鎮而加郡云耳，非進封之謂也。就以襄論襄，靖王之弟載墥，嘉靖四十四年封隆慶王，隆慶初改鄖城，此加封也，例前也，誰得而斬之？若嘉靖四十五年以後加封，則爲例後，宜照世次改正，矧今翊鎬而可郡乎？固不論其進封之前後，與母妾之九十也，襄王爲弟請封，原不及郡，今止宜遵守要例，照依世次授以鎮軍耳。

又查得萬曆十一年《科參秦王俯全子女封號疏》有曰：以例前繼統爲詞，又其說之難通者。夫例前例後者，蓋以餘子加封者爲言，非以本王繼統爲言也。又云：如鄭、濬、肅、襄等府，俱由從親旁支而進封者，日後援此爲例，何以杜之？本部覆云：封爵至重，條例甚嚴。是以鄭、濬、肅、襄諸府，其進封與秦府同，而不敢爲兄弟子女違例請封者，限於制也。萬曆十三年本部《覆秦王改封郡爵疏》云：所謂四十四年例前加封者，正指次嫡庶子爲言，非例前繼統之云也。夫二十年前之參覆，於襄府何與？然事外無心之言，尤足爲今日翊鎬之斷案矣。大抵進封諸府，如吉、如秦、如濬，其次嫡庶子皆先封將軍、中尉等爵，而後乃稍改封，然皆出自特恩，又皆不爲例。本部亦皆執奏再三。若誤解例前例後，誤以進封爲加封，而遽與之郡爵，則本司不敢執其咎。伏候堂裁。

名封循環簿移內閣癸卯

禮部爲乞恩請名事。

儀制清吏司案呈，案查萬曆十八年六月內，該本部題覆宗藩事宜內一欵。今後各宗請名，本部具題之後，即行翰林院撰擬雙名。在春季題者，定於夏季終抄出送部，即便填給勘合，通行各王府知會等因，題奉欽依，通行欽遵外。今查節次子名手本，俱係白頭抄出送部，原無印信可憑。有經年方行抄出者，有一本類題而或先將一二府抄出者，又或先將二三名抄出者。皆因白頭手本，漫難查覈，委非事體。相應開寫循環文簿，春秋一扇，夏冬一扇。凡春題夏抄，夏題秋抄，秋題冬抄，冬題春抄，出入互換，週而復始，俱不得過三月之期，永爲定規。庶幾得杜留難，免累貧宗。案呈到部，擬合就行。爲此合具春秋男名女封抄文簿一扇，差吏齎赴翰林院，將在釜等嫡第一子等名定擬註簿施行。

管理奏乞代行禮儀咨都察院癸卯

禮部爲比例懇乞天恩俯准，代行禮儀，以便朝賀事。

儀制司案呈，奉本部送內府抄出，管理府事景寧王府鎮國將軍載壞奏，奉聖旨：禮部知道，欽此。欽遵抄出到部，送司云云。

看得管理府事與親郡王不同，王爵世襲，故子可以代父，孫可以代祖。若管理府事有疾不能行禮，則當再舉倫序賢能者代之。據奏，安知非爲其子翊鋪他日管理地耶？且去年具奏已爲立案，今復奏到，必係真疾。相應行撫按查舉，案呈到部，擬合就行。爲此合咨貴院，煩爲轉行河南巡按御史，會同巡撫衙門，將景寧王府管理載壞，查係真疾與否。如果真疾，不堪行禮管理，便於將軍、中尉中倫序相應、賢能素著、堪管府事者推舉一位，會題前來，以憑覆請施行。

燒燬四書書經刪正等書劄各提學癸卯

禮部爲小人肆無忌憚，蔑祖制，毀先師，懇乞聖旨嚴禁，以挽士習事。

儀制清吏司案呈，奉本部送，據刑部四川清吏司員外郎陳幼學疏揭爲前事。案查先該本部題爲坊間《火傳意見理解》等書十餘種，總之，皆明背傳註，創爲異說，以惑亂人心等因云云。

即如陳員外疏，參《四書删正》、《書經删正》二部，如"宋朱熹章句，明袁黄删正"，此十字已足以駭矣。及取其書，細加繙閲，則將朱註妄行删削，甚至并其註而僭改之。中間異説詖辭，又多有與紫陽牴牾者。我二祖表章六經四子，《四書》一遵朱註，《尚書》一主蔡傳，頒在學官，列在人寰。諸儒生幼學壯行，迄今無改。而此書公然鏤板，而與之並行。其真出於袁黄之手，或迂怪之士雜就之而托於黄，俱不可知。即今坊間業已盛傳，若不嚴加禁絶，勢必淆亂王制，決裂聖真。其爲人心世道之憂不淺等因，案呈到部。

看得我明頒布《四書集註》、《尚書集傳》於學官，著爲功令，家傳户誦，迄今二百餘年無異學。即袁黄起家進士，非以誦習傳註得之者乎？乃公然敢爲室中之戈，任意删改。不惟欲與抗衡，且將凌駕之而據其上，何恣肆也！此書誠行，初學小生喜其新奇，而樂其簡便，相煽相尚，他日且不知朱註、蔡傳爲何物矣！相應嚴行禁絶，爲此合就通行各該提學官，將袁黄《四書》、《書經删正》同《火傳意見理解》等書原板盡行燒燬，其刊刻鬻賣書賈一併治罪。仍嚴諭生童不得爲其所惑，藏留傳誦，以干明禁。再照袁黄，浙江嘉善人也。其書果否出于本官之筆，其刊刻果否曾經該道查閲，亦應一併查明呈部，以憑酌議施行。

申飭宗室奏請期限劄付癸卯

禮部爲申飭奏請期限以體恤貧宗事。

照得《宗藩要例》，凡宗室請名、請封，過期五年以下查題，十年以下行勘，十五年以下勘明另題，止給名糧五十石，十五年以上立案。男選婚、女請封，過期十年以下查題，十五年以下行勘，十五年以上立案。又萬曆十八年，題准請名、請封過期十五年以上者，查其父母有無封爵，并稽遲來歷，體勘明白，歲給本色米十二石，以示優恤，二十年以上方爲立案。

夫至於立案，則無復有生理矣。彼何苦耽延，而自悞若是哉？則經由多而需索者衆也。始則本府郡爵之需索，本府教授之需索，繼則長吏司之需索，布政司掾史之需索，終則本部王府科之需索。在有力之家，應期而報生，應期而請名，應期而請封，應期而請婚。周旋所到，文移勘結，盛水不漏，即有弊端，無從究詰。無力之家，勢必後時，典鬻簪珥，而猶不足，則預寫禄糧以稱貸，貧宗之皮骨已盡，掾史之溪壑難厭。因而舞文，每於年月先後，母子名封之際，巧藏機穽，故設瘡瘢。貧宗渾朴，何由知覺而奏請？又但憑奏事官。彼奏事官包攬以來，倉忙而去。于是本部吏書吹毛求疵，無所不至矣。於是有力之家，人人得請，而貧宗大半立案，大半行查矣。一經行查，則從前諸費盡付烏有矣。一經立案，則名封都絕，朝夕難保矣。遂使本部條例，不能禁富厚之貪緣，而止以厄孤窮之無告。誰之咎也？皆緣各經由衙門不肯體恤，以至於此。

今除本部嚴飭王府科，凡遇請名、請封、請婚、奏辯等項，照例即題，不得苛求外，其各衙門，亦務要及時奏報。如各役有抑勒刁難者，許各宗赴撫按衙門申訴。其王奏、巡奏，須明出告示，張掛通衢，使各宗通曉。毋姑息胥史，而漠視天潢，共秉奉公守法之心，以體朝廷敦睦展親之意。爲此合行各省布政司，轉行各長史司、教授所，啓王知會，併申明巡按衙門，照前申飭事理施行。其有需索留難以致愆期者，將長史、教授官指名參奏。如王奏到部，而長史、教授等結未到本部，定照《要例》查參提問。該司即將本部來文榜諭，仍將發去刻本印張分散各宗。

選娶内助妾媵議呈左宗伯李甲辰

《要例》，宗室子年十五請封、選婚、選有之日，雖有王奏及管理奏，必須巡按覈勘無礙，方與題封，繼配亦如之，重正室也，慎封典也。内助雖亞於妻，亦第一妾耳。選妾禁例，悉如選婚，則内助宜亦如之。夫禁例云者，不許濫選流移過犯及本府軍校廚役之家是也。《要例》明著之矣，非巡奏之謂也。然妾用巡奏，而内助不用巡奏，何也？内助必娶於妻故之後，與選繼同。既有王奏、管理奏，有病故日月，自當准。選妾多選於妻在之時，必巡按覈實，方與准選者，恐有《要例》所稱未及，而預陳已子而復娶者是也。防其濫而限制之也，非如選婚覈勘之謂也。此内助、妾媵之別也。至選有之日，但將姓氏來歷并入府年月造册報部，又用藩司文結，而不用巡奏覈勘者，何也？内助、妾媵賤也，不封也。且有藩司文結,則違礙不足慮也。此内助、妾媵之所同也,而妻妾之别也。夫題封則用巡奏,不題封則止用文結。冒濫當防則用巡奏,不必防則止用王及管理奏。《要例》如此,其立法用意亦詳密矣。今内助欲用巡按奏選乎,是反重於妻與繼也。妾媵欲用巡奏於選有之日乎,則既奏選矣又多此一奏,是兩也。必欲省其奏選者而移于此乎,則非限制之初意也。且内助、妾媵必待巡奏到而後婚乎,是復添一擅婚也,苟也。既選且婚矣,即巡按勘奏到,亦例不得題,不過附卷而已。夫附卷於藩司結狀何加也,其束閣一也,竊謂不如仍舊便。

萬壽賀禮議上首相沈甲辰

左堂傳示,相公欲義起皇太子入殿賀禮。職初見,亦謂宣德時親王弟也,潞王於皇上亦弟也,太子,福王子也,擬父子於兄弟有間矣。且均是子耳,禮豈容二?具題之時,曾與左堂商榷及此。然册立、册封三年矣,經冬至正旦者三,萬壽者二矣,今獨議福王禮者何?福王向未出府,則與太子、三王俱於宫中三鼓行禮,無容議也。今出府矣,入朝必在五鼓。倘皇上御殿,則宫中行禮已畢,其勢不得不於文華後殿。矧又有宣德及潞王出府之禮可據。故按例題請,非特皇太子不曾議及,雖三王亦未議及。非以本支隆殺,以在内與出府不同也。夫禮,别嫌明微者也。前日潞王出府之禮,即今日福王出府之禮;今日福王出府之禮,亦他日三王出府之禮也。若以皇太子,亦應入殿行禮,不獨福王。則今日三王便應出殿行禮,不獨皇太子矣。舊無所據,未可創設。且太子宫中賀禮,三載相沿。今日乃因福王出府而更之乎?職之所不敢也。職又謂皇上御殿則禮然耳,大抵傳免居多。傳免則福王賀禮又當在宫中,與太子、三王一樣矣。夫宫中禮,宫中行之,非外廷一一所與知也。謹議。

清理宗室設官議甲寅

夫今之宗室,麗幾億,册幾充棟,法令幾如茶脂,弊蠹幾如豀谷。蓋至雜而易厭,棼而不可理矣。請名也、請封也、請婚也,外則司府主之,内則儀郎及册庫主之。夫藩伯、儀郎，皆重劇之司也。以重劇之司，而益以棼雜之務，事例難淹，胥史難防，比稍得頭緒，而官已可他徙矣。雖精明強幹，無所用之。此交困之道也，其勢非設官立局不可，予嘗有二議焉：

其一，添設儀制協司之官。夫儀司額員非乏也，副郎司玉牒，主事一人司奏報，而總其成於儀郎一官，有大禮焉，有學校焉，有科場焉，有册封焉，有印局焉，有節孝焉，有王府雜行焉，一人拮据，猶苦不給，加以名封糜其日力之半，而其他職掌，率不過草草了故事而已。竊謂部中春曹一所，宜改爲册庫，設協司郎中一員，而以奏報事隸之。又將奏報主事註選册庫，非滿三年不遷。凡奏辯抄到，則册庫查册，協司覆核，說堂應題、應駁、應立案者，當日出示，每季終十日前總付儀司。儀郎第受成具題，不必另問當否。即間有未妥，亦協司册庫者任之。則事有專責，不惟宗室之弊盡一清，而儀郎諸大職掌可以次第舉矣。其便一。

其一，添設布政司提調宗學之官。夫宗室之貴倨，有司不可問也。其貧而不能請，以至于過期私擅濫而另題立案者比比也。及過期既久，雖欲辯復，孰從信之？竊謂山東、河南、湖、江、山、陝藩府多者，宜特設宗學參議一員，擇其精力才望者，以專勑提調，每歲再出巡。凡宗人之生卒，與應名、應封、應婚、應繼、應妾者，一一聚而質之。年少向學者，拔之青衿，送之省試。將軍、中尉作奸犯科者，得以師道扑責之。部中如有駁查，則藩司移之提調。提調每季將應請及辯復者册送藩司，藩司第據轉部，或轉撫按具題，亦不必另問當否。每歲以季入，以季覆，內外不得參差。長史司有弊，則提調得問之；部胥有弊，則提調得請之。四川、廣西不必另設，止以省城少參兼勑可也。此則於查覈之中，寓鈐束之意。且可省歲月之淹，撤釜鬻之隔。其便二。

嗟乎！此二便者，予獨見之而創言之，斷乎不可易也。

常鎮道職掌

駁人命首抵從徒議乙巳

按律，凡本條自有罪名，依本條律科斷。若本條雖有罪名，其有所規避，罪重者,自從重論。今同謀共毆律,必下手致命乃絞,必原謀乃流。至其餘人,則杖耳。例尤以爲未足,于是有兇器致命之戍焉。分別四條,亦已詳盡。事干人命,必用正律。非如別項事情,可以模糊而引用也。

今查兩京刑部,原無如此文法,惟江南相沿已久,牢不可破。又如謀殺律,首從三等,與名例最合。共毆律條,亦分三等,隨從者有致命傷,亦從抵償,元謀者近類造意,亦從徒擬。則此條之首從,又不可以名例之造意隨從論矣,又不可以謀殺人之造意加功論矣。今取下手傷重者,而問之曰:汝造意者乎?必不盡然也。則又取其共毆者,而問之曰:彼造意,汝隨從者乎?又必不盡然也。故本道以爲未妥也。曰如此,則一抵而一杖,得無事同而處懸乎?曰律例備矣,致命傷重者絞,重人命也。元謀者不傷亦流,重始禍也。餘人杖,輕之也,已有抵之者也。兇器傷重者戍,重之也,所以補律之所不及也。若律例所不載者,吾何求焉?然則問官當何如?曰:凡毆殺必定其傷,凡傷必定其執下手,凡元謀者必究其首事之狀,凡抵外擬戍者必審其的用何器。無是三者,不抵、不流、不戍。如是而已矣。

風化事行武進丹徒八縣丁未

照得男子削髮爲僧已屬邪道,婦人出家無所拘檢,念益易邪,事尤可已。

近日,武進妖僧張應期假扮尼姑,出入閨閫,雖經斃獄,言猶痛心污齒。皆由大家婦女信佛尚尼,而丈夫不能制義所致。已經備行常、鎮二府禁逐去後,合再通行。爲此仰縣官吏,即便示諭地方總保人等,速將本圖在城在鄉某處有尼庵幾所,其庵有尼姑幾種,無論老幼、師徒,限半月內盡行開報到縣。即令地方喚各尼姑父兄宗親到縣,當堂認領,通令蓄髮,願改嫁者改嫁,願守節者在家守節。其一應尼庵,可毀者毀,可爲社學、義倉者改作社學、義倉。如有所供佛像,送入空大寺院供奉。該縣仍留心查訪,如有地方隱漏不報、開報不盡及勢豪阻撓者,即具文報道,以憑拏究,一體問罪。但不必差人,反滋騙詐,無裨實事。文到限廿日內,取具尼庵更改緣由,并尼姑種類數目及伊父兄親戚領狀,一併繳查。如各縣漫無查訪，及畏勢曲狥、驅逐不盡者，本道另有見聞，定提吏究革，決不輕貸。

清屯審甲以甦運苦事呈文丁未

照得軍政莫重于轉運，轉運尤重于選旗。然欲清審旗甲，須要查理屯田。蓋屯以資運，輓卒負數百石之粮，歷數千里之程，交納京邊，干係非小。不有恒産而使之領船駕運，有不僨事者幾希。故清屯田者，贍軍之本也。

鎮江衛額運淺船二百三十八隻，該旗甲二百三十八名，先年於六所百戶六十員下，每員僉旗四名，領運後，因逃亡事故，參差不齊，遂于六千戶所通融僉補。有一百戶下僉數名者，有一百戶下全無僉者，賣富差貧而弊生于上，營脫規免而弊滋于下。其屯田本以贍軍者，乃有一軍而佃三四分，有佃六七分，有強軍豪舍佃至數分，有墨弁隱占數十分，通不領運。屯之利專有所屬，而運之苦遂不可支矣。

今欲救弊補偏，合先澄源正本，候詳允示。行令該衛掌印官，先將概衛屯田原額頃畝，及伍所百戶下屯軍某某，原佃若干，于某年承佃，至今佃種；某某于某年爲何事故改佃，某某見今佃種。或某軍併田若干，或某舍占佃若干，或某官隱佃若干，通開在册，印送本道，轉發該府海防官，逐伍逐戶清查。使田之頃畝，以衛合所，以所合伍，以總合撒，以撒合總。仍要查明丘段界址，無問原佃、改佃、占佃、隱佃，先要田有着落，然後應清者清，應追者追，查理明白。原有田而今無者，給與佃種；原無田而今願佃者，准其告佃。強軍兼併不願分者，責其兼領運船。舍人占種不願吐者，責其照軍領運。不則，照依太、鎮二衛舍人佃田例，每年納銀助運。指揮、鎮撫、千百戶隱占者，務要責令退出給軍。占恡不退，按法參究。屯田清楚，軍戶各有恒業，而後再責掌印官，轉着各所百戶，盡將員下應審軍戶，從公一一開出。某某佃田若干，果殷實；某某雖佃田若干，未殷實；某某不佃田，家既饒。某某或有田，某某或無田，某某或充吏、承書識，某某或投某官門下，逐戶備開，總填一册報道，仍發海防官清審。審時先查其家貲，次論其田畝。如有司編審差解事例,不專苛末秏力糓之軍,而脫漏商賈素封之輩,其納充、吏承等項,止許免其本身,仍審戶丁在册備差。審編既定,以後缺旗,照册僉點。僉時先儘本伍,本伍不足,方僉及別伍。如册內不報,不許審時續報審。册無名,日後不許生情混提。若今預報之時,敢有奸弁藏匿富軍不開在册,海防官或本道查訪得出,及別軍首告,該伍官究贓問罪,本軍併問,仍罰連運三年。示創是役也,量限一月清屯,一月審旗,次第報完。本道據册轉呈,另請憲批遵守。庶蠧螫而差役可均,疲苦甦而運澤永垂矣。

答蘇州申相公及諸紳論限田丁未

承老先生及諸老先生見示以限田之說,纖悉詳盡,不肖昭然若發矇矣。

祁令究心民瘼,念編民當役之苦,創爲此議,其意甚善,誠如尊諭。但縉紳齊民亦各有體,向不當差,驟而當差,則不便。既有貼役,貼而又貼,則不便。且役田之少,起於花分,攬寄之多,又起於客宦。寄莊之免,未杜其弊源,而遽欲裁節,於縉紳則又不便,亦誠如尊諭。然總之撫臺所謂嚴客宦而寬本宦,嚴詭寄而寬本身者,此兩言盡之矣。使能嚴客宦而寬本宦,即本官嚴詭寄而寬本身,又何虞編役之田之少哉? 雖然,未易言也。

夫本身之寬,而詭寄之嚴,林無錫嘗行之矣,曹撫臺亦嘗通行矣,然他郡縉紳未有應也。寄莊概役之法,宜興嘗行之矣,他郡縣今宜以爲例。夫縉紳立朝居家,各愛吾鼎,豈有寄莊若是之多? 此縣若干頃,彼郡又若干頃,不過族戚富豪之所假借也,是亦詭寄之類也。叨朝廷之恩,不任受役;而又冒齊民之田,使不任受役。即世法以爲固然,此心亦良愧矣。故寄莊冒免者,相沿之陋規,而寄莊貼役,或當差者救敝之要術,亦誠如尊諭。然其真其詭,縣官何從知之,而縉紳知之;縉紳或不知之,而知數之家人知之。使縣官以爲詭,而縉紳以爲真,則雖精明彊幹之吏,亦有所不行矣。故嚴客宦者必客宦自爲嚴也,嚴詭寄者必本宦自爲嚴也。其他弊竇,則以責之縣令可也,此在賢縉紳與有司交相成者也。

不肖偶有愚見,輒因尊諭而請質焉。伏祈裁原,幸甚!

詳吳復菴崇祀鄉賢 戊申

秉性清剛，執節高亮。蚤冠瀛洲之選，文章價重於詞林；素抱汝南之憂，廟堂念切於黼扆。通籍餘二十載，立朝僅五六年。一疏植綱常，批龍鱗而幾斃杖下；再疏明權義，迕鳳閣而終返田間。入講經筵，議論常含規諫；出師國學，教誨多就甄陶。五奏乞休，唐介身輕一葉；十年恬尚，謝安望重蒼生。歲凶設廩以賑饑，全活多命；家居聚學而課藝，振起斯文。彌峻李膺之門，不至言偃之室。蓋人知公之錚錚於奪情，而不知其特立之操，雖同鄉前輩亦有所不比；人知公之矯矯於當官，而不知其孤高之氣，即流俗污世亦無敢曲諧。謇諤立身，嗣四諫於翰苑；義方訓子，繼五桂於燕山。公輔未登，輿情共惜。誠躋俎豆，足風懦頑。

常州各營戰船改造楠木呈文 戊申

看得常州各營戰船，向來俱用雜木打造。鎮江圌山營戰船，向來用楠木打造。若計一時造價，楠木沙船，大者二百五十金，中者一百四十八兩有奇，小者一百三十金。雜木沙船，大者六十餘金，小者五十餘金。則雜木者價廉而工省。若計永久拆造，則楠木十二年一造，舊船易銀尚值四五十兩，堪抵十二年間修理之費。而雜木五年一造，舊船止值價六兩或十兩，迨至十二年，當拆兩番有餘，兼之修理工料，總計費用反浮於楠木。海防官所謂較之楠木少用二年，多費銀三十餘兩者，誠然也。雜木屢造屢修，而不可以乘風破浪。楠木一勞永逸，而且可以破敵衝鋒。其應改造楠木無疑。

據詳，永生洲應拆造沙船九隻，欲照圌山大船樑頭一丈三尺者，則價多恐不能辦；欲照圌山中船樑頭一丈一尺者，則船小恐不堪用。今斟酌於大小之間，定為樑頭一丈二尺，身長陸丈六尺五寸。每隻該工價銀一百九十兩，亦倣圌山之價。損益於大小之中，委為適均。

至於歲修之法，亦改為十二年三修，總計銀不過六十三兩。既查府庫，有積存練兵之銀堪支，該營又有原領秋季脩理之銀，并舊船易價堪貼，改造楠木自是易事。其管造之遵照前院批詳,不用有司,蓋造船責成有司,不但取用板木釘灰,未免騷擾木客鋪行。且多一官則多一費,惟圖完工塞責,縱船不經久,何所歸咎。若責成營官,物料俱其自買,倘船不堅牢,即令賠償,縱欲侵漁,亦當却顧。況今永生陳參將沉深有謀,尤堪倚重。該廳諸議,纖悉詳明。既可通行,亦可永久。造册具在,相應呈請,合候詳示,行海防官,准關該府動支三十五年積存練兵銀一千五百九十六兩六錢四分,并將見存脩理銀五十九兩三錢六分,共銀一千六百五十六兩,給發該營陳參將,督同中軍哨官辦料興工,督匠打造。其舊船該作銀五十四兩,今且令巡守信地,俟新船造完,方許易價,置買在船什物。其周能一船,責令哨官蔣守禦,將原發修理銀十四兩八錢四分,照舊脩理,俟及期另行改造。各船造完,仍解該廳驗明,再詳本道親驗。堅固如式,方許發營駕哨。若釘稀板薄,即令賠償。詳示之日,仍通行遵照。以後常州各營沙船拆造之期,俱陸續改爲楠木。爲此具呈,乞照詳施行。

示勸懲以隆孝治事行縣己酉

照得人備五倫,孝行爲先。奈何此中風俗薄惡,人多悖逆。甚至弒父毆母,往往而是,載在訟牒,如無錫李忠、徐璋、周阿招等,令人不忍見聞。皆由平日教化不先,即臨時寸磔,亦竟何益!合行賞罰,以挽澆風。

爲此仰縣官吏,照牌事理,即便留心體訪,該縣中孝子某某以何事知孝,不孝子某某以何事見其逆,揭開姓名,詳具事實,候出巡到縣之日,孝子、逆子,一齊解道。孝者面獎,鼓樂導送;不孝者面戒,責治枷號。不貴多而貴精,須合輿論,方彰公道,毋得潦草塞責。

浙海職掌

申嚴保甲以清盜源行寧波府

照得弭盜安民,無踰保甲。而保甲之法,院道申飭不啻再三矣。然劫盜間有,而竊財偷牛之輩踵相接也。甚且有如慈谿五馬橋、楊家橋張繼、葉汝觀等,結黨横行。雖經族里舉首、該縣擒治，而五屬鄉村僻市之間，此輩未必盡無，合行置簿稽查。

爲此仰寧波府即便轉行總捕廳，遵照轉行各縣，嚴着該圖里甲，無論[①]城市、鄉村，將各人户逐名點查登簿。以十家爲一甲，甲有長；十甲爲一保，保有長。家家接聯。如村僻去處，十四家以上分爲兩甲，十三家以下聯爲一甲。如小村寥寥五六家者，自爲一甲。若止兩家者，湊接附近人家，共爲一甲。每家每人姓名、生理照式登填，毋得遺漏。定限半月，完日送縣用印。縣官間或照册查點窮鄉數甲，以防見役隱漏之弊。本道仍不時吊查。

再照，法不欲疏，疏則民玩，亦不欲密，密則民厭，究竟同歸廢弛。此册既立，不許責令朔望具結，不許責令勾攝，不許責令送迎。但本甲有真盗真窩，販倭賭博、不孝不弟之人，而不預首官者，查究連罪。此爲立簿本意。清盗委法簡而可行，行而可久。府縣官各宜加意，以成美政。

定卑官委署例以示體悉杜營鑽事行府

照得寧波各屬倉巡小官頗多，而候缺亦多。每有致呈求署、求差者，雖情有可原，而法未畫一。除已往外，以後如有缺出，例當委署。驛官缺，則取之倉巡；巡司缺，則先儘巡檢之候缺者，而後及於巡檢之見任者；各倉缺，則先儘倉官之候缺者，而後及於倉官之見任者。候缺以先後爲序，見任以俸深爲序。又倉先儘倉，巡先儘巡。而後倉巡互委者，先儘本府本縣，而後及外縣者；先儘未經委署，而後及已經委署者。候缺先儘實候年深，而後及假銷候淺者。又一官止許署一印，非甚乏員，不得兼署多印。以上如應委之員，年力操守果大不堪，方行另議。此議一定，務要依序静聽，不得攙越營求。其餘如驗商船、驗倉粮、查簰廠、查釣船，俱係借名營利，非係本等職掌，各不得妄呈求委，違者以鑽刺註劣考。爲此仰府官吏，即便通行各廳縣知悉，遵照施行。

置簿紀過以嘉與維新事行寧波府

照得國家設立衛所官，待之不薄。乃武職兢兢自愛者固多，而嗜酒冒糧、斁倫剝軍、終訟作奸者亦或不少,是以三院有戒飭之典。然有一事戒而他長不贖者,有少年戒而白首不宥者,有一年戒而今年明年又戒者。夫盜賊人命,至無行也,至重辟也,亦第是痛打一番,今罪不至死,而終身僇辱,獨非人也歟哉! 蓋由該府及刑廳簿籍不立考語事實,徒抄舊本,即僅存其戒次。而其所戒爲何事,漫無稽查。衛所掌印官亦第以二三人常戒者塞責而已,則雖欲改過自新,其道無由。

夫戒必新眚,或以隱慝,則人有所憚而不爲。若以累年戒過舊事,則蒙戒者亦且習爲固然,忍痛一時,含詬終身,又何飭焉? 灰壯士之心,阻更始之路,本道心竊憫之。爲此仰寧波府官吏,即立武職嘉新簿一扇,送道用印。自萬曆四十三年起,凡經三院出巡責戒及出境行戒者,開其戒語。責戒者,開其板數。如已經責戒者,一二年中不得重開。或事實中量與開除穢狀,明開某年某院戒過。如經戒而能改者,即嘉與更始,註之美考。必其屢懲不悛,肆惡愈甚者,方直書不悛之狀,明白開戒。其有懼戒而託故不到,及院道提戒而恃頑不出者,即據此一事直書,且未論其平日可矣。如是則庶省重開叠戒之弊,而武職不復憬悟自奮以稱上司愛惜成就之意者,非夫也。

覆照制幫差以甦煩役申文

看得軍民分業,而其事必不可以相兼。前議以民直撫按,而以軍直鹽院出巡,蓋亦泥有田、有役之說,而急爲解紛釋爭之意。然本道再三圖維,展轉不安。軍里之役,實有大不便者。即微曹養才等擾呈,本道固將請之,況復奉有虛公酌議之委乎!

國家二百餘年來,軍例無役,而有之自今始,又自定始,非制也。且軍非無役也,軍之役原多于民,又苦于民。今欲併責以承直之役,則民之役,軍無不有。使軍亦責民以貼駕、協駕、唬船、烽堠、守城、看鋪、軍牢之差,其甘之乎? 必不屑矣。而又兼責民以承直之役,其能之乎? 必不能矣。何獨軍而兼任之也? 非平也。如以田乎,則四里之中,軍田二萬一千,民田三萬六千三百,猶爲民三而軍二矣。而謂軍多於民，可乎？且以軍民初分里時計之，軍田二萬五千三百，民田二萬八千五百，今軍日縮，民日贏矣。向民田少而民安于役，今田多而反攤之軍乎？非約也。如以費乎，則向時供應家伙俱責之民，破家蕩產亦或有之。今官銀製辦、官銀修理、官銀僱募，其費可省前之六七。以向之煩苦而民任之，以今之輕省而又欲攤之軍乎？是不知寒燠也，非情也。且按院例不巡歷定海，四十年來到者二耳。以田而論，民三軍二，以役而論，則軍幾與民等矣。況重以海陸諸苦差，又民之所無者乎。揆制度理，坊役之斷不可派軍也明其。乃軍已願出貼役銀一十二兩，而坊民鄭施、楊厲樂等猶堅不願領者，何哉？則以承直無名之費之苦，有未易悉數者，非此數金可辦，且徒增衙役之耽耽耳。然以此盡責之軍，則尤理之必無者。合無容令軍里每年貼坊役銀二十兩，責成衛經歷總收，送縣貯庫，分給民里，四圖見役，以爲幫貼之需。以後扯軍分役者，必加究罪。則軍民各得以定制相安，而爭亦自息矣。

至於坊役之煩苦，惟有官辦可以甦之。今該縣有王萬經入官田地，似可就中取給。然尚費經畫處置，非一時可以遽定。伏乞本都院另行該府縣查議詳奪。其坊役中如閱操攢盒，雖有官給，然坊民猶以爲苦。此極無益，而且有損，乞即明示裁去之，亦官民兩便之一端也。

外洋攻擊倭船申文丙辰

寧區海洋，汛船碁布，頗號詳密。近該本都院親臨督飭，將士無不人人用命，而比年海波亦稱靖謐矣。不意本年四月二十八九，五罩洋間乃有大倭船二隻，快馬小倭船二隻，突自外洋而入。此係把總高鳴謙、哨官吳隆信地。本總聞報，即親督哨官吳隆、陳其璧等，哨總郝邦仰等，捕盜林繼勳等，嘵船魏民春、張元，會福漁等船，更進迭攻，銃砲具發，倭奴扶傷披靡，幾於成擒。會日暮霧重，風狂浪湧，而倭船乘夜隨風遠遁矣。本總猶恐倭船潛踪外洋，仍於三十日帶領官兵窮追韭山外洋，至初二日不見一倭而歸。

是役也，倭夷褫魄，內地不驚，雖未奏執獲之膚功，確有堵截之明效。論倭之所從入，則自本汛而來，自本汛而竄，無他借徑也。論戰士，則輕重傷共計三人而止，此兵家之常，無他損折也。論船，則林繼勳船頭撞損尺許，尚堪撐駕，其餘盡皆無恙，非諱鬭傷也。論地方，則廿九一擊之後，無復片帆一倭闌入我海洋，況畔岸乎，非諱內犯也。雖傳報協擊，稍遲一日，在兵法似不應爾。然聞警時急，慮不及此，而信地遼闊，即鞭長未必相及。竊以爲，該總高鳴謙及諸擊倭官兵，一往直前，一擊走敵，明明乎可以爲功，而不可以爲罪。此皆本都院威靈之所震懾，帷幄之所指示，而李總鎮及該參張可大督飭振飭之力，亦不可誣也。所有應賞恤員役，容本道分別另詳外。

申禁擅受民詞以肅吏治行寧波府

寧紹民俗刁頑，不能無訟。然在院司道府縣正印官，例得批發准理，以伸冤抑，其餘府縣佐貳首領，原無受詞問贓之例。

近訪得佐領等官，一切呈狀擅自准理，差役四出，閭閻騷動。且徑自罰贖支用，政出多門，甚非事體。且府廳既然，何以責彼下屬。今三廳更新之會，合行禁約。爲此仰府官吏，即便轉行海防總捕，海倉管粮各廳，除該廳合管事務，准受呈行拘，小則徑自料理，大則申呈道府，但不得擅問紙贖。至於民間詞訟，合就上司衙門府縣正官告理者，一概不許擅受准理。其府衛首領及縣佐領以下，惟真正盜情，許巡捕、巡司一面究盜起贓，一面申報。此外如有擅受呈狀，徑自拘攝擾害良民者，准被害之人赴道府告究。該府仍不時查訪報道，以憑拿問斥逐。仍通行各屬曉諭施行。

浙學職掌

浙學道欽條演義行十一府

本道起自謫籍，濫司文柄。自惟壬寅之際，以主客郎謬推浙衡者，半載竟中格而去，爲大儀。今十六載，老矣，尚堪爲多士師乎？顧浙，才藪也，才盛則虞其跅跎；亦文藪也，文盛則虞其浮張。聞命以來，益用兢兢，思所以約束之者，而無從也。則手卧碑勅諭及欽定教條而嘆曰：洋洋乎聖訓備矣，司衡者第能與賢守令及多師、多士尺寸而守之，何患乎習之不還醇，而文之不澤於雅也！即不敏欲竭駑鈍以效萬分一，能有加哉！於是申飭功令，既以自範，復以範士，務令無越。乃畔違者，必引繩而隨之。偶有一得之愚，亦綴於後，以申告汝多士，所謂皇極之敷言云爾。訓行近光，竊凛凛有厚望焉。爲此仰府官吏，即將發去《欽條演義》一册刊刻刷印，分給提調師生各一册，以便遵守，俱毋違錯。

一、吾與諸生，未論做官，先論做人。《論語》首章言學、言時習，次章便言爲人、言孝弟、言犯上，次言巧言令色，次言忠信傳習，次又言弟子孝弟謹信云云。則孝弟忠信，豈非爲人之大根本哉！

人能孝弟忠信，則千善萬行皆從此出；不能孝弟忠信，則千罪萬業皆從此出。試觀諸生之傲慢長上、豪暴鄉里、把持官府，一切縱恣不檢者，皆犯上之屬也。諸生之媚情嬿趨、貪財好色、繩營狗苟，一切耽逐鮮恥者，皆巧令之屬也。嗟乎！何古者弟子之所有餘，而今盛年華顛者之所不足也？高皇帝卧碑首戒生員含情忍性，毋輕至公門。次言父母家教，子當受而無違，父母非，爲子當再三懇告。次言一切利病，並不許生員建言。次言尊敬先生，誠心聽受。聖謨洋洋，同符孔訓。多士誠能細心體貼，頲精尋向，何患他日不爲第一等人。不然，本實先撥，已不可以爲人矣，縱得科第，祗添世間一蠹耳。

一、今士大夫講學之風，閩浙寥寥，甚且姗笑之。夫天下之美，孰有過於講學者乎？孔子曰：學之不講，是吾憂也。今使講學者而第爲希升斗、聚徒黨、徼聲譽、慕通顯，言是而行違，耳入而口出，此所謂以身謗者，則誠可姗笑矣。若使咨之人，反之己，明於心，體於身，得之載籍，驗之當下，講者盡如是也，天下之美孰加焉？《中庸》曰："博學之，審問之，慎思之，明辨之，篤行之。"此講之真工夫也。且世之笑講學者曰：吾激亢以爲節義焉耳矣，揮霍以爲事功焉耳矣，敲憂以爲文章焉耳矣，清净機鋒以爲道爲釋焉耳矣。吾視力，吾師心，安事群聚密參，窮年不休爲哉？愚則謂，天下事未有不藉師友以成者，講學者不過親師取友而已。仲尼焉不學，無常師，非此謂耶？是故朝聞夕死，則辭爵禄、蹈白刃，皆中庸也,何言節義?考古驗今,則人才吏治、禮樂兵刑、米鹽河渠、四夷八蠻,皆緒餘也,何言事功?窮經淹史,本深末茂,則著述咳唾,一吐胸中之奇,皆不朽也,何言文章?修身盡性,樂天知命,則根深寧極,世出世間皆在我也,何言二氏?此講之大效驗也。向使師心自用,渺見寡聞,則雖欲臻此,其道奚由?故愚獨患真講者之不多得耳,而姍笑之者,何也?爾諸生中有能矢志正學,潛心大道,以博學、審問、慎思、明辨、篤行五者爲工課,以親師取友,求大善知識爲指南,實參實証,如饑渴之於飲食,則不特自做秀才時便以天下爲己任,且以千萬載之聖賢豪傑爲己任矣。區區榮名,曾不足當其一瞬,而何暇計庸俗之非議乎?愚也固陋,固將踖踧而避席,豈曰友之云。

一、守令,師帥也;教官,保傅也。皆與提學共此多士者也。其於士習尤近而速肖,故三等優劣簿必報,公門出入簿必報,甚至有躍冶之金、敗群之羊,尤必不時揭報,以憑降黜。斯所裨於風俗教化,非淺鮮矣!然守令之於學校,秦越相親者固有,而慈母敗子者尤多。是故時加課督,猶須杜其奔競;視同子弟,猶宜裁其虛憍。強暴凌辱必懲,而無令糾黨扛幇;自家冤抑必伸,而勿容挺身插証。以是範士,庶其有濟濟恂恂之風乎。署教者務期潛心大業,毋徒翫時愒日,空卷再試,以促明經之途。歲薦者務期淡泊自高,毋徒嘆老嗟貧,攘臂徼利,以昭白首之誚。乃若提掇率憑學霸,科派一任門斗,斯又廣文通弊,所宜猛省,提調方不妨查訪報革焉。

一、鄉賢、名宦二者,崇德報功,甚隆典也。然鄉賢而輕及於縉紳,君子以爲濫矣。又因而推及於縉紳之父兄,舉粟監、青衿、齊民、刀筆吏盡俎豆焉,此惟兩浙有之,他處不盡爾也,君子亦有知而矯之者矣。夫果賢也,即匹夫可祀。然正惟無官及有官而瑣瑣者,尤當慎重。辟之一命而予謚者,必其賢於大官者也,若庸庸郊車而載耳。此皆孝子順孫一念顯揚,而玷學宮之盛典,攪有識之譏誚。與受皆非,將安用之?又廉恥士之美節,而貪黷官之大戒。彼田連阡陌,典布郡邑,即生平或有小才可稱,然所取於造物者已不薄矣。此而得舉,乃漢人所謂居官而致富者,爲雄傑耳,將使後生輩皆曰,吾欲云云,豈不爲波靡之濫觴乎!乃若郡邑之長貳，藩臬之大夫，中丞直指之命使，或世遠而思愈新，或功垂而名不朽，不必借力於子孫，貸口而悠揚者，即百年之内，有能綜其行事而請俎豆之乎？固主者所樂聞耳。今而後，舉得其人，則錫我之光；舉不得其人，則貽我之辱。惟無忽，提調官仍行該學，遵照欽條，將列在二祀者，核何行實政跡，奉何明文？文到一月内，造册詳報，聽裁奪焉。此本道專勅掌行，亦不許妄赴別衙門陳請，爲首者定行究黜。

一、孝子義夫、烈女節婦，豈非綱常所與立者哉？然孝之道大矣，不可輕與人，人亦卒不能當。如割股廬墓，則令甲之所不旌也，世人率以爲奇行而舉之，然給扁示獎足矣。又如節婦三十以下至五十以上，例皆旌表。然節高行也，亦庸行也，無論郡邑，即一鄉之中，亦必有真節數人焉。而旌典至狹，故節必年七八十以上始得請旌，不則苦節六十以上而身故者，又必執節在二十四五之下，而人始不疑其爲三十以上人也。今或略於窮鄉下邑，而詳於富厚有氣力之家。夫富厚有氣力者，節非不難，然多那移歲月，以希表門。又或年未及，而舉富者借爲美觀，貧者希沾粟帛，本道甚不取也。爾師生慎之！慎之！

一、夫讀書者，將以開性靈、裕經濟也。今制，人占一經，故必先讀四子本經，以植其本。次讀四經，《周禮》、《儀禮》、《左傳》、《國語》，以窮其奧。次讀《性理》、《小學》、《近思錄》，以正其途。次讀《通鑑綱目》，以盡其變。次讀諸子、先秦、兩漢、唐宋大家之書，以暢其支。若挾册求試之時，雖未能遍觀盡識，亦當涉獵大都，方免固陋。蓋五經、《性理》、《綱鑑》，人能從此入門，則途徑不差，胸中自有把柄。況諸書尤與制舉、經書、論策之文氣類相近，雖由此爲大儒亦無不可，何但區區一第乎！今學子多有喜讀佛經者。夫莊、列奇字，終費解說，入之舉業，猶爲非宜。況佛書自翻譯來，與古文、時文另是一字樣，另是一格局，雖奇無所用之。且其書充棟汗牛，安得許多精力及此？至機鋒之説唱，而禪乘又流入於猖狂矣。即不寓目，無妨博雅。朱子曰："勿觀雜書，恐分精力。"此切論也。

一、五經、四子，宗尚宋傳，我祖宗所頒布以爲士鵠者，即有一二異同之見，自陽明以來，無不人人心知其意矣。惟坊刻異説，日新月盛，最易誤人，而人皆樂趨之，如一題到，便立一主意。夫看書必須自家有本領。本領好，方能酌用新説，而不爲新説所用，融而通之，可以補宋人所不及。若後生小子，胸中未樹，而隨人脚跟下走，鮮不敗矣，謂聖賢之旨歸何？今試卷中有從新説、背傳註者，文字即有可觀，定置劣等，加扑責。

一、文有古今，然國家取士者制義耳，吾且與諸生談制義。夫制義，在我明神物也。即大賢智人，能舍此致通顯哉？然工制義者，則未有不熟讀經史古文而能之也。況今之制義新新不已，故向所稱熟爛題，而今一到手，便稱極難、極新之題。何者？旨意體格，俱另搆成一局，與舊時家數迥別。若拈一理致題，便有許多理障時套出來，令人無着眼與手處矣。吾論文必以氣爲主，以理爲骨，而氣以健達冲和爲最，理以明白曉見爲最。若氣昌而理徹，則其人必光明正大人也，必終身有受用人也。若氣滯而積，理艱而晦，雖或苦心千狀，麗詞萬疊，則其人必奇僻肺腸人也，其年位必不甚大得志者也。何也？理與氣皆精神之發也。從真精神發出者，雖平亦奇，雖百載而如新。從俗套堆垜者，即神奇即臭腐矣。此雖未暇卜其生平，而文章大較固不越此。若曰主者好平、好奇、好獨見、好某樣文字，而多方以投之，吾無是矣。夫制舉之文，上者必透發聖賢精蘊，次則須利於鄉、會二闈。烏用投小試爲，而況其無所可投也。

一、夫舉業之文，月異歲殊，能者固自可人，拙者祇覺可憎。概其弊，則曰生、曰晦、曰堆、曰艱、曰突、曰太凌駕。生則強拗，晦則暗塞；堆則癡重，艱則辛苦；突則無承接，太凌駕則無頭緒，皆高才生之病也。乃庸弱抄襲之徒，又不足論矣。余謂文字無論平奇，但平日多讀、多作，臨時修意、修詞，期於題旨有所發明，而各極其才情之所至，未有不出人一頭地者。而其要則在味好、程文好、墨卷好。前輩大方家制義程文精鍊簡要，愈淡愈濃，墨卷神情焕發，體格莊整，而大方家如王、唐諸公之篇題神脉理、警策生動，士能布侯于此，舉業不求奇而自奇矣。夫今之人，固多不讀書，然科第之中，固未有不涉獵經史而居無一物者。今之文，亦多不規前輩，然高魁前矛之人，亦未有不沉酣古義而氣格默合者。不敏於此道，頗有癖嗜，有管窺，故不厭爲諸生熟復之。

一、明經取士，制也。今士或粗通四子，即公然就試，而課以本經，輒茫然者。論以觀博洽，表以備對揚，策以驗通達，亦制也。今士不讀經史，不諳平仄，即七篇斐然可觀，而課以後二場，輒空疏無遺味者。此其人，殆所謂膚立者耳，叩其胸中，讀得何書？他日幹得何事？所以文章經濟，往往不如前輩，弊正在此。今與諸士約，童儒非通經不得通學，青衿無後場不與幫補。若經義失旨者，重則降，輕則責，決不誑汝。

一、甲申以前，廩膳四等，停廩作缺，嗣是不作缺矣。特限六箇月送考，考復之後，亦概不作曠矣。迨奉欽條，有停降考復，緣事辦復者，以文到爲始，准作實歷之文。則未復未到之前，作曠可知也。今惟補廩，以文到日爲始，而扣貢則總除，六箇月即停廩。丁憂而後考復者，亦止除曠六箇月。其緣事辦復，四等再停，與五等作缺。而考復者原無送考之限，不在此數。至於幫補之法，近稍優新。雖皆憐才之意，然案案相仍，其弊必至廩多而無挨貢之日。此如恩貢之例，可偶而不可常。今惟一等前者聯補二新，其餘悉照欽條新舊相間之例。非不憐才也，勢不行也。

一、考校之際，無論生童，本道一秉公心公道，毫無私記私查。發案後，仍將落卷發示，如有不盡，天實鑒之。即本道三四隨役，亦照常倍加關防，概不得有所干預。倘妄一男子，或稱同鄉，或稱舊役，或稱門生親識，或稱年家通家，在外說題說情，圖撞太歲者，即屬詐僞，許令被騙生童自首免罪。如被人首發，騙人者與被騙者重加責枷戍遣。歇家容留者、巡捕員役不覺緝者，各治以通同容匿之罪。又如替考冒籍，責在保結廩牛，傳遞懷挾，責在搜檢巡綽。違者法各不輕，無得以身試也。府學廩，止結本縣儒童，不許攬保別縣，致生事端。

一、本道專督學校，不管民事。如生員不自檢飭生事害民者，許諸人赴道陳告，以憑發問。如生員戶婚田土切己之事與齊民有競者，准赴別衙門告理，不許赴道纏擾。但各院司道批詳，生員犯該杖罰以上罪者，不必本道有行原問官抄招報驗，情重者另行黜革。又按各屬招詳生員多擬罰穀者，此不過諱罪而言罰耳,非律也,施之齊民且不妥,況青衿乎!夫罪名原分公私,不分官吏士民。今以後生員有犯,情重則罪,情輕則免,不得混擬罰穀。且令避罪,何以示懲?惟據律,生員贖罪原該納穀,貧士何能堪此?則量從工折,可也。

一、本道自歷仕以來,一切文移未有不經目者,一切批詳未有不親裁者,隨到隨發。道內各役,僅供登記印封之用,毫不得有所干預、遲速其間。間有本道一時慎重未即批發者,府縣教官不妨催請,諸生不妨面稟,以便查示。萬一有釜鬵之患,亦可因而盡撤矣。

示浙東六郡士丁巳

今天下文風日盛。歲乙卯,聖天子爲之廣制額,春、秋兩榜,若不勝收也。然通計畿省,則有盛有寥;通計郡州邑,則有盛有寥。曷故哉?山川非不奇也,壤地非不接也,人物非不美也,弟子員非不多也,且其初亦嘗背項相望者也,即今非不有致身尊顯赫赫者也,何科第之相懸也?蓋吾觀其盛者,其三場文字如錦繡相錯,雲霞互燦,又如金玉雜陳,芝蘭並馥,大抵皆旁搜博採,劌肝嘔心而爲之。其寥寥者非庸則淺,非襲則率。蓋亦有聰明特達之士,或能爲《四書》文字而經則弱,亦有能爲頭場文字而論策則膚。如是,何怪乎盛者之愈盛,而寥者之未易以遽振也。甚至僻邑窮鄉,數十年無一得雋者。於是,以遊泮爲大鄉紳,以幫廩守貢爲第一功名。把持官府,欺凌鄉里,趾高氣揚傲焉而自足。此其趣向識見,之比於大方也,不似塪井之蛙、東海之鱉歟!

夫天之牖人相若也,古今聖賢之書、元魁之制義自在也,顧人勵志何如耳!豪傑之士,猶將特地爲聖爲賢,況區區科名之業、制舉之文乎!今宇內最遠者莫若滇黔、若粵西,且有哀然二十房之首者矣。何至以兩浙數千里之中,而使檇李、吳興、武林、越、明諸郡獨專其盛哉!語曰:"一人善射,百夫決拾。"言貴奮也,先之也。

正名維風行寧紹二府

照得浙中近來人情不古,風習最澆。就試儒童多有妄希倖進,變易姓名,冒填三代，以他姓爲姓，以他人爲父。迨乎進學多年，紛紛告改。甚至衣冠之流，以不族、以疏族爲親弟姪，以弟姪爲子，以兄弟之孫爲孫，以無干之人爲壻、爲甥。夫父壻之名，豈容輕許人者，徒希進取，罔顧非笑。此等雖一字之玷，終身恥辱，所關係人心倫常詎爲細故？而恬不知怪，將何底止？合行申飭。爲此仰寧波府、紹興府，即便轉行屬縣，各將送考儒童年籍三代，逐一查確，方許填册送考。如或仍前假借詐冒者，即便斥去，不准送考。若朦朧倖進，查出仍行除名，保結廩生一併停罰。仍示諭遵照施行。

總送額外遺才以廣搜羅行十一府

照得正科之外，例有遺才之試。然名數既限，府關實難。而素頗考起者，其心不能澹，其勢不免於競進，則尤難之難矣。本道特設一法以廣之，其一曰兩科給賞，其二曰前道五名前、又前道三名前，其三曰按、鹽二院當年觀風三名前。此三項皆考，頗起而勢不得不嘵嘵者也。將使之一例就遺才試，則遺者必多。遺者多，則彼之求進之心益切，而本道憐才之心亦戚戚然不能以自已也。

爲此仰府即查屬學三項生員，行令各學開送府考。但有先後而無去取，俱與遺才生員同送本道，另試另取給賞。前道止限二科，觀風止限當年，五名、三名，止照原案。如有那充詐冒，定行黜革，併提該吏究罪。蓋詐冒那充人數益多，其勢不能盡收，而且有礙於正遺才之額，必至此法盡罷而後已，斷斷乎其不可也。此考既定，收者安心於進場，遺者安心於下科，其志尚不已者安心於大續。本道無復有未盡之心，無復有另加刮目之意，以分我大公桃李。而諸生亦不必嘵嘵而號曰吾五名前、三名前，滋人嘔噦，則幾無恥矣，本道且厭薄之。

武林書院懇恩增額行杭州府

奉軍門劉批呈云云。看得書院之設，所以羽翼聖真，樂育人才，而爲國家建學立師之助，不淺鮮也。然兩浙書院之風，舊頗寥寥。獨會城、虎林之講，近稱濟濟。迺蒙撫院劉道剖先天學傳正印，本躬脩以垂範，闡真得以明宗，講席弘開,不輟寒暑者五載,多士從邁無間,衿縉者千人,家家非復阿蒙,人人得未曾有。蓋非徒提倡於一時,實將興起於百代者。

兹當賓興之時,特題廣百之疏。此書院諸生欲援白鹿、白鷺科舉之例,爲加額之請也。然諸生聽講肄業于書院者,不以書院另加,固非所以爲勸,特以書院另加,則非所以爲制。又使不以真聽講肄業者充之,而徒使掛名借徑者託足焉,又非所以爲實。則今日創行之初,其法當合而不分,其額當嚴而無泛,其實當核而無冒,庶足以激目前而風來者。爲此仰杭州府,即將虎林書院肄講三學生員未經考選者,另行考選。于本道原限之外,總加二十五名,一體送考,以憑量取科舉十名,以示鼓舞。寧嚴無泛,寧核無冒,以待倡明講習之風彌盛彌加,則白鹿洞之遺規,不獨沿行于江右,而於國家建學造士之制、撫臺倡道育才之意,未必無裨,而自此引之無窮矣。

行餘姚孫月峰尚書鄉賢牌諱鑛　戊午

爲崇祀行業大臣以隆表章事。

餘姚故宦參贊機務、南京兵部尚書月峰孫公諱鑛者,才足名世,志希古人。承家惟孝惟忠,行己曰清曰任。司銓選則盡祛附權之黨,而善類爲之彙征;督薊遼則力排封倭之非,而天朝賴以不辱。馬、班著述,千秋之業,真無愧若章若陳若董之高科;韓、范經綸,一門之勳,允克紹乃祖乃父乃兄於奕世。憂先根本之地,肅重典以杜亂萌;時值風波之洶,乞閒身以消黨禍。公堅不可奪之志,人惜未竟施之猷。居然前輩典刑,卓矣大臣風節。宜躋俎豆,以示楷模。仰府即便轉行該縣,置主卜日,送入鄉賢祠崇祀。

再照,本宦名高一代,身沉五載,而嗣子未定,恩恤久稽。夫鉅公、細民之家雖殊,豈天序天秩之倫有異。今有司聽細民之争,片言可以立決;豈通國議大臣之嗣,兩端莫適所從。使不二心之臣爲若敖氏之鬼,使舉筆可成之案爲經年不決之疑。本道心竊痛之、傷之,亦爲承勘者不取也。併仰府縣官,速將本宦應繼姪男,按彼倫序,質我神明。有何艱之難任,亦無嫌之足避。速詳院司,以憑裁奪題覆施行。

送薛屠二學道名宦行杭州府戊午

爲追祀名賢以崇師道事。

照得先任浙江提學副使方山薛公諱應旂，文章魁壘，氣節嶙峋。士林共仰風規，越乘堪懸日月。砰石屠公諱羲英，準繩提躬，規矩肅物。師道獨尊吳越，教法猶傳辟雍。皆後學之山斗，師席之典刑。宜祀瞽宗，以示尊崇。爲此仰杭州府即置主擇日，送入本府名宦祠崇祀。

送譚葉二海道名宦行寧波府戊午

爲追祀名勳以表宦蹟事。

故兵部尚書、前浙江海道副使譚公二華，運籌事事當機，簡鍊人人用命。蕩平夷寇，東南倚若長城；綏戢瘡痍，閭井安如衽席。奪情載起，勳猷懋著于筦樞；遺愛常流，棠蔭永垂於海國。故總督、兵部尚書、前浙江海道副使葉公龍潭，氣略沉雄，機神偉朗。運籌靖海，標銅柱於東南；賜劍殲胡，恢金城於西北。寰中共瞻忠勇，甬上首荷覆幬。宜祀黌宮，以永世澤。仰寧波府即置主擇日，送入本府名宦祠崇祀。

節儉訓示浙江戊午新科

一、士人立身莫高於無求，而當官尤先於風節。關說之自累而累人也久矣，況試事進退所關孰大者乎！不佞發案未畢，多士誰無兄弟、子姪、親戚、知交，然慎勿啓齒干試事。即啓齒，亦必不聽。此愛惜名義之大端。他日敭歷華階，表著丰裁，願多士莫忘此意。是不佞所以訓節也。

一、世俗莫弊於煩費，而煩費必至於多取。夫多取而品乃卑，害乃大矣。矧夫虛費無益者乎？語云："惟儉可以助廉。"又云："惟無輕其毫釐而積之。"今與諸士約，凡不佞一切請席、花幣、錦障之類，皆不必辦。初見之日，止解元總送一紅連名手本,其餘俱不必另具。以後謁見,止用單帕手本,概不得用紅。天下事可省者,大約類此。今日則便彼己,剗浮華,他日則便下屬,便百姓。是不佞所以訓儉也。

【校記】

① "論":原文作"謠",據文意改。

清白堂稿卷四

序　題

合刻范文正公忠宣公全集序戊申

此宋資政范公父子之文也,松司理毛君合而刻之,以叙屬不佞獻臣。獻臣卒業而嘆曰：文正公,殊絶人物也。是父是子,其宗臣宋室,焉奕來禩有以也哉！昔子瞻叙公集,而以掛名爲疇昔之願,況予乎！蓋世有正人之文,有文人之文。文人之文,思必抉微,詞必極麗,然其關世教者蓋末矣。正人之文,如布帛菽粟,其於仁義忠孝,如水之必寒而火之必熱。彼豈蘄以文名者耶？今觀集中,文正典雅而激昂,忠宣懇惻而敦厚；文正光明而峻偉,忠宣正直而剛毅。文正以正人之文而兼文人之致,忠宣則粹然一出於正,而尤長爲奏狀論事之文。可謂父賈誼而子劉向矣。子輿氏云："有伊尹之志,則可。"希文先憂後樂,敦風節,崇名教,出入將相,毫無委靡婫阿之態。而堯夫生平所學,惟"忠恕"二字。忠直世濟,廉儉一節,則其發爲文章,固孔子所謂有德有言者乎。

獻臣又嘗考覽《宋史》,自文正忤吕丞相落職,而朋黨之論遂起而不能止,然公爲一時物論所宗。而再起復用,驩然相約,戮力平賊,天下士以此多二公。及忠宣作相,王覿以言事,坐朋黨罷。公極言前世黨禍,且錄《朋黨論》以進。至富、歐,乃四傑中人,議論稍不合,而抗疏責備之者不少讓。蓋古大臣之用心,矜不争、群不黨者固如此也。今天下搢紳舛逆黨端見矣,其禍未知所終。噫！使世有文正,則必不樹黨；使世有忠宣,則必不言黨。故凡黨人而自附於黨者,皆妄自菲薄者也,非正人也。不願士大夫立此門户,司理君志在斯乎？志在斯乎？異日立朝之概可覘矣。

讀要語密箴序 辛卯

予舞象之年,得敬軒先生《要語》,窺一班而心好之。時方從師課萩,未及卒業。己丑入金陵,受虛齋《密箴》於先生之曾孫,獲卒業矣。予自度於世味淺,惟時繫心鉛槧案牘,暇輒漁獵子史騷賦。至性迂疏,對客娓娓時事不自禁。既反而思之,即奪目滿耳奚益!且因之叢謗。

辛卯至日,大司寇王公不與齋居。予造而論學。王公曰:"生我者父母,成我者薛夫子也。其《要語》言言藥石也,吾抱疴持此以當醫,子有之乎?"予對:"無有。"因示一帙,挾而歸,則編幾敝矣,蓋公案頭披玩者也。予命家僮謹錄之,合於《密箴》,朝夕覽觀焉。竊惟《要語》乃文清心得之書,其文辭溫粹,而圭角渾融,令讀之者粗心豪氣渙然盡釋。《密箴》文莊少年作,而警省砥礪之意多,然寧漸無頓,寧尺寸毋圓通。考其生平操修,不愧屋漏,若合符節。則二書之所同也。二先生沒,而世有一種學問,高其議論,廣其法門,群天下而趨之。甚至竄西土柱下,於吾道反張之而据其上,究厥流弊,不離畔岸滅町畦不止。幸賴二君子之書,遡紫陽而達洙泗,足以俟真儒千載之後也。

一日,客過予而笑曰:"何吾子之拘拘也,孔傳一唯,佛標無住,即《要語》不繁,《密箴》五十不贅乎?且子之所從入也,何居?夫'不妄語'三字,劉器之力行七年而後成。今二書中三致意焉,故曰謹言乃脩德之切要,又曰未有多言而不妄者。"嗟乎!予小子嘗多言矣。尚三復之,以臻能誠,斯王公所爲授《要語》旨哉!

題年友林志唯兄警語 辛丑

我明理學以薛敬軒爲宗,其辭受進退,有鳳凰千仞氣象。嗣是,作者非不高邁超脫,繩尺固殊焉。惟吾泉蔡虛齋先生,其學由文清而遡紫陽,故自從祀四先生外,而推俎豆者,必首溫陵。今觀虛齋《密箴》與文清《讀書錄》,旨豈異也?

子友林志唯未爲秀才時,則已有必爲古人之志。成進士十年矣,自處鄉、處家以至處官,大抵攄其真誠以與父老子弟及縉紳朋遊相感動。而惕身心、厚族戚，推轂天下賢俊，無日不惓惓焉。故其自視，常若不及。其檢身，常不敢錯寸趾，而望之使人意消。京師每過予，必談學。曰："一部《性理》及《讀書録》足矣。"已又出其所自警與與人交警者視予。夫今世士最下者無論，進之，不過詞章功名見一班耳。又進，則談玄談禪以爲超乘，未有談吾儒真學問者。即有之，亦未有孜孜不怠、實中其聲如志唯者也。蓋志唯之學，得之尊君錦山公爲多。而生平誦法，則莫如文清。故《家訓》、《官約》、《自警》、《私祝》諸編，視之《密箴》，形神都肖。予以是愧志唯。夫居今之世，而譽人以文清、文莊，孰以爲不波？然而若志唯者，斷斷乎二先生之徒也。

蘇紫溪易經生生篇序丙午

晉江蘇君禹先生，以義經冠鄉書魁。海内既行其《兒説》，爲經生嚆[①]矢矣。吾邑許子遜太史自言，既弁不復爲經義，則得力《兒説》多也。然《兒説》，猶帖括家言耳。先生藩臬粵西時，冥思韋編，時發其所獨得，至再三削牘，名《冥冥》，更名《生生》。即先生亦自謂抉羲、文、周、孔之秘，而補程、朱、蔡、陳之遺，在兹篇矣。

獻臣初受是經，已去而受《詩》。然自角卯，即承下風，不意其終茫然也。今讀兹篇，始覺了了如象，非潛龍、見龍之謂變，非損來、既濟來之謂係，則勿用亦詞占，則潛龍亦占。斯言也，使考亭復生，亦必首肯。

先生爲人豪爽超逸，有鳳凰千仞氣象。其視學兩浙，衡鑑神，師道尊，頗不得諸搢紳之意。既去十載，歿又數載，而浙人推督學之敏且公者，先後無能及先生。廼知人品公論竟自有真，而一時未易定也。先生擢長黔憲，即上疏乞休。乘化前數日，有白雲起壁屋間，呼朋共賞，翛然若蛻。於乎！先生天人也，其妙契遺經有由然哉！嘉定令吳君講於白鹿有年矣，讀先生書而好之，因版以公多士，予爲弁其端。

林次崖先生集序壬子

邑侯李公晦美，既捐貲唱刻次崖先生集成，而屬獻臣序之。

按正德丁丑榜,吾泉最號得人,學憲陳公琛、襄惠張公岳,而大理丞次崖林公希元也。三先生皆邃於經學,以文章氣節名一時。而作用不同,際遇亦異,其爲學士所宗,而稱我明人物第一流,則一云。先生力學刻苦,自草茅中即銳然有當世之志。其學專主程朱,而折衷於王順渠、歐陽南野之間,不盡名己見,尤不喜陽明良知新説。今四書、易經《存疑》,海内家傳户誦,與蔡文莊《蒙引》等矣。惟是生平蒿目憂世,抗論勇爲。當世廟初,筮仕南寺,即上《新政八要》。其後復有《荒政叢言》、《王政附言》諸疏,亦皆聳動中外,見諸施行。而大同、遼東兵變,及守欽,力主征交之議,大爲當事所側目。故其官躓而起,起而復躓,竟不獲大用,以老既罷,而欽人生祠祀之。歿又二十年,而學使者祀之黌宫,以配朱夫子。今讀其疏,纖悉剴切,盡關天下大計。即鼂、賈、歐、蘇,未能過之。其他詩若文,雄勁典質,俱發其中之所欲言,而大指不背於紫陽。即年踰大耋,室如懸罄,而桑梓利病,不憚再三爲地方諸公往復。其志氣磊磊落落,雖犀可剚、虹可貫,賁育可奪矣。故爲紫峰易,爲先生難。幸而成則爲襄惠,不幸而不成則爲先生。所能者人,不能者天也。然先生學而大儒,入而名卿,出而良吏,歿而言立。即安南四硐之復,都統之授,人謂林知州六疏,賢於數十萬師。夫是之謂不朽,論者無以其際遇之齟齬而妄置軒輊哉!

是集校選,初屬蔡敬夫參政,會赴楚藩,不果。故予不揣,謬爲代斷,而詩則劉國夏憲副共之。封事全收,餘汰一二,庶幾無復未見全書之恨。李令公媺政非一,而表章兹集,及脩文②公書院,乃其右文③之大者。集原本爲先生子有梧手録,而訂訛敦匠,則公之孫某某、曾孫某某、玄孫某某。外曾孫廩生吳大光及諸生林燧卿、陳世澣俱與有力,而大光尤任勞,并志之。

黄逸所公海眼存集序丁丑

獻臣爲童子時,即聞黄逸所先生者,吾浯正人君子也。長讀郡邑志,企慕之焉。

按先生總角,即沿習爲郡小史。旋投筆曰:"非吾事也。"去而讀書於太武巖，日誦數千言。夜起，觀日海中，欣欣若有悟者。已負笈遊陳紫峰先生之門。正德庚午，遂偕紫峰舉閩書，年二十三耳。仍折節問業，不赴公車。越甲戌成進士，授南比部廣西司主事。歷廣東司郎中，凡六年所，乃擢知南雄。甫三月而告休。未幾，銓曹復起知松江。然先生不肯屈謁政府，疏歸，而教於家、德於鄉。會歲大侵，臺察李元陽公請尸賑貸，竟勞瘁而卒，蓋嘉靖戊戌之春，去今丁丑百年矣，曾孫夢魁以先生奏疏遺文示予索序。

予卒業，嘆曰："夫正人君子，欲直己行道而得志於時也，豈不難哉！"逸所先生郎比部，則上《申明舊制疏》，又疏《應詔陳言九事》，又疏《定大禮》。按九事則敬德、納諫、節用、端本其大者，而其詳則請罷生員納銀入監，請罷各處鎮守太監，請飭巡按及按察司禁止送迎，而相見禮一依憲綱。又禁止南京守備不得受理户婚、田土、鬬毆、人命、詞訟、鮮船，内官不得需索見面幫錢銀兩。又鮮物非供祀，織造得已者，量行停止。至其論正、嘉大禮，則以永嘉張羅峰之説爲希寵嗜進，妄誕不經。而申①明舊制，則改正京畿御史不得仰部司抄捧按驗也。此皆切中治機，人所難言者，一郎官侃侃無諱。三月南雄，人稱介節。雲間，羶地也，而先生竟以永嘉相大禮之嫌，託瘵馬傷足而致其仕。此非直己行道而毫不枉己狥人者哉！及讀先生所爲知行辨、主一説，則知生平所得力於道南四先生書者，深矣。惜也！著述久不盡傳，而施爲未及大展。其尸賑，則欲無一遺、無刻滯、無升斗濫，故鄉人感痛彼蒼之不假年也。蓋臺察公行部，謂諸生曰："諸生莫道誦法孔子，第能景行黄逸所，可矣。"嗚呼！若先生者，可謂真儒也已！

先生名偉，字孟偉，同浯洲汶水頭人。

李東明公白鶴山存稿序乙亥

蓋予讀李東明先生《鶴山存稿》，而深有感於天人之際云。永樂間，吾同有舉進士、郎户曹諱賢祐者，先生曾祖也。先生八歲能文，十二首泮士，十六舉鄉書，有奇童之稱。嘉靖庚戌，以甲第謁選得比部，而省刑江右，擢守潮陽。尋奔二母諱歸,其享年僅四十有二。

　　茲崇禎乙亥,熊令君始採通庠言,請祀先生賢祠。既得之學使⑤者,予乃獲從先生孫偕龍卒業茲編也。先生十載公車,即閉戶讀六經、探百氏,故其文章雅有大方之致。及爲郎,亦好借奇書內典,抄錄把玩。入江右,與諸名公談道講學者遊,即執贄亦所不靳。此其才、其志,豈卑卑輓近富貴利達中人哉! 蓋吾泉陳我渡、傅錦泉二先輩,皆戌榜相知,甚言先生筮仕比曹,問斷即如老吏。江右之恤錄奏報,人咸稱平。先是,有袖金謁者,先生正色開諭,其人竟逡巡謝去。及守潮陽,海寇爲警,列邑告急,則峙糗糧,繕器械,又募敢死士訓練之。賊知有備,而潮獲安堵,先生力也。陳公按五羊,而潮人誦前守仁廉與卻賊全城之烈如新。乃撫章貢者風聞妬口,而鋼賢守於五載之餘,竟使抑欝不平,以夭天年。嗚呼! 人扼之而天復奪之耶!

　　先生性孝友,即尺牘往來,多爲林母乞贈表詩文。里居則創家廟、復祠田,讓宅諸季,而自搆隙地以居。捐館時,子璋甫三齡,故其遺烈幾湮。然先生謝世七十春秋矣,今日崇祀之典,其輿論之不容終晦也歟,亦天之既克有定也。

顧涇陽小心齋劄記序戊申

　　涇陽顧先生魁南畿時,筆力議論與蘇長公相上下,天下人士爭慕效之,文體爲之一變。獻臣總角業舉,即知嚮往,今三十年餘矣。先生以銓郎坐諫謫,再起東銓,復坐置相事謫且廢也。人望先生如景星慶雲,非塵寰所有。而先生顧恬然怡然,退而修明正學于梁溪間。邑故有東林書院,爲宋楊龜山講學之所,苐廢久矣。先生倡同志興復之。每會,遠近縉紳至者甚衆,無不以先生爲大師。于茲之時,人望先生更如泰山北斗矣。獻臣治兵江陰,每見先生風度冲遠,不覺鄙吝之心都盡。久之,乃得請所爲《小心齋劄記》,自乙巳溯甲午,蓋是年先生始謫廢也。

　　獻臣讀其書,大抵發性命心知之奧旨,闡孔、孟、周、程之微言。至於老、佛、諸子之異同,朱、王諸儒之得失,亦往往嚴焉。間旁及政治人才,則古今進退之衡也。蓋先生之學,直窺本原;先生之志,力擔世道;先生之風,千仞高翔;先生之言,百世可俟。信乎一代之宗儒也,醇乎醇者也。不敏既獲卒業,因屬無錫令林君德衡梓而傳焉。雖然,蒼生未嘗忘先生,先生亦未嘗忘蒼生,主爵者虛席先生屢矣。上一日幡然求舊,則大儒之效先生,亦何幸於吾身親見之哉!

刻方本庵心學宗序戊申

侍御方公遵養皖桐,以特旨起巡鹺,行部陽羨,獻臣獲以監司從公視學,與諸生談說經義,津津令人解頤,即固陋聞所未聞矣。已知公淵源所自,得之廼翁本庵先生為多,因請先生所為《心學宗》。既卒業,而嘆曰:"嘻!此救世之書也。"

夫今之時,正學晦、禪學昌矣。曹溪以來,直指本心,立地成佛。五宗而降,機鋒百出,棒喝交加。驟而聽之,非不恍在目前,而搏之不得,從之末由,所謂狂慧耳。烏足言心學哉!先生之書,自經傳諸子以至宋、明名儒,凡言關心性者,必裒而集之。而發所獨得,以為之開扃啟鑰,語不煩而意獨至,令善悟者緣是而直詣聖真不難。其次亦可循循而至,以不背乎事心之方。蓋唐、虞首言心,孔子亦言從心。而堯之中、舜之一、孔之矩,萬世宗焉。自後真儒輩出,言中庸、言性善、言靜、言敬,皆是物也。惟姚江揭良知,而其高足遂以無善、無惡為心體。雖天機自謂洩盡,而識者已預憂其終矣。今禪學之昌,其由此也歟?

先生壯而志學,老而不倦。既貢而不仕,而生平大旨則在尊紫陽以達於鄒嶧。至無善之說,尤惓惓立防焉。故《心學宗》一編,世儒之鍼砭,而正學之津梁也。

獻臣持以質於涇陽顧子,顧子曰:"是書行,其有裨於學脈甚大。"因屬喻令無知翻而布之。夫學莫先於明宗,山宗岱,水宗海,或學而至,或不至焉。則今之譚學者,其可以知所宗矣,是亦百川之學海也已矣。

陳文定公年譜綱目序丙辰

慈谿澹然先生集重刻,潘侍御、楊太史序之詳矣。其裔孫益孝欲行先生年譜而商榷,乞言於予。予卒業而嘆曰:"斯非獨陳氏家乘也,蓋亦關國史焉。"

古者建國君民,教學爲先,豈徒經術云爾哉!人師則難耳。我明開基二百餘年來,人文蔚起,道化洋洽,有由然也。先生當成祖纘緒之初成進士,選讀中秘書,出司比曹,入爲侍講,凡五參編纂,而司成南雍者幾九載。考權宰不得屈,橫瑞不能致,竟老一官以請。其生平處家立朝,一本忠孝。而詩文條教,出處進退,居然宋儒先家法。故其時,師嚴道尊,語成就人才者,必以"南陳北李"並稱。蓋先生歸十三年而後考終,《詩》曰:"淑人君子,其儀不忒。正是國人,胡不萬年。"先生有焉。世皇中興,追贈禮部侍郎,諡"文定"。泰山北斗,歷世師宗之。其樹後學之標範,豈淺鮮哉!每怪世人多行年譜,然皆子孫及門人附會雜就之。而先生此譜出其手書,法取朱子《綱目》,譬之畫家白描筆,尤足傳也。李蓋忠文公時勉云。

許鍾斗太史遺集序 辛亥

於虛空中有同,於同中有浯,浯之爲洲,大海一漚耳。洲中有山曰太武,石骨崚⑥嶒,蟠亘可十許里。而其氣脉之所蜿蜒,勃發而爲人文。故百年來,起家甲第者幾二十人,而其魁南宮、授編修者,則自許子遜始。予知子遜角卯時,奇士也。既弁,補邑諸生,徒步持所爲制義就予戴洋山中。予讀其《千騆》、《首陽》篇,至"貧賤非能重人,人亦重貧賤;富貴非能累人,人亦累富貴"等語,而大賞識之,因涉筆曰:"此題前有濟之,後有仲文,得此稱鼎足矣。"子遜大得意去。其後公車之業,必授予彈射。

歲辛丑,子遜果擢南宮第一,選讀中秘書。其制舉義,天下士爭慕效之,以爲唐應德復生。而子遜顧謬推予爲知己。子遜授館職,未幾而遘危疾歸,歸未幾而殁,年纔三十七耳。故遺文若詩,僅僅若干首,而館課居強半焉。大抵陶鑄《左》、《國》,吐吞韓、蘇,而快寫其胸中之所欲言,奇而達,辨而裁。今世操觚家所蹈弇山、太函之障,與所謂館閣體者,舉不掛子遜筆端,而覽者躍如,知其爲風行水上之文也。

子遂嘗爲予言，其生平讀書，不盡一卷不復他涉，故能韞釀致精如是。惜乎！見其進未見其止，以問於山靈，其亦有不可知者乎？然是足以傳矣！子遂性耿下，少濡忍，顧獨喜讀書。及官翰林，則折節爲恭謹。而其中若介然有以自得者，杯酒諧謔，往往絕倒。蓋其天機過人，殆數等，彼蒼假年，其所就詎特古文詞而已！集成，而予爲序，以復其尊人封編修公者如此。子遂有知，當復以余言爲知己否？

李邑侯正俗編序庚戌

漢賈誼通達治體，而其疏曰：夫移風易俗，使天下回心而嚮道者，類非俗吏之所能爲也。俗吏之所務，在於刀筆筐篋，而不知大體。知言哉！知言哉！夫漢去古未遠，一經秦餘，而俗流失，世敗壞，遂至可爲長太息。使誼生今世，覩今俗，不知作何痛哭流涕也！夫今之俗亦極敝矣，總其凡，則曰淫靡、曰浮薄、曰横恣、曰奇險、曰嗜利無恥，猶未易更僕悉也。

吾同爲紫陽過化之邑，號稱"海濱鄒魯"。獻臣猶記爲兒時，父兄所稱說風俗淳厚，絕無吳越澆詭之態。即通籍逮兹僅二紀耳，而耳目覩記，月異而歲不侔。蓋地窄民稠，繁費日滋，浮競日熾，而凌囂訐諄，慮不顧行，下戶寠夫，非寄人籬下幾不能自存活。予欲挽之，而力不能。

建武李侯之涖同也，既匝歲矣，惠洽民和，乃出所爲《正俗編》示予。予讀而嘆曰：是救時鍼砭也。雖公之寓内猶可，況同乎！且也，侯非第言教而已，蓋寔身有之。卻交際，省讌會，示之以儉。禁圖賴，嚴匿名，示之以法。懲投獻，聽和息，示之以睦。抑奔競，表節烈，示之以禮。是編一行，吾見同民之飲醇復朴者，非復今之民，而紫陽之遺民也。夫章好示惡，道德齊禮者，良師帥之事也。處乎吏與民之間，而蹈道迪德以陰維頹靡者，賢士大夫之責也。侯所爲屬望于縉紳鄉先生者，意惓惓甚盛，即不敏敢不嘉與？士大夫矜武砥柱，以無忝賢侯之教。

題王岡伯詩後丙辰

予與岡伯同通籍，而以南比曹郎受知鳳洲先生。辛丑，余守客部，而岡伯來謁補,相視甚歡。未幾,冏伯以武選調入銓屬,至長司勳。冏伯束髮負奇,落筆紙貴。其文章要自天才得之,而不靳以篆刻之功勝。且其志雅以經濟氣節自負,不僅欲名其家學已也。既佐銓,益自發舒,務推轂一時名流,而延攬臺省諸貴人。當其時,政地朝紳之間,不能無少枘鑿。而冏伯委蛇斡[7]調,意欲合異爲同,然異同卒不可化,而不能無生得失。及卯秋,晉錄成,復以論武侯中語,失首揆歡。妖書事起,而冏伯竟以金沙株累去矣。予備兵常鎮,與冏伯邇者五載,間與語,憂深而指遠,蓋予規規不能從焉。庚辛間,冏伯推符卿者屢矣,竟不得俞兹。予起家越海,而冏伯已先一載化去。惜哉! 惜哉!

乃子慶長君,以詩選及《銓要》來。予讀之,流涕曰:冏伯之詩,諸公論之詳矣。予獨謂其致似子瞻,而語似青蓮,矢口戲筆,皆成妙解。結搆不及弇山,而超逸過之矣。斯亦世之軼才奇士也歟! 雖然,以冏伯之志,談吏談兵,卓然欲有樹於世。使克竟其用,君家三世之名位,何足道哉! 然是詩可以傳矣。鳳毛也夫! 鳳毛也夫!

同安縣新志序壬子

廣昌李侯晦美治同之又明年,政和風清,民洽土奮,儼然爲閩南治行之最。已徵志於故牘,近事莫考而鋟板無存。喟然嘆曰:"是隆慶初元之書也。吾江右二十年一脩,此不啻倍之矣。"則謀所以昭前示後者。適直指陸公議修《八閩通志》,而徵郡邑志以爲之質。於是,李侯集邑文學林燧卿、陳懋時、蘇庸謹、蔡大騰輩,餼之公所,俾搜遺具草,而陳子辭不赴。三人者,即舊志而續輯之。既就,侯親授簡於獻臣,且致幣焉。曰:"願以累子。"獻臣再三左辟,不獲命。乃却掃東山,爲立義例,討故實,竭三月而後脱稿。

凡爲卷十,爲目十有七,曰輿地、曰規制、曰水利、曰官守、曰防圉、曰典禮、曰賦役、曰物產、曰風俗、曰官師、曰人物、曰廣善、曰祥異、曰叢祠釋道、曰宅墓、曰盜賊、曰徵文。愧不敏無能爲役,然上下數百年間,吾同掌故大略具此矣,而昭代典制人物,又加詳焉。

予惟《周禮》小史掌邦國之志，邑志者，其小史之遺乎？同於今，非蕞爾邑也。地大人衆，事繁俗澆，士風日下，海氛時聞，非可結繩而理、端冕而議也。昔文公簿同兼理學事，賦稅出入之簿，逐日點對僉押，苟利於民，雖勞不憚。又以聖賢性命之學開誘子弟，而抗法其敗群者，故人文丕變，于今爲烈。及邑聞警，則分備西北，而肄民于射圃之役。著在《大同集》，班班可考。豈非銅城不朽之志，而大儒流風遺範昭揭千古者哉！繼自今吏同者，必以紫陽之政之教爲政教，而後成其爲善治。生同者，必以紫陽之學爲學，而後成其爲真儒。斯士民之幸，而山川之光也。

李侯之汲汲是舉也，其有意於斯乎！夫處季世而鵠紫陽，人以爲不浮則腐。然志同言同，計無出此矣。初授簡時，敬夫參政過予曰："志之難在人物，古之良史不虛美，不隱惡。隱惡無庸言矣，第無過溢美耳。"予旨焉，而未能也。今籍具在，隱耶？虛耶？志成，併次其語以復李侯。侯曰："物備矣。趣付剞劂氏，以永告夫同之人及來吏於此土者。"是爲序。

四書破愚錄序癸丑

夫宣尼逝而微言絕，七十子往而大義乖，故六經四子之書，歷漢而唐忞忞耳。至宋，朱紫陽合諸家註疏而折衷之。如《易》義、《詩》傳，《學》、《庸》之章句，《論》、《孟》之集註，明興，立在學官，布諸僻壤。孔孟之學烺烺日星，蓋二百年有餘矣。正、嘉之際，新學蜂起。以迄于今，背傳註而非往古，詭異之談日新月盛。即禮官所申飭鵠士者，不過蔡虛齋之《蒙引》、林次崖之《存疑》。而經生家率多庋閣，未暇其書。肆所行《初問》、《意見》、《理解》、《火傳正新錄》、《名公答問》，諸種至煩，明詔命所司雜燒之，僅而獲止。即袁儀卿之《經書刪正》，予備員禮曹，亦嘗贊宗伯移浙學使者燬其板，無非爲聖經王制立閑耳。然邪說淫詞，中人膏肓，譬之錮疾，然非得秦越人洗滌腸胃而傅之良藥，未易猝瘳也。

上虞唐龍岡先生起明經，判郡莆陽，頃以推擇來署同篆，因得請所爲《破愚錄》而卒業焉。則敷揚大義，剔抉肯綮，即世儒之緒論，亦精擇而廣輯之，以備考訂。寧詳無略,寧醇無雜,而大指取足闡明紫陽鄒魯之奧窔而止。先生之爲心甚苦,而力亦良勤矣。予謂此書不惟可啓誘愚蒙,即高明特達之倫,能由是而遡《蒙》《存》,遡紫陽,以達於四子,無所不可。命曰"破愚"者,自道耳。昔漢人專門名家者,或引經斷獄,成據傳議禮,終其身不悖所聞,乃知古人之尊經非後世學子所及。

唐先生之治同也,興學右文。公暇則手一編而哦,與多士評隲文菽不厭。至其操下庀事,不以操切博丰棱,不以武健爲愉快,而至誠惻怛之意,藹然見於言面。學道愛人,以經餙吏,先生有焉,非僅僅口耳訓詁之儒而已者。邑士謀梓是書以傳,於是學博楊君立、車君任重、吴君秉浩,率諸生張廷商、蔡紹英輩而問叙于予。予淺陋,僭引其端,俾讀先生之書者,無賤鷄而貴鶩也。

浙江丁巳歲薦齒録序

督學使者歲貢士于天府,故事,部試者二,廷試者一,自夏徂秋無定期,長安桂玉諸士多苦之。歲癸卯,蔡子爲儀郎,則請於右宗伯郭公罷部試,又疏請試期以初夏之望著爲令,而冢宰李公亦因以罷銓曹之試。于是,諸貢士之至者、歸者,可計日數也。今十五年矣。

丁巳之秋,浙復當貢明歲士。適蔡子臨校檇李,則檄諸士就試檇李。命之題,首曰:"學而時習之,不亦悦乎？有朋自遠方來,不亦樂乎？"論曰:"公孫弘擢對第一。"判曰:"貢舉非其人,或問何也？夫諸生束髮受書,頭顱如許而始得謁帝承明。其恒格,則膺倅理、領州邑、主教事,委蛇而致華腆。其上者,則歌鹿鳴、對臨軒,得無自負如平津之一當漢皇而待詔金馬、丞相封侯者乎？夫君子之於學也,終身焉。窮不損,行不加,爲不厭,誨不倦,何悦且樂如之？曲以阿世,千古遺譏。吾願諸生爲此不爲彼。"於是,蔡子[8]窮日夜之力,差次其前後。即其副者,亦列等而優劣之。得錢子靖忠等八十有七人,慎舉選也。

籍既具,諸生以年録進而乞言焉。蔡子曰:"予既命若矣,復何言？"諸生再拜固請。予曰:"予不以積善餘慶命《易》乎？不以樹德命《書》乎？不以伯仲壎籩命《詩》乎？不以會黃池命《春秋》乎？不以憲老乞言命《禮》乎？夫脩之身，其德乃滋，脩之家，其慶乃餘。今日齒讓，則聯伯仲之誼。他年冷局，則敦塤篪之好，羶途則捐爭長之心。及其倦遊而歸也，猶將使後生輩書其言以爲惇史，物不亦備乎？雖然，非學何由臻此。諸生志之，其無忘學也歟哉！"

戊午浙江歲薦齒錄序

明年己未，當貢天下州郡士。今夏，蔡子定科寧台以東諸郡，則試諸郡當貢者。秋七月，還武林，乃檄嘉、湖、紹、吉之士就試焉。共得士十有二人，例當刻齒錄。又例乞文具障以謝司衡者，蔡子辭焉。

於是錄成，諸士請不已，予復力辭之，而申告之，曰："子亦知所以光斯舉者乎？夫能舉子者，予也；而能光予舉者，子也。齒不論壯暮，期於致遠；官不論崇卑，期於守道。蓋予客歲所貢郡邑士，而捷京闈者三焉。予囅然開顔，使諸士蹈迪建樹，更有進于是，其爲斯舉之寵嘉，寧有量哉，焉用文之？"諸士唯唯而退。予題其錄首以示久要，亦例也。

浙江戊午同年齒錄後序

戊午，浙比士之役，太史林公、史垣張公來主文，而齹臺胡公實監臨之。提學蔡子則竭一歲日夜之力，遴簡與試士四千八百餘人。蓋屆期，齹臺公特增號舍百，而不敏益得廣爲羅，其曠舉也。當榜之初放也，蔡子預爲約以待，曰："無關説，無自累累人，以示之節。無妄費，無多取，以示之儉。"於是多士之齒錄成，蔡子宜申言簡末，因進而告之。曰：

爾多士之挾册而哦也，今之歌鹿而遣也，豈非濟濟欲對臨軒，登華貫以備中外緩急，倚爲第一等人物哉？夫行世之難與窮居相百也，矜不爭，群不黨，此先聖徹上徹下語，而於行世尤所急。東漢顧、廚、俊及諸君子，名行非不高矣，而凌厲以取世錮。八關十六子，比周爲市，卑卑汙人齒頰。乃唐、宋名流，亦多分門聚黨，彼此交譏，卒令身與國交受其敝。不亦吾黨之過與？故夫媕阿噂沓，鬼瑣裔宇,毫不自竪者,固輕身名於一擲,而過自標榜,互相排擊,入主出奴,籬編棘插,昭昭乎以身爲的者,則因爭而黨,因黨益爭,而害始延之天下。然後知矜群之訓,爲行世之善物也。

今世士大夫亦蒿目門户之歧矣,而未知所終。祝轅者,毋亦乘日之車,而遊廣莫之野,挺然而獨立,擴然而大通,庶幾不爲流俗中人乎。《虞書》曰:"汝惟不矜,天下莫與汝爭能。"《涣》之四曰:"涣其群,元吉。涣有丘。"夫不矜以爲矜,何爭之有?合丘以爲群,何黨之有?多士志之,愛身愛天下,道不越此矣。雖然,吾爲浙士言,且徵爾鄉先哲。夫今所詫三人,人好作事者,非浙閫希談哉?此三人者,如孫、如胡,炳朗表樹,皆人傑也。乃陽明致良知一脉,直接孟氏之傳,而遡《大學》之緒,其抗疏居夷,節孰尚焉?雄文妙義,傳孰遠焉?靖逆藩,平思田,開爵奕世,功孰大焉?諸生誠知所嚮往,將聖賢在我,神化生心,又何節儉爭黨之爲諄諄哉!

丁戌浙英録序

古今惟知人最難,其次乃知文。舉業之於文,又其精者也,知之則尤難矣。予性頗嗜此道,然操觚自運,覺平平耳。而其談文則不厭奇。丁巳夏,謬領浙衡。憶郎客部時,屢推屢格,去之十六年,而予髮亦種種矣。於是,竭十五閲月日夜之力,始得周十一郡士,蓋其盡且慎哉!

竊謂浙士奇天下而入吾彀者,率皆説理微而搆詞工,非有九天九地之上下,令人不可方物測識者也。予乃嘆浙文之盛,又竊嘆文奇之難。然以是遇合,必能確遵聖矩,而黼黻皇家無疑矣。録既成,會予遷秩行,乃屬杭司理毛君遴而刻之。予題之曰"浙英",志樂育也,且以爲多士異日遇合之券。

致良知四書摘序丁巳

自陽明子揭致良知之説,迄今學士多宗之。乃墨守紫陽者,不無異同。曰:"是專知而遺行,衹啓高明眇修者寶耳。"愚以此三言者,天下之至妙至妙者也。

非陽明子之言，而孔孟之言也。知之不致，而使人致疑於良知，亦不致者之咎也，非陽明子之咎也。

嘗試言之，夫天下有不真知而能行者乎？則何知水火之不可蹈者之必不蹈乎？天下有不力行而得爲知者乎？則何談京師者，必問途，必贏粮，必百舍重繭而後帝都之美可見乎？夫致良知之學，是知行合一之學也。即以事親敬長論，非鄒孟所謂良知者乎？然《中庸》論事親而推極於天道人道，乃其功則學、問、思、辨居四焉，而行居一焉。夫其所以博之、審之、慎之、明之者何物，而所以篤之者又何物，非此知也歟哉，廢一焉不致矣。譬之重陰沍寒之下，一陽來復，瞥見天地之心，浸而爲臨、爲泰、爲壯、爲夬、爲乾，胥從此起。《繫辭》言，乾以易知，坤以簡能。夫坤，承天而行者也。則行安得與知畸也，此良知之妙也。故知則爲聖哲，不知則爲庸愚。知而致則爲聖哲，不致則爲庸愚。知而致則爲明明德，不致則爲弄精魂。可俟百世不惑者耳，紫陽、陽明，奚岐焉？

丁巳至後，獻臣校士吳興。困頓之餘，不寐以思，忽悟四子之書與致良知之旨若合符節，因摘而録之，以自警省，且疏一二膚見，以印之知學君子。非牽合也，非敢決裂也。雖然，物不格則知不致。今物何物，格何格，尚爲千古不決之疑。安得真能致者，而與之言良知，又安得真能格者，而與之言致知也哉？

致良知四書摘後己未

予校湖時，雖箋註數語於四子摘條之下，而科試急逼，東西奔走，己未秋，里居之暇，乃續成之。

嘗謂道無定體，談者不必專執一名，譬水中鹽味，入口自知，欲覓形相，了不可得。孔聖説仁，孟氏説仁義，程、朱説居敬窮理，雖其大意固然，亦未嘗事事而標幟之也。即陽明子曰："除却良知，無學可講。"然昭昭乎持此爲的，猶未免有厭且忽者。故道在心悟，不滯言詮，學在實證，不立名目。今子所提掇"致良知"三字，幾乎在處着鹽矣。要亦實見天地間橫衝直撞，無非此知，非強附會人唾餘者。夫致豈虛想而已。程子亦云："知所往，然後力行以求至焉。"非致知之謂耶？特所入微有頓漸耳。志學者第求端於知而求致於心，則四子之書皆我註脚，而況末學之膚言乎！

四書膚証序

予公暇，於四子之書偶有所窺，輒識之。丁巳，試吴興，粗有悟於致良知之說，復節摘而點綴之，得百餘條。然偶識者，時出傳註之外，而於舉業猶近良知。摘雖於明德之旨時有觸發，然用之舉業中人，且詫爲贅疣。此爲談學者言則可耳。不揣欲兩存之間，持就正於敬夫先生，敬夫亦時出卓詣以起予蒙也。既而思之，扣盤捫籥，不如識日，千蹊萬轍，終祈適道。聖賢之書，同歸一理，固非判然懸殊，可容人另闢一途徑者，乃總加訂証，彙爲一袠。不知其於四子之精神有少窺見與否？至其爲紫陽也，非紫陽也，爲陽明也，非陽明也，其可用之舉業與不可用之舉業也，則觀者自擇，無庸家爲之置喙矣。

理學宗旨序 辛酉

子友郭道憲既纂《理學宗旨》，而序之曰：南北部可言，牛、李不可言；牛、李可言，洛、蜀、朔不可言；洛、蜀、朔可言，朱、陸不可言。此道憲獨見之論。雖然，道憲其有憂乎，憂世也，憂道也。何也？道所以維世者也。夫道之宗何昉乎？虞廷危微，繼之精一，孔門戒懼，先以性道、本體工夫合併無二。此非萬世論學之大宗歟？歷宋而明，理學中天。若濂溪、河南、新安、象山、河津、江門、姚江諸大儒，或主静，或居敬，或問學，或德性，或録讀書，或大總腦，或致良知。雖開關啓鑰，若人人殊。然言脩總不廢悟，言知總不廢行，言本體總不廢工夫。其餘諸君子，苦心密證，畢力分疏，無非所以發揮大儒之宗傳，而求不謬乎精一、戒慎之本旨。辟之山宗岱，原其所起，水宗海，匯其所止。

夫道有二乎？學有二乎？藉具在以心會焉，以身體焉，則千聖宗子，不在儒先而在我矣。不然，而繭絲牛毛，頓悟直指，不俗則禪，毫釐千里。試思朱、陸異同，紛紛争辨，而迄今並行宇宙間，若車兩輪，廢一不可。則道固自有大同在，奚分門別戶爲哉！明此，則晚年定論，姚江固紫陽氏之忠臣。而談本體，不說工夫，使陽明復生，亦當攢眉。故嘗謂譚學之家，止辨真偽，不論異同。學苟爲己，雖異同也；學苟爲人，雖同異也。道憲講於南皋先生之門，稱上足。是書之行，其有功於斯道斯世甚大，予故樂爲引其端而質之。

題區羅陽四書翼丁丑

高明區羅陽侍郎與其兄海目太史，皆予己丑同榜。予癸亥以光禄入都，則羅陽已佐奉常，旋晉棘寺矣。相從數月，竊有意其爲人也。所刻《四書翼》，其于天人心性之奧旨多所發明，而詞亦爽雅，近世縉紳之喜談學如公者亦鮮矣。惟是痛闢釋氏而歸過余楊貞復師，且自許爲撥亂本、杜禍原之論，則各是其是，姑質夫後之主張道脉者耳。

常鎮小約題言乙巳

予友歐陽宜諸有言：吾守昭州，人言撫治之難，吾將以不治治之。及移毘陵，人言調停之難，吾將以不調調之。子有味乎其言。已而歐君爲毘陵有聲，撫臺曹公疏請以常鎮畀君。而君楚人，主爵者難其銜，竟用漕臺李公言，擢治兵中都去。於是，予獲拜兹命。先達有教予者，曰："子往矣，三吳之治，調停、人情居半焉。"予唯唯否否。則以拂人之情不可行天下，奚獨難吳哉！夫吳好奇易動之國也，士譁於庠，民訌於市，仰機利而疏骨肉，重藻繢而輕議評，所從來非一朝矣。故振紀綱，厚風俗，此根本至論，而在吳尤爲對治之劑。余所領二郡頗質，而性復迂疏，不善調。惟是素喜簡易，欲令上下吏民之間，撤蔽剗浮，可望而知，可披而謁，輒條列所欲行數事，而題曰"小約"，明其大尚有進於此者。予承乏新，未能及遠，諸君子更相與圖之。幸甚！

鄭氏家訓引己未

玉融鄭先生以學行起家，來同訓事，清真恬淡，同人士敬而愛之，予有意其爲人也。一日，先生以所爲《家訓》介蘇子士沐徵言于予。予受而卒業，曰："《詩》云：'君子有穀，詒孫子。'其鄭先生之謂乎？"蓋漢萬石君不言躬行，子孫遵教亦如之。然奮無文學，故少予慶爲丞相，僅僅醇謹取充位，不數傳而孝謹之風衰矣。惟北齊顏黃門侍郎所爲《家訓》甚具，故其子若孫累世顯融，忠義著稱，則所得于前人之攸訓者居多。不然，即九世同居，若張公藝之一"忍"字，君子無取焉。

今先生所爲訓幾四十條，則《周禮》之所謂孝友、睦婣、任恤，與我明高皇帝聖諭六言者，固已纖悉委曲。推明其意，而惓惓謹惕好脩，求知于天，必天于心，則黃門所傳《雜藝》、《音辭》、《書證》、《養生》諸篇，視此猶爲枝葉矣。先生其有講於躬行慎獨之學者乎？夫世之父兄子弟相戒勉者，卑之擇利便、圖富厚；上之工文詞、取青紫，爲祖宗光寵止矣。如先生之教誨式穀者，未見其人也。予聞先生之子某，美秀而文，有石氏孝謹風，某曾刲股以療母疾，今聯翩遊芹泮矣。先生善詒，二子善遵，從玆彌引彌昌，以鳩鄭宗，何讓顏氏哉！雖然，先生之爲是訓，非徒訓其家也，所以訓天下之爲家者也，則是書也，雖梓而公之可也。

題侍御林道卿生壙記後丙辰

向子平曰："吾已知富不如貧，貴不如賤，但未知生何如死耳。"吾謂："忘生死易，而忘富貴、貧賤難，忘身後之富貴、貧賤尤難。"何者？生死者，必然者也；富貴貧賤者，或然者也。人情惟有得、有不必得，則欣厭趨避生焉。王孫之達，君子以爲放，惟司空表聖豫爲壙，引故人賦詩對酌其中，庶幾超然矣。雖然，猶未也。自宋以後，堪輿之術倡，故有生而百方圖壽藏者，爲身後利也。亦有化去數十年而不得歸土者，子若孫爲其身利也，斯說之錮人久矣。

林道卿之壙長林莊也，不事形家言，不事華侈，第以體魄得依父祖爲安。噫嘻！道卿未周甲而不諱百年，忘生死也。歷玉堂、驄馬，再起督學，方入啓事而掛冠以歸，忘富貴也。爲生壙而自記，以見其志，一破世之貪癡，併忘身後之富貴也。道卿真達者也，賢於司空表聖者也。吾欲與之爲子平五岳遊，何如？何如？

曹子貞玉芝樓序辛酉

南通州有隱君子曰曹先生大同、字子貞者,王元美司寇傳之,屠長卿儀曹誌之。而其《玉芝樓稿》,則陳敬甫司空及林登卿太守、蔡敬夫方伯、林廷永侍御亦既先後序之矣。乃子少尹君昌順,復過蔡子徵言焉。余惟讀序、誌及二林公之作,可以知其人。讀陳、蔡二公之評,可以知其集。予何贅哉!

或曰:"先生八見屈而八就試,至晚謁明經選,而始博一大官丞以歸,非有意乎隱者也。"予曰:此乃先生之所以爲真隱也。夫古之隱者,豈徒泯泯没没、匿聲滅迹云爾哉!彼皆炯然抱奇而遭時不偶,卒能抽身霞表而表文采於後世,故稱賢耳。予讀先生之詩,斤斤範古,不屑落晚唐後。近體出入初盛,而樂府古選依然晉、魏、六朝間物,則深於詩者乎。其文本情質,義莊嚴明核,而其要不悖於韓、歐、閩、洛,視世之以才力驅駕而鶩華絶根者遠矣!故予謂先生之詩若文,非詩人文士之言,而儒者之言也。有儒者之養,而又有詩人之矩矱、文士之追琢,此先生之所以自名其家者也。今先生歿四十年矣,而苦心力詣能自託不朽之傳,詎不謂賢哉!

少尹起明經,佐同。甫下車,即捐俸梓先生集。其字民涖事,薰然慈廉。又常有冥鴻之志,曰:吾先君子不能爲大官丞,小子乃能丞百里,奔走頰首,猥云民上哉?其不失家風如此。

儀曹二難存稿自序甲寅

子爲郎八載,備兵五載,而爲擁載者所簸弃以歸。自惟生平信心,於事無趨避,於人無德怨,惟兩載儀曹,乃覺步世之難。罪廢以表,讀書談蓺,侍母餘年,自謂拜言者之賜矣。間有知己過而問曰:"子去儀曹六春秋矣,而人猶用是扤子,儀曹誠難哉,何難也?"予曰:"有二焉。在朝班,在楚訐。柱史既上,其勢不可得下,則難。銓臺均也,誰能偏護而直道又不可必行,則難。假王事大,而發於婦人女子之口,則難。議勘自部,而旁觀者不能無異同,則難。勘未畢也,而廟堂又另有主張,則難。兼是二者,欲晏然而無患害,得乎?"問者曰:"駭矣!子之言難也,宜其及也。子之所難者,乃在左右兩宗伯。兩公皆負當世望,而果於行其意。前是曹屬嘗爭而勝,方作意欲一發舒,而子以宗室名封之故,拘文守例,不能奉行寬政,以至移怒胥史,而略不遜謝,猶得累資而出,子則幸矣。二者何難哉!"予曰:"唯唯否否。自予爲儀曹,堂官曰:'夫夫也,剛如鍊,是數持例以與我爭者。'同官曰:'夫夫也,柔如繞,一惟堂翁之所爲而莫可奈也。'即予亦自謂兼有之。蓋嘗發憤嘆曰:'水去山在,僧去寺在,官去法在。'侍郎、正郎,總能幾時?要以見行,自有例耳。安得略法而任意爲!"聞予言者,即同舍田億伯,亦爲縮頸。

雖然,予過矣!予過矣!君子見幾而作,不俟終日。予求去屢矣,而隱忍不一決,何也?屏居之暇,聊次儀曹諸稿,而題之曰"二難",并附以所談儀曹事者,凡五卷,志實也,且志予過。知我罪我,所不隱爾。

潘鵬江中奉集序 壬戌

士鼎子之冠閩書也,年二十七耳。越己丑,聯成進士,其文已膾炙海內。而公溫夷退讓,口吶吶若不能道詞,乃上書請就廣文。未幾,而擢水曹,権南關,清風石畫,藉甚冠紳間。於是,主爵者拔置銓屬。而公益明習典章,講究人才,孤立一意,欲有所大展於清時。會以親病,苦求外補。其後歷司功稱望郎,以至藩臬江浙,總領兩粵,駸駸乎大畀矣。而公竟以勞卒官,年僅五十有九。悲夫!

公之子某某,以予辱公臭味,俾詮次其遺集。既卒業,嘆曰:士鼎子真負經世之才之志,漢賈誼之流也。夫經世之業難矣!有其志者未必有其才,有其才者未必有其志,而有其志與才者,又未必有其實用,斯懸諸所遇耳。公在都水,則通商惠工。在銓曹,則辨官釐弊。在藩臬,則江右之置郵、浙西之賦役、兩粵之刑名錢穀,吏治民生,蓋繼日而思,待旦而行。其所見之條議施設者,纖悉委曲,鑿鑿懇懇,靡不可以一匡世道,長利蒼生。非精神所全注,能有此乎?昔公去檇李,而檇李之人立庇民祠祀公。今五羊、溫陵之間,登俎豆矣。公又有兩封事,洋洋治安疏也,而竟爲相知者所尼,不果上。即公與予,不無少怏怏焉。其他如族譜序記、尺牘之文,皆鎔鑄程、朱、歐、蘇而出。所謂仁義之人,其言藹如者哉!詩僅數十首,而陶、杜風味已窺具體,是足以傳矣。嗚呼!士鼎真經世人也。其志、其才不減賈長沙,其遇亦相上下,而實用身親,則不啻過之。使天假年,位所就寧止此哉!兹予所爲平治慨者,非僅年好之私也。

王玄亭方伯集序

給諫王君東里還朝而過予,曰:"吾仲氏而玄已矣,予臭味也,遺文宜弁一言。"獻臣敬諾。

嗚呼!吾閩舉己丑若干人,負文章經濟之才志而卓然欲有樹於世者,得二焉,曰王而玄,曰潘士鼎。士鼎之清真,而玄之挺勁,皆予所遜謝。而二公矢志擔荷,念不及私,則相若。其爲望郎,則相若。其致位藩伯而先後終于左廣,則又相若。豈非天哉!豈非天哉!

當神廟時,徽號再上,冠婚並舉,公以戶部郎司粵,而中使時趣進金珠無算,勢橫甚。司農趙公計無所出,則倚王郎如左右手。公對中使草疏,爲明主忠言,上意爲緩,而中使之氣亦折。同朝皆壯公,而公竟用此乞南以去。及敭歷楚、蜀,會蜀有建南之役,公持議侃侃不阿。及猝鐵喪師,越雟鼓譟,嚴詞查覈,大與當事者意左,既晉長江藩矣,又竟用此得調以去。此二事足以觀公矣。

公生平雅好讀書爲文。每對知己,未嘗不商榷人才與當世要務,卓識確見,不苟爲同。語合時,目光烔射,意神豪激。予心折而玄,以爲真奇男子,使得進秉鈞軸,盡究其施,則天下之大節何足立,而大事何足辦哉!彼其耿然浩然之氣,誠信於士大夫者素矣。年位不竟,惜也!惜也!

公文工而裁,詩史而逸,涉筆核而辨,長篇短章,率抒胸中之奇,而妙合古法,讀之想見其爲人。予既序士鼎之文,而復綴此於公集。千古人琴,寄兹一慨。

同安任明李侯吏牘序 甲子

語云:"不習爲吏,視已成事。"夫已成事,無奇耳。不過刑名之律例,出納之籍數。即有奇去施，乃民情叵測，事變無常。自非精心長才遊彀中而超格外者，烏能勝任而愉快乎！

縉雲李侯起家進士，來令吾同。同故岩邑，而會紅夷内窺，歲時恒暘，一切民事、兵事倍蓰故牒者，不知幾何。而侯以英明之識，粹白之操，指顧立辦之才局，左畫方而右畫圓，凡讞鞫之隱微，風教之大關，錢穀之解徵，壇廟之脩建，侯無不殫精釐蠧，犁然備舉。至若水陸調募、軍需支給、銃臺創置、火械整挪、困廩賑救，此皆出自不意，圖於俄頃，豈有成事可循？而侯倉猝籌之，咄嗟辦之，夷舟竟以遠遁。而濱海災民亦且恃金湯，乳哺以無虞于阽危。苦心成勞，同實苾焉。諸文移規條具在矣。今去同爲京朝官，即舉而措之天下，震世勳猷，兹非其左券哉！然從今涖同者，以是刻爲已成事，則餘黎有大幸矣。

黃鱗伯侍御延露編序 庚午

黃鱗伯侍御，予榜中錚錚者也。當其爲諸生時已名能古文詞。壬午，前矛鄉書，則制舉論策之文爾麗博雅，學子艷而慕之。予惟恐不得當也。及己丑同籍而後，喜可知已。

鱗伯起家大行，即命儔求侣，頡心力爲不朽之圖，名益藉甚公卿間。已簪筆柱下，視鹾河東，又奉命按粵，而中道無禄，君子惜之。納言王東里公序其遺文，已足行遠，而厥子恭甫復以屬予。蓋尼父云："辭達而已。"此千古文章一字符也。然達豈徒文哉！授政不達，雖多奚爲？則所謂達者，蓋兼文與事而有之矣。

予讀鱗伯《延露編》，大抵取才先秦，模法司馬，而鑄氣於眉山氏。疏暢洞朗，令人一覽，躍如楮毫。立臺未幾，輒慷慨論天下事。若《倭奴》、《脩省》、《效忠》、《救時》諸疏，皆殫忠赤切，事情鑿鑿，可裨實用，有賈生、蘇軾之遺風。庶幾哉！孔門所謂達者歟！

考鱗伯生平，知已爲盧璧山觀察。而鱗伯所論作文三長，太上殖學以拓識，其次程古以綴詞，其次贍才以邕意。今觀鱗伯之文，所爲識與詞與意者，有一之不備乎？否也。列之文苑，名不虛立矣。雖然，以鱗伯之文，可以追踪古人，陵厲時輩,而未竟其所詣。以鱗伯之才,可以大展底蘊,贊襄明盛,而未竟其所施。則年爲之域也。蓋予覽漳《文苑傳》,而咨咨慨焉。夫林公悦、劉國徵、高朝憲三君,其才品皆隆、萬間表表標奇者。而文章爛焉,建竪未究,寧獨鱗伯然乎哉!人不可以無年,蓋自古嘆之矣。

十三經通考序庚申

前輩學者占一經外,他經亦皆淹貫,其次乃旁及諸史古文。故其言行不悖於聖人,而其爲舉業亦有根據,非空疏餖飣者比。邇來舉子,文日幻而古意日微,大抵涉獵浮華,而叩以經學,則茫然不省爲何語,去前輩之風遠矣!

吾同陳君尚賓,發憤下帷,焚膏繼晷。其於經史百家之學,貫串蘊釀,而出之爲舉業,有前輩矩矱。蓋非今之務華絶根者也。一日,持其所纂《十三經通考》示予。分門別類,既富且精,犂然有當。於予則謂此學者碎金也,曷公諸?

夫涉江者必溯岷,登山者必宗岱。學不通經,雖多而何爲!大烹之調,珍美具備,而嘗鼎一臠者,亦可以飽。此君類纂諸經意也。爲業舉者,方便法門也。然得其意,雖格致、誠正、修齊、治平之義例,亦不越此。有力者能由此而舉其全,則經學其有興矣。

同安曹侯德政頌言序丙寅

夫談吏治者,于何執左券哉?下車之初,則徵之冠紳衿佩;行政之後,則徵之里巷童叟。何者?冠紳衿佩與師帥邇,可得之眉睫之表、論議之間。而里巷童叟其處勢逖,自非風行澤洽,斟酌飽滿,安在其鼓舞而謳頌乎?故先莫若士,而公莫若民。

方城曹侯初涖同也,冠紳衿佩之徒進而瞻其容色藹然,聆其緒論卓然,退而私相慶,曰:"賢哉,侯也。此必辨治同矣,異日將以循良尤異著矣。"未及期月,而頌聲四溢,山陬海澨、窮閻蔀屋之歌吟而編紀者,幾滿道途。斯誰爲之哉?予故曰公也。予最其大凡,則其持身也廉而貞,其愛民也真而摯,其折獄也核而恕,其徵逋也寬而辦,其御下也嚴而悉,其訓士也禮而裁,其鋤豪強瓜幹也果而必。蓋侯之存心,一以仁義爲主。而意所不可,則不得以勢撓,不得以情干。古所云保赤照盆、拔薤懸魚者,侯種種兼之。鄙語曰:何知仁義,饗利則德。此頌聲之所以作也,誰爲之也?

頃者招撫議起,海上幾幾無事矣。而獷悍不逞,間猶閧焉,與良民爲難。侯杖其尤者,而繫之獄。於是乎,剗落角距而走詣轅門,撫事因而大定。所稱得一良令,如得勝兵三千人,其曹侯之謂與?斯循良而尤異者,非耶?予從諸冠紳衿佩後,固喜其預占侯於新政,而弁此編者,不爲諛也。

題林混中兵書丁卯

夫兵,陰道也。運用之妙,在於一心,奇正之用,出於臨敵,法烏可泥哉!然今之將兵者,勿論臨敵一著,即平時,兵不素拊,且多冒矣。餉不時給,且多朘餉。器械之不精,舟車之不整,行伍分合之不講,大率以兵爲市耳。夫兵冒則寡,餉朘則饑,器不精、具不飭、教不先,何以能軍?此居圉之通患也。雖使韓、白復生,其不見敵而靡者,鮮矣。

漳浦林混中所著《陣杓》、《陣鏡》、《九環》、《地網》諸書,蓋詳哉乎其言之。雖然,使混中投筆而取封侯之業,其能盡袪今時積虛積弱之弊,而動之九天之上,潛之九地之下乎?吾意其難也。然備不素豫,不可以應猝。今天下東防奴,西憂播,而閩粵苦夷寇。士大夫家多諱譚兵,即談之,亦紙上韜鈐耳,何裨實用?混中父子皆以文學取高等,而混中喜談兵,鑿鑿燭照,如數一二。此書多採武經史傳,而參以名將之經畫。雖謂混中胸中有數萬甲兵,可也。異日用之而效,將使讀父書者鉗口,其斯爲救世之編也歟!

清憲蔡公遯菴全集序己巳

天啓甲子,蔡敬夫以司馬中丞督黔。越明年,公薨監軍。侍御昆明傅公爲具《忠勤清苦疏》,請恤于朝。宗伯覆予祭葬如例,主爵者爲請贈廕,又特請易名。于是贈公大司馬,諡清憲,稱異數云。

初,公弟仁夫梓公奏議,而屬序於予,予心許之。已而愛壻林觀曾行公全集復屬予言,曰:"習吾翁者,莫先生詳也。"嗚呼!敬夫真世所謂豪傑者哉!敬夫與予俱家浯海,乃尊樂至公,世載明德。篤生公,垂髫而穎甚,於書一閱輒能成誦,又性善記,久而不忘也。初試郡道輒第一,弱齡聯魁南宮成進士,而後疏請歸娶。當是時,人莫不以異才目之。而公出黄昭素太史之門,師弟間講求論議,相得歡甚。公又精敏嶄嶻,饒有吏幹,著聲比曹。既而請終二親六年憂,其文詞日益進。於是,謁補得武庫,旋擢參藩,分道荆岳。及湖北兵變,乃移公觀察,而首惡就縛,疆事大定,公才略益錚錚縉紳間矣。奴酉陷遼陽,時公慨然過我,矢以首貿。及水西逆彦之變,當寧移公郎節督黔,賜劍尚方,而節制五省,蓋其重也。公入黔未幾,上首虜八千餘級。酋畏公,不敢渡河。而搗巢之役,施兵先逃,不克成功,公亦拮据盡瘁,騎箕去矣。使稍延須臾,逆彦寧至今日哉!

公學博才高,下筆千言,弱冠尤工四六。其諸著作,皆崇論宏議,涵古茹今。至書牘奏議之文,慷慨談天下事,切劘豪貴,披吐肝膽,無所避忌。而詩則出入漢魏、盛晚唐之間,蓋居然一代名家,千秋盛事矣。嗚呼!吾泉蔡文莊之文,以道德勝;王道思之文,以才思勝,皆稱不朽。而二公亦不假事功顯,惟襄惠張公有文人之才致,有宋儒之學脈,而又有經世之勳猷。九原可作,未知與公孰先孰後?而公與襄惠又以總督之任,畢命越沅。朝廷憫恤等無有異,何其符也。惜公年僅五十,而復靳其嗣。悲夫!悲夫!予猥附知己,故不辭弁言,而烏足以盡公。

陳止止東山法語序己巳

獻臣戊子之役,幸出楊復所先師之門。復師純儒也,其啓口落筆,無非禪者,世謂再來人,不虛矣。惜小子年壯氣浮,雖兩都從遊,而未能領略師誨。溫陵止止先生,師總角友也。迨晚而互訂所學,無一不同者。蓋亦從儒入,而參悟禪理,非逃禪也。以故李伯東同卿、叔玄奉常締金蘭之石交,而内弟池直夫孝廉厠莉桐之法席。此誠有契於中,豈苟焉而已哉!

己巳夏,直夫買園東山,而迎致先生。時先生年八十三矣,視聽不衰,講論如少壯,予心異之。數與尚宰大理過從問几杖,因得聆先生性⑨命之談,蓋津津有省焉。先生之言不爲新奇,秘性要在二六時中,静坐内觀,不有意不無意,不離不即而已。曰:"此性命真脩也。"今世儒者,皆謂明心見性之功,與正心誠意不同;脩齊治平之用,與不治、不言、不化不同。夫明德天賦,儒佛有二乎？學問自脩,恂慄威儀以明明德,儒佛有二乎？若大雄氏大慈悲救苦難,豈徒拱手而視焚溺,漫無所事事於天下哉！其根宗則自心性始耳。

先生初有《借孔》、《申經》二集行世。兹直夫將梓其《東山法語》以公同好,謂予宜有言。夫先生精於禪學者,其發明儒脉必悉。不知讀《法語》者以爲與吾復師之旨,將無同乎否也？

劉國成遺集序己巳

劉國成諱夢驂,侍御沂東公子也。當萬曆初,楚胡二溪督學,以古文詞變閩士習,而國成暨弟國夏試居甲乙。其後,君坐累罷諸生。而國夏偕其幼弟國壯先後成進士,著名迹,故同人謂東橋之劉多才子,而惜君數奇。君年僅五十一。

而今己巳冬,季子坤乃哀其詩文乞序,予掩卷嘆焉。君少年負奇,於書無所不窺,而尤工馬、班家言。凡達官貴人序述贈送之文,必藉君手爲重,既已雄偉鉅麗矣。而其窮愁磊砢之氣,則時時寄之於詩。其得罪,則以邑司寇洪公對簿事。夫司寇之冤,以勘遼藩失江陵相意。而仇人擠之,撫閩者石之,與君不相涉也。君一青衿,襭而完,完而復襭者,何也？豈非以才高媒忌故耶？雖然,滁之盧次楩上舍生嫻詞賦,越之徐文長邑文學饒翰藻、善書繪,此其人皆文采流傳而終老布衣,數奇與君等。藉令帝召賦玉樓,君將誰讓焉！

憶予弱冠時,從君角藝黌宫,而心下之。君丰偉重厚人也,而國夏則脩瘦骨立耳。人言君用是得罪,而國夏用是得完,則忌君者又不獨以才矣！然國夏竟以得志于青雲,人貌榮名豈有既乎！

蔡子曰:予讀盧、徐傳及國成遺稿,而嘆士之負奇抑鬱不偶者,可勝道哉！

可勝道哉！國壯方負魁名，司文柄，而坤能讀父書，錚錚諸生間⑩，足以揚君不朽。予聊述耳目所覩記者，以志慨耳。

廿不林止嵒存稿序庚午

督學耿叔臺公名知人，吾同止嵒林君試居第一。尋占明經選，獻臣始識君，相視莫逆也。而君遂聯成進士，令東甌矣。宦輒參商，晤不數數。自予鐫秩澄江，而君拂衣五羊，林間過從，臭味投合。蓋蔡清憲敬夫亦歸自楚，二三兄弟，無旬日不會，無會不醉。無世事、心事不談，無談不盡。而君獨喜行氣凝神之術，日二時爲度，津津然，自謂有得也。清憲出山後，主爵者亟以三衢起君。越癸亥，予應召過之，則君已抱末疾，然猶以卮酒醉予署中，予不及叩其行氣凝神者何如。未幾，而君膺楚臬之命，亦竟不及赴矣。

今年春，君子孝廉鱗伯梓君遺文，而委弁於予。既卒業，不勝西州之感。大抵四六、序記諸文類，道其中所欲言，而一傳古法，非騁靡麗以炫覩記者比。至在官、在里所條議利病便宜，則侃侃石畫，可見施行，雖旁持者不能奪也。惟是念不一傳，則傳神之語、獨造之格，其所謂不古不今、不穢不清、不縮不贏、不巧不痴、不兜不撒、不雅不俗云者，自非胸懷洒洒，盡脫名障，斷世緣，誰能自描寫及此？殆南華老所謂畸於人而侔於天者乎？和靖先生千載一揆矣。嗟嗟！止嵒經世之才，出世之志，可謂超逸絶塵矣！而天不假年，未竟其用。斯固世道之不幸，而吾黨之所深悼也。雖然，君和靖後身也，暗香疏影，猶足流傳不朽，矧君之建豎風節，卓犖如斯如斯者哉！

池直夫澹遠詩序庚午

內弟池直夫束髮稱詩，則何穉孝、蔡敬夫二先生序其《玉屏集》矣。已行《南參集》，今茲《澹遠集》成，而張紹和弁之，且謂予宜有言也。予知直夫禪，又知其舉子業。

直夫長身玉立，秀致雲流。其於禪乘篤好而深會之，蓋天性然矣。而制舉文字,則入之深、出之淺,當意得時光芒萬丈。吾券其必前矛南宮,然在直夫,則禪心詩腸湧溢之餘耳。今第論其所爲詩,直夫初入門輒沉酣漢魏、柴桑家言,故寒山之率、長吉之奇、白蘇之疏散,時錯落毫楮間,而或疑其出入於袁、鍾諸才人蹊徑。蓋任其材之所至,道其中所欲言,非有意慕效之也。比脩業東山,益有味於陶之冲澹閒遠,一切塵坋不留肺腑,故題其庵曰"澹遠",而詩亦以名。其得於抱膝長吟之外者深矣,予非知詩者,將何以進直夫? 夫冲澹閒遠,固禪性得之,然乃枯槁遺世者之所爲。即靖節諸什,亦以無懷、葛天自贊。直夫妙齡壯志,方當對大廷而履亨衢,以虞賡、周卷黼藻明盛,予固有取乎敬夫溫柔敦厚之旨。此非敬夫之言也,蓋尼父論詩之準也。

曹方城令同政録序庚午

吾同比年以來海波不靖,雨暘恒若,警時聞,穀踴貴,民何憑以託命哉? 則恃有方城曹侯在也。侯媺政載諸口碑,未易更僕,兹獨論其大者。

侯資本仁廉,才兼文武。㩦躬則纖微净盡,子民則痌瘝乃身,右善良則單寒吐氣,抑豪暴則衆强歛迹,備先團練則閭里不驚,教嚴黌序則多士顧化。以停緩爲愛養而捐賑則實惠必沾,借招撫爲縲鐩而治盗則重典不靳。侯身坐堂皇而心周四境之内外,凡民情之淳澆,大憝之向背,胥吏徒隸之奸良,無不洞燭其幽隱,而妙用其愛威,故此贏者同也,用能果枵腹而安保聚。蓋洛陽之置水、朝歌之稱神、中牟之馴雉、勃海之治繩,侯皆兼而有之,非所謂循良而尤異者哉? 抑于是而有概於同之難也。

夫同負山襟海,海嶼之大者曰浯洲、曰嘉禾,而其小者曰浯嶼、曰烈嶼。浯嶼一卷海中,舊設水寨,今移之石湖矣。浯洲、嘉禾,則金門、中左二所麗焉,而烈嶼縮戢其間,尤盗賊出没要地,往往泊爲巢穴,其人亦幾習而安之。而中左爲商販往來之衝,兵民錯居之所,諸就撫擇便利者,争欲得焉,甚且尋干戈矣。故同于閩爲望、爲緊,恐異日不復得安枕。吾烏知烈嶼之不爲大灣,而浯洲之不爲彭湖耶? 矧彼在浩蕩渺茫之外,而此在肘腋耳目之前,緩急可懸計也。向非我曹侯之振勵噢咻，民雖欲相生相養於盜賊水旱之時，其可得耶？侯上計行矣，且選備法從矣。令繼侯者其才具如侯，其文武並用，上下相信亦如侯，則同民厚幸，當事者惟在慎擇其繼哉！是用書以爲政錄序，併諗夫後之涖同者。

熊令公同政錄序丙子

夫天下之文，有載事者，有談理者。理非事不核，事非理不斷。此固著述家所以行遠，而居官臨民之際，尤缺一不可。彼其勸懲之所關，利害之所憑，所以涖下而條上者，一日二日百端而未止也。

雨殷熊令公之涖同也，六載矣。其所興除者幾何，其所訓誡者幾何，其所問斷而平反者幾何，其所條答而詳奪者幾何，而侯皆堂皇立就，淋漓滿紙，或付書役抄謄，或張通衢懸示。觀者驚詫，咸謂何其事之核而理之妥乎，何其詞之贍而得之捷乎！世有如此異才，而不令讀中秘書，而屈就百里乎？信同民之多幸也。蓋其念存民瘼而觸處洞朗，資饒天授而隨機湧溢，豈人力也哉！

侯涖同，嫩政非一，而冠薦剡者亦且一而再矣。今將以覲行，而同人請彙梓政錄以爲輪山一鑑。夫庖丁之解牛也，依天理，批大郤，導大窾，技經肯綮之未嘗，而刀刃若新發於硎。令公得無似之乎？令公仁心爲質，不輕寘人於死。即情狀已無可疑，而微有疑端者，曰：「吾且留待後之包君。」則又至於族而爲怵爲戒，視止行遲之時也。夫古今稱仙才者，無如東坡，然亦不過兼事理而捷出之，令人讀之快然耳。令公妙有其意矣，而又施於有政，是豈易材也夫！

田氏族譜後序乙丑

乙丑秋，中閨人言，有客削髮披衲而踵門者，予訝然異之。問之，則曰：「吾田橫如一也，南山先生吾祖也。」予弱冠鼓篋溫陵，其衢有坊曰「善俗」，則先達顧新山、李竹坡、田南山、黃逸所四先生之名列焉，予高山仰之矣。今得見其後人，甚幸。起披衣而肅客，客顧然偉男子也，年七十而眇右視，手一編授予曰：「是吾祖所爲田氏譜也，將問序於子。」予睨其首，有林貞肅公言。逡巡久之，坐定而詢其落髮之故。曰："橫少業儒,遊於庠矣,已而棄去。有丈夫子五。會有力者欲奪吾祖潘山塋地,激而落髮廬墓,以示必守。千辛百苦,竟得還故物於丁司理、王南安二公,吾志畢矣。"予益異之。因徧閱譜所爲凡例,而嘆曰:"善哉譜!其法詳而嚴,其教隱而顯,親親賢賢,彰往鏡來,敦睦之義備矣。非古盛德君子,孰能當此乎!"

予獨於如一之事有感也,譜云:"家世有孝子慈孫,雖未及奏聞者,必詳著于傳。"又曰:"從釋老者,不叙其世。"如一於兩者,何居焉?嘗謂儒佛之理不甚相遠,第其作用別耳。吾儒少壯時,所以脩身、齊家、治國、平天下者,總不能越吾周孔之教。至其晚歲,出門一路,不妨刻心金剛、圓覺、法華、楞嚴家言,然非剛果男子不能爲也。夫爲父祖者之拮据其産業、書籍以遺後人也,亦望賢子孫能守之而能讀之。乃世有不肖子,不惟其産業、書籍之不能守且讀也,甚至舉祖父歸骨之所而鬻以與人,不甚吝惜。

如一老矣,吾不知其所得於西來意者何如,第其發念止爲祖父一片地,究不遂,其本圖不已,則以剛果不退轉之志,而行其孝子順孫之心,君子謂之死孝。夫孝何必死,充如一之志,雖以死殉之,可也。從今即杖錫唄梵以歸見先人,視之潦倒衿裾而弁髦丘壠者,相去莛楹矣。嗣南山而修譜者,其將詳著之以爲世風耶?抑將不叙之耶?以是知田氏之後,其必有興也已。

豪山康氏重脩族譜序壬申

去同二十里,有嶺大小焉,曰"豪"。一水東南注,兩山夾之,逶迤平田中,而康氏之居,倚山而臨流。予每過之,心賞焉。曰:"安得若斯地者而聚廬乎!"未幾,而我待君成進士,至兗州守,康氏之族益大。兗州有叔舉吾翁,則予初遊庠時所祭酒莊事者。翁今年逾耋矣,以行誼重邑里間。歲壬申,示予所爲族譜。蓋翁與兗州君商略而成,而茂才湯則任剞劂之役,以畢乃父志者也。予讀而嘆曰:"美哉!是維風教之書也。"

夫同故家多矣,而不能盡具譜牒。即譜牒具矣,而未必足垂統緒。亦世之通患也。兹譜也，宗之大小必辨，負養者必謹，家範必嚴，祀典必先，功德昭焉，紀傳詳焉，婦順彰焉，祠宇、祀業、器數、儀節備焉。甚至二百年之族屬，其生卒婚葬，亦復一覽無遺。抑何纖悉而莊核也！非舉吾其誰能脩之？夫宗不辨則紊，不聯則疏。教不飭則晦，不嚴則不尊。是獨後人之過哉？俗流失，世敗壞，以至於陵遲而不可止，皆宗法之不立釀之耳。繼自今，吾知康氏之子孫，其禮教文風，必有濟濟而興、繩繩而未艾者，寧盡山川勝也。嗟乎！自有宋以來，二十八承事，世代邈矣。十處士之遠韻而開慈雲，景暘公之蒙難而振瓜瓞，明叟公之創業而貽後昆，此三宗者，以德與功，固宜世祀。南微公實肇譜範，吾以爲君子念始之者，再百年有嗣舉吾而譜者乎？則族屬當益繁，生卒婚葬不能備梓者，稍略之可也。

【校記】

① "嚱"：原文作"蒿"，據文意改。
② "文"：原文作"大"，據文意改。
③ "文"：原文作"大"，據文意改。
④ "申"：原文作"中"，據文意改。
⑤ "使"：原文作"倓"，據文意改。
⑥ "崚"：原文作"峻"，據文意改。
⑦ "幹"：原文作"幹"，據文意改。
⑧ "子"：原文作"乎"，據文意改。
⑨ "性"：原文作"怪"，據文意改。
⑩ "間"：原文作"閨"，據文意改。

清白堂稿卷五

序　文

楊文懿先生家藏宦稿序 戊寅

　　吾師楊文懿公，以隆慶丁卯首解于粵，而以萬曆丁丑薦于陳肅庵宗伯房，與馮司成相伯仲。獻臣成童時，即已誦其《上下察》及《行己有恥》二墨。又十載，而讀其《宦稿》，約可廿首。戊子閩闈，先生物色獻臣于落卷中。逮丙申、丁酉間，先生以少宗伯倡道南都，獻臣幸得從旁竊聽。而先生《証道書義》與講學諸書盛行于世。不謂戊戌先生以南少宰改北，未及上而奉内諱以歸。廬墓逾年，遂不禄也。今去先生四十年矣。

　　令子明經君見暭、茂才見晙、見暐及家孫開春，以《經書宦稿》百餘首見示，又出《証道書義》之外者。竊意其爲公車中秘之作乎，何韞匵而久藏也？余嘆文章之關世道，而舉業之敝極而莫振也。蓋場屋以四子命題，故文必主理。而比年以來，不惟於理無當，即體格字句有不勝汗漫而膚駁者，不知貞復先生當日亹亹談文不倦，亦孜孜談學不置，今士之知學者渺矣。故文體一壞，莫能挽回，而行誼心術，亦無復先進之風，斯其所關世道何如者。故知文之規矩準繩者，可以端行誼，識文之精義妙理者，可以正心術。吾師乎！吾師乎！讀《証道書義》及茲篇者，其起衰還淳之一機也哉！

王文恪公詩經文粹序 丙午

　　蔡子角卯業舉，則喜讀王文恪、唐荆川諸先生制義。年十九改授《詩》，則從荆川先生入也。拮据久之，乃得坊刻文恪《詩義》，而心好之，顧僅僅十二三耳。己丑南宫之役，與公曾孫遵考遊，過從甚歡。因盡請公文粹，謬加評訂，恨得見晚也。今十八年矣！遵考梓行之，得百二焉，而委序於小子。

余惟我明經義，莫盛成、弘，而公爲宗匠。其四子文，高如恒華，古如彝鼎，雄如九軍，渾如天成，豐而不餘一言，約而不少一字。詩義亦然，尤善委曲，肖風人唇吻。譬之應制詩，如唐燕、許、沈、宋之作。賦事詠物，各極其致，而有冠冕珮玉氣象。固宜爲一代之鉅麗也。

余備兵暇，以事至姑蘇，每憩公之怡老園，輒徘徊仰止不能去。蓋正德末公在政府忤瑾豎歸，而自遁於洞庭間。厥子尚寶君，因搆是園以居公，則遵考大父也。渭涯宗伯序公集，以爲兼才格、學力、人品三者而傳。余嘗賞其知言詩誼，特公一斑耳。然以此冠兩試而式當代，豈偶然哉！遵考以《詩》魁海內，而出守鄖中，復忤大璫以歸，可謂不忝祖風。獻臣幺①麽末學，幸獲掛名以弁公文，亦子瞻生平之願也。

題顧涇陽選義序

余嘗謂萬曆間制舉，義當以顧涇陽爲第一手。公丙子解南畿，《論》、《孟》二墨，雄偉豪邁，與蘇長公馳騁上下，令人不可逼視。是科北畿有魏崑溟，閩有劉紉華，浙有朱南鳳，一時號稱極盛。而公尤以長江大河、奇變瑰壯之文爲海內學子所宗，文體爲之一變。迄今且四十年，而操觚家莫之或先者。要在於胸中徹透，而大筆力足以發之而已。然公諸稿惟百二最勝，及近稿行而效顰多，理障詞障之弊，或不免焉，豈非子夏、子方之後流爲莊周者乎！則學公有過耳。夫臨書者，學歐而得其寒，學米而得其佻，學趙而得其扁，皆不善學者也，非率更、博士、承旨之罪也。物各有至，文亦宜然。

或曰："子素服膺唐中丞，而今亟稱涇陽也。若是班乎？"曰："荆川之文精深引躍，涇陽之文凌駕雄偉。唐善用實以爲虛，顧善用虛以爲實，均之大家也。"今坊刻日詭，後生小子非惟不知有唐，亦將不知有顧。即二公之鄉猶然，他何論哉！兹選得三十八首，而近稿僅居其五六。就公之至者存之也，雖百年如新可也。

發吾兄百一齋制義序

歲己卯，獻臣從遊金陵。新離外傅，家大人則戒僕召吾兄體言使脩之。時兄已數爲邑諸生高等，朝夕切磋，不啻塤篪，而余則逡巡不敢當雁行也。兄歸，六載而成進士，謁選得南儀曹。子丑之役，余無似，以兄之靈，僥倖一第。後先入金陵，時復並轡於秦淮間徘徊，興嘆斯非向脩業地耶！余所職刑名司空城旦之書，令人煩懣。而儀曹典禮文物之事，雍容甚都，兄得以其間攻詩若文，聲藉藉縉紳之耳。

辛卯秋，客有梓其制義者。兄曰："是詹詹者，壯夫所羞。何已陳芻狗之爲？"無已，則使臣也弁之。余受而卒業，曰："吾兄之文乎，何其似吾兄也！"兄祖父業儒，厚植薄收。而自其丱從諸父授經，則手抄六經、子史，遡秦漢古文以至於宋儒性理諸書，擷其華而食其實矣。爲舉子業，倚馬可就。然當其搆思時，雖紛拏洶亂而意氣自若。以故諸刻明白簡重，而沛然其氣，蒼然其色，不可磨滅之精神亦往往見焉，讀者知其爲沉厚直諒君子也。雖然，當兄弱冠爲諸生舉首，雄詞艷采，人人擊節驚顧。十年淘洗，十年鑪錘，乃臻斯境，作者心苦矣！客曰："子之《玄白草》，玄無尚白乎？"是不然。體言負奇厚醞，歛而遵平正之軌者也。余平平者，亡奇耳！余且兄吾兄而逡巡弟之哉！

題張尚宰就正草己亥

丁酉秋，張君尚宰魁鄉書也，余得君眉睫間，已得其牘，大奇之。已持示蘇君禹、王當世二公，亦靡不奇張君者，曰："夫夫也，一第猶掇耳！"既而張君不偶於戍闈，歸遊，余及當世歡甚。間得從當世兄，盡發其制舉義，相與評隲嘆賞。大都張君爲人光明洞達，爽朗疏暢，文亦如之。而思出青天，調遏行雲，至其所匠心處，居然前輩矩矱也。

於是刻成，而洪令公弁之，張君又欲予有言也。則竊有味於令公之論奇，云：夫今之文極敝矣，則奇之。以彼其吐棄紫陽，弁髦訓詁，甚且師心自用，出老入佛，令人不可究詰，則意奇。吊詭子書，乞靈竺國，餖飣字句，艱澀刺眼，自非介葛盧不解，則詞奇。離者合之，方者圓之，長短失衷，疏密鮮度，渾淪凌雜，按之不曉何題，則格奇。然大雅君子無取焉。吾不知朽腐之爲神奇歟？神奇之爲朽腐歟？何也？其中未必有，而外是炫故也。澹泊寧静之人，趣端而養沉，其於文無不奇也，無不正也。則前輩諸名流是已，彼務華絶根之，子烏知奇。夫澹泊寧静非知道不能，夫且不以經世事屑越其精神，而况文特其寄焉者乎！故余之論奇也不以文，其論道也以學。余不能爲奇，而於學猶醢鷄歟。張君卓然道器也，請得以澹泊寧静之説共之。

古鐔八面鋒稿序乙未

余戊子識王華明於省試，是時君已樹幟藝林，數爲督學、郡邑使者所獎拔。弱冠駿材，不可羈靮，余心異焉。去七載，爲今乙未之秋，休沐還朝，而君猶衣青衿，抱所刻制義謁予延水上，予慰藉爲久之。既卒業，則向之不可羈靮者，若珠之在盤而不出於盤，若王良、造父駕輕車就熟[②]路，而絶塵之氣、金玉之度，隱隱躍躍毫楮間可掬也。余曰："噫！善哉技。一當知己，脱穎豈足道哉！"

因復告之曰：君亦知夫兵與劍乎？夫兵以正合、以奇勝，吊詭之師，不當節制。然韓淮陰之用多，謝車騎之用少，亦顧方略何如耳，處女脱兔非虚言也！鑄劍者，清水淬之，越砥礪之，然後斷蛟螭、剚犀兕，而光怪之氣干霄直上，得水則龍變不可測識焉。故兵奇無敵，劍精疑神，文亦宜然。君將種也，而延津龍劍之淵也。其有當於予言否？

楊侍御得英録後序丁未

侍御楊公按吴之明年春，吏用飭恔，民用恬愉，而省方之役，亦幾報竣矣。會學使者缺，廟堂既從僉望議屬公，又慮大比期逼，且妨公報命，乃請以三直指分校畿輔。於是公試常、鎮士，又試蘇、松士之遺者，又大搜四郡草茅士。及南闈放榜,而公所獎拔無慮皆取前矛矣。公録其文若干首,取子輿三樂章語而題之,曰"得英"。又自爲序,發教育之義甚備,獻臣與寓目焉。

竊惟才過千人謂之"英",而高陽、高辛氏之才子,世稱元愷,則惟明允誠篤,共肅惠和,無他,嵬瑣喬宇,不可方物,肖似者也。今之吳,固才藪也。履闤闠之城者,萬貨雜陳,令人意飽。而華囂不適于用,則真僞易眩也。操尺幅之牘,而盡三吳之英,此伯樂之空冀野也,神識遠矣。夫公何術,能得士若此?韓愈有云:"人聲之精者爲言,文詞之於人,又其精者也。"文至舉業,雖若詹詹,而吳之先若震澤、毘陵、海虞諸大家,嘗以此稱雄于寓内矣,肆今亦稍稍不侔焉。借才于莊、管,弔詭于禪玄,駧心駭目,聲牙棘齒,於聖賢之真精神無當。四方之弊,吳士不幸而亦蹈之。嗟乎!以是爲文,而其才可知已。今録中曾居一於此乎否也?

公輶軒所至,巡行學宫,與諸生談經論道,無不人人厭志,爭願得公爲師。既啣命而扃院試士,衡甚公,鑑甚敏,而品藻甚精,諸生又無不人人厭志。牘具在,大都奇而不頗,膩而不靡,秀而不浮,粹而不膚,大雅之章也。無論已遇合者,行爲世英,即其餘苊苊待舉者,寧無明允誠篤,共肅惠和其人,與古之十六才子相頡頏者乎?録曰"得英",不虛耳。公父母、兄弟間交際其幸而學探淵微,動依名教,則所謂俱存無故、不愧不怍者,實兼而有之,其命名有以也。

上方俞禮官言,親發德音,以文體風厲多士。而公又適奉璽書,全視南畿學,則其教育當益廣,而其所得當益夥。天下將宗爲教父,奚啻南畿!獻臣爲公賀得士,又賀南士之得公也,遂承委而書之末簡。

仕學全稿自序壬子

余無所能人,於世寡嗜,第總角爲制舉義,則心開。初喜方棠甫及唐應德家言,束髮後,於國朝大家、名家,無所不窺。時方窘於主司之尺幅,僅取及格而止。比來二十餘年,宦遊、家食參半。每課謙、定二兒及示帷中問業諸生,間拈一題,庶幾所謂若或啟之,若或相之矣。今之學子,日奇月軋,非再閱不能便曉,操賁桴土鼓,而遊於淫哇之會戞戞乎難哉!然聖賢經傳之旨,時或有所發明,亦不敢佹規矩而逐波茅也。

夫制義,荃蹄耳,得魚、兔則忘之。顧荆川、鹿門傳皆宦作,嗣若王太原之雄偉、鄧文潔之沉粹、黃宮詹之工鍊、馮司成之清真、楊復師之深淳、蘇觀察之超逸,彼俱獨得其解者,故能載之末年。今海内趙夢白、陳孟常、王爾祝、潘士鼎、蔡敬夫、岳爾律諸家,並建旗鼓,馳驟中原。余詹詹何敢望諸君子!然嘗謂認題運勢乃業舉家金針。世恒言時萩,時萩夫時何常,皆精神之爲耳。認題真,神力到,雖簡而文,淡而有味,百年而逾新。認不真,神不到,即斧鑿藻繢腐朽矣。至其得之於心,書之於手,意象湊泊,機穎流迅,覽者躍如,作者不可得而言也。

於是帷中士欲合梓余宦稿。夫漢人親見子雲,禄位容貌不能動人,故輕其書。余非子雲,敢謂今有侯芭、桓譚哉!嚮余有志於學,故庚寅以後行《仕學稿》,丁酉以後爲《續稿》。今髮種種矣,而學殖益落,焉用文之?揚子所謂繡其聲帨者,姑書以志余愧。

又　題

余己丑秋入金陵,爲白雲司吏,庚寅始有操觚。壬辰量移樞署,其秋告歸,讀書東山草堂。乙未謁補春明,丙申郎南銓,次年讀禮山中。庚子秋,備員客部,嗣調大儀。乙巳備兵常鎮。庚戌歸來,凡二十餘載矣。故有《金陵稿》、《燕臺稿》、《吳中稿》、《東山稿》,共得百一十一篇,而詩稿不與焉。

憶辛亥春,潘士鼎大參過余城南,丙夜出近稿相示。士鼎衷之,曰:"太正。"又曰:"文字須用逆勢,不逆不奇。"又曰:"吾儕宦稿,宜以題就文,不宜以文就題。"余笑謂士鼎:"子以風行水上之文冠闈書,今相看半百矣,乃欲我搏而躍之,激而行之乎?"夫文以正合,以奇勝。然人各有能、有不能。余平平者,烏能奇?余偶拈一題,輒爾落筆,又多從夜卧間得之,晨起疾書,趣付侍史。其不能工,無足怪也。譬之詩家,有漫興便覺超逸,余正坐不能漫耳。嗟嗟!學務遠者、大者,經生非吾事矣,矢將不復爲此。即好談萩如士鼎者,幸無搔吾癢③也。

癸丑春正月題。

詩經制義自叙庚寅

　　余初受羲經,而其業舉子,則最服膺唐應德家言。方卯,從家大人遊南都。家大人命節窺諸經資博雅,《詩》、《書》則舉其全。每誦《三百篇》,見其委宛温厚,輒沾沾若解也。時余於羲經已能探索敷演,結社課文,顧心苦難若弗省者。一日,從書肆得蠹餘,乃唐翰林《詩義》也。急購之歸,讀而心好之。蓋益有徙業之志矣,而未敢自言家大人。辛巳,婚京師。乃參諸家説爲制義,遂置羲經不講。歸而家僮乘間白之家大人,弗懌,謂:"兒治羲經,幸見一班矣,何《詩》爲?且父祖不以羲經薦哉?然兒既卒業,姑聽之,弗强也。"自是,余雖名《毛氏經》乎,然無師授,疑義秘旨未能盡曉。

　　癸未,從遊四明。四明故多《詩》家,家大人則益爲購諸大家訓詁制義,延王君朝英與切劘。及還閩,而與陳君晟俱。二君名能《詩》,朝夕議論,裨益良多。然余所質於二君者,往往出訓註之外。二君時與余合,輒相視而笑。即不合,要亦有一得之愚,二君莫能難也。蓋七八年間,所爲拮据是經者,功不啻强半,因稍稍有窺。大抵《詩》雖韻語,多比興咏嘆之詞,然立言之旨,脉絡次第,與今人面談無異。故爲《詩》者,意非必强探也,以吾意會之而已;言非必强解也,以吾言達之而已。至於因言得意,因意得言,使讀之者涣然釋,怡然順,忽不覺其躍然以喜。而《周禮》、《左氏傳》尤足爲是經黼藻,余未逮也。自余既業《詩》之後,取羲經味之,殊無難明者。因詫其去彼取此,何歟?

　　庚寅,案牘之暇,檢篋中草,得六十八首。不忍棄,因梓之。不知其有當於作者之旨與毘陵諸大家矩矱與否?雖然,余父祖俱以羲經起家,小子愧箕裘矣!

詩經仕學稿自叙癸丑

　　庚子,金陵坊間行余《解頤草》六十八首,皆諸生作也。余弁之曰:"爲《詩》者,意非必强探也,以吾意會之而已;言非必强解也,以吾言達之而已。至於因意得言,因言得意,使讀之者渙然釋,怡然順,忽不覺其躍然以喜。葩經家頗有味乎其言。"之北,先後入南,僅得《詩》義四首。辛、壬,東山復得二十首,而附以諸生稿八首及鄉、會卷合梓之。子曰:"溫柔敦厚,《詩》教也。"故詩非文也,文非詩也。以制蓺爲文,以文爲詩,而不得作者之意,雖雕刻藻繢,奚當哉!兹編也,倘有合予匡鼎之説《詩》乎?能使讀者不作鉤吻攢眉狀否乎?語云:享其敝帚,自謂千金。人苦不自知,聊就知者正之。

曹方城邑侯近稿叙丙寅

往予承乏浙衡,則聞方城曹先生以文雄於公車,未之面也。乙丑冬,先生以名進士來涖同,間過子談文,莫逆也,因得請所爲制義。先生故有制義行吳越間,而兹數十首,則癸、甲來近蓺也。子獲卒業,作而嘆曰:"甚矣!文章之道與政通也。"

先生下車庀事甫三月耳,而閭閻頌之,紳衿頌之,其大指在噢咻細民,而遏抑豪暴。其質讞若秦越人之視垣一方,而見五臟癥結。其徵收則預爲期,而數爲徒,冀民自輸將,無煩敲扑,而倪寬之課反最。其操揲,即飲水茹冰不啻也。於是,邑人盡以爲得神君晚。今觀先生所爲文,根極理趣,脱落浮華。至其錘鍊鑱鏤處,則先輩之典刑宛在目前,而聖賢之旨趣特窮象先。無論尋常拾唾者左避三舍,即牛鬼蛇神以炫奇而驚衆者猶爽然自失也。夫天下真經濟,惟善文章者能之,故曰與政通也。今世舉子家,言必推樵李,而葵陽、如岡二學士,尤以雅練奇傑稱雄寓内。先生金粟產也,雅練如黃,奇傑如陳,居然大方家矣。以是造大卜士可也,奚啻同士得帥云爾哉!會多士欲行先生文,子爲引其端。

雨殷熊進士新義序辛未

雨殷熊公涖同未幾,而英敏仁慈,輿頌四騰。且同兵荒之餘,不無事矣。而公冒風波,歷島嶼,問民疾苦,而噢咻振飭之,即老吏不啻焉。同民之得公也,如天之福哉!公文聲噪宇内,多士欣欣得師。

予讀其制義,而嘆場屋之文何屢變也。蓋嘉靖之季,文多而靡矣,王文肅、沈文靖二公以大筆力起而振之。隆、萬以來,文質彬彬,而黃懋忠、顧叔時、蘇君禹、陳孟常尤其傑然者。自庚辰限字法行,逮予守儀郎,而宗伯所條上猶嚴五百字之禁,過五十者不錄。以故士遵功令,少踰尺幅。比年復以冘厲相高,公車之牘,或七八百言,或千言。雖然,昔之多也易,今之多也難。昔以詞,今以意。詞勝者,第駢驪亹斐,取炫目而止。意勝者,必探微抉奧,字句推敲。矧篇帙多晷刻限,烏能縈縈立辦而愉快乎?故曰難也。

憶予以俊爽賞識雨殷,年方弱冠,已居然先輩法門。公車之後,益下楗屏紛,博學冥會,故其發爲文詞,體大而思精,即才思橫逸時,大抵原本經術,徹底精神,蓋卓稱今之名家矣。故必才如雨殷,工力如雨殷,而後能爲多;亦必如雨殷,而後多多益善。夫今之士習,蓋有淡詞而味淺者,有刻詞而旨晦者,有求工於題目外者,又有意苦而筆不足發之者,皆鄉、會闈之障也。讀雨殷之文,其有振乎!若雨殷之冠循卓豎宏鉅,則固可以新猷卜之也。

題士觀姪恢奇齋新蓺

往余銜常鎮之命,過家詢宗門子弟之秀,僉曰姪某者童而神,蓋士觀也。余試其文,大自不凡。曰:"十歲兒有此哉!"越數年,而士觀之學成。兒甘館之別業,共切劘焉。自是每試輒冠,先後令公暨文宗直指咸刮目之矣。丁卯秋,果魁吾閩。今甲戌,成進士。而太史朱公暗中物色,甚賞重之。今觀其所爲新蓺,絕不蹈襲時蹊,而種種發其中所獨得。蓋其語本經術,而動乎天機。當其神情所至,沛如河決,迅如機張,蓬蓬然如風起北海入南海,莫知其所以然而然也。爽哉!技至此乎,是非徒尋行數墨遊方之內者矣。

余觀士觀之爲人,循循然澄湛者也,炯炯然不奧尺寸者也,亦朗朗然人情物理洞若觀火者也。乃其文章特用奇勝,蓋稟受之資穎而陶鑄之力深乎。異日政事氣概表豎明時,其必不作風塵中人物也。吾固于茲文卜之矣,覽者勿謂阿所好哉!

池致夫邁征堂詩義辛亥

曩余館於婦翁池奉常所,則辱與內弟致夫游。致夫韶年白皙,懷負奇氣,自謂一日千里也。乃余以瓦缶先鳴,而致夫久困諸生。己酉,與史世聲挾策成均,邁余金焦間。致夫一別,遂空冀北,偕史君登名于京兆。士之遇不遇固有時哉,然其韞醸綦厚矣。庚戌,罷公車,益發憤其所爲業。坊賈有行其《詩義》者,致夫持以示余。憶余談詩欲如畫家白描山水,不着一色相。而致夫以醲艷勝,中無遺思,外無遺境。韓子所謂正而葩者,蓋庶幾焉!

抑余聞王摩詰詩中畫,畫中詩。致夫博學多能,工草隸,善繪事。則其《詩義》得無肖之然乎?致夫有弟直夫,壯志雋材,一試輒冠,近萩十餘首附焉。二難競爽,誰爲橫敵者?夫弓冶之子,必爲箕裘。奉常翁日操觚以課,積制義至累帙,而猶矻矻不自休,則二子之賢所從來矣!堂名邁征,有以也。

刻張伯殳近萩序壬子

予聞伯殳張君名,未之面也。歲庚戌,李邑侯出所試諸生高等卷示予。予獨心異伯殳,亟稱於人曰:"是必第。"伯殳聞,因持所爲《燈窗萩》就予。既卒業,益信予所賞識不謬,因以信伯殳而助之勇。壬子秋,伯殳果薦鄉書。予讀其試墨,益大異之。復亟稱於人曰:"是必魁公車者也。"且諗於伯殳曰:"士所當爲,未止此。君長身玉立,志高識明,其所爲舉業,外肆而中宏,圭璧潤而雲霞蔚,必當出作國楨,處標士範,非僅掇巍躋臚以爲閭里榮也。"夫予前所稱伯殳者,則既有徵矣。今所稱者,其弗信矣乎?伯殳懋乎哉!會坊賈梓行其近萩若干首,予爲題數語于篇端,以當左券。

仰紫堂問業序癸丑

夫文之於道末矣,舉業則又其末焉者矣。然談制義於今日,則神物也。二祖八宗之所頒布,父兄師友之所礱錯,士不由此,不得登廟廊,則既驅海内豪傑之精神而從之矣。易若拾芥,難若登天,故曰神也。雖然,其解者則神奇,其不解者則臭腐而已。余於此道非有解也,顧獨心嗜之,則若有夙習焉者。通籍後,簿書酬應之暇,輒津津喜談經生家言。五載常鎮,多所識拔。而取前矛於場屋者,蓋比比然。茲歸來山中,而踵門問業者屨恒滿。余亦爲之引繩墨,評當否,以自附於切磋直諒之誼。無不人人得意去,亦或爽然失也。

夫斷木爲棊,楺革爲鞠,莫不有法,而況於制義乎！往時士崇實學,文皆大雅;今則月異歲殊,新新不已。後生輩第謂以靈變之心騁,軋運之手,蘄足見奇取捷而止法之,不知道予何有,其弊使人讀之不能以句,而先進大家之風邈矣。

憶在弱冠,大司馬青螺公語余云:"萬卷堆裏非奇,奚收?"故余之談蓺不厭奇,而必以近制五百言爲尺幅。何者?尺幅嚴,則雖有馳鶩之技、堆朵之習,亦將有所抑而不得騁。然後抽秘思、鑄妍詞,融會六經、四子、史之神情,以極其才之所至,而真奇始出。間以語帷中高才生,亦多聞而有解者。於是,坊賈欲行諸士之文,余稍爲選輯付梓,而并以中吳所識拔者附焉。夫今之毘陵、潤州,吾泉之輪山,皆天下奇文處也。或已發而有徵,或預持爲左券,殺青具在。神奇歟?臭腐歟?必有能識之者矣。

黃邑侯南岳社稿序_{甲寅}

潛山黃侯起家進士,來涖同一日,而歡聲載途。未浹月也,而神君、慈父之稱洋溢封內矣。侯固以文樹幟江南北者,於是都人士得請所爲制誼。不佞與寓目而嘆曰:"妙哉！技至此乎,繩繩耶,洒洒耶,川雲嶺月耶,御風挹露耶,斯輪扁之斲、郢人之斤也。其聯翩天衢有以哉!"然予所覘於侯者,不第文耳,南岳之盟文社也。而侯惓惓道德勳庸云者,此其志有所不群,而識有所獨朗。在選士時,已安排第一等向上事矣。他日所就,必將魁壘淵懿,不待讀其文、被其政而後靦也。有味乎盟之言曰:做向上人,決要士君子鼓舞。夫今亦同人士鼓舞之時也。侯能以牛耳之役,振同盟而開昌運,矧儼然師帥多士,而身爲之標,有不瞿然顧化者乎！同士欲知向上爲何事,則請自盟語始矣。

兩浙觀風校士錄後序戊午

今天下豔稱舉業家，則無先吳越矣。然畿省異建，官司殊列，未有能兼收其勝者。惟兩浙鹺臺奉璽書觀風吳越間，於例得試郡邑士，故藝苑一大觀也。侍御銅梁胡公萃岷、峨之秀，摛由、贍之文，其按兩浙來也，首行學，則與諸生敷揚奧旨，辨析疑義，無論多士聞所未聞，即諸大夫從公邁者，亦灑然其有省也已。按部試士，先之以郡邑，申之以監司，而公覆閱而加甲乙焉。間從平等拔置前矛，則人人伏公衡鑑之精，且詫憲務糾紛間，何從捷得之。而公喜談文逾甚，每進諸前矛士，開關啓鑰，蓋人人得，亦復人人自失也。

茲觀風錄成，獻臣卒業而嘆曰："美哉！洋洋乎，才情極矣，攬挈廣矣，衡量精矣。斯爲國樹人、上臣事君之概也。"然風之爲籟，其入最深，而其化最神。故曰："動萬物者莫疾乎風。"古者巡狩陳詩，而勸懲黜陟之典行焉，則治臻大雅。矧經義之於人，尤其精者哉！公雄詞麗什，動之以藻；正學微言，動之以歸；陳綱肅紀，動之以幅；置水茹檗，動之以廉；除墨別蠹，動之以肅；汪度篤誼，動之以敦。則其所以觀而化之者，豈徒文詞之披攟、比偶之程量而已哉！是錄也，公之風一方以風天下者，將於是乎在。獻臣嘗備兵中吳矣，竊有覩於吳風。今公旌節按吳，知吳土之薪櫨猶浙也。公真颼颼乎大風也哉！

輪山課士錄序辛酉

縉雲任明李侯既治同之明年，政脩人和。會歲當大比，則群我髦士郊試之，群我黌士三試之，以上於郡大夫學使者，而又月爲會，而課督之者再。侯約於己，嚴於吏，寬嚴之間，士以文贄者，則和顏色而進之，已爲評隲當否，無不人人意滿以去。其非以文贄者不見也。於是士退而脩其業，罔敢惰，飭其行，罔敢軼。曰："侯吾慈父也，嚴師也。"

茲秋都試有日矣，侯乃遴其課藝而梓之，以示獻臣。獻臣曰："茂矣，美矣！輪山之文盛，一至此乎。"蓋嘗歷考南宮貢額，惟吾泉與吳郡爲抗行，而吾同於晉江爲雁行。顧今經生家言,月異歲殊。或多堆鑿,或多鈔襲,作者心苦,而讀者不能無生厭。惟輪山之文,類抒寫其胸中所自得者。雖言人人殊,而新新不已,無堆鑿鈔襲之弊。頃學使者校泉,亟稱清穎靈變,同文爲最,則侯之教也。冲主龍飛之初,方廣制額以示風勵。同士乘風雲之會,又得賢師帥以獎掖而羽毛之,寧非幸歟!雖然,侯之意不在乎文,而多士所自期奮者,亦不徒以文字蕲一日之知也。嘗試與登輪山之顛,有紫陽書院在焉。此非同之東山歟?予將取而進之,以爲教學鵠。

二吴唾草序甲子

吳敦貞方成童時,以制舉義贄予。予大奇之,又因以知其昆茂才而上。未幾,而敦貞遊泮。每督學試士,則二君必袞然占高等。蓋其年兄弟也,文兄弟也,即其名次之後先亦迭兄弟也。人謂延陵之後代有俊人矣。

甲子夏,二君以其《唾草》行。予④再三讀之,而嘆向之語敦貞者,淺也。深乎,深乎,技蓋至此乎!蓋予向與敦貞語者,尺尺寸寸,先進之軌耳。

邇來風尚日變,玄奇相高。而二君又以超逸之資,師心匠意,旨不必宋人有,語不必今人道,而冥搜獨搆,洋洋纚纚,往往有詣其至者。嘻!其蘊釀富矣,其工力苦矣。使具眼者閱之,固當一唱三嘆。即中庸者流,若解若不解,亦且低回三思而爲之心折。如是者,吾不知其於先進繩尺何如?然窮天極淵,吞珠吐餤,絕不肯拾人唾餘者也。士有如此結撰而不秋實春華者乎!吾聊以茲草卜之也。雖然,文有正宗,學須尚友,敦貞昆仲成名而過我,尚欲與深語先進名流之大業,不第詹詹制舉義已也。

題冏卿李端和近稿癸酉

李端和先生甫弱冠也,一再試而再舉首,則楚李夢池、耿叔臺二文宗皆號知人,遂以庚午聯第,文聲大重。既郎儀曹,而起督山東學政。三十年來,齊魯士登甲榜者彬彬稱最,則先生之教澤弘也。先生制舉之文,業已盡脫俗障,獨運風骨。通籍後，時復操觚，士論宗之。兹覩其近薶數首，其氣勁，其骨堅，而根本經藉，精光逼射，即大方家猶罕其儷，矧今之詭詞蔓語、渝斯以鋪者，敢望下風哉？余不揣，欲與端和共追雅道。然晚年結撰，五不當端和之一。是真實不誑語，非故謬相重也。

許敦夫制義序壬申

余識子遜太史于角丱，而賞識子遜之文于做秀才時。即今所傳誦如《首陽》、《千駟》、《鄉人儺》、《彌子瑕》諸篇，皆諸生草也。子遜既魁南宫，而文聲大重，海内操觚家迄今宗仰之，以爲舉業正印。蓋融文節百鍊，宗謙承鵰而出之，非二李先生之文，而子遜之文也。

今公仲子敦夫，時復操制義過予。予讀之，其神駿、其思深、其韻遠，而脱去徑蹊，超超玄著，更有出於訓詁傳註之外者。筠西李侯署同，大加獎重。《語》云弓冶箕裘，豈虚也哉！雖然，予將以輪扁之說進。夫制舉之文，時也。豪儁之士，能爲時又能不爲時。今之時去子遜三紀矣，風尚又大變矣。敦夫之文，其色相韻致，儼然太史家風，而猶微有冰寒青藍之意。無亦天之所授，而時之所使乎？夫詞不必太奇，要於達旨；趣不必太渺，期於肖題。得之題而應於心，得之心而應於筆。所謂臣不能喻臣之子，臣之子亦不能受之於臣，而輪扁得之以老斲輪。太史公斲輪手也，敦夫誠有味乎是説，其以踵絶躅而奪前矛，何有哉！

題林鱗伯静觀齋制義

吾同林負蒼公，用循良著聲甌、郢、汝南間。既移劇廣州，甫數月，即乞身歸。君盛年宏抱，主爵者難其去，乃覆令奏薦録用。蓋歸而杜門操觚，課諸子業也，於是諸子每試輒冠。今年秋，長君鱗伯哀然舉閩書，距君歸十年所矣。予過公，抵掌賀，因得窺長君所爲制義，則清神秀骨，不落俗障，而說理鑄詞處更抉微入妙，如列子之風行，而藐姑之冰雪也。

予覽之，不覺躍然。因嘆世言魁名者，必先孤寒士。夫士崛起孤寒者豈少哉！然縉紳子惟無志青雲已耳。苟肯勵志青雲,則其取效尤易。何者？其禀授必奇,其途轍必正,其先世必有餘慶,其山川必有鬱勃,故其取效捷也。鱗伯旣兼四者而有之矣。然非顓精畢力,不問户外事,亦安能致精若是？挾是藝也以上公車,其有不聯翩上第者乎？宋人云："吾不做,兒郎必做。"負蒼公抱文武才略,當國家多故時,豈能須臾淹弓旌哉！固知同朝濟美者,必是父是子也,左契以俟。

題文元盧海韻制義丙子

吾同浯海中,故不乏奇材。而蔡元履、許鍾斗,其表表者也。二公之後,角卯稱奇者,曰盧海韻。予觀其一二制舉義,爽快秀拔,已大奇之,決其必爲場屋利器。而君逮壯,錚錚庠序間,所知交皆名士。每篇章流傳,人曰是眞蔡、許流匹也。歲丙子,侍御應公觀風,特首拔君。而雨殷熊令君又從闈中暗摸擧海韻焉。予閲其經書義,則詞縝理邃,不復作角卯伎穎。而二三場諸作,則談事談理,靡不自出胸臆,而斐然成一家言,非今之抄策套、襲舊説、僅取餂觀者比也。

海韻將赴公車行矣,而書坊請所爲文,問言於予。予謂,此海韻怒飛垂天時也。乃余之知海韻又不徒以文者。余與海韻論天下事,洞若觀火,而嚴取予,忘恩怨,徒步鄉市依然諸生時,則異日之所樹立,又可不龜決矣。

蔣仲旭伐檀草序戊寅

制義之變,至今日極矣。自弘、正以至于嘉靖之季一變,其變也,多肉而少骨。自隆、萬以至今,又一大變,其變也,多題外而少題内。而每篇往往七八百字,使讀者幾不能以句。四五載來,擧業家面目遂爾大異。誰爲之也？夫書旨且勿論,然短易而長難,正易而奇難。當嘉、隆之際,能以雄偉之才變而歸正者,則王荆石、沈蛟門二公其選也。居今之時,欲變而復古者,何人哉？

龍溪蔣子昇者,恬庵宗伯子也。年方弱冠,而文章奇天下。其筆意之飛動超邁,種種出人意表。蓋其體裁雖有邇來風尚,而另有一段超逸之致,經生家謂是必建旗鼓而唾手大物者。予曰："唯唯。"雖然，不佞與宗伯公同舉相知，余膚末不足道，而宗伯之文沉潛粹雅。壬午，王麟洲文宗一試而首拔。戊子，楊復所太史覆閱而深賞。其遺稿固在也。夫文以切理爲主，而氣以達之。使蔣子根其家學而馳聘於時局，則才子文人誰當先者？斯爲場屋之絕技也已。

四稽齋稿題詞癸酉

允雅之祖陳遵江公與先觀察同舉甲子，而尊人亦余通家好也。允雅既登賢書，而以自訂《四稽齋稿》屬余一言。

余惟《鶡冠子》之言稽也，曰天、曰地、曰人、曰命。天地物之大同，而命則人所自造。夫制舉之文，宜以理勝爲主。而今何其詭且蔓也！蓋操觚之子，不讀經書傳註，不讀《通鑑》、《性理》，而一以坊刻時萩爲本領。間有遲遊泮而蚤發科者，叩以鄧定宇、顧涇陽之元墨，猶茫然未及經目，則何五經、四子之能研發，而文安得不敝！文敝則世道隨之，無怪也。

允雅故世家子，然屏紛華，簡交遊，退然若不勝衣，而專氣致柔，下帷發憤，固宜其出爲制舉萩者，非時輩詭蔓之所爲文，而切理闡繹綽約之文也。聖天子方力挽頹風，又屢勅衡文者加意德行。竊謂允雅蓋兼之矣。捷春宮而對大廷，特允雅所自造而已。仙翁之名齋有以哉！有以哉！善乎李端和先生之序言曰："認題真，發題透。"此六言者，視余理勝之説，尤明切無遺旨。請以此爲救時還古之正鵠，可乎？

黃非驪孝廉復草序丙子

夫舉子之文，所以利省試、標南宮者，豈盡人力之效哉？蓋得於天機者多也。隆、萬之際，文質彬彬稱盛矣。啓、禎以來，限字之禁少弛，而程錄或濫觴五六百字，故多士效尤，而文體漸靡。吾閩亦然。或曰："是風聲氣習從某方來耶？"夫某方之舉南宮者，向曾多多許，而今不能以半，何足效也？且令談萩之家與脩詞之子互相嗤笑。談萩之家指摘疵纇，甚至爲不解作何語。脩詞者曰：

"是世趨固然。不爾,人將敝箒棄之矣。"今廟堂之上,雖嚴爲約束,然欲起衰而反之正,恐未易易。何者?浮華勝而本實撥也。夫文貴理勝耳。扶蘇蔓衍,何爲者哉?

晉安有名孝廉曰黃非驪君,天授既高,匠心復至。其爲文,蓋本原經傳,而裁酌今昔之中者。丙秋,余入晉安,君以所爲《復草》示余。余老矣,何敢相天下士!然如君之文,其筆秀而鋒穎,其旨遠而詞文,種種具美,其必爲南宮之挺出無疑矣。書此以券,草名"復"者,亦反正之志也。

題郭德周松風軒草丙子

郭德周君,予姪孫厈之受業師也。德周爲人温温然,不露穎,不哆談,而孜孜好學,不少輟。其文思汩汩,千百言而未止也。蓋學校之試,首拔者三矣,而猶未得志于鄉闈。丙子冬,德周將有江楚之行,欲持所爲制義以就正於先達,而近自余始。余觀其文,不規規局局,而命意敷藻,其鋒秀利,其氣百折,其理入微,殆所謂善用長者也。德周有如此才具,而愁場屋乎?乃今將圖南而扶搖九萬矣!余第與言長短難易之較。

夫制舉文,至嘉靖之季,靡極矣。隆、萬初元而一振,又至萬曆庚辰,而嚴五百字之限。癸卯、甲辰,余承乏儀曹,疏請過五十字者不錄。逮兹而禁弛,故其長短不一,而多者乃七百餘字。然嘉靖末年,文以詞勝,第取餖飣推叠、炫目餙觀而止。今之文以意勝,乃有求新異於題外者,有襲字句以鋪演者,意緩語漫,使觀者猝難索解,而文乃滋敝。故昔之爲長也易,而今之爲長也難。夫蘇子瞻之文亦曰:"行所不得不行,止所不得不止。"舉業之文,亦猶此矣。德周有當余言,幸諗夫今之操觚者。

南都己丑會例序庚寅

同年兄弟謁選南都者,蓋六人矣。前是舉丙戌者,合四載而僅得八。己丑,不踰年而幾與之埒。六人中,以是年至者,則余及傅長孺、何公露、殷執夫也。

至者且踵接而未艾。庚寅春,余乃謐諸兄弟作會例。會例爲同年之官南都與不官南都而入南都者設也。月有會,會有期,期而不至有罰。入有饋,出有賻,又有餕,且也議年家之例,爲兄弟之奕世講通家也。議座主之例,爲兄弟之舉同出師門也。會故輪主,以履任先後爲序。於是乎,姓號日月先之,凡皆載在簿中,秩如矣。而總之寧真無華,寧簡無繁,其未備則待後之來者。

余惟南都夙稱吏隱,吾兄弟居此甚適。且筮仕閑局,未涉羶途,得以暇日相過從,促膝而談,開口而笑。或數日不見,輒惘然若有失也。茲簿之設,不贅疣乎?顧數年則顯晦異矣,又數年則尊卑懸矣。余觀世之爲同年者,可異焉。同進而不勝躁,則設機以争利。内隙而不勝忮,則下石以甘心。間或操擧刺之權,一登薦剡,則擧主門生,隅坐引馬宴會,自匿而不出。勢位稍不相及,則闊步高視,屢儼車上,日造請貴遊無虛時,而兄弟則過門不入,臨小利害,不一啓齒也。

嗟乎!彼其初,蓋亦促膝而談,開口而笑,惘然而若有失者也。若此何哉?余甚懼焉。故會例爲數十年設也。夫交不必傾蓋,期於白首;文不必繁縟,期於斷金。二三兄弟曰:"噫!有是乎。其書諸首,以爲久要。"

送王省軒勳丞序 庚寅 代

當今之時,言路官守蓋交相譏云。諫官之言曰:"言,吾責也。若安用越俎而代我?"又其言不能盡雅馴,彼且爲要名,彼且爲匿垢,訟言而顯擠。而部寺之屬有官守者,顧若緩於職事,而扼腕於諫官之不盡言,私憂過計,不勝技癢,甚者引繩批根矣。主上神聖,深惟分職之意,不無低昂伸抑於其間。然兩家之説,迭進遞攻,而卒未有以相勝。則又有從旁進者,曰:"職事之不恤而言,是急者過也。"囁嚅觀望,自謂識大體,而惟言者之過亦過也。夫言責者之言,亦官守者之官也。

今年秋,勳寺丞缺,詔改南比部郎南海王君。王君故以御史直諫,謫而遷爲比部者也。君爲人魁然豁達,有大節。初令楚,以治行懋異,徵入南臺,試事都城,禁奸戢暴,片言立决,南中稱神明。至鬼薪輸作以上,趣付比曹曰:"令甲如是,吾奈何奪法司權乎?"既奉璽書按蘇、松諸郡,會上聞中州有麟産牛腹,傳旨取視。君以麟所出遠,上何從知之?此必左右群小有以奇怪鼓惑者。又恐開中旨端,上書力諫,侃侃數千言不休,竟坐謫倅興國州。

今君丞勳寺,余請言勳寺事。勳寺筦錢、穀、米、鹽,爲天子大官,而號中貴人,陸海所乾没不可問。比來内庫歲取其羡以供他費,亦不下數十萬,主者蓋蒿目而未有出也。君始爲御史,嘗言慈寧之役爵賞太濫,且齮齕大司空。中貴人氣爲沮,則胥側目,而欲甘心君,君不顧也,乃復爭麟求謫,偃蹇外僚,而志意不少挫。先聲所奪,夫何難勳寺乎!寺丞於京朝官不過六品,然夷於九列,班行據臺省上,拾級而進,公卿可立致。上虛受大度,韙君之言,既從部署超晉今秩,則自今以往,眷益隆,位益高,其發舒慷慨任天下事,時矣。君可賀也!蓋余屈指仕籍由南曹而丞勳寺、丞尚璽者,魏之魏,閩之郭,粤西之何,楚之周,阿之孟,至君而六耳,不數數見也。而君與郭君、孟君,皆以南臺著直聲,躓且起而後得之,天下快焉。嗟乎!使諫官敢言盡如君,而又盡得如君者而重用之,則部寺之屬,方緘口結舌之不暇,而爲省臺者亦安所忌諱,而使人有不盡言之嘆也哉!

送錢繼忠守毘陵序 庚寅 代

曹郎出典郡者,大率五載以爲常,或過之,然又不必皆及。錢君守南曹踰六載矣,有次在君後而擢先之者,則其故余不能詰。一日,毘陵之命下,鄉之人咸造而賀曰:"吾乃今知銓曹之知君深也。夫其遲君守者,正以需其若毘陵者也。"則又相謂曰:"吾乃今知錢君之於毘陵優也。"

夫錢君起家進士,守曹署,未嘗習州郡吏事。自高皇帝定鼎南畿,毘陵爲股肱郡,財賦、文物甲於東南。其俗良獄,舟車之雜遝,冠冕之過從,蓋日無虛晷也。錢君甫得命而言優之,何也?則以君所居曹知之。君筮仕繕部,推蕪關,梗楠豫章之材,蔽江漢而來者,君親操尋尺程量之,不假手人,商無得漏税。而又微示寬假,先聲所鼓,千里咸集。居數月,而税入三萬餘,浮額則割千金以待代者,歸而橐無絲毫益也。又嘗督蘆課,前是主文者故能吏,會徙官,不能盡履畝,多取辦州縣。而豪有力者欲乘其去減課，爭言所增課非實，君一一核之。其最難者在於使民不告困，而不至形前人短。既遷刑曹，實署廣東。廣東署所轄盡留都內外案牘，獨當諸署。君剖決無留獄，舞文之猾，初猶叢至以嘗君，後乃戒不入君署，署爲清。君督稅，則稅溢。治獄，則獄平。而至於持法如穀率，持身如冰蘗，一切居間無所用之，則六載一日也。夫郡治雖夥，有大於錢穀、決獄二者乎？

余常謂，世有偏才，有送才，有真才，有似才。夫毘陵總五邑之重，當孔道之衝，手不停披，席不暇煖。守又最親民，匪通曷理，匪真曷孚？如錢君者，通才者也，真才者也，又何難毘陵也！故曰，銓曹之知錢君深也。君嘗言初服官時，有鄉先達教之曰："欲學做官，先學做人。"守成奉以周旋，罔敢失墜。以故數年來用能無戾于厥官。今將終身守之，其自刻勵若此。而言不忘先達，又足明厚云。

君行有日，過予而問所以治毘陵。余則爲世之治郡者，多誇詡漢人增秩賜金，治行第一，以爲美談。此皆君自有之，不復道。無已，則毘陵之地有數君子焉，其人皆磊砢慨慷言天下事，彼其於世未嘗肩之，而猶不能已已，况其邦之休戚利病乎！其謀必悉，其言必中，君第過而問焉，將有以告君矣。

送孫司獄之靈山所幕序 庚寅

孫司獄司南都官獄滿三載考矣，餘數月而陞靈山所幕。初，少司馬王麟泉公過余而問曰："獄官中有不受一錢者，子知之乎？是吾閩孫姓者也。不可不知其人。吾以某人被繫知之也。"時余新履任，愕無以應，則竊嘆司馬公搜獎廉吏不計流品，又嘆司獄一都官掾，何以令王公知之深也！

無何，余視獄事，乃稍稍知狀，則司獄不惟廉也而才。獄繫多重辟，國家恩澤厚，日予飯一升，歲予衣，而獄卒多盜其米，飯減少。又給散時，強者飽欲死，弱者飢欲死。諸被逮待訊者，繫輕獄，獄卒度其家有微貲，率不與乾燥地，稍格其飲食，索錢，官吏因緣以爲市。司獄至，則用心計，立一稱，計米若干，爲飯幾何，每日卯巳持衡，按籍爲之分食，甚均。此經久可行之規，而自司獄始。其繫久衣穿者,爲請余署中,夏有衫,冬有絮,親視其浣滌,而時收給之。因若挾纊,而費大省。諸輕繫擇其尤貧者,予因飯之半,無有以一錢溷司獄。吏卒畏司獄,不敢患苦繫者,而同官亦有所勉而爲廉。其踐更諸卒,規旋轂轉,無獨勞,亦無漏網,以故獄卒雖貧而不怨。蓋余嘗閱囚,問其有苦欲言乎?咸頓首曰:"幸甚,孫君實衣食我。"其爲司獄事謹辦,米鹽周密。進與語法律,從旁對,甚悉,聞前數司獄莫能及也。

余以此益嘆司馬公獎許人不虛哉!余既器司獄才,而會靈山除目下,司獄則謁余,言曰:"一謙奉職無狀,第寧令家朝夕不給,終不忍使繫者失所。故事,司獄未滿考,多得邑簿及州幕以去。靈山遠在大海外,所幕不治,民益無所事事。一謙不能復貸子錢之官矣。"余再三慰藉之。而同舍郎崑石蔡君、矩所何君,後先余視獄事,皆才司獄而惜其遷稍未稱。於是司獄將捧檄去,余乃謚諸二君曰:"司獄起刀筆,能不受一錢以物色於司馬公。而大司寇樵李陸公、今瑯琊王公、少司寇吾閩朱公,察司獄無害,率註美考,可不謂賢哉!且以彼其才,何往不可自樹,而猶不能無怏怏於靈山之行。彼其謹身率職,固冀主爵者尺寸酬耳。"嗟乎!以一獄官能博司馬及三司寇公之知,而不能望一美遷,少償其勞。然四公,天下鉅公,其知司獄,司獄不可謂不遇。況自茲以往,第能能其官,主爵雖不知,必有知者矣,又何計遲速美惡而怏怏爲也?

送王德閑郎中守順德序<small>辛卯 代</small>

今北平諸股肱郡,地大民淳,守尊重夷於方岳,謁監司使者長揖不拜。故事多出臺諫,居之郎署,非著賢聲者不能得也。順德綰西道要衝,爲冠蓋舟車之湊,富饒不能半諸郡,而尊重與之埒,故亦稱善地。辛卯夏,守缺,以王君德閑往。諸郎皆相遇理前,説爲王君賀。且曰:"是去長安,千里而近,朝發夕報,不虞中隔也。"君意若不懌,曰:"吾不能置驛馬、持空牘存諸故人矣。且空牘往無見而唾乎?惟是君子之至於斯者,縱不宜媚客,獨奈燎灌餐飯何!"其以爲守者詬訕也已。乃詢其經費,業有定畫,色稍解。

於是王君戒日將行，造予而請焉。予謂："君故名司理，夫理與守殊，然其大致豈遠也？理主於剔蠹擿伏，故其道利用嚴，而察淵視垣，失則刻。守主於噢咻煦喻，故其道利用寬，而破觚斵雕，失則弛。夫刻之於嚴也，弛之於寬也，逕庭矣，何理與守之爲？"君初理婺，治號能精覈。後補建州，其治倣婺，而因俗稍用寬和。御史録囚至，王君即生。守入覲，即以君攝守八邑，民愛戴如太府。然君竟以平怨，失御史旨，故不能得顯陟。既晉刑曹，曹事簡，不能當守五之一，理三之一。君爲之如輕車熟路，凡諸詔獄，率移決焉。冬夏讞重辟，諸郎各列狀，而君署實衷之。數載，所全活甚衆，具一一中窾不爽。

君爲人警敏精密，雖片言細務，無幾微苟且之意。讀書讀律，剖析毫毛，群聚設難，即人人自失也。彼其寬嚴劑量，天性得之。如是，則何難順德？蓋昔者尹鐸爲趙後繭絲先保障，卒賴其力以收肘足之功。漢尹翁歸以東海高第，徵入右扶風。尹鐸以寬，翁歸用嚴，均爲良吏⑤，施於後世。今君所守適趙地，於隸爲畿，則扶風之職也。天子由郎署而簡用君，勝漢宣遠甚。奉承德意，以臨長王國，而節宣布之，其爲保障顧不重耶！君行矣，錯壤而守者爲大名塗君明輔，故同舍郎也。君過而問所以守狀。交脩治行，期於第一，使世艶之曰："一日而鵜鳩之爲循良者，兩也。"其重我刑署，不九鼎哉！王君曰："善，敬受教。"遂書之。

送吳給諫之閩臬序辛卯　代余少司徒

國家臺省，耳目之臣，兩都並建，所以防壅蔽，糾官邪，任蓋均焉。而南省貴倨，至夷於六卿之長，坐不讓席，行不讓路，其重如此。然北省歷級而進，不數年，多得京堂官，而南省次之守郡，高不過藩臬大夫，其間得内陟者，不數數見也。夫寧設官之初，意軒輊至是，毋亦去者日疏，來者日親，其勢然邪？蓋吾嘗讀《采葛》之詩，而咨咨慨焉。然世之爲臺省者，一列是班，則曰京堂官，吾固然耳。或循資外補，雖藩臬之重，而不能無趑趄不樂就之意。夫諸曹郎，豈伊異人？數日以幾一麾，且不必得，乃今日言路即詰朝藩臬耳。然至於積資既崇，丰采章徹而猶不失外吏，此其故何也！雖然，我朝名臣固有辭卿貳而求藩臬者矣。

大抵天下事，惟諫官得言之，惟藩臬得行之。言虛而行實，有志斯世者，安在其以此易彼乎？

翼雲吳君以理郡高第，而入爲南省者也。君之尊人崑麓先生，以經學名毘陵。君經綸蘊藉，淵源爲多，而於亢直，其天性也。君居省有年矣，適閩臬缺，以節往，分道得福州及福寧。夫福省會之地，而福寧據山海奧區，島夷峒賊之所出没，比歲幸稍寧息，頃倭復見告矣。當事者惕於猝至，則不能不過爲張皇備設。而未有影響，則以爲宴然，而欲加罪於偵報者，不見東裔之再報再受賞乎？夫倭狃我也，一聲而不至，再聲而不至，將必肆其蠡蠢焉。主爵舉以畀君，宜不無意。然君既以掖垣而出爲今官，必有爲君不滿者。夫君兹行其有閡於内乎？吾不敢知。其無閡於内乎？吾不敢知。而君之意其樂就乎？其不能無幾微不自得乎？吾亦不敢知。然而騁騏驥於康莊，而試斤斧於盤錯，在兹日也。

於是，先後同鎖闈者，謂余宜有言。夫天下事之不可漫然而言，與不可漫然而行等耳，是以豪傑舉事務當欬會。君慷慨論列幾何矣，屬有所指摘，主爵之所不能格，而縉紳之所目攝而不敢出口者也。欬會之中，若飲羽洞札焉。今其舉而措之時也。夫君安所不自得哉？吾將觀君名臣之業矣。

送王省庵郎中守鎮江序辛卯　代王尚書

有守於四達之地者，治簿書，飭厨傳，賟送迎，則世必以爲能吏矣。甘苦飲水，省事約交，自繩檢而已，則世必以爲廉吏矣。二人者，蓋更相笑也。夫其奉己也薄，其取物也儉，豈非士大夫之高標哉？然簿書不治則壅，不習則棼。壅與棼，民何賴焉？役財養交，君子不道，而燎濯餐飱，左氏載之。安在其以一節之重卧而理乎！兩者皆稱於世，而鮮有能合其衷者。則豈非地有静囂，人有長短，而冗劇之與兼材相須而不相值耶？

我國家定鼎金陵，鎮爲股肱首郡。後雖徙都北平，然豐鎬在焉。且其地爲吳粤江淮門户，車航過繽，日無停晷。所領皆名邑，而尚方歲需，玄黄朱紫之供，費亦不貲。夫地大則虞奰𫘤，途衝則窘應酬，媚客則滑澤而垢身，約己則道茀而招怨，蓋其難如此。

辛卯冬，鎮守范君用治高等擢去，而王子用晦以比曹郎代之。余問王子何以治鎮，王子曰："主爵不以繼明無似，使守劇郡，惟是四方之至者，吾不能脾，無失禮而已。吏民之謁於庭者，無留牘而已。其他則三尺在署中所習也。"余稱善者久之。

初，用晦起家名進士，令姑孰，著循良聲。會以郡失盜，時江陵方尚苛政，陸沉外吏者幾十載。用晦口無擇味，身無擇衣，舉律令若數一二，洞民情世故若燭毫髮，而闇然之脩，確然之見，則二十年一日也。主爵者以鎮畀用晦，蓋習用晦深哉！余覩國家功令、郡國大計，必揀其廉能卓異者，錫宴紀錄。而頃考功所條上，乃顓在舉清吏。此其意甚善，名甚羶，而屬世磨鈍之術，似不能無偏重也。夫前守范所稱廉史者，非乎？范賢守也，簿書吏事、送往迎來，吾不知其何如，然考潤志，范希文之治迹猶有存者。自漢以下，范希文稱人品第一，廉與能其餘事也，用晦有意爲其後哉？用晦講聖賢之學舊矣，其持身峻潔，大略與范類，而絕不爲圓融兩可與夫刻核介絕之行，達不害正，廉不傷物，其用晦謂耶？夫處囊而穎立見，盤錯而刃呈利，鎮固用晦脫穎迎刃之地也。

送陳蘭臺郎中僉閩臬序 壬辰　代王司寇

國家諸曹郎，惟銓地最貴倨，其次則莫若祠曹。銓郎佐冢宰，進退榮辱天下士，又廣進用事者，盡其僚也。一譽之，群和之，一忮之，群齕之。故人寧忤銓宰，而不敢忤銓郎。銓郎惟至功署，乃益貴倨，即其人僅僅與選郎相矜重。無論諸曹，雖同舍中，亦唯諾，磬折惟謹，不敢妄開一喙，以爲固然。祠曹所掌，在於核名公卿身後之風烈，與其生前之品格，以予奪其祭葬贈諡之典。而宗伯屬義和、黃岐二氏，缺當孰何序補者，考課有遷秩幾何者，有秩不益而益餼者，皆祠曹勘定，而後具牘達功署，功署爲覆核上請而已。然孝子順孫欲褒顯其先，則必謁其門人、親交之居要路者，以爲張主。而門人、親交居要路者，亦謂非是無以報知己，則其勢不得不私於祠曹。而義和、黃岐二氏又多方營求，以求必得於銓地。夫其私於祠曹者,祠曹之所能持也。而其必得於銓地者,祠曹有所不能持矣。故祠曹之難與銓郎等。故事,銓郎魚貫陟京堂,九列立致,而祠郎間得內陟,即不然,積資累俸,往往副名臬,操學政。蓋其重如此。

庚寅春,陳君爲祠郎。歷再考當遷者數矣,而會以一二職事,與考功郎張君、左君慷慨言曰:"不可以當吾世而失職掌也。縱旦夕得脫,其若來者何?"請於尚書,移牘爭之,不能得。則上書爭之,而張君亦上書自辨。先是,當事者有所屬君,令與恤謐。而君據公論不從,已心銜君爭,值議紛紜,欲假以箝衆而釋憾,於是與張君俱外謫。然君雖坐謫乎,而所爭職事竟是君著爲令。

辛卯,晉南刑曹,而張君亦入郎司農。居頃之,銓曹念張君老銓郎,久居外,將進爲光祿勳,而旁睨衆論,不欲先君,乃出君僉閩臬,於制得乘傳往。君戒行有日,而諫垣有謂君外轉非宜者。君聞之,曰:"齗齗者是何言?夫官何出乎?從銓曹出耳。夫夫固銓郎也,在事久。且男子不能叱馭取功名而屑屑較量於內外之間,壯夫所羞也。吾聞倭奴窺伺之耗自閩始,尚未帖帖也。閩中冠蓋甲於中原,山谿舟輿將不支,又冒破不訾,一切裁削則窒礙難行。斯吾今日事哉!"會右張君者,不無過爲伸抑,以君之爭,爲若有伺而發也。君意不能平,將遣人詣闕自直,且乞歸。

諸同舍造余,問曰:"陳子之上書自直也,可乎?"曰:"可哉!然無激也。""陳子將乞歸也,可乎?"曰:"惡惡可。臣事君猶子事父,不擇事而安之。夫使陳君當職事相左時,須臾濡忍,即旦夕藩臬陟矣。又使君不以他事失當路旨,即爭亦必不至外謫。而君磊磊落落,有爲此不爲彼者,豈不毅然鬚眉男子哉!安問內外,掌故具在兩都薦紳之口,吾所聞也,又安所事辨,乞歸之疏果上,廟堂必不聽。君行矣,吾桑梓有厚幸哉!《詩》曰:'靖共爾位,好是正直。神之聽之,介爾景福。'"

送張崐岡備兵左江序 壬辰

令甲,進士起家諸曹郎,需次淺者,得外補,不爲二千石,即以僉臬備兵。二千石尊重矣,然監司使者行部拜跪迎送,無以大異於令丞,宦途頗厭苦之。僉臬南面臨郡邑,而長揖御史臺,專制一方之重。故銓地任人,寧易二千石而難僉臬。而進士新起家者,以未嘗居外習民事,非才猷卓鍊、藉甚聲稱者,莫之與也。然而僉臬亦難哉!無論一方之郡若縣,受約束於我,即藩臬之長,皆老成宿望,次第取公卿者,而我有豸繡皂蓋尾其後,與之講敵禮無讓,而所南面而臨十數郡。二千石者,其年率雁行,其積資累勞,率深以倍。故爲僉臬者,太遜則近靡,太抗則近倨,風稜太著則束濕,藏納太宏則少裁,故其視二千石難也。

萬載張君起進士,爲郎五載矣。無何,以左江備兵使者行。余初從縉紳中識君,氣度魁然,而端凝朗暢,無矜容亦無苛節,無率語亦無陰重。既以職事相接於樞屬,則君之部署注厝,咸犁然中尺寸不爽,而取予尤嚴於一介。用是知君必不靡者也,不倨者也,兼風稜藏納而出之,何難臬哉!銓曹可謂能知人矣。

客曰:"當世之善宦者,即在邊郡,必移而之中土。而踔厲揮霍之士,則托於籌邊,以自見其奇。何也?中土厚實,而邊徼擅名也。張君者,以彼其才何往不可,而粵爲?"余曰:否否。夫今西苦虜,東苦倭,周、齊、吳、越達於閩、廣,連歲議軍興,爽或寧息,獨粵西稱完地耳。然百粵之間,猺獞窟宅,而晉興控扼安南,爲通道門戶。故京師元首,譬粵西於天下,猶手足也。而周、齊、吳、越,腹心也。山、陝諸塞,肩背也。今肩背寒矣,腹心捏抓,手足幸無恙耳。節宣不謹,則風邪侵之,其爲腹心元首之害,豈淺鮮乎!今之粵西,宣布朝廷威德,以輯寧讋服,責在使者矣。夫張君爲天子拊循一方,使手足便利,內以崇護其腹心,而外因得以并力於肩背,則社稷之伐也,將異日所建竪,誰能媲之?而區區談厚實擅名者,君且目攝之哉!

周海門司封擢憲贈行序丁酉

丁酉春仲,司封周繼元君擢屯鹽使者。當之粵時,銓事中格,上特從留閣中簡用君一二人,蓋其重也。南都縉紳家,計君資望,不當復僉臬,竊爲君豈不滿,而君顧若罔聞也者。憶壬歲,獲交君於駕曹,兩人恨相知晚。余告歸,而君進以有無之旨，余尚未能了了。及再同舍，君闡陽明先生無善無惡語，以爲教衡，聞者或駭而疑之，而予獨相視莫逆云。君且行，余惡得無言？因諗諸子實吳君、繼周黃君、君綸林君、景穎李君，曰："身心與口耳，虛實辨。出世與經世，難易辨。諸君所知也，請有以明之。"

古之人若魏公、溫公之流，不由講學，不通太虛，而魏公勳業蔽三朝。婦人孺子，中國四夷，皆知其司馬相公也。余覩世之翦翦者，口吐烟霞，胸羅釋部，比見小利則攘臂，遇小拂意則焦火。此不謂出口入耳可哉？陽明、白沙，其主靜致知宜亦不異。然白沙婆娑江門，詠詩談道，迄今猶想見其千仞氣象。陽明擒濠殪苗，功業烜赫，可謂振世豪傑矣。而議者卒不能無異同。二先生所處，難易何居也。

夫粵東之海，不無事矣。番舶夷貨，錯落於省會，輕舠利刃出没於風濤。頃倭酋雖陽就羈縻，然包藏叵測，朝鮮復見告矣，斯非陳臬者責乎？君筮仕以榷蕪關，不中江陵苛額，謫退而講心性之學，究今曩之故，絶口不道榮利事，其操趣卓矣。既起駕曹，而剔蠹鼇敝，所條畫皆百年計，晉司封而吏無遺奸，其功能著矣。起家二十年，而超然之識，毅然之志，矚然不緇之行如一日，其力量完固矣。然位不越乎郎署，僅見一班爾。今奉璽書制全粵，所施當益弘且遠。蓋世功名，惟無意於功名者得之。君學宗王、陳，不第欲爲魏公輩人。兹行也，出其超然、毅然、矚然者，以規恢不朽之圖，使人謂真豪傑，真作用，不與沾沾口耳者埒，非君其疇望哉！

諸寅長曰：善，宜書之，以爲左券。君謝不敏，且曰得微有進乎。余亦謝不敏，則以爲無善無惡之言至矣，不可以客聲矣，是之謂不道之道，不言之辯。余未之嘗言，於此乎言之，君以爲何如？

程蘿陽郡伯歸養卷序丁酉

令甲，中外臣僚凡父母年七十以上、無以次侍養者，得予歸，需異日用，蓋以孝治天下意云。然世之人子，或幾升斗之禄以養，雖其親年及，而隱忍不自引决者有之。即爲父母者，亦靡不欲其子畢命崇膴，所謂雖有離憂，其志樂也。又有開府建牙，以尊人篤老，不任板⑥輿爲請，而議屢中格者。則割人子所不得已之情，以爲市恩觀美之資，是歸養之舉，決之已難矣！而得之於親則難，得之於人則又難。

程大夫治泉之再明年，念其母閔太夫人春秋高，請歸養。臺使者重違吏民意，慰留數四。而大夫閉閣請益懇，曰："母氏有成言矣。"兩臺乃曲聽，爲露章聞。大夫沾沾色喜，若倦翼之赴林，而巨鱗之縱壑也。則世所不能得之己，與所不能得之親，不能得之人者，而大夫兼有之，豈不爲人子母所豔慕者哉！

獻臣交于大夫自南曹矣，則備詳其內行。太夫人之事贈公也，茹苦服勤，以有大夫。大夫明決而忠信，嚴于操脩，鍊于剸裁。爲曹郎時，無以異於令鄱陽時。守郡時，無以異於南曹時。當剖符過里，意戀戀不欲行，太夫人勉之曰："泉，名郡也，人文甲天下。吾尚强無恙，兒第往。往竟若竪乃歸耳。"大夫拜受命。獻臣謁補，交臂建溪道中，杯酒道故，語及太夫人，未嘗不流涕也。今惠洽政成，戴郡公之賜者千萬人，莫不祝母氏萬年，持此歸爲壽足矣。

初，泉人士聞大夫圖終養也，則裹糧繭足，詣兩臺乞留。及果歸，又相率謳吟歌頌，以美太夫人德，而嘉大夫之孝。若洪令君之所哀者，纚纚具矣。大夫謂能得百姓之歡心，以事其親者，非歟？或踵而問曰："大夫今歸乎？吾儕旦夕冀其出，以重惠閩也。"余曰："方今需材孔亟，多從子舍中强起而重用之。此在大夫今日或異日事，然非大夫意也。夫大夫之意，即終身訢然樂而忘鍾鼎可也。彼以其親篤老請，而格不聽者，何哉？"

賀侯汴源總鎮入蜀序乙巳

國家承平久，士大夫急大具而緩武備，介冑之士，稍稍出焉。及至東倭、西播、北虜、南夷，羽書交馳之際，輒拊髀嘆無人，然後知武事之重也。高皇帝神謨英略，以武功定天下。故其時張官置吏，府先於部，衛先於郡，閫司先於藩臬。至所在鎮守，則以勳爵往，比於《詩》之方叔、南仲焉。蓋其重如此！奕葉以來，即衛所世胄,往往起將種、著勳伐於世,如戚南塘、俞虛江其尤著者。間三歲一開科收羅,亦所以濟武弁之所不及。蓋世官之重又如此。

侯公汴原世襲泉州衛指揮,至公則以文武將略擢把總、守備、遊擊、參將以至副神樞營,而出鎮大江之南北。會蜀鎮缺人,廷推首公。於是,公以大都督往鎮蜀。余公之里人,然向未知公,而知公自江南始,相得歡甚,恨相知晚也。公束髮從戎,所居最久而功名最著者在兩粵,至大江南北不過兩載間耳。然所規恢建豎,皆百年石畫。大抵其心誠而守潔,其御所部將吏以廉,而拊士以恩。其忠勇慷慨之氣可蹈水火,冒矢石。而敦詩悅禮習兵法,有古大將風,非世之佁儓餙貌以欺人者也。

初,公蜀命下,撫臺周公急採士民之論,特疏請留。直指馬公、朱公、蕭公,又同時疏薦公賢。會代者已有人,乃中寢。余惟今之爲大將者,往往田連陌阡,甲第連都邑,以雄於里中,里中人亦嘖嘖艷說之。公與俞虛江公先後起溫陵,爲時名將。而余近公之居百里而遙,乃不盡知有公,則公之無以家爲也,此可以觀公矣。夫蜀多事之國也,北有松藩、威茂之邊,與羌虜錯壤;南有播、水西諸酋,順逆靡常,故邇來蜀鎮多苦播。今播已更置郡縣,聖天子無西南顧憂。北門鎖鑰,行且屬公。旂常茅土之烈,未可量也。

公行有日,而蘇松兵使者崑源楊公授簡余爲賀。楊公與公共事大江之南北,其知公尤深於余。而公亦以楊公爲知己。余謂楊公宜有言,而楊公固使使者趣之,遂不獲辭。第余文不足以重公,而公之重亦不以余文也。

賀都督李鳳屏鎮守粵西序己酉

國家並建兩都,薊門譬則肩背,吳心腹,而粵手足也。薊勿論,夫吳財賦、文物之所蘊崇也,江湖盜賊之所出没也,東南島夷之所窺伺也,談海防於吳淞最爲要重地矣。粵以西,外與交南接壤,而内與夷苗錯居,我國家耀威德而郡縣之。然官多世其土,漢法令不盡行也。故叢林密箐,時或跳梁爲梗。甚者,必芟夷擒薙之而後服。祖宗朝命重臣鎮守方隅,而掛大將軍印者八,粵西處一焉。蔡子曰："余在儀曹,當三大節,每殿中宣表稱賀,自上公元相外,必及掛印武臣。蓋其重哉!"

余以乙巳治兵常鎮。其年冬,彰德李公鳳屏用薊門功晉都督,來總江南兵事。公起家衛冑,狀貌魁奇,一見知爲異人。弱冠即以薦守備唐山,累遷至中協,無日不在戎馬間。其所歷,往往有偉績。而公年纔三十餘耳。余從蘇松兵使者李公後,與公共事久。公語不妄發,發必當機,畫不輕設,設必程效。與士大夫交,不爲繻儀餂節,而意必真欵。遇下不爲苟細權術,而將卒畏威用命,惟恐或後。其大者,尤在廉以提躬,肅以戢下。蓋數年來海上幸無島夷之警,然萑苻草竊不蠢動則已,動則無出公彀中矣。故公今之頗、牧良將也。余聞江南將吏民士,無不欲久得公以大鎮吳。而會粤西缺鎮守,廷推首公,公遂晉大總兵以往。維余及蘇松公亦皇皇如有失也,則以將吏民士之請,聯牘而謀借公於撫臺周公與操臺丁公、按臺鄧公、鹺臺韓公、江臺汪公。五公者既報可,將拜疏矣,適代公者爲所部金山鄭公,公乃詣臺力辭,曰:"光先荷諸臺知,即不忍委海上,顧欲使代者退而復就節制乎?則光先有去耳。"諸臺察公意懇,乃不忍復議留。於是,益重公善處功名之際云。

夫公,河北産也,粤西風土非素習也。公無幾微趑趄意,戒行有日。《詩》不云乎:"顯允方叔,征伐獫狁,蠻荊來威。"吾知徭獞夷獠之屬,無煩公龍韜豹略之秘,第折箠使之足矣。廟堂方急西北,若遼若薊,皆稱燃眉。公久用薊,而薊吏士亦日夜思得公。肩背有人,則腹心手足賴之。公行矣,將有後命,豈特吳民不得長有公已哉! 余又聞,公之祖若父皆起萬户侯,而閫大寧、閫中州,世其勳閥。以至於公少孤而能自樹,致位大帥,功名未有量。蓋公與余同癸亥,而公母太夫人六十有七,尚少余母二齒。公將板輿奉之粤。夫公之盛年而成名位於當世,其來蓋有自矣。李公、鄭公遂授簡余,使序之以贈公行。

王弘臺少方伯視海序 丁巳

嘉靖間,海若不靖,鯨鯢爲梗。其時,巡海使者實經紀浙東西九郡,鞭縶長,任綦重矣。承平來,更璽書,分道而理。則巡海者僅得明、越二郡,越又自有守巡,徒兵事隸耳。然明爲東南門户,去倭夷不三日程。而蛟關聚重兵處也,其將自鎮守而下,則參戎、遊擊、坐營、備倭若干人,總哨又若干人。其衛所則寧波、定海、昌國以至紹興,臨山觀海,武弁之屬若干人,其兵軍之屬以萬數千計。其餉若銀若粟稱是。其戰船大小,若福、若鳥、若沙、若漁、若鐵、若唬、若划之屬,以六百餘艘計。而稽核制御之者,惟巡海一人,豈輕也哉!故巡海者,自吏治民隱外,其機莫先於御將,而其權莫急於治兵清餉。御將以廉,治兵以威,清餉以實,此天下光明峻偉者之所爲,而非拘牽委鎖之所能辦也。昔譚公二華、葉公龍潭,先後用是起家至大司馬,爲時名卿。則才略治辦,于今稱焉。

獻臣不敏,文武無所底,起山中視海者一載又半,方自愁不效,而用衡文遷去。于是,杭嚴道王公弘臺以才望往。聞命之日,二郡之士民吏卒顒顒然曰:"是故涖武林軍民威惠有聞者,奚難明?"又曰:"是將脩譚、葉兩公之勳烈者,奚難海?"會藩臬長及閫使諸君以贈言屬余。余惟明之爲郡,其君子好文而安禮,其小人守朴而任勞,一時守若令,治行烝烝,無足煩公擘畫。惟是雈苻之藪,森渺之波間,有跳梁而號呼者,總無出於御將、治兵、清餉三言矣。三者得,則可不動聲色而祛也。此譚、葉二公餘事,公固饒爲之。余又惟先正之文武爲憲者,無過王文成公。文成之擒濠破桶、平浰開田者,無時不談兵,無時不講學,則所稱古之神武而不殺者。夫弘臺公於六韜三略、三教九流之書靡不窺,其於奇人靡不咨,其於世態物情靡不究。公固倜儻有才略人也,亦深心好學人也。余故以文成之業爲公他日之券,若曰用舊告新而已乎,則余可以不容聲矣。

林栩庵司理奏最贈言壬戌

漳泉錯壤郡,而紫陽過化之鄉也。其詩書文物大略相埒,而其山川風氣習尚柔剛侈嗇固殊焉。故漳之人好勝而逐利,杯酒責望,白刃相讐。一有不平,則詰之郡縣、詰之司道,又詰之兩臺使者。即臺使者有成案矣,尚再三囂争干請,必得勝而後已。而閭里惡少,走東西二洋如鶩,擁萬斛之舟,蹈不測之險,携中國絲枲貨物以與外夷市。勢既不可禁，縣官乃從而征之，以佐軍需。則違禁漏稅之罰，於是乎興。而庀其事者，或因以爲利。故吏於閩者，泉易而漳難也。

四明林栩庵公起家漳理，宅心恕而執法嚴，提躬潔而操鑒精，慎愍官評，樂育士類。其讞決之所輕者，法弗得重也。其所重者，法弗得輕也。即臺使者疑難事，一一委辦公，然不以其故低昂，曰："吾何知，吾持三尺之平而已。"初下車，以次當及搉，公再三讓不能得，則一切以清便法行之。凡舶到，無越宿之驗，無額外之科。數十年弊規一洗盡矣。以故小大之獄，得公片言立決，無復終訟凌囂之習。而諸商德公尤深，相與肖像而祠之。

蓋予居平持論，謂司法宜嚴，不嚴則網漏於吞舟；司榷宜寬，不寬則澤竭而無魚。乃嚴不刻，寬不疏，則兩妙其用，而公兼得之。一時頌爲平明廉靖者，莫公若也。夫豈惟漳！將八閩，其孰能媲之？今滿三載考矣，特徵非遥，法從可需，所以振皇綱而沛王仁者，舉此措之，不綽綽乎哉？曩公尊人槐亭公，以名御史出爲汀理。汀之頌戴猶公也，閩南之人惠徹世澤又奇矣。予泉產也，習公素波漳餘，故因公之知己士，爲詩爲圖以贈公奏最者，而樂爲引其端。來索予言，則孝廉林君廷輝也。

送趙梅源邑侯移劇句容序代

蓋趙侯之蒞吾同，距奏最僅兩月所耳。政成惠洽，士民欣戴，無不願長有侯者。會句容令缺，主爵之臣計以爲此巖邑也，非著治理效者不可。於是，以趙侯名上得請。邑之士若民狂奔相告，曰："微侯孰師帥我？微侯孰噢休我？且廟堂縱軫念鼜鷇卜，奈何奪我侯去？吾曹獨非縣官民哉？"則謀所以借侯於臺使者，千百人而未已。然而，非侯意也。每坐堂皇拊循諸邑子，曰："吾爲邑無狀，即吾今日行，吾能一日忘若曹？《詩》不云乎：'畏此簡書。'今者亦吾畏簡書之日也。"告舍人趣治行，而以琴鶴隨。於是，許生日升、郭生一彥、承宗輩乞不佞言爲贈。則以爲吾曹何戚於侯之行哉！

夫侯之治，其剔弊章教，釐賦摘奸，諸媺政更僕未易悉。乃吾所覩於侯者，識敏而氣沉,機圓而神王,且也坦中不設城府。其待士若民,一本於忠厚至誠。即以事廷謁者,所言公則公從之,無幾微矜重色。即不可,雖旁郡邑赫赫者居間,終不屈三尺。其憫人之抑,至中夜起徬徨,必白之於上官,得釋而後已。蓋侯之言曰:"自吾爲若邑,而靡以未蔽法死者,靡以箠楚廢者,靡以勢不獲直者。"蓋居然清獻公家法也。

夫同自兵火以來,不無事矣。然非舟車錢穀之湊,以侯治之,若烹小鮮焉。句容爲金陵門戶,其冠蓋之相屬,機務之旁午,尤易以見才而起譽。侯之往,吾固知其無難。然吾聞之,句容之視同也倍蓰,給事、御史之視句容也什伯,今廟堂之急侯於句容也甚於同,則異日之急侯於給事、御史也,當甚於句。侯行矣,豈特同人不得長有侯哉!夫侯去而爲京朝官,則所張設而注意者,必不以同後句也,吾曹奚而不釋然?

侯在邑時,案牘之暇,輒進髦士,談說經蓺。許生、郭生其人,而許生子父沐德侯尤深,所謂憫其抑,而必得伸於上官者也。

賀邑侯徐雲林移劇莆田序己未

三衢徐公觀我以名令望郎典天官選,而兹復以奉常召起家。吾同侯雲林,其仲子也。客冬,獻臣量移過衢,謁公于後樂園中,杯酒道故,甚歡。予因進曰:"天下望公三事久矣。吾侯天下奇材也,不爲臺省,則爲銓屬。然令甲,父兄躋內三品者,子弟臺省,例當廻避。我公三事,吾侯銓材其可乎?此公家世業也。"公笑曰:"正恐兩失耳。"余否否。而會侯有移劇之議,予歸謁兩臺監司諸公,則爲道同民不能舍侯狀。而同父老皇皇然,跋涉千餘里,乞留侯,諸公意不能無動。而中丞王公部移已行,不及追。未幾,而侯移莆之命下矣。

諸父老子弟又皇皇謁予輩,謀所以留侯者。曰:"小人何知,已饗其利爲有德,同、莆匹也。廟堂何奪此以與彼?"予慰之曰:夫移劇而出於廟堂,可留也。移劇而出於地方,不可留也。且以予觀於侯,天下之奇材也,寧同得而終有之乎?微獨同,即莆得而終有之乎?侯以弱冠成進士,其治同也,目所一經,口能別之。耳所嘗聞，心能識之。其持己廉，御下密，愛民切，課士勤。小大之獄必以情，縉紳之造請必以禮。然而，苞苴絕於廷，干謁絕於室，欺蔽絕於左右，魚肉絕於閭蔀。不動聲色，不煩借聽，而幽隱重難之事，無不了了於胸中，而曉然於筆底者。故侯果天下之奇材也，乃肩重任鉅之寶臣，非特一方一邑之任也。若侯者，同與莆寧能終有之乎？神君慈父，同先之而莆後之，同則已幸矣。且也，同、莆相近也，兩臺監司相若也。侯雖去同，有一利焉，侯得而言之而興之，有一害焉，侯得而言之而革之。則侯不待致位京朝之日，而依然覆露同矣。《詩》云："父母孔邇。"父老子弟何患焉！故事，大計畢，諸郡邑吏多所更調。今歲首垣請勿更，故僅移侯等三良令而止。使此疏夋下數日，則侯竟爲同有矣。此予輩所以政私憾於廟堂也。

予既理此以解父老子弟之皇皇，侯且換綬行矣。侯滄同將及報政，居莆無何，旋當徵入爲諫官。觀我公大用方升，是父是子，他日復見政事堂，隔屏風，盛事矣！即侯爲諫官，不妨特避而爲銓屬。雖事起創見，然以待天下之奇材，奚不可？

送黃鮮生邑侯入覲序乙卯

昔尼父惠人國僑，而興人誦之曰："我有子弟，子產教之。"及鄉校之議，子曰："人謂子產不仁，吾不信也。"漢文翁在蜀號循良吏。傳稱修起學宮於成都市中，招下縣子弟以爲學官弟子，蜀學比于齊魯，而講堂迄今不絕。吏士者，民之秀也。學校者，賢士之關也。世之吏治有不能加意學校，而狠鷙治辦、毛鷙搏、踔厲聲者，則俗吏之爲，于循良何當哉！

潛山黃侯之治同，蓋可謂真循良，先教化而後刑罰者也。侯約己嚴、待民恕，諸所厝措利興而害革者，亦既碑銘道路、細民之口，毫楮不能悉書。而其大者，乃在作人。初下車，即進諸生而誨之，曰："同，紫陽過化地。吾不敢以齊民待諸生，諸生亦無庸以齊民自待。"貧不能備朝夕者，學租之發必以時。冤抑不能自明者，必爲直於郡大夫及學使者，得伸乃已。先正宜表章以爲後學標者，必爲之經費創祠,而議助其所不及。行誼孤高之士而偶疾不克竟試者,不難委曲以保全其末路。而侯所最嚴者,尤在録士。蓋甲寅、乙卯之試,學校及草茅士者再矣。片牘無不經目,次第無不經心。即侯所首舉士四五人及列前矛者,無不占學使者高等,亦遂因而得雋於鄉。諸生益信服侯衡鑒之公也。蓋侯所加意學校者如此。信乎!其有得於治鄭化蜀之遺意也。

故事,郡邑吏三載肆覲。而同以地大歲荒,中丞御史臺欲例疏留侯,以爲天子牧養小民。侯孝思篤至,曰:"吾將以其間伸吾情事。"則力請行于藩司。藩司重違侯意,既定議,侯行矣。士民聞之,皇皇然,曰:"侯,吾父師也。吾儕能須臾離乳哺訓誨乎?"相率乞留于郡若監司,不可得。而學博萬君暨吳、羅二君,乃肅幣介林生一煒輩,授簡于予,曰:"侯行有日,願得一言以光祖道,以旌諸生不能一日離嚴師之意。"

余謂侯涖同僅二載耳,而治效灼灼若此矣。近例,臺諫之徵,必歷俸四載有奇。侯治行高,徵書固旦暮遇之,然獻歲之春猶有侯也。諸生第勿忘侯之明教,益自淬濿,且爲告竹馬諸童子,計日以待侯之來。

贈邑侯李青岱入覲奏最序壬子

歲萬曆癸丑,天下郡邑復當朝正之期。同安地大人衆,据山海衝。二十年來,縣官率疏留,惟尉將事,則海氛之以。青岱李侯涖同三年矣,適當報最。侯才高,百事理,四封晏,乃循令甲,修入覲故事,併齎最牘以行。夫朝會之典,玉[7]徒玉[8]帛萬國云爾哉!蓋將大計群吏而黜陟之者也。曩歲名廉能異等,不次超遷者,第録藩臬運府,而不及縣,蒙竊惑焉。計侯入京師,司徒氏必且問一歲之中錢穀幾何,宗伯氏必且問賓興幾何,司馬氏必且問盜賊幾何,司寇氏必且問決獄幾何,司空氏必且問營造幾何,侯將安置對哉?則覲最二牘具在。

夫侯之治同也,案無留牘,縣無瘝務。則其錢穀,則積逋盡輸矣。則其賓興,則十人而未止矣。則其盜賊,則萑苻奔晉矣。則其決獄,則囹圄幾虛矣。則其營造,則厚垣墻高閈閎矣。且也,侯征輸而莫敢以羨嘗,侯敬由而莫敢以來赏,侯治盗而莫敢以骫尝。至其作人,则为之诱掖赏识而士奋,为之清复铜鱼而地灵。其兴举废堕,则鸠工庀材,皆出捐俸,而费不及民。夫由前则才谞挥霍者能之,二牍之所详也。由后则非才循两合者不能也,二牍之所不能详也。故八闽贤令,宜未有先侯者。兹行也,以上司功当上上考,王春异等之褒,他日清华之选,将于是乎在。

虽然,令犹有难焉。何难也?百里之地,令与丞若簿若尉,盖共之。人心不同有如其面,为令者能必人心如己心乎?故矜庄则见以为峻绝,近人则见以为易与,总揽则见以为束湿,旁寄则见以为少防。夫惟以身率之,以心体之,用能鼓舞其兴事勤民之意,而消融其苟且恣睢之习,则民见德而不见病,令亦任德而不任怨。此岂易易也哉?夫能以身率之,而又能以心体之者,莫侯若也。侯推诚御物,即旧僚有阴负卵翼恩者,曰:"宁负我,毋负我民。"故诸佐领皆乐为侯尽,而百姓蒙其利。《诗》曰:"乐只君子,天子葵之。乐只君子,福禄腿之。"圣天子其必有以大腿侯矣。邑丞欧阳君祐、簿吴君廷训暨幕王君应元,皆芘侯而乐为尽者。故因其请而为之叙,以赠侯行。

赠邑侯曾敬元台奖序

嘉靖中,侯之先侍御元山公实奉玺书来按闽。承平久而瑕蘖生,一切用惠文弹治之。而其大指乃在激扬守令,弭盗安民,不少假借。既得代,而尸祝之声不绝。后公以刷卷南畿,竣独用例,上其副东宫,盖阴借以为储讽云。上怒且不测,杖戍粤。穆皇帝初,搜录谪藉诸臣,复公官,而以年至不竟其用,天下惜之。侯之来,距公按闽可四甲子。始至,父老有泣下者,曰:"夫非侍御公子耶?天乎!其世以曾氏生吾同乎?抑天所以报我公,而光昭其令德者,将是焉在。"

而侯之视同士民亦若故,所噢咻抚摩者,尤深相得也。乃侯之治同,则与侍御异。下车问民疾苦,及兴革所宜甚悉。同齿繁而俗奢,喜斗而嚚讼,自侯舆更始。而浮荡椓蒲之子,龁指戒无犯者。两造纷拏,片言可剖,犹恻然如伤,而听使解仇,不专倚办三尺。岁旱则步赤日,拜泥淖中,为百姓请命。犹率僚捐俸,以預爲賑貸計。緩催科,弛鞭朴,而常稅之輸恐後。繕城垣,嚴干揪,而興作之役惟謹。蓋未踰時而冰蘗之操,明察之理,慈惠之衷,洋溢乎封内外。夫明罰勑法,犒暴猾奸,直指之職也。忠恕平易,生息訓迪,良牧之規也。此侯子父之大較也。然侍御公雖用嚴,而左墨右循,茀莠仁穀,有吏稱民安之效。侯雖用寬,而干謁不麐,而遠吏抱案,不見民一錢,有拔薤置水之風,則御史、令等耳。初,侍御公在閩,尤加意興學,親製文謁楊、羅、朱、李四先生祠。壬子錄士,明年而有首大廷舉者。我侯公車牘武闈策,洞微中窾,業膾炙人士口。暇則循行學宫,以次修舉講學,課藝諸節文。故諸生喁喁然曰:"侯,吾師也。蓋公家法哉!"

故事,臺使者報命,廉守令高第者,俸及格,則露章聞,淺則移金帛旌之。侯發硎纔三月所耳,而會巡撫許公遷秩去,心異侯,而爲其治新,乃用美詞旌焉。檄到,邑之士民咸喜而相告也。時予屏處東山,學博張君、王君則介、茂才王三聘、周勳輩而問贈言於予。曰:"諸生志也。"

夫侯之理行犖犖,不以一獎檄重,而中丞臺一獎檄亦何足以重侯?然以一獎檄而奔走,同之民士驩然樂而欲張之,則侯之所以被濯浸灌其心,而不替其先烈者,大都可覩矣。異日者侯之政成,以臺省徵,纘侍御公之業而益大之,則吾閩及天下將世嘉曾氏之賜,奚特同!而同實首被之,謂天之所私,非乎?厚幸,厚幸哉!既不獲辭,乃理其語,以爲左券如此。

邑侯李青岱屯課獎勵序庚戌

國初衛所碁置,而擇膏腴田以給軍,且耕且守,蓋寓兵於農之意。當屯政修明時,其所耕之田足以食荷戈之士而有餘。末流漸弛,軍仰給于民,而屯田之課責成於有司。有司既秦越若屬,而所領腴田又幾貿易於豪富有力之家。綠水魚鱗圖册漫漶不可考,課日以逋,而軍與民交受其病。

邑侯李公以建武世家來蒞吾同。未浹歲也,而屯糧報完如額。於是監司上之臺使者,而中丞陳公、直指陸公,交移檄旌侯。蓋侯之僚歐君、李君及幕王君,樂侯之被旌也,相率致幣東山之草堂,乞不佞一言爲賀。獻臣辭不文,侯聞之,亦辭曰："夫旌而以完課,又僅以區區之屯課,其細已甚,焉用文之?且也,予獨不得爲倪寬乎哉?"獻臣於是緩頰而前,曰："是乃侯之所以爲倪寬者也。夫同之民稱夥,而賦入頗薄,屯課又特其十二三者耳。吾聞侯之催科矣,敲扑無所施,羨耗無所取,而山陬海澨樂輸恐後,即兵餉上供爲諸邑最。奚論是錙銖者?此與倪寬之民何異?"然不佞所欲頌賢侯者,寧一端而已!

侯貌偉而氣冲,才雄而識敏。初下車,適兩臺行部,輪蹄結,簿書仍,侯東西馳而應之,無虞弗給者。及坐堂皇左右顧,而城社之猾慴伏,無敢舞文者。市井無賴之徒,一一熟知主名,無敢弄其角距者。遇士大夫不作矜莊之色,而無敢干以私,即干,亦不聽者。小大之獄,洞若觀火,而兩造悔禍,則嘉與解仇者。持三尺如衡如石,而要於其當,或不難虛衷以裁酌者。衿紳之徒,盡卻歲時之獻,而評隲秇文,則不啻哲匠引繩墨,明師訓弟子者。至邑有大利病,如罷額外之增搉、免里役之糴穀、却旁邑之代輸、裁奇江之浮賦,皆確議挺持必得之於監司臺使而後已。而其大指,尤在顯維風化,加意表章。以故民俗蒸蒸,孝節貞烈之奇行,在所有聞。蓋能吏、廉吏、循良吏兼而有之。即展錯月計,而治辦已若此矣,區區屯課一旌書,何足爲侯重哉!

昔衛文公約已裕民,靈雨命駕而騋牝三千,草車乃六百乘。詩人美之曰:"匪直也人,秉心塞淵。"此言緣細徵鉅,緣兵知民也。其我侯之謂乎!令甲,風勵吏治,凡臺使者報命,必廉郡邑之長,治行尤異者,露章以聞。而臺省需人,則徵名令以補其缺。斯又侯今日及他日事,敬拭目而俟之耳。於是,授簡以復三君,俾登之軸。侯故以文魁江右士,得無以予不文而弁髦之。

姚敬庵學博院獎序庚子

姚先生用安東訓,擢司教同也。余過之,其氣冲然,其詞確然,其禮度彬彬然。退而私諸文學曰:"子先生類有道者,賀得師矣。"既旬日,而先生之條規秩如也,諸文學之肄業課文、升散迎送井如也。余心異之,竊嘆先生操何術得此。久之,習先生所爲司教狀,則益信余之所窺於先生者,豈偶也哉!

廣文官故冷，又與諸生相曙也，買升斗質子錢所從來矣。先生至，即不一錯指，曰："官箴師道，從此始也。"諸生與市人搆訟，先生一切不問。曰："吾奈何從芹藻奪郡縣諸公權乎？且吾其以爲膩乎？"月具饌群諸生，堂試之。其第文也，不以奇而格在。其獎士也，不以耳而眼在。其約束士也，不以顯晦疏數而毅率在。日者觀風之役，先生進所物色若干人，餘無敢以私進者，即靳之而無敢慍也。蓋諸生初有不如約者，先生召跪切責之，莫不人人憚先生嚴已。坐春風中，色笑誘掖，又人人樂先生寬已。而補弟子員者，不責贄如故事。貧者第令持空刺謁，則又人人服先生廉矣。先生雖日談説經義，至其切劘諸生，尤以行誼爲先。蓋庶幾身教者哉！

余謂國家風厲學官，畀之模範，其初蓋甚重也。顧爲其官者，類多嘆老嗟卑，委瑣齷齪，與諸生爲市。如此師道安得尊，而人材安得成乎？使司教者盡如先生，則士皆瞿然顧化矣，誰敢弁髦之！洪令公嘗言，即吾試草茅士，先生未嘗一言居間也。間有極口稱先生安束時事者，而先生故未識其人。鼓鐘聲聞，其是謂耶？余又嘗讀先生所爲海防議，皆鑿鑿中窾，則異日用世之略，大概可覩矣。

己亥冬，直指新會何公移美詞金幣旌先生賢。而先生之僚王君、李君，率諸文學乞余言爲贈。余謂，直指報命，所露章薦，諸博士宜不無人矣。以姚先生賢，而僅僅一旌書乎？直指其不爲知先生，然以先生之賢，絶不爲世俗迎合脂韋之態，而直指乃能旌異之，若此良足重也。而二司訓君臭味先生，樂其見知而汲汲欲張而大之，其僚誼亦良足重也。於是乎書。

送楊邑博擢授思明序 甲寅

國家薪樲樂育之化，洋溢方内外。雖西南遠在萬里，而士以明經薦者，歲不乏人。至國初，因俗立長，不盡以中土之治治者，亦且漸取而郡縣之、庠序之，爲擇明師以教導之。蓋其用且養之者，若是乎不輕矣！宜賓楊中吾先生以辛丑册立恩貢于河池，此非所謂遠在西南萬里外者乎？

先生謁選而訓常山，一擢而掌教吾同，予因習先生。先生之尊人槐堂公，故以明經起家。先生少孤，母李茹荼鞠之，竟以成立。先生爲人坦衷質行，幾不知有人世機智籠餂之術。其訓諸生亹亹傾所聞見，一切贊脯厚薄無所問。諸生進而坐春風中，退而人人得也。未幾，而擢授思明。此非所謂漸取而郡縣之、庠序之，而擇明師以教導之者乎？聞思明庠新設，子弟寥寥不能以百計。於是先生携二僮束裝挈帑，行有日矣。

或有私於予者，曰："以廣文之冷於官也，而復實之新造之區，則益其冷。以貢途之局於展也，而遽加之郡庠之秩，則趣其局。先生意轉油然，何也？"予曰："夫任百鈞之重者，自顧其力量謂何？馳千里之遙者，舊國舊都望而暢然。常於浙，同於閩，皆才藪也。而先生優之，以其所以造閩浙士者，而施之土府，械樸且芃芃然矣，不亦速肖矣哉？閩浙之去五嶺也，遠在數千里之外。今之擢而思明也，近在千里之內。衣繡晝游，在此行也。不亦榮快矣哉！此予所以爲先生賀也。若夫商生徒之多寡，計束脩之豐約，較宦轍之淹速，則耽世味者之恒情，不足爲先生道也。且也，道之隆污，隨所遇耳。以先生之自樹，拾級而進，予安能遂以常格拘哉？"

諸生某某輩將乞一言爲贈，而先生以諉不佞。不佞知先生之深者，於是乎言。

賀車司訓擢諭弋陽序 甲寅

延平，龍劍之淵也。宋大儒楊中立、羅仲素、李愿中居焉，而朱紫陽之所從受學也，故閩學盛於一時，實從南劍始。今閩人之談學者蓋寡，獨江右在所聚族而談。何也？孔子曰："學之不講，是吾憂也。"則學其可以諱談乎哉？予竊謂，學不在口頭而在身履，講學不在冠紳粉餂之彌文，而在庠序儲養之有素。則學校之官，其於談學尤所重。

同安爲紫陽過化地，士風蓋嘗茂矣。比亦稍以陵遲焉。而起明經來司訓事者，爲延弘宇車君。君之爲人也，不激不隨，沖然夷然。居庠五載，了不見喜慍之容。即僚長有峭厲怒張之態，君以和易劑之。即諸生有陵囂詬訴之習，君以正直鎮之。蓋平心率物，甘貧履素，居然有道氣象。其於學也，可謂不言而躬行矣。

今年秋，主爵者擢君弋陽諭以去。夫弋陽，故江右名邑，而談學之鄉也。有陸子静、謝叠山之遺風焉。君以其所得於四先生者，振鐸示範多士，瞿然顧化，不易易乎哉！君有母，春秋高矣。弋去延不千里，茲歸奉觴上壽，板輿而御之官，洋洋泄泄，其樂只且。顧同士若不釋然於君之行，而君亦若不忍舍同士而去也。余謂君才具，不第一芹藻之任也。使君膺薦剡而司民社，將必如陽城之在道州，庚桑之居畏壘。薰而良、尸而祝者，亦不第在縫掖之士也。特以屈於分教，未獲有所大展。今者儼然鑪錘在握矣，必有知君而振之者。予聊以茲行卜之。

送劉起田學博諭藍山序 庚戌

蓋《虞書》之言曰："敬敷五教，在寬。"而宋儒云："師道立，則善人多。"又云："成人材與尊師道不同。"夫教敷於寬，而道立於尊。若寬嚴之觭重然者，將奚術之衷乎？今天下士風悍靡，所在而是。非督學使者及二三師儒曠然一大振之，勢將不可復挽。然學官之職凌夷久矣，喜不足勸，怒不足懲，雖有蘇湖教士之法，無所施。而居其官者，又多嘆老嗟貧。故其所謂嚴者，大都在於纖悉瑣屑修脯疏數之間。而其所謂寬者，或至於決裂檢押而不憚以身爲垢府。吾見是官之難爲也。故嚴必用以禔身，而寬必用以待士。則師道立，士豫附，而其教亦且不肅而成。

西粤劉先生訓同，未幾而擢藍山教諭以去。諸文學顧若戀戀不能舍，而群乞言於余，何也？以余所聞，先生故不以嚴聲厲色求多於多士，而亦不爲煦嘔和柔以厚自要結而起譽，蓋酌寬嚴之中而善用之者。其守己廉不譴羔雉，其宅衷坦不設城府，其衡藝當不爽妍媸，其可否事不先橫意。見其處僚寀間，委曲調劑，不自見長。即余僅一再奉教，而有意乎其爲人也，况爲先生弟子者哉！以故諸生有訟久不決者,得先生片語立平。今司諭藍山,其職專而其教尤易行。吾知楚士之愛慕而興起者,必有加於同,無庸問也。然師儒雖重,而職事頗閑。自學官行取之典格,即有才者亦無以自見。日余觀察吳中,每行學,見博士年茂而標飭、識敏而行脩者,中丞直指必亟取尉薦之,而主爵者亦遂優以美遷。内可得南北雍,外不失郡理邑令。以先生之年、之貌、之識、之行,其以列薦剡而司民社,何所不可?顧會臺史未得報命,而先生遽序陟以去,未及與於不次之擢,猶爲有待於藍也。先生往矣,余翹首望之矣。於是,因諸文學之請,而書以華其行。

先生名章,別號起田,廣右之陸川人。

【校記】

① "幺":原文作"么",據文意改。
② "熟":原文作"孰",據文意改。
③ "癢":原文作"庠",據文意改。
④ "予":原文作"乎",據文意改。
⑤ "吏":原文作"史",據文意改。
⑥ "板":原文作"扳",據文意改。
⑦ "玉":此字疑衍。
⑧ "玉":原文作"王",據文意改。
⑨ "庚戌":原文作"庚子",誤。庚子,萬曆二十八年(一六〇〇)。李春開(青岱)在萬曆三十七年任同安知縣。此序云:"邑侯李公以建武世家來蒞吾同,未浹歲也。"三十七年蒞同。至今歲末"浹歲",故改"庚子"爲"庚戌"。

清白堂稿卷六

序　文

少傅許穎陽老師七十壽序

初，少傅許公以爭皇儲乞歸也，疏凡三四上。皇上內不懌公言，而外迫輿論，持之不下。公夷然念此天下本，固當以死爭，而恤去就爲也。當是時，首輔以私揭爲言者所攻，內自危，以休沐請，有後言。公求去益力，始予告給傳，不能有所備于廩隸道路費，公夷然念忤上意，固當以罪歸，而冀恩賜爲也。乃天下薦紳武弁之士，以及庠序常布之流，翕然趨公歸，而艷慕之甚於居位時。歸之二年，上命皇上出閣講學，即位號未正，其名義昭矣。則公之去，猶之乎四皓之來也。又四年，爲歲丙申，公登七十。門下士官留都者數十輩，相率效卮酒之頌，而屬小子無功使致辭。

明興，高皇帝以亙古功德，啓運垂統。嗣是而盛者，無踰於世廟，迄今七十餘載。而我皇上法祖敷治，視嘉靖爲烈焉。當上在青宮時，公旦夕授經，黼藻睿質。及登大寶，而公以甘盤舊學蒙尊禮，時時呼先生而不名，爰晉台階，以襄大政。雍容委蛇，脩太平之業，而潤色之。賜爵一品，滿三考，恩寵無與比。公懸車踰六載矣，口不掛國事，身不設貴容，道衣徒步，優遊林壑間。以其身係天下輕重，夷裔觀望。今行年及者，而遡所自生，則世廟踐祚始也。此誠翊運應期，豈偶而已耶！

公以辛酉解南畿，乙丑成進士，官詞林，文章深厚爾雅，學士師宗之。貢舉郡國天下士，未易更僕數，先後號得人，所推轂賢士大夫遍海內矣。天下品賢相者，雖以業歸公，而推本于公之德爲廊廟重；論出處者，雖以出冀公，而嘉樂于公之退爲江湖重;考人倫者,雖旦有頌,月有評,而祝願于公之眉壽、黃髮爲縣寓重。若公者,固未易言也。

無功故習事公,無涯無町畦,若辱若不足,與天爲徒。而遊物之初,蓋衷其真以治身,而出其緒餘土苴以爲國家天下者,默成而饒發之矣。期頤猶未也,七十不旦暮乎哉!又聞皇上冲齡正位,壽星見南紀,保章氏謂萬壽徵,嘉與公卿士庶共者,于時華亭、餘姚、常熟、興化、內江、濟南、安陽、西蜀、新鄭林下九相,稱爲振古盛事。歲星一周,五星聚于奎璧,而公入相。歲星再周,狐南光耀,而公告老。於時吳郡、婁江先後謝政,千里之內,三壽作朋。夫斗、牛之間,東南文明之域。帝所嚮方,宜有畢應。説者謂海宇清寧,縣官靡所事事;台鼎論思之臣,林壑優游,靡好爵之念。而人瑞乎邦家,又以人徵治者,天文人事之紀,此其彰彰較著者也。雖然,有如一旦天子建元良定國本,寤寐舊德,舉祖割訪政之典,蒲璧徵賢之儀,公能遂晏然已哉!此公力争皇儲之初願也!乃祖割蒲璧之事,則不足爲至人道矣。

大學士史蓮岳公壽序辛酉

夫壽,則年之謂也。夫相天下者之壽,則非徒年之謂也。有大年焉,與山澤之癯異,又與抱功脩職之吏不侔。何也?山澤之癯以身壽,可修練而得也。抱功脩職者之吏以名壽,可治辦惠愛而得也。人主,天也。相承天者也,上理陰陽,下總倫類。故必斟酌元氣,旋轉化樞,使宇宙之間清和咸理,以能保我子孫黎民,而永奠丕丕基,然後身名俱泰,而福祚無疆也。《詩》云:"樂只君子,邦家之基。樂只君子,萬壽無期。"則相天下者之大年矣。

今大學士史公,以文章道德結知神宗皇帝。壯歲即擢上第,如韓魏公唱名故事。嗣教成均,柄銓衡,朝野引領爰立,蓋古大臣所謂負公輔之望者。然在皇祖朝已覆名金甌矣。至光宗而宣蔴,又至新天子而遣官趣行,海内皆快其大拜,而訝其遲。公則逡巡不遽駕也,夫公斟酌元氣而旋轉化樞之人也。其總留計也,紬奇袠而風尚爲正;其衡南宮也,縠雅淳而浮詭爲起;其署銓地也,登明選公而流品爲清。儒效固章章著已。公正色廟堂,毅然冷然而藹如春溫。廓如有容之意,未嘗不流注乎其中。

獻臣竊窺近代相術,或厲申韓,或深黄老,或清銳而激于狹隘,或闊達而寬于把握,各標一局,而均蹈其弊。公於前數者,固有所不居。至其挺然中立,而簡在三明主,則天也,非人之所能爲也。且今天下,東苦酉,北苦虜,西南苦苗,仲苦倭寇,民苦遼,苦陸輸,苦海漕,慮無不騒動矣。然此何足患,所患者無人耳。冠紳之倫,各設一藩籬,各相一矛戟,莫肯爲縣官盡力。而秉鈞軸者,悠悠泛泛,誰執其咎?譬一人之身,耳目手足心膂率不相爲用,而互爲攫奪。如此則天步國脉,何以異于漢唐宋之季乎!故大人能以天下爲一家,中國爲一人,而躋世有道之長者,無他繆巧以把持之、調停之也,開誠布公而已。在公兹行也,蓋乾,天道也,君道也。主健主動,故於穆不已。坤,地道也,臣道也。柔而剛,靜而方,故得主有常。夫惟剛方乃誠,誠乃公,公乃大,則公固饒爲之矣。新天子以英明握符,待公爲政。而公以一德趨召命,而效密勿,則公之大年,將與我邦家相爲無窮,即《詩》所稱萬壽何加哉!

惟兹建元春仲,爲公周甲之一初,同安李侯燦然,公所舉士也,以獻臣嘗受公知而授簡焉。故不敢以名位之輕微辭,夫非一身一職之爲祝規而已。

奉常池明洲婦翁六衰壽序_{戊戌}

夫賢喆之生,所以撑持宇宙,幹辦縣官事,用蓋重焉。然身與世孰親,發光與耀采孰得?故用而竟,則利在蒼生。而終身役役,疲繭無遺味矣。不必竟,則人有不盡用之嘆。而吾之所以韜精葆和者,不《參同》、《素問》,而固不熊經鳥伸而長,而天下之望卒歸焉。知道者,豈以彼易此哉!嘻,是未易爲俗人言也。

國家置天官,銓序流品,而司其事于選郎,以彼其重儼然夷九列矣。然選事繁瑣如牛毛,弊孔如鼠穴,而所易染者苞苴,所不能概絶者請囑,蓋其難如此。

翁起家名進士,歷銓兩都,以重爲郎。清嚴謹敏,猾書老吏[①]無得上下其手者,而人亦莫敢從他竇干也。會江陵相方操權,繩天下士,喜成餂,怒成痏,視尚書郎吏耳。而翁獨嶽嶽其間，不少徇。同舍月峰孫公、心吾吕公，皆名下士，謀斷規隨，以故所推轂盡賢豪長者。而尚書間有承望，十九不能得之於翁，則爲危詞以動之，翁不顧也，江陵目攝者數矣。時翁母太夫人春秋高，則力請侍母以避鉗，不能得，而例擢爲奉常。於是，以册封藩府行，遂得告矣。踰年，江陵敗，而言者猶不盡諒翁。而翁亦若無意於世者，居海上垂二十年矣。不履城市，不謁公府，閉門攤書，蒔花養魚，課子孫讀而已。客語及功名，則曰："命也夫。"然至人物之衡鑑，邊海之情狀，以至當世得失之林、區處之略，叩之而鍾吕應乎，試之而蓍蔡符哉，天下無大緩急也，有則翁可屬。

戊戌冬仲，翁六十初度，而神加王，色加童。人以是卜其南山箕而東山出也。翁曰："自吾在事，勞偅鞅掌，權相耽耽，不免是虞，甫彊而髮已種種矣！非屏居久，安得今日？吾方食於不耕之場，宿於不貸之廛，吾又安知出？"從前則翁之用天下之幸，從後則翁之未竟其用，乃其所爲用大矣。方今東苦倭，北苦虜，西南苦播獠。主上拊脾而需人，翁高卧庸穩乎？

獻臣曰：翁掌選時，館予貳室，蓋悉翁苦心云。不動聲色而縉紳陰受其庇。辛壬以來，選君率務爲皎皎，與政府鷸蚌持，而中官收其利，朝署始脊脊多故矣。士誠欲裨縣官用，何必矯激爲名高哉！故以翁之不竟其用爲翁壽，而以其緒餘土苴爲蒼生致屬望於翁，以佐一籌。翁知道者，或忻然當予言矣。

少司寇丁哲初公六十一初度序己巳

國家張官置貳，分率以六卿，糾察以中丞臺。蓋吏部之權可以進退人，刑部之權可以生殺人，而御史大夫則所以綱紀乎百職者。此三大柄，非其人，安能勝任而愉快乎？頃者逆璫竊政，自揆席而外，幾岌岌不能有其官矣。雖謂無陪無卿，可也。

新天子即位，精瑩理道，簡用正人。哲初丁公，由奉常晉貳秋官。而會大司寇未至，則以公署。大中丞未至，則又以公署。蓋選擇而使，豈偶然哉！公署司寇也，晨入暮歸，大小之訟必以情。時詔獄繁多，上意偶有所出，而公一據法以請,毫無枉縱。即上或召問,公條對甚悉。即代其長對,亦無不片語洞中窾會者。御史大夫,體統至尊重矣。然故事率受成于掌道,公雖代乎,每遇大疑難,不厭密地商榷畫定,而後出坐堂上行之。諸侍御莫不凜凜奉約束,以公為真御史大夫也。即朝紳,亦莫不曰是。未幾,且真拜矣。蓋公歷官幾四十年,用名司理以入司銓選,其明慎之衷、冰檗之操、衡鑒之識,久已信服于朝紳。故一登卿貳,而上下咸孚。每獨坐需人,無不首屈指公。而公意有所不可,輒再三疏請,上溫留亦且再三。而最後乃以情詞懇切,特予歸攝,以俟他日召。人謂公年方耆,望方峻,上又知公深,何流急而退②勇哉?即歸卧,容穩乎?而公曰:"昔人在廟廊則憂其民,處江湖則憂其君。今主上神聖,太平有日,此吾後樂時也。吾且尋香山洛社之勝事而已矣。"

予與公同舉于鄉,而學兒幸館貳室,公教誨之如子。己巳長夏,爲公開七褰初度,學兒願有祝也。夫《周書》曰:"司寇蘇公,式敬爾由獄,以長我王國。"《傳》曰:達賢者有後。夫敬獄如公,達賢如公,王國將終賴之。公之文子文孫,猶將世食其報,而況於公之身有不永錫難老者乎!蓋溫陵同舉而都卿亞者,一爲省庵林公,一爲玄中張公,與公而三焉。三公皆負當世望,而公年最少,上又最屬意公。其在耆英之會,當爲司馬公乎?前所謂"銓憲三大柄"者,公固自有之,第須時耳。《詩》云:"三壽作朋,如岡如陵。"斯邦家之基也夫,抑亦吾黨之榮也夫!

林道卿侍御暨袁孺人偕壽序 壬戌

獻臣之稱通家於林道卿先生,彼此凡三世五十年矣。先觀察之知先生,自丙子浙闈始也。予舞象獲交先生,亦自丙子語溪始也。而予幸識先生之冢子栩庵公於垂髫,則自己丑公車始也。時先生業讀書中秘,簪筆柱下,侃侃言天下事,風裁重朝端矣。予至,則止予邸中,弟畜之。而嫂夫人袁,時具酒肴佐談,必腆而潔。其年予幸得第,是以咸先生之高誼,而誦夫人之能賢也。自兹予兩人或南或北,或出或處,所歲時不絕者毛穎耳。幸而先君守寧之後,晉長浙臬,小子視海之役,濫叨文寄,四明六橋之墟,接踵把臂,叙平生歡。往先生起家汀理,嘗過予輪山,問母太淑人起居。而栩庵公比復祥刑於漳。漳,鄰宇也,干旄以時至,書問以月至。俯仰五十年間,三世交誼如吾兩家者,宇内寧幾哉!

先生目光焵焵,而勁氣卓識,洞若觀火。其意所不可,終不能隱忍以就時局。然行必廉,言必物,表裏如見,初終一節,人或以是忌先生,而久之益信且服。方其衡粵時,駸駸内徙矣,而先生復拂衣歸。今新政登賢啓事,再列清卿,且旦夕真拜,而衷恬然若無意也者。蓋先生通籍垂四十載矣,而屏居者三之二。譬之長松千尺,貞心蒼幹,傲巖頭之雪,狎澗底之雲,宜若無所需於世。然工師求材,即欲不柱清廟、棟明堂,得乎?先生居官廉,而夫人佐以儉。居家約,而夫人佐以勤。故山林日多,而無北門室謫之嘆。栩庵公仁明廉惠,華要之選,而叔者、季者,俱翩翩千里足也。先生頃之復側出二雛,書來詫予,日置懷抱。即此,而夫人之賢可知已。

戌之臘、亥之秋,爲夫人與先生七袠偕壽之辰。孝廉張君珌輩,謀致一觴。栩庵公曰:"是必使蔡子也文。"予謝不敏,則徵《南》焉,《羔羊》以祝先生,節儉正直,宜標位著。《樛木》以祝夫人,樂只福履,天成之矣。進之,則《麟趾》乎!司理仁厚之所自也。以此介壽,二尊人當爲釂然。遂命管城子以進。張君等七人,皆温陵奇士,而栩庵分校之舉也。

表兄王瞻明廉憲壽序癸丑

蓋今方面大吏,分道而理者,其兵將之盛、財賦之繁、人情物態之糾紛,莫過於吳會。故吳會治兵使者,非精明治辦、彊有力其人不足以當之,銓地亦往往重其選。歲壬子,王公當世以浙江參知晉按察使,備兵蘇松。公故所謂精明治辦、彊有力者也。而會有風露之疾,稍問醫於檇李間。比至,則計吏期逼矣。公採隳四郡官評,上之臺使者,而自爲乞身甚力。兩臺初難公去,已察其意真,爲上於朝,請聽歸,以需異日用。疏既發,公遂朝夕馳入里門。余秉燭慰藉且賀曰:"今而後喜可知也。"公頷之。予因進曰:"功成名遂身退,天道非耶?"公又領之。

公既歸，屏紛却掃。諸子不遠吳越，延名醫二三輩爲公求延年却病之術。即素莫逆者，罕覯其面，而病亦良起。

越明夏六月十三日，爲公初度之辰，蓋年六十四矣。於是陳子志華及諸親朋授簡予，圖所以觴君者。予辭弗獲，則惟進退，人之權也，而天實爲之。壽，天之權也，而人亦自爲之。公以名侍御敭歷藩臬垂三十年，所至著名迹，人莫不期其大用。吳會之役，主爵者不爲不知公矣，而偶以一疾，遽予歸休。豈非天乎！豈非天乎！國家令甲，方面年六十乞致仕者聽。然耆耋之年，遲回三事者比比，且疾病，人所時有也，而公又素魁壘，如鷄群之鶴者，何恙不已？昔莊仲昭爲理學名臣，而南計以病去官，識者惑之。夷考其時，告休歸者，已越一歲矣。考功法亦何可盡憑也，今者得無類是乎？然予見公屢矣，絶口不及出處事。即有爲公惜者，公第曰："吾已告而去，去而且先矣。吾方緣督以爲經，吾方上與造物者遊，而下與外肵短忘始終者爲友。彼區區者，吾何知？吾何知？"夫是道也，可以保身，可以全生，可以盡年，此非公之所自爲壽者歟？

予理是語以私於志華子，志華子曰："當。"世兄蓋有道之士乎！且嫂黃夫人，同年媲德，茹蔬禪誦，大似古所謂龐居士者。由此觀之，雖彭鏗、喬松，殆未可同日而論也。於是，登之軸而張公之堂，届期肅衣冠，偕親朋致詞焉。公輾然舉觴，霍然病已。

壽憲副陳賓門親翁七十序 甲戌

語云："傾蓋如故，白頭如新。"蓋交新則甘，久則淡。交至白頭，難矣；白頭而能新，則又難。憶予與賓門翁初傾蓋也，翁甫十八，予長二齡。其意氣聯，其壎篪合。其試督學也共後先，其上公車也共朝夕，其掇科第也共子丑。今五十年餘矣！頭白矣，賦歸來矣。其在宦途也，無數月不通書問；其家居也，無數日不相晤語。且予之女結縭於翁子，翁之孫女許聘於予孫。兩人交親若此，情誼若此，不謂如新，可乎！

翁七袠誕辰爲今甲戌仲冬廿五，而東床張子于荆偕諸親知，問祝言焉。予惟己丑之役，闓同升者三十一人，今獨兩人在耳。即三百五十人中，亦不乏大拜三獨。而今在朝者，僅一程司空肖菴也。予兩人又如蒼生何？顧予揣所不及翁者多矣。予中外浮沉僅十六七載，而翁令浙、理粵、歷南曹、副臬憲、守廉、守順、守彰者且三十載，在所著聲頌德，不及者一也。翁精神旺，筋力彊，望之若少壯人，而予衰老之狀具見，記性作性，寖成頑鈍，不及者二也。令子克鸞、季和，俱負青雲器，而內外兒女諸孫，濟濟已二十人，予膝下纔男孫三，女孫一，餘尚有待，不及者三也。時萩風靡，而予泚筆彈射，又時復操觚，不能使後生輩無揶揄，翁游神典籍，如黃鐘待扣，不及者四也。惟是半生涉世利鈍不問，出毋妄染指，處毋作氣勢，庶幾遠罪悔予，是予兩人之所同也。苟有用我，執此以往矣。至於棋力，向謬謂先手，而今乃互爲勝負。酒量原亦伯仲，今予謬見豪，而翁更見養，往往席未半而命駕去。是又兩人晚暮之風光，而少壯之本色者乎！

客曰："唯唯。此兩翁家人言耳。且得有進乎？"夫神仙之事，若有若無。功名之事，在天在人。若子孫之貴盛，則翁所自有，顧所不知者期頤耳。予每發念，矢斷慾，矢長齋，乃慾已自斷，而尚未能齒口。翁試體認於斯二者，何若？夫翁足力目力，到老彌健，無幾日不從堪輿家登陟。予戲謂：仁者樂山。夫仁者壽，則尼父已豫爲翁券矣。雖期頤不嗇也，予言奚加焉。

右方伯來槎庵公壽序_{庚午}

宇宙間，奇偉穎達之鍾，蓋不數數然也。夫奇偉穎達之人，以之爲學，則直窺奧窔。以之爲文，則盡翻窠臼。以之當轇轕盤錯之衝，則建大事，立大功，無所施而不可。斯非萃天地之靈異，其生有自而出有爲者乎？於越陽明先生，豪傑才，聖賢學，蓋其選哉！

槎庵來公，越人也。予從戚友陳志國遊，則知公舊矣。顧自公通籍以來，第欽其名於朝野，而神其交於書尺，未之面也。庚午秋，公以大方伯涖閩，乃得請所爲詩若文，卒業之。則公之詩，蓋取材六代，嗣響三唐，灑然自名一家焉。公之《四書問答小參》及《讕語塵談》、《居士傳宗讚》，蓋稟洙泗之正印，會瞿曇之秘旨，超然獨觀於昭曠之原焉。及讀公行間諸牘，則東土妖賊之役，擒于弘綱於景，俘徐鴻儒於鄒；而水西之役，則馘阿秧於長田。皆殲巨魁，除禍本。而公父子神幾勇決，從容咄嗟而得之，人以是歸首功。推雄略，雖超遷延世，未足酬也。然公胸藏甲兵，而志抗煙霞。乞身之疏幾上，而時之急公愈甚。以故東山起謝，而西粵借寇，閩蓋幾幾得公。乃今幸芘宇下，是尺之終界之也。

蓋公之功名才略，由文章學問而出；公之文章學問，又從天授性生而成。信乎其有似於陽明先生，而奇偉穎達之君子也。抑越故多奇人，司空海門公，著書講學，脩明三王之緒，爲世儒宗。司馬恒岳公，再督五藩，而坐收水藺之叛，爲世功宗。公講於周，而上下於朱，且將鼎立而三焉。今天下，西苦賊，東苦夷，西南苦苗，東南亦復苦海。聖主宵旰而圖，安攘之烈，節鉞樞筦，公將安避之！

庚午秋仲，爲公攬揆之辰。而志國之子元鑣、元錞暨堵張喬楠，徵壽言於予。夫公之年，壽國、壽世之大年也，烏在其以龜鶴祝！聊復受管，以佐一觴。

壽陳同凡七十初度乙亥

予涉世多阻，既請而歸矣。同凡君始登達士第，其品識才局，則予愧不如遠甚。君令吳幾載，著循卓聲，推銓司者再矣。會以讒搆，例當移綬。君遂拂衣歸，而避寇卜築邑西。予過之，家徒四壁立。君意氣悠悠，甚自得也，不復爲謁補計。予甚高之，然亦惜之。今乙亥冬仲，爲君丙寅壽旦。兒謙光告予將觴君，幸慾愬而賀之，曰：天生我才，必將有用。矧明主在上，賢相在列，起廢之典行，可趣裝而俟矣。

壽大理林行卿公六十序壬戌

蓋太宰陸莊簡公嘗誡其秋官屬云："諸君無妄自菲薄。吏部之權，止於榮人辱人；而比部之權，乃可以生人殺人。"所以張法曹者，至矣。自予稱白雲司吏，每聞廷中之戲論曰："吾大理乃爾比曹上官也，吾生則生，吾殺則殺。苟不得吾一允字,雖鬼薪、城旦以下,大司寇不得獨行。"予嚃無以應也。蓋大理之重若此!豈謂其權能殺人而已哉,固謂其能生人也。天地之大德曰生,帝舜之德曰好生。理官者,固天與君之所以寄其生生者也。而天地之生物,莫盛於春。其色青,其位東,其德仁,其星南極,是爲壽星。

吾同林行卿公,起家名進士。爲廷評,公讞決精明,而用意一以忠愛爲主。居廷中數年,平停疑法,凡小大之獄,不以勢撓,不以意造,必以情。因經公允駁者,皆頓首不恨,曰:"微公,誰生我!"辛酉秋,公再奉使過里。其明年莫春之四日,爲公周甲之始。諸親友謀所以觴公者,而徵言於予。

予嘗考漢于公爲郡決曹,治獄有陰德。至子定國爲廷尉,民自以不冤,竟用丞相壽考封侯傳世。公尊人路南公,以惠愛司理珠州,何讓決曹!今公其當廷尉乎,天隲之矣。

夫刑秋象也,而生生之意,則天地之春,流貫於秋、冬之間,而未始有窮者也。公之初度,春也。以理官而布春令,施仁德,大毗新天子出震之治。是道也可以壽世,可以昌後,可以盡年。雖然,予所以觴公者,更有進焉。語云:"知者樂,仁者壽。"夫樂、壽,豈二指哉!路南公以清白遺,公弱冠而食貧績學,有剱槊之色,不隕穫也。既通籍爲京朝官,退而與窮交故人杯酒歡洽,有布衣之色,不貴倨也。年及艾矣,與縉紳賢豪遊,易直恭讓,有嬰兒之色,不矜重也。蓋其意識豁達,不求多於造物,不纓縛於世網。生平未嘗作皺眉狀,此之謂懸解。夫能自解者,物固莫能結之,而疇能亘之。他日樹鴻流駿,期頤奕葉,猶將曰:"此駢枝也,旦暮也,委順委蛻也。"則有仁者之壽,而又有知者之樂,莫公若矣。昔蘧伯玉六十而化,公殆似之,于西平未足頌也。

於是命管城授詞以侑酌者。是日也,公舉觴樂甚,曰:"蔡子知予哉!"

署邑何蘭池二守壽序乙丑

夫善攝生者,或用梁③肉,或用鍼砭,期於調適其天和。善理民者,或假噢咻,或假督責,期於保固④其元命。故曰:"政寬則民慢,慢則糾之以恩。猛則民殘,殘則施之以寬。"此文武張弛之道也。春秋之大夫,莫如子産。子産之政,不專於寬,而夫子謂之惠人。然則,寬豈呴喻之愛,而猛豈操切之威。兼二者以成惠政,是以和。太史公曰:"在彼不在此。"

予之知少府何公也,自蕭山振鐸始。而公之二吾泉也,又自江右名令始。今公署同幾一年矣,始予見公之政,今且見公之心矣。公不多鞭朴,而課額自最。不煩聽斷,而訟諜自清。不厲聲色,而苞苴自遠。不事要結,而士民自得。蓋公以光明廉介之道律身,惟恐或浼。而以至誠惻怛之道待民,恒若有傷。故小大之獄,民或悔禍解紛,輒置不問。一質公庭,則情形如覩,曲直立分。迨其意有所不可,雖情干勢格不易也。故前令李公以精明果鋭爲理,而事治辦。公以恬厚妥練爲理,而事亦治辦。乃其興學作人,德意尤殷殷然。倘所謂惠人者,非耶?雖然,公職海也。兵無虛伍,餉無虛數,器械無虛造辦,樓船無虛脩艌。紅夷之訌也,焚舟墮城,終遠我内地,公之功爲多。且渡彭之役,波濤山立,變怪百出,長年猶且難之,而公往來若履平地。即今所爲置將、設防、扼險、措餉,諸善後籌畫,皆自公發之。而兩臺上公功狀,爲諸防海冠。今疏下大司馬,必將有賜金增秩、秉憲剖符之酬。即温陵且不能長有公,何幸吾同獨得歲哉!

乙丑陽月爲公初度,而邑博黄君某、郭君某,率選士蘇庸謹、諸生劉篆、張伯輅輩,問所以壽公。予謂子産之治鄭,非觭用嚴也,以嚴成其寬。公之治同,非觭用寬也,以寬成其嚴。然鄭作立賦,鑄刑書,人且以爲蠆尾,且以爲多制。公初下車,則子弟田疇海而殖之,輿人固有口矣,故惠一也。東里難而我公易,子産意在救世,而公意在寧一,指向而地殊也。夫《洪範》五福,一曰壽,而子曰:"仁者壽。"又曰:"人謂子産不仁,吾不信也。"則惠固所以爲仁也。公有孚惠心,亦有孚惠德,而氣度偉然、温然,真仁人也,福人也。然則,公之名位與公之年,正如日之升而未有艾也。遂書以祝。

署漳郡曹秋水節推公壽序 甲戌

夫今八閩諸郡,其隸邑二,而人文甲於天下者,莆也。其隸邑盈十,而山川之阻險、人物之英挺、商販財貨之繁華而争鬭訐訟紛未易理者,漳也。署郡曹君秋水,以名進士理莆。下車未幾,而分較闈闍,所物色多知名士。會漳守、理俱缺,而兩臺俞監司請,乃以曹君攝焉。君視篆數月,而案無留牘,獄無冤民,吏無作奸。蓋其神情開朗,而作用縝密。故不鉤距而明,不煦嘔而仁,不嚴聲厲色而人不敢干以私。十邑士民,於是乎有神君之稱,有慈母之戴,且洋溢乎泉及莆矣。即漳薦紳先生,咸驚而相告曰:"曹君方業舉,而首解額,又苦吟而稱詩翁,何其敷政臨民,漢廷老吏不如也。"

初,君既解兩浙,文聲大重。及涖漳,而諸生以文字求正者無虛日。君於是哀十一庠士而試之,親為定其甲乙。蓋以攝符之役,不欲瑣屑治民事而蟄遊之乎較閱。且興學造士,孰與片言折獄要,人謂君識大體矣。迨試額一出,而多士人人自得也,亦復人人自奮,咸以為出君門下晚。

適兹季夏為君誕辰,諸門士高等者,以予知君於諸生時,乃介蔣生昇問祝言焉。昇為予同年宗伯公子,而以才蒙特賞者也。愧予向雖知君而未盡,乃今始知君耳。夫會稽為大越地,即禹會諸侯計功之所。山川奇秀,蒸為文明,至我朝而名人輩出,逮良知學起,而海内知有越學文矣。曹君,會稽産也。文章詩歌既如彼,而政事一試又如此,其於良知的傳,必確乎有聞。蓋彼蒼所鍾異才,以爲國家楨幹之選者,非第一郡一理之任也。諸生今日以文字稱知己,異日所領會,當必有進於是者,方不愧為公門桃李。如以酌者之詞而已,則君上有壽母,下有多男,出而庀事決疑,入而承歡問業,丹霞署中,油油如也。矧日升川至之强年,奚俟祝哉! 遂書以授蔣生,而張之屏。倘有當乎予言否?

壽邑侯李青岱五袠序壬子

壬子冬十一月,我同建武李侯,三載報最,而適有入覲之行。大夫庶士既為贈言,誦侯嫩政非一。而獻歲王正之十八日,為侯五袠誕辰。諸縉紳先生聚族而謀,曰:"《詩》不云乎,'躋彼公堂,稱彼兕觥,萬壽無疆'。今侯行有日,來當以夏,吾儕非計吏,上公車,即欲屆期稱觴,猝未能也。"則使獻臣脩一言,以代酧者。獻臣敬謝不敏。

竊以世之祝賢守令者,類侈談萬户之頌禱以爲壽徵。然亦知壽之道乎?夫道之真以爲身,緒餘以爲人,土苴以爲天下國家。真者何?則精神是已。壽者何?則精神之綿亘是已。精神在,身非微也。上薄太清,下及太寧,中涵元氣,細入品彙。先天地生,長上古老,皆是物也。予所覿於侯,其精全矣,其神王矣。長身玉立,鷟翔鳳翥。其治同也,先教化,薄刑罰,滌煩苛,導太和。明徹于覆盆蔀屋之下,而慮周于山陬海澨之遥。百里之內,三年之間,天應之瑞,時若歲稔,人應之和,華胥春臺,銅魚出,芝草生。此皆侯精神之所攝入,即駐世數百歲猶可,五十政未半耳。請以是爲侯祝。

諸縉紳先生曰:"善。"壽,侯所自有,安事若祝?雖然,必有所以祝侯者,則請徵之南華氏焉。庖丁之解牛也,數千解而刃不挫,彼其胸有餘地,而目無全牛。然至於族,則見其難爲,惕然爲戒,視爲止,行爲遲。故曰:"臣之所好者,道也。進於技矣。"夫侯之治同,是其發硎時也。行年五十,是其提刀四顧時也。今夫寶干莫之劍者,柙而藏之,弗敢用也。精神之于人也,何啻一劍哉!侯善詩,善酒,善琴,善奕,善談論,善濟勝,其精神足蔭映數人有餘。即吾儕抖擻潦倒,而莫能佐下風。然得無講於庖子養生之術乎?斯道也,可以壽身,可以壽國,可以壽天下。請以是爲侯祝。

故事,大計畢,必簡廉能卓異者,賜璽書,賜宴。侯懸弧之旦,首膺是典,豈非所謂攬揆初度者哉!又何有于草野之一觥也。諸縉紳先生皆曰:"善。"以聞於侯,侯曰:"善哉!觴蓋至此乎,敢不敬從祝規?"僕夫在門,竹馬在郭,問使君何日當還,既計期告之。於是,歌《采菽》,頌《南山》而後行。

壽邑侯黄鮮生序 甲寅

大人之精神,上與帝座相通,而下與萬靈不隔。故壽也者,天人之徵應也。匹夫爲德,一手一足,一身一家,其所及幾何?惟以宰官身,弘利濟行,朝施而暮暨,過化而存神。則以身勤民,以民格天,而壽恒必歸之。故澤含生動,帝眷莫近乎令。然德非上善，治或任術，則可以徹下民之譽，而不可以徹穹蒼之鑒。此又真僞之大較也。微乎？微乎？非質有其仁，烏能幾之哉！

同于今爲望邑，地大民稠，情僞萌生。智詐愚，勇苦怯，衆暴寡，而梟黠之徒凌嚚詬誶，瞋目語難。時跳梁于鋒刃山海之間，已大非紫陽之舊矣。兹秋上天降禍，風雨爲災，民居蕩拆，禾稼不粒，蓋百年未有也。賴我潛山黃侯，拊循噢咻，不至于歌《黃鳥》轉溝中耳。

侯儲精南嶽，擢第明廷，癸丑之冬來令兹邑。甫至，則詢民疾苦，及所宜興革狀甚具。而寬仁洞達，重厚周詳，不下堂而閭閻自親，不察淵而狐鼠自屏。不鉤距摘發，而小大之獄必以情。不催科敲扑，而常賦之入惟其時。不折節造請爲交，而喜與士大夫披衷見愫。不伉厲簡倨爲嚴，而問餽無所受，囑託無所聽。自被災來，尤一切與民休息。飭保甲，舉鄉約，下令曰："無競私鬭，無輕公溷。即至官府，願息者聽。躬履村落，按視災民，升米斗粟，無令虛蒙。即有大役勢不容已者，亦且暫輟以需。"民祝曰："侯，吾天也。"

獻臣則有窺於侯矣，仁心爲質，直道而行。不欲虧枉一民，亦不欲曲狥一事，其天性也。而不蘄以倪詭踔鶩之名聞，此其一念，天鑒之矣。《詩》不云乎，"豈弟君子，民之父母"，"敷政優優，百禄是遒"。

今歲嘉平之十二日，爲侯攬揆之辰。會直指報命，廉侯治行異等，以首薦牘。而侯所加意振作者，尤在學校蓬茅士儒童之役。躬閲萬卷，幾無留艮。諸生以文字謁者，煦喻受之；以冤誣謁者，委曲白之。故多士尤父師侯。而吳友某、張友某輩，操幣乞予言爲祝。予謂下邑士民之歡，未足爲侯道也。侯日升川至之年，浸假而臺省，浸假而棘槐，其仁心之所涵覆者無窮，則其庇民而得天者，亦益未有量。予以同龜之也，是乃侯之所以爲大年也。遂授詞於酌者。

曹方城令公壽序丙寅

有過予而問者，曰："天下可即邇以知遠，即初以知既，即壯彊以知壽考乎？"蔡子曰："可。"夫其可也，寧俟以推測得術數窮哉？彼其遠也、既也、壽考也,固皆自然必至之符,而吾以理卜之,故莫能違耳。

乙丑冬,方城曹侯以名進士來涖吾同。越明年春仲,爲侯初度之辰。而邑佐領邵君某、朱君某、徐君某謁予言爲壽。予則以侯於同,父母也。父母之壽數,天也。予非季主、君平,焉能知天?而所以壽侯者,則以侯知侯也。侯之持身也,若冰雪,若處女,未嘗疾片言、錯寸趾也。其遇冠紳也,若春風之被物,而無厲無靡也。其接衿佩也,若明師之訓迪,而匪怒匪詢也。其臨齊民也,若慈母之鞠子,悉聰明,拊疾苦,而調節其飽饑也。其御下役也,如神明之燭幽昧,曰:"小懲大誡,小人福也。"其體悉佐領也,若腹心手足之不隔,而其身先之,又若陶冶之型範而不過也。蓋予所覯於侯者,大都若此矣。故下車以來,山加潤,川加媚,草木加榮。而閭蔀蒼赤,亦靡不歡騰而口頌者。

夫同,非無事之國也。同固紫陽遺化,而強凌衆暴之風,今倍昔也。舞文教訟之奸,今倍昔也。陵囂訴諄之争,今倍昔也。加遼增課之科,今倍昔也。地多高原,而雨暘不時若,則農傷粟,仰粵東而販,舶不時至,則糴貴。武備雖設,而海劫屢聞,甚且僞號矣。夷穴雖徙,而一水可杭,頃且闌入矣。此皆前令李侯所苦心經營者,而侯已了了於胸中。以侯之慈仁而嚴明出之,以侯之周練而冲誠運之,於同乎,何有哉!蓋侯之言曰:"吾即欺此心,謂上天何?"而民亦曰:"侯,吾天也。"然則,同雖四封乎,而施之海邦,措之廟堂,即寰宇可曁也。侯下車雖旬月乎,而浸而朞月,浸而三年,即世澤可延也。侯之年,方如日之升乎,而民所謳頌,天必陰隲,即百千齡,可不嗇也。所謂邇可遠、初可既、壯强可壽考者,在兹乎!故天之壽侯也,以人而必之於天。人之壽侯也,以天而必之於侯。予之合天與人以壽侯也,而必於侯政之新。因次爲祝語,以授三君。

壽熊雨殷令公序 壬申

夫同,五百年來爲朱紫陽過化之邦。其山陬海澨之民,多讀書識字,曉義理。今習尚大變矣!挾智相御,倚勢相凌,澆囂訴諄之風,何日蔑有。比年夷賊出没,民不聊生,甚者通夷從賊,以爲是固然耳。故同於今爲難治。

雨殷令公之涖同也，英明而質以仁心，嚴潔而出以和易。民隱洞照而敲朴不煩，協氣旁流而雨暘時若。蓋下車七月，而民懽若更生矣。公敏達天授，凡姓名一入其耳，年貌一經其目，無不燭照數計，雖閱日時，雜儔衆中若覿也。會當編審賦籍，公綱目不疏，而里甲稱平。兩造盈廷，咸令吐實，而讞案立成。手中情既纖盡，民自不冤，即輸羨贖鍰，毫無所濡染焉。海氛初凈，而不逞之徒，間有乘夜突入者。公不避風濤，遍歷烈嶼、嘉禾諸島，嚴保甲，講鄉約，而閱兵給餉。聲威一播，賊舟遠遯。是行也，撤所弁之私牢，而權無僭濫。核寨游之分給，而餉無耗蠹。復浯島之陸營，而海有金湯。皆百年石畫云。又每當政理之暇，輒與諸生課行談藝。且出所爲制舉義作程，莫不喁喁然，自幸得師矣。公以文武才，著循卓聲，東南治行，誰當先之者？今聖天子瑩精太平，則法從之徵，其可計日竢乎！

壬申孟夏，爲公覽揆之辰。諸薦紳、孝廉及明經太學輩欲有祝言，而授簡於不佞。予惟天之生公，爲我明也，非第爲同也。乃同幸先得公矣。公之年日升川至之年也，奚庸祝也！乃祝公者，實滿輿人之口矣。《豳》詩不云乎，躋公堂，稱萬壽。矧吾儕沐公敎澤尤深，其祝願之情，視豳民豈異也！雖然，尤有進焉。《詩》云："爲此春酒，以介眉壽。"詠孝養也。又云："釐爾女士，從以孫子。"詠詒燕也。公迎二尊人宦邸，朝夕娛侍，含飴弄孫，亦天性之至樂乎。吾願以吾民之父母孔邇者，而推以祝公之二尊人。又願以公之子庶民者，而推以祝公之抱子。則椿萱之慶，孔釋之送，尤天之所以錫公純嘏者也。吾儕尚藉是而侑一觴，於公之意，固邁然有當矣。諸君子曰："善哉！蔡子之頌禱乎。"遂書而張之屏。

封中丞舒翁暨配淑人七袠序 庚寅 代

以予觀於翁、淑人，而嘆天人之際，豈不至章灼不爽者哉！夫世恒稱鹿門之偕壽，梁鴻之媲德，然彼徒岩穴士耳。乃子若孫爲世達官聞人，躬岩處之行，有封君之貴，而白髮相望，垂垂至老，則人世之極榮，而天下之盛福也。夫天之道猶酌乎？挹彼注玆，無令獨贏。故壽之道，二子必有以壽其親，亦必親有以自壽,而後食報享遐于弗替。此天人之際也!

今年春,南大司空缺,有詔晉御史大夫桂林舒公。大夫年甫艾,揆之於古,正始服官政之時。而父封中丞,翁暨母淑人並七十。日者家言,翁與淑人非獨年同也,日同時同,而福澤亦同。蓋若天作合而厚畀之焉。予唯唯否否。夫爲親壽者,不必備物,要在愉志。自爲壽者,不必厚享,要在忘累。大夫弱冠首粵書,成進士,壯而歷藩臬長,所至著精敭聲。往武林兵譟,而赤子乘之譁。大夫以閩轄徙浙,卒就帖然。丙戌策士,令子編脩君甫介也,天子親覽其對,大異之,擢上第。文章德器,沉深爾雅,識者卜其遠到。大夫既移中丞,節督漕。縣官需漕粟甚急,而大夫雷厲風行之烈,萬艘無踰期者。猶噢咻小民,時按貪墨吏,露章斥去之。往歲東南饑,則奏留粟若干,曰:"東南力竭矣,不恤且亂。安從徵稅哉?"得請,賴不瘠溝壑者數十萬人。是數十萬人靡不仰天祝大夫萬年而及其父母。由此觀之,有子如大夫,而引年猶俟丹砂蟠桃,種種不可致之方乎!

乃吾所聞於翁、淑人,則恬淡恬愉,其天性矣。既以子貴,有貤典,袍服冠帔一再御則笥之,曰:"吾自布素耳。"家人朝夕供甘脆,則爲一箸而麾之,勑無數見醇釀,灂廼公爲。及晉封今秩,愈益重矣。而御不加益,氣加冲,禮加下,出入里門,莫知其爲貴人也。翁雖七十乎,而齲決步履,番番如壯夫。淑人與公儷德,而健與之埒。蓋其自爲壽如此。夫天成人,亦且因人。吾觀大夫以開府之貴,爲民請命,祈雪祈雨,應如影響。編脩君以古雅忠讜之對,直指城社,而獨當上意。天嚮之矣!翁夫婦雖欲無偕老履盛得乎?吾故因是而有感於天人之際也。

或曰:大夫去重鎮而爲司空,簡書有期,不得過里第稱觴,能無介然乎哉?彼不聞魯邌之調瑟乎?廢一於堂,廢一於室,而鼓宫宫動,鼓角角動。惟子之於親亦然。夫翁、淑人七十高矣,其於百歲猶未耳。翁、淑人安於家,而大夫益安於官。大夫安於官,而父母益安於家。夫相安者,固相壽之道也。矧編脩君得予告以視翁膳,初度之辰,肵韉鞠脽,奉觴上壽,以次入,其内外屬羅拜爲賀。衣冠在堂,筐筐在户,芝蘭玉樹在庭堦,翁、淑人顧而樂之。大夫雖不勝南垓白雲之感,而二尊人固忻然舉一觴矣。予與大夫分粤之東西,稱同里,束髮習大夫於朝,故不辭淮安守倪君之請,而文之以佐翁觴。

沈巽洲封君八十壽序辛卯　代余少司寇

淮南氏有云:物有以不用爲用者,又有以不用爲大用者。夫以不用爲用,則禹鼎是已;以不用爲大用,則江海是已。夏后之鼎,出商入周,爲世重器,然可以函牛而不可以烹鷄。江海善下,衆流注之,不知何時止而不盈。故能興雲雨,胎寶藏,以爲方隅利。物誠有之,人亦宜然。蓋予持是説以求山林藪澤之士,庶幾遇之而嘆,巽洲沈翁其人哉!

沈翁者,奉常君父也。少年負氣,一日千里。而自其爲邑諸生,則數屈其曹偶,無能難之矣。數奇齟齬一第,而奉常君業裦然成進士,歷華省,翁於是棄去。凡三拜恩封,而後乃稱尚寶,如奉常君官云。奉常君居恒念翁不休,請告家食者數矣。癸未,予賜環南省,會當搜舉遺逸名德之臣,亟以奉常名上。奉常君竟用廷論,起爲今官。而其季亦已給諫南省,而告歸侍翁矣。語曰:"不知其父,視其子。"以予交奉常君於南都,相知最深,因得詳翁實行,儼然萬石家法也。翁周折矩度,不爽尺寸,課諸子嚴,以故奉常、給諫,未弁而嶄然頭角。其餘子孫爲鄉進士、諸生有聲者,芃芃庭階矣。翁於鄉不以煦嘔悦人,不以門第驕人,不殖贏利,不譴是非。貧不能舉火者,取諸翁若寄也。匹夫有不善,得翁一言若三尺也。即環堵雪數百里間,莫不識沈翁長者,誦義無窮焉。子孫奉教,馴馴雅飭,絶不知有戲遊、徵逐之習。

蓋今年翁春秋大耋矣,七月十二日其初度也。奉常君徧謁南都縉紳之能詩歌者,洋洋纚纚,將馳而觴翁。而其鄉諸君子謂不佞宜一言以佐之。予何言,抑於是而信淮南之言徵也。夫翁雖名家子,然諸生祭酒而篤行潛脩之夫也,乃其身與其子孫若此矣。藉令翁早近世味,則亦將屑越其天和,而掊擊於世俗柤棃橘柚之屬,無壽類矣。又使翁赫赫炎炎得意於一時,則其醖釀鬱積以浡發於後人者,必不能若斯之大且遠也。其不用也,乃所以用也;其不用也,乃所以大用也。故奉常、給諫者,翁之雲雨寶藏也。故曰,淮南氏之言徵也。雖然,且有進焉。夫奉常君之名位顯重矣,然未配其德。譬陽烏之次桑野,而未及中也。聞之翁八十,而精神步履番然壯夫。去今日,諸子若孫之建竪,日引月長。而翁樂觀厥成,即百歲何啻哉!然則,翁之所爲用,與其所爲大用者,其未有艾也夫!其未有艾也夫!

陳敬齋封君偕壽貤恩序

浙以西稱劇邑,無踰禦兒。合兩浙稱良令,則無踰禦兒陳侯。予幼從先觀察禦兒久,故知禦兒難。其版籍輿圖不能當浙一大邑,而衝疲特甚,冠蓋之往來者無停晷。民貧而賦繁,且囂訟,故曰難也。予長與禦兒士民習,故聞侯治行詳。侯之爲崇也,用諸暨有聲移。若輕車熟路,而良父後先,若和風甘雨,中之者愷悌。明若鑑,平若衡,清若置水,捷若遊刃,監司臺使者課吏,則必首禦兒。故曰,良也。

今年春,侯三載績聞。天子賜璽書褒異,父敬齋翁、母范孺人,俱得貤如制。侯於是板⑤輿邸舍,上章服,揚主恩,以爲二尊人壽。適予謁補道武林,而侯之部士太學胡君其叙輩,相率造予,徵言焉。予素未嘗介紹侯,而侯過聽士民言,汲汲欲俎豆先觀察于黌宮。則予於侯有奕世通家之誼,翁吾翁,媼吾媼也。即不敏,敢辭夫休哉?兹舉也,三美具矣。

翁之先以篤孝勾吳間,子孫簪珥蟬聯,自貤中丞而下,有貤職方者,有貤比曹者,代不乏名寵,爲世閥閱。而孺人文正氏出也。今翁媼儷德駢齒,榮膺錫命。公侯之後,必復其始。信然哉!其有光於祖德甚偉。禦兒去勾吳一衣帶水,侯涖崇,翁時過而問所爲治狀。及還,輒戒侯勿内顧,若父母差强無恙,若爲令即貧無以供甘脆,然吾家食固安之。吾撫若孝廉子,弱冠負奇,心甚樂之。若第一意清白勤公家。侯拜受命惟謹。

今兹之役,不以物養,而以志養,二尊人來有所藉手矣。其有彰於教忠甚大。自崇稱劇,而令崇者數十年,無得顯陟以去。侯下車而振刷噢咻之,均賦賦平,讞訟訟清,課士士奮,歌頌之聲徹四封,賢能之剡徹黼座。久任之政行吏治,非四年有奇,即戀異不得召。侯既報政予上考矣,稍需歲月,當首被徵書,爲後來嚆⑥矣,其有開於崇治甚盛。且向也,予特耳侯之政,而今見侯之衷矣。侯蓋與予燕言焉,其於世務觀火也,其於崇神明也,而其中則敦厚惻怛長者也。即諸生有自底弗類者,不能不當之三尺,而色猶若不得已者。然推是心也,以備法從躋三事,將社稷生靈實芘之。則所以光顯褒大其尊人者,詎徒一命之爲沾沾已乎! 諸太學曰:"善。"遂書之以爲賀言。

參藩存蓼胡公奏最貤恩序

我國家仰給東南,所需者稅與漕耳,而董其務于藩大夫。浙,東南首藩也。其錢穀之入,輓輸之煩,視天下爲最。曩者朝廷歲遣司農之屬出監兌務,而邇且併其任于藩大夫。故儲計至重,而浙之司儲爲尤重。

歲戊午春,存蓼胡公之參浙藩而司稅漕,蓋三年滿矣。臺使者以狀聞,天子嘉公功,於是,誥授公中大夫,而祖天橋公、父華山公,皆得贈如公官。而祖母某、母羅,皆稱淑人云。公拜璽書而喜,且泫然曰:臣不幸生十齡而父、王父繼背,二十而違臣母,臣煢煢然。又五載,而舉鄉薦,成進士,恨不及以鍾釜養也。今聖天子錄微勞,俾得邀榮其身而被其再世,是臣之得遂其烏烏私者,皆如天之賜也,臣安知報所哉! 於是,藩臬長九生蕭公、又損薛公及都閫呂兩階君,授簡獻臣,使脩辭以賀。

夫公父祖世載令德,而貤恩賁及九泉,人定勝天,是感應之符也。公勤其官,而命殊其錫,顯親揚名,是忠孝之兼也。聖主圖公功,而公益思圖其稱,禮隆報重,是荃宰之義也。休哉舉也! 三美備矣! 予從諸大夫後,得交于公。見公氣冲而識卓,養粹而神凝,周旋舉止不失尺寸,而坦然夷然,不設城府。蓋退而自愧其踳妄也。公司權領郡以至陳臬,多著功名荆、岳、漢、黃間。自涖浙來,飭傳傳清,治賦賦最。今天子且以公代薛公長浙臬矣,大用特須時耳。

予竊有私焉。夫司儲者之於錢穀,無所不得問,第其存起之數,得一廉幹之吏,公忠之長,而吾爲之程督辦,此非難也。乃漕粟之兑,有司護民則病軍,武弁護軍則病民。吾從中爲之調停,平此亦非難也。惟夫軍旗私相授受,入既不能如數,而其在途也,一切公私食用之費,取給其中,耗矣,而官不可問也。及輸度支而虧額多也,則責令領幫者,稱貸以償,流離瑣尾,岌岌乎往而不返,而軍若無與也。卒之,派償於軍,而軍且逃,派領運於官,而官亦逃。蓋衛所幾虛無人焉。數年之後,不知所爲計。公嘗與扼腕籌之。此漕務極弊,而非司儲者之所能爲也。時事之難,類此者不乏。公將進而任天下之重矣,其爲予一借前箸哉!

壽封廷評陳仰台翁開八袠序乙卯

坡仙云:君子可以寓意於物,而不可以留意於物。竊味其言,得養生焉。其於人也,詩與舉子業之文爲甚。夫是二者,亦各一代所以取士之法。其對偶虛實之體同,其鏗鏘典麗之調同,其枯淡之目與律同,其數十百言之目與歌行同。爲之者非劌心嘔肝,猝不能得其至。然及其得之,而足以淘[7]汰物累,泳涵性靈者,則其道莫近於詩。

獻臣束髮,從年友陳志華遊,莫逆也。則獲忘年於封公仰台翁。時翁甫彊,已用舉子業爲諸生白眉。居嘗刻畫教授,所謂劌心嘔肝,以求其至者。已而志華以翁之教,弱齡成進士。而翁乃謝罷諸生以老,猶未五十也。志華理郡南雄,廷評留都,得用其官貤翁。尋以望郎出守珠浦,翁章服例亦如之。華髮金紫,出入里門,尊重矣。而翁顧下榾掃軌,時與二三知己結唱和之社。凡覽物懷人,悲喜應酬,胸中所欲言者,往往託之於詩。長篇短什,鏗鏘典麗,與唐人相上下。昔高達夫五十學詩即工,輪扁行年七十而老斲輪,翁實似之。因竊嘆向爲舉業之苦,而今爲詩之易,則翁又直寄耳,非劌心嘔肝而爲之者也。

乙卯春季,翁年七十有一,俗所謂開八袠之辰也。於是翁快壻暨諸親朋,圖所以佐志華之觴者,而徵言於不佞。夫世之稱封君者,作氣勢,豐田宅,盛輿從,多質金錢,居間郡邑,若是則已矣,疇如翁之耆而昌詩者乎!又疇如翁之寓意而捷得者乎!由前則熱焦火而寒凝冰,由翁則澄物累而怡性靈。夫壽固自爲之矣。小子淺陋，安所授詞，則稱詩焉。翁爲德於鄉，譬之耳鳴，是爲上善。請歌《行葦》："以引以翼，壽考維祺，以介景福。"志華名位方隆，顯揚未艾。翁孫克鸞、季和，千里神駒，萬石家兒。請歌《駜》："君子有穀，貽孫子。"進此則有《抑》之篇，以俟翁衛武之年而獻焉。翁深於詩者，當爲軏然舉一觴也。

卜怡泉封君壽序己亥

語云：大隱城市。以予觀於卜翁，豈虛哉！金陵故六朝佳麗之餘，而國家豐芑之都也，百司庶府之所治也，舟車百物之所凑也，狹邪接於闤闠，文墨侈於闤闠。予嘗三入其地，竊見都人士，率游大人，以作氣勢，圖便利。不則逐什一之貨，如賈三倍。不則耽溺於酒滬肉坻、妖童舞女之間，取快當年。最上則馳騖於騷人墨士之場，嘔心鏤肝，務華而絶根矣。

卜翁故居金陵，而熟視之若無睹也。含淳而處，虛己而游，抱膝而吟，據梧而瞑。暇則挈壺盒，從朋儕，盤桓雨花、栖霞、牛首、燕磯諸名勝，一切紛華，無濡染焉。翁子司理公，弱冠舉孝廉，人以封君嚴重翁。既成進士，而尹京兆者高翁行誼，旌之以棹楔，榮之以冠服，而翁若無睹也。彼其人貌而天行耶？彼其栩栩而游物之初者耶？彼其處風波之世，而脩混沌之術者耶？故翁貴也，有所以自貴者矣。翁壽也，有所以自壽者矣。雖然，能貴翁者，司理公也。能壽翁者，亦司理公也。

夫理一郡之平也，非特一郡之平也。將八閩之刑名錢穀，吏治民隱，無不屬耳目焉。世之爲理者，往往以武健毛鷙勝任愉快。夫武健毛鷙，雖可以博稜名于一時，冥冥之中，其吐之乎？司理之爲泉，謙沖而明鍊，忠信而惻怛。微曖洞於觀火，而不以察淵見奇。讞決凛若持衡，而不以得情自喜。理官如公，刑乃稱祥。故下車未期，而史嚴之師保也，民戴之父母也。以予所聞，封内外靡不歌舞司理之德，而祝翁期頤者。夫迓萬心之歡欣，暢于導引；合萬口之祝願，聽于神明。翁之卜年，寧有艾乎！故今以前，翁之壽，翁之所自爲也；今以後，則司理之所以壽翁矣。若夫馳恩象服，則司理行且自致之。而翁之所以貴且壽，與司理之所以貴且壽其親者,舉不在此,奚容聲於有道之前哉!

吾同洪侯庇公宇下,感公知遇,曰:"翁,我大父行也。"今年十月,爲翁開八袠初度。洪侯授簡徵詩以佐翁觴而屬予弁引其端若此。予亦千萬人中而祝翁期頤者之一也。

賀李邑侯父母榮封序壬戌

國家令甲,三載奏績,乃得疏榮所生。比冲聖御極恩詔,凡邑令二載有薦書合例者,予馳典,蓋異數也。於是吾邑縉雲李侯尊人思涯公、母呂夫人,得封如制。勅命至同,邑人欣欣色喜,頌太公太母之教忠,而謂侯爲能孝。侯僚屬丞曹君、簿鄒君、幕魯君,相率以幣贄予賀言。

蔡子曰:以予觀于李侯,則誠天下之賢侯也。所聞於侯之父母,則誠賢父母哉。侯長身玉立,天才砢發。凡耳所一接,目所嘗經,即越歲踰時,無不人悉其姓名、形貌,事詳其顛末者。兩造盈庭,片言立决。即情罪爰辭,無不手揮口授,人人盡叩頭厭意去者。持三尺若程衡石,不少假借。而指在解紛息爭,即贖鍰若可盡捐者。延接冠紳,樂育衿佩。即不難折節披誠,而欲干以私,則囁嚅不能出口者。掾史輿臺僅供奔走,而稍有詿誤作奸,即不吝小懲而大誡者。束師加徵,雖不免蒿目以應公家之急,而緩爲之期,即耗羨盡置不問者。海有紅夷,莽有伏寇,諭未還巢,禁未革心,而脩城治械,干橛偵巡,先事有以褫其魄者。以故循聲英譽,卓冠八閩。甫朞而中丞臺以防海薦,再朞而直指以報命薦,今之馳榮用防疏也。侯蓋曰:"此非某能也,乃吾尊人之教也。"

獻臣又有以徵之。夫未有不約己而能裕民者也。侯尊人迎養三年矣,閫邸食指幾何矣,而日用淡吾,即米鹽薪蔬之外,無豐取焉。衞禁扃鐍惟嚴,内言不使闌出,外言不使闌入。夫仕宦而自刻勵猶或難之,乃侯得此於尊人,非甘澹泊、知大體,能乎哉!故侯之於兩尊人也,一以爲嚴父,一以爲慈母,一以爲明師。而同士民之於侯也,一以爲怙恃,一以爲神明。而其於侯之兩尊人也,一以爲教父,一以爲衆母。固宜其覩恩綸而欣欣色喜也。雖然,非獨同民之宜侯也。

侯比以上計行矣，主爵者將以監軍節借之平奴，秉鈞者將以福塘令俾之移劇，而侯俱⑧遜詞以謝。曰："吾不忍捨我赤子以去。"官民相得若此。異日以卓異特徵，所以堅非常而榮二親者，即君家司寇及御史大夫之業，豈足道哉！三君受事宇下，而侯推心置之，因材篤之。三君亦俱兢兢奉德意，勤職字民，罔敢軼越。則今兹賀言，固太公、太母之所喜茹而不鄙也。

賀熊雨殷邑侯奏最貤恩序丙子

或有問於蔡子，曰："閩南之邑，孰爲壯？"曰："同爲壯。""孰爲嚴？"曰："同爲嚴。"夫同負山襟海，陸亘二郵，以里計者百二十餘。其海中之洲，聳山而聚人者有七。其爲千户所者三，其爲司巡簡者七，其挾策就童試者且萬，其遊泮宫而奮鵬翻者且千。城市村墟肩摩踵接，萬里波濤若履平地。其壯與嚴孰加焉！

姚江雨殷熊侯之涖同也，五年所矣。兩臺使剡薦凡幾，而首薦書者，亦一而再矣。侯心事天青日白，而操持餐風泹露。其愛民也，若慈母之保赤子。其問斷也，如明鏡之燭毫毛。其衡士也，字句之必盡，而銖鋼之不爽。其作人也，成人小子咸德造而譽髦之。同民好鬭喜争，而深山濱海，侯不憚輕車窮勘以爲擘畫。紅夷深入，香賊憑陵，侯扁舟涉烈嶼，涉金門，又爲之走坂漈，走鷺門，以固圉視師。卒令夷舟遁，而賊魁殲。人謂"我侯海上金湯，稱名令第一"，不虛耳！

令甲，有司三載奏績，得貤封父母。歷俸四載之上，則徵選臺諫，或優擢銓屬。比聖主風厲吏治，破格登賢，特授翰林編簡者十人，以爲大拜地，蓋異數也！侯最聞且幾二載，而户曹方急徵輸，稍遲銓覆，今且及格矣。侯二尊人暨元配，俱應拜貤恩，而侯旦夕亦應以臺省編簡徵也。

侯吏事精敏，案無留牘。而仁心爲質，不忍置人死地。其實見得是處，即有執如山弗動。而文章華贍，條議審斷，亹亹數百言，一揮立就。即同壯且嚴，恢恢乎遊刃餘地矣。世寧有饒文武才具如我侯者乎！夫廟堂經濟，雖至宏鉅，亦一邑之推也。侯今日繇名令而入翰苑，異日繇翰苑而登政地，固分内事。二尊人年方及耆，其推貤之恩，亦當與侯俱崇而未艾。而第慮同民之不得長借侯也。

於是，邑縉紳、孝廉、國學諸君，沐侯之澤既深且久，咸欲一言以爲侯賀，而授簡於不佞。不佞廿載知己之誼，不能辭也。第愧筆非少壯而詞不文。

賀張南陽榮壽序己亥

同安之東南皆海也。其中島嶼浮空，地大而人稠者，莫如浯洲、嘉禾，次則大嶝。予故家浯，而嘉所嘗遊也，獨大嶝無緣而至焉。間往來香巖之巔，望一山隱隱烟水中，若隔衣帶，非汐盡不可揭而涉也。聞其地種種多奇，四方莽蒼間，各有怪石鎮之，似虎者，似蛇者，似豕者，似蝦蟆者，似明珠者。而太武横亘于其外似屏，意必有高人秀士出于其間，而予未之見也。

邇得交孝廉尚宰張君，而心異之。已得讀其制舉義，則峻偉奇拔，似鍾山川之秀，而與方家相上下，復大異之。已又得其尊人南陽公行誼甚具。嘻！若公父子倘其人乎？其人乎？

公家世且耕且儒，至公益發憤受書，幾以儒顯。既數奇無所遇，則埋光剗采，督孝廉昆仲讀，而以其身耕。事繼母如母，而撫其所出弟若同胞者。尤善爲德於鄉，無問人知不知也，乃更以隱德重海上矣。歲己亥，公年六十又五。諸博士弟子以公行誼聞邑侯洪公，例授冠服，且將以大賓賓之。公曰："吾何以是褎博者爲？吾不得志于書，則簑笠耒耜吾分耳。吾何以是褎博者詫？父老子弟爲是羈絏我也，將無落吾耕，吾姑一再御以塞邑父母與學博先生意可乎？"於是諸君知公蓋有道而逃於耕者也，則屬一言以佐觴。

予謂公敦麗淳固，不以一冠服重。且孝廉發硎之刃，一第唾手，貤恩象服，固自有之，亦不必急以今日之冠服，足以榮其親也。無論予不文，即文安用之？然謂冠服之落公耕，則不然。諸君不聞江上之鷗乎，與丈人相狎也，機心萌於胸中，則烏舞而不下。夫丈人之冠服，豈變其初哉，而異類已窺見之矣。公第無忘樹惇意，衣冠以肅客，而胼胝以課耕，其誰曰不然？若猶作町畦見，則異日貤恩象服，儼然稱封君貴重時，公以爲有加於今乎不也！有道者直須於此覷破。吾聞海中三神山，去大嶝不遠，其上有真人，若浮丘、赤松者，可麾子招也。公倘見之乎？幸以之言也爲質。

賀王師齋封君擧曾孫序甲午

同安推門第貴盛而肺附姻戚之貂珥蟬聯者，必曰吾姑夫王師齋翁。而夫婦媲德，膺綸恩、享壽祺，精神步履埒於少壯者，亦必曰王師齋翁。今年春仲，翁年七十有四，而吾姑蔡孺人亦七十矣。外仲兄恒甫之子鳴中氏擧男，翁於是稱曾王父。日者言："兒支干甚吉。"又聞之姑曰："是兒也，聲實覃訏，狀克岐嶷，亢宗器也。"諸親知以爲翁幸，且卜日致賀焉。翁固辭曰："自吾喪吾娣婦，二老人日夜痛心，未嘗忘。吾仲兒亦日夜痛心，未嘗忘。彼其須臾⑨之不能待吾二老人者，喜則有矣，慨亦寓焉，何辱賀乎？"諸親知不獲命，聚而謀之獻臣。獻臣曰：固也。雖然，安可以已乎哉！夫含飴而念其婦者，情之感也。以黃髮相望之年而首擧孫曾，慶之大也。事固有無可奈何，禮不可以卑妨尊。且使逝老無知則已，如其有知，猶將爲翁姑稱忻也。諸君其行之。

於是，月之二十五日，曾孫生彌月矣，諸親知肅衣冠入，獻臣從其後。恒甫兄徧觴客，客以恒甫之觴觴翁。獻臣執盞言曰：諸君知翁之所以有今日者乎？夫翁故以諸生高等，未及艾而棄之，以奉葉太安人養。然行於途，途人無敢倨見者。及冢子起家進士爲名侍御，有封君之重。恒甫兄甫彊，發憤下帷，數用學使者薦應省試，一第可拾取。而翁則益剗去廉隅，日逃於二三酒人間，寸骰斗醪，悉與共之。出無軒蓋，從無廝臺，人莫知其爲貴人也。猶善振人之急，解人之紛。即里中悍子得翁片言，立自責，若無所容，既已曲聽歡洽矣。間有持糈造門者，翁不顧，曰："魯連先生何人哉？而澗乃公爲。"縣大夫數以大賓賓翁，翁爲一再赴，後遂謝不就。乃吾姑則婦人而具丈夫之識矣，持家秉整整然，而一出於慈仁。故水不積則不能放海，椒不積則不能遠條，家不積則不能昌後。翁夫婦如此，則其拖紫垂白，而撫有三傳之寧馨，不亦宜乎！

翁醉，客亦醉，乃復呼觴觴客，客曰："猶未也。"屬者侍御君之子鳴玉，蓋迎新婦焉。百兩爛，四德并，王父母意歡甚。請得歲歲賡麟定之歌，而醉翁之酒。

翁曰："善。"謂獻臣也文,使譔次之。

賀吳觀國舉子直方序乙丑

觀國吳君,予畏友也。予長觀國一歲,而觀國夙慧,自角丱已青其衿。弱齡屢試前矛,饒于學宮,自負謂一第可立取,即有司亦無不刮目吳生者。觀國爲人暢事情,饒義概,多士每有公舉,必首推君,號爲祭酒。於是,觀國次當歲薦矣,乃意猶夷然,若不屑者。間嘗慷慨言曰:"大光屈首受書,自負謂何?今行年冉冉矣,上之未能拾青紫,發舒其志氣;下之嗣息未立,安用老明經爲?"

甲子秋,新納蔣姬。越明年,以乙丑、壬午、乙卯、丙戌舉一子。日者云干支甚吉,即諸親知咸色喜相告曰:"觀國有子矣!"倘令觀國卺歲遂歌鹿鳴,對臨軒,其愉快曷踰此哉!夫子嗣之重也,不惟仰承父祖,俯紹箕裘,即晜弟輯睦,於是乎興一舉而諸美兼焉。矧明經上第,又觀國素所唾手許者乎。大材晚成,行可券也。君壻孝廉陳君茂升,偕諸親知謁予言爲賀,而君且問名於予,予喜爲摩頂而命之曰"直方",本《坤》六二之辭也。稍需其成立,尚圖以敬義之說進。

壽石母林太淑人序庚寅　代朱淡庵

庚寅春,中丞石公滿三載考。銓曹上其事,詔廕公一子入冑監。母太宜人林,於是晉太淑人。先是,辛未與公同舉者四百人,越今廿載矣。而以九列奏績有封廕,自公始。今年公甫五十,脩顔鬢髮,望之如神仙中人。而太淑人春秋六十又六。於是,中丞公之福履一日藉甚,縉紳無兩也。三月既望,爲太淑人設帨之辰,適與綸恩會。里中官南都者,將肅酒幣爲賀,且致祝焉,而徵詞於予。

予故習中丞公,而習太淑人内行者,則莫如侍御王君。王君與公周親,善乎其言之也,曰太淑人名家子,性婉孌慈和。而一動一言,恒自矜重。歸逮事嫡姑,贈太淑人,委曲將順,有人所極難者。封中丞公以武弁起海上。而太淑人則躬操女紅米鹽事,練裙蔬飯,不作富貴容。其課諸子業,中丞公少警敏,無事譙讓,而太淑人不廢嚴。以故諸子彬彬,質有其文武焉。初,太淑人嘗從官兩都。

既還里,中丞公每食必祝,數戒僮長跪以請。太淑人曰:"吾齒髮猶故吾也,若第安其官,吾將安於家。"蓋其天性固然。予唯唯嘆曰:"誰哉而有母若此,其有中丞宜矣。"

予觀中丞起家中秘,無論聲章灼藝苑間,即爲給諫時常諤諤持正論。而《慎名器》一疏,尤足杜請乞之門。雖中貴人,目攝不爲動。故事,中丞佐內臺者,不得領郡國,在外者,曹郎輒與抗禮,而南操臺則并總之,至尊重矣。公爲中丞,不竣城府,日接引賢士大夫無倨色,而庶僚兢兢奉職惟謹。南都清議重,天下咸引公口爲標。甚哉!中丞公之似太淑人也。

嘗考覽,漢世人臣尊寵,無過萬石君家,以質行掩鄒魯,有母而史不列其行事,予甚恨焉。然石君無文學,而子慶以御史大夫爲丞相封侯,僅僅醇謹,無能有所匡言。中丞公自祖父來,國恩蓋世世靈承之。而身顯用儒術,顯明德偉,望如泰山喬岳,隱隱巖巖。異日班公孤之列,必能竭忠畢慮,爲我明建無窮之基。公有丈夫子六,都閫君亢爽雄豪,繩其祖武。餘皆美秀而文,將脩中丞之業,而益大之。由斯以觀太淑人之祉,寧有艾哉!予故著爲壽序,使知中丞公之尊寵不在漢石君後,而德業勳名,則漢石君且遜下風矣,本太淑人之教也。

壽李母林太安人序庚寅 代石少司馬

南曹類皆閒寂自適,惟司農屬有錢穀米鹽之寄。司農屬之最煩瑣,而常奉外無餘入者,則莫甚於餉署。以至煩瑣之任,而朝夕虞不給,宜爲遷客羈人之所不安。李君子行在事,星而出,酉而入。塵垢粃糠之是狎,燥濕盈縮之是問。雖焦火凝冰,無或改度。予聞而疑之曰:"夫夫非天曹貴人耶?而胡其非貴人也?賢乎!賢乎!"向予居京師,習李君久,詳其家世,則君之賢,蓋林太安人有力焉。

安人者,李君母也。產儒門,而自其幼則已受《小學》、《列女傳》,通大義矣。笄而歸弦所公,弦所公爲諸生,貧不給讀。安人則時解簪珥佐之,有《雞鳴》詩人之風。既舉庚子,令長樂,一衣一履,皆出安人手,夜杼聲軋軋也。以故長樂爲吏，久而益廉，歸之日，至不能具帑車，代者出餘贖，士民各出金錢贈，卻不受。於是，長樂人聚而亭卻金於河滸，且志去思焉。而長樂亦遂棄李君，蓋李君甫卯也。安人課李君讀，則更以嚴。曰："若忘而父乎？"甲戌，用《禮經》魁天下，得告歸省。越三載，授計曹，次當權滸墅也。安人則又曰："若忘而父之卻金乎？"李君跪，奉命惟謹。秩滿，贈長樂如其官，而封母氏太安人。尋以高第徙天官屬，至縉紳貴顯矣，然竟以敏識精幹爲忌者所中，中躓。

及爲今官，一日造予，言曰："夫主留餉固難哉！國家養爪士若奉驕子，一不如意，則群噪而起。比者歲侵，儲減粟僅支一稔耳，計將安出？"予笑謂："主餉者盡如李君，何難？"君榷關則言商，在銓則言材，督儲則言篩晒出納之事。舊章新條，利弊纖悉。立談間亹亹不休，而遷客羈人之意無幾微見於辭色。出而業其官，斤斤如也；入承母歡，怡怡如也；家人媵侍，訢訢如也。即母安人，亦忘李君爲今官也。大抵安人無論佐長樂公，稱賢內助。而子能讀，則訓以嚴；子能官，則安以適。而李君自通籍，無往不與安人俱，問寢視膳以日計，稱觴展綵以歲計。母子之間，豈不交際其幸者哉！

先是李之友職方氏，謂予安人年七十八矣，誕期且及，其在菊月之幾望乎，桑梓將謀所以壽之，敬徵一言。予惟李君起家計曹，幾再考，歷銓參省而爲今官。銓事新矣，上方圖君之勞重用君，副珈甘脆之奉與安人之年，日引月長，奚俟予言！然予有母淑人，少李母可一紀，而性牽家園不能割。茲春設帨之辰，諸君張之。第走一介而致之里中，予意殊不自得。今所稱李氏子母，蓋心艷之矣。

池岳母傅宜人七十偕壽序壬子

傅宜人者，吾妻池淑人之母也。若以匹敵，則亦吾之母也。歲壬子，宜人年登七袠，而岳翁奉常公七十有四。六月十九爲宜人設帨之辰，獻臣將偕諸友壻，率諸孫爲壽。《傳》曰："和氣致祥。"又曰："福之興，始于閨門。"吾觀吾岳母，而知昔人之言徵也。蓋奉常公登第五十年矣，子姓繁衍，科第蟬聯，池于今爲邑喬木，則賢內助有力焉。獻臣三十年館甥也，知宜人內行最詳。竊嘆天下之賢婦人，淳懿備美，未有如宜人者也。請得而悉數之。

宜人蓋逮事舅姑焉，下氣怡聲，即貴爲命婦，未嘗少弛婉娩之節。是《內則》之孝也。蓋處家姒間二焉，言嘗處後，利爭取觕。是《國風》之任也。蓋處妾媵間焉，袊褵廣惠，三五承恩，而人亦莫予侮。是《樛木》之仁也。蓋撫男女子各三，內外曾孫二十餘人焉，愛而教之，不以側出異視。是《鳲鳩》之慈也。蓋白首而勞家務焉，朝夕黽勉，口無擇味，身無擇衣，然且米鹽升合，必關白而後行。是如賓之敬也。今人見宜人翁媼偕老，致夫得儁，諸孫濟濟，而直夫亦且矯矯奇負，指日千里。則以爲天之報施宜人，然哉！然哉！以是而觴宜人，其翩然舉一觴乎？

或有進而言者曰：宜人行年漸高，而拮据不得息，則勞其也。內外諸子姓，幸無大藉濡沫，然里嫗鄰媼，分甘振乏，意有餘而力未周，則似窘甚也。計爲宜人者，亦苦矣。予曰唯唯否否，是乃宜人之所以偕壽者也。蓋獻臣讀義經，至《乾》、《坤》之卦，而有動也。何動也？夫奉常公負經濟才，具未盡施之朝，而半施之家。即纖悉委曲，綜覈必周，而宜人特受成焉。總之，成其爲健。宜人總理之密，宜靡所不優。即歉而奉約束惟謹，尺寸罔敢自擅。總之，成其爲順。夫健，天道也，乾道也；夫順，妻道也，坤道也。乾坤媲德，福祉永綏，太和固在池氏一門矣。從茲子姓蕃衍，科第蟬聯，其疇能亘之哉！其疇能亘之哉！故曰"徵也"。或曰善。遂書以佐觴。

池岳母傅宜人八袠壽序 壬戌

先是萬曆壬子，傅宜人年七十，與奉常池明洲翁偕壽也。獻臣以館甥奉一觴，而申其乾坤健順之說。且以宜人之賢，如孝舅姑，任冢姒，仁《樛木》，慈《鳲鳩》，與其所謂白首如賓者，亦既纚纚具矣。越十年，爲今壬戌，而宜人稱八袠。季夏十九，是其設帨之辰。予婦淑人預謀於予，曰："吾母即大耋乎，然步履如故，而神明不衰，當百歲不啻也！吾欲謁西王母之桃，釀麻姑之泉，攬日月之華，挹沆瀣之漿，以進之母氏介萬壽。然俱幾幾不可必得，又安用兒女子爲？君其爲吾文之。"予曰:"微汝請,固將有言也。"

夫人生七十曰老而傳,況婦人乎!宜人於今,則從子之時也。即使予能言,有加於嚮之所稱孝任、仁慈與如賓之敬者乎?無已,則請再竟其坤道之説。夫地道無成,而代有終,妻亦如之。又曰:"安貞之吉,應地無疆。"夫宜人,蓋得坤道之純者也。宜人端莊和厚,自天性矣。其於世間哲婦艷女,所爲悍嚚妬忮之事,非惟耳所不忍聞,口所不忍言,即心亦所不知者。當奉常翁時,宜人操家惟謹,一若無敢專任。然非所謂含章無成者歟?及奉常翁身後,宜人時思耳。而家法嶄嶄,子姓婢僕遵命承教,一如奉常時。故聲光不替,而喬木長存。非所謂代有終者歟?予知宜人稔,而推言其賢,則總之曰柔順,曰安貞。從兹以往,應地無疆可矣,百歲猶近言之也。宜人子致夫,方以孝廉謁選天官,將益光奉常之緒。倘得善地,宜人尚能御板輿就養。而直夫奇才宏抱,由邑庠入國雍,諸孫濟濟凌霄翽也。宜人顧而樂之,神益王,年益引。汝女子也,無論蟠桃、沆瀣之神奇,不可必得。即有之,亦安所藉?此汝第奉衣履,厄酒肴,旋車而往。屆期百拜稱觴,予也請從而後也。

於是予母黄太淑人,操幣具脩,屬予婦曰:"爲我寄聲宜人,幸强飯安眠,以膺遐祉。"蓋予母亦年八十二矣。二親姥交相愛若此。

壽蘇大母柯淑人八袠序 甲子

蘇紫溪先生者,先君子畏友也。王當世觀察,吾蔡之自出,因得師先生,締姻好。其子鳴治,先生亞壻也。獻臣舞象時,一再侍先生,必以所學、所疑質。先生許之,曰:"孺子善問,可教也。"及先生郎兩都,間持所爲制舉萟就正。先生一目數行下,而評隲當否,若越人視垣一方,洞見五臟癥瘕。獻臣每投一篇,輒棄而走。逮通籍後,先生負劍而詔之,時語人曰:"吾與體國言,言必學問,必經濟,竟日無一塵俗語聒吾耳也。"

先生督浙學,試士者三。迄今稱精敏得人,無能及者,浙人尊爲大師。先生宜擢黔憲,而自參政粤東,即致其仕歸。然迄今讀先生詩若文,及經書説《生生篇》者，亦無不尊先生爲大師。與蔡虛齋、陳紫峰兩先生並特祀學宫，蓋距今甲子二十五年矣。而先生之配曰柯淑人，行年八十云。

淑人故富貴家女，初贅先生時，即有孟光舉案之風。鷄窗螢囊，內助爲多，故先生得大肆力於文章。既已冠兩榜，名海內矣，淑人從宦郎署，不關外事，而中饋謹辦，人亦無能名淑人者。先生宦浙、宦陝、宦粵，皆單車就道，而淑人爲政於家。有子時欽，弱冠計偕。有女擇對莊民部於總角，亦淑人意也。最後乃撫時欽之孤子三，咸能讀父遺書，英英庠校。而莊氏女亦依淑人，以稱未亡人。泉俗諸貴人母，率遊山佞佛，以爲勝會。有欲致淑人者，淑人固謝不往，惟扃門食淡，課孫督織而已。先生品格超邁，不屑屑求田問舍，雖歷宦，僅以清白遺。淑人白首拮据，銖積寸累，而諸孫析筯，乃稍勝先生在時，寧易易哉！

當淑人七十有五，善乎李宗謙之壽之也，曰："貴而能儉，老而能勤。履炎隆境易，當霜雪地難。未五十以前事易，五十以後事難。"予讀而悲之焉！夫先生以文章道德師世傳後，而淑人之身教家法，咸可勒之彤管，垂爲壼範，豈不賢乎哉！地道無成，而代有終，淑人有焉。百年猶近言之也，況八十乎！仲冬十日，爲淑人設帨辰。鳴治與某君圖所以佐觴，而徵言於予。獻臣通家子也，奚敢以不文辭，然度不能有加於宗謙矣。

林母劉氏七衮壽序乙丑

今夫閥閱之冑，所以光前啓後者，寧獨外德茂哉！蓋藉有令妻壽母，以爲之內助玉成焉。彼蒼所以陰祐之，亦不偶已。曩予承乏南銓，獲與參藩林先璧翁同舍，相視而笑，切劘談諧，莫逆也。翁尊人璧東先生，以鼎甲國師躋大宗伯，爲隆、萬間名臣。而翁起家名進士，同朝濟美。梁山、丹霞閥閱無與比。予不揣固陋，幸徼惠於宗伯公，以翁女辱眤予伯子謙光，俾委禽焉。於是，備聞劉安人之賢也。

光璧翁德器才局，雅負公望。乃治水兩浙，備兵西輔，駸駸大用矣，而誤中考功法以謫，主爵者起翁大行，方圖以公論伸翁，而年不竟施，位未配德，君子惜焉。安人故名家女,其嬪于林也,事宗伯及繼姑鄭夫人,以克孝聞。佐夫君之讀,以《雞鳴》聞。佐夫君之宦,以布素疏糲聞。逮諸姬,以《螽斯》聞。撫己子及諸姬之子,以《鳲鳩》聞。勖藐諸孤以無忘先志也,以公父敬姜聞。故不刻覈而業隆,不嗃嗃而政肅,不嘻嘻而惠洽,不怒笞而喆嗣競奮。蓋世所稱内助者,母儀者,孰與安人賢?

今歲乙丑,安人年七十矣。而秋仲三日,爲設帨之辰。謙兒言吾,林母耳聰目明,步履安健,而禮度周詳,猶之二十年前。此百歲徵也,予故習得之。燮之諸昆季,循循英英,辟雍泮水間,聯翩奮翮,特須時耳。僉謂參藩有子,將復大宗伯之緒。憶長安杯酒時,翁嘗津津安人壺範。陳景山憲伯亦翁姻也,戲謂光璧自癖譽内耳。安人即賢,何至如夫君所云?言在予耳,猶堪噴飯。語云:"我不卿卿,誰當卿卿?"使光璧不譽安人,誰當知而譽之?乃予深信安人之賢,則以二十年來,所以代翁操家者,種種備美,不第能逮下而已。由此觀之,林氏之興,蓋未艾也。而天之以福履成安人者,亦未有涯也。謙兒將脩一觴以介安人壽,而問言於予。予故樂道其賢,以先於酌者云爾。

張中丞達宜人七袠壽序 己卯

中丞張輔吾公,予契交也,亦予穌兒之丈人行也。歲己卯季冬,爲中丞達宜人七袠華誕。穌兒暨陳君克鶯及諸親友,謀所以壽宜人者,而屬於予。予老矣,無能爲役。第念兒曹猶子之愛,何敢以不文辭。蓋予嘗讀《坤·彖》,而有取於安貞之吉,應地無疆。又讀《文言》曰:"地道無成,而代有終也。"竊欲以是壽宜人云。

蓋中丞公,故甖與中人。從未有邁跡甲科者,而邁跡甲科,自中丞始。致位尊顯,亦自中丞始。彼其寒燈墨帷,方弱冠而遽躍泮水,登賢書也,豈非宜人佐翁姑,助晨昏力哉!及筮仕而三爲令尹也,中丞公故饒文武才略,而宜人携諸子女以從。錢穀則佐以廉,詞訟則佐以慈。至中外之際,日用之需,宜人第嚴靜而鎮之。僕從下役,無敢私交一語、私接一文者。以故中丞公三涖邑,而三稱循卓。會神宗末年，臺省停選，僅授祠曹。以丞勳寺而遂晉丞廷尉也，是爲特達之知遇矣。嗣今上擢撫雲中，召見而順撫逆剿之對，大當上旨。上謂揆地曰："張某，福人也。"中丞公用是戀展椎犺，虜酋一窺，輒遭大創。而次公獻復亦奉宜人之官矣。使彼蒼爲邊疆留賢，即奏膚功，膺世蔭，而旦夕樞衡可立異耳。

今中丞已贈副都御史，而宜人春秋七裘。長公方復及姪峩復偕赴公車，次公蜚英國學，而諸孫曾泮宮濟濟，皆青雲器。宜人又以生平清白，嗇所入而豐所施，里中人以是頌其賢。然中丞居尊官而能廉，宜人屢從宦而不貯，非予忝姻戚，孰從知之？懿哉！內外媲德，而惜中丞公之未竟重用也。故予將以明春之兩對廷策，諸子若孫之繩繩駿發，爲宜人開八裘九裘壽。此地道也，妻道也，母道也。所謂安貞之吉承天而代有終者乎！

賀謝淦川邑簿臺獎序己亥

在宋，考亭先生以進士簿吾同，取漢孫寶語，更其所居軒曰"高士"，去今四百餘年，而流風餘澤炳如也。大賢作用，固未易窺測，而況於今，其難易視昔不侔乎！無論古今澆樸異致，繁簡殊宜，即倭訌以後四十年間，生齒日繁，奸僞萌起，風教寖以陵遲焉。故同於今號難治。

泗洲謝君，以經明膺貢謁選，得同簿。宜其心有所不樂者，而君顧靡幾微不自得。下車以來，持身若處子，而讞決若老吏。凡上官所移獄，小大必以情。即山陬海澨之畫界，畝田尺地之紛拏，不憚險遠，必躬履而質之。一切請囑無所聽，即不聽而怒且罾，而君卒不爲動者，亦有之矣。一日，奉檄給軍需。君出不意，核其虛冒者若干人以報，尺籍一清，倉庾出納主者以例請，君叱曰："有例耶？此言何爲至於我哉？"捕務最劇，亦最叢嫌謗。然前此僚佐中，固有詭得之以爲利者。而君則避之而若浼，曰："吾不任送迎役也。"蓋君之尊人築野公，以進士爲名臺察，君得於淵源爲多。且其家不貧，其子能讀父書，君分毫無所藉於官，故其特操若此。

直指新會何公察君廉，遂移美詞金幣旌焉。邑士民咸樂君之賢，而直指之知君也。而坊里當輪稅者,德君尤深。謂予於君年家晜弟,乞一言以爲贈。夫旌猶未也,我朝家用人,貢科與進士稱三途,往往破格並用至顯達。而縣貳之得超擢者,非兩臺薦剡,則不可以幾。茲旌也,其君之初政乎?以君之賢,異日有露章而薦者,必君矣。然予所望於君,則一薦不啻也,矧旌乎!夫金車銅魚之山川未改,而高士之軒猶在也。朱考亭之筮仕,猶然一簿耳。而稱同安者,必曰紫陽舊治。夫非以人重耶?予嘗讀其軒記,謂士豈有待於外而後高?今之人縱未敢遽望考亭,然以予所覩於君者,業高人數等矣。第保此以往,即居然考亭家法也。即由此而薦,且超擢重用焉可也。不然,雖薦且超擢焉,猶外也。

君聞之,蹵然曰:"以某之不敏,幸與茲役。令長之舉也,上官之聽也,賢士大夫之不鄙夷我也,某何能之有焉?若所稱考亭家法,以求自爲高,則教我多矣。敢不重拜!"

送曾邑簿還泰和序甲午

令而下有丞若簿,丞若簿於令僚也。而勢之所靡,磬折傴僂,囁嚅唯諾,至不敢講敵禮,則喜怒臧否,操其權哉!故令與簿不賢則虞比,令與簿賢則虞睽,賢矣而睽,而竟齟齬牽連以去,則其故難言之也。

泰和曾君,簿同安四年矣。君用符局起家,然故業儒,溫溫然儒者也。讞決盡下,而催科中程,一切例錢無所問。令缺,即以君攝令,旱禱立應,士民歌之。代之日,捐鍰百緍,以葺學舍,載李給諫所爲記中。前後臺使以美詞旌君者,無慮數公云。初,君以小嫌與令相左,令稍侵君,君幾欲擲進賢冠去。予謂,令,賢令也;而簿,賢簿也。每見交勸以釋憾,二君不予疑。二君亦若剖破藩籬,無復纖芥者,予亦不二君疑也。然君則日嘯卧於考亭所署軒曰"高士"者,稱病不可否事。司府雅重君,强留之,且冀旦夕陟也。君不得已强出,而不事事如故。逾年,令劾去。君移病且益力,直指下檄廉君治狀,狀謹辦,乃不奪君志。

蔡子曰:予於茲有三惜焉:君冲度强年,正砥礪功名之時,而不克竟其用,一可惜。以君之賢,飄然高蹈,而同民不克終被其澤,二可惜。以一簿之去留,而左右袒者,悉掛吏議,風紀之地,至以此又牙,三可惜。若君之歸,何不得哉!脫乎風波之險,而行乎坦夷之途;出乎流金之燄,而即乎清冷之淵。田可耕,書可讀,子可課,身不羈樊籠,口不挂是非,夫君何不得矣?噫嘻!達官貴人勢力烜赫,駕簿上遠甚,而甘蔗境,戀雞肋,屢摘不自退者,豈少哉!視曾君何如也?或曰:"君,吉名家也。其先以高第尊官有聞者相望,則君之治行雍容,去就堅決。庶幾儒者之風有以也夫!"遂書爲贈。

邑簿鄒起唐擢桂陽衛幕序

世之評吏治者,予惑焉。鹵莽於大吏,而纖悉於州縣之佐領。夫自郡邑長吏而上,以至藩臬臺使者,孰不有刑名錢穀之寄?則取給贖鍰羨金,以爲固然。雖潔白自持者,固自矢不以入囊,然式廬之儀節,過賓之程席,朝紳之餽遺,舍是安所取辦?即嗇所入而豐所出,人亦以爲固然,而莫之問也。乃佐領之卑散,則所謂贖鍰羨金者,無一有。而其饔飧之計,仰事俯育之資,歲時餽獻之節,勢不能盡屏。則欲其吸風飲露,而守擔石井泉之俸,不亦憂憂乎難哉!故爲佐領者,委讕受理,勢不能無所染。甚且不問曲直,而惟賄是聞。乃所謂嗇入而豐出者,既陽操其短長,而無藉刁健又陰肆其謗讟,吾見佐領之難爲也。

興寧鄒君來簿吾同,四載矣。君所居高士軒,即朱紫陽簿同時之所建也。君雖起家刀筆,而持己當官,雅有儒風,不專倚三尺繩民。民以事至公庭者,若慈父母之教訓子弟。爲之解紛釋争,不得已而施笞箠,非其好也。蓋其胸中坦直無他腸,而行事依忠厚,持大體。暇則手一卮,嘯傲於高士軒中。家故素封,用能無所利於官而足。君職糧務,曾紅夷内侵,臺憲弔節,師旅煩興,一切奔走轉輸、建營繕壘之役,咄嗟立辦。又足以見君之才矣!憶曩署郡者,發里甲賑穀直若干而短其額,君不啓封而權其輕重以聞,郡爲杖庫胥以謝,而卒無能有所加於君。此豈俗吏所能爲,所敢爲者哉!

於是,君遷秩桂林衛幕,行有日矣。同民遑遑然,恐失君也。予謂君處佐領卑官之所難,而不以難自局。主爵者又能廉君於局套之外,而優以參軍之任。

吏治、官評，可謂兩得之矣。參軍無民社寄，而桂林又大吏之都會，君以簿同者履之，固優優乎有餘地也。他日主爵復當有優君者，不可左券俟哉！於其行，將操一卮爲別，而贈以此詞。

南都掾史同試錄後序 辛卯

國家用人，自科目外，有歲貢、例貢，而又有掾史一途。其數視二貢，不啻倍蓰。然搜羅雖廣，而所以用之者，則不可言重也。歲貢故起明經，然其人多日暮途窮耄矣。例貢大半膏粱子，不曉吏事，上之人，類多不喜，故其涉世亦恒齟齬，而不能有所深病于民。惟掾史則習文法，便應對，善中當事者之喜怒，其以才附律而行者，非不快意于一割。而舞文猷法、因緣爲市者，亦間有之。故掾史爲世利害輕重，其視二貢亦不啻倍蓰。

故事，隸事南都者九載滿，合試于銓曹。大都就其工刀筆者，拔三得一焉。辛卯春試事竣，簡二十有七人，餘近選、待選各有差。夫是如千人者，非異日所以需丞簿幕庚之選者乎？庚氏無論，以予覩記，世之爲丞若幕者，何也？奉縣令殆于奉人主，一得其權，而郡國守相，而監司，無不目屬之矣。下户中人幸而無事也，一有事，則視爲奇貨，不入彀中不止，故世謂吏道弊在附勢。予唯唯否否，曰：在錢通勢之所申見於貴顯，乃所謂丞也、簿也、幕也。彼其視炙手之勢，猶萬鈞之鍾，千石之弩，吾何知？吾惟利是視而已。而監司憑郡國守相，郡國守相憑令，方且善其奔走之捷給，狃於期會之謹辦。於是，百姓號呼於下，賢士夫扼腕於旁，一切付之罔聞。而彼益以恣睢而莫誰何。勢窮情見，有棄而去耳。若是則用之者，安得而不輕也。諸君新起家，予不敢設不必然之慮。亦有覩於律乎！夫律必先自律，而後能律人。故受財等耳，而有禄之與無禄，人相懸也。禄及而賕，雖掾不可，況官乎！漢世循良，多以經術飾吏。今雖未能猝復，三尺具在，能無凜凜乎哉？故官無崇卑，期于能廉。不廉則吾爲法縛，廉則吾用法，大猾帖耳，豪右戢翼，主爵者方越拘攣而重用之。此自重之道也。其所以佐科目之不及，而裨世用者，豈曰小小！

兹役也,邑人陳子應謹爲舉首。録成,問序於儀部兄,而屬予申之。予刑官也,故與之言律。

贈豐城游肖川堪輿序乙丑

《景純葬經》曰:"勢來形止,是爲全氣。全氣之地,當葬其止。"然其論勢也曰千尺,其論形也曰百尺而已。今之爲形家者言,則進乎是。曰千里且勿論,即百里、數十里之間,尋其來脉,搏換無窮,此不亦一登陟而歷歷可了者哉!雖然,望勢難矣,扦穴尤難。故目窮宇内,足躡千山,而下手一著,則有差之毫釐,謬以尋丈;差之尋丈,謬以無筭者。大至毫釐不差,則所謂操寸鐵與弄武庫兵者,詎可同日語哉!故証之儒門,望勢則致廣夫之説也,扦穴則盡精微之説也。兩者難易,必有分矣。

豐城之游,故以堪輿聞海内,而肖川君尤名能精其術。君挾術以行於漳久,比過輪山,爲陳賓門、康我待、劉海若諸家營吉,往往有獨造其精微者焉。蓋工於點穴,而妙合乎淺深高下、前後左右之宜。間得真土真石,以爲奇徵,不第望勢觀象、枵然爲大而已者。予與君上下其議論,而有當於予心,欲有請焉而未能也。君與人交,不譎厚薄。乃子見山年甫壯,亦世君之業,而遊於閩。是父是子,豈徒以術世其家哉!其必有會乎葬止之深者也。遂援筆以爲君贈。

【校記】

① "吏":原文作"失",據文意改。

② "退":原文作"遇",據文意改。

③ "粱":原文作"梁",據文意改。

④ "固":原文作"國",據文意改。

⑤ "板":原文作"扳",據文意改。

⑥ "嗃":原文作"蒿",據文意改。

⑦ "淘":原文作"陶",據文意改。

⑧"俱":原文作"供",據文意改。
⑨"曳":原文作"更",據文意改。
⑩"又":原文作"人",據文意改。

清白堂稿卷七

雜　　紀

南都紀遊丙申

己丑之秋，余以比部入金陵，而太常傅長孺繼至。自後同年六七輩至，而長孺於余獨深。長孺倜儻多大節，遇人無識不識，輒慷慨然諾，洞見底裏，人人傾心願交焉。而余僅促促自守，然淺直無他腸，有一語則吐之，與仲孺率有合者，故余兩人遊如兄弟。然居常以意氣功業相切劘，間旁及當世，剖衷折肝，娓娓不自禁。即余仲孺，亦莫知其所以然也。

居久之，長孺過余，索《陽明集》，則入蔣德夫廷評超悟之説矣，猶秘不使知也。余聞，戲謂德夫曰："長孺，余好友，而子壞之乎？"德夫與余夾巷居，長孺每過之，或竟日。予時徑造。則德夫曰："吾兩人學作賊耳。"時俞時澤之純篤，鄒爾瞻之坦直，皆稱真君子。德夫繆相重，而意欲以悟駕其上。長孺不能無動，每與德夫詫余。及品題，同會諸君半悟半不悟其大旨，在相視而笑相樂也，而余終不謂然。蓋是時，予胸中惟有長孺，而長孺胸中增一德夫矣。余報滿告歸，長孺則時時貽書山中，稱饒抑之、沈叔敷、瞿元立之爲人也。余亦一再報之，所以相期不替。其初甲午，德夫與長孺同日晉天官屬，聲華燁然傾南都。

長孺家故壁立，則逡巡歸海上。徒步蔬食，一切腆餽無所受，而獨從人借貸如故，雖室人交謫之，不恤也。蓋其天性然哉！既受事，同舍郎唐仁卿、穆純甫相得甚驩。長孺頗從仁卿問學，與德夫旨不能無異同。一日，造德夫，論選事不合，極口規之。其事隱，獨唐君稍聞。乙未秋，德夫中御史言，長孺大爲不平。復以病寒，醫投之暑，不數日卒。婦少子弱，餘纔六金耳。喪費一倚辦賻贈，先後所借，貸家輒爲折券，多者至百餘金。亦長孺交誼能得之，不第以貧故也。余謁補至杭，聞之，大駭悼，然已無可奈何。入都則唐、穆二君曰："長孺於越間氣人也，九原其可作哉？"余謂："浙多賢，即長孺敢自謂空群，乃其志節犖犖若此矣。"黃昭素太史曰："吾祭長孺文，惜其有志性命而未就。"

嗚呼！人情山谿，交態雲雨，何知仁義！惟利是視。余別去，或有覹於交游間，急欲與長孺深言之，豈意其長畢也哉！憶余兩人，每戒勿向人呶呶也。長孺曰："已洩之矣。"吾始殊嗫不欲出，彼先之，而我遂不覺倒囊矣。嗚呼！長孺死矣，余無以爲質矣，無與捫余舌者矣！丙申，再入金陵。秋，長孺子紹堯來，哽咽書此，以繫其卷，志管鮑云。

庚子冬廷杖紀事

萬曆庚子，皇長子春秋十九。淑女選數月矣，上猶禁諸司無請册立冠婚。時上所幸鄭貴妃有子，長安中籍籍言。上數怒中宮王皇后，后病甚，倘萬一有他虞，則妃且后。后則子以母貴，皇儲危矣。縉紳私相語，以爲此不可口舌争也。賴宗社之靈，幸無此事耳。

十月某日，蜀人工科都給事中王德完，上疏請篤厚中宮，語極明切。上怒，發鎮撫司，嚴訊主使者。迨鎮撫司訊上，都給有"中宮安，則長子安，而天下安。中宮危，則長子危，而天下危"之語。時公卿庶僚皆深念之，而無敢先發，聞王君疏入，無不心韙且服，於是九卿臺省各合疏救之。上怒甚，目爲腫，一切章疏不報者累日。衆謂怒稍解矣。至十一月十七日，上發鎮撫司疏，而賜都給午門前杖百。翌日，乃批疏，切責九卿，而臺省官各奪俸有差。

初，王君以庶吉士爲給諫，數上書言事，大臣畏其筆鋒。辛卯，王正臺省以請儲教，逐者十餘人，而孟君養浩予杖，獨王無單疏。余在南部，王恭質公語予曰："王給事看此番何如，乃竟以默得全矣。吾觀其人貌瘦削，殆非大富貴人也。"後王君漸至都給，病免家居。而己亥以工垣召入，喜言事如故。中官鑛税，亦多所匡救。余入都，尚寶劉明自君謂余不可不識其人。余猶以恭質言，猶豫未往。今從諸公後，訊都給於春明門外，而恨不識面晚矣。

唐陽城爲諫議七年，韓愈作《諍臣論》刺之。會相裴延齡，陽子乃以裂麻顯。恭質公以一曹郎論陳掌院逢相之惡，鼎貴至大司寇，貌故挺然而望之儉父也。語曰："人貌榮名，豈有既乎！"今觀王君諤諤若爾，一疏中窾，遂成直名。二十年臺省以諫顯者，稱君與馬君經綸焉。士安可皮相，而一時亦何足盡天下士哉！

壬寅朝班紀事

京師中省直公刺，先翰林，次科，次吏部，次道，其揖立行坐，亦如之。至三大賀習儀，則科首四班，而銓曹接之，禮曹又接之。臺中則首五班，俱近御路。壬寅，秦人劉秷吾直會，自列於趙乾所之前。趙註劉右曰："邦清名該在此。"於是，劉君查執數條，以爲宜先銓曹之證。且曰："朝班，你亦該讓。"會鄧、趙之搆，四銓郎同時去國。廷試貢士，倪、朱二銓與錢、劉二臺，俱入供事。而臺中先據其右，劉君且道，某條我應占汝，某條我應占汝。頃之，倪、朱先辭去。劉云："年兄忍不住麼？"歸而公移往還，爭論不決。

比萬壽習儀之旦，諸侍御直上與科聯班，衆爲駭。於是，銓臺相繼有疏，俱下禮部。予謹按隆慶元年部科所覆常朝儀，科道自爲一等，列於部屬之先。至御殿大賀，則云："原有歷年習儀舊禮，各宜遵行，奉穆宗皇帝聖旨是。"夫今之爭，大賀習儀也，照舊禮足矣。若常朝則科道自爲一等者，固自在耳。時臺史既上，其勢不可得下。於是，予具疏，而大宗伯馮公意難之，曰："如此，則益爭矣。即吾部，亦當與爭矣。"予再三持前說。而冬至伊邇，復當習儀，馮公乃自爲疏覆。既得旨，照隆慶初年例行。予私念，臺臣侍從之官，即明覆國家典禮，不宜異同，亦無不可，惜其以常朝蒙大賀也。始既以盛氣奪之，今復以混覆安之。謂隆慶題准之例，何謂職掌？何不得已？具疏申請，臺中亦復公疏參予，疏各留中，而大賀之禮，遂從茲焉變矣。然聞諸大宗伯云："常朝雖覆科道同班，而其後臺復讓銓。"何也？蓋常朝科、道先入，兩兩並行。而取選歲舉之時，科率三十餘人,道率七八十人,往往以兩道而儷一科。常朝禮止上御路,一叩頭便各分班侍立。而臺臣自有侍班、糾儀等事,若百人聯班,則遠者已在二十餘丈之外矣,奔走趨蹌,殊覺未便。故科道雖得自爲一等,而老道長仍另爲班列於科後。予疏所謂昔并常朝而亦讓,今并大賀而亦爭者也。予又謂,朝班實首御路,以次而東西,堂堂豸繡,儼然押班,顧不重耶。世宗末年玄脩,久不御門,故有隆慶改元之爭。今皇上靜攝者且三十年矣,臺臣亦徒聞常朝同班之文,而不知其原不同於大賀,又不知常朝亦嘗改行。有如一旦復脩常朝之儀,果便與否?予安能知之哉!

壬寅差琉球紀事庚戌

歲壬寅,差勅封琉球者,爲武林洪給諫。洪以秋仲聞艱,適段儀郎亦艱去。禮垣知會到儀司,正當王副郎署事。及予調大儀,履任則幾在晦朔間矣。越九月之三四,疏請改遣。初六七,得旨,時輪差宜在兵垣之夏,次乃刑垣之曹。夏,予同年也。而介兩同年,求緩行科。予答云:"緩一二日不妨,但恐有調科消息,終難奉教。"兩同年無以難也。及入署,則聞有調科之疏矣。遂發手本、取職名,時重陽後二日也。遲六七日,禮垣會左掖門議差,夏以調科求緩。張誠宇都給曰:"所以必欲定差者,正爲調科耳。倘旦夕命下,曹掌科當安然浮海。祇恐老掌科心不安也。"夏語塞。遂坐名送部,而復求緩題。予移書以大義激之。夏覽書,意不能無怒,而謬爲他出,緘還去役。及具題,而怒益甚。每醉餘輒言:"吾遇蔡生,必歐之。"故事,使外國者,例有公餞。予走肅客於中府,諸同年亟止予去,以效廉、藺引車之誼。予無以解於夏,則語人曰:"浮海差誠苦,然公義也。無可奈何,第願蚤往蚤歸,蚤陟京卿。期令終德我耳。"不意曹更用此爲睚眦也。當日,曹上何疏得過四明?何事朝紳間未有稱焉?何云欲擠之海外乎?

己酉冬,曹掌吏垣,參予。辯疏甚毒,第意爲史翼城香火,爲郭江夏擁戴耳。乃聞此事,尚有芥蒂。夫爲人臣者,不擇事而安之,忠之盛也。憶題差後,曹先枉顧予,蓋若有私德焉。儀郎爲朝廷擔事,不任受德,豈任受怨?況此一節,原無分毫委曲。而竟兩執其咎，則跼天蹐地，真不可曉。嗟嗟！士君子苟名位生死之根太重，欲靦顔而稱人品也難哉！

癸卯北場紀事 甲寅

今上辛丑，以册立恩，令天下儒學多貢一士。癸卯至京師，臨場諸恩貢疏，乞廣額，已下部矣。予謂諸士皆挨年來者，何得援選貢例？惟是人才無盡，不可拔十一於千百乎？説堂爲請數名之額，而左宗伯李公堅執不覆。諸生到部哀求，李公曰："方今所不足者，豈科名哉！"竟爲立案。

又，監生送監，有省直勘結者，謂之實咨。無勘結者，謂之暫咨。庚子，暫咨取結應試得雋者五人，是科李、郭二宗伯意難之。諸生至懇歸德相爲言，而李公堅執猶故。諸曹郎相率詣予，曰："近年禮部不曾題有京官出身科甲者，刻有《登科録》、《序齒録》，其子弟昭然可稽，一面送監，一面行查之例乎？"予曰："然。"曰："禮部行查刻板，又不有某科隨任子弟先准送監，仍行原籍查回備照之例乎？"予曰："然。"諸曹郎曰："既有題准例，又有刻板行查例，奈何并此亦爲堂翁所持？縉紳誰無親子弟乎？"予無以難也。又生平不勝憐才一念，乃送沈朝煌、葉秉政、王繼冕、江禹疏、孫應曆、諸希夒六人於簿廳，煩爲呈監，查照原題施行。時四明相姪孫沈泰始者，赴司屢禀。予明以相門宜讓人一步，且姪孫例無刻録，當堂諭止之，不爲送。次蚤，李公剳監概停，仍改行查刻板。云："無論父兄出身資格，皆暫送。必俟查回，方准實歷，方准應試。"今原送六生稿案，及二十五年申明行查舊規之疏，在部、在監，可考也。

癸卯妖書紀事 甲寅

今上癸卯之冬，有僞爲國本攸關書，投於長安中者，大略爲東宫危也。東廠得之以聞，貴妃日夜泣訴上前，恐他日爲鄭氏禍。上震怒。其時歸德相以楚事被言註籍，江夏郭宗伯以予告守涷楊村。而書中獨及四明、山陰二相，與掌廠司禮陳矩、戎政王世揚、保定巡撫孫瑋、光禄少卿張養志、科道項應祥、喬應甲，及錦衣王之禎、都督陳汝忠等。於是，有旨令廠衛大索僞書者。衛校崔德旋獲皦生光以聞。又以三錦衣之疏，併逮北鎮撫司周嘉慶。上令東廠同九卿府衛科道官會鞫，累日不決。

次年正月，復當審期。予出部，偶過長安街刑科都給事楊應文邸。適同科錢夢臯先在，予問："中府會審事何如？"錢曰："吾今日有疏不得往，獨楊年兄往耳。"予問："何疏？"錢云："楚人胡化，以妖書扯我與張景銘年兄，而扳鄉戚阮明卿。今祝教官被緹騎捉去，故我去上疏。"楊云："疏揭見在。"急取拆觀之。則語多鑿空，突扯歸德、江夏，及江夏兄正位，又江夏之門下醫沈令譽者。予大駭，謂錢曰："此疏可及追乎？"錢云："已入文書房矣，無及矣！"予曰："閣中可追乎？何不便說閣追之？"錢沉吟良久。予曰："景明兄何不消上疏，而兄獨上乎？"予便欲辭去。錢知予不然其疏，乃曰："胡化不惟欲害我做官，且欲害我性命，我不得不上。"予折之曰："年兄今雖不在利害中，却在是非中矣。"於是錢意大阻，遂先行。予謂楊曰："此兄老實人，止是無好朋友。"意蓋謂張。然此疏畢竟追出爲妥。楊曰："吾亦云然。"而察其色，殊不自得。則以同科之故，疑予或指之也。

明日，予進署，謂黃庭翠、潘完樸諸君曰："天下從此脊脊多事矣。"疏上，果得旨："妖書已嚴飭廠衛、城捕等衙門訪拿，諒可得真賊以雪國冤。這本說楚事，朕心惕然不已。昨御史康丕揚亦言之，郭正域著在籍聽勘，法司還立限與他。"其後，刑部覆疏，而嚴勘江夏、閑住郭正域、會鞫沈令譽，皆起於此。而胡化所扯錢、張之事，亦竟烏有。

嗚呼！是必有小人駕此說以聳錢者，而錢急墜其術中不暇詳耳。爲言官者，何可無分毫識力哉！趙歷城署銓推錢少參，錢尚不悔，曰："胡化將害我性命。"予備兵時，錢弟夢夔同知鎮江，常言兄歸悔不用蔡生之言。嘻，晚矣！一疏之謬，流毒迄今，古人所以嘆噬臍也！

蔡子曰：武岡王獄詞，乃錢給事之父令麻城時所會勘者。及以假王之訐，而持異同於閣部，所謂黎民懼焉者，非乎？妖書事，有何干涉？何指証而扯江夏、扯歸德？謬矣。即使胡漢中果有誣捏言官，論事應爾耶？錢無識，甘爲禍始。彼駕説以聳錢者，何人哉？何人哉？

勘楚紀事引甲寅

夫楚訐之事，癸卯之際，是一翻議論；戊申以後，又是一翻案議論；至於今，則無人不言勘矣。然當日臺省，僅一張禮垣疏請勘結，何寥寥也。予嘗爲之説，曰：趙撫之撲殺，其免勘之票釀成之乎？楚勘之中止，其四明之攻激成之乎？余不敢以閣部之異同，諱當日再勘之説；亦不敢以今日之言勘，掩始事慎勘之心，特實紀焉。雖然，楚宗慄，尤金梅死，免勘難，勘亦難。他日或當見之，非今所能逆睹也。

癸卯勘楚紀事

癸卯之正，余在儀曹。楚儀賓袁煥以宗室疏來奏楚假王，而通政歸安沈公以白頭本，不爲上。及三月，大宗伯馮公卒于位，而右堂江夏郭公來署部事，則華越、蘊鈐二宗以八郡王印本至矣。右堂遣長班送至予邸，予令當該安插會同館，例也。詰朝謁部謁司，右堂乃遣長班伴送通政司。沈公即日爲上疏，疏留中，而楚王奏極惡悍宗者下部參看矣。會護日，四明、歸德、山陰三相公來部，右堂發憤爲四明道楚事。去而語予，曰：“予今日覺蹔安矣。沈老先生意尚難之。”予問："歸德公云何？"右堂曰：“歸德亦云久了些時。”右堂與予議定並勘矣。

同部或語予曰：“今庶民家有三十年不明子，亦難猝革，況官家乎！子爲儀郎，豈亦真知灼見而易言之何也？”予乃謀諸同舍，謂右堂曰：“茲事體大，未易言勘。即一勘明白，而皇上大有處分，不惟郎中之心不安，恐老先生心亦不安。”右堂曰：“既勘明矣，有何不安？”予又曰：“勘明猶可言也，萬一勘未及明，而逼出范司成之事，誰人擔當？”右堂曰：“此自有撫按在，何與部事？”時楚宗疏尚留中，右堂欲會疏催。予曰：“稍俟之，何如？”右堂以爲然。明日復曰：“必催也。”予具催疏，右堂手改而上之。越三日，而楚宗疏果下部院，會同該科參看。

予復謀諸同舍,曰:"楚事之勘,必也。然在他人則可,右堂同處一城,又故護衛籍也,律不有聽訟廻避之例乎?右堂似宜疏避。"入告右堂。右堂曰:"廻避何爲?"於是予具勘稿,右堂稱善。教習田東明曰:"未也。"右堂復改以上。而得旨行撫按,從公悉心勘問矣。此六月十三日也。

勘疏行,而撫按趙寧宇、應蘭皋即於七月初八日,會楚三司薛、竇諸公,會勘具奏。而總曰:"夫以爲真也。"而王氏持說甚堅。駱鎮王、英壽媽媽、張維新、王如曾、黃甲、李自榮之言,似足交發互證。郭倫所刊錄與啓本及劉華面訐、崔氏口吐,其年分與恭王彼時住居又相矛盾。蕭氏稱,隆慶五年二月十六日天明時,方行喚取何宮人,產後始尋乳母。而郡主、縣主又稱咸不知真假。以爲假也,必有真知的據,方可杜口服心。乃各欵干犯七十餘人,嚴行拷訊,寧死不肯招承。而仍請遣官再問。於是,長安中多言宜再責成撫按者。

時左宗伯晉江李公署事矣,諸郎入,右堂色喜,曰:"吾初謂趙寧宇勘事尚遲,不謂其速如是。"取趙疏略讀一過,曰:"詞雖兩疑,而意已言假矣。"司中即具遣官稿來,予述外論云云。右堂曰:"此事豈可復煩寧宇?"又曰:"先楚弒王之事,凌遲二十多人。今此等密謀,不過四五人而已。"左堂曰:"此事我每不好說得。"右堂又曰:"今大臣被彈,便宜杜門。楚王既在聽勘,應令另擇代理府事。"左堂曰:"然。"予退而具草。第云毋聽一偏之詞,毋持兩可之見,亦毋得連及多人,而使無辜含冤,勘明之後,速行奏請定奪。比詰朝入署,則右堂已具疏發寫矣。所引先朝遣官,則典楧、伊王、遼王、漢陰王之例。末云:"楚王既在聽勘,國事難以管理,合行撫按推選郡王一位暫攝。"予語田東明曰:"此疏已重。"田曰:"何也?"予曰:"其所引皆誅滅例也。"田曰:"此不過一獄吏事耳。"予細思代理事終未妥,乃具一說帖云:"代理一節,恐楚王一時不堪,或生他故。此段事情終難明白。遣官既出,不過三月,了此非難。姑待其奏到,何如?"兩宗伯覽畢而置之,謂都吏曰:"有事我每擔去罷。"蓋是時,右堂目中已無全牛,而左堂一惟其所爲。予辯疏謂李始而同心議勘者,此也。

八月初八日,會覆遣官疏既上,而留中者久之,京師有異議矣。而楚人亦頗言右堂宿嫌於王者。會楚王奏辯疏到，復得旨："九卿科道，從公看議。"於是，刻分諸疏，期以九月五日收單。屆期會東闕下，大司馬泰安蕭公云："諸議多主撫按再勘。"右堂色不能無動，臺省目攝之矣。單齊日已過午，而多至三十七紙。予謂："舊例當全錄入疏。"兩宗伯及諸同舍具曰："否，否。"予曰："按宗藩科場諸議盡然也。"及入署，則見大司農趙公印單，累累千餘言，言不當勘。末云："臣世卿謹議。"諸同舍盡以爲當全錄矣。兩宗伯到，予及同舍入。兩公以逼暮草疏辭焉，第屬堂役傳稟而已。嗣右堂逸榻而吟，左堂執筆，僅掇各單大意。次早五鼓上之，而疏又留中數日。

於是，楊都給有全單疏，康侍御有勘議未盡疏。予聞以告，左堂曰："主職要，臣職詳。議單許多，皇上豈能遍覽。待兩衙門疏來，吾自有說。"右堂曰："吾固疑趙南渚之自疏也，今康果有言矣。"歸索全抄。明日，遂參四明及通政，并以楚王壽已禮單進御。余語田東明曰："此衙門公事，右堂何必自疏？以部疏明之，可也。"田曰："爲康疏散陰謀語耳。"已而楊都給又有謀害親王疏。楊疏筆素鈍，而此疏不類平日，王澹生已疑之，後果聞假手於武林姚者也。時以掇單之故，口語籍籍，右堂幾無以自容，即覆巢之下，儀郎岌岌不免矣。同舍或告予曰："司農之議，京師引以爲重。第無奈與衙門相左何？渠舊儀郎也，子何不一面之？"於是，予往謁趙。趙曰："吾閉門焚香爲此議，寫幾句，便燒幾句。且今時尚有真假二說，若楚王、宣化王殺後，止有真無假矣。滅王事大，非一個有一個對證，亦做不得。"予歸以語人，人云："此老之言是也。"予意尚不自釋。已旨批康疏，着封進原議全單來看。左堂乃連夜錄上之。

至十月朔，而看議疏得旨，云："楚藩訐奏事情，年遠無據。讎口難憑，非假甚明，不必再勘。便行與彼處撫按，啓王安心整理國事，華越等着撫按官分別議處，奏來定奪。"未幾，右堂亦得請去矣。免勘旨下，京師雖快朝廷無事之福，然當楚訐初起時，皇上據理折之則已，既勘矣，便須直窮到底。使撫按確擔非假，而後嘉與楚王更始，豈不光明正大，可昭示百世哉！今以勘始，而以免勘收之，終未明白，亦非政體。先是，禮科張誠宇疏請勘結不報。予亦上揭左堂，謂宜仍請再勘，而明郭老先生之無他者。語具在揭中。及得旨後，予復移書張云："他人身在事外，見皇上處分已定，則以爲宜括。吾輩身在事中，雖皇上處分已定，尚以爲宜勘。"左堂報予手書，則謂楚事乃皇上家事，必須皇上自處，終非臣子所宜言。第會覆楚王所參江夏四恨疏，有曰："元輔曲爲之包荒，皇上俯容其引去，即正域亦已媿悔不暇。林塾自甘，可無再議爲也。"得旨："這事已處置了。楚王安心理國，郭正域姑免再議。"其後朝紳寂然，無及楚事者矣。越甲辰秋，予備兵常鎮。次光、黃間，而聞楚宗有毆殺趙部院之事。

語云："非常之原，黎民懼焉。及臻厥成，天下晏如也。"詎不信哉！予讀《史》、《漢》，若淮南、江都、梁、楚、燕、齊之事，禍漢廷者多矣。假王之事，未易言也。惟郭宗伯真知之，亦惟宗伯能力任之。其名義甚正，其魄力甚大，然朝議不無異同者。豈非以武岡時曾有成案，而宗伯隸護衛籍乎？此所謂非常之原者耶！夫當時不勘則已，未明而罷，竟滋紛拏。十餘年來，談者扼腕。今孫宗伯業會請再勘矣，不亦晏如哉？多宗猶錮，疑事猶懸，而舉朝莫能得之於至尊，何也？甲寅夏，詔赦錮宗得釋。

勘楚紀餘 甲寅

自楚事起，予概未嘗說閣，說皆郭宗伯。即予廻避之說，亦因四明相辨疏，而後知郭曾以告也。蓋宗伯之言曰："初命三晉爲諸侯，猶諸侯耳，而《綱目》遂起于此。況堂堂王國爲人盜去，而聞者不怒，是何世道！"又傳聞四明公曰："張江陵止爲遼府一節，到死人猶不放他。郭明龍復惹此事，何也？"嗚呼！宗伯之自爲謀也則疏，而其爲國謀也則忠。四明之爲宗伯謀也則得，而其爲國謀也則姑息。雖然，使宗伯而請避也，使既勘而勿中止也，則雖汙其宮、潴其國，于二公何嫌哉！不然，當楚訐初起時，一折諸理，而以嚴旨切責之，亦是杜紛省事一着，雖後來翻案何害？予是以嘆任大事者識力之難也。

折柬名抄紀事 甲寅

京師貴紙，而全柬之費爲多，無論宇內矣。甲辰，五臺史有用折柬議，少宗伯李公乃刻說約，諸衙門行之。時吏部朝房已收折柬，亦有如約投之者。予惟折柬之用，必自政府始。若政府不用，則遞而卿亞，又遞而座師前輩，相去幾何，獨奈何輕之？予又惟庶僚謁政府部院者，折柬外宜貼紅簽寸許。京外有司例用手本者，仍宜青穀①二幅，手本必使六幅。柬盡廢，而後折柬可通行，行可久也。一日說閣，次以告首相沈。沈公曰："善矣！然必以小箋一幅代之，乃可。"夫愛毛邊而得箋庸愈乎？竟不果行。

《宗藩要例》，凡四季題請賜名者，率用手本送內閣撰擬雙名，下季抄出勘合知會。而兩房中書因以爲市，率非侑不名，或同題而先抄一二府，或同府而先抄四五人或二三人。又白頭手本，漫難稽查。予與郭宗伯議爲名抄二簿，春秋簿一，夏冬簿一。凡春簿夏註，夏簿秋註，遞出遞入，秋冬亦如之。初猶行一季，其後遂仍前零星抄出。予移文制勅房往復辨論。中書馬者，以予爲奪其賄賣之路，格不發也。予數遣吏趣之，亦復踰時乃發出。一日說閣，因及名抄事。四明相曰："渠輩正怪你部裏以印簿抄名。"未幾，予陛去，不知此簿尚行否？

大儀氏曰：是二事之必可行，無疑也。不費閣中纖毫力，而一歲所省衿紳宗室家不訾。當事者難之，何哉？一拘於體面，一牽於近習。夫至細而易者猶然，況其鉅乎！天下事何可易言也。

癸亥小草紀事

蔡子以丁巳夏督浙學，以戊午冬遷勳少，以庚申冬予告，以壬戌春起原官，以癸亥仲夏入都門。初起時，母太淑人命予行。予念母春秋高矣，趑趄久之。既而紅毛夷侵泊彭湖，自秋徂冬，時出入陸鰲、鎮海、浯嶼之間，甚至登中左、鼓浪與官兵角。已，夷入見撫臺，矢歸國，邑戒嚴稍解。踰年，太淑人復命予曰："汝父齟齬於浙臬，汝復蹭蹬於中吳。今雖內徙，然不稱吾意，召命再辱。吾尚健無恙，盍行乎？"小子不敢拂，乃白母曰："兒第行。倘例晉一秩、叨一毗，即圖歸侍母。"母頷之。於是，以春仲就道。

二十年去國孤臣，入都見謝，再面新主，不覺悲喜交集矣。入寺則司散糧，稱糧堂，凡三月乃代。前是起廢至者，旬月即遷去。迨予獨積薪，則其故難言哉！或訝問程芸閣阻汝以擊節范比部得志疏然乎？予曰："未也。范王予無涉也，曲折無聞也。譬之訟然，人有心而心有口，所關何事，而云不可磨滅乎？予第述陸五臺南刑時，陳劉一疏，首垣誤聽耳。"又或問："胡念麓兩察疏語，謬謂人指汝。然乎？"予曰："否，否。"曰："人謂胡君錯耶？"胡曰："吾不錯。"予笑曰："侍御豈爲乃叔之嫌乎？"

憶歲辛卯，予與麻城周中岳疏論吳門私謁，而及胡汝寧。胡故參饒三銘，而號蝦蟇給事者，侍御修郤耳。予既與要人左，是以有乞休之疏。上批："蔡獻臣着照舊供職，不准請告。"而吏垣章某者，侍御姻也。疏論趙中丞、崔吏部、談比部、何太宰，而末遂及予。蓋謂予擊節范疏。又謂近疑疏語暗刺，逢人巧卸，其貸口明矣。上批："何熊祥已有旨了。餘着分別議覆。"予是以有因言賈罪之疏，并辨儀郎、學憲二誣。上批："蔡獻臣着遵旨供職，不必陳辨。"而章復參予抗旨瀆辨，語益毒。予是以有乞歸調攝之疏。然儀曹事，則拾汪、鄧唾餘。予己酉楚事始末一辨，舉朝所稱確論者。學憲事則隨筆捏成，兩浙士紳咸爲駭之。上於章疏批："已有屢旨了。"而予疏則批："已有旨了。"會誕皇嗣禁封，予欲去不得，欲告不敢。而聞紅夷復入求市，乃請假歸省，而投銀臺封進。雖一秋一毗無以悅母心，然公論未泯，本來尚在，從此不復問長安道矣！

嗟乎！孔言命，孟言天。苟在我者，不妄語，不暮夜，不鳩人，即不愧皇天，不愧吾母，可也。彼世途中，任其風聞，可修怨，可拾唾，可即爲鹿爲馬，爲鷹爲犬，何與吾事、吾行也歟哉！於是，以閏十二日准給假，十四辭朝而南。

記　　碑

邑侯熊雨殷生祠記崇禎戊寅

雨殷熊侯之涖同也，餘五載。其上計去同也，且三載矣。而生祠之營竣，以戊寅秋。諸父老謂，蔡子宜有言。余惟茲役也，我同人之心德侯者深也，余筆禿矣，烏能寫之！

夫泉山之邑，故稱晉、南、惠、同。而吾同比來生齒之殷繁、冠蓋之濟盛、山海之雜遝、市肆之豐廡，即南、惠視之蔑矣。然而，情僞日滋，爭訟日煩，大非紫陽氏之舊。故泉南稱壯縣莫同若。夫熊侯操何道而擅治最哉？蓋侯才高而識明，心慈而風清。而文章之華贍、記性之精敏，種種超人一頭地。凡事一入耳、人一經目者，雖逾歲越月，而在名曲折、胸中語次，無不了了。徵比有定限矣，而間寬其期，故鄉貧民稽貸樂輸，而鞭朴不事。訐訟解仇者聽矣，而事情重大、必須問斷者，則鐵案舉筆立示，而兩造咸服。愛士憐才，諸生有一善，則畢力成之；有一抑，則多方白之。至童試卷且盈萬，侯三較一一評閱，故入縠皆佳士，而遺取者帖然無譁。侯執法嚴而用法恕，性不欲置人死地。即罪狀應辟者，再三求其生路，曰："且留待後之包君。"又，侯非第饒文事而已。同海中，故有浯洲、嘉禾、烈嶼諸島。而濱海離邑之地，高浦、鼎美皆數千里而遥。時則有紅夷、劉寇之警，而侯凌風波，冒矢石，率鄉勇而突擊之。以故金門、中左、鼎美、烈嶼之間，夷舟遠遁而賊艅屛跡。此豈攻鉛槧者之所能辦也！侯文武才具，大都若是。宜其冠薦剡，繫去思，官評推爲第一，而士民有不永懷者哉？

當今聖天子勵精太平，起家名令而致位揆席者非一，日者翰苑臺省之選，實御皇極而親試之。而侯以讀禮未及與，稍需辰計畢而盛典舉。文章治行如侯，翰苑之英，誰當先者？輪山士民且企踵而觀綸扉之業矣！

侯祠在東郊五里，王侯廻溪開府祠右。而董茲役者，孝廉盧君若騰，侯閩闈所舉士也。熊侯諱汝霖，字夢澤，別號雨殷。浙餘姚人，崇禎辛未進士。

同安邑侯李青岱生祠記 甲寅

夫談吏治者曷衷哉，則徵諸士民之心矣！士民心德之，雖不亨于官也，吾必謂之良焉。士民不德之，雖其亨于官也，吾必謂之駁焉。何也？斯民也，三代之直道而行也。吾獨怪夫下之所是，上之所奪也；下之所非，上之所獎也。是非獎奪，四相反也。將循良之吏解體，而一切彌縫閉護之術得志矣。蓋吾于青岱李侯之去,而咨咨慨焉。

夫同負山阻海,地瘠人稠,閩南之劇也。吾侯下車,薄于贖鍰,廉于交際,利病悉調,寬嚴互劑,鋪行無所取,讞鞫無所狥。民苦盜也,爲之殲其巨魁。民苦商稅也,爲之蠲溪南之半額。民苦糧累也,爲之減梵天奇江之加增。民苦代旁邑輸也,爲之停嘉禾之倉穀。崇綱常也,而一歲之中,節烈數見。清銅魚也,而秋榜得雋者十人。脩廢墜也,而郵梁祠廟焕焉一新。開三面之網也,凡爭訟者聽其解仇,而官無所利焉。蓋侯嘗勒正俗之編,表康烈婦之墓,葺朱紫陽之書院,行林茂貞之遺集,皆不惜捐俸成之,尤百年風教之事,古循良之所注意,而俗吏之所不能爲也。癸丑入計,以浮言鐫二秩。邑民驚相告曰:"侯不來矣。冤哉!誰奪我天者乎?"

侯爲人坦中快性,即上官前伸眉論列,無所避讓。間有率見而行者,既或自悔改,不少護惜。此乃侯之所以爲高,而涉世之所微窒者歟。嗟嗟!小民何知已?饗其利爲有德,聞侯畢覲後,即投牒而歸,有終焉之志。侯年甚盛,而施未究,主爵者其舍諸,異日所竟,何可量也!曩者歲比不登,侯至而三年大穰。辛亥之秋,甘澍應祈。民曰:"侯得天矣。"相率建亭于邑東,顔曰"喜雨"。比侯去,晚禾復枯。民乃益思侯德,即前亭爲祠,設侯位而尸祝之。

以獻臣嘗與脩志之役,而核侯媺政之詳者,諸父老介上舍林炳、葉濂、陳士鷟來問記。予不得辭也。雖然,何能文哉?亦曰:"斯民也,直道而行者爾。"

侯名春開,字晦美,江西廣昌人。丁酉以文魁其鄉,青岱其別號云。

林萬峰先生訓同記 戊戌

予觀往牒記載,所居人宜,所去見思者,何寥寥也。有之,大都郡邑之長爾。彼其權至專且重,而其致此者,詎歲月之積,乃師儒之官,不假威力靈爽,而能以道得人於黌序間,自陽道州、胡安定之外,尤不數數見焉。

我國家郡邑各置學官,勢趨教弛,寖不得言重矣。司訓於邑庠分爾,林先生訓同安,又纔二載所,而諸文學何以戀戀不忍去先生也?會里中諸文學授簡爲先生記,余進而問之,曰:"先生若何?"曰:"吾先生月課士,與葉上虞、王勿齋二先生,評隲高下之不爽。月群諸生于紫陽書院,歌詩談道不倦。士貧者贄之不納,即不贄,不問也。"余曰:"此矜飭模範者饒爲之,烏盡而先生哉!"

或曰:"吾先生蓋有道者。先生爲人至誠忠厚,不事奇行高談,至其所自信,雖賁②育不能奪之矣。諸生無智愚材不肖,入其室者,如坐光霽中。不以禮意之勤怠、踪跡之疏數爲軒輊也。有一生與族訟產,而巇以不肖行者。先生曰:'此誑耳。曖昧事何可指以罪人?且何不謁於未搆訟之先?'力白之,幸得釋。左右曰:'某生居門下,未嘗數見面,何惓惓爲?'先生曰:'師弟大義應然。豈可以世情厚薄視耶?'歲饑,縣移先生分賑嘉禾里。至則托宿神祠,不煩里保一供。或倉卒不能具釜鬵,爲廢餐者再。每里必覼應賑者主名,集里保矢之曰:'若有虛冒,神明共殛之。'言未畢,而覬冒進者數十輩相顧散去。以故所賑咸得當。令長而下,赴御史臺受計,留先生司管鑰。人有與所私婦殺其夫者,先生不受狀,第訊之立得。令保出覓屍,且諭之曰:'汝實戎首,天網恢恢,安可漏也?'其人與所私者竟自縊。人謂先生片語凜于斧鉞云。先生所居廨頹圮,至不任風雨。每飄驟,輒起蒙蠟衣坐。諸生醵俥直欲葺之,先生辭不應。歲餘度不可支,斥餘俸鳩工,諸生以灰瓦木石助者相踵,先生不能止也。不數日而若新。今先生一奉太夫人訃,而雞骨支床。行槖蕭然,不能備道途費。諸生爲之祈恤于上官,方得歸。歸而吾儕皇皇若有失也,願累子以不朽。"

夫先生之於教事,非專也,又非有浸灌之久也。能令諸文學戀戀若此,是可無紀哉?余聞先生之尊人,以明經訓松陽、鄞有聲。先生昆弟四人,醇謹世其家。而猶子可立,亦新領鄉薦。先生好稱引其鄉林尚書聰之忠蓋,大參燧之廉直,及吾同林次崖諸先正之遺事,以勖諸生。且曰:"士趼弛鮮脩,即摘藻如春華,去聖賢萬里矣。"聽者胥洒然有動。先生嘗署云:"殿角天開金鏡曉,六合內正大光明。門前霧捲翠屏秋,一腔中融和潔净。"則其淵源涵養,有大過人者,所豎未可量也。余方宅先觀察公憂,嬛嬛在疚志。先生之去,能無同病相憐也耶?

先生諱叢,字廷桂,別號萬峰。閩之福寧州人。

允受軒記戊戌

四明余君房奉常,有道君子也。爲語溪胡上舍懋和,扁其所居之軒曰"允受"。丙申,金陵懋和謁余言爲記,余諾之,未就也。顧余淺陋,不足知奉常所名軒之意,且得有言乎?而以先觀察公悉懋和生平,且得無言乎?

懋和故鄉進士龍岩令胡君新之之弟,余遊兩君間,知其友于之情篤也。龍岩卒于官,一孫未齔,子母煢煢然。當病篤時,戒僮召懋和。懋和倍道赴之,則大喜,爲商榷後事,曰:"吾婦、吾孫盡在汝矣。以俸之餘屬孤,而汝爲經紀之。以二百四十金屬汝爲什一之息,俟其長而歸母錢焉。汝念哉!"懋和泣,受教惟謹。迄今且十載,而懋和所以立孤甚力。既已擇明師,與君之子同教之矣。無論龍岩所以屬其孤者,君爲關其出入,而毫不濡指。即龍岩所以佐君什一計者,必斥其入之半共之。間有外侮及大徭,則傾身爲理,無溢費而事竟濟。余觀世之爲兄弟者,計較銖鎦,不餘力而讓。即不幸有孤兒嫠婦之遺,則狼吞蠶食,不盡不止。不則坐視其母子魚肉爾,惡有生死不相倍負如懋和者乎!

懋和爲人明練而忠信,性耐勞苦,而輕財好施。尤精治生家言,故雖貧而給。暇則喜攤書,觀古人成敗得失之較。今需次當得官,異日必能效一割,以爲國家用,非僅齷齪自潤者比也。君房所爲名軒,意在斯耶!

先觀察知懋和於諸生,二十年來,其遊如家人父子不厭。去春,余奔訃過浙,君既逆之檇李而哭之哀。踰年,又走數千里,而會葬於温陵。由此觀之,君之誼至高。夫且不以死生遠近負知己者,而況新之乎!乃彙次爲記,使歸而識之於軒之壁。君房誠有道人,其所稱許不虛矣。

表賢祠配享記代陳五岳

余辱與詹仲子東圖遊。仲子歷落寥廓奇士也,其爲文刻畫先秦、兩漢家言,所著述幾充棟而未止。精六書、工繪事,得晉、唐、董、米諸家法。其爲行不蘄悦於衆，而栩栩自適。其名位方蔚起，余與之處，而有意乎其爲人也。已又得詳其父處士公傑之賢。一日，仲子謁余，拜而請曰："先君子没有年矣。詹之先，文學祖道者，故有祠堵鴞之陽。先君子没，而鄉人像之，以配文學公之享。祠曰'表③賢'。願乞先生一言記之。"

余謝不敏，則以爲文學公起高皇之世，作寨蓋鍾山部署，百里内而保全之。闔門之役，受爵一級。英風義概，死而崇祀，其所從來久遠！而處士公賈術而儒俠行耳，何以得此聲於鄉井間哉？祭法所稱：禦災扞患則祀之，勤事定國則祀之。二公之祀，吾不知其何居？然此乃國家秩祀，領在祠官者之義也，非鄉間所自爲祀之義也。夫祀生於思者也，匪賢胡思？老子之役，有庚桑楚者，擁腫之與居，鞅掌之爲使，三年而畏壘之民，至欲俎豆之於賢人之間。彼其所以會之，必有不拘拘如記所稱者。

余觀處士公白父殺人冤，事母嘗糞，聞雷震則守墓，而人稱孝。殯外父母，恤其孤，又立兩塋，而人稱厚。贖從子助於傭而卵翼之，卜行塋必兄弟兩利，而人稱友。歲侵粟踴，則豐出無巧入，而人稱恤。可不謂賢乎！是以生則爲鄉祭酒，死則思，思則像之、祠之。蓋古所謂殁而可祭於社者，公其庶幾歟！抑聞二公之事，種種多異。處士之父里士公，長不滿五尺，至公而魁然與文學公埒。生之日，而文學公墓有氣如虹，五色亘天。當文學公時，鄰有病疫者，見諸惡鬼守之，公入叱者三，而鬼驚避去，病者立起。處士家伏枕者二十七人矣，手徧藥之，疫竟不染。其事符合，率此類也。則祔而祀之固宜。於是賦迎神、送神之辭，授仲子歸以事其祖若父，而爲之記，使勒之。辭曰：

神總總兮來何遲，乘玉虯兮載雲旗。鏜鼛鼓兮薦酴醾，春秋代兮秩祀垂，邦之人兮實爾思。右迎神。

宗爾祖兮配爾孫，酒既陳兮肴既芬。羌來臨兮尸熏熏，倏已逝兮心慇慇，福邦族兮庇後昆。右送神。

濬九里青暘山塘河記丙午

江陰運道，由九里月城青暘而達無錫之高橋，其之郡城，則由三河口入山塘河，與武進共之。余以乙巳首春至，則九里之役興。其冬，議青暘，議山塘，會直指行部，以今年春舉事，費省於前，而功倍之。率作省成，皆江陰令余君有力焉。

余惟山塘河在茲邑者，形狹而淺，以非運道，不得輒疏。然公私之所往來也，民雖勞，可已乎哉！九里青暘之役，間數歲一舉。然江湖鼓泥，歲淤可尺許，而九里之淤特甚。兩傍疏河之土成山，一衣帶盤曲其中。既疏無所置土，雨至則復于河。稍深之，復善崩，不任畚鍤。國初，設南北閘，而建之官。潮汐互爲啓閉，故水之行也獨，去也獨，而泥不大積。今官既久廢，而閘亦就壞。啓閉之楗化爲烏有，河之易淤亦固其所。余詢諸父老，欲猝復之，未能也。因書此以圖之爲江陰者余令，仍行河而核其丈數，刻石志于河壖。使他日水利之胥、趨事之民，不得陰陽伸縮其間。是舉也，一勞永逸之計，其將有興乎？

余令名士奇，戊戌進士，粵之東莞人。

重建大輪驛記壬子

昔尼父論政，柔遠居一焉。而《周語》單襄公所稱敵國賓至，司里授館，以至積薪監濯、致餐獻餼之典，罔不備具。矧今皇輿一統，同安爲閩粵通道，銜王命持關繻而過者，賁相望于封內哉！

蔡子曰：曩予道潤州，走京師數千里間，蓋有驛舍如新，溝途若砥。入其疆，似別一境界。而其令亦躝能名，博美官去。然細詢之，則傳舍道途之費，率取辦民間。彼其吏民不相得，無怪也。故耽於自爲者，視官若郵，何況傳舍。而巧於爲人者，飭厨傳以媚過賓。總之，亦爲己地耳，兩者吾無取焉。

大輪驛，故元同安驛地，在縣治西。洪武初，令吳銘新之。正德初，令李彰新之。嘉靖辛卯，令許仁又新之。八十年來，傾圮殆盡。賓之至者，率僑寓他公署以去。今李侯下車，愛養元元，百務咸舉。乃擇委典幕王君應元估議修費，計用工料共乙百九十餘緡，而侯捐俸以佐之者，不啻三之一。議定，上之郡道兩臺。既覆覈，咸報可。於是，以歲壬子首春興事，季夏報竣。凡重門周垣堂寢庖湢之制，井井秩秩。而一切搬運之費，皆屬權宜設處。工亟而成亟，官省而民不勞。則侯之經畫審,而幕之督率勤也。

然侯之爲是役也,取苞茂經久而已,不極觀焉。君子之至於斯也,雖不廢造請,然不乏事而已,無加禮焉。視諸傳舍,其傳舍與餤厨傳媚過賓者,相去何如也？侯嘗新書院以崇紫陽,清銅魚以復形勝,皆關邑大計。修廢振墜,費不及民。併茲役而三矣,是賢者之舉也。不書何以示後！

李侯名春開,別號青岱,江右廣昌人。王典幕,浙江江山人。其時驛丞爲富陽王學呂,亦咸厥功,併記之。

呼鶴鳴把總脩船記壬子

庚戌冬,予走鷺門,謁池奉常明洲先生。則鎮撫呼君以武舉推擇來部,署浯銅遊兵事。君年甚少,而貌偉然,而胸中了然。叩以海上事,如探囊出物,悉中機宜。予心異之。則退而私於奉常公曰："此將材也。"已得其家世之詳,則君爲大都督掛征蠻將軍印益齋公之子、僉閫蘇亭公之弟,三略六韜,自其青箱世業。又竊嘆曰："此將種也。"居三年,閱五汛,遊中陋規一清。越販外夷,如凌秀、黃敬竹輩,殺商于貨,如船户林養真輩,君督捕揖貨,盡獲其人贜,以上于當事者,當事嘉其能,亟移美詞旌君。若曰："是且露章薦矣。"

會本營及浯嶼、彭湖諸軍四十餘艘,例當修葺。巡海道石公、署巡道呂公,以君名聞于兩臺,咸報可。則檄諸艘鱗集鷺門,以聽君指揮。時冬汛屆期,而鷺門故無官商,君劑量省視,百需悉給如時直。工匠、哨捕憚君威廉,亦不敢有所濡染冒破。於是,諸艘立更新,耐風濤,而諸商賴萬、鄭景、謝良、許旭輩,德君深,乃介文學賴君鳳弼,謁予記之。

夫兵家之技,陸用車,水用舟,所從來矣。倭夷之侵,人咸謂殱之于海便。矧今輕舠利楫,不靖于海波者,實繁有徒,戰艦之所需最急。予嘗備兵常鎮,竊有慨于兵政之弊也。一船之脩造,總哨捕者,以至督修之佐領,道府之胥史,無不窟穴其中。故造則飾舊以爲新,修則少費而多報。一旦有緩急,則船半敝漏,不堪駕往。往必併兵併船以出,甫揚帆,而盜已出没于烟波淼茫之外矣。予痛與之更始,得請易雜木以楠。初雖稍費,後必經久。又欲請于朝,置廠姑蘇,設官督造,令四郡之大小戰船,咸責成焉。惜其説未及舉行。使得如呼君者而總領之,何憂江海哉!當事者行且圖君之功矣,異日推轂而出,東西南北所不可知,然必能使瀚海安瀾,而光大乃父兄之烈,無疑也。君其益桓桓,迪果毅,廣德心,幹國承家,庶幾於古所稱名將者,則浯銅其太阿出匣之地乎?書以俟之。

君名鶴鳴,字玄齡,別號凌虛,授官鎮東衛云。

重遊端平岩記

端平岩三面皆山,獨背有村落田地,而邑西山峭立其後。前擁小西山,望之甚秀拔。戊戌歲,爲先君卜葬,與老堪輿徐公乾者,從大嶺登其前峰。峰頂有方池瀦水,大旱可決溉田。南面碧海若帶。尋寄午炊於僧舍。今二十載矣。

乙卯三月,從後店先伯塋祭掃歸,欣然有重遊之想。遂肩輿獨往,而彭姪、學兒不能從焉。度石橋,扶掖而行,汔至覺憊甚。稍憩,則同康茂才時弼及年家兩劉生符者,窮岩際石室,已坐於石塔下。一茶時,日已崦嵫矣。遂相將至岩前山腰石徑而別。蓋望向池,若絕境矣。聖水半甃,在刹後西階下。又半山盤石,上有穴,深尺餘。舊傳穴水通潮汐,今惟一勺潢污耳。兹山徑路崎嶇,不減西山,而盤迂巉岩岑蔚之趣勝之。其西南峰叠石,及塔下諸石尤奇。倘獲考盤,於兹老焉,亦幽人之佳致也。

文崎澳嚴革海税記_{庚申}

山海之利,古推與民,後筦於官。然官所不能盡筦者,豪右或籠之以爲利。下户寠夫,一搖手投足,即觸厲禁,其税反倍蓰於官。此其敝,不與爲民爲官之意大相剌謬哉?宜爲持憲振窮者之所隱也。

吾同文崎之民甚貧,而取蛤於海。其餬口之計甚薄,乃借海界豪名,而索税者是不一家,其情甚苦。澳民魏君阜、魏承鄒等,於是援石潯之例,控於巡憲詹公。事下署篆貳守舒公,因得請於憲臺嚴禁,勒石以示永久。澳民慶若更生,又恐其既去而渝也，相與磨石鑴憲約，而乞言於予。予喜二公之能恤民，宜垂後觀。且告之曰："今詹使君將晉秩久任，再子我民也。且邑有賢令，若儕何患豪哉？"僉曰："幸甚。"遂書之。

同李邑侯建銃臺脩壇廟記甲子

傳曰："國之大事，在祀與戎。"兩者於令，豈輕也哉！第時平事緩，加意者鮮矣；勢急費詘，措手者難矣。蓋曰："苟內外無廢防，朔望春秋無廢禮乎？"吾計日而待遷，何知其他。

任明李侯以名進士涖同五載，治行尤異。神人協和，諸徽懿勒在德政碑中，不具論，論其興建之大者。歲壬戌，邑有紅夷之警。一切訓戎登陴，除器修堡，慮無不犁然具舉。乃曰："夷善銃，吾城無銃臺，如蟻附何？"告於紳衿父老，圖襄厥役。乃即城爲臺者十，空其中，石其外，三方上下各留空置銃以待，而中設板焉。棟之瓦之，以避風雨。蓋望之言言仡仡矣，計直可千餘緡云。又諸秋祀壇宇，歲久④就圮，侯捐俸鍰，一新之。

爰自城隍以暨山川社稷厲祀之壇，或跂翼像設，觀者神竦。或植頹扶傾，周界有垣，待祀有亭。仍斥修臺之羡，置地若干畝，以爲守廟資。初，臺議起，時侯先任其一，以爲紳衿唱。乃俾分任，而侯程督之，故規制如法。工牢而費不靡。

於是侯覲行有日矣。士民聚而謀曰："惟茲臺功神功，侯之爲同計者，規模甚遠，功德甚鉅。胡可無紀？"予惟世之司牧者，當修民和，食神休之時，類多苟安目前。曰："毋動爲大耳。"及外侮薦窺，羽書旁午，不束手無策，則拮据靡遑。且動必請帑，以備防禦。而帑不可猝得，則諉之無可奈何。

今觀李侯自夷警以來，措置多方。臺司之運籌決勝者，急侯如左右手，而侯亦方員畫。雖道途日多，堂皇日少，而神常周於鎮海、彭湖、浯嶼、料羅之外。即興大役，創永圖，不費公家纖毫，而指麾立辦。又能以其餘力修舉廢墜，無貽神羞。世有如此才具者乎！今蠢夷遠遁，海波不揚，攻心伐謀，當事者業上侯功狀第一矣。侯長才介操，貞心遠猷之數者，特其細耳，然已宏遠若此，茲行將留備耳目之選，異日國家有大緩急，侯可屬。

　　侯名燦然，字伯㪍，浙之縉雲人，任明其別號。克咸厥勞者，邑幕魯必麟，邑人工部營繕所副薛應參。并書。

浯嶼把總翁曉暘去思碑記癸丑

　　予往歲奉璽書觀察中吳，得提衡四郡，文武將吏屬以乏人。視兵蘇松，蘇松之組練如雲，兜鍪如雨，方常鎮不啻倍之。其鵲起世將，而取功名掛印開府者，不可勝數。維是金山萬户翁君者，尤絕塵而屈其曹伍，予心器之。君外壯熊虎，中飽韜鈐。事母孝，與士信。守嚴欽泉，惠温挾纊。自弱冠從戎以來，遞綰衛符，歷握兵柄。凡柘林、川沙諸要地，命帥缺，則必以君攝事。而君老成持重，營務謹辦。以故諸臺使者，檄獎君者百，疏薦君者四。其素所樹立，固然哉！

　　已而予屏居里中，間遇海氛少惡，私維安得若翁君者，而保障兹土。而君浯嶼之命果下，予聞之沾沾喜；至而以舊遊誼謁予，予又沾沾喜。且期以登壇之業，而君益慷慨振刷，登舟有誓清日出之志。受事未幾，撫臺丁公復用汛事慰薦君矣。嗣是乘風破浪，同苦揚威。革衛所貼駕擇便之例金，而戍卒懷。擒小埕橫發難制之劇盜，而威名震。緝通番不可測之販船，而隱禍絕。其兢惕勤勞如是。衆謂異擢將可立致，而任怨滋蜚語忽起。居無何，君告行矣。所轄哨弁士，攀轅卧轍不能得，則謂予故知君，而相率乞一言以志去思。

　　夫予昔日偕二三共事君子，畢力推轂君，以幾其有今日。即今之波恬浪靜，而獲安枕于海邦者，誰力哉？離而聚，聚而離，不待將士之請，而予已不能爲情矣。雖然，君年壯而志遠，建豎未艾。古今能將，蹭蹬而起大功名者，往往不乏。士顧能爲國家緩急倚耳！君出而用閩，歸而用吳，安知不復有推轂君如昔日者？則標銅柱、勒燕然之勳烈，予尚有望於君矣。由斯以譚，則君可無憾於去，予可無憾於君之去。而麾下士亦尚綴甲厲刃，以拭目君之登壇。此石乃異日不朽券哉！

　　君諱元輔，字孝揆，別號曉暘。由松江金山衛指揮使欽擢浯嶼把總云。

同山廟塑陳我泉像記 辛未

夫事之必濟,豈不以人哉？朝廷之公卿,閭巷之豪舉,其所仔肩,雖巨細不同,然要其必有裨于今而可傳于後,則一而已,巨細奚擇焉！予所知同有陳以廉者,別號我泉,嘉靖間自漳來徙,以纖絹爲業,而惇誠慷慨,則非市之人也。

邑東之同山,朱文公大書深刻在焉。山故祀五顯大帝之神,屹爲東鎮,廟圮而神樓溪滸,所謂第二橋者,萬曆壬午邑南人醵金新之。先是,溪漲浮大木,長丈許,上書"大帝"二字。廉不惜價購之,而至是乃募匠而鏤帝像焉。一切甄瓦木石、工匠之需,廉皆身自程督。即錢穀不靳,胼胝不辭。閱乙酉告成,而前殿後寢、神堂僧室,巍煥軒爽。又捐貲買⑤耕地若干,以給常住。歲己亥,延名僧結夏。而予及李都諫、王廉憲,今中丞張公得時過臨者,廉力也。

邑西三十里溪曰黃櫸,爲安、南二水之匯。山夾峙,石參差,夫浸則沒牛馬,諸道人募緣爲梁。踰年復決,廉捐貲終事,且廟其左以憩行者。迄今來往稱坦途焉,又廉力也。

邑侯洪含初公以邑故文物地,而學宮之前,文峰不卓,謀塔鳳山之巔。既捐唱矣,問誰率作？予舉廉。則立召至廷,而花紅鼓吹,遵從中甬以出。廉奉命程督,一如同祠而加慗焉。其秋塔成。越明年辛丑,許太史遂魁南宮。肆今人文蔚起者,亦廉與有力也。

初,廉五十未嗣。己卯五月朔,夢神人雲中呼曰:"而刻我像,予昌爾子。"配王夢亦如之。及歲戊子,而妾舉諸生應寰焉。居恒謂:"財施不如身施,行施不如心施。"故累纖積微,而好行其德。計廟橋諸費且二百金,而心力俱殫。此三者,功神也,功人也,功士類也。微廉,誰能任之！予以是嘆世之肩宏託鉅者,所爲力少耳。使人盡如廉,則事可成,功立奏,縣官復何憂天下哉！廉歿二十餘年,而辛未脩廟之役,群議塑像以存檀施。此邑南人之公,聊爲記之。廉有孫胤綸。

重建和尚橋記 癸酉

同安,閩南冠蓋之衝也。邑西二十里許,有石梁三間,不知創自何年。蓋古禪師撤舊院而成之者,俗稱和尚橋云。萬曆間,大令洪含初公曾一修之。庚午之秋,溪漲,橋盡圮,往來者跋涉沙水中。明年,漳僧如應者,請於邑,募建焉,已復懷貲逃去。壬申秋,熊令公雨殷乃置募簿,屬梵天寺僧正教曰:"是嘗造伽藍祠、羅漢像,及重新鐘樓藏殿者。"而令公亦復捐助,以爲僚屬士民先。於是正教不愛力,不濫費,伐石鳩工,越三月而告成。其長七十尺,蓋視昔加壯。而和尚橋之名,將復流傳數百載。

大都橋之圮也,石之長者易以折,近人者易以偷,卧沙者易以沉,故修造之費,惟石最巨。然在如應,則化爲烏有。在正教,則聿觀厥成。事之興廢,豈不以人哉!抑吾同東西諸梁,小於此而就圮者多矣。安得如正教者迨茲徧葺之,庶幾費少而賴永也。正教告余曰:"是役也,我民實嘉令公之賜。茲將建一剎橋西,而立石紀之。"余爲書其事。

熊邑侯重修西安橋記 甲戌

同邑之南,東西溪流匯焉,而達于海。而西溪之流,尤爲深闊。西安橋之造且修也,自宋元祐、嘉定間,其長餘千尺,其通水洞二十二,記所謂洛陽之亞也。越我明嘉靖,葉令允昌亦嘗修之矣。今癸酉十一月,橋西火,而石洞熸折者七,民舍之延者數十。雨殷熊侯夜馳至,則向火拜籲,火爲息已。謂此橋爲漳、泉通道,雖工大費鉅,烏可以已乎哉?乃捐俸百金而倡募。邑紳士民伐石鳩工,邑丞吳綸程工甚勤,未幾而告成事。夾橋而廛者,整整一新。而車馬負携之過者,咸頌侯德,曰:"微賢侯,吾儕能無病涉乎!"

夫侯嬿政多矣。山藪林麓之訟,躬臨履而剖分之,其披蒙茸險仄也如平地。軍兵之月餉、夷賊之内訌,躬出納而鼓勵之,其狎波濤舟檝也如枕席。且也贖鍰愆入而清俸廣施。其成茲杠梁,砥矢以爲民利永永也何有哉?邑西之人德侯,而謁予紀其事。

予惟是橋也,創於宋許公宜,而二子楫、權,孫升,皆第進士有名。而升復繼公而脩茲橋,載在邑乘家譜甚具。蓋有功德於民者,必食報於天。我侯年方壯而未子，予亦以許公之子若孫，爲同民祝侯而已。僉曰："善。"遂書之。

侯名汝霖，別號雨殷。辛未進士，浙之餘姚人。

同安溪南蠲税功德碑壬子

自礦税使出，閭里關市，所在騷然。有司計無奈何，則議包税。於是八閩郡邑，各額派若干。吾泉得税千緡，而同安得八十。當事者心良苦哉！無何，奸民蔡德邵等投監充牙，因緣爲市。於是，七邑加税之半，而吾同復得四十緡。蓋公税一，私税十。舊税剜肉，新税椎髓。商民亦極病矣。比者晉江、安溪，額外之税已蠲，獨同税如故。

青岱李侯，下車問民疾苦。則惻然於衷曰："是負戴販鬻者，獨爲匪民？"會按臺瑞亭陸公行部下，鋪民柳世璘等訴詞於侯，侯遂例請罷之。按臺立報可。檄至，除逓革新，一時歡聲與舟車共走。而前撫臺猶以額故難之，且移藩司議。當是時，事幾格。而邑民劉某、吳某、葉某者，復以官牙奉藩劄，得輸税充餉矣。諸商民業皇皇靡控，而陸公適採鄉縉紳言，檄行縣而詞加峻。李侯乃獲以地税、香資議抵，及正諸官牙罪，而加税始得盡蠲。蓋新撫臺丁公亦報允云。

蔡子曰：予讀《周官》，司市、司虣、廛人之職，而深嘆夫税使之敝也。夫加四十緡錢耳，何遽爲病？乃逐利者藉口需索，豪敓箕斂，物價滋踴，而商民重困。兹舉也，有四善焉：開網布利，仁也。無所顧忌而毅然報罷，斷也。捐邑人以寬横征，廉也。上下相成無異同齟齬之跡，而民受其利，妥也。自非直指雷勵風行于上，賢侯委曲調停於下，安望有瘳乎？吏吾土者盡然，天下事何不可爲！而税璫奸棍，亦何能爲害？又使一日而明主撤⑥回中使，盡罷所謂千緡、八十緡者，不尤愉快哉！山中人引領冀之矣。

諸鋪民德陸公及李侯之恩，永永不忘，謀壽諸石，而贅文於予。予卻其幣而爲紀其事若此，系之以銘。

陸公諱夢祖，別號瑞亭，山陰人，戊戌進士。李侯諱春開，別號青岱，廣昌人，丁酉江西鄉進士。銘曰：

涓涓溪流接潮津,商舶鱗集百貨陳。有無貿遷饒乏均,貂璫四出誅求頻。奸徒乘之毒我民,額外加稅四十緡。繡斧陸公代天巡,視垣一方察重淵。李侯作牧惠愛真,憫同不咸一視仁。十年積蠹一朝新,敲朴無煩吏怒嗔。龍斷賤夫走且悛,錐刀果布水陸臻,我曹頌德勒貞珉。

邑丞歐陽君政碑 甲寅

蓋畏壘之尸祝庚桑子也,曰:"日計之而不足,歲繼之而有餘。"而漢史氏因得之,以爲論治之法。曰:循良之吏,悃愊無華,居民樂去見思。夷考元封、神爵間,吏治蒸蒸,豈獨守若令則賢哉!彼其備丞簿、佐使之任者,亦莫非循良之徒也。同故劇邑,而丞職專捕務,其事尤劇,其於民尤親。疑非武健嚴酷,不能勝任而愉快者,若今丞泰和歐陽君,所謂廩廩德讓君子,非耶?

一日,林生一煃、陳生嘉謨、鄭生燦詣余,而道士民之言曰:"捕君故有聲諸生間,既數奇,乃用上舍生得丞吾邑。又泰和之歐,故世家也。而君用儒術起,故其言談舉止,居然儒者。君坦衷質行,涖民以恕,律己以慎。即下户寠夫有不直,薄笞而已,不苟責也。即捕君來,民若枕上過,不聞有鳴吠之擾也。其遇庠校草茅士,禮意尤爲歡洽。居五年,迎送奔走之事謹辦,市井小偷,每發輒得,上官嘉獎者數矣。而民懷君德,曰:'丞吾父母也。'《語》曰:'平易近民,民必親之。'捕君有焉。願乞先生一言碑之。"予曰:"微子言,吾固習知之,而樂道之。第稍需君之遷也。"

已而君果擢。擢僅得藩秩去,士民皇皇然曰:"主爵者,即奪我孔邇乎,奈何靳一美遷?雖君故饒哦松之致,吾恐丞之負君也。"予曰:"固也。夫堂下遠於百里,四封遠於千里,京師遠於萬里。以萬里之銓衡,而課百里之陪貳,烏能一一程量之無毫髮爽哉?雖然,世非無武健嚴酷、勝任而愉快者,要其得民,孰與君多,然後知庚桑之術果有合於吏治,而儒之用於天下,非一切霸術比也。蓋余考覽邑志,天順間,有永豐劉恂器者,吾同名丞也。其才諝,不知視君何如,而得民則劉疑無以過之。江右多良吏,不虛矣!"

君諱祐,別號武潭。

贊箴偈

還金刲股贊庚寅

余於真叟還賈人金,謝之半,不受;封侍御公刲股以瘳兄疾,徵潘氏世德焉。乃拜手而為之贊。

維潘之先,卜居筍江。厥有真叟,市拾遺金。全以畁之,酬而弗受。維公仲子,則友其兄。因心則友,訟而代對。疾而籲天,股於何有。相彼齊人,正晝攫金。矧為人守,弗究弗圖。閲牆實多,孔懷則否。伊公子父,羲皇之人。世載其厚,再傳而豐。豸繡舞斑,蘭玉映牖。辟彼層臺,岡陵等崇。起于培塿,誰其繩之。培之引之,式穀爾後。

讀耿敬亭侍御遺事贊

昔在龍飛,誰据軸地。倒阿授楚,竊珠遭睡。橫岡虎虣,深林蟒蠚。邪佞在朝,正直失位。實繁有徒,下石揚沸。孫鞅子非,其禍孔熾。卓哉柱史,強直自遂。解彼密網,完此義類。我躬不閱,外僚是試。松風何勁,本性豈異。天之既定,乃篤喆嗣。檢鏡人倫,拾級三事。仰止高山,懦夫增氣。

潘鵬江年兄五十畫像贊辛亥

錦心繡口,而文有布帛菽粟之醇。坦中直腸,而鑒徹臧不得失之林。純和不失赤子,而介潔嶄嵓其範型。疏脫若無町畦,而淵嶽石畫其綸經。且也長不滿六尺,而一往可使無前。言呐呐不出,而四筵可使咸傾。飲不能五斗,而側弁可使參橫。嘻,之人也,其出世者耶?入世者耶?持世者耶?用世者耶?規規者何足以命之!吾命之曰"真人"。丹青者知非之年也,自嘲者子雲之玄也。未若斯語,足以傳其人之天也。

題姚主簿畫像贊己未

仕矮屋乎術則儒，貌澤癯乎神則腴。四封吾赤子乎，而赤子亦慈母乎。吾口不輟誦，手不停書，遷不厭閒，居不求餘。嘻，先生其紫陽之徒歟，是宜五載嘯傲乎高士之廬。

池直夫内弟像贊庚申

秀其外，慧其中；趺其坐，衲其躬。矻矻乎禪書不離手，津津乎禪悦不去胸。咦，好個禪秀才！試問爾世間種種色色，何者能空？興詩逸雲，下筆彎龍。吾欲爾鳴人驚，飛天翀，而後尋一出路乎瞿曇氏之宗。今猶未也，吾駭爾太蚤計，爾乃笑吾拘儒，而不足語於大通。

邑博鄭見可遺像贊

其言若訥，其步若遲，其行若獨，其貌若思。其鑄人也，若坐程伯子之春風。其胸懷灑落也，若挾童冠而遊於曾氏之沂。其著訓式穀也，不讓瑯琊之之推。其既耄而自警也，猶不忘乎賓筵懿戒之詩。司銓者方倚以爲教父，而有道之儀刑，遽不可即而可追。噫！是之謂"三人行，必有我師"者歟？

唐宗洙畫像贊壬申

嗚呼！唐君其貌骨瘦，其度質雅，其文冲而理勝，其詩韵而風好。其行己趨繩而步尺，其締交披衷而見愫。退然君子人也。君王父與予別駕公，同辛卯舉。甘兒客莆而友君，君更客同而友予。通家奕世，杯酒贈言。别去幾何，翛爾長逝。嗚呼！君不可作矣。有志未竟，是在後之讀父書者哉！

吕潛中像贊丙寅

《乾》爻曰潛，《坤》象在中。其積既厚，其發必豐。伊誰孫子，乃祖秩宗。

冰雪肌膚，綽約儀容。鋒筆隨手，車書破胸。心潛于淵，神明乃通。時見于田，德施正中。令吾見子，必嘆猶龍。公侯復始，乘雲駕風。

劉員嶠畫像贊癸酉

冠紳之胄，俊穎之倫。貌昂昂而挺立，眸炯炯而藏神。蚤誦孔孟之書，而抗志青雲；晚晤空玄之旨，而托迹隱淪。獵數術於百家，釣結氂之河濆。負郭之田可飽，一室之內如賓。市聲不入耳，俗客不闖門。獨醉獨醒，不襪不巾。嘻，此何人哉？其超物外而脫世塵者耶？

蠅虎贊

青蠅營營，點白爲黑。有虎在後，攫之而食。矯哉微質，孔武有力。囂囂讒夫，敢告司直。毋逞螳臂，露蟬是賊。

江得雲道人琴瑟箴丙寅

昔也世出，今也世間。是耶非耶，不作二觀。粵若羅什，二兒登肩。一交而生，孰效吞針。老夫女妻，琴瑟無盤。孟曰居室，孔曰造端。

戲贈峰頂上人偈丙寅

問祖師，西來意若何？曰：畫亦描不像，字亦寫不出，詩亦説不盡。峰頂和尚，頭顱類古佛。然而以能詩、能書、能畫名也，是必有異。請居士下一轉語。解衣盤礴，摩頂苦吟。中允前身，永師千文。古佛出世，法門不二。片月孤峰，萬緣一偈。

燒臂偈有序

癸丑冬，梵天寺僧徒禮請勤事上人受戒。寺僧詣予，乞臨主之。厥明，余至，坐寢堂中。上人出法堂，陞座説戒畢，僧徒謁予。予問曰："燒臂痛乎？"曰：

"痛。"予曰:"痛定而忘之乎?"僧徒或笑或默。予爲説偈語:

昔大醫王,因病製方。按方治病,乃滋猖狂。拂菩提樹,漬無明種。毀棄戒律,交加喝棒。無義味語,何裨無常。痛定思痛,忘乃不忘。

書　　題

書城南別業示謙光兒

爾之居是別業也,池雖小,可以畜魚;徑雖曲,可以蒔花;堂雖隘,可以會文;室雖暗,可以安枕。去家雖隔一雉堞,可以晨昏定省。爾宜多讀書,爾宜厚養氣,爾宜温温恭謹,爾宜辨析經義,爾宜足不入公門,爾宜耳不關閑事,爾宜無比於頑童,爾宜無暱於損友,爾宜無以酒食遊戲相徵逐。或問:"損友如何?"曰:"吾家貧,餘貲不足望人腹。凡導爾以多事,拉爾入公門,日飲爾以酒,日索爾飲,招邀狹邪非類者,損爾志,妨爾功,益爾過。客有此一節者,願無入吾別業也。"夫君子之學,如工治玉,刮瑕磨光,令器乃成。君子之交,如農擇穀,茀厥豐草,種之黄茂。三復斯言,方爲吾子。二三友生,幸相爲勖之,并告夫客之來辱於此者。時辛亥二月之八日。

書儀制司題名後

萬曆庚子冬,王君惟憲長儀署,而題名之碑適滿。辛丑十月,册立册封徽號禮成。十一月,皇太子冠禮成。明年二月,婚禮成。諸大夫乃舉酌相慶也,命工礱石,將新之。會惟憲擢勳卿去。夏,段君徽之代之。秋,獻臣復代之。既受事,乃重訂其姓⑦字履歷,無令掛漏。是署額員四,自嘉靖丁亥而教習尚主者,主事一人隸焉。嗣是時,建無定員,迄今上三十年,而添註者二人,則田君億伯暨王君道林、潘君去聞是已。王以需次至,潘以行取至。蓋一時之盛,然亦漢廷所謂積薪矣。

題殳質甫山人詩草

余郎白雲時,與同舍松陵沈孝通稱詩。既臭味其爲人,而孝通詩妙得唐人法,薦紳間聲藉藉也。因識及生質甫。質甫亦松陵人,年稍長於孝通,而以詩稱孝通門下士。丙申,余復入金陵。質甫持所爲詩數十首謁余,讀之清聲雅韻,懼其卷之易窮也。余聞唐王摩詰詩中有畫,畫中有詩。夫畫與詩,規製璋判,妙理珪合,惟解者得之。此梓僅窺質甫一班,已足令人愛悅若此。質甫退然多技能,工丹青,所做趙承旨、唐解元、文待詔諸家,無不優孟。第令鼓其餘勁,畢力於詩,載之末年,余與孝通惡能定其所至耶!

書丙申小像自警

此丙申予郎南銓,而部掾鄧文光所傳者也。時予年三十有四,而謙光兒從宦,年十二矣。越二十三年,爲今己未冬,而予題之以自警。曰:

維予爾時,其年尚壯,其神尚旺;其顏面尚澤,其鬚鬢尚鬖。出有良朋,入有千秋。單日而入署,終已而散衙。爾何不自力,奄至於今年。運而往矣,形頹神瘁,顏皺髥頒。即攬鏡自照,不知畫中之爲故吾也。謙兒之年,亦既逾壯,尚未抱子。嘻!向也後生小子,今也彊年老翁。望四望六而無聞焉,焉知來者之不如今乎? 可畏也已。

書戊午天台試士圖

萬曆戊午,獻臣以初夏定科天台。蓋距吾祖兼峰公佐郡時,六十載矣。其城中有巾山二焉,而塔其顛。適供事典幕鄧文光者,南銓舊掾也,雅善丹青,輒令圖之。越今丙寅,乃張諸堂而題以紀。

問汝圖予於四明,越兩暮耳,而黝髭遽皤。問予閱浙士幾何矣,而三春已過。繼自今,尚有六郡之待試也,何期逼而途賒? 曰:"夙興夜寐,既竭目力焉。以庶幾予彌天之羅,而所以緩急拮据其間者,則寧精而不務多。"曰:"台之科名嘗盛矣,而後稍寥寥者何?"曰:"我明有方希直焉,有陳克庵焉,有金一所、黃久山焉,亦各崢嶸千載。而今之台,豈其異乎赤城之霞? 郡齋不有台學源流乎? 別駕公嘗序而傳之,以與都人士切磨矣。吾目謝九方,志崇先覺。都人士亦會得此意麽？允若兹,則何事規規于詞章之末、甲乙之科。吾題此圖,非第爲台士告也,蓋將永垂訓于孫子,而勉爲正學之不阿。"

書金臺紀聞後二條

雲間陸公深常以事謁章德懋先生。先生慰諭之,曰:"凡爲禮,貴敬而和。不必太促縮,令人氣索。孟子曰:'說大人,則藐之。'凡見一有爵位者,須自量我胸中所有。若不在其人之下,何爲畏之哉!"陸舉似座主劉司直忠,劉微哂曰:"此老失言矣。孟子所謂藐者,是藐其勢位。若如所云,是藐其人矣。"陸公曰:"章公接引之至,劉公析理之精,前輩風度如此。"余謂劉公之言,似之而非者也。孟子曰:"在彼者,皆我所不爲也。在我者,皆古之制也。吾何畏彼哉?"泰山巖巖,氣象分明。將勢位撇在一邊,直是藐其人耳。夫勢位以人重,非能重人也。人重則勢位重矣,人輕則勢位輕矣。君子畏大人,孟子藐襄王,豈非以其人乎?夫君國者猶然,況以高官熱柄驕天下士者哉!真井底蛙耳。

李少卿旻與陸公深論《綱目》,以"莽大夫揚雄死"、"晉徵士陶潛卒"爲贅筆。曰:"《春秋》之法,大夫致仕,卒而不書。若曰借二人以爲漢晉起例,則孔子何以不得卒於春秋?"余謂此論祖蘇明允而失之者也。君子之作史也,其人足以寄褒貶者,則書之而已矣。雄之死,書于天鳳五年。潛之卒,書於元嘉四年。當時豈無據尊憮以歿而不書者乎?朱子以雄之仕成、哀、平,而大夫於莽也。以潛之先世爲晉輔,而恥屈身於宋也。其人皆足以寄吾褒貶也。故曰莽大夫、曰晉徵士、曰死、曰卒,書法嚴矣,奚其贅?又安在其致仕而不書乎?

書李卓吾黨籍碑後

李禿翁曰:"貪官之害小,清官之害大。貪官之害,但及于百姓。清官之害,并及于兒孫。"其說幾樹贓貨之幟。雖然,禿翁閱人多矣,非虛論也。蓋清者多褊,褊則必有獨行己志、不恤物情者。清者多刻,刻則必有疾人已甚、持法太苛者。又清者入微,入微,則施嗇,嗇則必有三族相怨窮乏觖望者。夫此數者,皆犯造物之忌。故或通暮夜,廣田宅,而富厚累世不絶。或守井泉之俸,一錢不妄取與,而兒孫墮落不自振者比比。使人致疑造物,豈不戾哉!而不知其褊、其刻、其嗇,固有以取之,非清之罪也。噫!孫叔敖廉於楚,而負薪者以封。楊關西四知,而四世三公。仁義何嘗不利哉!予懼爲善者之怠以阻,故續是説以廣之,使知廉吏之可爲,而不至蹈其害也。

題清查蔡户授受産米簿

吾蔡户族民,米至一百十一石餘,多矣。夫有田地則有米石,而苦累當年者何? 蓋米業收割入户者,其拖累人易見。惟本族自相授受者,其拖累人難考。何也? 米在本族者,不假收割之迹。在賣者曰,米與業俱去矣。在買者曰,吾未嘗收米也。相延拖欠而不納。然浯洲之業,米止升合。至若東界之田地,業瘠米多,而授受莫可查究。當年負累,與啞子喫苦瓜何異。今明立一簿,凡吾族買賣田地,除年遠難稽外,其四五十年來,某人某處田幾斗幾升,帶米若干,賣某人。某人某處地幾斗幾升,帶米若干,賣某人。一一登簿,無或遺漏。然後,照田地配米,某人得田地若干,應納米若干,逐年一一催完納官。無得如某某父子,年年取貼而不納如故。則省當年代賠之苦,而得業者不至負官錢、累宗人。他日子孫永永享用,昌大無窮。此自利利他,陰隲之大者也。其隱匿以爲固然者,雖偷取一時微利,子孫安能消受? 及今改悔,猶可獲福。如或終迷,譴必及身。父老子弟知理者,其謂斯舉爲有當否?

書王廉憲瞻明暨配黄恭人祀業簿

表兄王瞻明廉憲之子鳴衡,以其二尊人之輪祀產業彙册,乞予數言弁其首。曰:"使我兄弟子姪輩有所遵守。"予締視之,曰:美哉。詳且核矣。此三昆仲析箸之餘,兩兄敏直、敏冲祀業之外,而輪奉尊人春秋及未分者之總籍也。約略其凡則:爲田租者,季二百二十石八斗四升計。爲禾好穀新流穀者,歲七十八石二斗二升計。爲吉貝租者,歲二百斤計。爲地租者,歲銀三十四兩九分零計。

爲店租者，歲銀三十五兩九錢計。爲魚塘租者，歲銀三十二兩計。石碴海蕩，歲租銀三十兩計。其荔、龍、梨、柿、宅之稅不與焉。其餘未分之土堡、座屋及海蕩、宅窑之稅，以至地屯借貸之數，皆附列焉，而署曰公業。

余詢其何年輪始，鳴衡曰："有兄鳴玉爲政，或明年，或又明年，未可知也。"予告之曰："既輪矣，既公矣，豈爭一二年所哉？使汝兄弟子姓守此爲據，雖百千年勿替，可也。"然世之人多惑於堪輿家言，其庸衆者流，則寧急營私，而父母一穴葬地，若置爲不相關切者，固無容論。即衣冠詩禮之家，知尋地矣。而計較房分，爭攘方向，以至窮年皓首而不決。此雖高明之子，且不免焉。無他，人各有心，而不以父母之心爲心故也。鳴玉、鳴衡，皆高明而孝友，聊復以是語之。嫂氏服明夏且除，吾將觀王氏之馬踏牛眠矣。

書林次崖公祀業

次崖先生爲吾同先正，《存疑》二書，佑啓後學，新政諸疏，翊贊中興。蓋卓然正、嘉間名臣，從享紫陽者矣。乃烈垂百代，而裔立四壁。天之報施名賢，其何如哉！先生祀業，僅僅一園一海。而園樹海稅，大率多質於富室之家，而果頑佃之腹。甚至歲時蘋藻之薦，有代辦於他姓者，竣事則徹以去。

嗟乎！馬醫夏畦之鬼，不饗非類，矧先生乎！適少府臨海何公來署吾同，獻臣以告。而曾孫諸生寓，因得請於何公，嚴立約束，以示永永。而寓復授之梓，使其後人無忘何公之德，而勿替先生之祀，其有功於儒脉甚大。繼今以往，錢虜晚進輩，其敢染指一菓一錯，以獲罪於名教？而先生之後人，不勉自撐竪，輪脩祀典，使君子之澤斬，爲若敖氏之餒，則先生陰譴之，而賢師帥明罰之，可不懼哉！

書蘇氏嗣嫡公議

蘇紫溪先生，先大夫之知友，而獻臣之導師也。精學卓品，海內人士宗仰之矣。先生一子，孝廉時欽君。時欽之子三：長煥中，字彥有；次爕中，三煌中，而仲叔俱蚤世未子。癸酉中秋,彥有雙舉寧馨人爲蘇先生慶有天,曰:"仁者必後,信哉!"於是,内宗外戚僉議,曰:"爕中嫡也。嫡宜有嗣。"乃以十月朔告於先生之祠,而以彥有次子伯墀後之。夫是舉也,天之道也,先生之靈也。倫則宜,序則宜,誰當先者?且處分嫡派之遺業,無不委妥。即起九京而詒謀,蔑以加之矣。善乎!蘇虹如侍御之言先生也,曰:"其業在天壤,不在田園;其詒在黽悟,不在溫飽。"又曰:"彥有方壯,螽斯未艾。嗣煌中者,指日有人。"善乎!侍御之言天也。余將持是以爲彥有左券,且勉之力讀祖父書,以保世而滋益大之。斯亦李文節及柯夫人之闓囑意乎!

【校記】

① "穀":原文作"殻",據文意改。

② "貢":原文作"奔",據文意改。

③ "表":原文作"來",據題"表賢祠"改。

④ "久":原文作"又",據文意改。

⑤ "買":原文作"賣",據文意改。

⑥ "撤":原文作"撒",據文意改。

⑦ "姓":原文作"性",據文意改。

清白堂稿卷八

論

曾點漆雕開已見大意

夫學果有意乎？無意乎？意有所取大乎？無所取大乎？昔者，曾點之言志也，疑於曠，而夫子與之。漆雕開之不仕也，疑於拘，而夫子悦之。程子以爲已見大意。意其果有可見乎？夫意者，何也？當日二子未嘗言及之也。即程子吟風弄月、動定靜定，亦庶乎有見者，而卒未嘗言及大意者，何物也？噫！其果有見乎？否乎？曰：以顔子之學知之。

顔子之在聖門，未嘗求仕也。未嘗以諸子言語、政事文學之長見也。唯簞瓢陋巷，不改其樂而已；唯欲從末由而已；唯三月不違仁而已。然而，夫子稱賢者顔子，行藏獨與者顔子，則大意其不可見乎？蓋天下之道足乎已無待于外，舉種種無窮之事業，皆具於此中；亦舉種種無窮之浮華，無加於此中。故仲尼蔬水曲肱而浮雲富貴，唐虞格天泰山絶頂之外。又曰，揖讓三杯，征誅一局。皆此意也，此所謂大意也。世人見不及此，往往馳逐外物，而冥然忘其真我。故希心天壤之間，而局步庭除之際；猷爲雖揭宇宙，而方寸尚多隔閡。此其視點、開二氏，何啻霄壤懸殊哉！彼舍瑟之時，使仕之頃，鏗然而自得，悠然而自異，退然而自揣，悶然而若辭。胸次灑灑落落，俯視塵世一切艷慕驚詫之事，漠無足爲者。噫！其識見加人一等矣。是果見大意耶？否耶？

或曰：夫子之賢顔子，思中行也。二子何居焉，而與之而悦之。曰：思中行而不得，必也狂狷乎。曾點之志，孔子之所謂狂也。漆雕氏取必於信，而不取必於仕，蓋不屑不潔之真脈也。世唯真狂狷，而後可爲真中行。彼二子者，竟其所志,雖爲顏子無難,此其所以爲見大意也歟! 然君子之學,識趣貴高,而踐履欲實。曾點終於狂,豈非以夷考其行而不掩乎? 而夫子之後,有漆雕氏之儒,則其所得於求信者,當不淺矣。此虛實之辨也。噫! 後之人欲尋孔顏樂事,不先明諸心而力行以求至焉,而徒玩弄光景以爲有得,此如薄日月、凌倒景,而足不離乎地咫者也。吾不知其於二子所見爲何如!

充無受爾汝之實

人情有所不樂受者,君子亦擴而充焉,以求得乎此心之真。夫人一心耳,乃有所受,有所不受。而其所不受者,不在死生利害之大,而在尋常稱謂之末。又不在張皇形迹之著,而在心曲隱微之間。此何心也? 所謂羞惡之心,義之端也。是心也,充之則義。不能充之,則終於貪昧隱忍,而失其本心精義。君子則必辨此矣。

昔孟子論義,至"充無穿窬之心",嚴矣。而繼之曰"充無受爾汝之實"夫。夫受爾汝何心也? 而至與穿窬同稱,人有不駭然而疑者乎? 且古之人,若尹者,千駟弗顧,萬鍾弗視,一介不取。若夷者,諸侯善其詞,命而不受。即孟子,亦不受齊王之兼金。此皆充類至義之盡,胡不舉以立標而必於爾汝乎? 充之爲也。夫數者,義雖皭然,然心與迹併者也,其爲義易知也。而爾汝之無受,心與迹違者也,其爲義難知也。今夫人與人勢相臨也,道相先也,年相後也,則稱之曰王侯、曰君公、曰先生,而世俗簡賤之稱則曰爾汝。試以是加之人,有外不受者乎? 無有也。試以是而叩其中,有不慚憤而甘受之者乎? 無有也。又試以是而質之人,人有不外若受而中實不受者乎? 無有也。噫! 此實也,此心之真也。外若受而中實不受,中不受而外又不能不受。於是,吾之心無以昭昭焉揭日月於中天,而終亦無以自愜其本心。嘗試反而思之。曰:加者何心? 受者何心? 不受者又何心? 我必先處其輕,故人得而輕之。我必先處其侮,故人得而侮之。若我不自輕,彼焉得而輕之? 若我不自侮,彼焉得而侮之? 凡夫日用間,種種酬酢,種種可輕、可賤、貪昧隱忍之事,大都類此矣。

充義之謂何？而乃如此也。由是利根可捐，名韁可斷，嗟來之食可去，通侯相印可麾。視大若小，視暗若明，舉一切無足以係戀我、束縛我、委靡我者，然後人莫得以輕我、侮我，而胸中一點磊磊落落之氣概，始浩然充塞乎宇宙之間。夫是之謂能充，夫是之謂無往非義，豈特不受一爾汝而已哉！然此未易言也。孟子論養氣，曰"集義所生"，而此則指點下手秘密藏也。故必徹表徹裏，勿忘勿助，如紀渻予之養雞，無虛驕、無盛氣，望之如木雞，然而後可以語此。不然，嘑蹴之食，身死不受，而不無動色於萬鍾。仲子之義，齊國不受，而子輿至等之於簞豆。北宮黝不受挫於萬乘之君，而紫陽以爲刺客者流。此夫不受人之爾汝，而與之凌囂諄訽者也。外不受，而中實不能不受者。告子之外義者也，非真能充者也。於精義之學，何當焉！

國 士 報 論

豫讓，奇士也，非國士也。深於報主之讎，而未得所以報主之術，何也？士貴爲知己者用，而不必盡爲知己者死也。吾以漢事明之。蕭何薦韓淮陰於漢王，曰："諸將易得耳。至如信者，國士無雙。"漢王拔之行伍之中，而加於壇坫之上，至令一軍皆驚。迨夫漢楚爭權之際，左投左重，右投右重，竟能蹙項興劉，使隆準公提三尺劍而成帝業。古之以國士知而以國士報者，固如此也。智伯何如人乎？豈能知國士者而乃獲此報於豫子也？亦大異矣。讓與瑤處幾年矣，亦知瑤之爲人乎！夫瑤也，重欲無厭。既請地於韓，復請地於魏，卒以蔡皋狼之故，合二君而攻襄子。張孟談之謀用、輔過之姓更、郄疵之言洩，智氏之命不長矣。

讓，國士也，獨無一言以諫耶？即不聽，獨不當強諫以少酬知遇耶？胡默默也？吾意君愎而情不容忍，則當如茅焦之危論。不諫而義不可留，則當如百里奚之入秦。此二子，其君皆非有國士之遇。故焦之就烹，人謂愈出愈奇。而奚之去秦，孟子以爲智。讓於兩者，奚居焉？胡嘿嘿也？桓、康肘足接於車上，而智氏分矣。當此之時，乃始漆身吞炭、塗廁伏橋，欲殺襄子而報故主，何益哉！

彼其言曰：吾所爲極難，將媿人臣懷二心者。千載而下，猶令人凜凜生氣。然其所挾以報主之術，亦已疏矣。吾姑毋以淮陰之際遇槪之，第据其三躍擊衣，無救於智氏之萬一，奇則奇矣，謂國士之用何？

嗟乎！豫子剛心烈腸，豈畏死而嘿嘿已哉！必將強諫而不聽也。史或佚而不載，以故缺焉。吾獨怪漢之世有李陵者，與士信，臨財廉，司馬遷以爲有國士之風。及兵敗降虜，胡服椎結，猶曰：吾將得一當以報漢。此真所謂懷二心者，視豫子之烈烈，何啻霄壤懸哉！則讓雖謂之國士也，亦宜。

不黨論

近來朝紳類知以黨爲諱矣。夫馴黨之成，可以空國，其名不可聞於人主；然存黨之意，易於構爭，其端不可開於臣下。漢、唐、宋之季，皆坐此患矣！若今之當事者，雖謂無黨，人不信也。蓋涉世未深，而成心難化。或起於意見之偏，或由於方隅之隔，或情牽先達之招引，或心艷聲氣之鼓動，皆中無定見，而隨人脚跟下走，如入深泥、陷大澤，或終迷不悟，或欲自振拔焉，而不能也。

夫男兒挺生寰宇，硬竪脊梁，何所不得。有好學問、好風節、好事功，皆可特立一世，不朽千古，何事依傍人以圖富貴？自嘉、隆以來，所聞如嚴黨、徐黨、高黨、張黨之類，倏炎倏燼，此皆倚冰山不足論。惟東林之稱，起自顧涇陽先生聚徒講學。其初，同志者則有高景逸、錢起莘、史玉池、于景素、葉玄室、薛玄臺諸君子。其後，則有安我素、劉本如、錢肇陽、劉念臺諸君子。又後，則聞風就講者衆矣。己酉、庚戌間，附以郭明龍、葉臺山、李修吾、于如庵，而東林始盛。既三四年，而攻者四起，東林始不理於口。又三四年，葉臺山再相，鄒南皋出山，而東林又盛。至高、趙師弟同時都銓憲，極矣。魏忠賢用事，非獨空東林也，且借其名以空不附己者。或殺，或斥，而海內賢士大夫幾盡。今崇禎之初，東林復起。或借東林以攻人，又或借黨以攻東林，駁駁乎膏肓不可解矣！而未知其所終。

君子曰：甚哉！講之爲門戶蒿矢也。夫以鄒南皋之正氣仁體，顧涇陽之挺立深詣，豈樹黨者哉？然而評于比部者，曰：所談何學，所護何法也？夫比部亦名東林中人也。寧特一比部也！試觀二十年間，談學人日少，東林人日多。迹其盛衰浮沉，有識者可以懼矣，而何侈言東林哉！又何假借東林而諱言黨哉！語云：東海、西海，有聖人出焉，此心此理同也。南海、北海，有聖人出焉，此心此理同也。有志之士第求之此心此理，雖獨立獨行也可，雖渙小群以成大群也可。周文公之爻曰："渙有丘，匪夷所思。"孔子曰："矜不爭、群不黨，士大夫患學不明耳，道不立耳。"朝廷患不得眞識力君子而用之耳，何問東林不東林乎！此爲己、爲人、爲世道之大關鍵也。

非　公　論

士大夫家食，澹臺滅明吾師也。居間公門，以博餘潤，豈有道之行哉？蓋有設財納交以圖益富者，衆不齒之矣。其或家貧骨俠而不免爲人緩頰者，非其情也，不得已也。夫既不得已而言，則必其事極直，其情極冤，又於爭訟人無礙。而其家故饒，官府又故相信，則可。何也？理勝則易爲詞，情冤則易爲解，人無妨則無所歸怨，家饒則易爲酬。此則人與己俱得，而言與聽兩無失也。吾豈惡此而逃之哉？不然，不直不冤，則言未出而色已赧。有妨於人，則利欲歸己，怨將誰歸？而主者，素非相信，則足趑趄，口囁嚅，甚者厲聲冷面以待客，又或微詞以誚客。自非頑鈍無恥之徒，未免踧踖然坐不安，亦遂起揖謝去矣。且或以重其人之罪，雖悔何及哉！故極直、極冤之事，觸目激衷。質仁者，雖不諱言而無敢受酬。或不使知之，其見信，則彼之幸也，何辱謝焉。不見信，則彼之命也，吾心力盡矣。

或曰：世有顯重之人，能令人當先爲逢，未言而唯唯，片語而千斤。又有善爲説詞之人，或聲東而西救，或先遠而後近，或始諛而終盡，使聽者有味乎其中，而不覺其怡然以悦，欣然以從。如此，則可謂善排難解紛矣。雖傾囷箱，券田宅，奚嫌焉？然人各有能、有不能。夫宜僚弄凡之技，汝能之乎？亦效柳下之愛吾鼎而已。故曰，持身以澹臺爲法，則無苟賤之羞。或曰，子之言，丘里閭巷之言也。夫居間不有什百於此者乎？今面向銓樞而市缺，書抵廠庫而請支，千數百金，一言立致。是何人！是何人！何無厲聲而冷面者哉？噫！《語》云："争名於朝，争利於市。"今舉朝皆争利矣，則前所謂顯重之人是也。

舍車論

齊顔闔有言："安步以當車。"夫步非士之常哉，乃今邑中肩輿何相錯也。憶予弱齡游庠時，表兄王當世觀察方爲孝廉，過從皆步。即祖客於嶽，尋僧於寺，訪友於東山，去城三四里許，亦步也。第從一二奚奴張蓋耳。今肩輿何相錯也。豈大夫之後不可徒行歟？夫同邑之與泉郡，廣狹有間矣。廣則或輿，狹則步，亦厲揭之宜。且冠蓋之區，卒遇親朋，非憑軾設幔，寧能安坐車中自如乎？

或曰，由城南而之邑治，肩相摩，踵相接也。即步，安所着足？又夫士也，名爲讀聖賢書，或樗蒱，或沉湎，或走公府，或負私疚，或督學試失利，招摇市過，恐人將背指，設幔以蔽，不亦可乎？語云："終身讓路，不枉半步。"市雖軹，猶有曠閒不争之途在也。若内負愧而外自封，策斯下矣。試爲我語之曰：舍其舊而新是圖，即騰踏萬里，可也。何愛街衢咫尺之地，不以展其驥足，而以書生侈作富貴容哉？《賁》初之《象》曰："舍車而徒，義弗乘也。"不占而已矣。

引

司馬總督蔡元履公正氣祠引 丙寅

語曰："絳灌無文，隨陸無武。"兼是二者，古人難之矣。矧停停獨上，種種備美，所謂殊絶人物者非耶？吾同故右司馬中丞、總督四省元履蔡公，天植忠孝，神授英略；思啓行翌，志鋭氣剛；目所經涉，口輒成誦；意所欲言，筆如有神。方當弱冠之年，聯占魁名之選。起家比曹，旋長庫部。輕重明允，淑問獻播俘之因；出納周慎，清風沈閑富之誚。作屏荆南，移憲湖北。刑名錢穀，蠹必剔而弊必釐；咄嗟顧盼，餉無逋而伍無譁。

既以計吏之異等，賦政中州；旋因直道之忤時，堅還初服。薦剡交騰，畿輔載起。乃正左轄於汾晉,超拜中丞於郞襄。首陳久任之規,茂著撫治之績。時惟奢安煽亂,帝睠西南半壁。督府弘開,賜雄劍以專征;四藩節制,虔秉鉞而臨戎。忠勇奮發,賞罰嚴明。滇雲之道既通,行李無虞;陸廣之河若塹,苗玀潛遁。首功已奏萬餘,乞降亦復疊至。何期功垂成而將星中殞,豈真亂未厭使斯人無年。惟帝念功,申恤命於宗伯;百身何贖,齎壯志於鬼方。可謂社稷之勞臣,文武之兼資矣。

最厥生平,尤稱完懿。遍覽則胸羅百氏,鴻裁則文擅一家。雙親繼殯,泣疏終六年之喪;同生二人,篋藏無私錢之入。創宗祠,而俸分贍族;歷膴仕,而家徒四壁。與公府言,何嘗及私,而持石畫必有裨於桑梓;抵政府書,不爲修問,而效忠言特無嫌其苦勁。蓋遼陽失守時,公過我,曰:"奴爲不道,如可斬也,吾以首貿。"嗚呼!誰能爲此言者哉!矧所建豎、所操履,復卓犖純備若此。如公者,誠宇宙間大奇男子,非滄浯毓秀、太武炳靈,不可得有也。故候代之日,土司乞留;聞訃之辰,朝野同悲。而年僅知命,兒同伯道,猶爲私憾矣!

泉先正如襄惠張净峰、大理林次崖,皆特祠於鄉。公之文章事業、忠孝廉節,真不相上下。祠曰"正氣",斯稱情哉!嗚呼!哭公爲天下也,非以私;祠公彰令德也,所以教。是紳衿閭巷之公舉也夫。

重新樂圃公祠堂簿引 庚午

樂圃公祠堂者,吾蔡新倉房之祖也。十數傳,而子孫用經書起家科第者,不乏矣。乃三十餘年來,何寥寥也!祠久而圮,非及今更新不可。兹三房叔兄弟姪,議以翌歲辛未庀具鳩工,計非百餘金不可。顧諸子孫,當兹兵荒之際,時詘舉贏,爲力豈易?第爲祖宗豎永永之基,各宜殫協,共成盛舉。今夫捨佛施寺者,雖在貧人,無所吝惜,矧我祖宗棲神之所乎?

謹乘陽長之候,聚族題簿,以便興事。富者計產,貧者赴工,方不愧爲樂圃之裔。從兹而嚮學勵行,不忍妄自菲薄。將祖宗在天之靈,實陰隲之,必有繩繩趾美而起者矣。

興學廣義簿引 甲寅

茲秋，上天降災，波臣爲虐。壞民居官廨、城垣祠廟者，不可勝數。我大令黃公嵩目閭閻，殫精脩葺。方孜孜謀所以蠲賑於朝，謀所以畚鍤於官，而學舍之工力尤浩。度即請公帑，不能供其費之半，公甚焦焉。諸生有進議者，曰："此易耳！夫同衿紳之盛，頗甲閩南。斯皆誦法孔子、朱子者，而忍使宮墻其圮耶？先賢神主其漂耶？文公寶像其仄耶？賢師帥誠一捐倡，慮無不響應者。"公爲遲廻久之。已而曰："斯義舉也，諸君子度無所悋惜。"乃置興學廣義一簿，將遍告於邑之士夫子弟，而使獻臣通其指。

蓋李本寧太史有云："庸人賤子，奔走香火於二氏之宮，而過孔氏之門，則掉臂不顧也。"余幼誦斯語，輒爲汗下。然彼猶曰不知書者耳。今夫父子、祖孫，一體也。爲人子孫，漫視其父祖棲神之所蕩爲巨浸，鞠爲茂草，而曰吾塗茨樸斲之未備，而力或不暇也。又曰吾財不給也，又曰是別有主之者也。若者，必不謂之賢子孫。今吾儕紳衿之徒，有不祖尼父而禰紫陽者乎？其一體關切之情何異？是昔蘇范文正公捨宅爲學，迄今手植猶存，人以比于孔林之檜。我泉蔡文莊先生送地券入晉庠，刻在集中可考。今相國李公謝政歸來，以郡庠爲邁跡之所，倡修督率，不遺餘力。賢者之不忘其大父祖，固宜如此也。簿到，諸君子各宜大廣德心，惟力是視。明書于冊，或如數封發，或先付大半，以便鳩工興事。以妥大父祖之神靈，以稱令公興學捐倡之盛心。斯諸君子之自爲義云耳，何藉獻臣贅一詞哉！

邑城隍脩理簿引 己卯

夫民間之善惡，其禍福在天，其賞罰在君。而陰操而顯行之者，則明神與官司之爲也。故我明自京畿以達郡邑，莫不建有城隍祠。凡藩臬守令之初涖，必齋宿於其祠宇中，而朔望拜謁、春秋祭享與學宮等，其典詎不甚重哉！

吾同城隍廟貌無恙也。一日，守者持募簿詣余，曰："茲秋苦雨，壞神座後垣。吴父臺委陶典捕往勘,而典捕令授簡於官家,爲脩理募也。"余問:"計用直當幾何?"守者曰:"約二三十金,足矣。"翌日,余過而細閱,則廟前後與齋宿之所,圮壞非止一處,似非七八十金不可。

夫同之城隍,自北鎮而徙於邑東,居按臺、梟司二署之間,與士民相依爲命。若父兄子弟然者,不知幾何載矣。物久而敝,固其所也。今父兄之居一有敝漏,則銖積寸累而謀所以補苴之者,非子弟之責而誰責?矧是役也,及今脩舉,猶未甚難。倘惜小費而延歲月,則異時工覓之資,雖再倍,豈易言哉!天下事,大率類此矣。乃爲題其端,而徧告邑之士民。併以復於父母云。

公建方城曹邑侯功德碑亭簿引

庚午長夏,同坊里耆耄聚族而謀曰:當今上有英主,下有賢侯,而何兵荒之薦臻也。雖然,微我曹侯,誰實生我?侯潔己愛民,抑強扶弱,省罰緩徵,剔蠹燭隱。團鄉兵,嚴盜賊,翩鶚懷音,雖饑不害。今覲行有期矣,且入踐法從之班矣。小人何知,饗利則德,非擇地鳩工圖所以祠侯永永者,何以繫吾思!則既有成緒矣。於是,孝廉、上舍、文學諸君子以告蔡子。

蔡子曰:斯民也,斯舉也,三代之遺也。然是者,英主所申嚴也。議出編列,則可;出紳衿,則不可。無已,則紀述賢侯之德政風烈,俟行後而豐碑傑搆,以垂之無窮。倘亦緇衣之愛,而甘棠之思乎。

蓋侯之奉身甚約,提躬甚嚴。於行戶無所取,於徵收無所羨。寡夫良民,保如子蒔;黠胥惡幹,掃如鷹逐。其接引多士也,豈樂而能訓;其禮遇諸薦紳先生也,披衷見悃,而不可干以私。小大之獄必以情,而常存右弱鋤強之意。幽微之事無不炤,而不假鉤鉅鈶笛之術。天旱則蔬食步禱,歲饑則發粟緩征。至暴子弟從賊爲姦利者,侯詢的主名,事發立縛,而實之不原之典。以故若輩人人惴恐,卒多革面而易行者。侯又倡率鄉郭之民,家爲守,人爲戰,迄令賊戒無敢入境。招撫議起,臺使者倚侯爲重,強酋亦信侯一言,而陰用其權於羈縻之中。卒之憬者革心,悍者授首,皆侯力也。侯縮綏五載,心力殫矣。功德吾民者深偉矣,侯非獨循良最也。今奴氛未靖,畿輔戒嚴,侯旦夕且入。聖天子超簡文武長才,以肩鉅任,樹宏烈,誰當先侯者哉?則耆耄之欲尸祝侯者,公情也,非侯意也。吾輩欲紀述而昭揭之者,公舉也。雖垂示永永,可也。僉曰:"善。"遂書以諗諸紳佩共襄之。

募　疏

刻林次崖全集義助疏

　　林次崖先生,我朝名臣,吾同先正。其經、書《存疑》,亦既板行天下,家傳而户誦之矣。先生生平銳志功名,奏疏數十篇,皆賈誼、蘇軾之流亞。而學術祖六經、宗紫陽,詩若文著述甚富。然清白吏子孫艱於梨棗,吾同後學不見先生全書者,已五十年。無論四方,且一二抄本,漸飽蠹魚,他日將有散逸之恨。

　　邑侯青岱李公,慨然欲公之天下。先捐俸金十兩,購梨鳩工,以爲邑大夫士倡。闡幽右文,德意甚盛。校讎初屬蔡元履,而會有楚役,未遑卒業。獻臣不揣固陋,僭與劉鄰蒼共加刪正,業可繕寫付剞劂矣。然篇帙盈千,計刻印非百金不可。所望於縉紳、孝廉、上舍、青衿之樂助者,不啻焦釜而沃以膏澤也。夫省一席之費,一衣之侈,一部爛坊刻之值,甚者忍一擲之快,而可以表章前哲之美,而佐邑父母公善之雅化,不甚高誼哉!諸君子必不靳也。

　　助金約自五兩以下,三錢以上。青衿淡苦少者,不得下二錢,以便書成刷奉,某日付訖,明註其下。是集之刻,斷斷乎必傳之書。諸君子功德,亦且俱爲永永。幸拓豪襟,共襄盛舉。

重脩梵天寺寶藏殿鐘樓募疏己未

　　梵天寺,爲同安第一禪門,又爲習儀祝聖之所。其峰巒之奇聳,林壑之幽深,自朱紫陽來簿是邦,固嘗遊且憩於斯者。獻臣爲秀才讀書時,寺僧猶自饒足。三十年來,僧貧而住寮多屬之他人矣,何論紺宫琳宇哉!然猶時頹時葺,而鐘樓藏殿又其甚者。蓋甲寅之八月，飄風驟雨，半日夜而平陸江河矣。樓殿雖處地高，而飄飖亦所不免，其勢然也。老僧廣心率其徒正教輩，將募裒脩葺，而苦於莫之應也。復謁予，而爲之疏。

夫經者，佛之秘密藏也，藏輪常轉，則佛日長輝。鐘者，虛靈之物，佛之喚人而使之醒也，晨昏不爽，則聞性常覺。蓋余觀儒家者流，視《語》、《孟》爲家人言耳。而讀瞿曇氏語，則津津珍若拱璧。夜飲者厭厭相樂也，而晨鐘一動，則放杯納履而去。是二者之于象教，尤其重且要焉者。則今茲之修葺，其曷可已乎哉？幸拓豪襟，共襄盛舉。事必待人，福其畀汝。乃若不鐘而醒、不輪而轉，又在當身未生前各各自認取耳。

重募龍歸岩竣工疏

龍歸岩者，即邑東出米岩也。其傳自宋，其事甚奇，而其廟宇則弗廢久矣。司寇丁哲初公曾以黃毓源居士之言，倡募新之。其前後土木之工亦將就緒，而募僧心鉢不及竟其事以去。比鄉保之良，咸發善願，復屬戒僧筏喻來終之。而塗墍淨室之役，猶有待也。筏喻以告司寇公，公曰："吾不可再也。雖然，是役也，烏可以已乎哉？其以累蔡子。"蔡子向亦效有微助者，茲誼弗獲辭。

夫僧家之募緣修建者，豈第掫徒餬口計哉？要爲佛祖莊嚴弘法而已。吾儕之助緣修建者，豈第福田利益計哉？亦以表名勝、垂後觀而已。彼斂衆人之金錢以爲利者，固當墜阿鼻獄。乃若愛楊子之一毛，靳及泉之九仞，侈前施之見德，忽千尺之合尖，亦豈仁人君子所能恝然者！是用再勒募疏，遍告我縉紳衿佩、巨室俊人，共襄竣役之舉。若附巖農家者流，瓦石工作，惟力是視，即爲豪矣，萬勿強也。夫今日之筏喻，固非昔日之心鉢。而蔡子茲疏，則猶司寇居士之意也乎。

重興同安安福岩募疏 壬申

金柄黃季癹氏將興復安福巖，而屬募疏於侍御元眉公，侍御復轉以屬蔡子。

蓋予嘗登安溪之清水巖矣。按，清水大師姓陳，諱普足，永春人，而結廬於清水，其蛻在焉。牧牛徵異，而祈禱輒應。彼其山門之幽邃，樹木之陰鬱，峰巒之高聳，樓閣之層叠，亦叢祠所罕儷云。

安福巖者，本黃氏舊檀樾。予闕然未得一至焉，乃與中表黃美中同往。遥望之，則山節然，石巖然。及披蒙茸，將至巖所，僅一樵僮擔束薪而下，呼之不答。至則破屋壞垣，聞其無人。予禮佛畢，亦冷冷乎其不欲留矣。然俯瞰近山，列若一字。晴望遠海，横入几筵。而巖左石壁，挺拔嶒崒幾數十尋。又一石方聳，正當屋後。其勝概，亦與清水相上下，何興頽之懸殊也？因思山有奇石峭壁，則其下必有禪宫琳宇，必有佛，必有僧。問："無禪宫琳宇，可乎？"曰："誰爲棲息？"問："無古德靈神，可乎？"曰："誰爲依歸？"問："無禿髮披緇者，可乎？"曰："佛在，誰爲晨夕？客至，誰爲主人？"三者，又誰爲之？則善信男子爲之也。矧大師尤數著靈異，則募緣脩建之役，詎可緩乎哉！

夫六波羅密惟檀波羅密功德最勝，侍御公之疏詳矣，予無容喙矣。而黃美中言茲巖也，負癸向丁，石壁崚嶒，蓋火蓮云。堂室三楹而僧居宜另搆其右，以少避强峰。美中習堪輿家言，其說良是。是用并識之以授密因上人，且遍告諸宰官、居士、長者，無令靳檀施焉。

重脩馬巷通利廟募疏癸酉

邑東有馬家巷焉，昔爲孤寂耕種之鄉，而今爲東方市易之湊。通利廟者，此鄉之神刹也，所由來遠矣。故老言，正德癸酉曾一大脩，自是之後，頽舉非一，豈不以人哉！茲歲癸酉，東壁毀於風雨，而棟宇復多蠹敝，岌岌乎將不支矣。夫昔之寥寂撑持猶藉有人，矧今之肩摩車擊，繁華喧鬧，視之安永城邑間不啻過之。則所芘神休者，當益夥且衆矣。而坐觀其頽，可不可也？

鄉老朱文基、潘以本來謁余，以募簿爲屬。余數過是刹而少休焉，又寄市肆數楹於此。即微來謁，固將趣之。且計其工費尚在百金之内，以衆擎之，宜無甚難。竊謂是舉也，當先近而後遠。請聚族列肆於此者，先量其力之所能，捐兩捐錢。即四方數來市易者,亦請無吝分文。而後及邑之士夫君乎。第取苟合、苟完,數十年有支無壞而可矣,毋徒事虛餙觀美爲也。

香山巖新佛像建僧舍募疏甲戌

邑東之山,最高且大者,莫鴻漸若,是泉之望也。委折數里而起雀髻,又起香山。其盤大而峰多者,莫香山若也。分支擘脉,其爲民居村落者夥矣。而歲時,而祈禱,必登兹山,蓋其中有岩焉。岩中尊奉世尊、觀世音,而其左爲清水祖師,又其外爲媽宮。凡有祈必應,故東方之人咸宗之。惟僧房舊在佛殿之傍,而來往之衆火食之需,即在殿廊之下,岩僧圓璧以爲不便。欲新佛像而建僧舍於岩右,又欲併修巖殿之敝陋處,謂非募於有衆不可。余頗難其工力。然香山既擅東方數十里之勝,而兹巖又擅香山之勝,即稍鳩衆力以爲莊嚴計,未爲不可。乃書簿授巖僧,使諗諸有力者勿靳檀施,且使村落向義之民,小小捐助。庶幾歲時者、祈禱者,更增一壯觀焉。

重新雪山巖募緣疏甲戌

三秀山者,同安之坐山也。其左麓雪山岩,邑龍脉之聳峙處也。山故屬金柄之黃。萬曆乙巳,禪師休歇自漳來,結茅庵山阿。夜入定時,毫光爛現。有安平吳德善者,適在山,見而驚異之,遂捐貲搆一小庵。是冬大雪,故名雪岩。而金柄大參肖源公及弟毓源公,遍告族人,以全山捨佛,一爲棲禪之所,一以奉縣北之山靈。庵乃稍拓而大,而休師習静庵中,註釋《楞嚴》,闡明佛教。

憶余癸丑、丙寅間,嘗與張輔吾中丞再過之,因識休師及其高徒眉間。癸丑詩曰:"牛田庵净僧初結,馬嶺坪高我獨登。"丙寅詩曰:"登山悔却忘扶杖,迷徑行來幾舍輿。"蓋實錄也。而陳同凡先生自爲秀才時,即爲經營募化,置買山中田,以爲住山之資。嗣是,中丞子孝廉爲三君及余兒袞卿,皆與眉間師弟結爲知交,悉力檀護,蓋其菩提心有相契會者。眉間與其徒密因矢志岩阿,求明心地,以續休師之餕。適告余,峰高霧重,椽棟稍久,不無傾圮。即捨衣鉢,不足更新,是必遍乞之宰官、豪室及善良、秀士之有意禪悅者,而後可。予曰:"諾。"遂書之。倘得合衆力以成巨刹,而余將復扶杖舍輿而陟之,以步馬坪而企中峰也,不大快事哉!

重修萬安五顯廟併第二橋募疏庚午

同山五顯及日月二大使之神祠,邑東一大香火也。厥後祠圮,而棲神于東溪第二橋之西萬安亭。同祠載興,而神像仍留。每夏初,城南人迎入崇奉以爲常。蓋神實芘民,由來遠矣。亭久敝漏,微雨則移神座避之。而橋之西址,比復爲衝流所嚙去,行者病焉。

尚愚王君,志心敬神之士也。已歲,九牧道中,見有廟貌莊嚴,祈禱響應者輒回首而嘆曰:"夫非吾萬安亭之神耶,何盛替懸殊若此?蓋神亦籍人而靈耳。"庚午仲冬,君以新亭修橋之役,謀於蔡子。蔡子曰:"善哉茲舉!其神與人咸嘉賴之,然非藉衆力不克。予雖無能爲役,而謂人能已乎?"乃與君置簿募緣,將備瓦木灰石而趁時先後鳩工焉。竊祈諸紳衿長者,大發豪襟,弘施緡錢。即往來茲橋者,或財或工,隨所願助。庶人力之克協,將神嘏之有歸。倘以其餘併修第一橋之就圮者,不亦可乎。

葺新同山五顯靈宮募緣疏庚午

邑有四鎮,同山五顯神祠居一焉,所由來遠矣。故同山,邑東之望也。五顯祠,又諸祠之祖也。山望而祠古,其神必靈。顧自萬曆壬午重建,迄今五十載矣。辛酉之歲,謙兒嘗唱修之。募疏具在,約已題者,可得數十金。適會年荒,未及釀金而止。十年以來,廟宇頹漏又倍曩時矣。比者盜賊、水旱,頻歲爲虐,而吉祥善事,邑內外亦復寥寥,豈明神之不赫靈乎?夫人芘於神,而神亦藉人感應之理,必也。

故事,是祠之役,皆城南人任之。諸父老是用發心將復鳩工具料,撤正殿旁宇而葺新之。惟是年久圮甚,費且滋多,計非百餘金不可。伏望紳衿先生、居士、長者，大發弘願，益廣財施，不特如辛酉所題而已也。夫今日者修葺之舉，固維墜緒，敬明神，豈曰徼福？是爲異日者普錫之休，將人生色，家榮懷，亦豈坊隅得私？興事有日，簿至幸即明塡。

辛未太武巖門堂僧舍募疏

太武者，浯洲之宗也。海印巖所以莊嚴神居，而浯人時攀躋而遊憩焉。巍巍乎，奕奕乎，宏規也哉！夫巖宇之廢興，亦吾浯文事所關隆替也。萬曆初，金令公及先肖兼公倡脩之。天啓丙寅，陳賓門、蔡仁夫與予復倡脩之。時董其役者，蔡鴻門、陳奕溪、黄及一三人。前門、廡後、堂奥，亦既秩秩具舉矣。乃未竣事而海氛乘之，門廡木植既搖於風雨，尋復爲人竊去。且巖左故有觀音僧舍，工未舉而更寢處煙火於神堂，亦非所宜。今住僧戒鳳謚於衆，曰："前門宜建，僧舍宜築。"余與賓門曰："是可以已乎哉！"乃各隨力捐助，而復書此於簿以募。

夫此贏者，浯也。神工當興而力不給舉，浯之耻也。工力具矣，而督率不力，竣事不時，無以補前事之疏，則亦董役者之咎也。盍各勉旃！岩僧戒鳳老矣，頃復以盗扳被訐，辭去。直心居士謚於有衆，得蓮坂散僧通綿者，戒行素嚴，乃延住此山。則門堂、僧舍之興建，雖仗諸君終任之，而焚潔募化，亦於是僧有賴焉。但得無藉之徒屛迹不擾，而住山者亦不揖之使入，則兹岩其有興矣夫。

丁丑重修太武巖募疏

太武山，吾浯之望山也。太武岩之神，又吾浯之最靈顯者也。五十年來，岩之廢而脩，脩而廢者，屢矣。今則前堂僧室化爲烏有，而神殿亦且蟻蛀雷穿，幾幾將壓。此其勢，豈得不修？然今之修，則創也。其去家遠，則任事之人不能以旬日留。省視照管，寧無遺漏，則任人難。其處勢高，則一應瓦木灰料之類不能以一蹴至，視平地費何啻數倍，則僱直難。又吾浯之人，習知賞勝，歲月一登。然家無長物，嗇多性成，即有施捨，所神幾何？則持鉢難。有此三難，然及今不一大舉，則并神殿亦不可保。非浯人之責，而誰責與？故與賓門會商，立爲一簿，凡吾浯之縉紳、孝廉、上舍、庠士、邁迹進身、温良自樹者，隨念隨力，各題助錙若干。略計足用，便可興役。使將頹之舊宇煥然壯觀，而神休亦因以赫奕。其爲吾浯之利賴，豈不偉且永哉！至明神之陰佑，又在畢力弘施者與任事任勞者，幸各勉旃！而任事任勞者，又當矢諸明神之前，務期成始成終，以無負我衆之惓惓也。

同山寺中元普度募疏丁丑

夫釋氏之論，昔儒闢之，而今人張之。余謂釋氏事心性之學，與吾儒原無差別。第其捨身出家一段作用，非天地生人之達道耳。至釋家所謂玄都大獻，盂蘭盆會與收瘞髑髏云者，則固國朝之制，所謂祭厲壇而王政，所謂掩骼埋胔者也。夫目連以供養十方而報母恩，梁武以水陸大會而救餒口，故其禮名普度，而其事爲做好事。然名刹高僧力不能自舉，而不得不求助於宰官長者、善男信女，亦其勢然也。夫普度云者，自度度人之謂也。達觀縱不爲自度謀，但使幽囚得解脱，而白骨無暴露，其爲功德也，不淺渺矣。彼銖銖者，又何靳焉！

同山，銀同之名刹也。住僧德琳每屆中元輒募建斯役，而黃元眉侍御丙子爲之題疏，滿三歲矣。兹丁丑秋，以疏授予。予爲題其端，俾遍告夫發善念者，惟念惟力，無吝無強。雖然，施者念施者也，而舉者力施者也。今銀同諸刹，無論大小，皆創以普度爲名。惟恃僧輩畢力兹舉，而無虛諸施主之善念，則功德又有歸矣。

小盈嶺觀音庵亭募緣疏己卯

小盈山肇於金鼎之麓，其巔爲南、同分界。鷲嶺豐隆，山嵐盤鬱，宛延不數里許，而高崎東鎮，曰鴻漸。此山上通北極，南徹甌、粤，重關叠障，吾邑之封疆麗焉。舊有觀音亭搆嶺之巔，以憩往來而休車徒。斯不亦大要衝而小歇脚乎？顧興廢推剥，不知其幾何年矣！今其故址猶有存者。

戊巳間，道人振陽及僧源洪往返兹土，弘願興復，而索募疏於直心居士。夫釋教以清静無妄念爲主，顧平居無事之時，善念於是焉興，而雜念亦於是焉萌。即善信市井，寧有異乎？惟道路之奔走，筋力之勞勤，人世所至不堪。而一引而置之佛閣僧舍之間,譬腹燥而灌以甘露,膚炎而洒以冷風。斯時也,善端粹白而妄念銷融,雖擔夫窮民,居然菩提體段。矧以大悲上善,挽五濁惡世而爲樂國,不易易乎哉?則是庵、是亭之建,萬萬不容已也。夫菩薩氏之誘世也,不靳以現在身續慈悲願。矧兹庵、亭之費,議助幾何而種德無極。則仁人長者,其可吝纖毫而忽永逸廣善之圖乎?故因二氏之請,而爲之疏。庶共成是舉也,有同心焉。

脩造苧溪石橋募疏己巳

蓋聞濟世莫急於津梁,鳩工必資於涓壤。地當衝要,寧容緩圖?時際沍寒,尤堪軫念。吾同苧溪橋者,漳、泉之通道,冠蓋之必經。駕造多年,往來如織。維兹季夏,洪水爲災,巨石突屼,貳間堅柱,僅存半址。駕木之計,暫支目前;伐石之貲,誰能慮始?邑大夫政先病涉,并念兵荒之洊臻;都人士願切落成,祇愁工料之浩費。不鳩衆力,曷建永功?

用是遍告達官貴人,秀士長者,各發弘願,共襄盛舉。施金則祈多,俾板石鑿山浮海而至;捐錢則無少,裕工匠一人十日之需。庶趁冬餘,爰興兹役。濟人利物,是百年莫大陰功。徒杠輿梁,乃王政勤民首務。是舉也,仰成賢侯惠濟之德意,佇聽行旅出途之歌聲。同即小腆,寧可以已乎哉?僭陳蕪疏,無靳檀施。

題募櫃詞

渡蟻爲功,濟人尤亟。分文錢數,各隨心力。勝事共成,福田自食。旬日開櫃,毫忽無匿。

修補董水通濟橋公募疏丁丑

董水通濟石梁,東西之通道也。創於宋之慶元、淳熙間,迄大定,而敬齋樂禮公新之。其高丈八尺,其修百八十九丈。壯哉!蓋同邊海之第一橋也。萬曆癸卯秋仲,颶風大作,潮湧數丈,石梁飄折者三十餘。邑藩相蔡傳吾公募衆鳩工而補葺之,然缺折者猶未盡完也。迄崇禎癸酉、甲戌間,風波不常。梁或僅存其二，或併柱板俱去。而植松鋪木以利涉者，且亘數丈矣。趁今不修，後將彌甚。竊嘆今人之不逮古人遠也。夫經營之工，惟石最鉅，墜地則折，駕梁維艱。予竊計之，非二百金不足濟事，又非募衆力不可。是役也，爰有金園黃德榮、鼓鑼僧靈源等，毅然欲以身肩。故乘兹初秋之候，有事安峰廟者多，輒書此以遍告於往來者。或薦紳介冑之英、青雲之彥，或温良之家，幸各發善願，無靳檀施，隨力厚薄，亦無相強。庶一方之永利是藉，俾履斯橋者，如履平地。其功德且與敬齋樂禮公並書邑乘。豈特藩相之補葺、藉以有成勞也哉！毋曰吾第取措足，無復他顧也。

清白堂稿卷九

尺　牘

與王瞻明司理表兄 甲申

　　日者,弟在海上,朝夕引領,望仙都雲氣,亭亭若車蓋而東者,蓋累旬月,竟不相及。及弟陪尊大人杖屨而南,則足下稅駕甬東者,踵相接也。弟東,則足下南;弟南,而足下東。天乎!何妬吾兩人一覯哉?然吾兩人若延津龍劍,合而離,離而合。藉令一者伏在皁櫪暗召中,其光怪之氣,能無踴躍直干牛斗而上耶!
　　夫丈夫釋簥而司郡理,亦榮矣。御史所按部中事,司理無不得問。司理奉御史剖行部,在所凛凛,至令郡失其守,邑失其令,以弟俯伏司理公之庭,不敢出聲,知足下之貴也。日且代直指使者廉武林諸邑治狀,名赫赫起㴱之東西,使者報命,第良司理,無當先吾兄者。然不佞尚欲有請於兄也,一歲中,所論決幾何?所平反幾何?按長吏察其喜逢迎而歠於注者,幾人?旌其不善逢迎而斤斤三尺者,幾人?吾兄爽朗,明若觀火,又天資仁恕人也,計不徒武健強幹以博稜名者。寧獨司理?異日所以肩鉅持重者,將必由此。故弟急願聞之也。
　　次兄推足下之愛,操牛耳而盟。弟及志國頗有所撰述,間以呈視邑陳公。陳公尊嚴若神,未嘗從儔衆中開口,然每向人口蔡生文行。嗟嗟!蔡生何以得此聲於黌序間哉?則足下揚之也。趙邑侯甫下車,未及以文見。然趙公自謂與足下相知無雙,當必知邑中有蔡生矣。足下一言,使弟重於九鼎大呂,豈輕也哉!弟駑質也,來秋之計,未有所出。如持漏舟,以凌陽侯,心搖搖如懸旌。吾兄得無振其苦海,而登之彼岸乎?家君幸與兄比鄰,而守四明唇吻之地。家君餘於持重而拙於丸轉，所以左右之者，惟兄是藉。拙作八首與次兄對壘者，奉呈教削，便中幸有以規我。

又

省中役去，附牘奉候，計徹已久矣。弟落魄南旋，取道九鯉，崇山叠嶂，巍乎高哉！陟其巔而望莆陽，已別一乾坤矣。行久之，乃底湖山，則仙子之所宮也。兩山岸立，氣象不甚弘闊。而諸壑飛瀑從左來者，薄走石上，勢若盤珠。稍下則聲若轟雷，噴湧幾丈許，遂匯爲一湖。湖只可數畝，居兩山中，而仙人之居臨焉。然聞之居人，湖蓋有九云，探奇者僅得其二三，餘莫能到也。又有水晶簾、玉柱，皆稱勝概。是時淫雨霏霏，尋望天門，色稍開。則從吾兄所知漳浦王生者，緣湖之左山徑，徑僅可容足，足崎嶇甚也。雖有登山之屐，無所用之。弟與王生則脫屐扼樹而下，望所謂水晶簾者，草木蔽翳，從刻中望見，白霧飛騰，泉聲洶湧，已駭然異之。再下百步許，則覩湖之水從石上澎湃而下，石危峭壁，立百餘丈。水噴珠飛絮直下至峽中，如北風雨雪，其氣即磅礴，如烟起數十丈。乃知閣中望之爲雲霧氣者，皆是物也。于時細雨侵人，兩生乃攝衣取故道去。蓋水從峽中委迤而出，復匯爲湖，而兩生不能至焉。鄙人目無大觀，輒爲足下誦，所睹記如此。第恐足下詫我天台、雁蕩寥廓之遊，弟且見上林而失雲夢也。不佞生平不喜隱語，問異日於列真，兩日夜竟無所得。此大類唐舉之不相剛成君矣。

既抵舍，越一日則病瘧，蔓延幾一月。今稍稍起，然尚羸然也。日來閉門下棣，酬應俱廢。即愛我如家姑，未獲一造謁。念弟少時，才具不爲後人，今馬齒加長矣，而學書、學劍，迄無一成。慰我者，第曰三歲易耳。不知戊子之歲，將安所決策哉？吾兄蓋人定以勝天者，肯以其術振我否？向揭榜後，謬擬來科大物，蓋憒焉自放之詞也。或以語次兄，次兄亦謬相讓。第長郎出匣之劍，無論鉛刀，誠篤慮之。奈何！奈何！

與袁文海行人 甲申

足下振世奇才，絕倫英姿。臣在甬東從家君縱觀諸賢豪之文，得足下牘，讀而大奇之，稱神交焉。暨家君獲覿芝宇，再讀足下所爲文，則益喜，而入語不佞，以爲袁君者，國士無雙矣。是以家君於足下遂稱知己，而不佞因得以交足下之驩。郡邸中握手，數日爲布衣之遊。聯床論心，操觚談藝，輒津津自愉快也。既南旋，則足下文聲益奕奕大起。一舉而冠鬐序，再舉而魁兩浙，三舉而對大廷，爲京朝顯官。足下之意得矣，而臣猶頂敝儒冠，屈首授博士家言。《諧》之言鵬也，水擊三千里，搏扶搖而上者九萬里，鶯鳩決起，而飛搶榆枋。臣自謂與足下猶此矣。

足下業自致青雲之上，公暇益大肆力於古文詞。昨得睹所爲叙文及詩歌，未嘗不心折。異日者以功業經緯，以文章黼黻爲天下第一等人，不佞與有榮施哉！聞建節旋里，争羡棄繻。不知相如之使蜀，買臣之過會稽，當時有此寵耀否？昔眉山父子至京師一朝，而蘇氏文章遂擅天下。足下其當坡公乎！尊翁以文中奇禍，然聲價隱隱重岩廊。而令兄文譽日蔚起，三蘇之事，何足爲尊門道！不佞駑駘下乘，適就試督學，未知當作何狀。倘有新得，便當轉附瞻明兄請正。其仰足下之發吾覆也，不啻調饑焉。亦憐而念之乎？

送役東歸，敬修八行奉訊，令兄未及另啓，幸爲致聲，謝先施之辱。

金臺答陸憲峰令尹己丑

日者翰貺遠將，則既佩通家好矣。兹不佞弟仗庇通籍，方以落落後人爲知己羞是懼，而使者復從數百里外持華緘珍幣而况之，津津乎其有厚望也。弟且感且愧，自惟菲劣，南宫之役，時從風塵勞頓中苟且竣事，遂濫竽轂末。廷對拙卷，誤爲張震峰翁所首拔進呈，而竟爾爾。豈固命哉？亦人事之未工也。弟於大對，原無過覦。獨舉業一節，平生頗有一得，乃不令少需淬①礪，以及其成，而強收就此。在旁觀者，方以爲天幸，然非老丈所以望弟之意與弟所以自負之心矣！

今且觀政秩宗，每辰初，則策羸馬望門投刺。向巳則入部中群聚，兩廊小廨中同諸兄弟爲笑樂。少頃則登堂班、立柱下，候宗伯公。出則隨曹郎後兩揖，又東西相向揖其篆局二使，歷事上舍及四司掾，皆堂下一揖，各星散。曹郎下堂至左右露臺,乃旁揖諸進士若師禮。獨此與吏、兵、御史臺爲然,他不爾也。尚書坐堂上,不開一口,自畫公座外,且投牒者皆藍縷老生,或卯而衣冠稍整者,又多代者。其拜跪升降,率吏爲之指授。輒白:"堂事畢,敲板退矣。"諸觀政君則肩摩出,躍馬而去,蓋日猶未中云。久或望門投刺,了人事用以爲常。館選在仲夏終旬,且聽之命。獨六月間可得一閑曹,庶幾治一廨,爲讀書計,則分内耳。此中出則灰塵撲面,入則寂寥誰語,殊無佳況。又苦長安米價,謁選後欲請休沐,歸卧山房,視此中十倍也。

咫尺台光,時惠德音以鐫督之,庶消鄙吝。然此惟可與門下道,其他則噤口久矣。

與馮琢庵侍講己丑

臣稚無識,初挂仕版,猥荷門下以世誼之末,傾身而下交之。獎借盼睞,種種踰涯,感恩知己,蓋兼之矣。

門下秉德淳固,執節高亮。而眼界空闊,絕不爲世俗町畦之見。竊意方今之時,上樂安静,而下喜新奇。進言之途不壅,而用言之風無聞。如前小疏,聊盡愚忠,非有引繩批根之事。而下者目爲套語,上者病其生事,按劍相盼,莫能見原。門下曰:"不必爲賢,不必不賢。"嗟乎!今獨不得門下旦夕鼎鉉耳!誠得門下旦夕鼎鉉,則賢不肖舉得畢其愚,何憂言路塞而待司直始名之曰通也!

恃在知愛,輒發狂言,幸爲亮而秘之。漸遠光霽,彌深翹企。勒簡申謝,不盡願言。

與馮琢庵少詹丙申

棕樴二握,奉乞妙翰。然不肖尚不勝隴蜀之望,粗册欲得大筆一帙,以冠其端,方續索焦、董二太史書耳。業承尊命,非敢過求。老先生不日晉笼機務,則片楮隻韻,益成麟角鳳毛。幸及今不靳一刻之閒,以爲蔡生連城之德。惶恐冒干,惟所進退。

上王鳳洲司寇己丑

獻臣幺麽無似，自齠年即知世間有先生，鴻裁鉅筆，爲學士斗山。總角稍得讀所爲文，心艷而好之，惟恐不得當也。去歲，不自意附長公驥尾稱晜弟，又得備員屬吏事先生署中。先生獎借開誘，溢於分涯。十餘年所企慕而不得見者，一朝爲知己。自先生抗疏歸，即日就道，清風高節，與攝山並峙。鷄肋覊人，恨不即棄而追隨於弇山之園也。不揣謂先生文似史遷，詩似杜甫，秀徹恬惔如謝安石，致位通顯而乞身強健如白樂天。先生歸，而所以爲先生者，全矣。

雖然，獻臣爲蒼生計，能一日忘先生出乎？方今賑蠲累年而飢如故，士風似厲而靡如故，銓事欲飭而比如故，西事已潰而主撫如故，債帥敝卒復如故。知先生之不能一日忘蒼生也。然六經刪述，賢於唐虞，而左、馬、《莊》、《騷》亦僅以數卷之書，金石共敝。今用世之説，不足溷先生聽。先生著述，列在人寰，家習户誦。其未布者，不啻倍之。總之，必傳無疑矣。竊謂後世博雅之士，思覩其全者，不得不合，合則簡帙盈五車矣。而苦於徧觀，而急一臠以自愉快者，不得不分，分則不能無生去取。生去取，則不能盡得宗工之旨。誠及今泉石之暇，總加遴次，成一家言。其旁采雜述，而不可割者，另爲一書。使千載之下，賢者則舉其全，而初學之士無白首茫然之苦，不亦古今一快事哉！邇從陳廷尉所讀先生所贈言，其獎掖後輩，意何惓惓！有如先生不忘蒼生，起東山而樹赤幟，操觚之子得所攀附矣，即海内文章家，又安能忘先生出也？

獻臣賦性故戇，遇事輒發，視朝一疏，按劍者種種矣。比案牘稍暇，下楗開卷，冀有所窺見。而奉違以來，孰從就正，所以望門墻而戀戀者，正爲此耳。先生倘憐而終教之耶？役去，勒此申候。近製呈覽，敬俟指南。

答霍南溟衛輝庚寅

途次得晤光霽，因竊窺峻偉之度，必能肩宏鉅，爲朝廷宣力。既得拜郡之命，則嘆主爵者之精於爲官擇人也。語云："不遇盤根錯節，無以别利器。"殆翁今日謂哉！

夫衛本康叔故墟，保乂遺黎，陵遲至桑間濮上之音，風斯靡矣。方今德化洋洽，無事作新，乃邇者不爲無故。竊意府縣互揭，譬如婦姑反唇，亦人家恒事。且錢糧之收支，其工匠可廷質，而物料册藉，豈盡漫漶，能以意爲之增減乎？持以公道而行以厚道，曲直一聽之，此門下餘事耳。惟是親藩新建，其占藉邸中，虎而冠者，習習爲梗。縱之則後將難收，急之則疑於束濕，無已則寧急無縱，觳乃不濫。竊聞王天下之賢王也，二傅又科目中人，要在良二千石加意調停，使藩邸不與有司爭權，諸下人不與百姓爭利，則百世之策也。

僕居署中，公務幸不輆掌。而逐逐車馬，過從無休時，不足爲門下道。使者來，遠辱翰貺，仰感高誼，銘在五衷矣。勒楮附謝，神與俱馳。

上楊復所老師 辛卯

往歲蒙老師尺牘還教，謂學以聖人爲標的，聖人未嘗不建功立節而無其意。此千聖之心印，後學之指南。至其惓惓厚望，欲弟子舍意識，廣聞見，而爲其上者，敢不勉斾！茲有私臆，敬因下風，而質之南中志學之士，不爲少矣。聞其言若謂一悟而天下無餘事，又人人自謂有悟者也。臣且信且疑。夫悟豈易言哉？孔子好古敏求，子臣弟友，自謂未能終身循循，不知老之將至，未有簡徑直捷之方也。竊謂聖人難矣，悟在心而難執，行有迹而可循。誠有人焉，立身有度，居官有法，與人有情，內外始終，視之一也，雖聖則不足，賢有餘矣。借令說悟者，果能盡然乎？突如紛如之際，能不亂乎？抑所謂悟者，非其真乎？故意南中之學，禪也，非道學也。弟子之所以趑趄而不敢進者也。老師爲斯道主盟，幸指其迷途，而開之覺路。

近聞榮轉經局，啟心沃心，大拜有日。弟子之翹企加於蒼生數等。而問候久疏，懸注殊切，便翔勒楮爲請，以當晤侍。伏祈爲國爲道，倍萬自玉。不宣。

又上楊復所老師 壬辰

曩歲猥承還教，云悟後無事者，非無所事事之謂也，乃行其所無事耳。簡徑直捷，如煩醒而沃之以甘露。臣雖不肖，亦洒然其有省也。竊謂洙泗之旨，我師妙契默成，顏之卓、魯之唯，直可接武於千載之上。而來教又云：因佛然後知學孔子。毋亦孔門竊比之意歟！不然，則後人之疑吾師也，而因以疑吾孔子也。奈何？然吾師以信孔子者信佛，而又以自信者信天下，後世必有獨觀其會通者，在耳食者之所未解，而神悟者之所相視而笑也。

臣逐逐世途，遂及四載。反之身心，茫然未有着落。又見南北多故，開濟無策，心甚憂之。古人博極群書，文足行遠，心甚慕之。初秋報滿，擬欲中道告歸，冀以靜中理會性情，講求世故。暇則遊六藝之奧區，採百家之芳潤，修之於身，施之於天下。最下則垂空文以自見。此志已決，未知何日復侍左右，面聆警欬之音也。

蔣蘭居倡道南都，興起甚衆。臣比鄰而居，受益非淺。茲行敬勒尺一，附上起居。聞我師有新刻講學及舉業書，乞分其副見示，敬當書紳。

上楊復所少宗伯座師 丁酉

不肖獻臣荷老師造就厚恩，入南以來，頗知向學。方以日侍德教，稍有悟入處，爲此生大幸。不意積罪深重，禍延先大夫。而老師親枉臨恤，兼惠誄奠。逝者有知，猶當結草，況不肖孤，則復何如矣！茲以初八日舟發吳閶，授簡送役申謝。漸遠春風，維太師母永介壽康，我師早膺爰立，是所祝願耳。

適舟中有貽《觀音問》者，忍死閱之，云：始初以怕死爲跟脚，則必以得脫生死、離苦海、免恐怕爲究竟，無有不證涅槃到彼岸者。又云：聖人惟萬分怕死，故窮究生死之因，直證無生而後已。李桃安於佛乘不淺。審爾，則世儒所訴諸佛家本怕死，故云脫離生死，不爲不深中其病。而此等跟脚，恐未可謂之真跟脚，亦未可便當上乘。何也？臣竊妄意，真佛起念，直是見得本來潔潔净净，一絲不掛，萬緣盡空。自然入水不濡，入火不熱。死生、脩短，視之一耳，豈徒以怕死爲根基也者？若止以怕死爲根基，則吾儒夭壽不貳，脩身以俟者，豈不直捷真純高出其上歟？抑姚安權以化誘愚俗，見世間貪生畏死者多，故以此發其真情竦動而引之佛歟？抑所與問答者，澹然自信輩，皆婦人非死不足以堅之經。所謂見女子身而爲説法者歟？是未可知也。敬請我師，以爲何如？

與周中岳年兄壬辰

當兄激烈草疏時，書來以妻子托我，而弟亦恥不與黨人，慨然願附，吾兩人意氣何如也。居常數日不相見，輒忙若有失，自謂天下之極歡矣。不意數月以來，漸成暌隔。弟或時造廳事，則兄多以病辭，意其有細人從中搆之者乎，而安所置其搆哉？無名可争，無利可競，無隙可擠，若此者何也？求其故而不得，求其人而不得，則曰："先正有云，朋友不欲數會，以全敬也。"豈謂是歟？又不敢以過疑兄也。

今弟抱狗馬病，請告南矣。臨行之時，抑於例不能走辭。又會兄病瘧，不能同諸兄過我舟次。則今以往，仕隱殊途，萍蓬難值，念欲一把臂，其何時耶？夫君子之交要於白首，小人之交不免隙末，肝膽苟同，萬里比鄰。如其不然，雖對面猶不相知。弟非必欲濡沫群聚，以兒女子之愛望兄也。人生世間，萬形同體，盡吾之心，行吾之事。非必盡疑天下，而謂天下之人盡疑我。我疑人，是以身爲的也；謂人盡疑我，是以天下爲敵也。疑心存於胸中，則讒言入之。讒言入之，則一切無形無影、萬不必然之事，皆着機心。觸目四顧，都成鋒刃，高擁臯比，如坐針氈。究將一人無可與，一步不可行矣。豈以兄之亢爽豪雄而不念此！

弟南矣，無能及也。兄第剖破藩籬，出而與諸兄弟交歡如故。一毫芥蒂，盡從剗去，以庶幾白首之誼。則弟異日願望見下風，無致隙末爲人所笑。況今交初而隙乎？且非獨二三兄弟也，凡接上官、臨弟子，皆若此矣。送役言旋，敬布區區。更望以此書質之南臯、玄室諸丈。歸去空谷，遥望足音。

與李衷一解元辛卯

僕嘗誦足下之言，曰"百川學海，丘陵學山，君子學其大者"而壯之。因竊以自勖,而不虞行潦、丘垤之爲量僅如是焉止也。入南以來,署中事無甚劇,而過從尺牘之累勢不可割。每欲發憤大業,而同志者希。一暴十寒,歷俸一載又半矣,而面目猶故吾也。雖然齷齪俗吏,抑又非故吾也?

足下文章大名傾動縉紳,一出盡壓時輩,直登詞林,奚俟僕贊!僕竊有質焉,隆、萬以來,黃、李二家,旗鼓中原。黃葵陽精思力索,範古鑄今,鍛鍊之極,合轍大雅,然蓋苦矣。李九我如行雲流水,又如渾金美玉,輕車熟路,間涉太易,然非多讀、多作,得手應心,未易言也。總之,兩公者,分之各擅,合之良難。足下天授既雄,意匠復到,如鉅鹿救趙之戰,浣花驚人之篇,其得意處,孕黃包李。酉、戌以後,速肖師門,彌加沉着。僕强作解事,竊欲以李太史之文進也。邇來結撰,恨不得一讀爲快。

公車在即,金陵佳麗,足助醞釀。足下倘有意乎,僕敬掃除以俟矣。拙刻三册附覽,此俱博士家言,淺率不足觀。近於此道,稍覺有進。倘文斾過白門,尚當爲我彈射。僕與足下肝膽相炤,故於向時教我、知我之感,都略而不談。

答李衷一解元庚戌

久不奉芝宇、聆玄誨矣。吳門波臣,足跡半在潤州、梁溪間。乃兩度公車,竟令主人歌《杕杜》,何也?彭山人將至雲翰,甚慰契闊[②]。弟坦中數奇,儀司兩載,極會其難。班次、楚訐,皆人所不敢措手之事,兼之確守藩例,與李、郭二堂翁左,其至朴責胥史,而弟終不遜謝。同朝諸君子,皆以弟所執爲是,故僅得循資以出。今時局紛紜,擁戴江夏者多。即李爲同年、同心,猶且不免。其以楚事異同而移之不佞者,則于如庵下石之也。渠郭死友,而號爲劊子手。使此人得志,善類寧有種乎!

弟抵舍以來,侍親課子,差慰本圖。暇則考覽宋儒諸書,而時發之舉業及問舉業者,了不關出山事。即世間竟有知己與否,亦付之而已。老丈雄文卓行,自是江門輩人。海内推尊,不在一第。弟嘗謂吾輩讀書應世以來,即爲耳目心思所纏縛,頭出頭沒,無時少休。第得盡屏諸緣,獨存靈根,胸中洒洒,一塵不掛,則品格文字,直當於堯夫、公甫間。求之非復人間世,爲不朽者所可較論長短而已。敬請教以爲何如?

與祝石林休寧年兄辛卯

今世講學者,不曰明心,則曰透悟。此與先明諸心而後知所往之説,亦不相悖。然其標門之意,謂一悟便了,愚見不然。吾人修行之功,終身無了時,且口談身體,難易千里。今有人焉,蒞官可紀,行不詭隨,財不苟取,名不苟成。猶然少之曰此其人未透悟,終落第二義也。乃其人自謂透悟,而人亦群然交贊之矣。及考其居廷,汶汶無奇人也。不然,患得患失人也。甚者,深機長械人也。弟以爲此兩人者,必有分矣。且或謂其玄通之説,亦有以啓之。弟非謂不講學者,無如後所稱,而如前所稱者不少。亦非謂講學者,無如前所稱,而如後所稱者不少。然則,所講者,非學也,禪也;非禪也,此夫酒肉和尚者也。則安知其孰爲悟,孰爲迷乎?則安知未透悟者之第二義,而透悟者之便了乎?

今南都此説大倡,弟嘗聆兄緒論矣。雖極痛切,而不爲非常可喜之説。其議論操行如彼,而其居官卓犖如此,則信乎譚空説玄之非也。弟又不敢抄襲有激之談,如世所謂戒講學者。但平居相與講究世務,相與砥礪名行,相與辨析文義,隨處是學,隨處是講。不然,徒滋一番議論,聚一班徒衆,高其法門,籠世盜名,無益殿最,甚爲恥之。

程上舍去,附此請正。倘不以爲不足教,幸一言以復我。

又與祝石林年兄

程上舍人來,承兄手教,不惟談學之融徹如峽決而河注,至其書翰之工,雲行霞蔚,與蔣蘭居廷中捧誦嘆服。兄可謂通方大儒,兼道藝而一之矣!

來示云:"有一息可了者,有終身不可了者。有當年所笑而今蹈之者,有當年所脩而今笑之者。"此見道之言也。雖然,兄之言引而不發者也。夫終身不可了者,難了而易知也。一息可了者,難知亦難了也。所了何物也?今昔異時,而笑蹈相反。昔也不悟,而今也悟。然曾以三省悟一貫,顏以四勿悟卓爾。一貫卓爾之後,三省、四勿,果盡非乎?果盡吐而棄之乎?不知兄當年之所笑、所脩,與今之所笑、所蹈者,何物也?初學之士,其將勉勉循循,學兄當年之所脩歟?抑將簡徑直捷、直求今之所蹈歟?

竊謂一貫卓爾者,一時可了者也。三省、四勿者,終身不可了者也。兄當年之所修者,其爲三省、四勿之學歟?果爾,則諒兄今不以爲非而笑之也。然則,兄當年之所脩而今笑之者,固自有一種藩籬,而爲未悟者之所必趨也。願兄明示以可了、不可了者,昔笑而今蹈、昔脩而今笑者,果爲何物?使弟渙然其有悟也,則大幸矣。

答汪登源副使辛卯

自臺下蒞溫陵,愚父子所當翰覬匪一,乃台臺齋捧之行,臣抵今猶坐不聞,輶軒渡江不及一介馬首。忽枉使札,殊爽能自失也。

承教勖以千古之計,自惟駑下,不堪鑪錘,然私心未忍輒自菲薄,敬用書紳。竊謂不朽之事,言不如功,功不如德。然今之言道德者有二:夫真脩實踐難而寔是,譚空說悟易而實非。故宋儒學問出文章家上,世儒多出文章家下矣。鄙人何知,間謂立身有度,居官有法,與人有情。而要必自淡功名富貴,始只此是學而未之逮也。然講學之儒,猶或非之。臺下節義道德高視一世,倘一言相印可,幸甚。

方今西陲多警,需人甚殷。銓宰素欽下風,茲行恐當換節以往,甚爲桑梓篤慮之。家君遠廑盛念,便翔即當馳去。遐陬得此,趯然而喜可知也。虔勒寸楮,附使鳴謝。台旌南指,尚圖嗣申。

答倪的山老師壬辰

向者脩薄奠於師祖靈几,方愧不腆,乃荷盛儀,寵答寸私,竟無從申抱歉,如何?恭惟老師所改缸政,洗二百年之宿弊,救四十衛之倒懸。所規畫纖悉詳盡,足爲久遠法程,載在新書者犂然矣。繼之者起,而稍加裁削,亦稱苦心。然不過繪事後素,小小補塞者耳,其夫體不能易也。中間抑人揚己,多至過當。出於口,筆於書,自是此公病痛處。至於老師之石畫遠猷,非有超世之識見、絕世之力量者不能。則每與鄒南臯諸丈及二堂翁稱說嘆服,以爲當今第一經綸手也。然南中業已相信不搖浮談,豈待小子贊一詞哉?老師即不掛齒頰可也。

船政事衷洪老殊有意調停。而臣居署中不滿三月,今滿考矣,且決意告歸。竊謂閒年恤夫易,而使舡有着落難。何者?小甲領出差工食多致浪費,催募夫役中途星散,往往棄船而逃。又以衛兼廠權重而情熟,益難振刷。竊謂分廠衛易,而責夫着船難。老師必有妙略,何以命之門生?身將隱矣,非遂能張設施行也。

日接大教,昭然發矇。重以豐儀,殊非其任。敬因使旋,勒楮申謝,并布愚衷,伏祈亮詧。不宣。

請急上孫立峰太宰 壬辰

伏以衡鑑之地,脂韋畫諾者無論矣。蓋亦有挾才負氣之君子,其機智識力足以取快一時,而用猶矜於形迹,術未離乎圈圚。名豈虛立?士豈虛附?惟老先生正直之節,批鱗折檻,羔素之操,毀第減驂,智愚賢不肖之辨燭照數計。而其凝定茹納之氣象,望之如山,測之如淵。是以統均之命甫下,而疏逖未識面之士,咸欣欣復覩休休之效也。受事未幾,而老先生之所舉錯,果有以大服天下之心。休矣!烈矣!

職幺麼書生,襪線庸品,南樞叨屬,實荷包容。茲者三載考滿,寧不欲操尺寸之勞,以對明廷,以聽考功之進退?緣稟受素弱,秋來偶侵風濕,兼以父參黔藩,母滯故園,獨子積思,遂成劇疾。幸大司馬衷公憐察真病,查例題請放歸調攝。明旨到部,萬望老先生亟賜題覆,移咨過部。倘定省之暇,醫藥之餘,稍可講究經籍,討論世故,異時淬瀝,以當任使,亦尚有日。

職狗馬下私無以爲祝,伏願敷求善類,弘濟時艱,清華之選,師帥之任,必採名實,而毋徒炫其名。子城之托,劻勷之寄,必覈品才,而毋徒用其品。此皆老先生餘事,而職猶喋喋若此,誠以有技彥聖,固休休一個臣之所以易海內、光史册也。職不任瞻戀,惶悚之至。

上朱淡庵中丞壬辰

丹陽役旋,草率具謝,計已徹覽。茲舟發錢塘,回首光霽,去滋遠,思滋深矣。某無似,北關晤羅計部,適知量移非藉老先生平日噓植,不至是,寧不知感?向病疏,恐寄人不解事,或以叨轉不果上,伏乞鼎力主持,必得請而後已。此亦杞人過計,然萬一出此,則跋疐甚也。計事在邇,借重大賢,誠善類之慶。小子何知,以爲不必搜求細過,第無漏吞舟足矣。至於風聞之地,採訪尤多失實,所當深察,幸老先生留意。

前抵檇李,偶陸五老自湖州還,得一伏謁。其色澤精爽猶昔也,而言差簡耳,殆見其杜德機也。老先生相念,輒以奉聞。舟子還都,肅此申候,并布區區不盡。

與戴今梁侍御壬辰

弟譾劣,無所樹於世。足下品格文章,卓然名流,乃忘其貴倨,折節而與之交。瀕行損惠充囊,携尊過邸,誼厚矣。然憶與足下周旋時,種種狂言,不覺沾背也。弟茲歸,有軸頭大篇可以觴,有卷中妙翰可以玩,何所不適?抵京口,登焦山之頂,顧盼鍾阜,曰:知己在其下,輒欲方舟金鼇,而薄暮咫尺不得上。因嘆勝概寓目亦自有數,況世間一切功名富貴可以多取,反而登岸,雖不無隴蜀之恨,亦洒然其有省也。

舟次雲陽,授書送役言謝,雌伏空谷,注望中臺丰采。倘有便羽,惠之足音。

與蔣蘭居南廷評壬辰

與丈同里,復結比鄰。然道誼意氣之雅,又不可以世情交與論也。册頭格訓，佩之而南，當比韋弦矣。瀕行尊酒相勞，又枉駕江干，爲歡竟日。此段光景，何可復得！兹舟次丹陽南矣，不敢作套子語爲謝。有私妬者，傅奉常吾至交也，而爲丈所移奪，居常促膝深論，不令弟聞。今將益投膠漆，談天説地，相視而笑，獨置蔡生何地耶？又有疑者，丈真脩實踐，何必以講學立門户？且訓誘朋儕，何不曰爲賢爲聖，而曰作佛？即得躋兩廡，恐千載後，不無又作一翻公案也。何如？何如？弟筮仕，徒抱硜硜，或多得罪。鮑子知我，竊望芘覆。兹復盡言相質，丈必以爲此門外人而鳴鼓攻之矣。然非丈，無所發我之狂言。奉常來，可發此書。一噱。

與蔣蘭居奉常己酉

南都爲台臺倡道揚芬之地，而弟促膝承教之時也。自銓司解綬之後，彼都人士，無日不想望丰采，如景星慶雲，爲世希覯。今遊屐遠臨，固知舊朋新知，一時颺集，當爲一再臯比于雨花木末之間，恨弟不得傾耳如曩時事耳。

敝治金沙、毘陵、陽羨，講筵鼎興，而東林法席尤盛。台臺有意委蛇過之而與之相發明耶？固吏其土者之所引領也。憶見蘿過同時，爲言台臺於渠執弟子禮甚恭，渠甚推重，以爲台臺講學已成門風，乃能舍己從人若此。弟以爲若台臺者，所謂世無孔子不當在弟子之列者也。乃復折節見蘿，賢者固不可測，第不知台臺今日見解議論，猶曩南都時蘭居否？抑非曩南都時蘭居也？願一聞其涯略。

南北異同，臺省聚訟，所望富平公一出。甚重此老，固正人不知作用何如。果能忘恩怨、任才賢，如陸平湖之於渠，則雅量益光。此時比平湖時更難也。掣簽一節，名既不雅，而流亦多弊。可及今入銓一改之否？封疆俗吏，不覺復縱談天下事，台臺知我狂奴故態也。種種罪狀，入南必有聞。千萬教之，幸甚。

與鄒南皋南比部書一甲午

不佞束髮即耳南皋先生名，轟轟若雷，爲之執鞭，所欣慕焉。不自意白雲之役，公遜碩膚，而辱與之遊也。漢世朱游曰："得從龍逢、比干於地下，足矣。"不佞何人，乃得生從逢、干地上耶？

伏惟門下，真脩實踐，卓然正學，不特以批鱗請劍之氣赤幟善類。已者署中追陪，攜示良多。頻行德教諄諄，直欲引而進之古人之域。不佞奉以周旋，罔敢失墜。顧離索以來，日就荒落，即文藝小道，猶未窺見一班，況巨而經濟、精而性命之旨乎！每課耕下帷之暇，中夜沾背，幾虛此生。恨不即奮飛而自致於大賢之側也。

閱邸報，知近有高尚疏，蒼生方企大用，朝紳想望丰采，門下亦豈忍於忘世者。而中間機括，尚有窒礙。不知九重畢竟何意？然天佑社稷，旦夕樞衡矣。方今國本雖稍定，而柬事舛迕，未有勝算。不佞出山當在明夏，僝弱之質，不能北乘障、南防倭，惟盡吾一念，守彼三尺。自籌已熟，終或不負耳。

萱堂福履何似？門下嘉績未報，計封典尚且有待。此何殊於尹氏母也！春初晤蔣蘭居，頗悉道況。日來熊羆曾入夢乎？武夷十里之地，別一洞天，倘台駕未即還朝，着屐先登，不佞操瓢笠而後隨，亦一勝緣也。因曾邑簿歸泰和，托爲書郵，縷縷不盡。

與鄒南皋書二乙未

向因曾簿附上起居，嗣汪郡伯傳示手札及所惠《紀善新編》，中間齒及家大人甚慇，乃知門下交誼超世俗萬萬也。捧讀周環，不忍釋手。門下身任蒼生，望重巖廊，而久棲豹隱，未覩龍躍。聖意畢竟何居？不肖瓜期將及矣，適聞家君降處之息，知必倦遊而歸，故暫緩數月，以侍昏晨。行計俟初秋圖之。

家大人拘方執板，不善取名。然視利若浼，其天性也。不肖自少至壯，不見人有以不義干家大人，而家大人亦未嘗分毫苟受於人。真可不愧天日，不愧妻子婢僕者！即妻子婢僕信之，而人未必知；即人不知，而可以叫呼天日而不畏也。甘紫亭老成安靜，方以渠管大計，爲善類幸。不意忽入何人之讒，而加家大人垢污之行，種種烏有，剖衷可明。就中有富商韓定疆千金染指一節，尤可怪駭，則其讒似有自來。韓定疆之父惟謨爲貢，轉運訪問追引，定疆以數百金浼轉運妹，倩王中宇爲解。後被牛鹽臺參論，塗二守初勘有狀，家君以舊公祖故，一再駁。而他郡守、郡推之承問者，猶故也。於是，照提王監生而坐定疆徒，銀追入官，法如是極矣，又何賄焉？不虞貢罷官而百計釋憾於家大人也。家大人身將隱矣，焉用文之？然海內有一正人君子能知家大人之生平者，不肖可以不恨，故喋喋爲門下一吐其不平。若此不肖直不足以隱，而愚或足以証神明耳目，昭布森列，惟幸加憐察。

與鄒南皋書三辛丑

不肖客夏出山，逐逐風塵，無緣奉訊，乃私心曷嘗一日不左右哉！聞王正已誕佳郎，大爲愉快。伏惟即吉以來，天下想望丰采，不啻大旱之霖。頃銓曹屢推，而命猶中格。大抵當事尚是以門面相推轂，而未能於密物中撥關捩也。元子册立，上意尚不可知。稍遲之冠婚似可望，然杞人之憂故在耳。近事勿論，常侍四出，海宇嗷嗷。即輦轂之下，官常嬾散，士氣頽敝，言路消阻，此可爲隱憂者。撑持斡旋，非東山安石疇望乎？

不肖部資已十三載，而俸則五載耳。倘郎署、藩臬之路稍通，外吏當亦不遠。然年及彊，而精神意興都復索然。初擬母氏七十方圖侍養，今家母六十一，而此念已勃。兩三年間，稍見一班，即當爲退休計，不復能戀戀雞肋矣。江右比科第稍減，而人物終甲天下。敝閩邇亦頗有人，門下以爲何如？

答鄒南皋寅長書四甲辰

李懋明橋梓來，獲接手書。又得詢老丈東山之致，真如面矣。弟二載儀署，苦心處惟丈知之。可謂肝膽相照，不言而諭者。至向他人説，則真如啞子吃苦瓜狀也。五載隻身，白雲在念。第白首爲郎，家母不欲其請告以去。今春謬推南昌，私喜承教有日。及直指疏薦地方官，乃更而之常鎮，其中格猶故也。少宰楊公屢向人道，弟當內徙，然弟則更以外爲安耳。前輩且有辭內而乞外者，以外好做事也。弟雖不能做事,亦豈敢厭薄之哉!

懋明特達敏妙,遂得聯轍。乃尊已與乞恩,得無太蚤計乎?會試金榜各一册奉覽。曩托王儆所轉致,為先君圖不朽者,能不浮沉否?

與鄒南皋書五辛酉

兩承惠書,深荷注存。倍道入都,具見台臺乃心王室之意。承明方謁,大疏繼上,忠愛真懇,迥邁時流。信老成之識力,真儒之作用也。不肖譾劣無狀,流俗所非。過辱獎拂,感愧何如。夷氛猖獗,京師震驚。即主爵所起添卿寺纍纍若若,所託重司馬中丞三三五五,亦不知誰是萬里長城。總之無兵無將、無器械、無紀律,雖身在事中者,亦茫若事在身外,此最可嘆也!

易州道蔡元履,不肖畏友也。剛果雄奇,時推邊略,蓋合文章氣節政事而並擅者。臺抨殊非本色,此時要緊,道撫誠宜大加推敲,然玉石不分,甚至倒置,則用人之謂何矣?近用人亦不次,乃海門之邃學,葉玄室之清脩,鍾龍原之英挺,似不見加意。當是兩衙門人少力耳。熊思誠公祖任勞任怨,以之治兵,必有一段精采。又舊尚寶彭旦陽、舊吏部趙乾所、祠部張輔吾,亦軍旅有用之才,可暫借兵備者也。太常董見龍、丁哲初,皆開府長才。憲長林平華、李贊宇,方伯洪含初,品皆清貞。以老先生好推轂人才,故略舉所知以進,汙不至阿所好耳。老母日來精神頗王,即偕隱中,敢忘高深之造?

舍親林璞所侍御行,草勒附候,并布私衷。伏祈尊慈炤詧。不宣。

與鄒南皋總憲書六壬戌

辛秋附林侍御書時,老先生貳邦禁也。比書到,則已晉少宰矣,又晉御史大夫矣。天祚明德,忠賢秉鈞,寧惟一人之私慶哉!冲主之簡,在輿情之屬望,必嗣有重畀焉。今蜀酋、東魔駸駸就平,惟山海之奴虜尚費區防,黔圍之援兵復從潰折,此甚可慮也。竊謂海宇之故多矣,而患無著實做事之人。即有其人矣,又未免為門戶方隅之所町畦,意見議論之所牽掣,枝節紛起,戈矛橫生,而竟亦無濟于天下之事。此國家所以坐無人之患也。

眼前用人，似當以才志爲先。真才人便做實事，若有才而弄虛頭者，必非真才也。今内計伊邇，論才品不論門户，論功罪不論意見，論昭昭不論冥冥，則國是人才終必賴之，是救時之急着也。願老先生留意焉。

獻臣猥辱薦草，獲起舊官，朝命再臨，不敢過自偃蹇。稍俟開春，即當北首。日承大教，似有勇退之意也者。老先生身係安危，曷爲遽萌此念？昔成王踐祚，而召公告老，周公所以反覆而挽留之者，不一而足。老先生自處何如？不肖竊欲以《君奭》之篇進也。

舍親林計部行便，草勒奉候，伏祈台慈裁炤。

與鄒南皋公子乙丑

不佞與尊翁老先生交三十餘年，而南比曹聚首者無幾耳。然尊翁愛而教之者，三十年一日也。辛酉，洪都貽書招隱，而入朝首疏，即推轂及之。憶壬戌間，猶從五雲間再書趣行。嗟乎！宇内知己，惟尊翁一人耳。天未平治，尊翁既得請而歸，而不佞又爲章、胡所詬逐。聞章亦從尊翁得史垣者，此與楊畏首叛呂大防何異哉！言念不佞德薄望輕，以累大賢知人之明，深自慚惡。

傳聞尊翁客冬已騎箕而去，痛哉！三朝聖主非不知尊翁也，而不竟其用。乃眇學無識之徒，復爭言毁書院，又欲概毁天下書院，此不有江陵覆轍在乎？嗟乎！宋禁僞學，而真道學者，百代何損！第恤疏宜上，而久不上，何故？豈遵奉尊翁遺言耶？不佞朝夕子舍，不獲走西江一哭，乃爲文具隻絮，託敝門人楊雲都代致，希爲叱名薦之。尊翁有靈，必不吐耳。惟世大力學抑情，以慰九原。臨楮哽塞。

與何匪莪乙未

謂足下遂搏扶搖而上也，不謂復以小註，竟從外遷。弟知之矣。足下抗疏，排東封之議，又藩府格外之請，多所力持，失當事者及中貴人之歡耳。雖然，縉紳家孰不耳何儀曹之名,而惜其去乎!足下鐘鼎自在,獨於世事有感也。正直多禍,容容多福。長此,將安所屆哉!弟又謂香火之情,江右最厚。其私庇者,至令人張目。乃閩人異甚,其下無論,即稍負位望者,亦僅齪齪自保,不敢啓一喙。甚則欲借以示公道,賈風力焉。即壬辰外計方面十一人,已爲可駭。今復溢其三矣!中豈盡不肖無可議留者乎?曩歲京考,吾閩自翰苑外三四君彬彬乎文哉,則足下實司之。此段力量大自卓越,非閩人可有也。足下以何時入粵?倘取道輪山,使弟得一把臂,何快如之!弟出山之期,尚在秋初。果然之腹無可挾持以往,故遲遲耳。宗藩、科場及恤諡事例,貴署或有新刻,乞分其副見示。外有小詩書扇頭請正。與足下書多作衷言,千萬勿以示人至荷。

與余漢城大參乙未

八閩望台旌之人,以日爲歲。伏覩明公報家君書,則若堅不肯爲蒼生一出者,又遣人詣闕乞身,季真鑒③湖,千載一揆矣。今疏下而久不覆,是廟堂不聽明公隱也。君子得時則駕,明公寧無意乎?且閩雖固陋,有武夷之奇,鯉湖之幽,溪流之迅激,崖石之參差,足供品題。昔子長徧遊名山,而此地未聞躡足。明公肯一仗鉞而過,山川與人必有相發者。是明公之遊勝子長,而其文章亦將鞭笞子長而與閩山川不朽矣。咄咄明公,寧無意乎?

又,前書若以好友推轂爲嫌者,此亦有辨,友而匪人也。推轂而人以爲私也,自匿可也。友而正人也,推轂而人以爲公也,則何嫌之有?今廟堂不以私,而推轂公明矣。若必引嫌自高,則古豈都夢而相、卜而師者?而結綬彈冠,史反載之以爲美談,何也?不肖稱不解事,竊持此勸駕,惟明公實利圖之。家君筋力既疲,機鋒成骸,自度世無知己者,則已矣。必不能策欵段復向長安道乞一官。明公行部得一把握,倘亦生平縞紵之幸乎。不肖在告三載矣,其人則向時阿蒙也,碌碌無樹,門下何以鐫督之。北首次武林,因風附此,不盡。

寄湯若士遂昌乙未

卯歲別後,兩辱手翰,而無從一字以報也。弟殆非人哉!然神氣嚮往,則五载一日也。家君还舍，闻足下循良之政，裒然爲两浙冠。弟独喜，以爲世类诮文士无用，今得足下一振之矣。顷朝廷用舍，在有意无意之间。自执政犹不能测，而铨地戒不用谏谪官，以爲自安之道。足下与南皋入长安，未卜何日，长此套数安窮？然天祐社稷，会看目下一搏九万耳。

弟杜门三载，毫无寸裨，而疏狂则故吾也。需次都下五十日矣，闻可不失故物，而主爵者犹若忍不能予。然念足下近作，日新富有，窃谓今操觚家，当以足下爲第一。何也？臺阁之文，愈工愈远。即其他，不过落王、汪二家蹊径耳。独足下宏蓄劲力，自我作古，惜弟向未多见。仲春入南，倘肯遥借餘光，岂胜大愿！兹因蔡司理之便，草勒代面。餘绪缕缕，不宣。

与周海门乙未

郭簿至同，捧读大教，真如面矣。日闻借重封署，甚喜署中有人，又自喜得重追随也。然丈经济之才，透鍊之学，卓越时辈万万，学使卿寺在转盼间。弟固旦夕冀丈之出也，又恐弟入而丈出也。弟杜门三岁矣，瓜期已逼，不得不策蹇向长安，而人则阿蒙耳。倘得奉教新署，在今冬明春，俱不可知。越鸟南枝，不奈朔气，辟吴牛见月而喘。然迟速一任之主者，弟无能爲也已。

蒋德夫洁守任事，朝绅多亮之者，大不爲交游辱。然两疏意气，露尽功名色相，平生涵养，得力何处？傅长儒奄成长往，良可痛也。嗟乎！二君相与，至骤也已。而頡颃皇途，同跻华选，亦一时之盛矣。纔踰年，而一列编氓，一登鬼录。存者有时而振，死者不可复生。庄周曳尾之喻，张豹攻内之嘆，岂虚语哉？弟与足下於二君非浅，故致私嘅焉。此可爲达者道，勿与俗人言也。行次云阳，专僕遣此，顒俟教音。

答郭希宇开府

翁之入佐内臺也，不肖盖有三喜焉。翁以宏猷峻节结知人主，而棘寺操院之推，若幾於不相得者。新命下，而京師大老亦以爲望不及此。從此而遇順風、縱大壑，總憲柄銓，旦暮遇之，此所以爲翁喜也。今之縉紳論訛成風，邪正同途。而當事者於人才、國是，若罔聞知，彼此爲鬬，雌雄莫辨。翁擅林宗之藻鑒，師君實之不黨，茲入司風紀，而正人倚之，若泰山北斗然，此所以爲善類喜也。閩人素號寡援，比三事益寥寥。外計之役，掌道欲齮齕以爲快，即考功轉批，引以爲公，而閩之以方面及甲科動者，二十餘人而未止，眞從來未有之事。翁入，而鄉人之善者始有所恃而不懼，此所以爲桑梓喜也。

至愚父子久荷知愛，埒庇二天。知已大用，不覺神飛色動。此則再世之私忭，不足爲長者道也。需次長安，踆踆牛馬走中，忽接翰教，仰感不遺。輒因來使，草勒布聞。一致踴躍之悰，不盡下情，副在別楮。

與唐曙臺選君丙申

不肖幺麼，未有樹也。需次匪久，即得一官，敢忘明德？然此世俗語，不足溷有道之耳。瀕行，以素未相識之人，而門下携尊酒而存之旅邸，丙夜深談，肝膽盡披。此則破格盛情，傾蓋高誼，令不肖更爽然自失矣！意必有人以不肖欺門下者乎，而退自循省無當也。門下肩茲繁鉅，氣定神閒，綽有櫩柄，大儒之作用，信非薄植淺衷、手忙脚亂者所敢望。

今選事將畢，旦夕息重負而就清卿矣。然宮府異同，閣部參商。即仁愛示警，而機括未轉，日甚一日。知者以爲時事之難，門下止好如此做。不知者似不能無少觖望，以爲平日聞曙臺先生名若雷，今掌銓不過平水箭耳。不肖處於知不知之間，則謂欲有以大慰輿望，非於方面及郎署中精拔一二，以風天下不可。雖然，知之未必有缺，推之未必肯用。再三疏請，動逾歲月，徒令他日有不得盡舉所知之恨，良工之心苦哉！苦哉！

不肖曹事簡寂，頗與拙性相宜。惟聰明日減，道德日負，以是中夜汗沾背也。安得大君子咳唾之音，時時提喚之？季報役去，附致數語。所願請者，百不宣一。伏惟垂炤，甚幸。

與王弘陽少司空己酉

　　自台駕入都，職不敢一介通候。惟是想望立朝丰裁，遥祝指日銓憲耳。兹職不肖且辱白簡而再矣。生平侍教，頗愛名行。顧今以楚事坐之，且旁挶不干己事以成之。夫職于李、郭二堂翁，不能無異同。然所異同者，在宗藩小名封，非楚事也。楚事疏催、疏勘、疏遣官，皆出江夏意，而職奉行惟謹，寧有異哉！自司農公議單出，而側目者四起。自江夏公攻四明自請告以去，職時岌岌不自保，而幸得無恙者，以平日苦心苦口，人頗見原故也。

　　今以楊疏引職爲職罪案，顧議單事，職原據實以答。而憸人爲楊代筆者，乃駕爲閉門不容入議之説以交搆耳。職未見參疏，不及細辨。又聞二三屬官羅入其中，皆司理輩自相傾陷，而借職妝頭，於職毫無涉也。職母春秋高，得假此以還初服，實愜鄙心。然身名一敗，不可復收，竊自憐也。念二十年知己，實惟老先生一人。謹顓力呈上疏揭語，雖草野，亦頗有關世道。蓋年來朝端聚訟，皆起楚事，故直究極其曲折，而嘔心張膽言之，冀於黨禍少有救藥。職即長爲農夫，不恨矣。臨楮激切，不知所云。

上蔡見麓太宰丁酉

　　不肖獻臣，稺不更事，懵無自立。備員屬吏，罪訾叢滋。伏蒙老先生包之以曠宇，程之以元龜，方自慶此生知己之遭，不謂緣淺福薄，禍與幸會。而老先生復親枉臨恤，厚施奠贈，不肖不敢一日忘親恩，其敢一日忘明德乎！日聞聖明特簡首正銓席，縉紳之徒，欣欣色喜。而不肖不祥之人，不得與諸僚寀旅賀臺端，瀕行又不敢面謁，口道謝狀，良自悲傷，祇有銜結。

　　竊謂銓曹自庚寅以前，與政府合，而庚寅以後，與政府分。合之極，至於壞一己之人品；而分之極，使國事受其弊。今而後分之弊見矣。不肖以爲，政府與銓曹交有責焉。爲政府者，銓曹所用當，則擬票允之；不當，則擬票駁之。天下是政府者必多，即銓曹，亦何辭之與有？爲銓曹者，政府所言可，則斟酌從之；不可，則斟酌而明告之天下。是銓曹者必多，即政府，亦何辭之與有？總之，各持一公，共成一是而已。自政府不敢以公心主持銓曹之舉措，而或私有所阻於内，有所授於外，不則秦越人視之。銓曹不肯以公心斟酌政府之是非，又不能盡融其意氣之私，而上之不能得於朝廷，下之以其身及選郎爲言者的。即不肖見，政府與銓曹之不能安也。故曰："將相調和，則天下雖有變權不分，況政本哉！"今日之弊，大約坐此。重以天聽彌高，屢謁不報，朝紳異嚮，人各有心。而積輕之勢，岌岌乎不可挽矣！

老先生此行正閣部分合之機、宮府轉移之會，伏望一以前輩王三原、劉華容諸君子公心勁力處之。不必合，不必不合；不必分，不必不分。使政府銓曹精神粹然，一出於正。然後積誠以感動之，盡力以移持之。九閽可叩，朋黨可消，軒冕可薄，形迹可祛，天下事其猶大有可爲者乎。昔人同不害正、異不傷物之説，竊欲持是，爲芹曝效。然老先生權之熟矣，操之確矣，無俟不肖輩喋喋一得也。伏在苦次，不敢多談，聊一陳其梗概。倘荷留神省覽，世道幸甚。晤侍尚遥，臨遣惘惘。

答蔡元履比部丁酉

神駒汗血，一日而馳千里，則足下之謂也。離卯曾幾何，而兩榜連魁，文聲奕奕動天下。視不孝輩，直駕駘耳，雄快哉！謁選秋署，無錢穀猥瑣之務，而得努力千載之圖，此天之所以奉足下也。顧古之言，不朽者三。事功本諸才志，懸乎遭邁，有幸不幸焉。文章家無大禪殿最，然非天授既奇，師匠復古，徒足取快目前，未易標幟萬代。太上則道德矣，夫今之聚徒講論者，名道德而其實詣非也，甚且流而禪，即禪亦非也。故宋之周、程，明之薛、陳，卓矣，足下何居乎？

黄昭素太史，足下座師也，文章古勁，而更留神心性之學。幸乘此時，布侯太上之事，即發爲文章，亦寧質古是務，而無傍王、汪二家蹊徑，可也。吾輩最患聰明有限，宇宙難窮。足下過目不忘之資，縱橫瑰瑋之材，真純恬淡之性，三立基本已豫，故敢以此言進，惟足下勉旃自愛。

不孝積譽深重，禍奪所怙，萬里奔訃，何足復齒於人？而足下遠貺慰劑，重以腆奠，即延陵之誼何加焉！自顧年逾壯矣，而孤陋不學，所爲光顯者安在？足下其無以我耄而舍之。尊君宦聲休暢，入覲聚首，亦一嘉事。南風有便，惠之教言。

答汪雲陽郡伯論上廣平倉戊戌

日者遣价代叩馬首，計尚未徹也。而老公祖明睨雲箋，儼然臨之，當戒行倥偬中，猶眷眷灌園之夫若此，感佩之私與疏曠自外之愧駢集矣。不佞稈不解事，竊欲有言於明府。

明府在郡造福，求瘼痌瘝乃身，士民無不浸灌而謳頌者。惟近發銀令同民買穀以實廣平倉，意至美矣，非良法也。不佞不知他邑發若干，又有續發與否，第耳諸同民言，竊謂於晉人利而於外邑病。蓋價雖平給，然斗斛有官私之異，到倉有輸納之費，輸頭有往來之費。凡領價者，俱當倍出，頭會箕斂，無一得免。計平糶之時，外邑民能走一二百里外而須升斗以活乎？是官損千三百金，而同民益以千三百金爲晉人德也。又其勢不能移外邑之粟而之廣平倉也，必持金而糴諸郡城。如此，則遂責晉人平糶入倉，使自爲計，何不可哉？若爲外縣計，惟有發銀令自糶自備而已。然鄉落民亦不能持橐走數十里，而與邑居之民爭升斗也，況外縣之於郡城哉！故每縣擇大鄉落置倉積穀，令山谷附近之民辰金而往，午穀而還，誠備荒之上策也。買穀上府，殊覺未便。明府幸與院道再熟計而行之，何如？

與洪含初令君論許家離婚書

明公所處許、張二家婚事，闔邑歡騰。維持風化，非淺鮮也。不肖舊爲西曹，喜讀律，今遺忘久矣。承示斷案，因取婚姻律詳之，稍有疑焉。請先言許之非，可乎？別駕過聽浮言，輕寒舊好，其謬妄姑勿論，且以許之富而棄張之貧，雖百喙，誰信之？此敝邑所以不理於別駕，而痛快明公此舉者也。

然律云："許嫁女，已報婚書而輒悔者，笞五十。若再許他人，未成婚者杖七十，已成婚者杖八十，女歸前夫，前夫不願者，倍追財禮給還，其女仍從後夫。男家悔者，罪亦如之，不追財禮。"又云："若有妻更娶妻者，杖九十，離異。"所云罪如之者，謂男家悔而再聘他人，未婚則杖七十，已婚則杖八十是也。不謂其已婚而仍娶前女也。不追財禮者，謂男既先悔，則不追女家原收聘財，對前倍給還言也，不謂其以女而強歸之也。有妻者，謂有已娶之妻，非先定後悔，未及御輪，而遂謂之妻也。

今許家無故而悔，罪宜如女再許他人已成婚者之條。張雖聘而旋悔，不得以有妻更娶者論也。竊謂許家主婚及諸附會者宜罪，洪女已婚宜留，而張女不必復合。昨讀明公審詞，謂洪當離異，張當爲正，用前律乎？用後律乎？抑有出於所稱二律之外者乎？但今張女既歸於許，雖未合巹，實已過門，似無再可轉移之理。

語云："成事不説。"事成矣，不肖不當喋喋。第以荷明公道誼之雅，鄙衷微有未安，不敢不一私於下執事。倘明公謂寒舍於許有婣，爲渠作説，闔邑士民欣頌盛舉者，以不肖強作解事，然不敢避也。別駕亦未嘗干不肖爲理，故不敢告之他人，而直佈之明公。倘別駕與聞，則神明實臨之。娓娓饒舌，弋獲與否，惟高明裁亮。

又答洪舍初令君

承諭，悔婚及烈女死未婚之節一段，直從道理中發大議論，加法吏識見一等矣。然大凡律云罪亦如之者，止照前科其罪耳。中間追賠離異等項，須得律文明載，未可一概比擬。即如男家悔者，有不追財禮一語，則其不復合爲婚，可知矣。若律必斷合，何用更着此語乎？蓋製律者，或有嚴於女而寬於男之意。女本從一，故雖已婚，而斷歸前夫。男子似或稍可通融，故律止科其罪，而不責其合。此不肖一得私見，然亦不敢以是律張女。今日之張女，則儼然許家婦矣，何復論離合哉！若謂許家斷後私娶，不肖雖不的知其何日，老父母必自有明裁。承教敬謝。

與洪家勸出許廷基書

許別駕之孫廷基，締姻高門，本求嘉耦，反成禍胎。不肖初謂令姪女業已成婚，據律則張女似可不送。然洪令君之斷合者，不惟急爲風化計，亦有見於解律諸家之説，非盡漫焉而已也。

夫廷基豎儒，至枉父母、師傅之鄭重親臨庭，著一邑傳誼以爲盛事光施，已難堪矣。揆理度勢，豈容中止？今廷基穉不解事，夫妻亡匿，而令君以道詞急之，別駕苦稱門下堅不令出，無如之何也已。夫有孫不能令，而欲委責於他人，人誰亮之？進言者云，別駕有下石之謀，致令君欲棄官去。事聞兩臺，而訟者蝟毛而起，家人盡鳥獸散，七十一老翁日惟求死。不知兩臺批到之後，景象又當何如。爲今之計，惟有廷基一出，可以少寬。夫別駕事勢，至此亦亟矣。而廷基燕雀處堂，若罔聞知，必且干神人之怒，隕越是虞。乃潭府坐視別駕之危不爲憫，而苦留廷基以重之毒，宜非仁人之用心也。且洪令君申文雖峻，而意猶主合，始終不改兩存之説。至不難易某氏爲正，審詞此其機括猶可挽回。則廷基之出，有何不可？亦何大不利於令姪女？而門下執之固乎！門下度能終庇廷基，則可耳。不然，事不了，則兩臺府道必於南安索罪人焉，令兄能任之乎？不出而事不連於令兄乎？即出而不益廷基罪乎？夫震于躬而後出，明不如震鄰而出之愈也。出而益以重其罪，明不如今出而末減之愈也。不然，別駕之家事虀粉不足惜，萬一變出不測，而國欽、國光之前程俱已問革，覆巢之下，寧有完卵！廷基安得晏然而已乎？而令姪女亦何面目稱許家婦乎？又不然，當事者激而申其律當離異，及張氏爲正之説，則奈何？蓋傳聞令君云：張氏去其夫，則吾必去其官。夫使令去其官，此爲許氏之禍。而使鄰邑去其令，尊門反當以爲福耶？不肖與諸縉紳長老熟計，莫如速出廷基，蹔成婚事最便，惟門下秉利度義焉。如以廷基原未來奔，而天地神明以蒞之盟，則非不肖所敢知。恐後雖悔之，亦無及已。

答葉臺山少宗伯書 辛丑

里中兩荷翰教，銘刻，銘刻。老先生玄德鼎望，朝野傾心，爰立之舉行有命矣。不肖出山以來，望光霽不勝依戀。而逐逐風塵，未及上記，即心口猶自相詬誶也。劉膳部兄將至手書，捧讀周旋，仰見汪度虛懷，真足茹納天下士。竊復私自喜，不遽麾斥於有道君子之門矣。

册立、冠婚，聖意殊不可窺。政府以爲皇三子十七矣，皇長子不患不冠婚，所慮者，册立耳。去冬九卿議伏闕，虞不報；正春議單疏，虞要脅止。然此自宜禮曹任之。新歲寥寥，然不獨任而列九卿，不首宗伯而首定國，殊未愜人意，諸司初不能無責望。自禮垣獲譴之後，仍各泄泄如故。真將順之説，深入膏肓耶？近諸司具翹首聖節，然早秋不預請，臨時倘復寂寂，將無以逼近聖節爲解乎？失此，則明歲耳。竊謂九卿不可不合疏，而禮曹不可不極任。即父子間，不宜太激，稍稍苦口，亦自不妨天性。承下詢，即欲抒此愚慮。復聞台駕齎捧在途，趙趑者久之。膳部行草勒布，復意途次可得及也。翁入都，幸因而留相，乾坤其猶可斡旋乎？晤侍有期，怏不得奮飛奉迓。肝膈之談，伏祈涵秘。

答葉臺山少宰書癸卯

春明一別，忽忽三載矣。老先生德孚密勿，望重巖廊。不日宣麻大拜，以爲蒼生霖雨，周南不得久淹也。讀《蒼霞集》，縱橫變化，無不如意。真子長授簡，子瞻操觚，無論壓倒一世，即郭宗伯公最號沉勁有古學，然終覺有板意在，讀者以爲當讓一籌矣，不肖何敢言哉！

春曹事得宗伯公力肩，而其大者乃在楚藩。昨祠司又上諡議疏矣。楚事結局甚難，是非利害甚大，迄今議論不能一。然宗伯公此段真見勁力，卓不可及。而其所難者，不在於後之勁，而在於前之請。宗室疏既下部矣，勘復何疑焉？兩疏俱宗伯公筆，老先生以爲何如？江浙、湖廣考官部疏十，閣揭五，而不能得。會部科初十日看工，諸公以危言動大璫，大璫入白之，乃六省同日發票，亦奇事也。誰謂濟大事不以權哉！

宗伯公每道與老先生相知無兩，又道郵筒中齒及不肖也。大匠兼收，不遺樸樕，感在五内，難爲言矣。然宗伯公磊落奇偉之大儒，而不肖拘方循常之曲士，何足以佐末議、當任使耶？不肖十五載郎署，而實俸亦且半之。班次一議，幾不免虎口。秋冬之際，得一參藩，已踰分涯，何復他覬？然聖明三年來不放出一曹屬，恐終當告去耳。承念，謝謝。令親實咨，即付來人。小疏錄呈請教。伏祈台炤，不宣。

上葉臺山閣老書庚申

獻臣兩過潭府，老先生必假之殊禮，寵以華筵。故春初之行，望龍門而趑趄，非敢自疏外也。乃明教厚貽，儼然見辱，更令踧踖甚矣。

伏聞新主求舊，特隆召命，司馬再相，海宇同歡。憶侍函丈時，竊窺老先生堅卧之意，顧先皇於老先生何如相知？當今何如時勢？國哀相仍，夷氣未靖。在內者，未必有不測之變；在外者，或益生憑陵之心。主少權分，不知密勿之間，誰堪託孤寄命，如楊新都、張江陵手段也者？杞憂熒恤，豈爲過計，則老先生安得恝然而不關念也。鄙見老先生宜一面疏陳己志，一面束裝就道。倘付託有人，則俟山陵既畢之後，而後勇退急流，以明遂初。倘軍國可虞，則遂協力拮据，以終圖萬年之安。大臣出處爲宗社計，爲蒼生計，不爲一身計，固宜如此也。若曰功成名遂身退，而付安危於罔聞，則非泰昌皇帝特召之意，亦非老先生所以報先帝之知遇也。此不肖與蔡敬夫方伯促膝熟籌者，輒敢奉聞，以備採擇。

不肖告疏久已下部，計必得請。讀書將母，殊快本圖，且自揣鉛刀弱質，不足備緩急之用，老先生無庸置之夾袋中矣。日承賜翰，深感照拂。兹走一介，特爲勸駕，不敢將賀。蓋此行自關安危，與癸丑會闈之事不同。故小子竊欲效其欵欵之愚，伏祈尊慈裁炤。

又

泰昌之賓天也，是國家理亂一大機關也。孑然孤主，何怙何恃！冲質之保護既難，中官之竊借堪憂。閣下處此，當不易易。要以竭力致身之義，不暇爲私圖耳。近聞萬曆先皇議謚爲神宗顯皇帝，甚覺未協。顯字既虛，而宋室神宗，乃爲基禍之主，何必襲之。此徒知先皇恭默之攝，而不知其初年英明之烈與五十年太平之賜也。可謂掩君而不能章君者也。台旨以爲何如？

上葉臺山閣老書壬戌

客秋台馭度分水時，蒙賜報章，深荷注念。嗣聞入贊大政，精采一新，不勝爲海宇加額。顧當此廣寧失守、蜀黔多事之際，老先生焦神勞思，救焚拯溺，見於章疏者屢屢矣。

夫奴酋之所以猖獗至此者，由吾封疆之無人也。所以無人者，無實心任事之人也。以餉，則但知加編請帑，而不知清查；以兵，則但知閩、浙、楚、蜀，而不知訓練撫遼者。言戰，而不求所以戰經略者；言守，而不求所以守。且戰則不足，守或有餘。何至捧頭鼠竄，而盡棄河西以與奴哉！如此尚謂封疆有人乎？其大患尤在人無固志，莫肯共命。此非可以術籠威懾而得也，非積久收拾之不可。而一墻之外，與虎爲鄰，耽耽然常恐有不測之虞。聖門有勇知方四字，在今日爲第一義矣。不知誰人可以領此愚見？

山海既設經略，必添巡撫。元履方伯倘亦其選乎？至於廟堂之上，做成一大情緣世界。如京卿之起推，纍纍若若，多於户、工之郎署。臺省之考選，車載斗量，夷於候缺之倉巡。自前宰一決隄防，迄今遂不可止。稽之史册，從來未有冗濫若今日者，是明犯祖宗專擅選用之制矣。相公以爲，十百之中，有一二足當奴酋者無有哉？且大計名欲懲貪，而入計之吏交際愈煩，費用愈多。一介不取者，僅聞相公二三大老及一二卿寺耳。欲令廣所出、嗇所入，此必不可得之數也。故多加兵，不如求將；遠徵調，不如近募；責實效，莫如明罰；程其才，莫如省官。此救時之急劑，雖鐵心冷面，勿恤也；雖部院臺省，莫狥也；雖維桑如蘭，勿炤也；雖恩賞，勿邃施；雖刀鋸，莫輕免也。朝廷之紀法脩明，然後人心震肅，賢不肖爭自磨濯，以畢力于疆場。土崩瓦解之禍，庶其可救乎！不然，渡江河，亡維檝，兼之風波頇洞，必無幸矣。國家事，可不爲寒心哉！

獻臣跧伏林泉，獲還舊秩，非老先生吐握之勤，不及此。已而思之，襪線微才，何裨緩急？是亦閑局中冗濫之一也。兼之风疾未痊，欲俟癸春再圖出處，不知可否？鴻便草布，併候台禧。伏祈慈炤。

上葉首揆論王良德等書癸亥

昨聞王良德、馮二、趙進忠等以小事聲冤，奉旨用大枷，東、西長安門外枷示一月。此死刑也，心竊憫之。偶晤大司寇公，不肖以爲巡視宜有疏。司寇公以爲若得相公揭救，尤爲得力。不肖因思此三人者，多則數錢，少則一文，而譁譁禁地，自干重典，與孺子入井何異？然律無死理，不待皋陶、張釋之而後知也。六月，恩例免枷，中外盡然。若大枷枷一月，則未有不立斃者。恐皇上冲年，或未之知耳。此無賴漢，固不直得綸扉一揭，然三生命也，所關不小。且使明主以一小事而死三人，其所關聖德亦不小。元老若肯揭救，皇上必當立付法司，或且釋放。蓋枷則枷矣，五日亦可，十日亦可。若此等小事，即不枷亦可。從茲二長安門外，可無觳觫而就死者，其所關相道陰德，亦復不小。老先生寧無意乎？昔程伊川有以方春折柳諫其君者，矧活三人已死之命，開聖主好生之德，其爲折柳也大矣。獻臣庖人也，曠越是慚，伏祈台慈亮察。

上葉閣老書癸亥

不肖自入輦轂下，猥辱殊禮，曲賜鼎培。雖才疏命薄，非君相所能造。然相公所以造之者④，可謂不遺餘力矣。今行抵滁陽，親舍在望。從茲得以偕隱相依者⑤，孰非閣下之弘庇哉？

日承大教，及郭宗伯事，以爲終非口舌所能明。大奴書對頭，有錢給事疏在，有四明相在，有神祖明旨在，此於儀司何與？楚事則疏催、疏覆、疏遣官者、宗伯參四明者、宗伯會議會覆者，李、郭二宗伯其免勘、其予告，則有趙司農議單在，有四明相在，有神祖明旨在，此於儀郎亦何與？若以名封，寬嚴之間，議論不同，此亦堂屬常事，何足掛胸臆。而扯入二事，又誣賄焉。何不聞於當日也？曩者酉冬小疏，曾蒙台翰，以爲諸老皆謂確論，乃今猶若未釋然者。夫江夏參四明,尚不敢言賄而以已壽帖況,何獨賄司官乎？何疏中絶無一言及乎？以三十年謬知如老先生,又當老先生在朝之時,不爲不肖一剖明之,他日又將誰望哉？若不肖一官何足道！何足道！

又范得志一事,向實不知其曲折,故不敢隨聲而唾,亦不敢擊節而贊,此鄙情也。近接南來數客,乃知侍御穢惡之狀,鼎沸金陵。即老先生所咨詢者,亦俱不敢情告。而臺省壓以察典,既非情實,且豺狼未問,而主察二老排擊不休,何論波及！此事公論不平,必將有反。老先生近亦有聞否？

鴻便,草勒鳴謝。并以二事辨揭呈覽,幸賜裁詧。

答駱台晉主客己亥

曩歲夏初,奔先君之訃過錦田,翁丈以殊禮臨恤,而慰藉之誼至高也。未幾,台駕還留都,缺焉不獲聞問。惟是榮遷榮滿之期,則得於邸報上,爲愉快而已。然猶怪夫主爵者之以常調待天下寥廓奇士也。宏傑如丈,不爲銓衡,必爲文衡。銓地太鬧,非吾輩所宜處,則柄文其可也,計丈指日間事矣。

承示制義,傳吾靈肩,即所以符乎往聖,自是學問文章家至論。弟竊謂,明之經生言,猶唐之詩也。律詩之必用沈韻,與唐以前事也,猶時蓺之必用宋也,一也。而六經,其祖龍矣。今海內皆禁老莊,夫老莊何足禁哉！乃用老莊於時蓺者,則誠可禁矣。丈謂所惡於老莊者,惡其意也,非惡其文也。弟則謂,所惡於老莊者,非惡其文也,惡其字也。何也？經生家無頭學問,僅取子書奇僻字以入之。此則從古費許多少辭説而後能解,或竟不能解者。舉業本欲使人一見便了,而此三四讀可了乎？奈何不令人厭也。誠本六經之旨趣,而發以老莊之文法,語用其明,而字不襲其晦,則何害哉？然要之,學有本領,則老莊爲吾用。無本領,而徒掇拾怪字以爲奇,又安在其老莊與不老莊也。

方今時事,中常、外戚爲政,其禍之所中,卒不可救解。如張新建、戴給諫、山東二令,其昭然者。然貴座師負縉紳望至次相,而一旦失之,何也？丈根本之地竟何如？賴宗社之靈,或無理外奇舉耳。不然,庸庸輩可恃耶？

流光易邁，弟奄忽將及禫除。倘大計無恙，異日者尚不忘圖南之志。又恐高材捷足，不吾待也。九台真好友，晤間爲道意。南中續到諸公，誰是大可人？便中見示，使弟得托神交，更幸。

答沈泰垣提學己亥

四載闊別，馳戀實深。天幸借老公祖之文章道德爲閩士師表，而屬以行部之便，得一望見。真脫略尊嚴格數之外，而坐不肖於春風中者。但野人雞黍之敬，未敢便申，爲愧歉耳。

適承手教，兼之盛奠輓章，貢我先靈。逝者有知，猶當武林傾蓋之雅是銘，況不肖孤乎！別諭諸年家物色之難，良工苦心，誠然誠然。然吾輩做秀才時所責望文宗者，惟公與明。論體則公爲要，論害則不明爲大。以老公祖之方嚴精鑒，卓卓乎超軼前使矣。若稍示厚道，臨時明加裁酌一二，似亦法中之情，情中之理，而不害其爲公與明也。草鄙之見如此，猶幸奉晤時不敢以無鹽唐突，庶幾言之無罪，何如何如？

上沈相公論楚璫及逮問何馮書

蓋聞醫之用藥也，寬則治本，急則治標。夫相天下，何以異此？今之本何？册立、冠婚是已。今之標何？楚民激變是已。兩者中外喁喁，屬望相公，相公以文章行誼蒙皇上特倚，可無以大報主恩而慰縣寓之望哉？

皇上前日取回陳奉，今復諭內閣，作何安撫禁戢，詳議具奏，宸衷焦思，正輔臣納約之機也。職愚無識，則以楚璫播惡極矣。今日之變固也，獨怪其不早耳。當此之時，相公有大力能如張文忠之罷鎮守乎，則幸甚，萬代瞻仰。其次，則急宜爲楚官民請命。夫事勢至此，地方誠不爲無罪。然其猖亂首惡之民，則可誅；其藩臬郡縣之官，則可原。即如明旨，以不能調停撫戢責文武官。夫奉虎狼也，虎狼搏噬，人亦格鬭，誰肯甘心餒虎者？責各官以調停難矣。民猶水也，風激水湧，飄忽震動，勢甚疾雷，豈人力所能沮遏？甚且有不忍惡璫，而思放大剨刃于撫臣者,責各官以撫戢,又難矣。竊謂陳瑢之稔惡與楚民之激變,皆撫臣養成之。始而縱惡不禁,既而隱匿不言,所以有今日也。支撫蓋微有清望焉,比來兩都縉紳無不笑駡,而無肯露章極言之者,何也?以爲劾其和同横瑢乎,則皇上必加慰留,是不啻露章薦之矣。乃當事漠不爲意,而支撫猶靦顔在事。何耶?

今皇上欲查處地方經管官員,職以爲不必深求。第罷撫臣而速請才望素著者代之,以正法首惡之事付之。夫楚民不忍奉酷虐,則變;朝廷株連窮究賊殺差校之罪,則又變。若擇賢撫而殲巨魁,則安堵如故矣。此外不必大費擘畫。陳瑢罪惡貫盈,雖經取回,然再得皇上赫然震怒,明正其罪,差官扭解,則可以大快神人之憤,而寒各處礦稅之心。此在相公,度能得之則可,不則姑聽之。蓋此瑢既撤,罪狀益彰,異日棄之若孤豚耳。至於爲陳瑢被逮,如何棟如、馮應京等,此皆爲國家出死力,不畏强禦之臣也。皇上蒿目楚事,遷怒各官,則禍出不測,誠及今悔悟之萌,相公委曲爲諸臣申解,或復其原官,或免其解京,令撫按勘明具奏。則皇上轉圜之美明並日月,而相公回天之力光垂史册。旬日之内,楚事既妥,乃躬率百官大小衙門各具一疏,伏闕叩請册立,人人以去就争之。倘皇上一旦旨從中出,則相公羽翼之勳,當與留侯、鄴侯千載鼎足矣。標本既殊,難易亦别。老成苦心極慮,正在於此。此非職私言,乃天下公言。伏乞采擇施行,仍乞削去此書,勿令流傳。其以越俎賈罪也,職無任懇切惶悚之至。

答鄞楊明叔茂才 辛丑

浙録至,不見足下名,何數奇也!足下素負奇僻,而今歲浙場所録文極平,以故左,曷怪焉?獻歲拜翰貺之辱,娓娓數千言,讀之舌本爲燥。中間叙先君守郡接引之雅,浙憲關情之殷,令不佞感慨唏噓不忍竟。先君於諸君子不薄,然非足下高誼能鐫之,而雄筆能發之,孰使已往情緒耿耿目前者哉!

惟不佞夙藉切劘,幸獲先登,而尺寸靡竪,世路蹉跎。上之不能竟先人未竟之志,次之不能悠揚當路以爲交遊光寵。捫衷内歉,奈何知己者不以規而以頌。

足下家難既寧，幸付兩忘。一切怨親，俱從無始劫來。惟知道者平等視之，涉世末流，不得不爾。語曰："不困阨，惡能激乎？"此足下今日第一義也。

制舉業，郭青老嘗謂："欲特拔於故紙堆中，安得不奇。"顧經生家說平、說奇，俱非實際。此物須極苦心而不費力，覽之躍然以喜，則平亦奇，覽之悶然不暢，則奇亦平，甚且不得與平順無奇者等。蓋科試與小試不同，小試雖不當意，必詳委以差其名次。故奇而未純者必收，卒或拔置高等。科試一語又牙，徑置之耳。

近武林刻坡公集，此公萬斛泉源，又多悟後直寫胸臆，語謂之極平可，謂之極奇可。足下胸中子史不乏，第以此書歲月沉酣，得其法，得其氣，下筆之際，自然滔滔汩汩，正正奇奇，舉業小技，豈足道哉！次則唐荊川集亦可玩，細說理而工達情，於舉業最近。參透二書，刮目何疑？

使旋，草復，并侑不腆。萬里裁書，語不宣心，幸亮。

與相知諸侍御啓壬寅

小疏唐突，惠文彈治，然人各有意見，各有職掌，意見縱乏通方，職掌豈容糊塗？大抵祖宗創禮，自有深意，而其後不能無損益。愛禮君子，於變更之際，每惓惓焉。即明詔臺史前，而曹郎後，禮官猶得執品級固争，而況申請以便奉行乎？非悖旨也，非創說也，非敢謂臺史之必下也。又此班者，吏、户、禮共之，非一曹也。昔趙、張既相，而陸五臺、鍾龍原尚申明會推之例，二相啣之刺骨，然祖制所在，兩公斷斷焉不少假借，豈不知其無及於事哉？前輩風猷，僕何敢附抑。所謂心所不安，必以吐也。今使僕下氣而談，而門下平心而聽，大賀舊禮，院曹未明署也。然詳味全疏，自與常朝不同。門下以常朝例之，猶屬懸解。僕以沿行實之，較爲明徵。

聞小疏票旨有云：國家典禮，豈容兩樣！必如此分疏，而後可以釋衆喙之疑。然出自廟堂則可，今遽張此之懸解，加彼之明徵，忘歷年之已事，笑一士之諤諤，栢臺爲風紀之司，而禮官以職守蒙詬，非所敢望也。雖然，僕罪戾多矣。

幸反覆班次一節,使得以微罪行,實拜大惠。諸公未同者,不敢强聒。若同年、同門、通家意氣之雅,又不敢以衙門小嫌而不一披露焉。漢人云:"言鄙陋之愚心,若逆旨而文過。"惟亮詧。

與黃鍾梅開府書壬寅

班次小節,遂無善處之方。鄙見臣子進退,當取上裁,言官雖貴,不可以氣力争也。三疏呈堂,俱擬仍舊,惟謝恩見辭,欲稍倣常朝。科道同班,以御路窄狹,若間部屬於兩衙門之間,其争必不止也。宗伯公初欲以大賀與臺,以常朝與部,此翻案議論,不肖頗謂疑於朝四暮三。後宗伯乃自屬草上之,然兩請之中微寓低昂。如以隆慶壓萬曆,以題准壓沿行,以常朝混大賀,皆此意爾。綜其實,科部同班,不第大賀,而常朝亦然。不第萬曆,而嘉、隆亦然。蓋隆慶時,常朝即以科道同班,不便趨蹌,格不行也。倘新旨徑與侍御,不肖亦可無言。既云照隆慶例,而隆慶習儀若彼,今也若此,別白申請,寧可以已乎哉?極知綿力不能挽回,又知必辱白簡,及得過堂翁,無可奈何,省得後日謂誰爲儀郞,而百年之班次,從黑漆漆地爲人混去無一言也。臺疏不票,小疏俱票而後留。今臺中雖怒,而朝論尚明。更辱大君子許可,則不肖雖以此坎壈於世,亦自無憾,行且圖爲休沐去矣。河工事得翁砥柱,不知總河者竟作何結局?近廟堂之上,不肯主張,即慷慨任事,亦極難耳。小疏併呈,東省奏議,倘授剞劂,敢希賜教。

與黃鍾梅宫傅書壬戌

臣竊見隆、萬來,八座大老,其立朝之勳烈,宏猷讜議,炳炳烺烺,未有如老先生者。而其去國之際,身輕名重,眷篤禮隆,朝士扳留而莫挽,聖主虚席而待畀,亦未有如老先生者。出處如此,真可增光昭代,垂芳萬禩,豈特桑梓之榮而已哉!然君志未定,時事多艱,東西猖獗,兵民罷敝,而内無任事任怨之彊相,下有分門分户之朋黨,老先生能遂挈然不置懷乎?行見聖皇之特使而徵,平陽之趣裝而相也。

向讀大疏,有"光宗不得正始,先后不得正終"二語。偉哉言乎！又近九卿會議,借大揭以爲重,想亦此意。然家居不得全窺以爲恨,倘有近刻,願得一寓目焉。鄒、孫二老,皆海宇正人。而孫公出山一疏,鄒公開講建壇,頗不滿朝紳之口。孫疏近風聞,鄒壇近迂闊,老成舉事,信不可不審也。然孫雖去,尚有大拜之望。鄒公且當散局,結果時不無稍惜此舉耳。

獻臣溝中斷質,獲起舊官,非藉鼎造不及此。然此時官方之濫極矣,三三四四充塞卿寺,尚無裨於軍國之緩急。矧以鳧雁微秩,而支離其間哉！兼之母年益衰,夷氛未靖,故寧僵蹇朝命,而不敢遽爲捧檄之圖。咫尺台光,未能自致。謹遣一价,代候萬福。伏祈長者焰之。

與黃鍾梅宮傅書乙丑

獻臣亥春出山之時,荷老先生枉顧惠眂,真欲加諸膝也。仰惟長者折節高誼,銘在五内。顧自惟迂疏見擯,以爲知己羞。坐是匿不敢以姓名通,心雖嚮往,而迹疑自絶。即擢髮,何足數哉！

老先生五百名世,一代醇儒。當顧命訪落之日,獨立獨持,危言危行,使傾危之徒口噤,而忠義之夫心服。古所謂社稷臣,何加焉！聖明求舊,特借宮傅而宅司空,蓋紀綱銓衡之重行有冀也。當今宸斷獨運,而柄疑於中竊;朝局一新,而禍類於黨錮。往在神祖之末,固悶悶而傷厚。在今日,又察察而近刻。使冲聖有所主張,揆席有所匡救,則引而之清明固易;使内一憑於中璫,而外莫適爲維楫,則濁亂特須時耳。竊謂當此之際,必陰有分別,而明有擔當。又開誘上心,使之當谊,使之志仁,使之明習國家事。此第一義也。

年來臺察官之在勘焉,而復計;黜官之無上事焉,而復年;例之庸庸者與有議者而概優。顧命大臣之無大過,老而奪誥;講學患不真耳,而請盡毀書院;大僚宜衆推耳,而内旨似先有所屬。此皆失政之大者。至於兵多而不練,且無兵;餉竭而不清,且無餉,則邊腹之通弊;人人能言,無一人能任,又天下之通患也。此其轉移在政府、在冢宰、在總憲、在督撫與當事得力之科道。故爲政府與銓憲者,必先有以振發天下真實任事之氣。有真實任事之氣,則何暇分南分北、分門別戶,而盡以其才致之於國家,當軸者第提衡其是非功罪而爲之進退,足矣。不然,雖別用一番人,而攻擊愈繁,尅核太至。今日多一番攻擊,則異日必多一番報復。而又甚焉,其究將人才與國俱盡,則漢、唐、宋之季世是已。有識者可不鑒哉!

老先生此行,海宇舉手加額曰:"是必爲宰。"故不肖敢以此言進。若不肖之見擯,則吏垣程註以不肖與區蘿陽擊節范得志參王允成之疏而欲逐之,章允儒、胡良機遂從而下石焉。今范已起,王、程、胡已逐,章已謫,區已南侍。此段公案亦已大明。然不肖得假以來,母子相依,不作長安之夢久矣。素辱知愛,聊一及之,非有覬也。聞安車且北,不獲走送,謹遣一价,代布下私。伏祈尊慈鑒炤,不宣。

答馬誠所侍御同年壬寅

李卓吾,弟之同里,雖我生也晚,未及識其爲人,而讀其所著書,聞其風,嚮往之久矣。每嘆敝郡有一卓吾不能有,而使僑寓於四方,是敝郡之恥也。不意老來蒙此嚴旨,然禮垣之疏謂不知卓吾之真則可,謂間出風聞則可,而其詞其誼則未能有以難之。弟不得已,號於當事者,曰:"因此得遂首丘,卓吾之幸,吾鄉之幸。但其年七十六,高矣。老幼不拷訊,載在律令。又病中氣息掇掇,不堪箠楚,萬一事出不測,則奈何?"庶幾有憐而爲之地者,蓋救鬭者不搏撠也。至於橐饘義舉,弟嘗徧告諸桑梓,多以爲然。然閩人孤立無援,欲望其出死力以爲之轉移,則必不能,即弟亦徒有其心而已。承教愧死,敢不勉旃?

丈貞心誼概,真可上薄古人。雖然,丈諫臣也,朝夕之與處,似覺未便。恐小人有伺而聞上者,未免多一番[⑥]事。鄙見第暫寓春明門外,以時看視,以便通聲息,則爲大善,不可過露形跡。若以丈一片肝膽,即百神亦當護訶,萬萬無他慮也。

與陳毓臺右都壬寅

伏惟明公運籌決勝,拓地開疆,勞在社稷,賞延苗裔。此環宇之所艷慕,而温陵之所僅見者。盛哉,斯之爲烈也！賞功事,幸得執役。然向皆出自内府,而今則借之僕寺。歲底承命,即將原册咨本兵,以便轉發,不謂其耽閣乃爾。頃礦税逮繫,起廢數事,幾得而失之,甚錯此機會,豈彼蒼厪縣官令名乎？蔡尋甸於滇爲屬,於晉爲鄉,大疏竟不可已,遲速諷直,自有尊裁耳。曩從王瞻明所得聞策緬狀,壯猷淵畫,他日當與擒縱並傳。邇臺疏有"何罪于我"之語,即客歲宣捷時,聞之大老云:"國家邊功重西北,而斬獲不多。滇南拓地多矣,而非國家所甚急者。"蓋旁觀人與當事人意見往往相左,然公曷嘗求有功哉？正不得已而功成耳。今朝廷論功行賞之後,正台臺守威定功之時,不知猛、奉二酋之外,尚有遺孽不靖當芟薙者乎？抑遂可以畫界而守,分疆而理,而少寬膏斧之誅乎？

不肖稚子何知耳,諸道路之言,不敢不告,伏祈長者笑而置之。使者還,便草勒附布,恃在慈原。

與鄭崑岩開府癸卯

重鎮特簡,僉望大快。初聞發票,別有所屬,已更而借重,尤見聖明用人之精且慎也。曩老年伯在赤城專主必戰,今操縱在握,令套虜不敢南牧者,在兹舉矣。不肖班次一議,遂爲閫臺詬辱。然職守所在,寸衷未安,雖知其必及白簡,而不敢避也。顧朝紳公論尚明,而獨不甚明於廟堂之上。隻身萬里,擔此劇署。宗藩之事,往往旨從中出,雖執奏無可奈何。行且再圖休沐,以安丘壑,不第爲豸繡之耽耽也。

不肖日坐廳事,凡以南雍咨文謁者,當日發手本,次日發咨,胥吏即欲遲之而不可得。惟近堂翁在告,或三五日方得押行。南中諸生之所以艱於得咨者,不知何故,當是所托之人不的當,或工、户咨之有阻礙也。即如宋陽山乃子納貢,南咨發已逾年,而去冬逼除,乃浼一同寮送至,煩太宰曾公爲言。此其咎安在？承教,謝謝。敬當再加喫緊矣。草復并致,踴躍不宣。

答畢松坡大司徒癸卯

伏惟老先生,四朝耆舊,一代名碩,出則國棟,處爲世儀。蓋世所稱三達,則孰踰老先生者哉！存問之典，猥以職司，幸獲執役。不知地方原題之不用四六也何故。不肖初視事，即照視篆者原稿具題，不及潤色，以忝名德，迄今若負芒刺。然名德如老先生，豈假詹詹者爲輕重哉！若海豐公，撫按疏請遣官，語復繁縟。前官以例裁其差官，不肖又以老先生之例裁其原題，而人猶覺其多。則品格公論之大較，居然可覩矣。

今榮壽九十在即，令甲存問，例當遣官，地方官自當備極揄揚。而朝廷於此時想當有特恩廞叙，如陸宗伯乃孫也。先君在南計備員屬吏，多荷陶鑄。而小子又獲先辱惠書，仰惟抑抑溫溫之盛德，即衛武公何過焉！令孫還，便草勒申謝，并布嚮往。伏祈長者慈炤，不任瞻馳。

答吴徹如比部癸卯

同榜兄弟，惟毘陵稱最盛。文章氣節彪炳海内者，不啻五六人，而丈尤其犖犖焉者。弟萍踪偶觭，而嚮往一念，則無日不之乎左右也。方今聖明在宥，而仕者以郎署爲錮譴謫，與曾經譴謫者以山林爲錮，雖出處稍殊，其致一耳。曩同舍需人則首屈指丈，年來濟濟布列，終歲不能出一缺，獨不有葉玄室故事可圖乎？此亦主爵者之責也。

士風之壞，良由提學官歲考不周，功令不嚴。然考察提學一節極難，是官之推不甚計望，而其陞斥亦以無大異於人。無怪乎汶汶者多，而才品兼優者少矣。李、郭二宗伯皆實心做事，當有斐然改觀處，愧謭劣不足以佐之耳。承教，敬謝。

弟十五載郎署，而實俸亦且半之，動而得謗，久且崇戾。奈何獨令丈爲薜蘿主乎？令叔南咨，當日即發。人旋，草勒奉報，不盡願言。

上李左宗伯揭帖癸卯

職以迂拘之性，淺薄之能，備員劇署，罪戾多矣，職猶自知之。伏蒙老先生喻以無心，開以違覆，此古大臣集思廣益之風也。宋王文公人品豈不高？任事豈不勇？而新法之行，雖韓琦、富弼不得言。溫國文正公人品豈不高？任事豈不勇？而新法之罷，雖蘇軾不得言。今老先生開喻及此，過二公遠矣。職豈不欲勉策駑駘以稱任使？

然而職之自處不可不去。無論職隻身四載，夫妻子母，人孰無情？無論職久有去志，第以會議未完，右堂上疏，未敢言去。儀司，禮官也，亦四司之長也。今使共事者盡以爲宜去，盡以爲不去，則壞衙門體面。雖同年在言路者，猶不能爲職諱。而職顧充耳靦顏，可乎？名封事即從嚴，職不做有做之者；即從寬，職不做有做之者。此不必介老先生意，職亦不以一官爲意，雙鳧乘雁可勿論也。惟是事有關職職掌，又非職所得言者，不敢不畢其愚。夫楚之真假，未可問也。朝議見爲可疑，而未嘗定以爲真也。部覆見爲當勘，而未嘗定以爲假也。總之，再勘而真則可以雪不根之誣，不再勘而遽信其真，終未免爲不白之疑。今日既已悠悠，青史其將謂何？職愚無識，尚以朝廷行撫按覆勘爲當。如《會典》再一體勘，此事雖俟聖斷，亦本部一大職掌。且勘問之説，出於同城之人，則爲嫌耳；出於四海九州當事之人，則何嫌之有？夫今之所以致玆多口者，以覆疏引例太實也，代理太急也。又，右堂行勘始末一疏，自招之也。然謂之不避嫌則可，謂之太看得容易則可。若謂之謀害親王，此何等事，而易言之哉？職數月奉教，有以窺其必不然矣。竊謂會議諸疏，老先生實首署名。今議疏未下，疑事未結，老先生肩玆重擔，必有以持事理之至當，而明右堂之無他者，恐不容無説而處於此也。

職生平議論不能狥人，而一片肝膽亦不敢負人，况在堂屬之間乎！此非特爲郭老先生也，實爲老先生爲衙門職掌也。事體重大，本當面陳，而病不可風，謹披瀝固陋。伏祈裁督利圖之，天下後世瞻仰此舉。職臨禀惶悚。

答朱恒嶽提學副牘癸卯

粵東人文故勝，比朱頗不得志於春闈，今得宗工爲型範，南宮入彀當復見霍、甘諸公故事矣。頃直指報命，所上郡國節孝，或闔郡無一人焉，何靳靳也？孝姑勿論，以一邑計之，孤節幽貞，當不數數。正坐賄舉成風，而上之人不盡信耳。若旁搜確訪，雖稍廣其額，亦自不妨。

惠州有鄉先生曰葉龍潭、楊復所者，葉俶儻奇偉，而一段任勞任怨之忠，可貫天日；楊深潛純粹，而一體不厭不倦之思，直追周、程。乃二公俱坐浮言，而易名之典迄今缺焉。楊遺文有能表章之者，他日當與白沙子並傳，甘、霍集不足擬也。不佞有概于中久矣，輒因門下而吐其娓娓之愚若此。門下以世教爲己任者，倘不以爲謬悠，幸甚！幸甚！

答陳玉海廬陵甲辰

曩因使命之辱，尺一附復，乃茲人來復，蒙惠書兼損清橐，且惓惓諭不佞之振門下以言也。夫門下卓卓犖犖，則何求振於不佞哉？文章魁四海，而落筆娓娓數千言也，治大邑如烹小鮮，而循良之聲不脛而走也。門下則何求振於不佞哉？矧閩人素號迂直無伎倆，而不佞又迂直無伎倆之尤者。衆人曰可，不佞曰不可；宗伯曰可，不佞曰不可。憂憂乎不知衆口之爲衆，天子之宰相之爲尊，不知坐吾上者之爲賢有力也。曰："吾第求其是而已。"不肖之迂若此。辟之盲者之首途也，首觸枯株，足蹈坑塹而不知也。不佞又何言以振門下？

公車事逼，未得言去。稍俟春仲，即圖歸耳。天下事，惟門下努力爲之。草勒附謝，并布衷言。伏祈原炤，不宣。

答李斗野廉憲甲辰

以先大夫之莫逆於下執事者，而不肖自總角即蒙教澤也。此之爲誼，世寧有幾哉！客春京邸，重荷厚愛。奉違以來，缺焉申候。伏惟老年伯卓品偉才，朝紳推重。聖主起東山，而旋界之楚臬，不日開府建牙，大展鴻抱，可必也。

李景穎，敝同年最相知者。道德之士，非特功名而已。差回，敢聞於長者一物色之。郭明老抵家久矣，與楚藩相安否？渠於楚事極認真[7]，當一件大不朽事業，惜其不用不肖廻避之説也。在署時頗相左，則以名封之故。然畢竟是不凡，坎壈中幸老年伯護持之，晤間并望爲道區區至懇。

答方岱陽按臺甲辰

不肖筮仕南都，則與老公祖門下士傅大行爲莫逆交。景慕下風，迄今餘十五載矣。八閩天幸，獲借福星，竊聞下車按部，民雨露而吏霜霰也。即山魈海若，亦應遁藏，何況父老蒼赤有不歌舞者哉！

使來，伏承翰示。不肖備員禮屬，竊見省直報命，所請旌節孝胡厪厪也？今以窮鄉下邑而論其真節者，必不下數人。而直指所條上者，通省僅六七人而止耳。如此，則窮鄉下邑之婦女，一生茶苦而不及聞者，多矣。夫上之人，豈故靳之哉？無亦以其典重，而下之所舉者，未可盡信也。老公祖按部而精別之，他日報命，即多旌數人，部中固無不按疏而覆者。此亦世教之藉也。先祖妣楊氏，守死善道，曩荷劉按臺公祖賜扁矣，然未及旌也。不肖辛丑秋曾有小疏，偶因留中，嗣調儀署，則以職事所在，未敢再上。大抵歷年以側室而難之。然旌妾事，亦極多耳，即小疏所比例者，可見也。老公祖爲綱常主，伏祈留意外，疏揭敬呈台覽。

答王損庵乙巳

量移過里，欲迎養家母，而適長豚客秋喪婦，母氏暫留爲之續。承惠，謝謝。《義府》一書，聖經羽翼，後學指南。《傷寒準繩》，可當救急良方矣。昔陸宣公罷相，惟閉門抄醫方。丈之醫理過之，而研窮經傳，則宣公不及也。他日起東山而登鼎軸，以經術黼黻，而以方書爲起死肉骨之助，相業豈必遜敬輿哉！丈立朝居鄉，弟所素信。別諭俱已實意中，地方之事，凡百茫然。倘不吝開示，是所引領。縷縷尚容顓布。

上周懷魯中丞揭乙巳

鎮海防，按臺初謂本官操守，一毫不染。職不得已以興言進，按臺方深嘆知人之難。然以撫院春初方薦，近使者又復持書至，甚難爲異同。今職姑署本官稱職，而擬其赴京給由，則目前不必保留，兩院不致異同，而本官亦得暫離職守，以熟驗京口之民情而徐需既定之公論。但各廳相沿留任者多矣，而職獨擬本官赴京，必且大恨，必且騰謗。然身既爲朝廷執法之吏，亦自照管許多不得。職此段苦心，惟可對台臺披瀝。雖按臺與總河，恐未能盡亮也。

又

石埭畢松坡大司徒，今年八十九矣，明春九十，例當存問。人生朝露，如陸平泉宗伯，遂不能至百歲。伏乞台臺預示此意於府縣，使得早爲申請會題，則老成名德，得早沾朝廷一日之恩，亦即受台臺一日之賜也。

上周懷魯撫院論撤[8]奔牛稅乙巳

昨暮連接大教及減稅疏草，仰見台臺爲三吳請命之心甚惓惓盛至也。先是，莊通判有禁叚商丹陽登陸之議，職謂此似添一關也，甚難之。不得已又謂，此眞漏稅也，即稍密不嫌。方在議詳委官查驗間，常州府則謂粮食之稅既免，則奔牛之關宜撤。如該監汲汲議補，將來流禍不可勝言。又謂，既經兩院題減，止宜以各關之數爲額，以見在之額上進。鎮江府則謂，以上年之冬通融本年春夏，京口稅銀尚餘百兩有奇，以待秋冬不足議抵。倘有虧損，另行設處。大抵據兩府之議，俱無賠補之方。職再三籌度，計無所出。及得聖明減稅之報，而後喜可知也。除兩府原議已經抄會蘇松道議詳外，竊意稅額既減二萬，則其他樣銀孝順使用雜費，亦可量減數千。不惟不必求加於本額外之額，且可略儉於今額內之額。不惟丹陽之登陸叚箱不必過核，即奔牛之千金關稅似可盡撤。如今茲未能則姑撤之，以待京口閉閘之時，而後量開奔牛以補其缺。彼開則此閉，是亦一策也。爲此顓人具禀，以慰台臺惓惓盛心。伏候裁奪。

上周撫臺揭論靖江盜船乙巳

日來探有盜船五隻，或云八隻，往來停泊西洪口、王家港、李家等處，打劫商船。緣西洪口在靖江西小沙之上、大江之中，其水面極寬，而中有沙洲，易爲出沒。在商船，爲北岸必經之路；在各汛，爲公共邀邀之地。是以鼠輩潛泊各沙嘴上，以伺重載。而兵船合則彼引而去，兵船退則彼潛而來，是以如風影之難捕捉⑨也。據探，賊船甚大，俱容六七百料或千料，而我船反小。又據探，大船似從江北來，而喬一琦率船追趕，聞多太倉、崇明聲口。職已經督令圌山、孟河、靖江、楊舍各營兵船，合勦剿捕，而移文張參將、樊同知節制調度之。期必滅此而後朝食，不第容乍來乍去，以苟一日之安，滋難圖之蔓也。再詢樊同知，道每年秋成時輒多竊發，我兵防備誠嚴，彼亦無能爲害。然業已蠢動矣，敢復泄泄爲哉？

職竊聞，有言薛扑餘黨，反側未安，而挈家之江中爲盜者。又有言私鹽之禁太嚴，則肩擔背負之徒迫於生計而之江中爲盜者。大抵江中劫人者，皆鹽徒也。伏乞台臺明示薛賊之黨，曠然與之更始，無或窮治。至貧難軍民將私鹽肩挑背負易米度日者，照例明示，不必禁捕。彼緝捕員役不敢因而生事。彼其報官者有限，而入己者無窮，是亦驅民爲盜之一端也。此兩者均乞裁奪施行。至各營兵船必有所統，方能協力。而張參將奉勅得節制各營者，與其遣一將，不如責成本參。職雖經移會，然須得台臺一牌責成，則彼之權方重而氣方壯。剪滅此小醜，何難哉！仰體台臺惓惓爲地方盛心，輒此顓人具稟，伏候指授方略。

上周撫臺揭辭留任丁未

職才識迂疏，行能淺薄，承乏中吳，靡所短長。過蒙老先生深知，惓惓然欲振之炎微而留之畿輔，甚盛至心也。銘感！銘感！承大教，即擬躬謝。緣聞方鹽臺以十一之日由大江涖京口，坐是暫駐丹陽稍需之，職私衷尚欲懇祈俯亮。常鎮道務雖簡，而人情難調，從來未有久居而得無譽無咎者。矧以職之匪材，而堪久居此乎？職母年未七十，尚可迎養。烏鳥之私，惟欲他徙以過家，板輿蓄之久矣。

粵東之推，雖不爲優，然主爵者一似曲體就養之思，一似程量材品止如此。

夫飲啄有定,分量有限,職素頗覷破。故歷官以來,聽其自至,安之若命。萬一得俞,官秩既加,私心獲遂,又何求焉!且蘇、松二道,皆爲庭闈之戀,一辭而去,若職可去而復留,將無爲梁、楊二君所笑乎?用敢披瀝再陳,伏乞俯體下情,收回盛舉,職感恩與知己等。蘇松李副使部劄在六月十四,而履任之期聞在七月廿一,似屬太遲。雖一到家,便有許多牽絆,然簡書可畏,重地難虛,併乞台諭嚴趣之。倘職以老先生之寵靈,旦夕得轉,亦差易脫手也。

答馮文所廉使乙巳

省別諭門下,可謂愛人以德矣。即不佞於孝廉,亦有通家之誼。俟過蘇,當勸止之。爭非美事也,而以爭山故,使諸長者居士多所左右其袒,非歸一之論也,則不如其已也。且佛盡佛耳,彼此何擇焉?承示大刻,并謝不盡。

答陳明卿孝廉丙午

語云:"流行坎止。"不特根本節目之大者爲然,即一飲一啄,一舉止,無不皆然。如足下贖祠一事,議論既難歸一,已之可也,待公論之定可也,即終不定,終贖不得,付之無可奈何可也。總之,贖可也,不贖亦可也。雖絕口不言可也。來論尚多過慮,此萬萬不必。新令雖嚴,烏有以贖先祠未⑩定之案,而邃加督過哉!若年遠事,是非曲直,更置之絕口不言可也。古人云:"無辨自修。"此名言也,尤足下今日對證之言也。冲天驚人,何所不到?而區區乎丘里之蠻觸爲哉?惟澄慮專精,圖其遠者、大者,通家愛助,如斯而已。過蘇時,當一言爲足下明此心迹。不盡。

答顧體庵大參論假子乙巳

承示令弟假子事,即爲商之王鍾嵩矣。此事歐陽兄滴血判斷,似無可疑。謂老年伯受田偏護,此鄉黨自好者不爲,而謂大君子爲之乎?亦不必疑。但不肖耳妄聞,則謂令弟初時業已子之矣。其延師於史上舍家,亦以子教之矣。當以其言爲信。聞上舍在日,亦以子証矣。竊謂令弟之子之也,必自有見。史上舍知之,家之人有不知者乎？其後之不子之也,或謂嫡妻有子,或逼於畏嫡之故,未可知也。又聞,劉氏固非貞女,然生首子之前,從未嫁人。其生次子之時,或嫁與否,未可知也。薛玄臺又謂,惠奇之貌,酷類令弟。此在老年伯,宜有真見聞。即令姪之生也晚,其不知,似無足怪。夫使二人者,非真令弟子,則逐之可也。其真令弟子而逐之,則忍也。誠如錢啓老所教,猶涉調停,不肖謂處此有三焉。明知其真則收之,明知其假則逐之。一真一假,則一收之,一逐之。然欲逐之,則必明著其母嫁留生子之年,以改賢士大夫之惑。又必明著其爲誰子,使生於未嫁張吉之先,縱與張吉有私,未可歸之張吉；使生於既嫁之後,縱與令弟有私,未可歸之令弟。此一刀兩斷之説也。不然,半真半假,若明若昧,則少分之財產而處之別籍,似古之所謂不成子者。則一時調停之計,爭未歇也。雖然,爲二人計者,能自立,則不必爭,自古如孫太初之流者,多矣。不能自立,亦不必爭。何也？疑也。此在盛府熟計之,外人那得知？那得知？

與徐州倉胡瞻明户部丙午

日在錫山,荷翰貺之辱,草勒寓謝,百未悉也。以老丈之沉粹藻雅,而借重于冠蓋舟車之凑,令望嘉譽,可一日而走四裔。但恐倒囊不足以奉過客,而奔馳罄折,勞頓不支耳。計丈受事,幾何時矣。必且有喜客之樂,必且有厭客之苦。而稍久之,必且交口揚揄,得客之益,又必且召致清華,以客之功也。由此觀之,客爲使君累乎？客爲使君益乎？要之,客何能重使君？使君自重耳。

弟承乏澄江,日走京口、錫山、姑蘇間,客之至者,亦間與徐等。主人性頗好客,而力苦不逮。不譽之甚,又何怪焉！兹因差役之便,草勒附布。薄致一芹,伏祈炤納。

【校記】

① "淬"：原文作"碎"，據文意改。

② "閬":原文作"潤",據文意改。
③ "鑒":原文作"監",據文意改。
④ "者":原文作"老",據文意改。
⑤ "者":原文作"老",據文意改。
⑥ "番":原文作"翻",據文意改。
⑦ "真":原文作"其",據文意改。
⑧ "撤":原文作"撒",據文意改。
⑨ "捉":原文作"促",據文意改。
⑩ "未":原文作"來",據文意改。

清白堂稿卷十

尺　　牘

與楊按院丁未

于役玉峰，未獲候侍，即日復當有雲間之行矣。人才節孝册，謹開具以備採擇。常鎮多賢，素在洞鑒，中有未盡，尚望裁教。節孝俱據郡縣所開，聊以意爲之次第，苦節維均，軒輊實難。惟得台臺多廣其額，則幽潛之光也。世間視旌典太重，不知此特庸德庸行耳。十室之邑，必有忠信，豈以通都大邑而乏其人？矧直指所題，禮曹無不盡覆。一生辛苦，止費朝廷三十金，似不必太靳也。

特薦布衣一節，幸台臺決策。陳君縱未得白沙方駕，然文學行誼，自是表表。雖欲勿用，山川其舍？近來辟舉寥寥，是以士習不勵。若台臺作倡，自關轉移，此曠舉非尋常比也。五事及職事蹟并上，刑名官評等項，容即續送。爲此顓人具禀，伏祈裁察。

與周廣裕丁未

客冬，承華緘腆惠之辱，草勒附謝，計徹覽久矣。兹聞畢覲南旋，暫憩金沙，適不佞匏繫澄江，未及面承，企仰何如！

門下烏傷之政，廉明踔絶，爲循良冠，乃大計之役，聞亦有一二浮言。何故？不佞竊欲效欸欸。尊門昆季盛天下，長公之金玉，門下之雄豪，皆時論所嘖嘖。今令弟又占春榜矣，而翹翹者尚有待也。第道路之言，若謂門下與長公有小不協，天性至親，何嫌何疑？恐以此聲聞之天下，稍未宜也。凡骨肉不宜有嫌，即有嫌，人必衡量於長幼之間。長公温夷明粹，涉世既久，處地復高，海内人信之矣。門下於倫爲幼,於道宜恭,涉世淺,處地危,而負不協之聲於天下,萬一有以此求多者,天性謂何?世法謂何?於長公固未宜,於門下尤未宜也。

涂金壇相見,道京師中杯酒歡洽,舊憾頓釋。不佞不勝爲二兄私賀。惟門下渙然冰釋,怡然理順,從今昭友恭之聲於天下,則尊門科第之盛與功名之盛,俱當於世無兩。不佞叨在二兄知己,亦與有榮施矣。承道誼意氣之雅,故不作寒暄語,而直以衷言相規切如此。門下光明磊磊,必不罪也。薄具少旌區區,伏祈炤存。

與王緱山編脩 丁未

中外企仰爰立,不啻望歲。一日而命四相,而尊翁相公又出聖明特簡,此希有盛事也。人情夢卜,此日再見。快甚!快甚!然相公老先生,海宇之人,日望其出,又有虞其不出。何者?其弗顧弗視之清風,足信於天下故也。然人主之於相臣,必親而後其言盡,必敬而後其言入。竊謂三十年來,如王山陰、沈歸德二公,則皇上疏而不親。其餘或親或不親,而敬之一字蓋鮮矣。諫不行,言不聽,其無足怪。若皇上之於相公,則親之敬之,遠出諸公之右者也。今日之召,其有念亂更始之睿思乎!相公一出,而罷稅使,起遺賢,特易易耳。千載一機,不可失也。此二大事,度非相公力量,不能得之於皇上。亦度相公非畢此二事,不足以報皇上之知,而答海宇之望。故願門下趨庭間一言之,相公或當首肯,幡然趣裝乎?

前台駕到京口、金沙間,坐不先聞,殊多簡缺。今尊體想平復如常矣。所以決相公還朝者,在門下一珍攝間耳。炎暑侵人,倍萬自愛。不宣。

答鄒愚谷 丁未

日者,不揣以粗筆奉乞妙染,荷老公祖不鄙之,而賜之揮灑。且方册長條,不謁而得,玩之神怡,對之目眩,殊自怪窮子驟富也。洞庭之游樂乎?大草據案披讀一遍,恍若携我而坐於縹渺林屋龍渚之巔,不覺發狂大叫。他日,范蠡、四皓何足以重兹山，當以老公祖之文重矣。

近來吳會書畫之權，乃操重於賢縉紳。如明公與董玄宰稱宗匠，不識尚有諸生與山人輩，可以窺祝枝山、沈石田、王雅宜、文衡山、陸包山、錢罄室諸公之一脉者否？作家所許可，必無虛士，便中尚欲一聞其姓名而物色之。毋使人謂俗吏椎魯，僅能治辦案牘而已。草勒附謝，尚容申悃。不宣。

答李明鰲憲副丁未

弟獻臣迂疏之器，淺薄之能，黔驢再試，懼其技窮。鉛刀復割，虞其缺折。伏蒙老年丈獎飾踰溢，惠貺鄭重。草附使謝，計在炤詧，茲齋心欲有請焉。蓋聞臨舊鎮者，其功名多損於昔，則情熟而法有所不必行也。丈之涖蘇松也，監司郡守之體局既殊，而使君之操縱自妙，發硎就熟，可謂兩得。若弟以新秩守舊官，吏民習矣，兵將狃矣。情勝則法，且至於錯貸；法勝則情，必至於終暌。茲欲張之弛之，操之縱之，使內不害政，外不傷物，其道曷由焉？君泰之師也，何以命之？

顓遣一役，奉謝盛雅，并乞韋弦之佩。伏祈鑒存而惠許之。甚幸！甚幸！

與陳心抑漕院戊申

客冬，顓迓前旌，蒙台臺綺刻賜答，貶尊折節，迴出世法之外。紀綱屬吏，何以當此？惟有頂戴高厚而已。

承諭鎮江南閘橋不宜加板，職隨轉諭郡邑議止。第緣此橋，嘉、隆以前，原係洞橋，萬曆間方改爲板。近因城中科第寂寧，縉紳不利，歸咎西南二橋風氣不接，而以船渡人，亦時有得失。故闔郡士民群然請復，各院俱蒙批允，前院尚復遲疑。後臨鎮江，諸生仍復面控，故竟俞其請，是以有此役也。一聞議止，士民頗致惶惑。且橋工垂成，勢難中止，今已報完開垻矣。若謂其有害運道，似未必然。蓋粮船每年多屯丹徒鎮，名豎桅，其實置辦私貨耳。且自南門以至江口，長十里許，兼有屯船二塢，共可容粮艘千隻。而一日之出閘、出江者，計可二三百隻止耳，以之堅梡，綽有餘裕。近又廣屯船塢以兼容，濬內城河以容民船，皆爲漕船也。容民船者，亦所以利漕船也。語云："成工不毀。"伏乞台臺下矙士民之情，俯俞府縣之議，姑容報完。倘萬一少滯，職當率先拆橋之役，彼時士民亦無辭矣。爲此耑役具稟，伏候裁奪。

答施麟陽 戊申

伏聞尊公老年伯之守毘陵也，興學如文蜀都，治辨若張京兆，清操若劉會稽。蓋公庭嘗若無事，而評文之敏而當，知人之中而奇，即帷下所識拔士，第知蒸蒸淬瀝，而未嘗以一私干也，公亦未嘗以一私狥也。迄今士民感誦如出一口，不第所識拔諸名流而已。可不謂磊落奇偉真循良哉！

弟承乏以來，景仰風流，亦嘗有志於作人矣。顧簿書奔走，恒覺鞅掌，間有物色，亦大類射覆然，半驗半不驗，然後嘆人品相越之遠，而前輩之未易及也。比來鄉賢頗多，而名宦寥寥。弟於令舉江陰趙司寇，於守舉尊公，頗自謂愜輿情，補缺典。聞送祀之辰，常城及外邑縉紳相率拜謁者若干人，迄今拜公祠下者不絕也，可以觀公論矣。

遠辱翰貺，儼然歸德。此公舉也，詎勞齒及？然自是年丈孝思，敢不心領。草勒附謝，伏祈鑒炤。

上王荊石相公 戊申

伏惟閣下以憂盛危明之貞心，發爲遏卷納牖之苦詞，惓惓欲皇上罷稅使、脩廢官、下考選。疏雖中格，一篇之中，三致意焉。第以一二意圓語滯，橫爲言者所攻，一時風聲氣習，自非鼻吸三斗醋者，誰能堪此！然皇上雖默鑒元老之忠，而兼容言官之過，閣下第一切包荒，置之不聞，此甚盛德事也。總之，大君子心事，有一人不知而千萬人知之者，有千萬人不知而賢人君子知之者，亦有一時不能盡知而後世乃知之者。第求無愧皇天，無愧夷齊，又何事乎分疏曲直，昭昭揭鼓，而後人信之哉！

不肖生平慕老先生之爲文,遷史、坡仙,千古頡頏。至於奏疏之妙,真足使人主覽之動容。久已謀之太史丈,收拾詮次之。幸及今鏤成一帙,亦經國之大業、不朽之盛事也。太史所苦,比復何如？歲籥更新,台履元吉,伏祈加珍,以膺天眷。薄具少將頌椒之敬,并祈鑒存。不勝瞻注。

答秦恥罍己酉

相望非遥,音驛久疏。則自一春以來,簿書奔走,未獲寧息之故。俗吏面目,固然良可憎矣。聞老丈頗爲目眚所苦,豈白雲仙郎幾不食人間烟火者,猶患内熱歟？

大計伊邇,弟種種罪狀,南都必盡有聞,使翰來何庸衷言也。典息事兩利二分,錢利二分五厘,是弟初斷,亦以舊例相沿相安,不欲驟爲刻削耳。不謂兩競不已,甚至春元有呈,秀才有呈,今且聞之直指矣。上聽院,下聽令,即弟無所庸其主持。且聞兩浙減息,既勒諸石,而丹陽令先已概減二分矣。弟忝爲監司,典瘦民肥,又將何求！語曰:"廉賈歸富。"又曰:"貪賈三之,廉賈五之。"知賈之貪不如廉,則知典之重不如輕,仁義未嘗不利。幸以此意譬曉若輩,徽民、吾民,弟非異視,又非敢違尊命。度事理事勢已不得不然,然亦無如之何也。顧刻四册,及二青魚膽侑緘。希原亮,不宣。

與姜養冲己酉

辱在通家之末,角卯識荆,迄今遂成三十年交好矣。白簡之辱,遠勤賜顧,重辱慰藉,此誼何可忘也！

不肖生平徑情直行,即儀司職掌,如班次、科場、楚事,猶不一關白政府。況妖書大獄、刑部覆楚疏,何與儀司事,而平空坐之乎！即楚府之事,趙議行堂屬危矣,第以平日苦心苦口,未及禍耳,豈有負心于江夏哉？諸君第見署中名封,與江夏意見相左,不知其左晉江更甚。當時以一司官而特立于二堂翁之下,必自有是處,而今人不知也。今一疏,而吳泰軒、徐風谷、李雲卿、楊玄蔭,而不肖,皆以楚事失江夏意者，其爲驅除睚眦，明矣。江夏未出山，不應有此鋒鋩。諸君自樹立，不應有此趍附。未卜高明以爲何如？若地方事，按臺雖極深求，然不肖可無辨也。長、次兩公幸勉旃大業，不肖當從養親訓子中拭目賢書，且觀我翁德業之成。

舟次武林，因送役還，附謝。睚、殷、尹三公鄉賢名宦事，瀬行已呈催學院矣。并聞。

答薛青雷辛亥

王瞻兄歸自京師，得台臺所貽芳訊，開緘捧讀，恍疑霄墜。而慰藉諄溫，惠貺鄭重，令人感激，莫知所報。

伏惟台臺峻品宏猷，卓然名世，甲冬楚甸僉望攸屬，迄今上谷乃得之。雖北門鎖鑰，非偉人不可，而揆之興情，已遲數載矣。惟當物態紛紜之秋，而台臺儼然起家重鎮，尤見真品真望，比于九鼎大呂，有定價也。繼自今分茅胙土，然後入宅台司，非社稷之烈也哉！

不肖臣通藉承教，即不敢妄自菲薄。癸卯楚訐，一惟江夏公所爲，原無同異。其後之免勘者，則司農之議，廟堂之裁，於儀司何與焉！至於妖書之獄，亂宗之變，則事在法司，與不肖承乏出都後事，蓋緣藩府名封，二堂翁意欲極寬，而不佞意在守例，時有爭執，終不遜謝。而金壇鄉紳號劊子手者，藉江夏之知己，以號召傾危之徒，又緣其家有人命之事，遂從而媒孽其間耳。

抵舍以來，侍親課子，致足自適，不復能爲出山計。然知己之前，又不敢不一吐也。令弟文何時還朝？幸爲趣裝。曩在京師，頗聞禦虜之計，全恃金繒爲媾。即虜王貢馬，皆邊將之所分橐者，私心頗不謂然。知台臺制御，必有上策矣。瞻兄入浙，草勒附謝。伏祈慈炤，無任主臣。

寄徐海石僕少壬子

中州一接道範，迄今遂成九載隔矣。憶在江南，荷大教之辱，旋藉裁復，併附羽將,未卜能不浮沉否?

歸來山中,跧伏三載。想望丰采,如在天上。惟是大疏流傳,氣勁論讜,以一人力戰於狂瀾之衝,令懦夫增氣,凶人噤口。方今邪正爭勝之際,一線清議倚以爲重,真可謂獨立不懼、雄偉不群者矣。清卿得命,固聖明知人之明,亦穿楊善息之秋,殊爲老①公祖快之。不謂賀民部一疏,復致紛紜。然仰讀台臺疏揭,更爲破的。金沙比部,陰狠鷙悍,藉歸德、江夏之深交,用能奔走一時之言路。本以鑽起官,削藉也,而謂之諫謫。本不知學爲何物也,而列之道學。其雄心辣手,不盡殺天下善類不止。竊謂朝野二三名公,其用人愛人若此,即相業可覘矣。先君作守寧波,比部屢借以相聱,而不肖毫不爲動,故竟遭其毒手。前台臺參汪疏,片語昭雪,深感知己。然不敢以一字陳謝者,知台臺爲國擊邪,非爲私也。

老母春秋七十二矣,不肖罪廢之餘,菽水承歡,已不復爲謁補計。第念國土厚恩,此生竟未知報所耳。草勒附布,并致小辨。台臺一覽,當知不肖立身頗有本末,非敢苟爲異同者也。敝師鍾贊老尚未入閩,公論既明,可得便伸否?

與鍾贊宇老師 壬子

獻臣巳冬歸來,侍母課子,不復爲出山計。即生平知己如老師,亦以魚雁不逢,缺焉披吐者三載。此中一日九廻,知我師之重念之也。每自惟受知以來,兢兢自砥,不敢妄自菲薄。一旦橫遭詆誣,以爲門墻羞,幾不可比於人數矣。然不肖立身本末,或亦老師所洞鑒者。

當在儀署,宗室名封,郭、李二宗伯極意從寬。不肖時據《要例》爭執,雖逢其怒,終不遜謝。因是有相左之跡,然同署詳其曲折者,未嘗不相是也。至楚訐事大,則一惟江夏公之所爲之。當議勘時,雖政府不能得之宗伯。及奉旨免勘時,雖宗伯不能得之廟堂。一司官何能爲力?而擁戴者流乃借以爲兵端,不亦誣乎!原其禍,始京師中,籍籍金壇劊子手良有以也。此人得志,不盡殺天下善類不止。而福唐、江夏皆深相引重,甚至欲起考功司內計。近富平有疏,至列之鄒南皋、顧涇陽、趙儕鶴之次,賴徐海老稍折邪萌,可與《辨奸論》同功。然尚未熟數其陰鷙之狀,恐其流毒尚未已也。徐書疏中,爲不肖昭雪頗力,便中幸爲齒謝。日覩邸報,暫借閩藩,喜先生從此陞矣,又喜得一厄晤侍。今前旌尚杳,抑或以舊僚有夙嫌耶?

小兒謙光、定光,已濫遊泮。頃次豚新舉一孫,而老母年七十二,尚能視孫燥濕,差爲慰意。因林負蒼送役還,附布久闊并致候。私便中,勿靳德音。

與張二無解元壬子

得賢書,裦然爲都人士冠,不勝抵掌快之。又從坊刻讀書卷,精英宏偉,必聯掇前矛無疑矣。丙午大續,得足下與許定于,殊足生氣。第今科亦止得二人焉,何也?梁溪、澄江素號多才,兩榜俱止得一人焉,又何也?語曰:"官先事,士先志。"古之士,居仁由義,而大人事備。今之人,當其爲士時,讀舉業,取青紫,足吾事矣,非有明師良友之教詔也,無論道德二字,盡錯認富貴當作功名,遂悮了一生人品。故立志,必自入官始。請問足下今日何志?足下志所宜辨者何在?今人稱人曰:"君子路上人。"又曰:"聖賢路上人。"夫君子路上人,則不爲小人矣,然猶寬言之也。至聖賢路上人,則加一等矣,然猶未是位上人也。孟子所謂舜、跖之徒,意蓋如此。

夫欲做聖賢位上人,當何志哉?則道德之謂也。非今之文章、講説、事功、氣節之謂也。然舍今之文章、講説、事功、氣節而爲聖賢,雖周、孔、思、孟不能。則亦求其所志而已,則亦求真文章、講説、事功、氣節而爲之而已矣。前輩若薛文清、羅一峰、陳白沙、蔡虚齋、羅念庵、唐荆川,近時若鄧定宇、鄒南皋、顧涇陽諸公,其真可謂賢位上人乎!若陽明,則廣大變化,又不可以規規繩尺論也。足下辨志,倘必以數君子爲指南,而求其真者爲之,則今日謂之聖賢路上人可,他日謂之賢位上人亦可。此道德之儒也。不然,雖文章、講説、事功、氣節赫奕一時,君子無一二有疑於心乎?然不佞亦信吾之心而已。足下試深思而尚論之,有以教我。若不佞侍母課子,暇則讀書談荻,個中得少静趣,不足爲足下道也。

佳卷及經書稿刻，幸寄惠以作兒輩楷模。晤定子爲致意，不一一。

答陳蠡源癸丑

自翁臺建節齊魯，不獲一通候問。而弟中擁戴者之讒以歸，且五載矣。翁臺卓品雅望，輿論首推，帝心簡在，開府建牙，旦暮間事。弟竊聞而私喜焉，已而復自憐也。當南樞共事，辱諸君收之意氣之末，弟雖跛鱉，豈遽忘千里哉！今周海門爲理學之宗，而翁臺爲方岳之雋，譽處彌隆，槐棘在望。而弟獨踽踽稱畸人焉，吾道非耶？何涉世之拓落也！祇緣儀署一二名封，郭、李二宗伯意在從寬，而弟意在執例，往往有不合者。至楚訐事大，一惟江夏公之所爲之耳。擁戴者流，反籍楚訐爲兵端，此何說也？

老母春秋七十三矣。定省之暇，讀書談道，殊有靜趣，又何言哉！鮑子知我，聊復一吐之。陳巍石傳示翰貺，深感注存。草勒附謝，并侑一芹，惟鑒納爲荷。

答陳蠡源操江戊午

春仲伏承報章，恍如面奉。嗣得特簡新命，何勝爲正人柄用慶。今六尚書、御史臺，大都內外不能相兼，惟南操臺實兼之。故操臺真國家之重臣。憶丁丑、戊寅間，爲操臺者，隆寒盛暑，出必乘馬。其時南曹俱有所畏，而不敢肩輿。辛丑以後，則北之僉院有四輿而垂簾者。故北曹臺省皆漸漸無所顧忌，而乘馬者少矣。今人情已便於肩輿，其勢不可變，亦不必變。然舉此一端，則兩都之紀綱淪胥陵夷者，不知其幾也。絲欲毅然振舉，以清議而肅白僚，非大君子都高位而行之，其有濟乎！

又永生州參將，所統江南兵僅僅千人，幾於贅旒。而奔馳兩屬，應接不暇。永生去圖山不遠，此官乃裁常鎮參將而設之者，今有便計，惟裁圖山把總，而移參戎於圖山，仍復其銜曰常鎮參將，以兼統二府營衛，仍屬操撫節制。且以江南之兵五百人，合圖山額兵八百，庶幾能軍，不必添設。至於永生一洲，舊雖賊藪，第江南江北各以一哨之兵約百五十人而守之,萬萬無慮矣。江北屬之周橋,江南屬之圌山,總不過前所謂千人者,用其三之一而有餘也。不肖曩在常鎮,籌此至熟。念南北分撫,合疏落落,若台臺從中有意主持之,則易如反掌。故一借箸於知己之前,或可備他日之採擇耳。

台駕入南,計當在秋爾,時不肖在武林可以奉晤。今則拮据浙東試事,無頃刻暇,即欲覓一便修賀未能也。遠辱華緘,重以腆儀,不敢不拜。虔勒短牘申謝,而并披陳其一得之愚,伏祈炤瞀,甚幸。

與李碧海屯道論林次崖配祠書癸丑

日從縣筒附復,計已徹覽。聞學道借重兼署。夫以老公祖山斗峻望,即區區閩士,尚恐不中鑪錘,而況攝之云乎!想主爵者鄭重爲大方文衡計,新命且臨,然時雨之化,則閩士實先沾被,不可謂非幸也。

敝邑故大理丞林次崖先生諱希元者,正、嘉間名臣也。直節壯猷,載在郡邑志中。即其所著《四書》、《易經存疑》,與蔡虛齋《蒙引》並行學宮矣。今虛齋與陳紫峰、蘇紫溪,郡庠俱有特祠,獨林公缺焉。敝庠諸生屢欲比例陳請,理固應爾。第思朱文公筮仕同安,故同庠特祠文公,而配以邑人許順之、王力行、吕大圭、丘葵四先生。許、王親及朱門,而吕、丘則聞風而興者。祠皆塑像,從來久矣。林公闡明羽翼,其有功朱子甚大。而立朝風節,則四先生所無也。若像設四先生之次,以配文公,極爲便妥。不揣輒持是説,私於馮文宗公祖,幸荷採擇。而附批於林官奉祠公移,敝庠正在踴躍遵行。間復細思之,此盛舉也。倘非特移,終屬草草。文宗行逼,未及致詳耳。敢乞老公祖一篇大文字,特賜行縣,塑像配朱,則羽翼俎豆,於吾道有光。而老公祖表章先哲之功,亦千百年不朽矣。膚見僭瀆,伏祈留神,斯文幸甚。

寄東林高景逸年兄書癸丑

曩因便附謝,計已徹覽矣。年來雁足希逢,音驛遂杳。乃此中則何日不之乎？年丈清心正氣，涇陽公後，力肩道統，主爵者蓋逼欲得之，以登公輔。乃啓事屢上，而俞音猶格，何耶？

比來，東林之名，幾與紫陽爭高，諸賢倡明之力，可謂盛矣。然名雖甚赫，而道未大行。豈自春秋、趙宋以降，名與位不可兼收，雖聖賢亦無如之何乎？抑其遇合另有待乎？君子當此，憂世耶？樂天耶？雖然，弟竊欲有私焉。東林諸賢，比肩林立。第其中雜一金沙，便足鼓動殺機，而啓天下之疑畏。弟知渠之所以能奔走無識之要津者，以一二有名有力之人爲之深交，而墮其術中，實非以東林之故也。金沙自金沙，東林自東林，若莊之與楹，厲之與施。所講者何學也？所護者何法也？乃言者高東林而併高于，疑于而併疑東林，胥失之矣。

夫君子之所以維世道者以道，而所以昌吾道者以人。道之行也，有昭蘇之象，故其機主生。道之廢也，有剝落之象，故其機主殺。苟辨之不蚤，而雜殺機於東林之中，未見其不爲東林之累也。夫以東林而借彼人焉，可惜也。以一人而累諸賢，尤可惜也。不知爲東林領袖者，亦曾商量及此否？弟靜觀中近頗覷破，然言路已公言於朝，而吾輩或未有微言於左右者，故不揣而私佈之。此非怨其人也，爲道也，爲東林也。年丈出爲國棟，處爲道宗，其有味於鄙言矣乎？薛玄兄聞已化去。此兄清脩真切，吾黨伯夷，而竟止此，惜哉！乃子家業、學業何如？鴻便草勒，隱居放言，幸諒而秘之。

與徐匡嶽廉憲癸丑

京師一別，忽復十載餘。老公祖道德淵醇，經綸鴻巨。敝閩士民蓋引領曰："庶其來撫我乎？"乃高卧東山，若無意於世。而主爵之地，亦未聞特起而大用之。何也？試觀天將木鐸，則何患於喪，天欲平治，是舍我其誰！說者謂儀封人之木鐸，非以得位設教言也。兩者，老公祖將奚居焉？

不肖臣性乏通方，才無寸長，兩載儀曹，孤立一意。宗室名封，時據《要例》以與堂翁爭執。至楚訐事大，則一惟江夏公之所爲之。乃橫爲擁戴者所污衊，以重舊署之羞。邇來朝紳公論，亦似不盡泯滅。然讀書談道，侍母課子，自有一段素位樂地。即從茲老焉,可矣。出山之事,何與知乎?

陳友雲臺行便,草勒闊悰,併候台履。偶有拙刻,輒附請教。陳友篤學粹行,師門高足。不肖將因其歸,聞所未聞,惟老公祖垂念舊誼,振以緒餘,則何啻逃虛空者聞人足音而喜哉!

與邵上葵工部 丁巳

走謁未面,知翁臺復有伉儷之感,正須以南華學問遣之耳。第茲行缺焉晤言,意當待清卿赴召之時乎。

學田分爲七,則租粮已輕,而諸生猶代民控籲,何也?人情豈有厭哉!坊役之事,雖近已詳允,民直撫按,而軍直鹽臺,無論按院按臨日少,即鄙意尚以爲不妥。軍本無役,而役自今定,誰爲禍始,一也。軍之差本多且苦,而四里之田,亦尚民三而軍二,而役幾半之,二也。向當役者,累至傾家。今官府自辦家伙,且與僱役錢,倘有俶儻之夫應募而膺承之,尚亦有利哉!向苦而尚任之民,今不苦而必攤之軍,三也。不佞爲此躊躕,達旦不寐。畢竟以軍量貼而民承直爲當,郡伯則以姑俟行之,不便而後再告再議。夫此法一行,此羸者尚能議復哉?且三院之批,薛都諫之碑尚在也,豈故誘之分里,而陰爲攤役地乎?是罔之矣。無已,則姑待坊田將等之時而後議,可乎?不佞非厚軍而薄民也。竊謂吾輩宜以大公之心處天下之事,方能垂之久遠,質之鬼神。一毫私心、勝心,皆着不得。門下以天下爲己任者,敬請教以爲何如?

答丁司空改亭 丁巳

不肖校檇李時,頗聞查册之事。意謂鼓譟一節,稍成案便可結局。至於田粮之事,雖啓爭端,尚仍舊貫。拑之亦可,查之亦可,道府出堂視事亦可,相安於無言矣。不謂邇來仍復告去,而承問劉總捕,亦見告矣。其詞俱激,不知何故?承教具審。台臺爲地方留賢,甚真甚懇。即將尊劄轉達周右老,仍將達示道、府二公,使知老先生盛意。然武塘在家諸紳所以處此者,亦未善也。爭田則連刺而前,意甚堅決,鼓譟則閉户而視,情同秦越,近且并以鼓譟爲烏有矣。此事萬耳萬目,豈云誣也?至於册之始而割、既而增,跡難掩諱,言駭聽聞。雖使田額果少,人猶將疑而不信也。況嘉善之田,日來有增無減。倘按籍以丈田,額既敷,尚可求多於册之外乎?嘉秀諸紳,豈肯讓人者哉!敖龍華南昌之争,可鑒也。老先生經綸大手,必有秒用,庶可解此糾紛。不然,非惟無益於武塘,而且有損於老先生,旁觀者籌此頗熟矣。恃在知遇,輒附披瀝,亦所以裨高深而報特達之萬一也。狂僭無當,伏祈裁宥,不宣。

答郭青螺大司馬丁巳

獻臣曩在山中,獲接報章。比入浙,承玄誨大刻者,於今而再矣。四明承乏,先棠猶帯,則奉老公祖寧厚無薄之訓,罔敢失墜,庶幾無戾于厥官。不意向衰之年復有衡文之役,即嘉、湖二郡,遂費半載拮据。然後知此官之難,任勞任怨,未易爲也,矧浙尤難之難乎!立春之日,即擬渡西陵校越、明,以次而周浙東諸郡,亦未卜竟能免戾否?就宗儒而請指南,固日夜企之矣。

伏惟老公祖胸羅宇宙,文成經緯,處則鳳舉,出則龍翔。聖明求舊,一日而新綸特召。爲樞爲衡,爲虞爲周,蒼生善類,蓋幾幾望焉。比聞有尊夫人之戚,道抱爲損。然天下無合非假,無聚不離,莊生鼓盆,非忘情也,正其情之鍾,而付之無可奈何者也。達人大觀,倘亦稍減伉儷之重乎?

慈谿丞治行雅飭,不忝門風,馮孫敬聞命矣。因歸安劉丞人便,肅問新禧,并寓薄候。伏祈炤納,不宣。

與楊初陽寧波守丁巳

犬馬之齒,增一年則減一年。日月如流,而功業不見,古人所以嘆髀肉也。賀壽蓋是俗禮,非賢達所尚。況客歲愚母子已叨華屏、華軸之賜矣。今歲台州既已移卻,越州亦已啓辭,俱荷心亮。即郡縣以文投者,鄉縉以刺投者,概戒閽人勿納。獻臣矢不敢忘此言也。老丈同事同心,敢併以告。併乞轉止四縣兩庠，不必前來謁見。省費省勞省俗，亦吾輩相信相成之一端。草瀆幸體亮爲懇。

與董見龍吏部乙卯

巳冬中吳，一辱翰惠。嗣是翁臺翱翔天曹，而不肖跧伏林藪，不敢通尺一以瀆清嚴。年來側聞臺下所以枚拭而青黃之者，不啻欲加諸膝，特達相知，昔人所貴。臣何人，斯能得此於大君子哉！

伏惟臺下清真絶俗之標，洞朗鑒物之哲，吐握求賢之誠，此古大臣之風，非時輩庸常委瑣之徒所能識也。方伯矯矯才品，即以地方縉紳，爲地方優覆，亦何不可？而言者借爲口實，謬矣！謬矣！又聞臺下抗疏乞歸，不以恙爲辭，尤見直道峻節，超出格套萬萬也。稍俟之掌選清卿，景星慶雲。今暫遵養東山，以其餘發揮名山之業，不亦快乎？

不肖罪廢疏踪，謬領浙藩，寧忘所自，顧私念以驅除主盟一疏，大觸時忌，甚且借癸卯送試一節，以點綴於妖書中。然不肖實未嘗送四明之甥與孫也，他又何足辨哉！書出江夏謝世之後，其毀譽半多失實，大抵擁戴之人添捏雜就，以釋憾而快其私。朝紳有能明其所以然者否？今欲使不肖緘口靦顔，義雖就列，出處之事，惟知己教之。

因便草布感悰，小詩書扇頭，并《儀曹存稿》請正。

答李懋明按臺乙卯

職自燕臺句曲獲陪英遊，承隆誼者，星紀一周於此矣。壬歲復辱報章，置在懷袖。伏惟台臺正色立朝，讜論匡主。比者兩浙澄清，風猷振肅，真從來衣繡持斧之使所僅見者。職從林壑間聞之，不勝爲明時增色，爲正人生氣。不謂罪廢之餘，濫廁牽叙之列，而又得受事紀綱之下，甚隆遇也。念海内知己，獨有台臺一人，非藉鼎力主持，公論稍明，何以得此？

敝邑去京師遠，迄今尚不知分道何在。倘未能終遂遠志，奉母隨牒，當在冬底矣。比來朝政尋常，遷轉亦頗不隔。而起廢一節，尚如轉石。即鄒南老廷尉之推，未知何日得俞。張差發難，聖衷憬然，國本大安。而劉侍御處分異常，駭人耳目。想遲之，震怒漸平，則自解矣。台諭及之，輒敢娓娓。

使命遠臨，重以大貺，撝謙隆施，職也何德可堪？惟有銘鏤，莫知所報。爲此具稟申謝，伏祈尊慈鑒炤。

寄蔣頌平吏部乙卯

幔亭邂逅，深慰仰私，星紀一周，缺焉重奉。伏惟台臺正氣峻節，朗識定力，借重衡鑒，善類彈冠。矧不肖臣幸忝一日之知者哉！惟是罪廢孤踪，自分永棄，不謂聖明使過，遂及塵人。詢厥所由，則台臺力薦之於太宰，力肩之於秉銓，一二親知，道之甚悉。因嘆古有傾蓋而管、鮑者，不肖之推轂於大君子亦猶此。竊念臣戮餘也，不宜靦顏復出。第朝命難虛，知己難負，輒擬以仲冬之末，受事武林。所望台臺圖安桑梓，授之指南而鞭其後者，更惓切耳。

丁年丈行便，草布銘悰。伏祈台炤，尚容嗣申。不盡。

與李景顥同年乙卯

久不得老丈還朝之息，令人深念。比覯邸報，乃知已榮入闈寺矣。開府新命，其在旦夕間乎？弟罪廢之踪，無復畏途之夢，而貴鄉太宰過辱特知，殊出意料之外。非老丈平昔②吹噓，豈能及此！且弟得過楚人，而謬知者亦楚人，又係當日會議楚事之人，可見天下異同，事苟非爲己，公論終不容泯泯也。自惟誣辱已極，不宜靦顏復出。然老母日趣之行，不得已，擬以仲冬板輿就道，入武林當在除前也。老丈倘晤太宰，促膝間，可爲弟稱謝否？

答毛孺初侍御己未

辱與臺下交者十五載矣，深知摯誼於當世無兩。富春一晤，殊慰契闊。乃武林失候，則罪歉迄今猶恍若有失也。使者遠來，鼎貺鄭重，瑤翰委至，仰惟臺下肝膈道誼之愛，自愧淺鮮，何以當此哉！

臺下資深望崇,而在朝日少,且當今桀夷跳梁,不惟蘊火,且燃眉矣。而聖主高拱于上,二三當事尸位于中,無兵無將,無餉無人,杞人甚懷意外之虞。遭事報命,國是邊計,正賴英猷石畫,昌言力贊。奈何有休沐之諭,萬萬勿萌此念也。

不佞局間母老,兼要路下石之人猶有在事者,似宜竟置丘壑。然世故孔亟,又非臣子安處之時。意欲冬底入都,而後圖一差遣,爲侍養計耳。知我愛我者,無哂爲寒裳而就溺耶?所云無人者,文武中無真邊材之人也。真邊才必以忠肝義膽爲主,而平日才略威稜足以濟之。意謂臺省中宜各舉一二人以備採用,不務多,但務精。乃去冬迄今,而吏、兵當事莫以爲意。渴而穿井,寧有救乎!臺下以爲何如?

與蘇石水開府己未

价從京師回,獲接手翰,深感道誼骨肉之愛,莫知所報,惟有寸衷耳。翁臺峻品鴻猷,開府東南,大爲善類之慶,桑梓之光。今天衢廓然,飛騰甚迅,匪久協臺佐銓,又可不龜決也。

弟八載外僚,頗知吳越之難在察吏、在安民、在弭盜。然察吏一節,三臺共之。惟行間之寄,則開府所自操,而按、鹽不與聞也。浙中哨從道申,總由院委。然轅門聽用,大都紈袴無賴子。勿論椎魯軟熟,即稍習騎射、通文墨,亦竟何與韜鈐,寧慣風濤。此輩皆用尺牘進身,而剥兵是務,甚且未見賊而披靡竄矣。弟謂名色總宜擇哨官能擒賊有膽力者,與武進士、良武弁間用。若白丁聽用,不妨先試一哨,以觀其能,第恐於衙門體面不便,則少收而嚴試之可耳。至於造兵船、製器械,宜有專責而尤難其人。船不堅則不可與出海,器不精則不可與應敵,邊腹通弊,寧獨浙哉!願翁臺留意焉。

弟之允放,實快鄙衷。從兹母子相依,書史自娛,皆彭君之賜也。撐持宇宙,敬拭目以觀大賢德業之盛。鴻便,草布踴躍,不具宣。

與茅吉雲比部辛酉

澄江一顧,遂成契闊。覯仕籍,知門下謁選得南比曹。不佞曩亦起家山東之署,今世志在溫飽者,俱以比曹爲冷局。若有志者,正不爾也。讀書讀律,終身受用,有不能盡者,所得孰與户、工多?知門下之不厭薄之也。異日無窮品業,皆從此出耳。蓋南都之妙在淡,又在風景好、人物多,故官南曹者不可不遊。遊則不可不擇同心之友,或講學問,或談經濟。又次,則習詩文。必如此方得淡之妙,方得遊之趣。若徒遊目騁懷以爲適,擊鮮傾釀以爲豪,此於大雅,奚當乎?不佞總角從宦,通籍噬仕,蓋十載南中。今去之二十五年矣,意未嘗不在鍾阜、玄湖間也。此生冉冉,尚復有緣否?

舍姪曦光遊雍之便,託爲書郵。惟以通家進而教之,幸甚。貴寅白簡可丈,先君相知士也,想喬擢不遠矣,晤間爲叱名。

與張誠宇冢宰一壬戌

伏惟老先生,關西夫子,斗南一人。剛風正色,辨忠邪於舉措之間;開誠布公,轉安危於指顧之頃。題才如山公,而鉅細皆得其任;不黨如君實,而榮枯一無所私。爰自總憲,特晉統均。命下之日,善類胥慶曰:"渙小群以成大,辨官材以定傾,在兹舉也。"獻臣素辱特知,猥荷一盼,其爲欣忭,實百恒情。顧當此多壘之秋,自揣無鉛刀之效,丘壑是甘,老大無成,惟有慚負知己而已。

方今天下之患,莫甚於無人。而其足以釀禍而無裨於用者,莫甚於徵兵。徵兵之煩費且滋亂,而竟無裨於用者,尤莫甚於無實。如廣寧之事,撫言戰而不求所以戰,經言守而不求所以守,則徒多徵兵,而不拊循、不訓練之過也。夫兵不拊循、不訓練,與無兵同,則不責實之過也。使真豪傑任事,則必以實心求實用,而不敢以烏合不教之衆,侈言戰且守矣。此非得文武真邊才不可,尤非多得真邊材不可。願老先生首加意焉。

偶王掌科東里行便,草勒短牘,敬佈腹心,伏祈裁督。

與張誠宇太宰二癸亥

不肖侍老先生二十餘年,稱知己。乃一入都門,便爲要路人所持,心甚愧之。然不肖與范比部、王侍御，無相識、無德怨，且訐訟之語，有何關係？而以不肖贊范疏爲不可磨滅，則誣甚矣。又不肖雖曾掛庚戌外計，而胡侍御曾經兩察語，流傳謬云指臣，則又誣甚矣！此等風聞，本不足辨。第聞老先生去志堅決，不可挽回。而不肖今日亦拜疏乞休，倘幸得請，則不肖之去，尚在老先生之先。大鵬摩霄，鷽鳩搶地，各適其適，恐從此長與老先生辭矣！白首相知，寧無慨然？疏揭呈覽，若小疏下部，更望盡賜允覆，無令久索長安米也。

與陳荊碧河南道壬戌

特簡中臺，借重司察。此拔茅脫距之隆際，而正人得路之秋也。不佞臣爲世道慶，爲吾黨慶，寧有涯哉！台旌指康店，而弟適有中左外家之行，坐失良遘，悵怏可知。

方今東西交訌，齊梁不靖，豈不謂至危至急？然此猶未足慮也。所慮者，縉紳間分門別戶，或以地方離合，或以意見參商，筆攻舌戰，讕讕訛訛。此何時哉！外有蠻髦而內自戈戟，其勢必人才盡而國運隨之。幸翁臺與總憲在事忠厚正直。社稷之維，南老雖卓然挺持，而滿腔惻隱，能受盡言，此不妨再三往復耳。又郎署添注爲庶僚也，而今且見於纍纍若若之堂卿；倉巡候缺爲卑官也，而今且慣於責瑣烏臺之要秩。試觀唐、宋之季，有冗濫若此而不亂者乎？咎在政府冢卿莫適任怨，一切祖制，任人破壞，而毫無裨於實用。此不以舊額隄防之不止也。至於兵徵而不鍊，餉加而不核，官多而不任，賞輕而不勸，罰留而不懲，此目前受病大根源，亦救病一大急着。非大力君子疇能着實挽回之。翁臺茲行也，敬拭目以望丰裁矣。

弟謬還舊官，皆藉鼎培。然自度迂疏，終無裨緩急用。出山之計，尚俟明春圖之。价行，草布不盡。

與徐心霍都督壬戌

紅夷猖獗，幸藉大將軍威靈，中左恃以無虞。且師律嚴明，將領知畏，而士卒不擾。中左之人，誦功德不去口，惟恐大將軍一日而離中左。不佞亦數以大將軍廉勤向當道頌言之，且為敝同喜得萬里長城也。

然中左者，同安之外戶。而古浪嶼者，中左之輔車。安危共之。若夷據古浪，而以堅銃、巨舟泊其下，則中左之較場一帶，遂無敢往來者，是斷一臂也。又夷舟之泊，必浯嶼、大擔，而其入，必普照、曾家澳及鼓浪之左右。故此三處，必分兵守之，而以大小銃付之。又必各以小舟數隻佐之，方得水陸具宜。縱無奈彼巨舟何，獨不可殲其小艇乎？至攻夷法，惟火與銃。火攻必須上風乘潮。然茫茫大海，吾能燒，彼亦能避，豈可必其遂入彀中哉？不佞謂夷所畏者，銃耳。若黑夜用小舟幾隻，載巨銃數撓之，則夷舟必且損壞。即未損壞，必大驚擾。出必以夜，防其見也。舟必以小，避其銃也。夷夜泊則不安，晝掠則有備，其勢必饑而逃。是制夷之上策也。或又疑銃大舟小，恐致沉溺。似可用商船、漁船價直十金者，先試之於內港。小舟有損，則更求其稍大者。小舟無損，則依此法乘黑夜擊之，又何憚焉！若曰"待其登陸而拒之"，則彼無所不攻，我無所不守。而任彼晏然游夷於風波之中，即不必勾倭通賊，而沿海居民必被其荼毒。此所謂養虎遺患者也。一得之見，未知有當否？惟大將軍裁擇而用之，何如？

與商撫院論紅夷求市癸亥

青陽肇泰，和門介祉。伏惟老公祖台履萬福，而特簡三錫，指日且下五雲間也。

紅夷桀騖，近且弭耳求市。老公祖之鍾鼓，實式靈之。然窺其意，大半為十四俘設耳。此則萬無遽還之理。或姑許以不死而嚴為之約，曰：爾速毀彭湖銃城，速返棹，無再遲留我內島乎？爾速還爾土，吾發二引船來市，爾務平價無勒掯乎？吾民商呂宋者，爾無據其港口劫奪乎？如此三年奉約束惟謹，或可赦汝俘而歸之。然此夷無信，即暫雖唯諾，亦何足憑！今乘其入笠，操縱在我。老公祖開大信，運雄略，必有非鄙淺所能測者。總之，市宜往而不宜來，備宜脩而不宜弛。市來則釀禍於後，備弛則決裂於今。市不如絕，備不如剿，然此未易言也。在今日，則備中左、備海澄爲最急，恐春汛有合舣而至者耳。許市猶第二義也。

日承椒栢厚貺，感不去心。茲遣小力，代候新禧。不腆之將，伏祈尊慈鑒納。不宣。

與趙僑鶴冢宰癸亥

不肖束髮通籍，即兢兢名行自砥。辛卯南刑，曾疏論私揭，并救黄中書正賓、參胡都諫汝寧。都諫即念麓祖叔，而章給諫則侍御姻也。今日之事，緣首垣謂不肖稱范得志疏不可磨滅，不肖原無此語，不任受。侍御疏有曾經兩察語，傳聞謬指不肖。不肖原未兩察，不任受。首垣或誤信人言，侍御則疑出有心。

又浙衡試士時，有囑書不行者陰陽其間，不肖不敢盡言也。初謂一去可以避咎，故有乞休小疏。而章摘復及，總是爲人所使耳。不肖自郎儀曹來，臺班楚事，受幾許風波。非鄒、鄭諸君子深知、深信，不及此。迨茲垂老，復遭多口，自分譴斥，然所關名節，不得不一辨明。今舉朝大老所望以破門户之蹊，而植砥柱之標者，惟老先生一人。其必有獨見獨持，以主張國是、提衡人物者也。故敢披露其腹心，并疏揭呈覽。伏祈尊慈炤詧，更望勿露爲懇。

答南二泰撫院癸亥

夷氣尚熾，秋穀欲焦，此海邦之憂也。年賴老公祖如天之覆，修政修救，即須臾間已纖毫畢照，振舉靡遺。八郡從茲脱湯火而就枕席，非仁人之明賜哉！

近聞紅夷復入浯嶼求互市，不佞臣因思祖宗設官，良有深意。浯嶼一片地，在中左所海中，中左門户也。先朝設把總於此，官因名焉。嗣且縮於中左之城外，嗣且移於晉江之石湖，而浯嶼遂成甌脱。往尚有人居數家，汛時汛兵朝往暮歸。今紅夷來必泊之，則此地之要，明甚。浯嶼總徙，復設浯彭遊，則此官之不可廢也，明甚。倘就本嶼建一大銃城，而撥一水哨守之，多置銃械其中，則有險可憑，有銃可攻，夷必不敢泊舟其下，亦必不敢越此而入中左也。又左岸爲普照寺,亦可就近寺處建一小銃城,而撥兵二三十名守之。彼此對峙,銃砲互發,夷益不敢越此而入中左也。石匠惟中左最多,而海石亦最多。此不過費一二千金而足,且深得祖宗設官之意。客歲議設遊戎,裁把總。鄙見謂石湖可裁,而浯、彭不可裁。蓋遊戎宜居中調度,南北照管,而中左所必不可不常住一遊。石湖則第以一名色總領數舟守之,兼策應永寧、崇武一帶,足矣。然此爲無事時言耳。今夷舟猖獗,尚議添,敢議裁?惟浯嶼之銃城似必不可已也。幸老公祖詳議而創是役,真百世利耳。

不肖涉世無狀,橫被人言。雖公論未泯,行圖假歸,可以養親,可以避咎。餘容面叩不盡。

與李任明侍御乙丑

不佞五載常鎮,凡事平心信理而行。東林雖無甚獲戾,而于玉立與厚玉立者,終不快也。故已酉大計,汪懷德、鄧澄、史學遷一齊下石,則于玉立借江夏大起風波,遂及察典。緣鄭冢宰在大理時,預議楚事,知之極詳。故當覆地翻天之後,乙卯年特從謫籍而起之浙海,推之通參,擢之浙衡。乃鄭冢宰特達之知,選擇而使,非庚申間概行起廢者比也。癸亥之事,實胡良機修乃叔胡都給事汝寧之怨,而以曾經兩察疏語,謬語人爲,暗指不佞,不佞不受也。章允儒爲胡姻家,遂下石焉。而其主意則在擊節范得志參王允成疏,故於何參何玄谷太宰疏末云:何怪蔡某、區某擊節范某之疏也!蓋不佞爲南比部時,曾與麻城周應嵩論申相私揭,并參胡蝦蟆給事。而范疏上科道程芸閣等,俱公疏糾之。不佞間語人曰:"閑曹參省臺亦恒有,顧其人何如耳。"故程以不佞意圖翻案,欲逐之矣。不佞聞知,遂疏乞休。而中有言質論迂風,聽者訝爲翻案之語。不知此二字爲時大諱也。又適何太宰養侍疏,亦有翻案、翻局字面,故章攻之益急。今王允戎逐,范得志起,區蘿陽南侍,案盡翻矣。此段公論似已揭日,而浮者自浮,沉者自沉。

不佞母子相依,業無意出山。然以察察受汶汶,重爲知己之嗟,故一陳其曲折。若儀司之事,則汪、鄧疏後,公論久明。而汪、鄧、史旋被察處,章不過拾其唾餘。文衡罪狀俱在兩浙,即自譽西施何?蓋嫫母哉!故不必亦不敢也,笑笑。

與馬君常春元乙丑

己酉別來,不獲通聞問者久矣。連二榜得聞令昆仲捷音,不勝喜躍。何春闈尚遲聯芳也!世間名人,道德文章,皆是從未第時涵養出來,不待求之既第之後。足下則自未科未貢時便已饒有厚抱,又不待求之未第之時也。幸及今益加淹貫,益加陶鎔,一出而名世事業,舉積此矣。

時局更新,國是紛錯,衣冠之禍,日新未已。此大類漢、唐、宋之季世。明道先生云:"新法之行,吾黨之過。"甚哉!門户之爲害烈也。不佞才性迂疏,固宜溝斷。母子相依,自謂三公不與易矣。近福唐公云:"豈以宅心平而持論公?兩無附麗,遂兩不見收耶。""公平"二字,則吾豈敢,第兩不見收,則果矣。當此之時,范、李、荆、温俱所不管,第莊生之曳尾,伯玉之卷懷,是吾師也。足下密邇講壇,亦商及此否?

林平老行,草勒附布。令昆仲卷稿佳刻,便中寄示爲望。

與陳果庵都諫乙丑

伏惟臺下光岳正氣,名世奇才。兼文章、政事、氣節三者,而爲寰宇第一人。

兹者,天垣首諫,特簡名賢。此任至重且難,而在今爲尤重尤難。蓋邪正消長之一機括,而安危轉移之大窾係也。勿論其他,即鄒、顧之追奪,楊、魏之刑斃,書院之拆毀,青瑣烏臺之間,亦多推波而助之瀾。此與漢之黨錮、南宋之僞學何異?而大小臣工一味將順,莫敢正言。且五城兵番盡革,闇兵内操未已。把舵無人,隱憂叵測。今旋轉勳猷全係臺下,還朝伊邇,海宇拭目。臺下策將安出哉?

獻臣得假歸省,母子相依,雖名掛俸單,而志矢家食。顧念常鎮五載,以特立獨行爲于玉立所憎,而汪懷德、鄧澄、史學遷下之石。立朝五月,以擊節范得志疏爲程註所怒,而胡良機、章允儒下之石。向也,鄭鳴峴、徐海石諸老深知不佞儀曹時事，故特起謫籍，俾與臺下共事。今范已復，章、胡、程、王已敗，即區蘿老亦云擊節范疏者，今已部侍，而不佞猶作此寂寂。知之者曰："夫夫也，中立人也。"齟齬固宜，不知者且以爲戮餘也。臺下辱在知己，竟以不肖何如人乎？价便草候，并吐肝膈之悰。

令郎太史文章妙天下，若以癸丑例例之，則大拜應不遠矣。不腆侑緘，伏祈炤納。

與楊脩齡滇撫丙寅

獻臣企仰斗山之日舊矣，亥歲京師，獲侍光範，而台臺以敬夫司馬之故，過相引重，盱睞教誨，惓惓有加焉。不佞掛冠神武，而台臺開府虔南，深爲正人得路慶。不謂其奉諱歸也，又不謂其以經略株連而承嚴譴也。

當今中璫爲政，恩威叵測。甲乙二冬，已驅除三百餘人。而宵人未厭，尚欲刻書布告。此與漢黨錮、宋元祐碑、僞學禁何異！而危亡猶未立見者，則高皇之德澤厚，福力大，非三季所及也。杞人憂天，竊懼崩墜。向程都垣謂，擊節范比部疏爲妄意翻局，而掊擊之使去。今不佞覩此景象，又不揣從林藪中而冀天心之悔禍，世道之清明也。風雨如晦，鷄鳴不已，自謂似之。

得假以來，母子相依，已夢絕長安道矣。雖然，上英主也，轉移匪難。風雷示警，衮繡立還。台臺幸甚，自玉以需之。令郎老先生琳琅異品，文章名家。是父是子，彼蒼能無意哉！不佞謬附神交，日注還朝丰裁，然度今且覽輝千仞時也。敬夫功垂成而身先隕，人之云亡，朝野共悼。辱令橋梓高誼，不佞當爲下拜矣。

黔使之便，草候台履，并布鄙悰，伏祈崇炤。令親丁思老後裔今何如？是先大夫舊寅長也。

與朱如容撫臺丙寅

敝同有利當興，則料羅建城是也；有害當除，則浯洲塲官是也。同安鹽民，田地差稅與里甲同，就中復苦以場官，編以總催，則視里甲倍之。老公祖一旦罷場官而徵鹽課於本縣，此百世利也。則不肖既受台臺之賜矣。惟是料羅爲浯洲外海，而賊所維舟登岸之所。自隆、萬來，以府營浙兵汛之。比年則撫鎮各撥一哨守之，今且撤矣。誠得於海岸築方六七十丈小城以居汛兵，有急則本鄉居民可暫收保其中。又於灣曲處建一銃城，以便攻賊舟。賊不敢近岸寄泊，此亦百世利也。或難其費，夫自夷賊交訌，費帑金且數十萬，何惜此一二千金哉？不肖鹽籍而祖居浯洲，真見其利害，輒敢爲老公祖頌言之。

至不肖束髮通籍，白首無成。念貴鄉鄒南皐、朱密所、周懷魯、劉石閭、徐正宇、陳敬凡諸君子，何以露章而推轂？鄧來沙、章魯齋、胡念麓諸公，何以接踵而譏彈？皆莫知其所以然也。得假來，惟有下楗思過、息足畏途而已。京師奉教，過蒙盻睞，其以不肖猶人也哉，故敢披露若此。

與馮揭陽令鄒仙丙寅

漳、泉之民，仰粟東粵，無論凶歲，即豐歲猶然。而今制臺商公所議糴閩者，潮獨揭陽耳。且不惟閩仰食於揭，即揭陽之民，亦不憚涉險操舟而糴於閩。此所謂相濟而非以相病也。頃者，海上賊舟縱橫，往來俱絕，彼此俱困。而粵之院道又過爲厲禁。蓋地頭奸棍，操其奇贏，或擡價而抽，或開港而搶，非禁則無所用之，故譸張其詞以欺官府，而上人亦莫之深察也。今制臺雅有調停之意，又當海盜稍戢，秋成開禁之時。敝同之民始有具舟楫貸子母而往販者，其操縱之權，特在門下。夫王政急在通商，而霸禁猶防遏糴。語云："三代而下，聽民自生。"此門下布德施仁之一大機也。惟察其文到、船到之先後，而嘉與平糴，以遄其行。辟之河潤鄰光，彼此兩得其便，令君亦何費焉？而閩南一帶之揚仁風者曰賢使君實生我，其爲陰功政譽，不尤大乎！且爲揭民計，與其冒險移粟以求什一於不測之風波，孰若客來而開囷廩以應之而坐收其利也？門下明而熟於事，惟裁圖焉。

與熊撫臺請授師公書己巳

敝同藉老公祖寵靈奠枕者歲餘矣，不謂李芝奇、鍾六、周三三賊叛撫，餘孽反戈入寇。粵舟大而閩舟小，雖以鄭芝龍、芝虎兄弟，不免失利者，衆寡大小之勢不敵也，非戰罪也。今中左被困③已四十餘日矣。以張永産及芝龍守之，亦尚能固。第賊舟縱横，而我兵民之舟概被焚燬，糧食幾盡，餽運不通，此中左之急也。

夫中左者，漳、泉之要衝，則亦二郡之急也。矧近且焚泉新橋之兵船，掠同村里之民居，則以援師不至，故賊輩敢爾。生等慮切燃眉，私謂得老公祖節鉞俯臨，則聲威所播，可一鼓而殲。如以居重馭輕，未便移鎮，則三山之造舟，吉了之漁艇，其大且堅不下於粵。誠多發百十隻，而特遣能將將之南來。又如芝虎，年雖弱冠而爲賊所畏，特令得備前鋒，或乘風縱火，或運籌決勝，則賊將聞聲遠遁，即戰亦可盡殲。此救中左、靖海氛之第一策，勝陸兵十倍也。

先是，聞老公祖借粵烏尾，極爲要着。第非得能將及豫備精兵厚餉，即大舟無所用之。又恐曠日持久，而秋風且北，賊舟反占其上，此宜速而不宜遲。又漳郡唇齒之邦，倘有舟師能將，可遣援而夾攻。漳郡頗熟，幸勿秦晉閉糴，使中左通融而食其餘。此在老公祖一爲轉移而示之意耳。生等非徒爲中左計，誠恐數日之内，援絶而食盡，則中左必不保。賊且駸駸乎窺溫陵、莆陽、三山而上，憂乃大矣，蔓難圖也。伏祈祖臺留神決策，以畚救此一方人。夫奇在果，果在速。此安危所關，無任懇切祈籲之至。

與林益謙掌科己巳

獻臣辱在梓里，企仰鴻名，不啻斗山。第生平未獲御李，私心良用養養。比翁臺徵入法從，所慷慨論列，皆天下大事。人以爲諫議人物第一流也。乃推轂林園，而賤姓名亦掛其中。以平生未識面之人，一朝爲知己，自訝孤踪何緣得此於大君子，意必有人以不肖欺翁臺者乎？非所得當也。

獻臣坦中行世，與物無競。雖頗爲鄒南皋、周海門諸公所謬許，而亦多爲門户中于如庵、章魯齋輩所不悦。故半生坎壈于世，而客秋復遭先慈之戚，嫛嫛在疚。自分才拙科老，無復世途之想。第日手青編以老，不知年數之不足也。夫④士君子之所以酬知遇者，大則著功名于時，次則垂著述以傳于後世。兩者無一有，則惟矢幽貞獨行，以不辱古靈薦草而已。知己者，其許我否？

聞翁臺奉諱而歸，同病相憐，何能已已。然俱在制中，不敢以隻絮爲禮。价便，草勒箋候。一佈感知之私，并乞韋弦之佩。伏祈台亮，不宣。

與陳麟定侍御庚午

語云："士有不相面而相知者。"如獻臣之于老父母，是也。夫以老父母製錦梁山，治行卓絕。獻臣辱在鄰封，寧不企仰？然林間澤畔之夫，未敢一通姓名。而老父母簪筆柱下，獨取而入之古靈薦草，以炳蔚之文，蒙之歇段之革，將令觀者幾爲長價。意必有人以獻臣欺臺下者乎！此其神孚意契，真不識面而稱知己。視之同堂而居、接塵而遊者，相去幾倍矣。感深五內，寧知所報。至臺下卓品勁節，矯矯臺端，既摧折於崔、魏矣，何復強附之罪案？此舉古來未有也。微聞兔而脫、雉而羅者，亦自不少。不知臺下之離此咎也何故？豈亦有近而不相得者乎？

胡越起轂，戈茅接軫，蓋自古嘆之矣。即以獻臣而論，西江諸老，謬知者不少矣。如鄒南臯猶曾同署，如徐見桐、如鄧六沙諸大君子，皆特達相推轂。又如鄧來沙、章魯齋，則無端下石，惟恐其得比於人數，竟不知其何從也。總之，夙世因緣，一切怨仇，俱置之不足道矣。所恃台臺直己守道，天定終能勝人，風雷自當悟主，會須有見晛拔茅之日。

若獻臣才拙科老，即無論疢病相仍，自分終無有力者推挽，惟日偶青編，以送白日而已。深負特知，良自愧恨。茲因鴻便，附致空緘。稍舒砢磈，以當面談。伏祈炤諒，不宣。

與劉念臺大京兆庚午

向者待罪兩浙，未及識荊。亥歲，京師屢獲面承，蓋峻品卓識，深慰景仰之私矣。乃台臺以抗疏行，而不肖亦以將母歸。屈指計之，遂及九載。茲正人得路，而侃侃大疏，深切時敝。如宋神之功利、漢宣之刑名、唐德之猜忌，又如近日申副院一疏,滿朝有如此識力者乎!有其氣而無其識,有其識而無其膽,明旨雖未甚呴喻受之,而聖衷似深知之矣。

然比來卿亞之擢,類多淺資不次。而台臺以大京兆當建酉之衝,勞苦功高,何遲遲也。豈真以東林故異同耶?然門户乃正人君子所不道,曾謂峻品卓識如台臺,而可以東林局也?主爵者亦良可慨矣。不肖材拙科深,已自甘溝中之斷。且無知己得力者推挽,度終老焉已矣。惟道誼意氣之雅,則不敢以疏逖間也。

舍親蘇日門行,草勒布衷。周海門、劉乾陽起居何如?乾陽亦有出山消息否?

與道府公書_{庚午}

伏惟老公祖愛民隆士,體悉優養,無所不至。惟下邑有一流弊之極,從前所無,而十年來以爲固然;他郡邑所無,而輪山之所獨有者。此士類所爲切膚,而祖臺意外所駭聞也。夫此羸者同也。然從來上臺按臨,家火則坊長借辦,中火則該驛額辦,下馬飯食則本縣給銀,召厨辦之。未聞派及國學也。十年以來,則屏畫帷幔氈褥之類,有坊長自借者,有請縣官名刺而借者,有借之店頭、苧谿二中火鋪,有借之深菁驛者,有撥夫扛移至彼者。而近則票委之監生矣。凡一切供帳上鋪褒器,胥責之矣。又下馬中火酒席攢碟之需,亦并責之矣。雖每席不無量給,而賠費則不啻數倍矣。最苦者,弭節難定,暑日炎蒸,治具一而且再。又慮僕衆不足任也,本生惴惴,星馳數十里外矣。此弊之興,殆將十載。蓋坊長賂吏書以卸擔,吏書機快輩,樂監生之任勞任費以逃責,且就中取利焉。而官府亦安於有人以代吾勞,而不乏吾事也。而不知諸生之當坊長矣,不知諸生之爲庖丁矣。即科甲縉紳,不能保其子弟矣。此其事甚苦,而衣冠亦甚掃地。

然敝邑十年前未有也,他邑迄今未有也。諸生言及,咸爲短氣。故敢合詞上聞,而生等復申之以此請。伏祈老公祖明示下縣,嚴行永革。仍查復往年所以迎送之規,原不必取辦上舍生,而下邑亦未聞得過。諒仁臺隆士盛心,當不待生等詞之畢也。諸國子幸甚!幸甚!

與黄毅庵大宗伯壬申

獻臣十載家居，過蒙愛雅。乃老先生東山起卧，南宫典禮，天下翹望以爲相。而獻臣獨缺一字之賀，非敢自外門墻也。亦璫催以來，自分林泉宜爾耳。伏聞入朝累疏，皆關君德民艱大計，用人維風急務，聖天子虚己嘉納，滿擬爰立，以大展旋轉之猷。斯寰宇之慶，非特閭里之榮也。乃猶遲者，何也？

竊謂今舉子之文敝極矣。其意不遵於經傳，而其詞讀之不能以句，大非盛世景象。間進敝邑新生，而叩以鄧定宇、顧涇陽元墨，俱茫然無覩也。憶歸德在部，曾頒行《舉業正式》，文體爲之一變，今已後矣。然《舉業正式》微涉太質，誠精選二十年前程墨文質彬彬者，奏行四五十篇，庶後生小子猶知先正法門。不然，以近科進取之文爲來科衡鑒之官，且將流而魑魅魍魎不可止也。雖曰校閲而降罰之，黜革之，能有救乎？斯正文體，維世道之大關鍵，老先生以爲何如？

漳、泉海寇頃頗披猖，大小將領閉門縮手。適二鄭兄弟會征武平方歸，爲整船夾攻計，或可無慮耳。乃知將材之難，邊海尤要也。

盧得一行便，蕭勒奉候。率布愚衷，伏祈裁原。

與葉慕同學臺壬申

吾同柱史不乏矣，而文衡之選，則翁臺實破天荒。且留都、新安、宣桐間，人文之藪也，真稱大宗師哉！今省學必畢兩試而後擢，台翁必俟畢兩試乎？昔蘇紫溪在浙，極稱法眼，然紫溪兩科一歲矣。翁臺下車便當科，刷題止一書、一經、一論，此蘇所授柯立臺要訣。童生未冠者，不妨二書以盡其才。若已冠而不知經者，無嚴師終是難成。且大場四經，亦甚未易也。遺續之試，舊例多用附近知推。若論世情，則縉紳親子似難全執。其諸弟姪外戚，則勢必不能總。不如概絶之，省葛藤也。又或嚴於大試，而稍通於遺續，亦是一説。想翁臺自有妙裁耳。

兩族訟事，業已繳院。蓋撫公先爲和頭，故署府者因而承之，亦一快也。海賊比復不靖，石井、坂尾、中左俱被其害，賴二鄭兄弟會征新歸，或可少張聲勢。若大小將領，蓄縮甚矣。

弟才拙科老，多負翁臺推轂之雅。倘如來諭，得一散秩，以密通光霽，誠甚幸過望。然銓憲二大老之子，一高等得第，一大收遊泮，彼此固俱忘情也，人亦安用情爲哉！一笑，一笑。

向承厚惠，玆復辱翰，聊附一芹，匪報也。伏祈鑒存，不宣。

與陳藥亭癸酉

浙東一別，遂成十六載隔矣，嗣後聞問缺焉。惟是臺下登第，則大喜。聞妙簡天曹，則益大喜。夫令祖歷官廉惠而未究厥施，尊翁積學而竟殞非命，臺下孝思既已叩閽正罪矣。今以卓品雅望，大用清時。不佞辱在通家，不第爲臺下喜，而尤爲令祖尊之食報喜也。

辛未之秋，即附一緘於盧雲際。而雲際告歸，遂不果達。竊惟銓曹之難，難在知人。前輩陸五臺、鄭鳴峴，皆平時留心咨訪，非臨時而索人也。顧司柄者多喜炎而惡冷，喜密而厭疏，人何由知？頃冢宰選君，似欲革邇年苞苴之習，宏昔賢夾袋之貯。而臺下適同堂共事，亦千載一時也，幸甚留意焉。

不佞自浙學以來，登朝者僅僅半載，乃丙寅南常謬推，復被瑠摧。辰春彙題，有照原推起用之明旨，而復遭艱阻。自惟才拙科老，棄置固宜。但均瑠摧也，起家九列者皆是，而不佞僅僅辛秋故物，一陪金陵散秩，倘可一假以信明旨乎？若尚有修郤下石之人，亦幸一明示之，非知己不敢及也。

謙兒北闈之行，草勒附候，幷布衷言。惟裁焰，不宣。

與林栩庵侍御癸酉

客冬得尊翁一牘，而答且寄尊翁者二，不知陳孝廉書曾得徹否？念尊翁今年及耄，欲圖一詩以祝。及晤徐松溪君，乃知尊翁於仲春即世，而老公祖亦奔訃歸。嗟乎！尊翁興詩作字，依然少年光景。方謂百年未艾也，而遽止此。痛哉！痛哉！

不佞與尊翁交五十餘年,誼本通家,情同骨肉。即彼此家居,而尺牘之往來,未嘗數月隔也。平生相勸相規,直吐胸臆。而今不可得矣!然尊翁有大賢爲子,又有諸子若孫,志物兼盡,顯揚未艾,即大用未究,亦復何憾!所憾者,惟未百年耳。老公祖及諸令弟,幸抑情順變,以慰逝者,無過號天拍地爲也。

久缺吊奠,朝夕懸切。兹因張典幕北上,薄致一奠,伏祈叱名爲上几筵。尊翁有靈,或當訝其遲也。臨楮涕零。尊翁遺集,幸選付剞劂。諸令弟同此致意。

與林省庵公子甲戌

前月初旬,因上先壟而途次偶聞尊翁年兄之訃,不覺淚下沾襟,曰:"天何遽奪吾省翁耶!"泰頹梁萎,未學同痛。況我意氣兄弟,十五載不晤面,而春夏以來,尚遲一札者耶?然以尊翁,可無憾也。尊翁之壽考、名位姑勿論,吾泉二百餘年來,大臣以八十存問者,惟尊翁一人。蔡文莊來,以理學名臣楔椊者,又惟尊翁一人。著書立言,天壤共敝,直是造到真儒地位,即古今儒先享履,不及尊翁者多矣,何憾哉!何憾哉!惟是尊翁晚乃舉子,令昆仲今舉有幾孫。第勉讀遺書,勉蹈先型,以顯親揚名,則尊翁在天之靈慰矣。

不佞雖素蒙尊翁知誨,然聰明日減,道德日負。即他日相從地下,能無愧乎⑤!向嘗問尊翁文集曾有全刻否,又自誌補明,欲讓庵吏部删削入石,想今已有定裁,亦知已所願聞者。薄奠短些,專力代致,伏望叱名爲薦之。并恕小恙弗躬之罪,臨楮哽塞。

與沈蒼嶼比部乙亥

不佞於尊翁老公祖至厚善也,而於門下又忝一日之知。側聞未榜大魁之音,而喜可知也。借重白雲之署幾年矣,粹品宏猷,又得於令祖、令尊翁之家傳者,自當以文章功業黼黻我明。稱名臣,不第曰總憲、尚書,是吾家物已也。

不佞初爲南刑時,常聞陸五雲先生言,吏部權可以進人、退人,而刑部之權可以生人,可以殺人,甚不宜自輕。乃今比曹則其難更甚。主上精核之極,一再求多於律例之外而未已也。然爲法官者，惟守法而可矣。縱不能如陶唐時，所謂殺之三、宥之三者，倘能如堯曰辟，皋陶曰勿辟，亦稱張釋之以上人物乎。又惟明主可謂忠言，今各部當事者往往一味認罪，比此風似稍革。然吾輩所執既是，自不妨慷慨直陳。主上神聖，未必不炯然省悟，而天下事猶可爲也。此不特法署爲然，即銓曹亦當然矣。

不佞自南推、璫摧以來，對殘編、送白日，雖初元有炤原推起用之旨，亦自分巖穴焉終老矣。盧得一侍御，尊翁門士也，藩府事絶不相干，政府曾爲救解否？想法署自有持衡也。

鴻便，草布外，拙稿一册奉覽笑。

答劉乾所提學丁丑

伏惟台臺天付忠貞，人推英挺，歷兩都，丰骨稜稜，衡席鼎借，浙人士稱得師矣。比聞下車風裁，相士冰鑑。不佞嘗謂，文衡惟一情不作，一德不任者，爲無上法門。臺下業已得之。蓋觀學政，必行諸刻，殊令人心折。計銓曹且虛卿寺以需，然近例必竣兩試。竊謂法紀畫一，人知遵守，又諸士多所識拔者，此亦敬敷在寬時矣。寬非刓方爲員之謂也，所謂居敬行簡，不大聲色云耳。此在台臺，自有妙用。然讀《聖學》、《人心》、《士習》、《文體》四則，台臺所敷布者，已加人模範一等矣。比吾鄉文體弊甚，大抵風起江右，吳、浙或不至此。

不佞去浙廿載，乃經試之士，癸酉中四十人，而丙科輒不能以半，亦舉場文字大變之明驗矣。所恃爲世道力挽者，非大君子疇望哉！竊謂戊子、己丑之前，禮部曾頒《舉業正式》，故文體還淳。而今何莫爲意？即同試諸君，亦多不曉古法，何怪所取之愈下也。

遠辱特使，儷啓豐儀，仰感隆誼，愧枯腸懸罄無以爲報。惟是尊刺稱晚，則萬萬非所敢當耳。薄侑伏祈鑒存。

與章格庵户科丁丑

日聞賜環之息，甚爲喜之。比得仕籍，乃知借重户垣，喜可知也。門下讜論貞心,結知聖明,從此而盡展懷負,需次台衡,亦豪傑分內事耳。

當今海宇多故,夷賊交訌,其故安在?亦舉朝臣工,將順之意多,而匡救之力微歟。鄙見明主可爲忠言,忠言非必請劍折檻、取怒邀名之謂也。但將是非利害委曲詳陳,主上天縱英資,必了然省悟,而悅繹從改可冀也。若論時事,則任內竪,厚宗藩,起廢久湮,刑名太刻,編徵加額,朝野頗覺不堪,而兵食無一足恃也。當事者將何以救之?

比來舉業文體大弊。竊謂必如沈歸德長禮曹時,請旨頒行《正式》,而後可新甲科。不知選館否?若簡知推臺省入,亦是仕優則學之意。然須妙年異才,乃堪其選。二浙多英,若門下與熊雨殷父母,終是箇中人也。門下倘有意乎?

偶因鴻便,草勒附布。若不佞才拙科老,記性作性不如前遠甚。自分爲山中人久,第強談時事耳。一笑,一笑。

與馮留仙丁丑

周亮如選士歸,獲接翰教,亹亹如對。第何分俸之侈也,感而愧可知矣。老公祖道望文風,閩士仰爲山斗,衡文得命,大爲欣躍。乃撫公何多題留,而銓司何遽依覆也,豈鄴仙令弟京師中曾不一與聞耶?及倪學臺疏入,而嚴旨切責,駭出意外。僉云以復社之故。又聞復社皆公車青衿草莽士,將復東林之舊也,故預解散之。不佞戲謂,稍俟登第而復錮之未晚,何遽過之深也?林中人尚未知顛末,望一詳示之。今學臺已入都,聖明亦有督過意否?

比見鄴仙一疏,深訝邊才、將才之難其人,而毅然身任,此真世間奇男子矣。不佞比聞有謬相推轂者,而當事以科分難之。然當此之時,勿論四十九年甲科無復他覬,即二十二年冢宰、十六年少宰,亦將作何展布?固不如百歲大參之爲盛事也。

倘晤劉念老,幸爲致欣仰焉。曩較越時,令弟濟濟高才,而年來尚遲駿發,何也?弓閭令兄公祖竟不得借徇,第一晤爲快耳。於其行,草勒附謝,并侑不腆。伏冀麾存,不宣。

324

與吳旭海新令君戊寅

日因奉迓門役，草致一緘，爲敝邑慶得神君也。今聞旌節已指三山而南矣。下車有日，何勝欣慰！然尚有愚見欲預陳者。

敝同年來風尚大異，小民好賭好盜，相爭相殺。甚且抗提不出，而毆⑥打公差。甚且有一種無爲教，而輕田宅，混男女，又甚毆⑦辱衙官者。然此猶一嚴治，一嚴諭而可止也。又有鼓衆群聚而恐釀成大亂者。蓋敝邑田地原有東界、西界之不同，所謂地有肥磽，畝有廣狹，人有多寡，價有高低，所從來矣。然田種一斗出租一石者，舊止價五六金，漸增至七八金，而今且增至十一二金矣。小民自買耕者，價且十四五金矣。若以斗租論，則斗有八升、九升、十升之不同。以石租論，則有八升斗、九升斗、十升斗之不同。又有大租一石而十五八升斗者，然蓋少矣。此皆業主、佃户百十年相沿舊規，非今驟爲增减也。乃近有無賴游民，倡爲平斛之説，而騙率深山窮谷之夫，千百爲群，叩縣求平斛者。賴闕父母且留以待明臺之至。蓋有鑒於德化、晉南之紛紛多事也。近又聞，芋溪十八保亦相率爲平斛之説。其言曰：今夏田熟，不許挑送業主。第留穀在家，俟業主自來馱載。吾一石大租，第以十二八升斗與之。且一人不出争攘，一人納租業主，則相率罰之、毆⑧之。如此，則業主反爲佃户，而佃户反爲業主。若業主計較，則毆⑨打反亂，無所不至，尚可謂安静世界乎？計老父母榮涖之後，當且有惡佃千百相率叩臺。是必先有鎮定默消之術，又必訪治其爲首之人，乃可預弭。蓋天下事止是"照常"二字，百世無弊。不然，何其祖父百十年而相安，何向時田價之賤而相安，今乃一旦作鬧作反也哉？寒舍田産，不及中人，第凛凛爲地方憂亂，輒預奉聞。伏祈裁詧，地方幸甚。

與周芮公吏部戊寅

客歲承燕中華牘，甚感不遐遺之盛念。臺下清操練猷，朝紳推重，屢疏請假，而温旨勉留，當是簡在深知，乃復以何事稍有齟齬？山中人願一聞之。然稍需自有明旨特召,功名事正須漸進。即如貴堂翁田公,二十二年冡宰,祇稱太驟,亦何益哉!比聖明用人,大是不次,是出特達,抑有從旁推轂之者。即閣部大老,亦多昔進今亡之意。又如考選一事,遂至去一首揆、一冡宰,此則當事舒徐不決之過,以至紛紜。而比復以枚卜,致生異同。則吾閩未食其利,而先受其災。此等大物,所關安危不少。原造物爲政,不由人也。比見聖諭甚嚴異同之説,不知異者何在,且此時朝端亦有門户否?而門户之有大力者,是何方人氏?諒八閩無一焉。

不佞無聞無見,且作性、記性大不如前。惟臺下勿靳齒牙餘,論而教之,亦一快也。臺下敭歷中外,建竪大業,當已裕如。兹晨昏定省之暇,多沉酣古聖賢遺書,以爲三立不朽計,是則通家之所願效區區者。尊翁不敢專柬,并希叱名。

與黃東崖翰林己卯

池玉屏歸,獲接鼎翰。奬許過隆,甚非所敢當。然已稱未識面之知己,則此生無兩矣。愧感,愧感。捧讀大刻,殊慰素懷,三詩迥追盛唐、二程,儼稱大家。至講章奏疏,則正論讜言,直可匡主而救時。此真臺閣之規模,非特蓺苑之宗工也。

夫方今之時,非無事之時也。方今所乏者,文武有用之人也。而爲閣爲銓,以是致意中者鮮矣。故必廣搜訪,細評論,而後可備國家緩急之用。竊謂老先生結知明主,特召非遥,望首加意焉。若當政地者掩耳緘口,而諉之銓宰,以自爲潔,自爲固,則二三十年來,未聞有冡宰能留意人才者。向惟平湖之陸、襄陽之鄭、上饒之少宰楊,或庶幾焉。近則鄭司寇,似亦有意,而惜未及秉銓以去。至賊夷内訌之秋,則文武途分,而賢將尤難物色,此當今第一着也。若課吏首當獎廉,衡文亟宜限字,有識者計自有權衡耳。

因便,草布愚衷。台翁以爲何如?

書致長安諸正人君子甲子

彼何人斯,論職通王,賄入相幕,害堂官、鬻私交者,毒哉!誣哉!以鹿馬之臺察，而濟以鷹犬之姻親。鹿馬猶云修怨，鷹犬將不擇音。況當遲暮之齒，敢戰少年之場。然一官可襫，寸心難昧。

夫職內外歷官十有六載，不惟無受人賄，亦絶無賄職者，天日可鑒也。楚王事，一具催疏，再具勘疏，三具遣官疏，司稿猶在，職掌止此矣。至堂司商略之語，如廻避代理之類，爲宗伯，非爲楚也。脫有賄，宗伯無不知者，庸參政府而怨儀郎乎，胡言通賄？四明相雖係年家，然先觀察宦浙，已鐫秩去矣，何有於職？職補客部，以復除調儀曹，以首俸遷常鎮，以八載入幕，何爲惟救馮慕岡等則有揭？止皇太子殿賀之議則有揭？其餘即楚事，皆堂翁說閣，職經年未一至焉，胡云入幕？郭宗伯以楚事爲己任，又以楚事參四明。及奉旨免勘，則請告以去。此奇偉男子之所爲！且大臣未有參政府而得留者，孫富平、王司寇皆不云屬官害之，而獨宗伯公乎？若妖書之獄，則錢給諫、康侍御參之，政府從中主之，大小冤對，明明白白，而謬扯旁觀駭嘆之儀郎可乎？何云害堂官？至云提學而鬻私交，則職之衡浙，自謂心力竭矣，得士侈矣，乃迄今猶多督過之者。有無鬻交，君其問諸浙人。

噫！彼何人斯，誣哉！毒哉！然其爲令雲間，恣暴貪險狀，令人吐舌。怒街巷語笑而逼死良婦，聞公論譏評而下石鄉紳。跆籍同年，以示風力，阿承達官，以博清華。彼何人斯，得其惡言，何足以爲辱哉！或曰：子未嘗擊節范得志之疏，而彼人誣子有以也。乃區蘿陽講學純脩，古君子也，誰聞其擊節范疏者，亦復波及，何歟？曰："彼自有使之者。"語云："防民之口，甚於防川。"今乃欲防九列之口，以成就一片門戶世界，是則所謂鷹犬已矣。

與周挹齋少宗伯己巳

憶丙午承乏澄江，暗中摸索，幸獲奇珍，而愧未能盡識也，則所謂瞑賈者也。既而台臺冠南宮，擢上第，海內人士莫不宗爲泰山，仰爲北斗。不肖不勝踊躍，而跧伏日多，無緣會晤，亦無緣一通尺牘。茲台臺起東山，佐邦禮，簡在帝心，爰立在即，而言者猶未盡亮。然台臺之抒忠赤而結主知者，固自有在。而聖主之傾肺腑而鑒孤忠者，亦自在也。此可謂千載一時也。雖然主臣相遇，自古爲難。而特達相知，始終相信，如世廟之於張永嘉，而永嘉亦竟稱我明賢相，則又難矣。

竊謂君子際此，不必有意，不必無意。用舍聽之朝廷，進退決之禮義，是非付之天下，而在我則一切順之於命。尼父論行藏，而與顏有是說者，曰："是者，所以行，所以藏之具也。"願台臺留意於其具而已。具誠在我，何施不宜？若君相之遇合，自關氣運，自有造物，豈人力也哉！竊拭目以觀大名世之勳猷也已。

不肖客夏病痁，客秋奉先慈之諱。顧自逆瑺摧折以來，覷破世局，萬念俱灰。而念相知如台臺者，又不可以疏遠自阻，而不一聞問也。舍親張輔吾北行，草勒附候，一抒積悰。大作付梓者，不論今文、古文，俱望一一示教，即如面矣。臨楮瞻遡，不宣。

答祁世培侍御甲戌

客歲趙令君傳到翰貺，缺焉未報。兹沈雲老下車，而吳中之命復辱之。老公祖按部之際，而注意中山人若此，誼豈世俗中可有哉！

吳爲尊翁遺愛之邦，今老公祖復持節而涖之，是父是子，吳儂何幸！側聞按吳之政，開誠布公，盡脫舊套，吳人歡頌，以爲從前無兩。計得代非遙，聖明且虛畿輔文衡以待矣。當今武備廢弛，文體浮冗，南北盡然，聖主加意釐剔。竊謂武當以實勝，文當以理勝。門下不日肩此二擔，起衰救敝之妙用，其必籌之熟矣。陽羨之事，視前崑山又甚。然懲豪奴易，馴刁民難。三吳之風易動難安，往往如此。要在御之以法，而斟酌其權宜耳。

承示諸疏，具服經濟，彼此各天，後晤未期。輒因中丞使便，草勒附謝。薄侑非足報瓊，惟炤存甚幸。

與關耐菴海道公書己卯

伏惟老公祖宇宙間氣，文武奇材，暫借秉旄，旋當仗鉞。閩海之士民得所天矣！生等林泉疏踪，未獲通寸楮，覿清光。第有地方安危利害之機，不得不一披陳,冀垂察焉。

閩南山海多,阡陌少,自洋禁嚴,民無生路。曾道公乃與兩臺商確,權開廣販之路。出則給票掛號,歸則報單輸餉,數載相緣,大非私自越販者比也。故冬不脩船則不能行,出不掛號則不敢行。不求食于鄰封,則坐而待斃。此仁人君子之苦心,而有無資本者所自爲計也。

近聞鄭、林二弁有浮言,聞兩臺以越販行查者。夫二弁從鄭副戎驅馳指臂,於海上著勞者久矣。戰將也,亦良將也。廣販既有成例,二弁即欲禁,烏得而禁?越販既有明禁,二弁即欲私,烏得而私?且受事大海中者,非止鄭、林二弁也。使二弁發廣販船,則道縣有給票徵餉之姓名在。使二弁發越販船,則各遊寨有捉獲首發之官兵在。兩者無一,寧可以不根坐罪。矧二弁素著防禦功於海上,而鄭總戎部署素嚴,亦不容網漏於吞舟也。課殿在即,伏乞祖臺灼民隱,察官評,使得開一綫効用之路。地方疆圉幸甚!非特弁輩載二天也。

同紳販洋議答署府姜節推公庚辰

夫閩南福、興、泉、漳四郡,其地濱海,其山海多而田地少。故餬口必資於糴粵,而生計必藉於販洋。然販洋之事,舊嘗以利源開之,而今不免以勾夷禁之。防患非不周也,竊欲詳其利害之大較焉。

蓋夷之資我民者,東則布帛飲食之需,西則繒紵精細之物。而我民之所資於夷者,東洋則日用銀錢,西洋則珍異貴重之品。故我之所挾以往者,資本不必如一。而彼之所酬夫我者,價利不啻數倍。其去則告官而給之引,汛兵止許驗放,而需索者有禁。其歸則防護而報之官,貨財照例徵輸,而隱漏者有罰。如是,則究其所裨於公私者,雖東西不可例論,多寡不可律齊,而要之輸官給餉之外,其主客子錢之所入者,亦必不薄矣。故嘗謂爲良民、富民計,則洋禁可以不開。爲貧民、頑民計,則販洋可以不禁。若曰,是恐出而爲盜,則其起念皆營本以募利,風水且不恤,曷嘗爲不義謀也?又曰,是且揖夷而入,則數十年來,紅毛曾入求市矣,誘之果何人也?今且聽指揮,城大灣,我民自往市耳,夷固無事入也。餉館舊在漳澄,今漳販仍宜海澄,泉販宜開同安,各以府館輪視之。而聚貨附舟之客,宜各從其便。然漳餉舊止貳萬,今禁新開,客或未集,稍俟船滿百,稅四萬。則半餉閩兵,半解京師,其爲軍國之利甚大。而撫按道府,惟嚴飭官兵以驗,防其往來而已。故金海澄、李惠安二疏,俱可覆行。

【校記】

① "老":原文作"者",據文意改。
② "昔":原文作"晉",據文意改。
③ "困":原文作"固",據文意改。
④ "夫":原文作"夾",據文意改。
⑤ "乎":原文作"子",據文意改。
⑥ "毆":原文作"歐",據文意改。
⑦ "毆":原文作"歐",據文意改。
⑧ "毆":原文作"歐",據文意改。
⑨ "毆":原文作"歐",據文意改。

泉州文庫

選甲題

（明）蔡獻臣 著
陳煒 點校

清白堂稿（下）

泉州文庫整理出版委員會

商務印書館

清白堂稿卷十一

四　六　啓

上許潁陽相公己丑　代家君

相公閣下，崧嶽降神，熙朝元老。文章道德，聳一代之斗山；聞望勳猷，偉兩間之柱石。某某謬領一麾，深慙無狀；猥荷大造，幸逭黜幽。豚兒獻臣，學疏家傳，詎云父書之可讀；材非國士，濫與公門之甄收。名特厠於彀中，榮實逾於望外。仰惟高厚之恩，敢忘銜結之報？虔勒寸楮，代叩台堦。

答蔣九覲江山啓癸巳

門下源山毓秀，閩海鍾英。奮跡賢關，一出群空於北地；登名天府，三策價重於南金。臨軒先試理人，剖符特當名邑。豈曰百里之寄，足展逸材；顧惟八面之勳，多起劇任。行看祥鷟之絢采，佇占孤鳳之希鳴。

獻臣顧阻識荊，志欣御李。適門下衣錦之日，正病客掩關之辰。澤畔行吟，未遑通尺一之微欸；天上有隕，倏然驚腆貺之來臨。綵筆輝煌，珍幣鄭重。蓋家君執憲，將藉蓬直於維桑；而童子何緣，獲締蘭交於片楮。永以爲好，愧未能先。諗當戒途之蒼黃，不敢一介以洇瀆。輒因使者，附陳謝悰。臣不勝嚮往。

壽汪雲陽郡伯啓癸巳

千里謳歌，歡騰華封之祝；一陽來復，光搖南極之祥。徵天心於民心，知黃堂之有慶。願多壽而多子，乃黎庶之同情。謹貢蕪詞，特將芹獻。

老公祖愷悌宅衷，端嚴敷治。下車而春生蔀屋，祈年則秋有多稌。藉其口

331

碑,肇開壽域。茲者仲冬協候,占日昙之方長;初度屆期,覽嶽神之誕降。金章紫綬,玄鬢朱顏。千家引瀛海以當觴,萬户指源山而爲俎。即人情之豫順,卜天眷之履旋。夢兆維熊,恩濃分虎。

臣列在編民,遇以國士。仰體羔絲之德,敢躬繁縟於堦墀;薄效鳧藻之誠,輒通塵露於楮墨。

代蔡見麓謝陸中丞賀七十啓丙申

伏以稀歲辭榮,微尚未通於丹陛;專伻通訊,華褒更接於烏臺。撫新綸以若驚,奉瑤函而增惕。

某性本蓬蒿,姿同蒲柳。早司文柄,椎魯無裨於作人;晚參官評,虛庸僅因而成事。逮茲七袠,謬塵南銓;揣分已踰,抗章乞謝。惟聖明不忘乎求舊,致衰朽未遂其抽身。駕末路以疲駑,難酬主德;服赤芾於維鵜,恐滋人言。方冀再疏,以返初衣;何期知己,反借殊寵。

伏惟老公祖天下奇材,人中大器。作鎮外服,中朝屬望以鈞衡;開府一方,四裔想聞其丰采。忘其英妙,眷此頽侵。將隱矣焉用文之,見譽者非其質矣。拜盛雅之遠辱,念出處之有宜。小草戀山,終不負白雲之志;大賢柄世,願早作黑頭之公。敬因來人,肅勒寓謝;伏祈垂炤,不任瞻馳。

答王在吾漳浦啓

名標天府,人誇閬苑之群仙;綬綰河陽,吏推漢廷之循理。矧以通家奕世之好,更叨河潤鄰光之榮。賵貺并臨,悲喜兼集。

老父母明山毓秀,禹穴鍾奇。射策明廷,早識無雙國士;分符漳水,争看有脚陽春。何當新政之初,睠惟先人之舊。江蘺楚些,既輟長逝于九原;腆惠駢緘,復存棘人于封外。顧念家君作牧,未若吴公之薦賈生;賤子居廬,尚遲鄭莊之置驛馬。恩均生死,誼薄雲天。惟當焚香以告幽冥,祇有啣環而藏肺腑。

伏冀彌敦世雅,懋樹令圖。賜之韋弦,毋令隕越乎先德;共爲推挽,同期頡頑于亨衢。敬因來人，肅勒陳謝。

答南銓舊寅啓

某官器重九鼎，節聳千峰。蓋擅班馬之文章，士習可澤於淳雅；高懸裴王之藻鑒，官評一依乎廉隅。蓋樹標周南，固已盡天下之情偽妍媸而歸於水鏡；即秉鈞朝宁，直將遺人間之驪黃牝牡而觀其天機。

臣前後敢辭于糠覈，周旋久屬乎羹臡。茲當朱明之辰，忽荷素書之辱。眷惟僚雅，重以珍投。橘渡江而化橙，懼貽羞於省署；蓬生麻而自直，深有望於塤篪。方今大典久虛，口舌難諍；如其一麾未出，籩豆是司。詎能言父子之間，安從出羽翼之計。願聞咳唾，以當韋弦。

答朱海曙杭守

伏惟某官，名世偉人，專城循吏。潁川渤海，治行妙駕乎龔、黃；浙水吳山，風流遠接乎蘇、白。三年奏乃丕績，九重嘉其有成。蓋將徵司農、徵少府，補公卿於漢廷；寧獨賜黃金、賜璽書，示風勵於郡國。凡在同籍，實切分光。

弟驥尾並馳，梟脛故短。五雲輯瑞，猶慭地主之慇懃；千里投瓊，彌厪故人之眷念。敢不祗拜來雅，用副隆情。折柬附陳，莫知所報。

答王霽宇督撫啓

伏惟台臺名世偉人，匡時雄略。北門作鎮，則雲中上谷解辮而呼關；南劍專征，則番族蠻部分疆而定宇。戡定之烈，前無古人；帶礪之盟，行推功首。

臣技無片長，職在三進。動搖紈素，恍車中捉羽之指揮；珍重精鏐，皆羌前酹金之施及。敢不登拜大貺，奉揚仁風。虔勒蕪詞，祗申謝悃。伏冀台慈鑒原。不宣。

答朱午臺建寧啓

漢世公卿，功名多起於治郡；鄭封編列，謠頌尤藹於餘光。矧在同升，屢叨異數。

恭惟某官清剛正氣,宰割雄才。惟建州爲八閩上游,惟明公爲列郡稱首。咄嗟顧盼,而令反側子自安;教化噢咻,堪作二千石之範。三載之嘉績既奏,九重之特簡宜隆。秉憲衡文,僉爲心擬;司農少府,帝曰汝諧。

獻臣爲人下中,何緣攀附!隨牒北首,尊酒幸托於仙舟;輯瑞南來,片芹莫申於旅邸。敢望黄堂之容茹,尚厪曠度之眷存。書將惠臨,感與愧集。尺牘言謝,寸心曷旌!

戊子同年上座師劉如野祠部

畫省題才,朗鑒高懸於北斗;冰廳典禮,輿情遥屬於三台。矧在公門,尤深神注。

恭惟某官儲精紫水,毓秀高嵩。德宇淳凝,望之若澄潭秋月;靈襟瀟灑,鑄人如化雨春風。辨論官材,先士器而後藝;典司文柄,闡洛學以造閩。遂使駑駘之下乘,俄增良樂之上價。惟正直迕世,是以有袞於白門;致賢喆惻心,同睹賜環于丹陛。垂紳正笏,行揖讓人主之前;運籌握樞,宜黼藻雲臺之上。豈曰舊都之俎豆,足淹名世之鈞衡。

臣等濫荷甄收,夙依教育。十年光霽,徒想像於天中;一介起居,久缺疏於汝上。敢祈納藏乎藪澤,業分廡斥之門墻。肅肅征鴻,戔戔尺素。有懷隕越,仰冀涵容。

答馮大咸襄陽啓

奕世投分,誼切塤篪;千里懷人,音貽金玉。荷獎飾之已侈,愧虚庸以奚勝。

恭惟某官於越間氣,環海奇材。擢第彤墀,層霄鵷鷺絢彩;明刑西署,九陌狐兔潛踪。維茲荆蜀之要衝,暫借龔黄而出鎮。樹陰蔽芾,遠追召茇之思;日夕風流,幾醉習池之曲。

獻臣他年郡閣,早識希珍。兩度都門,重締永好。惟是蒹葭弱質,倚玉樹以自愧;駑駘下乘,希霜蹄而猶遠。屢占山公之牘,彌前漢廷之薪。何當寵以瑤華,存之芳訊。文衡盛德所辭讓,浙士懸寓之推先。寧是匪材,可當僉望。況留中曠日,分見擯於清時;豈有隕自天,猶過期於知己。用裁尺牘,聊布寸衷;感佩實深,敷陳靡既。

答彭秀南開府啓壬寅

建禮承乏,方愧寅清;通家注存,秪辱惠問。荷長者之隆誼,揣微分以奚勝。

恭惟某官醇德雄才,經文緯武。珮搖丹陛,封駁爲朝陽之雛喈;節建皇畿,畏愛備趙日之冬夏。既簡開府,益樹懋勳。雲中上谷之間,可使無百年南牧;尊俎帷幄之內,真堪作萬里長城。蓋社稷之勞臣,宜錫茅封於帶礪;而國家之碩輔,行宣麻制于闕廷者也。

獻臣才無寸長,器有尺短。草莽一介,蚤蒙門墻之陶甄;萍梗兩都,適值旌麾之密邇。廿載特達,此生奇逢。乃不調已餘十年,徒嘆薪積;而量移復典劇署,益苦絲棼。何當寵以多儀,臨之儷翰;避而弗獲,受焉若驚。惟當俯淬鉛刀,少期一割之效;庶幾仰酬瓊玖,不負三薰之知。草陳謝悰,伏干慈炤。

答王繼津大司馬啓癸卯

望重鼎司,仰一老勛猷之盛;恩深臨問,荷九重錫命之榮。國推達尊,人需特召。豈自意夫下士,獲見齒於上公。

恭惟某官在田爲龍,上殿如虎。出膺鎖鑰,塞外聞大范之名;入柄樞機,虜中敕溫公之拜。身老而猷則壯,退勇而道彌尊。公逍遙於綠野之堂,寧忘魏闕;衆翹望於黃扉之禁,佇起東山。會元良出震之辰,協尚父遇渭之日。綸恩賜問,州司臨門。旄倪聳觀,咸嘖嘖充庭之爛;縉紳相告,舉欣欣加璧之迎。三一爲邦家之光,始終見主臣之合。

臣名在後輩,志慕前脩。愧補牘以何功,偶因人而成事。何當荷鉅公之折節,厪上介之辱臨。模楷企龍門,欣依歸之有自;出處卜安石,願恩寵之浹加。謹裁尺書,稱謝左右。

答戴鳳岐總督啓癸卯

論功行賞,晉錫方隆於師中;忘分先施,鼎貺遠貽於閫外。賦《彤弓》而踴躍,披華牘以屏營。

伏惟老年伯虞室夔龍,周廷方虎。以文武經國,以正奇用兵。嶂雨蠻烟,滌日月而重朗;蠢獠逆獞,膏斧鉞以靡遺。五嶺之捷書屢聞,九天之恩命遂渙。精鏐文綺,焜煌出上方之珍;樞府中丞,班列據百僚之右。偉哉社稷之名碩,侈矣桑梓之光華。

某職覊馬走,望切龍門。快覩閣上之殊勲,未緣見戴;延佇禁中之特召,庶幸識韓。詎意師貞之丈人,垂情吾黨之小子。匪篤世誼,曷來恩施。謹勒蕪詞,少陳謝悃。

答臧九岩提學啓癸卯

典禮南宮,儀刑在望;傳經右陝,樂育有成。荷瑤華之寵臨,愧瓦礫之居後。

恭惟某官海岱靈秀,鄒魯淵源。運籌策於筦樞,早稱禁中頗牧;司寅清於蘭省,人仰聖世夔夷。妙簡文衡,弘敷教鐸。比及三載,足徵道久化成;樂育英才,無不還醇歸正。關西夫子,從兹兆叶乎三鱣;啟事山公,行看詔銜於丹鳳。

某樸樕材凡,斗筲器小。在昔謁補之歲,曾抱英標;迨今承乏之年,祗師前事。誼托如貫,禮缺先施。忽緘書之遠存,拜錫命而增悰。虔脩尺素,薄陳謝悰。

答張震峰宮保啓癸卯

伏惟老師三朝耆德,一代偉人。奏六載之弘勲,膺九重之特簡。寵加三少,明保儲宮。此在北闕,已爲上卿之殊恩;而在留都,尤爲九列之盛事。暫看衣繡於晝日,佇下徵書于五雲。

某此生知己，十載違顔；祇荷鴻私，莫申燕賀。捧惠書其如覿，拜珍貺以若驚。虔勒荒函，伏干台鑒。

答吴霞城陸津陽二方伯癸卯

論秀於鄉，江表夙號材藪；疇咨四岳，名公蔚爲國華。盛典有光，已事而竣。

恭惟某官負名世才，司文章命。早正席於銓署，人推啓事山公；繼歷試於大藩，帝須宅揆伯禹。惟兹洪都之選士，悉屬提衡；可卜歷塊之良材，盡歸品藻。賢書進御，共頌聖主之得賢；明廷臨軒，佇看真儒之瑞世。

某猥以職事，獲覯厥成。驚翰惠之寵臨，愧分涯之已溢。敬因來使，薄抒謝悰。伏祈鑒原，不任瞻遡。

答趙行吾方伯癸卯

伏惟某官寰宇正氣，斗山名賢。射策臨軒，洋洋晁、賈、公孫之對；分符理郡，蒸蒸霸、遂、文翁之循。洊歷諸藩，總司貴竹。真儒作用，文章兼政事以俱高；名世經綸，勳猷出品格而益懋。肆訶牂之人文蔚起，徵藩宣之風教颷馳。幸藉提衡，獲告成事。

某才本碌碌，質抱硜硜。束髮即讀歐陽子之書，立朝未識韓荆州之面。猥以職事，謬辱先施。奉教懃拳，喜深一諾；承筐鄭重，感切五衷。敬削牘以布悰，愧名言之莫罄。

公答南銓甲辰

門下望重斗南，品高月旦。銓曹正席，號爲簡要清通；善類持衡，相出驪黃牝牡。蓋白下爲清議之所自出，而明公尤輿論之所依歸。澄之若秋月寒潭，有朗徹淵暎之致；展之則運斤遊刃，妙經權張弛之需。共許盛世之夔龍，會聯北闕之鵷鷺。

某等倚玉慙穢，揚粃在前；忽枉華緘，兼頒腆惠。團扇摇動，快薰兮之自南；

細縠輕盈，堪着來以當暑。猥附吹塤之誼，永結如蘭之歡。託使敷陳，馳懷莫罄。

答南都常鎮縉紳賀啓乙巳

地控帝畿，民當力竭。非才誠之一致，詎濟時艱；必品望之兩高，乃堪重寄。豈伊庸陋，辱此簡書。

睠惟常鎮之區，實綰東南之要。吴頭楚尾，襟江帶湖。盜賊時嘯聚於萑苻，戈矛或橫發於肺腑。兼之關市無藝，水旱為災；杼軸幾空，閭閻其瘵。詎謂監司之專任，謬及庸謭之匪人。紛委薄書，已乏剸裁之暇；振飭綱紀，仍多缺折之虞。

伏惟台臺勁節凌霄，大器函鼎。勳名彪炳於夷夏，道德標表於鄉邦。某素切仰斗之思，未遑式閭之問。遠辱臺使，特貺瑤華。捧鄭重以若驚，撫菲薄而增愧。欲塞厚望，須竭愚衷。為韋為絃，尚罔棄於知己；父事兄事，庶少裨於此方。謹勒報章，薄陳謝悃。

答侯汴源總鎮壽啓

浮生四十，方愧無聞；從宦多年，復虞見惡。惠徵梓里，遠辱材官。得榮命以若驚，緘素書而布悃。

伏惟麾下鍾英閩海，降神高嵩。早讀父書，胸中數十萬兵甲；妙符道術，世上八千歲春秋。廓清兩粵，則功勒銅柱之巔；保障三吴，而人躋壽域之上。

某論交雖晚，投分最深。豈意弧矢之辰，特來瑤華之問。不以規而作頌，豈所望於斷金。惕行年而知非，竊欲效於伯玉。謹因來使，薄陳謝悰。伏祈台慈原炤。

答宜興縉紳賀啓乙巳

畿輔門户之區，最稱重鎮；紀綱兵戎之寄，尤須擇人。詎意庸流，謬膺劇任。尚虚式閭之請，遽辱惠問之書。

睠惟常鎮二封,實稱東南半壁。吳頭楚尾,襟江帶湖。重以水旱不時,壚里凋敝;稅織加額,惡少憑陵。盜賊竊發於萑苻,戈矛橫生於骨肉。非通才何以典劇,必明德乃克綏猷。

如某者物望輕渺,人品下中。郎署備員,猶日虞其覆餗;价藩拜命,已朝聞而飲冰。然任厥維艱,而地多君子。或懷負道德,或表著風猷。濟濟大賢,皆爲朝家之柱石;侃侃至論,真作吏治之箴銘。某嚮往有年,受事浹月。乃簿書填委,車舟奔馳。未及修浚邑之干旄,乞姝子之塵誨。心雖先往,跡涉自疏。豈意金玉之音遠遺,玄纁之貺先辱。撫躬自惡,聞命而驚。皆由我明公計安桑梓,誼篤金蘭。謂其材雖堅瓠,猶堪繩墨;量其衷非贋鼎,尚許馳驅。莊誦瑤華之詞,深圖國士之報。未能操而使割,慮有玷於群公;不作頌而以規,寔所期於知己。謹因來使,薄陳下私。

答陸平泉大宗伯乙巳

恭惟老年伯五百名世,兩間異人。魁多士於南宮,學者仰同山斗;掌邦禮於北闕,人倫奉爲楷摹。迨茲謝事以來,益篤維皇之眷。天恩賜問,以八千爲春秋;人世達尊,以公孤兼齒德。於今罕有,自昔希聞。

某才乏寸長,學無自樹。猥荷令子之驥,願登我公之龍。未遂生平,遽辱折節。荷書命之鄭重,得之若驚;窺抑戒之謙冲,爽然自失。虔勒蕪啓,祗申謝私。伏祈慈涵,無任神遡。

迎黃學院乙巳

伏以文衡司造化之權,帝心特簡;藻鑑懸日星之照,輿望攸歸。惟茲南畿之人文,實藉名世之宗匠。先聲所播,士氣聿新。

恭惟臺下望重泰山,祥鍾少室。題名解首,一日紙貴洛陽;抽書詞林,落筆言妙天下。丰裁素孚于海宇,識鑑更精于天機。論協廷推,寄專文柄。蓋文章係一時氣運,而教化爲立國精神。雖南方之學者,豈盡得其精華。必間值之大賢,乃能起乎衰弊。將風雲月露,盡入準繩規矩之中;若汗血霜蹄,自得牝牡驪黃之外。

職幸瞻道範,快覩新綸。遥想法旌西指,共稱夫子于關西;蚤冀教鐸南來,行瞻化成于南國。尚遜下走,祗迓台騶。

餞馬按院金山啟乙巳

驄轡南巡,畿輔仰激揚之烈;星軺北指,巖廊資承弼之忠。聽載道之驪歌,瞻還朝之衮繡。山靈知喜,士庶並歡。

恭惟臺臺貞元間氣,海嶽標奇。德備太和,陰陽慘舒並用;才兼數器,文武經緯惟時。貢憂盛危明之封章,時稱鳴鳳;操彰善癉惡之憲度,道豈問狸。惟茲全吳之繁囂,實藉三秋之彈壓。民隱畢達,吏治一新。九載績奏於九重,復逾其一;三事名高於啟事,將在此行。人情夢卜而彈冠,吳儂扶攜以攀轍。

職等濫司疆埸,幸屬綱紀。兼容如百川之歸渤澥,長短靡遺;博採若和羹之調鹽梅,酸醎共濟。敢自後于磨濯,皆曲荷於陶甄。遇匪尋常,恩深眷戀;爰移浮玉,特迓行旌。天籟海濤,壯雄觀于二水;鐘聲樹影,回淑景于三山。伏祈俯鑒芹誠,暫駐鵔首。弘敷臨岐之誨,少慰知己之私。

答黃冲宇工部乙巳

猥蒙惠書,稱賀舉子。在人家極爲常事,荷年誼特厪隆施。

伏念某終鮮孤踪,疏慵習氣。懃前人貽穀之似,缺後嗣訓義之方。茲當仲秋,幸添季子。方切多事之慮,敢蒙異數之恩。冀其頭角之崢嶸,錫之冠服;望其橋祥之翹聳,申以祝詞。豈弱弟百無如人,而所可如人者抱子;豈是兒誼均猶子,而所期猶子者亢宗。賜金庶藉充嬴,拜書可謂善禱。多男而授之職,願竊效於華封;清白以遺之安,庶無隳乎先緒。輒因來使,薄陳謝私。伏冀台慈鑒炤。

答劉元定丙午

荏苒流光,方深無聞之懼;輝煌寵命,彌切眷存之愿。感與愧并,情將文至。

某少不如人,生未聞道。行年四十以加四,循省全無寸裨;涉世知非而蹈非,浮生半成虛度。緣少壯之努力不力,將老大之傷悲徒悲。惠徹仙郎之注存,猥辱信使之鄭重。儀可充棟,頌有踰涯。自非收之見惡之餘,曷由寵以如天之貺。惟俯勵於表豎,庶仰副乎祝規。謹勒荒緘,祗旌謝悃;伏祈垂炤,尚圖覼申。

賀左鹽院丙午

伏以攬轡登車,烏府隆八道之寄;珥節問俗,驄威生夏月之寒。弊竇一洗於鹹醝,歡聲兼騰于吳越。

臺下名齊北斗,品儷南金。詞源例彭蠡之波瀾,氣節壓匡廬之奇峭。臺端持三尺,輦轂風清;枉下廻重瞳,鹽梅望峻。特膺簡書于鳳闕,暫珥驂騑于虎林。玉節凌空,掃千里陰霾,俄驚赤電;朱衣按部,煥一天霞爛,直貫紫薇。萬竈雲屯,頓慰雲霓之想;百寮風動,咸快風紀之瞻。

職備兵江上,慚非鎖鑰長城;督餉吳中,愧乏轉輸良策。庇素托於萬廈,慶獨倍於二天。祗奉明禁之森嚴,未敢越疆而肅謁。敬陳蕪牘,仰干慈原。

答龔毅所方伯

承之名邦,未展歲時之問;欣逢令節,重覿日月之新。遠辱腆頒,祗悚深眷。

老年伯濟世長才,絕塵高品。分符檇李,循良聲冠乎一時;宣猷大藩,節鉞望隆于八表。賦就彭澤,尤高月旦之評;壽登稀年,正締耆英之社。鴻鈞氣轉,長見星耀南天;青郊春回,行佇恩來北闕。

某狠在角卯,丞辱裁成。問道式閭,缺焉修虔於小子;珍羞白粲,儼然先施于丈人。敬勒蕪函,附陳謝悃;即容覼布,伏祈台原。

答當道賀壽啓丁未

某弱不自樹,長而無聞。迨兹逾强之年,方切虛生之懼。風塵僕僕,徒坐糜於韶華;簿領紛紛,竟何裨于殿最。適兹初度,過辱注存。玄纁充於庭階,駢儷燁于亳楮。皆緣愛忘其醜,引嵅嶁於岡陵;何當情溢而文,授江河於鐘釜。拜而增愧,卻涉不恭;敬因來人,敷陳謝悃。

與葉臺山閣老丁未

三星朗曜,肇啓爰立之祥;九重思治,聿隆阿衡之任。主臣相得,千載一時;地天將交,三陽彙進。寧枌榆之喜躍,假尺素以敷宣。

恭惟某官,先天民覺,爲帝者師。掇高第於妙年,雲輝絳殿;歷二卿於玄鬢,風穆金陵。蔚爲人物之宗,久歸相望;超然異同之外,獨簡宸衷。晉揆席而秉國均,自此功成伊傅;抒素心而酬主眷,行將業鄴蕭曹。張唐宋以來千載文章之經綸,生文敏而後八閩山川之氣色。情賢夢卜,歡動寰區。

某品謝下中,久收文穆之袋;才非啄堇,濫玷藥師之籠。仰帝座於中天,一人有慶;望台垣於半夜,四海具瞻。謹布鴻箋,祇申燕賀。伏願早趣齊相之裝,慰三聘于延佇;大展希文之志,躋萬國于昇平。

答勞金粟丁未

金風應律,玉帝規時。懷人在彼一方,良宵正當三五。

門下心源澄徹,清映壺冰。治化醇醲,煦同湛露。兩宰名邑,鳴琴彈四氣之和;幾最薦書,御屛廻九重之照。當茲清風朗月之候,均我停雲倚玉之思。何期琳瑯,遠投懷抱。尊開北海,疑分河朔之歡;月滿南樓,猶見元規之色。念千里之悠悠,尚遲尺鯉;抒寸衷之耿耿,敬托來鴻。

答李總戎中秋啓丁未

玄鳥司分,三秋欣逢佳節;素娥曜魄,千里共覩清暉。遙快賞心,惓言懷德。

麾下運神機而隆赫赫,盡掃海外氛祲;恢雄略以將多多,大建軍中旗鼓。參佐畢集,南樓之興復深;軍令分明,北海之杯頻舉。適茲三五之夜,正是讌喜之辰。不佞羈迹江氾,阻陪清風;懷人師中,惟共明月。遠辱特使,寵頒多儀。敬縷心以登嘉,輒藉手而將悃。伏冀筦納,不勝神馳。

請溫用庭巡按丁未

繡斧東巡,海岱表激揚之丰采;旌節南邁,吴越依信宿之光華。飛書以報九重,攬轡而入三輔。士氓呼擁,僚吏歡迎。

某曩附名於曲江,猥云臭味;頃受事於齹政,濫玷剡章。一別三秋,旅夢常懸乎知己;重逢此地,霜威幸霽於故人。敬陳錫惠兩嶠之尊,企領金玉片時之誨。

答丁衡岳吏部丁未

臺下簡要清通,聰明平淡。衆材屬其總達,而用不遺于榾榱;寰宇入其擔荷,而計尤先于桑梓。即不該不徧之技,亦在求長求舊之中。俾兹迂庸,再肩重鉅。乃駢詞既極其宏獎,而珍幣復充於前陳。情文備優,頂踵難任。如其效無殊於故我,豈不明有累於知人。佩韋佩絃,期齋心而有請;是行是訓,庶奉令以無愆。

答雲間陸自齋諸鄉紳公啓戊申

某叨承備兵三載,乏當官之效;晉司領憲一命,誤聖主之恩。方愍職守之多瘝,詎荷贈言之榮被。

恭惟某官南嶽儀鳳,雲津躍龍。一動一言,爲大夫國人之矜式;或出或處,盡江湖廟廊之先憂。睠兹進秩之謬恩,特頒稱賀之殊渥。授簡推少微之彥,充棟皆華袞之珍。得之若驚,卻則不敢。惟當齋心以請,乞作圖新之韋弦;庶幾奉訓而旋,無辱大賢之桑梓。敬拜華幛,附將微儀。

答史企愚巡按戊申

某才質迂庸,行能淺薄。久塵兩都清華禮樂之署,虛忝大方兵刑錢穀之司。

竊禄垂及三年,課功慙無一割。詎當事之過採,致九重之誤恩。特畀新銜,俾領舊鎮。宜更絃以調瑟,方聞命而飲冰。

恭惟老父母台臺三山靈異,一代賢豪。製錦閩南,循名與夷峰並聳;持斧江右,風裁共廬阜齊高。先聲遥指于楚天,氣吞雲夢;錦衣暫遊於晝日,色借絲綸。蓋碩德英猷,共推中臺之領袖;將崇班茂烈,立陟明朝之鼎台。

某素辱吹噓,特蒙恩眷。駢翰既過爲弘奬,珍幣復充於前陳。情文備優,頂踵難任。尚冀齋心以請,乞作當官之韋絃;庶幾奉訓而旋,不忝仁人之桑梓。肅陳謝悃,伏冀崇炤。

答莊星銘 戊申

江左動使星,特司軍國之大計;潯陽御帝命,聿沛關市之弘仁。題柱遥憶漢宫,折柬特辱鄭驛。

臺下源濬閩山,祥鍾天府。文章共許勝揚馬,蚤射策於金門;功業佇看並夔龍,先發軔於玉署。曩承徵租督逋之令,猶藏餘富於民間;今當征商箄緍之衝,遥播途歌於道聽。清同四知之夫子,望隆啓事之山公。

某承乏封疆,幸從負弩之列;同原桑梓,永締傾蓋之歡。三山別來,徒勤夢寐;九派到後,尚阻音書。驚雁足之忽傳,荷裹蹄之駢錫。蓋君泰師非泰友,覺步趨之猶懸;而公楚人僕楚人,將風期之倍結。敢不祇拜來雅,附陳感悰。尚冀圖報於青琅,庶幾少伸於白意。

答林考吾右伯 戊申

某才有尺短,品在下中。兩都備員,久疏一割之用;中吴執憲,益深虛糜之羞。風俗未能還淳,吏民或不相得。迨兹報政,分宜投荒;詎畀新銜,仍臨舊鎮。蓋緣令子之共事,彌其缺,匡其不能;故致當事之謬知,忘其過,責其後效。宜更絃以調瑟,方聞命而飲冰。

伏惟台臺三朝名碩,蓋代耆英。德劭才高,衆儀其蚤登公輔;顏紅髮白,人望之儼若神仙。強起于難進易退之中，佇畀于入長出治之任。父子兄弟濟美，不數萬石君家；文武忠孝相承，復見三槐堂上。何期吾黨之小子，亦蒙折節之隆施。枉車騎於江干，深慙無地；飛素書於客路，有隕自天。即茲誤恩，復辱稱賀。有加無已，豈所當於丈人；不頌而規，實所望於知己。敬因來使，附陳報章；仰干尊慈，俯垂弘鑒。

中秋通張九岳户部戊申

伏以露團仙掌，快覿素魄之圓輝；月净疏林，欣逢同庭之佳會。舉杯搔首，撫景懷人。

恭惟臺下襟懷風光月霽，器識海闊天高。文思縱橫，賦悲秋於筆底；惠政澄湛，輯哀鴻於澤中。時惟仲商，夕值三五。流光正滿，理觴咏於南樓；逸興遄飛，美遊娛於清夜。

某封疆下吏，江國勞人。雖滿地之民瘼堪憐，而今宵之月色自好。遡仙槎於牛渚，似隔塵寰；把紫氣於函關，時懷天際。敬抒芹獻，少佐桂尊；伏冀鑒存，可勝馳仰。

答錢傅菴戊申

某賦材故短，受事罔功。幸逢國慶之普沾，濫與貤恩之世賚。絲綸三錫，卷軸有輝。傳諸雲仍，共榮吾君之賜；告於祖考，敢云小子之能。

伏惟門下品高雲海，學深性天。蚤解綬於花封，矙然入世之味；狎主盟於皋席，卓爾見道之談。且漢家韋平，業象賢於秘署；而南州冠冕，行特召於安車。真人世之達尊，而天民之高蹈也。日者江干飛蓋，德星符太史之占；丙夜開尊，道氣慰生平之願。別來猶縈於尊念，使至特頒乎隆儀。明廷寵綏，誠臣子之殊遇；普天同慶，豈謭劣所獨私。綺翰揄揚，殊深汗浹；盛情鄭重，祇切心銘。

答張九岳冬至啟戊申

緹室浮灰，運際一陽之復；土圭測景，瑞占萬福之同。紫氣浮關，廣風溥物。

臺下清瑩冰壺,和鍾玉瑁。冬日之日,易消陰谷之寒;時行則行,盡放孤根之煖。仁覃商旅,以至日而閉關;筆妙化工,行書雲而紀瑞。

某欣瞻七日之來,久荷二天之庇。方馳短牘,遽辱長箋。履襪遙頌,平分陽和之慶;珠璧焜耀,驚聞太始之音。愧與感并,意非言盡。

答王槐亭僉憲 戊申

伏以閩山秉憲,百年餘繡斧之光;苕水養高,清時係巖廊之望。龍門彌竣,雁足忽傳。

老公祖才擅八埏,學包二酉。含雞香於粉署,名重水衡;戢豸冠於憲臺,風清澤國。居而赫赫,兼留何武之思;止此行行,共避桓驄之步。豈三人竟爾成虎,而讒口遂至撓椎。遵養東山,韻致與松筠同遠;夷猶三徑,述作描經傳並垂。詒子一經,暫屈蘇湖之芹藻;發翁未竟,行覘平韋之勳猷。天休大來,召命將至。

某雌伏海澨,久欽暴公子之威名;宦遊吳中,密邇太丘長之邑里。未修竿牘之敬,竭來鼎翰之頌。祇沐新慈,敢忘舊德;附陳蕪狀,仰于荒函。

賀李脩吾總漕啟 戊申

元正首祚,玉曆迴造化之春;景運新熙,陽和布寰區之慶。瑞藹龍門,歡呈花頌。

台臺道合陽宗,身扶人統。安攘略偉,胸羅數萬甲兵;經緯材奇,坐擁三千禮樂。壯猷敷而憲昭文武,地控陪京;神機運而聲振華夷,天擎半壁。吹枯噓朽,播一氣於洪鈞;轉坤旋乾,資百福於皇室。茲者辰元協節,三朔履端。繁祉隨日月更新,吾道與地天並泰。

某職司吳臬,依冬日之可親;身滯江臯,感歲華之幾換。敬陳柏葉,用佐辛盤。伏願朱紱方來,蚤膺三獨坐之簡在;茹彙征吉,大慰衆君子之傾心。

答喬訒齋 戊申

伏以上林賜第,不增奕葉之光;百里鳴琴,茂著循良之譽。道隨時泰,交緣誼隆。

老世丈璠璵異器，干莫奇材。獻策公車，亟勵仲淹之風節；登名天府，更忘文正之飽溫。帝眷名邑，特簡神君；人思甘霖，欣戴慈母。治號棲鳳，四封若登於春臺；政輯鳴鴻，百堵皆興於安宅。佇膺臺諫之遴選，共羨橋梓之崢嶸。

某猥以通家，幸托契誼。快覯雄飛而生色，未遑削牘以將忱。適當歲序之新，遠辱注存之雅。自天有隕，何德堪承；敬勒蕪詞，附陳感狀。伏祈弘慈鑒宥。

答余葆素戊申

老丈才擅區中，品超物外。通籍念載，不以功名富貴入其靈襟；剖竹專城，獨用正大寬和蒸爲治象。蓋求之漢吏，直方駕文翁、黃霸之流；而揚于明廷，宜需次三公、九卿之選。

弟猥辱附驥，久缺登龍。幸邂逅於雲陽，少紓契闊之悰；遽分携於岐路，未遂縶維之願。緬懷道範，徒懸心旌。詎荷綺翰之遠頒，兼蒙芳貽之下逮。隆情溢於毫楮，摯誼銘之肺肝。謹勒蕪辭，附陳謝悃。伏祈尊慈鑒炤。

賀楊學院擢憲副己酉

鷺鷟持衡，爭傳斯文之泰；鱣帷啓瑞，快覯先生之升。文昌籠牛女之墟，武夷麗奎婁之照。

恭惟台臺胸工文織，神協道耕。祥鵷雙飛，萬玉班中聽鳳；神羊一角，三吳道上驚驄。惟茲南畿人文，稱多士之冀北；特爲木鐸師表，借夫子於關西。水鏡澄花，辨塵埃中連城白璧；地爐活火，出沙礫裏躍冶黃金。洄二百餘年理學名臣，擅一十四郡文明哲匠。帝眷海濱之鄒魯，人推南國之範模。用簡明師，暫屈陳臬。得士出科名之上，長民即俎豆之餘。禮樂詩書，六丁傳勅乎雷電；紀綱法度，九鯉保釐於君陳。桃李在門，行慰望雲狄相；甘棠滿地，佇徵分陝召公。

職親炙觀風之部，沉吟近水之臺。借一廛而爲氓，優承覆露；分萬間以成蔭，疊藉骿懞。舞手揚綸，輸情化冶。尚熏心以汗竹，卜日鳧趨；恪九頓以傾葵，先庚燕賀。

餞方鹽院己酉

驄馬行春,憺風稜於吳越;銅龍報命,晃日麗於簪裾。敬陳祖道之筵,暫駐中流之楫。

台臺明時柱幹,皖國人豪。閥閱譽高,豸府聲徽接軫;忠貞性篤,烏臺望峻持衡。釐政騰萬竈之歡,吏治起百僚之肅。攬轡南國,江左立見其澄清;返斾皇都,朝端特爲之倚重。

職等備員藩臬,厠走疆場。望錦帆如登仙,躋金鰲而進酌。澄江添綠,泳周澤之汪洋;孤岫搖晴,景芳標之屹峙。名與山不朽,賽勝峴碑;言共水俱清,聆音塵拂。敬披燕悃,仰注龍光。

與張九岳己酉

筭及舟車,政非得已;疏其弊蠹,事貴便宜。自星使遙臨,而風猷聿煥。通商惠旅,傳清譽於兩江;足國庇民,載息肩於一路。

某識荊久戀鳳閣,御李獲登龍門。幸鄰斗極之光,遂竊天河之潤。顧玉節方瞻於茂苑,詎紫氣遂浮乎關門。携手河梁,徒詠蘇李之什;結綬漢闕,行彈王貢之冠。側耳離歌,悵①停雲之漸遠;奉興嘉慶,羨愛日之未央。敬貢微儀,少將薄賮;伏冀塵納,佇俟晤言。

答韓參嶺給諫己酉

彤庭獻納,秩崇竹梧之司;青鎖緘題,誼重金蘭之契。香生錦字,寵錫百朋。

臺下泌產文龍,岐鳴彩鳳。毘陵司李,平十九屬不白之冤;棘院拔茅,收五百年間出之傑。春風藹襟宇,何人不願識韓;冬日煦江皋,南國猶聞思召。惟公望隆于三事,肆簡命錫自九重。承家學之淵源,作朝端之砥柱。危言侃論,直不忌夫要津;國計邊形,憂特中其窾會。名世大業,幹國偉人。

某能無寸長,弱不自樹。幸麻蓬之有賴,致樗櫟之未踣。望禁近之清光,迥如天上;通長安之尺素,杳隔歲時。兹者瑤翰遠頒,瓊儀下逮。封疆外吏,豈所宜蒙;省闥貴人,猶厪折節。愧流汗以對使,肅勒楮而陳誠。伏祈炤原,可勝咸戢。

答霍翰垣鎮江 庚戌

涉世無術,蒙垢歸來。方結歲寒於故山,已怯危機於宦海。詎期高誼,垂唁陳人。

某品居下中,才乏長短。廿年仕路,絕無脂韋逢世之心;兩載儀曹,適當紛紜多艱之會。先之班次,繼以楚藩。閶臺飛章,祇雜周秦之綿蕝;一堂異意,有如韓范之虎爭。守道守官,竟罹戴同驅異之密網;一丘一壑,適愜豐草長林之本圖。菽水奉親,惟知念年愛日;楓宸抗疏,不恤怒臂當車。貢公之冠誰彈,翟尉之羅堪設。顧念高賢之共事,有如萍踪;忽驚書惠之遠臨,怳瞻芝宇。篇灑瑤什,駑駘長價於道周;俸分精鏐,室家果腹于缾罌。輝生蓬蓽,感篆肺肝。載思良晤以何年,聊抒中懷於片牘。從茲枕流漱石,想見名世德業之成;猥云附翼攀鱗,勿替當年道誼之好。某臨啓無任馳誠。

賀張程川憲副 辛亥

帝睠海邦,控御特資名世;人瞻嶽鎮,敷施久協興情。望棨戟以神揚,偕耆倪而色喜。

恭惟臺下清剛正氣,義武兼資。挺吳楚父蔚之奇,高樹義壇亦幟;萃匡彭木分之秀,允推人物白眉。鐸振中州,發河南兩夫子之秘;經橫太學,爲天下得英才之師。三尺持平,炯炯法星有耀;一麾出守,卓卓治行無雙。海不揚波,聖主睠懷於南顧;民將安堵,名公坐鎮於上游。簡命方新,搴帷甫泣。素琴玄鶴,愧千古之貪泉;朱芾葱珩,作三軍之勇氣。節鉞猷壯,槐棘望隆。

某避世墻東,已怯危機於九坂;行吟澤畔,幸庇廣廈於萬間。使旌入白門,蚤慰識荆之願；福曜明枌里，未遂踵門之私。敬馳魚緘，祇申燕賀。伏祈陽和不遺寒谷，而汪度俯鑑微衷。

與袁希我左方伯

伏以總領之司，允資名世；屏翰之寄，特簡上臣。因重地以轉移，喜自天之眷倚。

恭惟老公祖君阜炳靈，長江鍾秀。素禔則金相玉質，茂不言躬行之風；運用則文經武緯，有時措咸宜之妙。人推節鉞，帝倚鼎台。四國藩，四方宣，七閩已蒙浹歲之澤；召公右，周公左，成周獨隆分陝之權。肅吏懷民，大布湛瀐於薇省；建牙開府，行覆姓名於金甌。

某幸托特知，重芘廣廈。踴躍實萬乎群品，起居久曠於台堦。謹肅一緘，薄將寸縷；伏祈鑒照，無任翹馳。

答周長庵吳縣壬子

幸忝葭莩之末誼，快挹清芬；遠軫丘壑之塵人，特頒芳訊。垂情殊渥，執節過恭。

門下品高一時，才兼數器。允爲朝家之楨幹，豈繫鄉國之琳球。綏縉名區，甫奏刀而優優餘地；琴鳴吳苑，不下堂而赫赫著聲。登之華階，固將慷慨矢謨，伸八閩言官之氣；列在揆路，行見經綸任運，豎百代名世之勛。

某立身雅知自好，涉世慙乏寸長。掃軌杜門，猶懷踽踽；讀書談道，足了生平。猥蒙華緘之獎飾，重以珍貺之綢繆。南國棠陰，諒已久尋于剪伐；仙令銜刺，豈宜枉被於漁樵。汗顏拜嘉，捫心懷恧；敬因來使，附陳謝悰。

答袁景源癸丑

某澤畔孤踪，溝中斷質。立身乏鄉曲之譽，惟局局以杜門；通籍無根柢之容，僅兢兢而營職。兩都題柱，浮沉踰十五年；三吳備兵，展錯無一善狀。幸還初服，以謝人言。定省晨昏，差慰一日之養；吟弄風月，不替三餘之功。自分爲世之畸人，不敢求通於函丈。何期芳訊，特賁柴扉。

伏惟臺下蓋代奇材，匡時正氣。周官職方之署，偉望獨隆於留都；漢家治郡之良，渥澤重沾於漳水。取士出牝牡驪黃之外，雖衆棄而見收；治人在規矩準繩之先，故風行而必偃。遂令鄰封之末品，亦被黃堂之餘光。清俸周貧，宣伻將命。驚瑤華之霄墜，滋腐質以露濃。莫知所從，將何爲報。謹登嘉於對使，爰肅謝以布悰。伏祈台涵，無任神結。

賀袁晞我開府癸丑

北闕傳綸，節鉞特簡夫名碩；南邦作鎮，聲威先播於寰區。榮增簪笏之光，喜動山川之色。

恭惟臺下天授奇才，人推名世。養定如淵渟嶽峙，淆不濁而撼不搖；用沛於斧孼雲流，左之宜而右之有。入長寅清之署，文章禮樂，蔚爲國華；出鎮齊楚之邦，正直惠和，卓然民譽。逮總薇省，益懋弘猷。惟帝眷全閩，非重臣誰與授鉞；故廷採輿議，必我公乃堪建牙。爰從屏翰之司，特畀紀綱之任。英聲所動，鯨波鮫室罔不歸心；俞命一宣，海澨山陬咸爲生色。蓋文經武緯，非特一方倚之以無虞；而總憲秉均，行將三獨藉之以坐鎮者也。

某叨登龍門，大芘廣廈。情彌深於雀躍，迹尚阻於鳧趨。謹勒荒函，薄申鄙悃。

與黃鮮生請啓甲寅

襦袴聲中，家慰暮來之想；絃歌化裏，人酬孔邇之恩。況籍垂雲，彌厪就日。

老父母靈襟澄澈，道味淵渟。射策彤墀，詞壇同推獨步；分符魏闕，江城久副來蘇。播百里之慈祥，人歌人舞；拯一方之昏墊，已溺已饑。紫陽化日重開，德教聿覃於多士；黃霸循風再見，勳名可卜於三公。

某三徑歸來，已醉心於醇酒；一麈自放，尤大芘於萬間。幾賦緇衣適館，還宜授粲；載賡流火滌場，好遂稱觥。拭目膏車，齋心擁篲。

與蔡五岳太守乙卯

千里專城，聖明隆分虎之寄；一簾皎月，郡國占集鳳之祥。瑞藹莉桐，歡騰竹馬。

老公祖慧德金剛，清心玉映。歷試雄邑，英英似波底青蓮；湞陟留曹，昂昂如鷄群野鶴。惟茲泉郡，實甲海邦。在昔西山梅溪之時，治號近古；于今聲華文物之盛，俗乃漸澆。帝睠東南之思，公膺岳牧之任。令布而清風肅，車下而甘雨隨。佩犢帶牛，渤海沐龔少卿之政；昔襦今袴，蜀都興廉叔度之歌。蓋將徵入，補漢廷之公卿；行見治平，爲天下之第一。

某簉糠粉署，誼托同官。識荊蒲陽，榮逾萬户。山中陳人，幸得安於田里；郡齋半榻，猶自遠於丘樊。虔勒荒緘，薄伸鄙悃。仰干高明之照，未遂嚮往之私。臨啓不勝欣注。

答丁哲初吏部乙卯

弟溝中朽質，澤畔疏踪。自分投賦以吊原，敢冀飛章而薦禰。詎蒙使過，幸際清朝。先君之棠陰猶存，老母之板輿爲便。始願不及，衆論謂奇。皆我親翁鑑衡無私，蒟菲罔棄。平日說項，善類過採其虛聲；一旦拔茅，知己或爲之動色。顧傷弓之鳥，聞弦而高飛；吞鈎之魚，驚餌而深逝。竊欲終守昔賢鑿坏之志，未敢遽效中散絕源之書。特辱好辭，兼拜腆惠。望其退而爲進，教之孝以移忠。結綬彈冠，高誼可方於在昔；遠志小草，鄙懷尚戀夫故山。完璧附陳，銜環罔既。

答陸仰峰太守乙卯

聖朝弘使過之仁，終無棄物；君子有得朋之慶，實切同心。誼重彈冠，情深濡素。

恭惟臺下性合道奧，動率天真。紹止脩之正傳，源過游、夏；窺性命之秘密，學本程、朱。剖銅符於潮陽,昌黎遠驅蛟鱷;賜璽書於漢世,潁川下集鳳凰。行見徵入補公卿,共仰道學真作用。

某襪線才微,涉世乏長。半寸管窺識暗,觀書未覩大全。已絕意於畏途,將尋真於樂處。詎意溝中之斷,忽逢爨餘之知。起之中林,畀以浙海。方駭爰居之鼓,彌飲諸梁之冰。蓋公論主張,皆由正人之口角;乃殊渥鄭重,更屈知己之心期。惠分裹蹄,獎溢魚腹。欲報乎未之能也,何德焉可以堪之。草陳感悰,仰干慈炤。

答戴蔡二遊戎乙卯

伏惟麾下龍韜偉略,虎幄壯猷。吳越要衝,指顧而旌旗變色;東南半壁,折衝而江海安瀾。共驚運籌決勝之丈人,可卜登壇拜將之妙選。

某麋鹿野性,已狎山林;鳬雁孤飛,何裨天壤。不虞清時之使過,濫及逃世之畸人。遠辱惠書,督令捧檄。顧越海之多事,欲澄清而何能;念朝命之難虛,當黽勉以就道。所設方略,佇俟指揮。

答王止敬僉憲賀履任丙辰

製錦三吳,蚤倚崑丘之片玉;揚旌於越,欣占斗氣之雄鋒。兩地邀榮,三生多幸。

臺下溫潤而栗,直大以方。初綰綬於蘇臺,錯節盤根,似庖硎之新發;嗣簪筆於柱下,螫奸剔蠹,如瑞鳳之孤鳴。眾謂國有正人,帝眷邦之司直。蓋赤城剡曲,控御必須異材;而丹陛台階,召還即歸禁近。

某澤畔孤踪,久絕出山之夢;爨餘朽質,謬叨使過之恩。非藉主持,胡能及此。乃入疆既蒙遠注,而受事復荷隆施。仰繹厚情,感已深於知己;佇聆玄箸,遇實侈於當年。虔陳下私,伏干弘炤。

答邵芝南賀履任丙辰

清時使過,濫及塵人;逐客賜環,謬膺越海。念良朋合簪之誼,復假良緣;而先君畏壘之鄉,思紹前烈。靦顔而出,類叱馭之王尊;奉母之官,同捧檄之毛義。第多兵多事,將剸割以何能;而積弛積虛,懼振飾之無術。所望知己,不以頌而以規;重厪故人,未言砭而言賀。遥頌來雅,惟有心承;附陳感悰,不禁神遡。

答祁夷度

門下濟世長才,擎天巨手。綰綬長洲之苑,利器别於錯節盤根;含香留鑰之曹,英猷振於三山二水。惟兹西江之名郡,暫借東越之偉人。行見吴公治平,應書第一;預瞻黄霸相業,不損潁川。

某吴門共事,過辱心期。閩海屏居,屢邀存注。不意明時之使過,濫及晦迹之逐臣。優哉游哉,已掃陶潛之徑;或推或輓,遂彈貢禹之冠。遥望德星,近在禹穴。開緘拜貺,恍接故人之顔;發覆指迷,佇聆知己之誨。肅陳銘佩,伏干炤原。

賀黄撫院公祖啓

天挺偉人,六幕重斗山之仰;帝簡名世,八閩瞻節鉞之光。就日傾丹,遡風加額。

恭惟台臺殷圖良弼,周鼎碩膚。鷺彩鷲濤,詞源紹鳳池之派;龍韜豹略,錦胸羅武庫之奇。遂以土謝之家聲,蚤擅伊周之地望。影纓郎署,繽繽儿河;結綬梟藩,風清百郡。玉符炳燿,既捧北辰而擁護神皋;絳節輝煌,爰指南天而整頓閩海。華軒啓道,佇覯衮繡於節樓;紫氣盈關,共跂經綸於鈴閣。做來即是旂常之業,召歸行坐政事之堂。

某猥以庸流,叨塵世誼。家君爲邑,密[②]邇桑梓之恭;畸人出山,過蒙葑菲之採。萬間永芘,獨坐遥臨。分列受塵,阻與兒童而騎竹;情殷賀廈,肅將芹藻以祝轅。伏冀台慈,俯垂涵炤。

答林檺朋賀到任啓丙辰

清時使過,謬被行吟之夫;行省列官,猥附如貫之雅。三生有幸,一札爲榮。

翁臺斗南一人，寰中正氣。祥刑廣右，仁風披百粤之煙；啓事留曹，冰壺湛三秋之色。帝重夔夷之選，公膺禮樂之司。寅清望隆，合瞻使星於三浙；藩寧績最，特遴憲府於南畿。玉節金符，行來長安之日；龍章鳳誥，茂闡奕世之華。

某生同維桑，幸識荆於畫舫；誼叨舊寀，惠枉駕於敝廬。草無心而出山，葭終慚於倚玉。遠辱麗翰，兼貺豐儀。結綬彈冠，情已深於王貢；息黥補劓，吹尚藉於埏埴。薄陳謝悃，仰祈台鑒。

答周右華賀壽啓

年運而往，方深懼乎弗規；言贈爲榮，又重頒夫嘉貺。祇切浮生之落落，益慙眷念之慇慇。

竊惟某幼不自樹，長而轉憊。通籍清時，虛濫清華兩都之選；掛冠神武，永矢優游卒歲之盟。徒悠悠而費日，恒矻矻以窮年。不虞蒲柳望秋之姿，獲邀兼葭倚玉之幸。學希秉燭，欲分照餘於鄰光；書來稱觥，頓覺輝生於衰白。豈年齊則相關之情倍切，然上方則無聞之懼尤深。靦顏登嘉，銘心載德。敬附使以鳴謝，容覿遣而布悃。

答周王二同臬賀壽啓

弟某幼不自力，長無如人。恒矻矻以窮年，徒悠悠而費日。遂逾半百之歲，益深老大之悲。過辱注存，遠頒翰惠。仙鼎舐露，將塵凡亦可凌虛；鄰壁③分光，雖晚暮猶如秉燭。仰繹弟畜之誼，敬舉伯氏之觴。附陳縷私，佇申報悃。

與胡存蓼賀壽啓

伏以維嶽降神，篤生萃岷峨之秀；价藩作屏，來旬控吳越之雄。青春俊人，金章紫綬交映；兩湖樂事，緋桃綠柳方新。景物雙妍，神情茂對帝需；日邊公輔，人羨地上神仙。南北高峰，擬獻臺萊之頌；東西浙水，挹注瓜棗之觴。

某忭逢弧矢，遥憶玳筵。薄陳北海之尊，少致華封之祝。匹大年於莊樹，冥靈五百歲春;躋行省於内臺,中書二十四考。

答陳侍御丙辰

伏以簪筆立朝,白簡增言路之重;衣繡分道,驄驪瞻使節之光。千里懷人,一緘道故。

台臺兩間正氣,名世偉人。始以補衮弘材,試花封而製錦;繼以鳴琴循理,徵粉署而含香。乃簡帝衷,遂登法從。朝拜官,夕拜奏,獨抒忠藎;出爲君,處爲親,終隆孝養。惟茲匡廬之重地,特借臺閣之名流。赫奕風猷,知豺狼之遁跡;嶒嶸諫草,羨鳳凰之稀鳴。力能回天,道堪濟世。

某控地鷽鳩,棲枝燕雀。向從丹穴,傍祥鸞於九苞;濫司文評,得神駒於寸楮。詎使過於視海,遂靦顏而出山。錦字輝煌,恍重奉於當日;精鏐鄭重,疑有隕於層霄。謹附宣怦,薄陳謝悃。統祈台慈鑒炤,不宣。

賀南關宋工部

宣猷天上,久分漢殿之雞香;啣命江南,乍動霽關之紫氣。光騰二浙,慶洽百城。

台臺月鑑涵精,天球蘊瑞。雷封揚采,甘常垂雨地之陰;水部騫華,惠露灑三天之渥。帝念用繁,宮府寔資江左財源;尤思力竭,東南難胗民間利孔。惟茲征榷,特簡名賢。操凛冰霜,明月照辭魚之署;威澄蟊蠹,清風揚載石之舟。襜帷暫蒞虎林,樞衡行歸鷺序。

某素懷仰斗,雅願御車。占籍晉陵,矯首閩南之郎宿;視師甬海,依光浙上之使星。況荷先施,奚辭後至;仰惟炤在,罔既欣榮。

請劉撫臺出汛啓

懸鵲印以登壇,久靖東南之天地;掣龍旂而籌海,永奠吳越之金湯。三軍跂望高牙,百辟遥瞻左鉞。

恭惟台臺間氣真儒，昌期名世。筆下五千《道德》，星辰應天上文昌；胸中百萬甲兵，韜略儲人間武庫。風生絳節，名高徼外之龍圖；霧擁金麾，勛奏師中之方虎。夫餘久已落膽，奔服行來獻琛。第碧漢月明，五夜雖閑刁斗；而滄瀛浪煖，三春當計衣袽。仰仗星軺，載臨日域。綸巾羽扇，笑譚布八陣風雲；緩帶輕裘，指顧壯十連氣色。廟堂永舒東顧，蒼赤共倚長城。

職受事海壖，依光宇下。仰威名之耀日，雅切雲從；稟節度之如山，尤思李御。虔祈袞舄，蕃貢蒼陬。此日身當虎豹之關，叠菁重崖，到處遙聞鳳吹；應時功繪麒麟之閣，高文大冊，中朝獨樹鴻儀。

答王茂槐丙辰

龍節舒雲，久睎法星於江表；鯉函貫玉，遠馳信使於甬東。過辱勤渠，重增踧踖。

台臺慧思月脇，清氣霜稜。夢裏彩毫，璀燦雲霞之錦；胸中武庫，縱橫龍虎之韜。篋含鷄舌於起曹，載握芳蘭於春部。繪帷開河朔，流玉壺水鏡之聲；繡斾蒞陪京，增虎踞龍蟠之勝。棠蔭久垂南國，雲章佇煥北宸。鵲印登壇，犀韇秉軸。

某承乏吳會，曾登學使之槎；歸去山中，復竊仙鄉之餼。第仔肩乎海事，寔蒿目乎夷氛。儻念東國之徹桑，惠紓籌策；敢冀知己之發藥，勝拜瓊瑤。荷芳訊之遠臨，驚珍貺之鄭重。遥瞻紫氣，倍矢丹心。

與李按臺懋明丙辰

伏以繡豸東巡，四履欣霑嘉澍；花驄西指，白城謳咏甘棠。遙想龍光，倍深依戀。

恭惟台臺雄才蓋代，勁節籠霄。孔庭鯉趨，最喜榜題橋梓；豐城龍躍，爭看氣燭斗牛。蚤從花邑以鳴琴，旋侍楓庭而補袞。清同鶴鷺，慬九重耳目之馮；氣壯鷹鸇，任一道澄清之使。釐二百年之頹廢，山岳動搖；袪十一郡之社城，風霜震肅。功已收於浴日，志更切於瞻雲。錦綳斑衣，暫對高堂而起舞；犀韇袞繡，佇膺中詔以躋榮。

職自哂凡資，竊愜多幸。憶在看花之歲，蚤覲紫芝；既當製錦之年，時聆玉塵。及出山而備紀綱之役，更垂盼而軫綈袍之思。一語遂至忘形，頻移暑影；臨岐尤欲加膝，更荷恩私。欵欵具陳，詹詹望炤。

答薛青雷丙辰

三輔地嚴，藉重北門之鎖鑰；四郊羽息，遠頒獨坐之瑤瓊。下逮若驚，先施增媿。詳披錦字，深勒丹衷。

恭惟台臺猷古方召，學今薛王。光燭斗而氣垂虹，鑄靈紫海；伯祥麟而仲威鳳，標瑞黃輿。天祿演綸，青藜照夜；瑣垣補袞，白簡飛霜。肆騫華荊楚之墟，久揚采臬藩之任。兩定宗變，勇退急流。以澹泊提躬，孤月照潭而自許；以整暇應卒，震雷破柱而不驚。龍臥乍醒於滄江，豹略遐勤於紫塞。高牙樓敞千門月，初肅雁門；細柳旂張八陣雲，旋移薊鎮。自袞繡登壇之後，皆腥羶歛跡之時。昔乘大虜，有叩關之形，則修戰以維欵；今策建酋，有跳梁之氣，則伸威而銷萌。遂使上谷靖內夏外夷之防，遼陽截北虜南倭之合。膚功業加六幕，峻秩佇陟三公。

某兩世通家，十年判袂。閩南藏拙，問遠畀於堅瓠；海上視師，媿彌深於小草。浹莒鞅掌而無樹，轉瞬窺關之可虞。方想上台，俯勤榘誨；何當垂訊，過辱衮褒。肅拜隆施，謹登百朋而什襲；附將鄙悃，未酬雙玉於美人。不盡銘鏤，統祈炤在。

與徐雲林新令尹

伏以春榜揚輝，看名花於燕市；天曹掄雋，綰墨綬於海邦。喜溢受廛，歡騰賀廈。

恭惟臺下赤房龍種，紫海鵾圖。瑞羽初振於三衢，人擬雲霄萬至；高名嗣登於甲第，世羨橋梓爭榮。何幸金鞍寶蓋之墟，獲借畫轂朱輪之寵。雖調羹巨手，不煩小試於烹鮮；顧補袞雄才，何妨先呈於製錦。佇俟郎星之入境，即看甘澍之隨車。綺陌霞連,春廻百里。滄溟天遠,波靖三年。政事堂中設屏風,是父是子;循良傳裏紀清白,爲質爲威。拭目以觀,茲行可卜。

某覲日無期,戴天有幸。分居編户,未能隨父老以扶筇;餼竊甬江,猶得歌襦褲而脂轄。惟雲旌之夙發,慰霓望之大殷。不盡瞻馳,伏祈炤在。

答李碧海賀壽丁巳

衰白無樹,老大徒悲。操筆執鞭,笑非封侯之骨;授書學劍,總屬綴旒之餘。方希秉燭之規,過厪稱觴之雅。

祖臺金章俊人,玉堂仙吏。運籌萬略,足靖海上之鯨鯢;舐鼎一丹,能飛雲中之雞犬。嘉命銜來於青鳥,明賜貺我以蟠桃。敢不其承,何以報德。

答姚羅浮丁巳

伏以暮年疏踪,謬膺文命。大邦經席,濫界塵人。過蒙華衮之褒,彌切冰淵之愧。竊惟督學一秩,在外臺爲清華;而表正攸司,實盛德所辭讓。至於兩浙,尤號大方。必學窺聖域賢關,方足昭示模範;必識如明鏡止水,乃可鑑別妍嫿。曾是虚庸,克充任使。況臣之壯也,已不如人;奈今且老何,豈堪式士。

伏惟台臺中朝柱石,一代斗山。簪筆殿中,籍甚朝陽鳴鳳;扁舟湖畔,共稱東海臥龍。懸蒼生之雅望,應明時之特簡。暫借京尹之重,佇晉獨坐之司。某昔點朝班,久識紫芝眉宇;今叨文寄,未遑赤牘起居。祇拜折節之先施,具仞吐握之雅度。其爲銘結,曷既敷宣;附陳下私,伏祈崇鑒。

答王岵雲丁巳

起自田間,謬膺大衡之寄;來從天上,過辱玉案之頒。拜嘉爲慚,沐德難報。

恭惟台臺直方以大,純粹而精。擁比談經,三楚衿紳宗山斗;專臺總憲,兩越吏民凜冰霜。載長江藩,更隆風節。人謂十三方岳之選,豫章寔居其先;帝虛三九公卿之班,槐棘可券而俟。非眷念舊封之赤子,孰動色濫簡之陳人。

某老無秉燭之光，素有負俗之累。顧茲多才多口之地，自笑不模不範之身。方聞命以飲冰，忽拜賜而臨谷。願乞紗帷之緒論，用作竹箭之指南。附陳下悰，仰干汪度。

答賀浙學丁巳

白首談經，方深遲暮之愧；瑤華遺訊，更荷眷存之慇。遇隆負山，感增臨谷。伏念某之壯也，猶不如人；今既邁矣，豈堪造士。況乎浙地，尤稱大方。物態如風雲山川之難窮，文章若驪黃牝牡之靡定。必如衡如鑑，方稱在堂之身；若不範不模，奚堪擁比之責。至若某者，豈其人哉！居平謂是官，宜道法之並用；一旦畀茲任，揣文質以何當。蓋聖明徒見啓事屢陳，遂致緣名以責實；即廟堂亦謂林居既久，或能溫故而知新。皆由大君子之主持，故使多士師之竊忝。遠辱瑤華，更頒廷實。誼深管鮑，謬荷薰浴之知；交淺貢王，猥聯結彈之慶。祇拜鼎貺，附陳蕪函；伏冀弘原，容申鄙悃。

答湖廣文宗葛水鑑

伏惟臺下明時斗山，吾道龍象。孤標千尺，功名富貴不以入其胸中；正氣萬尋，道德文章共推卓然物表。即漢東三郡，夙稱多才多口之區；惟斗南一人，咸服至公至明之當。俄頃已一變楚材而澤於雅，浸假將三適，獻士而見其奇。功作周楨，望隆揆席。

臣木斷溝中，人非堂上。矧茲吳越之地，尤難模範之身。皆由有道之主持，致冒名邦之竊忝。居無一物，方愍談文之多乖；能自得師，尚圖乞靈於大雅。詎辱清問，遠貽麗函。即其情文之稠隆，尤欽鑑衡之整暇。藉甚高誼，何酬隆施；肅狀布悰，名言難罄。

答湖州守邵徵石請臨校啓丁巳

吳興勝郡，雄峰挺天目之奇；震澤奧區，盛事鍾人文之秀。矧藉良守之師帥，重新湖學之規條。桃李滿門，藻芹在泮。久欲縱觀其盛，慚非在堂之身。特煩廣文，遠將來命。快獲徧襭都人士之華實，亦將側聆賢邦君之風謠。佇卜弭節之期，願聞開蓬之誨。

答周右華守道

坐閱三秋，欣逢九日。陶徵君柴桑之菊欲吐，杜工部藍水之黄誰看。驚來送酒之白衣，籬邊取醉；阻伴登高之勝會，帽落堪嘲。睠懷先施，釀然下拜。

答戴學憲

環海爲家，特隆萬里之寄；敷文服遠，式弘兩階之猷。計關安攘，資兼文武。

臺下胸羅青編，家傳黄石。平停疑法，輦轂下民自不寃；拊綏專城，漢廷上治號第一。惟文事武備，兩擅其長；故內順外嚴，聿隆斯任。聲靈一布而海若潛藏，文教誕敷而山魈丕變。兼以揚威之暇，妙簡照乘之珍。入吾彀者，盡物外之瑰奇；貢天府者，悉區中之璠異。蓋進賢宜受上賞，而論功莫先變夷；斯朝家之勞臣，而台衡之峻望也。

某猥以梓末，幸託蘭心。定交茝菌之間，結想蒹葭之際。遠辱芳問，深佩隆施。敬削牘而陳誠，希盱衡而垂炤。

答孫鳳林戶部

擁比談文，謬叨楓宸之優渥；彈冠結綬，聿承梓誼之懃倦。情溢通家，感深奕世。

恭惟臺下三山聳秀，一節彌堅。文章得之家傳，清白自其性生。耽寂避喧，雲松孤植於雪嶺；處脂能潔，青蓮挺出於緑波。蓋非直能徵管鑰錢穀之司，行將羅致銓衡禮樂之署。

至如臣者，溝中斷質，澤畔疏踪。昔憲三吳，猥以獨立而取忌；今師兩越，不能曲意以狥人。自分黜幽，何當顯録。過辱知己之雅注，特勞宣伻之遠將。寵以麗函,錫之腆幣。皆由愛而忘其醜,故用頌而不以規。倘從兹少效鉛刀之能,將此生敢忘瓊玫之報。敬因來使,附陳謝悰。

答蔡景運淮安己未

濫叨內移,方憖措躬於無地;遠厪來命,忽驚有隕之自天。誼重彈冠,感深折節。

臺下干莫雄猷,璠璵粹品。明廷擢秀,盍識慶曆君謨;重地剖符,特借淮陽汲直。循良卓異茂著,人共擬公輔之英;文學政事兼優,帝方虛清華以俟。行瞻偉樹,佇踐台堦。斯海宇之人龍,而鄉邦之瑞鳳也。

不佞臣涉世多迕,衡文鮮效。謬塵鴻鷺之末,祇覺心憗;恐貽枌榆之羞,詎辱色喜。使命鄭重,寵錫輝煌。敬靦顏而拜嘉,輒銘心而陳悃。欲共周旋於鞭弭,尚圖佩服乎韋絃。薄忱附將,崇原是冀。

請徐雲林啓

朱夏日永,人遊胥庭之中;南陌風薰,農犴甘澍之下。情方殷于借寇,感尤深於醉醇。穆卜芳辰,奉迓仙舃。

老父母才奇人龍,履粹士鵠。文章蚤魁於金榜,咸羨家學淵源;治行初試於銀同,共占漢廷台鼎。帝命移劇以孔邇,民情祈佛而未諧。甘雨隨車,快覩桑麻之遍野;飛鴻遵渚,佇看袞繡之歸朝。

某程品下中,蒙潤獨渥。愧芹曝之未致,涓壺觴以奉迎。伏望神梟涖止,茂對澄潋水之清;玉麈霏來,逍遥增衡門之賁。齋心以請,俞命為祈。

賀蔡景運提學己未

漢世名公卿,多起吏最;清時推流品,尤重人師。必治教之兼優,斯遴簡之特異。鄉邦生色,甫掖知歸。

恭惟翁臺寰宇偉人,清源間氣。學術淵粹,似西山演派於紫陽;治行殊尤,如端明駕虹于澤國。文翁之符再剖,皆首稱五馬之良;夫子之鐸弘敷,特簡畀三鱣之重。多士喁喁待鑄,百蠻靡靡向風。爲國樹人,佇成化於文囿;遭時遇主,行需次於台堦。

某幸託華胄之遙,過辱先施之雅。皋席虛擁,愧造士之無功;龍門在望,擬御君而非遠。喜聞新命,虔通蕪詞;薄抒雀私,仰干鴻鑒。

與張澹若晉江令啟<small>己未</small>

海國政清,祥鸞暫棲於百里;御屏名署,仙鳧行歸於五雲。望切葵傾,欣附樾蔭。

老父母天表名流,雲間偉彥。文章價重,不數陸家之龍;標格聲高,獨跨荀氏之鶴。聯翩皇路,擢上第於彤廷;宰割閩邦,扇仁風於蔀屋。單父之琴一奏,絃歌夜聞;河陽之花正開,棠陰日暖。允稱漢世循良之選,宜陟明時禁近之班。內召匪遙,人情可卜。

不佞某觀風三吳,曾羨萼華之競秀;蒙潤九里,更欣冰操之標奇。方緣肆覲之還車,欲抒瞻戀;先荷百朋之寵貺,彌憨缺疏。聊緘尺幅以上陳,爰冀台光之下燭。儼存鄙悃,無任馳誠。

答彭讓木會稽<small>庚申</small>

門下幹世奇才,干霄峻品。仁風溥扇幽谷,真棲百里之鳳鸞;清禔矢質神明,直擅一時之冰玉。兩漢循良之理,再見于若耶溪中;八閩臺省之風,有待而丕振宇內。誠明廷之瑰異,豈鄉里之光榮。

某猥以匪材,幸叨共事。南車一指,深有裨于迷途;三徑就荒,終自慚其小草。遠辱信使,重荷珍貽。自天有隕,何德以堪之;空谷聞音,跫然而喜矣。肅八行以鳴謝,附寸縷以將忱。伏祈慈涵,不知報所。

答聞人二宇別駕<small>庚申</small>

循政弘敷,七邑躋仁壽之域;至愛不匱,通家被施及之恩。瑞靄北堂,輝增寶婺。

老公祖世載令德，業傳青箱。早登名於賢書，人誇三遷孟母；暫振鐸於泮水，士坐一月春風。別駕桐城，茂展驥足；攝符花縣，益沛雉膏。闔郡有神君之稱，蔀屋切孔邇之戴。念賤子提衡之雅，繄有母遺；當上堂拜慶之時，遠臨使命。既玄纁之鄭重，復珍錯以繽紛。愧春暉之難酬，以善養以禄養未能也；荷仁人之隆施，將盡志將盡物有藉焉。介子推之隱與母偕，從茲始矣；潁封人之類因孝錫，其是謂乎。敬拜多儀，以識明德；薄侑一羽，用將微誠。仰祈宏慈，俯鑒下悃。

賀史聯岳閣老啟庚申

伏惟老先生閣下，純德格天，宏猷命世。金甌名覆，簡在於先皇；玉鉉詔徵，眷隆於嗣聖。朝紳欣忭，慶上相之登人龍；夷酋震驚，知中國之相司馬。蓋大儒經濟之效，佇看盡展其生平；而黃閣燮理之勳，行將昭垂於史册。錦衣過里，命使及門。顧國步多艱之秋，豈東山穩卧之日。願言鳳駕，蚤慰同朝。

某陶鈞下士，猥被龍光；桑梓凡流，倍深雀躍。快覩風采，敢自後於邦人；趨謁門屏，尚有俟於少日。謹介下走，祇候上台；伏祈炤涵，無任翹注。

答聞人別駕辛酉

老公祖德窺元始，氣備四時。扇七邑以祥風，治成化國；吹寒燠以煖律，人登春臺。福與日新，道隨運泰。

某卧雪袁門，逃虛蔣徑。野人念切負日，邦君寵分餽年。歲晚而情不疏，深慙厚意；施隆而德莫報，祇祝純熙。聊陳謝緘，仰祈含炤。

答宋江陰辛酉

名賢聳秀，方分桑梓之榮；折節先施，忽拜瑶華之贈。感深高誼，喜溢新知。門下海嶽精英，璠璵尤異。淵源學海，一舉聯步於青雲；卓犖才華，筮仕茞聲於茂宰。澄江爲毘陵劇邑,賢侯是吴會神君。治理流聞,萬姓之口碑載道;循良高等,九重之徵詔方來。固將稱昭代之寶臣,豈特爲八閩之巨擘。

某治兵江左,未洗積詈;衡文越藩,無裨使過。幸獲歸依於子舍,敢妄攀援於英遊。何期緘書遥臨,重以腆貺下逮。從此竊欲自附於知己,不知何日獲慰乎識荆。虔勒蕪詞,薄申鄙悃。

答駱學院

主聖臣直,中朝仰蹇諤之風;師嚴道尊,南國被陶甄之化。帝心之簡在方切,蒼生之屬望尤殷。何期翰音,遠遺空谷。

台臺清剛間氣,淵懿醇儒。鳴琴建州,澒澤灑八閩之上;簪筆柱下,朱衣在三殿之間。爰以道宗,特司文柄。千人諾何如一士諤,獻可否而争是非;伯樂過遂空冀北群,外驪黄而遺牝牡。行行且止,人避桓驄威名;濟濟英才,士識湖學弟子。東山賭墅而高卧,豈容久淹;北闕招弓而焕綸,行躋三事。固善類斗山之共仰,亦皇家柱石之急需者也。

某衡文無狀,涉世多迕。但知信目信心,寧計招尤招忌。遠勞瑶訊,驚有隕之自天;過辱珍投,念欲酬以何日。惟深銘佩,伏冀涵原。

賀丁哲初起南太常

水鏡題才,蒼生倚安攘之計;鋒車招隱,舊都隆禮樂之司。朝家有人,吾道稱慶。

親翁臺下夭挺奇才,代推壞寶。清通簡要,晉世裴、王之銓衡;膽識風猷,此日韓、范之經濟。袋夾無數人物,胸蟠數萬甲兵。允爲八面之鋒,卓稱救時之品。言路推轂,聖代招弓。惟奉常爲典禮之宗,惟留都爲清議攸出。起自通德,列於周行。夫寧三百六十日之清齋,必須偉抱;直爲延袤萬餘里之保障,將藉此行。結綬彈冠,敢自附於王貢;拔茅連茹,喜大裨于安危。願言趣裝,以需后命;虔勒短章,薄抒賀臆。

賀商等軒撫院

名賢瑞世,法曜高映於中臺;懸寓須人,和門遥開於海甸。山川生色,紳佩傾心。

老公祖直方以大,清任而和。蚤占魁名于南宫,文傳紙貴;初試理人于昭武,政成第高。徵備掖垣,再晉卿月,碧梧青鎖祥鸞;響振高岡,吉日攻車,駉牡群成雲錦。不流不倚不變,有守有猷有爲。惟兹七閩之奥區,實係九重之南顧。謂火耕水耨之不給,居恒數慮崔苻;矧徵兵輸餉之頻仍,今日尤露衿肘。誰司斧鉞,簡畀我公;初弭節旄,大慰此土。蓋山陬海澨,瞥見威惠之旁敷;而麟閣雲臺,行將勳名之茂紀。凡在樾蔭,胥切葵傾。

某仰斗有年,承沫非一。屏跡林皋之下,引領雲日之輝。其爲忭欣,夫豈淺鮮。虔勒尺疏,薄將寸忱。

答商等軒撫

一札叩閽,方慚芹曝;千里遣訊,遽錫瓊瑶。咳唾疑落於九霄,銘鏤已深於五裡。

恭惟祖臺之臨照,有如二天之騈嶸。仁風奉揚,不問深林窮谷;德威震疊,遠遁海怪山魈。至如臣者,無行能以見長,宜賤貧於有道;徒以兩浙于役,猶爲大賢所收。廣廈萬間,幸託受廛之列;三山在望,未遂登門之私。纔一价以通誠,忽百朋之逮下。捧讀皆綢繆之至計,拜嘉豈庸謭所能堪。既遂鄙圖,復辱明眎。欲酬恩以何自,惟刻骨以中藏。虔勒荒函,附陳謝悃。

與陳鏡滄郡伯

伏以名世樹大勳猷,先試理郡;海邦簡良師帥,特借望郎。仁庇萬間,歡騰千里。

老公祖卓犖宏猷,清剛正氣。文章今之歐陽子,策射臨軒;政事漢之黄次公,材優典劇。惟溫陵爲東南鼎鎮,惟明公爲盤錯風斤。矧當島夷之薦窺,重以莾戎之叵測。人推公才公望,帝曰汝往汝諧。甘澍隨車,佇看春壠麥穗;神籌運幄,已息秋夜枹聲。昔賢留墨遺芳,皆稱殊尤於往牒;我公新政趾美,行標循卓於清時。宜徵補漢廷公卿,幸復還海濱鄒魯。

某溝底散材,亭邊枯竹。望顏色而消鄙吝,猶憶當年;安田里而沐恩膏,何幸此日。肅將蕪牘,薄致歡悰;伏祈尊慈,俯鑒微忱。

答許華芝大參

帝睠八閩,簡名賢以陳枲;邦有良翰,沛澐澤於上游。瞻玉節而喜動山川,捧琅函而光生蓬蓽。

老公祖命世宏猷,擎天巨手。盤根錯節,發芒刃於新硎;風靡波頹,屹中流之砥柱。澄江作宰,治行高漢吏之循;華署望郎,威名壯中樞之色。惟兹閩嶠,獲借法星。方旌旄之初涖,肅風紀以改觀。蓋建牙開府,固指日之盛事;而樹鴻流駿,尤名世之英猷者也。

某三吳執憲,直藉蓬蔴;兩浙談經,識疏衡鑑。幸緣舊雅,復芘萬間。千里懷人,若吹煖律於燕谷;百朋分惠,直抉疏網於翟門。誼切銘心,感深知己。敬裁赤牘以鳴謝,伏希汪度之照微。佇叩台堦,用申積悃。

答朱恒岳總督

翁臺文武憲邦,安危繫命。當生靈軍旅之寄,兩洗甲兵;妙閫闔卷舒之宜,風生指顧。握機而掃炎瘴,揮羽以奏膚功。乃於幄籌之餘閑,特頒齊紈之明貺。敢不珍賞團月,奉揚仁風。時出入懷袖之中,脱京洛緇塵之外。附將謝狀,仰冀台原。

答來馬湖

臺下蟠龍虎之文,吐虹蜺之氣。先憂後樂,任天下在做秀才;武緯文經,講良知自生妙用。比曹抗疏，鳴鳳何嫌於忤時；漁陽視師，全牛已恢於餘地。即頃畿輔妖賊，大著潰決之形；維公獎率諸軍，弘收斬馘之績。是父是子，克咸厥功；爲安爲攘，豈伊異任。是用特晉憲節，俾之作鎮津門。蓋歷試諸艱，將隆牙纛之寄；而英鋒新發，佇勒旂常之勳。可謂翰濟之勞臣，經綸之國手矣。

某久企登門，未遂執鞭。幸藉仙郎文字之知，過邀長者折節之遇。從行間而飛儷牘，整暇足徵；損清橐而享多儀，傴僂自愧。敬因來使，附陳謝私；薄致侑緘，更祈不鄙。

答南二泰撫院餽別乙丑

海邦有幸，獲借名世以經綸；夷醜匪茹，遙聞德威而駾喙。凡叨賜履之下，咸囿奠枕之中。惟行河疇咨於帝堯，故命官特先於使禹。鴻飛遵渚，誰挽我公之歸；龍見在田，欣逢利見之會。

某迂疏無用，沾被獨深。不戀法醞於大官，久甘輪山之小隱。阻趨榮戟，重辱瓊瑤。甘旨攸資，蓬蓽有耀。謹登嘉而九頓，肅陳謝於一緘。臨當遠違，曷勝馳戀。

答蔣恂菴安溪令乙丑

庇託鄰封，已醉飲醇之理；惠分嘉茗，更挹酌泉之風。老父母治希上善，心聞妙香。溪上衷跡雙清，既芬人齒頰；甌中色味具美，復沁我腎腸。讀陸羽之《茶經》，烹固未易；結同心之蘭臭，咀自難忘。敬使橘奴，少將李報。

請曹方城令公

德飽既醉，久沐君子之恩私；粲授緇衣，未申野人之愛戴。敬庀觴以請命，幸俞鼎而賁臨。

老父母清剛正氣，循卓英猷。靜水止，動水流，澄涵照於泰宇；冬日季，夏日孟，普威懷於四封。蒙汪濊者，如行潤露而不知；被容接者，若飲醇醪而自醉。

御屏已書姓字,徵命行來闕廷。

某爨下桐餘,林中樗散。荷陽和之廣被,愧枯朽之獨先。政務爲勞,久闕近光於尊俎;春風駘蕩,敢乞霏屑於燕閒。穆卜良辰,奉迓台從。惠微一刻,寵逾百朋。

與王帶如提學請洪司寇鄉賢公啓

老公祖光岳正氣,寰宇真儒。興正學於海濱,人文丕變;發潛光於幽隱,風教聿新。謹合師言,仰干公聽。

敝同先達刑部侍郎洪芳洲先生諱朝選者,登甲科而衡蜀士,撫齊魯而晉秋卿。天賦清剛,人推正直。理學窺程、朱之奧,躬逮是先;文章登歐、曾之堂,言立不朽。筮仕鳩署,留都標四君子之聲;司權虎林,歸裝惟餘圖書數卷。經術紛綸傳西土,士慶人師節鉞前。後秉三臺,家徒壁立。邦禁克允,爲世廟之重臣;遼讞持平,觸江陵之私憾。勞撫公承風下石,竟抱奇冤;賢任子瀝血叩閽,猶蒙予杖。既而雪消見晛,殺人媚人者終老戍于蛟關;尋復宸鑒恤幽,賜祭賜葬者久沐恩於鳳闕。士類宗爲山斗,國史表其徽風。卓稱名臣,宜隆秩祀。前學臺已經覆核,沈郡伯復爲勘詳。適值內遷,尚遲批發。

伏乞俯採輿情,特披積牘。爰崇黌宮之俎豆,永示後學之範型。蓋直節莫容,非莫容不足見君子;而真品終定,惟終定然後明至公。拜手僉言,傾心採納。

答劉別駕燵己巳

學古入官,清時重譽髦之選;生才有用,海邦展佐理之猷。盤錯何難,硎刃新發。

老公祖資擅世英,才爲國器。三冬自饒文史,一腔無限經綸。擢俊明廷,共識無雙國士;簡佐名郡,咸稱有用文章。駿發下車之初,驥展別駕之任。惟茲七邑,快覩福星;比及三年,當膺顯擢。乃惓念一日之長,遙分式閭之光。先施增榮,高誼誰似。

某昔叨衡文,今居堊室。識非和氏,未能辨璧於荆山;芘託萬間,尚阻賀廈於堂厓。過辱隆渥,俯慙缺疏;附陳謝悰,伏祈尊炤。

答陳鹿萍方伯辛未

帝睠軍國,暫借法從以蕃宣;公念素交,特遣寘伻而問訊。既欣二天之芘,復增三徑之光。寵逾百朋,感深五内。

恭惟老公祖臺中吳間氣,名世偉人。花封剖符,三方播循良之績;螭頭簪筆,累疏標蹇諤之聲。爰叱馭於岷峨,嗣按節於畿輔。貪墨望風而解綬,豪横歛迹以避驄。僉謂鐵面烏臺,宜虚中丞以待;帝簡魚頭參政,特銜朕命而來。九重計足食而足兵,俄頃即利民而利國。佇進三獨坐,豈淹行中書。

某識荆錦里,分潤建州。遥望台階,快臨照之不遠;循省溝斷,愧尺一之未通。忽承華緘,兼拜鼎貺。雲天之誼侈矣,編列之禮謂何。虔勒謝緘,薄申微悃。

與吳節推公

敝邑故宦柯鳳翔,號桐岡者,繇己丑進士而郎刑部,守平樂、守慶遠、守贛,歷兩浙轉運以歸。

竊見本宦,性資清和,操履純素。攻苦久下董帷,魁名聯拾夏芥。比曹筴仕,肺石自以不冤;劇郡三膺,脂膏毫無濡染。醇醇仁心爲質,在在去後見思。逮司吳越之鹺,更造商民之福。貨行流水,蠹塞漏巵。寧革例以輸公,恥析羡以肥己。冠掛神武,入里而必趍;迹屏市廛,非公則不至。睦鄰敦族,讓畔分金。蓋當官則日計不足,歲計有餘;而處世則於人無争,於己無患。壽躋大耋,德能嬰兒。真有古君子之風,絶無涉末流之態。後生仰止,賢祀宜崇。

答戈臣在晉江甲戌

受塵咫尺,久沾九里之潤河;避世密深,未遂平生之仰斗。何期疏遐之一老,過蒙折節之隆施。

恭惟臺下昂霄品峻，濟世才奇。唱甲第於明廷，衆瞻九苞儀鳳；試理人於紫極，帝遴百里祥鸞。下車即著循聲，久道彌深渥澤。盤根錯節，剸裁優優於刃遊；蔀屋窮閭，謠頌洋洋於封外。蓋卓異之選，八閩列郡首稱；而華要之司，五雲虛席特倚者也。

某涉世乏一割之能，行年有吾老之嘆。陳篇送日，一壑自甘。詎厪神君之眷存，忽驚使命之鄭重。決西江以活涸轍，吹燕谷而回陽春。感刻五衷，附陳一牘。即圖專布，仰冀台原。

壽林平華七袠乙亥

恭惟台臺生爲明時，望隆北斗。勳猷彪炳于中外，不以一日養而易三公；忠孝崢嶸于邦家，咸以王者興而必名世。屬茲初秋之序，欣逢華誕之期。維嶽降神，方卜大齡之伊始；錫公純嘏，知引希年以彌昌。矧值中原多事之秋，恰當聖主求舊之日。生仲山以保天子，簡在帝心；起安石而芘蒼生，幸從人望。春酒介眉壽，歡聲洽於紳衿；安車迎上台，喜色動於堂陛。是父是子，有君有臣。

某夤托素交，幸逢盛際。一卮未效於知己，八千遥祝於德門。敬具微虔，聊將一介；伏祈慈炤，無任心旌。

答林平華丙子

台臺盛世棟樑，中朝柱礎。天相吉人，五福已備其五；帝式黄髮，三台行履其三。得位得壽得名，是爲明時之備福爵；一齒一德一號，稱天下之達尊。矧俾熾俾昌，遐齡永錫；而作霖作礪，新命佇頒。

某材無裨乎寸長，朽有同乎尺短。老去惟攤書以永日，春入恒撫景而懷人。何期望外之緘書，遠出天上之知己。多儀特遣，麗啓兼函；仰感高隆，何勝隕越。

答鄭飛黄總戎饋年己卯

老夫年耄，感歲月之如流；將軍義高，驚翰貺之洊至。竊念山中之穩卧，皆仗麾下之壯猷。詎年復一年，叠辱厚雅；乃日以繼日，重承惠施。荆扉藉以增榮，歲序差不落莫。愧野芹無能爲報，冀壇命與日俱新。謝謝容面。

答蕭撫臺寧齋庚辰

台臺寰宇正氣，柱石宏猷。彼蒼爲明時而篤生，人情屬太平而引領。閩方何幸，福曜先臨。方當榮滋下車之初，快覩名賢應世之用。惠施威凜，吏畏民懷。時雨隨而人遊胥庭，海氛净而化洽樂國。蓋文經武緯，非特囿一方於太和；而當軸秉均，行將舉明主於三代者也。

某跧迹林間，行吟澤畔。生平瞻斗，祇切龍門之企私；命使叩扉，忽驚寵光之下逮。腆貺鄭重，麗啓輝煌。揣微分以奚當，銘寸衷而罔極。肅陳謝楮，伏冀慈原。

表

爲外戚李侯謝恩表

伏以聖孝無方，九重溥慈闈之慶；王仁必世，五爵疏侯服之榮。颺飲潤以何多，鰲冠山而已重。仰承殊渥，曷罄對揚。

恭惟皇帝陛下戀昭明德，時庸展親。總攬乾綱，禮樂征伐自出；布昭神武，東西南北咸賓。御寶曆者三十年，得位得名得其禄；祝華封以億萬口，使壽使富使多男。肇建元良於青宮，爰遴長祥於華渚。瑶觴玉膳，尊崇備鼎養之隆；寶册琅函，焜燿極坤儀之號。三朝問寢，若姬文之事太任；四履分榮，比周成之封吕伋。進臣戚屬，特界通侯。豈徒榮及其先，乃亦禄廷于世。丹墀右阢，冠諸伯於崇階；紫極中台，接上公而布武。七章命服，猶仍鷟冕之華；六瑞分符，竊荷信圭之重。愧桑榆之暮景，擁槐棘之崇班。錫晉康侯，已侈榮於蕃庶；擬謙君子，常持戒乎滿盈。臣敢不矢竭申伯之忠，蘄報外家之澤。

伏願一人有慶，萬壽無疆。遠邇親疏，委細流而宗大海；侯甸采衛，環衆星而拱北辰。

【校記】

① "悵"：原文作"帳"，據文意改。
② "密"：原文作"蜜"，據文意改。
③ "壁"：原文作"璧"，據文意改。

清白堂稿卷十二上

四言古詩

季冬朔日寫懷時年六十壬戌

蓬化之年,秉燭已晚。金紫非達,銀青非蹇。鬚白日長,髮白日短。人生幾何,但愁飽煖。神仙難期,富貴瞥眼。筆鋒漸禿,韋編希斷。象棋數局,淡酒一盌。後月六一,優哉游衍。

南山虞祝有序　戊辰

崇禎改元之春仲,爲我方城曹侯攬揆之旦,時侯涖同四易載矣。神明豈弟,頌聲大作,而會歲久不雨,民苦薦饑,海氛作惡,粵穀不至,四封蒼赤,皇皇焉莫必其命。而我侯恩威並用,即弄兵者亦爲畏懷。賊既就撫,民是以寧。而侯且爲之嚴保甲,且爲之練鄉兵,且爲之停催科,且爲之息刑獄,且爲之請賑,且爲之通糴,倡屬噢咻,甘澍亦以時至。直指、監司、行部咸褒嘉,侯曰："同豈別一境界耶？"神君之稱,不虛矣。民曰："侯實生我,我何以報？"於是,蔡子採摭風謠,爲虞《南山》之什,用介眉壽。

歲之不易,瘨我赫曦。無禾無麥,民靡孑遺。誰實活我,甘雨應祈。樂只我侯,萬壽無期。

潢池弄兵,海波孔揚。疇敷威惠,令彼投降。飛鴞集泮,枹鼓不鳴。顯允我侯,萬壽無疆。

惟良作牧,字民猶子。吏背負霜,庭心置水。閭閻有天,以怙以恃。穆穆我侯,德音不已。

循良之澤,積久而究。廉卓之聲,不脛而走。首冠旌書,佇登朝右。秩秩我侯,德音是茂。

饗利則德,視其所受。緩徵匪拙,課乃不後。拔薙匪威,苗乃不莠。明明我侯,保艾爾後。

賡南山五章,章八句。

五言古詩

里婦詞丁亥

妾髮初覆額,皓質婉清揚。窈窕陪金屋,衣袖靄餘香。十五骨肉勻,顧盼生輝光。當日乘驕寵,意氣掩毛嬙。深閨妬蛾眉,形勢多蒼黃。恨不早嫁夫,輾轉冬夜長。得爲比翼鳥,何須羨侯王。十八嫁夫壻,嬌羞出洞房。紅顏命多舛,夫也故不良。日惟秉犁鋤,牽牛怨服箱。家居立四壁,長乃事糟糠。鉛華減疇昔,脩質抑若揚。採桑臨岐路,觀者如堵墻。三五惡年少,千場侮我傍。人非金石固,誰能百鍊剛。交態多反覆,素絲亦已蒼。王孫遂棄置,那復貽芬芳。徒憨秦氏女,莫當作賦郎。自憐曜日姿,倏爲糞上英。中宵不能寐,振衣情內傷。傳語鄰家子,高誼難可忘。無爲戀金夫,千載嘆蚩氓。

贈吳江沈太和己丑

千金詎爲富,四壁原非貧。達人齊物論,浮生任蒼旻。嗤彼桎梏子,終日纏其身。居士自寥廓,不減羲皇人。小少盛繁華,棄擲若輕塵。去住苕雪間,扁舟訪隱淪。但言生有酒,那計突無煙。老去遊白下,車馬雲雷屯。掉頭不肯顧,抱膝玄湖濱。吾亦欽高誼,願言結比鄰。何時共攜手,爲我拂素琴。爲我吹洞簫,新聲逸入雲。聞君男兒好,頭角露嶙岣。父書已能讀,孰與餘京囷。季鷹猶未達,秋風自鱸蓴。

送蔡涓泉司務奏最入都庚寅

吾欽介夫子,倡道接關閩。著書開混沌,踐履翼聖真。斯人久不作,後生竟誰因。先生有聞孫,意氣邁等倫。豸繡司南臺,頗稱要路津。愧我白雲吏,退食結比鄰。促膝話里言,尊酒經過頻。亦復並轡出,蹴踏長安塵。翰墨時共討,歡樂詎能陳。君今滿三載,奏績向紫宸。相送未忍別,佇立河之湣。汎汎難可留,歸途起暮煙。極目陽鳥至,重叙平生親。

秋夜嘆

涼秋夜何長,促織鳴何急。展轉不能寐,啾啾枕邊入。人生貴適志,百年詎能執。今我徒爾爲,醒來一長唈。憶從戊歲冬,獻賦朝京邑。升斗幸得沾,三年嗟垂及。逐逐南北間,無幾開書笈。面目殊自憎,手足已成繫。家君參黔省,天漏雁飛濕。母氏安里門,祿薄故所習。細君攜二雛,何日天涯集。雖則集天涯,能無將母泣。尚憐一雛小,長途翻偪側。乳哺付鄰媼,含飴藉噓吸。浮名何足戀,徬徨起獨立。

送錢繼忠守毘陵

毘陵五六月,雨雹大如拳。直指飛白簡,重瞳爲之旋。此地盛文儒,俗亦愛嬋娟。邇來多矜節,振翼千仞騫。太史扶頹綱,吏部諫書傳。我友有吳薛,抗疏任屯邅。崢嶸言路中,更聞史與錢。此人皆磊落,不取一世憐。鴟梟嚇鵷鶵,衆喙妬其賢。世憐何足羨,衆妬誠可怕。我亦同臭味,願爲叩九天。九天杳難叩,虎豹守重關。使君分符去,好結方外緣。慷慨壯士肝,那得計目前。斗酒遠相將,私心良黯然。何時共攜手,一醉醒惠泉。

詠史贈塗揆宇守大名辛卯

西門一守鄴,鑿渠漑民田。投巫事雖譎,廷椽爭乞憐。所以河內治,至今垂汗編。夫君滇池産,好脩衆所妍。昔爲皇華使,咨諏敢自便。今爲雲署郎,三尺金石堅。咳唾盡名理,脫粟供朝餐。聲華動朝宁,剖符漳水邊。斗酒三山暮,春風五馬前。勉矣樹鴻烈,應共古人傳。

辛卯上巳集陳五嶽廷尉衙

俛仰乾坤内，大小各有牽。苦被冠紳縛，情志安從伸。況逢佳麗地，爲樂當及辰。春光已上巳，物色正鮮新。廷尉文章伯，開堂集衆賓。繽紛渭城曲，羅列中厨珍。庭前蔭疏柳，席上倒芳尊。揚扢多名理，咳笑每絶倫。坐深見燭跋，分略知情真。興酣高歌發，一是郢中人。洛觴久不飛，蘭亭跡亦陳。茲遊良汗漫，千載重接塵。

送湯若士祠部諫謫

崢嶸何李後，誰爲出群才。夫君軀幹小，意氣何崔嵬。予亦淡宕士，一見寫胸懷。問奇數相過，浩蕩江漢廻。但使龍劍合，安知世眼猜。今君攖逆鱗，奄忽互相乖。邊疆承嘉惠，一去曷能來。丈夫扶社稷，在遠猶庭階。九閽雖難叩，庶見言路開。念彼高飛鵠，風雨翅毛摧。寸心豈具論，相送且銜杯。

金陵誡子壬辰

壬辰，家大人以黔藩入賀。船泊石城，不肖及謙光兒得侍。臨行，賜謙兒俸金三兩，題曰："謹佩師訓，漸去童心。"因衍爲韻語，命兒跪受。

呼兒前跪聽，德教慎莫忘。阿兒蠢惰甚，齒髮亦漸長。延師授經史，風颺過耳傍。問十不記一，譬彼穀亡羊。豈爲愛夏楚，轉使我心傷。所貴丈夫志，致身早自強。我家積餘慶，汝祖宦業揚。萬里趨丹陛，抱孫上鳳凰。賜金雖不多，清白名亦香。臨岐撫汝背，且復申琳琅。汝祖八齡時，作書寄他鄉。見者盡驚詫，王父喜欲狂。我茲慚涼德，少小耽文章。賢愚豈殊性，習貫乃成常。勗哉小子聽，努力在就將。

秋江夜泊

昨日發江關，今夜泊江涘。望望鍾陵樹，行行三十里。東風橫船吹，葭葵委秋水。蕩漾無好懷,耽臥只慵起。不見北來帆,瞬息齊騄駬。遲疾各有時,縱心象外理。

贈丹徒裴仁泉國醫 丙申

浩浩長江水,三山日夜浮。中有隱君子,抱膝在岩丘。讀書析名理,挾術包九流。一遇長桑老,望見走桓侯。憶昔已余病,爺孃涕泪收。多慚肉骨恩,宦薄不能酬。蒼黃就短章,淋漓畫障頭。言念中情結,膠漆分日投。昨者君驅車,囊歲棹孤舟。訪我石城下,酒傾進庶羞。分手欲有贈,棄擲不挂眸。看君多道氣,豈為餬口謀。願從雙飛鶴,永托方外遊。聊因令子去,賦此寄綢繆。

題竹梧交翠圖贈胡鳳賓上舍

神物自丹穴,五彩一何奇。啄惟琅玕實,棲相朝陽枝。鳴聲喈鐘律,即都與歸嬉。淳風悠以邈,高舉凌雲霓。靈質豈自珍,羞與雁鶩齊。龍飛正九五,懿此大明時。德將軒虞上,恩並祥飈馳。翽翽千仞羽,覽輝亦來儀。

輓王鳴環表姪詩有序 戊戌

乙未秋,余北上,外兄王當世之子鳴環操巵酒而餞之。越歲,從宦滇,因扶欒,而仙翁呂先生亟稱許生,收之門籍。有祈輒應,積成卷帙,且授以天清地濁八句真訣。生亦數勤懇稟所為工夫,服而行之,人莫能盡詳也。自是,頗能言三生事。然受先生戒,不敢洩。今年莫春朔,先生謂而翁:"生夙號還虛真人,謫七世矣。當還太清,第毋令生知也。"夏,以姑太恭人訃歸,宿便水,夢與二三羽衣道前世因果事。醒以詩識之,皆沖舉語。越旬日,微疴化去,左臉現黑子若星斗者七。世恒言無仙人,豈其然乎?若生者雖未能拔宅飛身,又顯化説法處少,然大覺正不必爾。翛然來往,一絲不挂,夙植善因,良不偶矣。初,當世兄為生約婚余女,生負才駿,一日千里,余器之甚。而生所以事先大人及余有壻禮。既邁上真,則淡然若無意人世者。生為人高明豪爽,居常言:"男子不早得志于功名,則仙耳。"間聞長者譴訶,即跪自責,無一毫護惜意。六祖偈云:"一念知非,靈光顯見。"其謂是耶？余不欲效世俗之悲以恒化,烏得而勿悲。吊以詩曰:

鷦鷯營一枝,鯤鵬負蒼蒼。衆生亦有適,小大各難量。之子青雲姿,少小足文章。珪璋洵特達,拾芥功名場。一從邁仙真,垂手示慈航。俯視塵世間,腐鼠嚇鳳凰。間關萬里道,飄飄乘風翔。百年松蘿意,使我心內傷。

傷心亦何爲,天命信可疑。昔別尚總角,今歸生死辭。伯氏既玉折,之子復蘭萎。吞聲檢遺草,去住應自知。夙植天人因,松子豈吾欺。余亦獨往士,志在駕雲螭。借問金仙訣,無與西方岐。靈明猶不滅,願言啓余恩。

詠荷

芙蕖生泥中,永夏自萋萋。綠葉搖風直,紅英照水低。本性清净故,在涅不能緇。所以妙法經,取之標受持。嗤彼無始衆,翻令火宅迷。

輓盧貞甫爲李見羅先生上足

道世日交喪,東流不復移。賢哲多患害,衆口妬娥眉。風塵悠悠者,誰能不磷緇。之子產南服,鼓篋得所師。孔曾久云歿,微言諒在兹。三載網羅中,饘蠆共艱危。誓將精誠血,瀝向聖明墀。一自徂東山,日月遒以馳。高誼同陳蔡,何問子與妻。斯人今不作,感激令心悲。生附青雲上,歿垂壯士規。

阻雨晚抵水口驛庚子

有路莫行舟,舟行澁如棘。一水何盈盈,經過不再日。我來雨其濛,慘淡衆山黑。兩崖浩微茫,牛馬望不極。掛帆林木顛,形勢更逼仄。岸坼危石蹲,纜牽懸流疾。呼神投紙錢,攀緣窮氣力。尊中悵復空,漁師疑自匿。天風假良便,薄暮憩山驛。村酒勞役夫,憨非濟川質。世途良坎軻,何如掃一室。

送張尚宰進士令懷寧懷寧隋名同安

君是同安人,去綰同安綬。山川雖悠隔,斯民三代後。何問鷹與鸞,要使真誠透。相識從公車,意氣非邂逅。歲寒蕪市酒,一曲沾衣袖。驊騮聘逸足,千里豈馳驟。願言慎厥初,積久香名茂。君看循良宰,半居漢廷右。

壽趙吏部乾所母七十趙爲滕令有聲辛丑

憶昨走京國,稅駕滕之疆。楊柳猗通津,棗栗垂道傍。居民無敗群,集雁足棲梁。問誰綰其綬,青吏駕趙張。璽書徵茂宰,入爲華省郎。冰壺可比清,百鍊有餘剛。三上明光奏,吏道掃粃糠。伊余素磊落,一見托琳琅。丈夫意氣親,何必參翱翔。使君有高堂,賢與陶母方。昂子崇羔素,淡泊吾所嘗。行年及指使,象服耀焜煌。仁義天下悅,正直神所將。明德保不爽,持以介壽康。

詠晉郭贈君

明月夜投人,道途爭錯愕。不見牛斗墟,直上雙干鏌。徵君大雅士,汎覽窮流略。崢嶸泮水間,學隱終北郭。有美丹穴雛,矯翼遊鳳閣。三載績用成,龍章燭冥漠。積餘慶澤長,迤被新恩博。何嫌在世時,心跡雙寂寞。

過家贈內甲辰

使車東方來,光耀動里閭。里閭咸嘖嘖,言我夫君殊。夫君信自殊,素性甘獨居。謁補辭親闈,惟携長子俱。曹事憑職掌,達官任非譽。五年無餘祿,半年無尺書。縫衣準疇昔,長短故不如。幸得移一官,奉勅領中吳。共羨腰下金,不知篋中儲。篋中何所有,圖書及衣裾。積書貽子讀,不好一若無。周親與貧交,何以應所需。遣女迎新婦,何以還夙逋。家計轉逼側,高堂猶拮据。夫君嗒然醉,不復問其餘。浩歌陶令詩,屢空恒宴如。

溪行詠磵中松己酉

昔爲林中植,今向磵底蹲。土膏逐流去,白石何粼粼。驟雨衝波至,浮梗棲蒼鱗。惜哉棟樑資,託根一沉淪。所貴有貞心,魚龍不敢吞。會看滄桑變,紫蓋拂層雲。

輓林玉吾大參 辛亥

淳化一以淪,斯人久不作。用意臻羲黃,競能恥干鏌。秩宗惟寅清,計部嚴管鑰。領郡號廉平,觀風見揮霍。浙水及冀方,共頌陽春脚。三秀招歸來,善刀無留鍔。娓娓家人言,斤斤先進鵠。即今大耊年,清神凌海鶴。負劍猶在耳,還舟遽藏壑。悵望席帽山,涼風日蕭索。

送戴亨融憲副謁補 壬子

奄忽歲云暮,懷我同心人。憶昨當盛年,兩都接慇懃。予隸縉雲署,君將白筆簪。行行避驄馬,侃侃吐赤心。廿載金陵別,岐路悲風塵。一丘尋初服,室邇遺遐音。男兒四海志,驅車入紫宸。抉我蓬藋徑,杯酒叙舊親。興酣高歌發,世途難具論。巨魚思大壑,驚鳥戀故林。出處各有宜,予已甘隱淪。送君從此去,功名圖麒麟。

輓蘭溪趙工部梅源老師翁媼 甲寅

騏驥逢孫陽,仰天鳴知己。當其未遇時,誰能許千里。伊予方弱齡,悠悠青衿子。趙侯心獨賞,拔之冠多士。剪拂使長鳴,道旁價以蓰。從茲通朝籍,馳驅長安市。立雪侍金陵,隨牒過瀠水。拜公通德門,食我清河旨。憶昨中讒歸,慰我河之涘。大耊神逾王,百年詎足擬。山川悠以邈,居諸一何駛。旅冬承訃音,時已越三載。驚聞伯氏來,爲言喪怙恃。緬昔齊大夫,三薰惟鮑子。小有淮陰侯,千金酬漂母。愧我獨何人,隻絮尚有待。何日白衣冠,一刷西州涕。

輓徐鳴卿職方

握別餘三載,相看百里遙。如何經霜質,遽作先秋條。憶昨金臺下,與子締久要。意氣予不減,才具子更饒。文堪壓時輩,用可棟清朝。中樞借前籌,兵氛九望銷。蛾眉誨衆妬,鳳羽落群梟。神武掛賢冠,名山托彩毫。蒼生方遲出,玉樓遂見招。鄭林既溘露,昌穀亦蚤凋。哭子悲垂白,遺經付兒曹。惜才半海內,人琴泣素交。短歌代楚些,歸魂慰畔牢。

令德篇爲江陰袁贈公賦乙卯

伊余憲中吳,弭節江之陰。問誰莫逆者,中丞託交深。杖履侍封公,瀟然灑我襟。時聆辟咡詔,如聞太古音。因之求世德,共羡能還金。領賦羨百緡,歸彼鼓鑄人。賈客誤寘篋,三年償遺簪。寧惟慎取予,矢不負寸心。太保爲名宰,亟舉風等倫。是爲中丞祖,一經貽後昆。再傳德乃豐,開府庇八閩。天道詎云遠,發念貴其真。我咏令德篇,澆俗庶可淳。

別帷中諸友

歸來成底事,居諸去何速。聰明日減少,學殖慚秉燭。良朋岡予棄,時來藉攻玉。掞藻如霞綺,猶規先進鵠。予也寡陋資,樂此相撲斷。捧檄爲老親,慇懃効忠告。文章止致身,未足稱大覺。所貴讀書人,亭亭韻不俗。六經是本原,世味終齟齬。根深華自茂,賢聖豈絕躅。

望 武 夷

憶昔掛冠歸,茲山恣遊討。今者捧檄去,王程何潦倒。嶺梅七着花,來往及歲杪。行藏總由人,徽纏不自了。矧茲洞天地,夢寐縈懷抱。一朝被驅策,咫尺如霞表。遙望武夷君,岩壑秘深窈。髭鬚亦已頒,聞道苦不蚤。逝將斷名韁,山中尋瑤草。

江陰張樹伯午卿二子枉顧四明丙辰

從來文字交,非關藉介紹。二妙澄江秀,季者年尤少。伊予治兵日,糊名識驥裹。一顧許予里,致身俱及蚤。惜別將十春,魚雁未沉杳。及茲秋色中,謁我四明道。手持制舉文,相看憐潦倒。官寺燒銀缸,話深感懷抱。潮觀雪山高,穴探玉書窈。人生激知己,酒酣問蒼昊。壯爾子長遊,贈君寸陰寶。

浙還車盤道中作戊午

此地頻經過,興詩雲山助。茲來將及關,委頓不得句。三年作越遊,強半坐文署。拮据故紙堆,宵旦不遑住。既竣省試役,復討賢達故。令德闡潛光,百年標餘慕。桃李欣在門,德怨隨所付。用神亦已疲,抽思少佳趣。逝將歸去來,屏紛怡情素。

輓李叔玄奉常

俛仰宇宙間,盡爲名利客。況乎盎達者,兼之素封室。躐履黑頭公,持籌竟日戻。大雅不其然,君子在所作。叔玄好修士,矢志慕古式。弱冠對明廷,溫溫瓊樹質。榷關播清風,談經標士則。遺榮貴丘園,扃户事著述。達其幡然改,晨出夕復入。累命不能致,一疾乃長畢。金陵佳麗地,奉常華貴秩。清議誰與持,九列慘無色。大用惜未究,令儀終不忒。憶昨登我堂,倏忽遂乖翼。君耽古風詩,賦此聊當泣。

贈舒慎吾少府

三楚雄才豪,八閩課吏最。清風激介冑,羽扇揮旌斾。鈴閣無留牘,冬日有餘藹。相士遺驪黃,攝符漸汪濊。使君多道氣,相對塵囂外。

丁亨文奉常邀飲巢雲彌陀二岩有感時事庚申

伊我出門去,豐膳靡中厨。怪我暍歸來,招邀陟彼岨。高士峰崚嶒,彌陀徑盤紆。源山多乾溢,愛此懸瀑俱。樹古成幽谷,石巍須人扶。坐久快心賞,夕陽啼鷓鴣。中席發長嘆,一嘆征東卒。徵調十萬餘,軍需從何出。奴酋懷逆久,養虎未伏鑕。再嘆廟堂上,莫適任主持。權豪紛争勝,苞苴倍曩時。大廈汔將顛,一木豈能支。君具濟世才,行當起東山。予母日薄西,偕隱固所安。黃昏且分手,衝颸送歸鞍。明朝各異縣,相思訪考盤。

輓潘士鼎方伯

閩海萃精靈,源山產人傑。吾友天下士,清真沁心骨。文章蚤成名,魁首猶芥掇。雅負經綸志,矢勵羔素節。椎木口碑揚,官人水鑑澈。一麾參大藩,螫剔窮纖屑。兩粵長百僚,拮据心力竭。民肥官更瘦,形勞身邊折。舍集鵩鳥悲,竹掛紙錢活。伊予附驥馳,意氣深相結。興文苦彈射,論行共磋切。客夏勸離尊,今夏貽書尺。佳夢未及踐,長作古今隔。人生百歲間,淹忽如朝夕。賢者所自樹,千秋名不滅。無爲惜君短,所嗟未九列。九列亦瞥爾,能得幾時熱。斗酒淚俱傾,猶疑叙平昔。

蔣師岩寧洋書來有彭澤之志賦贈辛酉

山城大如斗,不足供奏刀。令君况熟路,優優文惠庖。三載政化成,童叟醉醇醪。畬田無虎虣,訟廷有鶴嘹。民歌庚桑楚,君慕彭澤陶。行將揖上官,言歸萬里遙。吾欲留君住,且復欽其高。弟薄二千石,棄官遊紫霄。兄爲五斗米,安能事折腰。一朝同車去,軒冕謝見招。

壬戌上元前一夕

人生誰能百,倏及蓬化年。種種顛毛改,番番膂力愆。念昔先大夫,周甲遽長捐。遠遊阻奉觴,明發常潸焉。詰朝父初度,何由追逝川。今夜簫鼓沸,正是元夕前。歲月自俯仰,不復逐少年。蠢茲東西訌,寂寂臥林泉。男兒墜地來,秉志矢孤騫。遭時事明主,功名圖凌烟。不則垂空文,足令後世傳。君看燈時月,半愁雲雨天。伯玉是吾師,卷懷聖所賢。

送林止岩應召守三衢君自號二十不先生。

君才堪濟世,仍餘出世情。彈琴令楚越,含香稱望郎。一麾守天中,移劇領五羊。素心煙霞外,揮手謝簪纓。笑謂扳轅者,人生各有營。吾足二十不,何事戀浮榮。求僊腹已實,教子亦成名。歸來垂一紀,與我相頡頏。苦訝酒況減,沾唇不得醒。崑師降魔劍,詎聞戒麴生。今君趨召去,岩廊蜚英聲。時艱須匡濟,安得老泌衡。祇恐名位尊,甘不尚不成。相期封留後,導引訪穀城。

何稺孝以少司徒予告奉訊甲子

鳳飛何冥冥,一爲覽輝起。羽族宗苞彩,鴟梟徒自哆。慨彼德險微,翩翩集爰止。名位雖九官,猶未宅百揆。虞廷佇來儀,鋒車行可企。不知靜者心,何如空谷裏。

贈楊茂才遠訪

寂寂草玄廬,誰人問奇字。有客來啄剝,云是凌雲器。羔雁既前陳,珠玉紛以委。藻采光陸離,令我心神醉。皋相天下馬,觀之形似外。丈人掇承蜩,纍丸五不墜。庖子解千牛,刀動止其視。郢人運風斤,堊盡不傷鼻。文吐萬丈燄,腹飽五經笥。先正有遺則,披衷出相示。刮別三日後,萬里隨所致。

移搆倉房乙丑

卜築城南隅,數楹居之右。瓿儲陶令粟,巾漉朮田酒。庭中步武地,可以晾升斗。兒曹勉堂搆,小樓營其後。移竪傍井渫,相看不盈畝。瓦木尚依然,規局存八九。所喜歲入微,釜庾有餘受。復愁遼餉增,乃倉不餬口。咫尺轉移間,工力露衿肘。丈夫豈謀身,聊學衛荊苟。

王鳴玉太學貽予黃菊

愛此凌霜質,冬花色倍奇。移君中庭植,置我畫堂宧。出入幽馨發,黃英泛酒卮。寒風吹歲暮,百卉紛離披。誰抱貞松姿,偏與隱逸宜。畨梅已蓓蕾,春先相與期。

貞松篇贈大司農林省庵丙寅

浩浩乾坤大，是名萬類冶。春風一以嘘，敷榮遍原野。倏忽玄霜至，誰爲後凋者。惟彼崑崙松，青青閱冬夏。上秀千丈柯，下蔭萬間廈。人生那得似，有道緝純嘏。我友大司農，停停貞松姿。言動幼即莊，孔曾是吾師。焚香慕清獻，一錢畏關西。三膺劇郡理，載陟握銓司。覆盆無遺照，藻鏡澄素絲。出納虞龍允，寅清典夷夔。計部貳留都，蠹弊靡不釐。既報三載考，輒賦遂初衣。帝眷重臣去，念公意難違。進位正大卿，四世被恩絁。歸來青紫間，閭里餘光輝。謝傅東山日，太公渭水湄。行年彌大耋，精神能嬰兒。九重懷舊德，鈞衡需秉持。伊予憨菲薄，名場共驅馳。德業父子也，肝膈弟兄披。七年不會面，命駕何遲遲。聊味貞松篇，用以佐一卮。願保金石固，佇慰蒼生思。

丁卯秋對菊

温陵故吾土，秋來更苦熱。倏爾重陽過，已是菊花節。僮輩供我玩，中堂兩盆列。紫者深粉紅，鷥毛白勝雪。試問直幾許，貧予十日喫。覯茲大歉年，叩門多捐瘠。我餐鮮可飽，安事花怡悦。所貴固窮者，志不在哺啜。落英如可餐，歲寒保明哲。

林婦李五娘守節十八年既葬翁夫立叔子遂經以殉丁卯

慷慨殺身者，多在刹那間。未聞矢死殉，去之十八年。立孤誠不易，死義亦良難。李豈愛視息，隱忍從翁言。家單叔未子，門户誰與肩。翁夫既得歸，穿穴望所天。似續欣有託，持此報重泉。在昔奇男子，嬰臼千古傳。孺忍嬰非緩，決絕臼非遄。況復閨閤流，孤立身終捐。彼美林家媛，貞心炳丹鉛。

贈陳止止先生止止爲楊復所先師總角交時年八十三矣己巳

昔我楊夫子，名爲再來身。東魯師一儒，西方宗聖人。青出羅老藍，學忘顔子嗔。行年五十强,奄忽返其真。止公師畏友,髫年對討論。閩粤千餘里,結交豈無因。夫子施未究,先生穷益堅。儒術與禪那,總歸不二門。晚歲訂道果,捷説開愚苾。坐久得心齋,脱落意言塵。直夫師事之,迎致東山樊。予亦希秉燭,獨往數問津。

輓蘇文所八十六翁

遥憶壽翁詩,古稀纔加一。荏苒十六春,幾入芝蘭室。今翁忽焉殁,鄰人盡飲泣。所嗟文子夭,諸孫已成立。況復英年者,振奮應可必。人生寄一世,如日中則昃。壽居五福先,考終爲迪吉。誰能兼有之,何必鍾鼎食。念我連墻居,未堪久離隔。一冥無見期,懷舊三嘆息。

送客部劉國壯還朝庚午

憶予典屬國,四夷方來王。奴赤雖倔强,歲賜錦衣裳。遼疆十載淪,戎馬闖上京。至尊御平臺,拊髀思大良。赫然震神武,百執多蒼黄。夫君文章伯,奉使到吳閭。雅懷覉縶志,兼餘韜略長。客郎久虚席,報命亦有程。轉瞬公車士,次當藉鑑衡。況復主憂時,國事正劻勷。願言策高足,蚤晚入明光。

贈崧岩筏喻上人

茫茫苦海中,非筏安得畔。古之大覺人,誕登于彼岸。岸到筏未合,終屬合離半。譬之懸崖巔,誰能撒手勘。所以大法王,一法不復絆。有無未雙遣,將就亦判涣。爲語筏喻子,了心希止觀。

池致夫僑寓建州寄此招之辛未

官休誰先後,行年與我齊。長才惜未展,彭澤已云遲。但愁宦囊薄,入外室謫時。況復異鄉縣,一杯難共持。不如還故廬,荒徑藉撑支。一經詒孫子,同氣足怡怡。晝詩老益工,樂此勿爲疲。

張紹和自號逸民貽詩賦答壬申

民有名逸者，昔賢所慕羨。可否雖不無，行事亦概見。緬彼獨行傳，懿此公車彥。文聲日輝赫，道味時游衍。世態嗟流泉，素心寄結譔。直指欽高風，亟用弓旌薦。丈夫負宏略，宜上延英殿。胡爲自命逸，豈效鑿坏遯。伊余老倦遊，寒復絕推援。惠好贈瑤華，勿作携手願。

乙亥仲夏田居寫懷

伊予少稱詩，亦漫矢口成。此業久謝罷，間作苦吟聲。時蕘與子史，更復窒靈明。中宵睡醒後，憶非曩神情。問十不記一，欲筆思不迎。古來籛鏗老，焉用著詩名。杜陵因之瘦，伊川無大齡。瑣瑣贈答間，翻笑自營營。何如不識字，盃覺念頭清。

送士觀姪赴部謁選乙亥

爲令廉卓者，徵入補諫銓。公卿立可致，是謂繫藉賢。聖主重政地，欲從民事先。良令與祥刑，高擧登木天。仍教讀秘書，代言掌絲綸。觀姪吾宗秀，少小童而仙。省試占高魁，賜第正彊年。於格當民社，歸省乃謁銓。臨別問理人，保赤是真詮。一錢莫輕入，一字莫苟安。泣民須用寬，馭吏須用嚴。征輸慎勿亟，聽訟慎勿淹。心求誠既徹，百姓自愛官。晨昏侍壽母，四履佐祝歡。資俸取次到，薦章復聯翩。平步諫銓陟，高之得簡編。寧人羨揚鶴，無令羨腰纏。腰纏羨亦笑，內顧且忸然。讀書吾家事，亢宗爾勗旃。

題張紹和萬石山房

卷石亦名山，深山野人居。夫君名下士，何不赴公車。卜築萬石中，旦夕親詩書。名根盡謝却，世味淡無濡。文思江河決，行誼金錫如。徵賢書幾上，僉佇鳴鳳梧。夫君達可志，出處更躊躇。世風而已叔，難復見黃虞。存沛山中人，幾希勘同殊。

七言古詩

秋夜歌

白鶴山前入早秋,寒蛩四壁聲啾啾。涼風連日動地起,積雨寂寞空齋頭。窮年兀兀惟書帙,千家古塚傍長楸。新鬼舊鬼頻夜哭,悲來不禁萬古愁。或言蒼梧崩,垓下圮;屈平沉汨羅,賈生傷帝子。殤子壽兮彭祖夭,顏淵盜跖誰無死。即今所讀但糟粕,其人與骨皆朽矣。于嗟乎!人間世,何茫茫,不如十千買酒嘗。一呼須傾一百杯,肯使吾生醒而狂。

長干行

段生段生青雲姿,十年不見勞我思。我思我思可奈何,對月為爾發浩歌。卿本北地名家子,我生乃在閩越裡。相去迢迢天各方,一旦萍逢長干里。長干古來帝王州,三山鼎峙二水流。當日兩人纔總角,意氣凌厲薄高秋。雨華臺上萬戶小,長安道中飛騣裏。時向陳編覓糟粕,彼此相長復不少。卿家嚴君多我心孔開,我亦多卿何了了。自謂相視中莫逆,自謂交情白日曒。人生離合若駭電,惜別城頭淚如霰。歸來故園困儒冠,聞卿家難頻相煎。昨日匣中雙龍劍,今日天外分鄉縣。憶昔六月揚子江,緘書雁足意難窮。南飛幾度無消息,夢到關塞月照櫳。男兒各須早致身,東西南北猶比鄰。相思何極復何益,絡緯為我啼秋夕。

送袁君學大行冊封周藩便道歸越己丑　燕都

憶昔從君東海上,暗裏明珠心獨賞。吾翁棗中覘玉顏,亟許國士定無兩。鏡湖秋月夜追隨,尊酒論文共解頤。別去桃花歸故園,綵筆縱橫誰與齊。大鵬搏風凌烟霧,駪駪四牡皇華路。我隨明月寄寸心,君逐南鴻飛尺素。堪羨青雲早致身,仍欽意氣高嶙峋。我亦蜩鳩學大翼,榆枋決起躡後塵。即今獻賦來燕市,市頭擊筑笑相視。設燕狂歌日未斜,幢幢燭影曉鐘起。漢家大封諸侯王,君捧丹書出明光。迢迢使節宛洛道,野鶴鷄群何昂藏。嵩嶽橫天周甸古,干旄直拂扶桑樹。金臺夜夜鄉思多,送君且欲留君住。留君不得君去兮,一曲驪歌惜別離。寄語君家令兄弟,勞勞千里長相思。

題椿萱並茂册贈閭比部父母

揚州之山峙蓬瀛,揚州之水浩滄溟。中有真人跨白鶴,往來洲渚雙和鳴。若翁若翁五柳侶,盛年挂冠榮利輕。到處扳留不得住,去後見思常勒銘。歸來著書隱城市,海上狎鷗鷗不驚。即今行年纔六十,夫鴻婦光主恩并。公府不到門如水,丹砂已就心無營。伯氏魁名同拾芥,菫聲萩苑太縱橫。出膺百里入三尺,仲叔一經亦成名。人間父子有如此,何物黄金須滿籯。

寄酬何稚孝 庚寅

憶余捧檄下金臺,手疏曾拂閶闔來。肅肅帝閽叩未得,紛紛多口聚成雷。何君何君襟期合,駐馬我過日數匝。紈扇裁成月共團,短歌歌罷風蕭颯。豈有浮名辱見收,朴忠相許堪相求。君今題柱五雲裡,會面何日復何由。誦君詩句感君誼,契闊十年意豈二。丈夫傾蓋但白頭,世俗悠悠安足譺。

送郭希宇符丞之南銀臺

使君昔乘白門驄,瘦骨稜稜行步工。白簡風霜任百折,丹心骯髒回重瞳。曩歲周南大計吏,臺長銓卿待折衷。天子呼來尚璽郎,三載委蛇玉殿中。長安冠蓋紛相錯,無不折節欽英風。君今出納鳳臺上,聲價飂然九列雄。相送都門但相惜,何不遂留登孤公。慚余襪綫垂顧盼,祇緣丈人交誼隆。也知大才當大用,飛騰變化看猶龍。況復南都清議重,力挽頹波誰使東。願乞散吏向鍾阜,一醉高譚倚青楓。

送陳次岩蜀臬

下馬飲君酒，請君聽我歌。爲問使節向何處，聞道觀察赴成都。郡昔令於越，惠聲鬱嵯峨。鸞鳳薄鷹鸇，徵入守西曹。才精冶城金，思徹玄湖月。金陵佳麗地，歷覽窮玄窟。司寇傳刑書，必問策安出。奏牘手削成，老吏盡驚咄。宦途自積薪，郎署空十春。邇來銓宰換，公論稍從伸。擢君副蜀臬，勅書拜楓宸。余也晚附驥，意氣暗相親。書生事刀筆，凡百藉咨詢。君不見西署門前雀可羅，玄湖滿望足風波。需次領郡郡仍惡，世俗眼白誰能那。又不見使君霜節金橫腰，太守郊迎不敢驕。丈夫生才會有用，九折邛頭聽鳴鑣。

送王省軒之勳寺

夫君曾着王喬履，蔽芾棠陰滿江汜。夫君曾乘桓氏驄，長干相戒行且止。昔聞牛腹產麒麟，此物靈異故不倫。至尊咨嗟爲色動，中使傳宣獻紫宸。夫君忼慷飛章疏，侃侃危言氣欲奡。周室曾傳旅獒（葵）篇，虞官亦作漆器慮。批鱗百折百不憂，謫去湘潭歷幾秋。徵入爲郎守雲署，壯心常托方外遊。君今賜環勳寺裡，三槐九棘遞相徙。共言天子真聖明，猶憶南都鐵御史。黃花晚色明征途，惜別江干酒一壺。丈夫昂藏須如此，誰能局趣效轅駒。

題畫爲王省庵壽其父母辛卯

使君示我雙栢圖，大軸遠勢何猶崒。老幹排霜虬龍盤，孤根屈鐵芝蘭苗。問誰寫者東圖子，使我一覷爲驚咄。使君有父南極星，使君有母瑤臺月。爾子幾見組在腰，爾親方看漆如髮。城中共營谷神舟，江上時着凌波襪。吾聞梁孟古稱賢，未見榮華今昭揭。君家盛事誰與方，此圖天機應恍惚。爲寄甌東挂高堂，歲歲年年佳氣浡。

壽張大司成母八袠

單閼之歲仲呂月，千蹊桃李盡成實。畫堂笙鼓敞高筵，濟濟冠裳平旦集。

共賀安人大耋年,繽紛致詞難具述。令子早讀秘閣書,藝壇左辟如椽筆。即今傳經坐絳紗,退舞庭闈着五色。安人故是西池人,延年不假餌芝朮。已見滿頭白似霜,何緣雙眸黑如漆。令德由來協天休,難老從兹長襲吉。板輿還向五雲邊,運斗爲駐朱明日。

贈新都汪仲徽

有客仲徽晨相過,手携贈言一何多。南中王趙二宗伯,下生短榻爲生歌。我亦慷慨好奇士,忽辱叩門忙倒屣。紛紛遊客滿長安,結交大半爲財使。憐生意氣無與儔,半刺懶懷向五侯。有酒爐頭且盡醉,無錢囊裡任誰愁。爾來新句頗奇特,點染烟霞成五色。幾遭白眼敝黑貂,恒饑僮僕留不得。昨日訴我行路難,好語慰藉笑相看。何時爲生沽美酒,世事勿復挂在口。明窗静掃拂吳綃,請生盤礴放好手。

送馮清宇觀察豫章

憶昔追隨京師道,朔風凛冽吹斷草。鷄鳴短劒衝寒星,日落荒村問懷抱。是時新離翼下雛,爺娘念我心如擣。付君寧獨慰遠遊,步趨兼喜如師保。此地一別十年餘,君入青鎖侍玉除。孤忠批鱗任百折,壯氣奪帥立躊躇。前年小子謬通藉,爲郎復幸陪華裾。幾廻過我開玄著,超然坐覺心神舒。即今觀察向江右,節旄未動氛先掃。衆論急宜補公卿,數載南都爲翹首。看君意氣何縱橫,行行言荷主恩厚。多才到處起功勳,繾綣離亭一杯酒。

提牢廳床頭舊刀

怪爾頑鈍望似鉛,相傳此地是何年。塵埃長蒙誰拂拭,孤館寒窗共醉眠。床頭風雨時鳴吼,魑魅魍魎却復前。君不見古來豐城獄中劒,石函四丈無人見。神物一朝逢知己,精光閃爍驚照電。丈夫且自學龍存,雌伏雄飛安足論。

送王省庵寅長守潤州

莽莽長江日夜流，三山縹緲似瀛洲。襟荊帶越拱王室，使君出鎮居上頭。使君英英永嘉秀，作宰爲郎香名茂。邇來朝事頗更新，吏治一破積薪①舊。瞥見童子竹馬迎，曲蓋朱軒指江城。去時雪飛早梅白，到日春暮百花明。地近更宜高堂養，鹽豉江魚持作餉。使君意氣凌古人，即看治行今無兩。伊余晚向鳳凰臺，三年省署共徘徊。片片玄言霏玉屑，盈盈美酒倒金罍。相送江干重携手，爲期相見顔無厚。已辦雙屐還閩山，急取江波釀幾斗。

題一望松圖爲陳熙所孝廉壽父 甲午

長松直上何亭亭，苔皮鐵骨陵青冥。千山盡是孫枝繞，百丈都作虬龍形。若有人焉遊其下，碧瞳玄髮是誰者。冷然御風山澤姿，磊落寧受塵囂惹。年少曾挾五彩毫，詞場三舍鞭時髦。回頭轉悟長生訣，還丹鍊就名欲逃。庭際更憐抽蘭玉，摶風萬里振高足。丈人自是天仙人，謫來青山聊躑躅。按圖寄贈長松篇，溫陵遙望瑞氣妍。何年載酒棲隱處，爲强著書續五千。

張遇齋中翰招飲聚寶山晚望報恩寺塔燈 丙申

木末古亭臺之右，正學公祠當其後。鬱葱遥拱鍾陵雲，逶迤平見清谿走。往事回首不堪悲，況復搖落三秋時。主人邀客此高阜，暮色松風入酒巵。須臾火樹中天起，縹緲浮圖長千里。夜夜寒光炯不磨，先生正氣亦如此。男兒對酒且當歌，放飲未惜朱顔酡。纍纍誰辨英雄骨，百年托體同山阿。

送持心上人募緣還金山寺

吳頭楚尾大江流，三山縹緲日夜浮。就中金鼇最奇特，片石砥柱帝王州。憶昔維舟曾幾遍，銀宮金闕參差見。近傳絶巘浮屠顛，丙夜神光放匹練。問誰發心建弘圖，持公師弟愚公徒。芒鞋踏破閩山草，手中募疏與尼珠。吾聞大地多變滅,碧海桑田不須臾。況復佛身今在否,敲石閃電亦何有。願公且持半偈歸,鹽豉冷泉餂其口。何時重過江天居,解裝爲汝立躊躇。

琉球之役大行王葵陽慷慨請行縉紳咸壯之臨當別筵短歌奉贈

朔客騎馬不操箠,聞道乘桴半掩耳。長安冠蓋日繽紛,生憎行色出都門。夫君自許如干鏌,眼中幾識風波惡。一朝銜命指中山,意氣請行何磊落。不見少年長纓羈南越,不見投筆封侯入玉關。男兒生當圖麟閣,看取星槎海上還。

鉛山道中望分水關有作_{甲辰}

昔我朱夏出關去,吏部明日稱南京。今我秋深入關來,江南使者衣繡行。辭家爲期隔年別,一客長安四度正。夫妻母子數行書,猿鶴松菊清夢縈。大儀再徙徒碌碌,株拘幾迴遭殆辱。即今五雲拜勅歸,又恐王程相逼促。關水東下若有情,何復半作西流聲。故鄉雲物劇媚客,故園橘柚紅堪摘。西瞻紫氣關尹子,且勿及關邀李耳。

醉歌寄徐耀玉職方_{蔡敬夫評:抑揚縱送,極跌宕之致,而豪氣干霄,知爲磊落人。}

君不見孤峰千尋拔地起,亭亭直上絕扳倚。有時浮雲天際來,跂羊平視如岢嵐。又不見大海澄波如展鏡,一碧萬頃空水映。須臾駭浪北風生,千奇百怪紛難竟。丈夫心事揭青天,衆喙昏啄如糾纏。太行孟門豈嶄絕,雌伏雄飛時固然。彼美徐君東南彥,朱絲玉壺白皙面。疾惡如風理維揚,空群一過衡齊甸。本兵署中才俊多,磊落如君許誰過。漢皇拊髀思頗牧,懦將僨師爭刮磨。大用小用盡任展,東虜西虜皆偃戈。寇準北門行堪寄,樂羊中山忽傳訛。暫向方外稱司馬,六年計典乃名下。問誰爲衆最所憐,爾與宣城嘉賓也。嗚呼!富平既耄褒如充,少保於今稱鉅公。抗疏留賢良知己,力持猶忝大臣風。余亦骯髒澹宕人，與君同病心相親。鬚眉涉世多如此，且學蟄龍存其身，天生爾才豈終泯。

輓貞烈葉啓翼妻陳氏辛亥

吾聞侯瀛刎頸送公子，又聞田橫五百皆義士。偉哉昂藏諸丈夫，泰山一擲殉知己。女子事君未浹年，況復卧病床第間。彼蒼不仁喪所天，雙棲形影一朝偏。自憐偃蹇矢黃泉，姑嫜憫藉意逾堅。屏人揮刀君柩前，欲斷未斷腔血濺，須臾弱質隨刃顛。嗚呼何爲乎一時，女士烈烈争秋霜，前趙後陳大聳張。葉婦之烈烈更苦，安得旌書聞帝旁。

壬子二月十一日初度放歌

我今五十初度至，母氏行年七十二。三吳觀察中讒歸，高堂供養百不備。老妻拮据走朝昏，臧獲空復飽饗殯。四男兩女無金貽，婚嫁未畢朱陳村。謙定二兒初遊泮，躍冶之金未受鍛。學兒十六資太憮，童孚頗慧尤犹秔。憶咋四九知非年，雙擁女甥坐膝前。即今抱孫亦不羞，忍使賢婦遽長捐。親意暫娛轉悲切，禍福相倚何糾纏。對花欲飲盃復停，人生安得常壯齡。道德無聞聰明減，蠻争觸戰誰虧成。願借魯陽麾頹日，爲挽逝波翻滄溟。阿兒致身期努力，歲歲隨我拜北堂。稱壽觥而翁，不妨老泌衡。

秋深宿西山觀音閣壬子

去歲九日卧精廬，醇醪醉倒倩人扶。今年主歸僧先去，永夜中庭月同孤。披衣登樓悄四顧，寒風淅瀝鳴高樹。憶予讀書此山中，春山杳靄籠烟霧。倐忽朱顔成白頭，羊腸鳳閣兩悠悠。祇應卜築此巖畔，心遠地偏自丹丘。

聞李玄室總河予恤甲寅

我生在癸君加一，羨爾蚤達榜中先。昨日行河拜命重，今朝皇恩予恤全。臨風玉樹祇空華，令我聞之爲咨嗟。人生得意能有幾，便到黃扉豈無涯。不如塗中曳尾龜,游蓮伏菭千萬期。

甲寅秋松嘆乙卯

八月六日天降威,飄風晨捲簷溜飛。須臾城市變成海,古榕蒼松倒十圍。千山萬樹入望盡,半作十字相撐支。主人賣山不着緡,守者尋斧偷作薪。吁嗟松栢本性安在哉,雨師風伯何不仁。吾家封樹丈餘梢,未逐轉蓬亦蕭騷。安得反風吹起立,盤根接葉拔地直上干雲霄。

長歌送萬九雲學博赴公車

陽羨洞天稱福地,兩水泱泱夾城隅。風物清嘉江南最,人文浡發宇內無。萬君萬君美標格,少年早奮圖南翮。清如明月映冰壺,浩如百川匯震澤。暫敷教鐸來銀同,多士人人坐春風。幾回訪君經史閣,開我笑口瀉主胸。君今壯遊過故鄉,手持清俸獻高堂。明年公車奉大對,漢皇擢第出建章。

哀鳳操傷南奉常李子叔玄也己未

吁嗟鳳兮來南岳,其羽可儀兮胡搖翮以邈。蕭韶響絶兮鳴無復岐,鳴無復岐兮使我心悲。

讀李杜詩放歌庚申

天仙吐出自超超,呼吸沆瀣凌紫霄。眼前光景口頭話,盡是詩家白描畫。君不見青蓮一斗百篇俱,杜陵光鋩萬丈餘。借問後來作者誰,伊川擊壤長公蘇。此皆工力敵造化,欬唾錯落摩尼珠。可笑書生初學語,終日苦吟向稿梧。安得純灰三百斛,洗却坋埃胸中一點無。

靈溪道中杜鵑癸亥

春水碧,春山青。春花黃或白,春鳥鳴嚶嚶。客子穿山臨水行,看花聽鳥動鄉情。更有杜鵑紅滿岫,安得折寄一枝植中庭。

題馬遠畫爲周允儀尊人養黃壽 辛未

客道虎岩勝,嵯峨而崔嵬。尋幽洞壑杳,憑檻海天開。我一聞之興惘然,問誰架空闢荒苔。云是養黃仙客侶,力倡興復寧論財。君家故是素封家,浮華那復掛胸懷。即今行年五十五,巖頭上下日幾廻。書觀大意聊永日,席爭野老莫相猜。予未交君交伯子,稱詩獻賦不群才。況復濟濟六七輩,彷彿荀氏八龍哉!今年臘半春歸蚤,介壽春醪新發醅。此圖五百年前物,對寫仙人坐瑤臺。掛君高堂爲君壽,快飲屠蘇三百杯。

和邵堯夫首尾吟 二首

先生非是愛吟詩,詩是先生任運時。對客快飲太和酒,隱几時着不爭棋。勳業世間隨行樂,情懷胸中恁坦夷。風花雪月吾管領,先生非是愛吟詩。

其二

先生非是愛吟詩,詩是先生滿志時。安樂一窩供穩臥,洛陽三天任所之。描畫襟情憑詩句,調燮元和有酒卮。物理窺開逍遙樂,先生非是愛吟詩。

壽何稚孝光祿歌

羨君風流今大蘇,更有一段蘇不如。蘇能醉客不任醉,君醉共客無賢愚。騷人子墨至如歸,溫陵水部葉福廬。大官法醞不足戀,月錢半付黃公壚。酒後詩篇如泉湧,銀榜金箋快筆書。即今行年六十六,朱顏華髮侍玉除。當日秉禮麾廣右,老去賜環未台斗。濟濟九列盡推先,道德經綸無不有。冬至新皇事圜丘,君當執爵似鄭侯。歸坐總章虛八座,爲扶昇平壽九州。

壽陳賓門憲副六十甲子

擢憲歸來是何年,我居城南君西偏。我慚出山嬰世網,君篤孝思問牛眠。束髮競名場,棋酒亦相將。力雖四六敵,氣則未肯降。行年今指使,意態爭秋霜。我生纔長二,鬚白鬢已蒼。天鍾爾才孰與儔,丈夫安能老一丘。漢廷不薄二千石,勸君隨牒上皇州。三據專城寧巧宦,在所隨車解澤流。積薪世事一朝翻,即看褰帷領諸侯。爲君壽,飲君酒,端居相逢十年後。兒孫滿眼迎阿翁,再較尊前局勝負。

送李吏部還朝丙寅

天地生才必有以,用人之人復能幾。先朝進賢若拔山,今之退人如脫屣。鈎黨刻碑漢宋事,門户之言從茲起。冲主英明絶代資,欲爲濁世掃糠粃。人生貞邪豈有常,偏詖好惡非王義。杞人妄意憂天高,誰剖藩籬扶國紀。夫君挺勁骨力奇,鑑別人倫如秋水。主爵推擇郎天官,盡剔吏蠹付之理。憶昔祥刑燭禍胎,手抉奸狀上直指。假令當日法便申,衣冠流毒不至此。天子特詔起銓司,新宰虛衷望躧履。願舒大力維社稷,千載勳名垂青史。

壽張尚宰廷尉六十

憶昔如故傾蓋日,公偕計吏我爲郎。交臂劇談必見憚,把酒論文許穿楊。從茲以來三十載,皇路翶翔共頡頏。丈夫矢志扶社稷,牛李蜀朔嗤宋唐。我思親闈乞故里,公陟廷尉稱大卿。平停高議漢廷右,咫尺薇垣踐台斗。白衣蒼狗古已然,翻雲覆雨何不有。塗中我甘曳尾龜,使出公亦中讒口。歸來相視心莫逆,探奇三山訪休老。世事羊腸何足云,但戒括囊保無咎。令子弱冠上公車,伯仲聯翩向天衢。穉兒未樹托丈峰,多藉提携廸其愚。今公獻歲登六十,齒髮精神壯不如。我嗟遲暮成老醜,止有棋酒未全疏。生憎宦海風波惡,惟誕先登拍手呼。況復滄桑須臾改,勸公滿酌春屠蘇。聖主神明自天啓,佇看闕下來鋒車。

丙寅除夕作

我生明日六十五,母氏大耋又加七。人生富貴總浮雲,但願奉侍常在膝。秋深奉常啓事時,聖明一筆抹去之。舉朝驚問門户字,鄒公赴闕首相推。丈夫挺立宇宙間,焉用依門傍户爲。或師司馬不立黨,或恥不預皇甫規。吾從吉水郎白雲,道誼切摩老不移。噫嘻公也百世士,猥附青雲吾已侈。

曹大來明府春仲初度採民言爲歌丁卯

天馬崔巍聳當面,復有三山從後殿。泱泱鉅海繞東南,蓮花鴻漸左右奠。聲華文物甲七閩,地大人稠稱壯縣。使君分符正得此,主爵爲官擇人遍。使君西浙文章伯,弱冠即赴公車薦。賜第臨軒試理人,出宰花封剛百鍊。此地過化經紫陽,迄今風尚又一變。豪暴單寒遞凌奪,澆嚚詬諄時相煽。皇天不仁瘨以旱,初秋一雨歷春半。重以水陸多不靖,肅羽于飛聞鴻雁。使君下車問疾苦,清比寒潭光閃電。催科翻以撫字最,芒刃恰與斧斤旋。吾民深荷乳哺恩,不第化雨收俊彥。頃爲我儕一請命,甘澍立應灑郊甸。從此霢霂如有意,春農佇慰優霑願。況逢使君攬揆辰,惠徼餘慶通天眷。蠢茲橫行禦人徒,聲威一震還清晏。賢哉使君漢循卓,扶弱抑強萬口羨。擬將殊績報九閽,自分韋衣愚且賤。天公俾爾壽而臧,蚤捧徵書立金殿。

送蔣元實任子應舉南畿

而翁振鐸司南雍,國士盡歸陶鑄中。載晉天卿貳冢宰,澄凝水鏡人物宗。而今鼓篋金陵去,金陵故是舊遊處。典刑疑見先生面,況復文章夙傾注。青雲爲期蚤致身,槐黃高舉邁等倫。江南若問老兵使,海山浪迹漁樵人。

輓少傅尚書蘇石水庚午

識公遙憶爲郎時,英英映我瓊樹枝。幾廻過從談衷曲,經綸滾滾意氣披。漢家治行誰第一,一麾鄴都吳公匹。即家超拜憲江藩,豫章多士歸評騭。籍甚公望與公才,兩都卿寺暫徘徊。中丞開府鎮吳越,士無譁伍盜無魁。帝睠東南重漕儲,畀公淮海與江都。聲威雷動千軍肅,德澤露濡萬户蘇。徵入八座理度支,尋掌邦禁長法司。是時崔魏正濁亂,公也嶽嶽百不隨。新皇登極隆舊恩,累疏乞身歸清源。耆英社裡誰得似，文章功業士論尊。憶昔出山公浙歸，關路相逢兩依依。挹予齒坐坐東向，招提片刻成長違。亦復夢寐再見公，比來書尺幾相通。休戚慰藉走急足，奄忽去住如飄風。明主求舊何嗟及，蒼生引領徒於悒。嗚呼！如公所寶在令名，艾稀耄期總噓吸。

贈莆陽寫真黃章甫癸酉

解衣盤礴是眞畫，莆陽先生善畫眞。不襪不巾卯金子，建旗建鼓恢奇人。我今古稀又加一，爲寫皺面鬚如銀。却令觀者半驚詫，云是渭濱老隱淪。圖罷仍贈詩律細，侈談聖世迎蒲②輪。且將此圖束高閣，更遲一紀問旺神。與君閑酌酒一杯，願言康濟暮年身。

論詩賦經義甲戌

郁郁詩賦與經義，皇家取士必須工。義闡聖賢之名理，詩寫情事之襟胸。本根枝葉雖有間，八股八律將無同。更有命題長與枯，亦與歌行澁韻通。唐以岑王爲好手，我明王唐稱鉅工。李杜大家空萬丈，鄧顧兩元亦正宗。誰能會得此中意，嘔肝聱舌總無庸。

贈熊夢澤明府報滿

漢廷吏最徵諫銓，此日令甲登木天。聖主瑩精重政地，欲習理人掌絲綸。熊侯令同政第一，直指首剡薦金鑾。問侯四載治同狀，聰明特達清且廉。聞名瞥眼如舊識，小大之獄恩威全。海氛不靖煙波惡，輕舟如履平地焉。評文造士湛明鏡，論事決策文湧泉。炎凉疏密總不論，孤立獨行意銳堅。侯今政最奏九閽，聖明嘉獎名令賢。嚴慈恩貤并内子，爲朕再撫此窮闈。稍需時日璽書下，清秩華階孰當先。給諫侍御同故事，士民爲同報且蘄，願侯特地登木天。

送陳伯武給諫還朝乙亥

申秋送君入南去，共羡丰裁表留都。離亭尊酒今四秋，欲續聖主得賢書。

兩都鎖闈雖並建，北疏朝上夕報俞。況復比來頻呼名，一腔忠赤可面輸。夫君三載讀禮中，世務靜觀了無餘。一入帝京朝金闕，自當日直承明廬。我聞明主可忠言，將順止多寡匡技。願言委婉敷陳遍，致主一日上唐虞。

瑞樹篇爲德化姚若麓令公賦丙子

使君來綰龍潯綬，共傳枯樹長新枝。使君今訪輪山隱，共羨高誼耀柴扉。憶昔提衡槜李彥，暗中摸索出群才。一戰浙闈奪前矛，高舉解額奏赤墀。聖世用人重名令，鸞鳳暫借枳棘栖。下車首問民疾苦，力爲屯戶醒殿屎。政簡訟清拊鳴琴，閑來共客酒一卮。縣邸古楓千年樹，朽枯幹萎不知時。陽和薰蒸冬復春，一朝枝葉紛離披。邑人共頌使君德，桑枝麥穗何足奇。使君一腔慈且廉，回生起朽化工知。稍需政成徵茂異，丹楓堪續召棠詩。

題洪爾蕃雪樓

輪山何年見霏雪，主人乃借雪名樓。爲邑歸來營裘菟，卜築却在郭西頭。城裏新居棄如屣，何如此地堪優游。仄徑委蛇阡陌中，高峰插峙快迎眸。主人對客樓上坐，稱詩作畫百不憂。畫掛高堂雲霧起，詩寫靈襟況味遒。矧當春秋耕穫時，麥穗禾把環平疇。我欲携壺就君醉，相將屏迹方外遊。乃知主人歲寒意，永託此樓盟千秋。

五言律詩

建溪夜泊有懷甲申

溪頭雨瀟瀟，春溪獨去橈。夜深灘入夢，溜合水平橋。漁火乍明滅，人家正寂寥。故鄉應不遠，親思客中饒。

賦得謁帝承明廬己丑

閶闔九天開，風雲萬里來。香烟暗自度，春色曙相催。陛集夔龍侶，臚傳揚馬才。聖明欣利見,三策愧難裁。

同衛簡吾嚴一醇安我素飲卓月波第醉餘步月長安市

冰輪澄似鏡,斗酒冽如泉。偶挾同心侶,言遊碧玉天。新秋炎氣減,高閣漏聲懸。散步襟期洽,翩翩渾欲仙。

謝李本寧大參翰貺之及

燕臺傾蓋日,夙昔登門心。忽枉薇垣使,遙聞天外音。彌高驚白雪,一諾重黃金。佇看鷄群鶴,還飛入禁林。

送王鳳洲司寇予告二首　庚寅

爲愛五湖遊,今欣遂始謀。聲名高北斗,冠冕入南州。未老漢疏傅,求仙李鄴侯。九重懷耆舊,能幾卧滄洲。

其　二

當代數才傑,如公誰等倫。非關司馬渴,早乞茂陵身。軒冕悟來薄,文章老更神。弇山玄草就,應有桓譚人。

庚寅五日同諸同年泛舟

客舍愁新暑,扁舟此共論。他鄉同五日,古樹擁千門。隔岸羅紅頰,中流足綠尊。臨風任汎汎,何事櫂歌喧。

偶集何公露家園賦謝

昨日原無約,今朝偶共過。主人愁亦喜,客子意如何。永夏消蓬跣,孤燈坐薜蘿。歸來懸一榻,晨起聽鳴珂。

秋日得黔閩二書志喜

況復逢搖落,思親正倍深。憑誰傳動定,一水寄浮沉。遣興惟將酒,放衙且自吟。忽聞雙雁過,贏得萬南金。

早秋入直書懷

原不薄閑署,獨如旅況何。酒錢供客少,詩債負人多。一任稱偄吏,還從縛世羅。惟餘秋夜月,殘馥送池荷。

九月遊牛首二首

心賞何年事,名山始命儔。登高憑鳥道,選勝到牛頭。古木連危岫,孤村間遠洲。坐深鐘磬靜,蕭颯晚風秋。

其　二

同遊因載酒,獨往且逃禪。繞逕惟松竹,清陰隔洞天。日懸看塔影,山迥度江船。更望鍾陵下,樓臺落照邊。

五日送王中溪守順德二首　辛卯

郎舍誰同調,深心每共論。居成千里別,相對兩愁魂。驛路通冠蓋,郡城控薊門。到來秋正好,高臥數開尊。

其　二

新雨渡龍舟,送君下石頭。論交雙劍合,爲客一萍流。意氣吾何有,功名爾自優。莫驕五馬貴,頻覓致書郵。

早秋見月

秋來不見月,清夜坐開襟。却訝鳴蟬去,翻聞促織吟。三年官拓落,萬里信浮沉。休沐何時得,鄉思幾自深。

送張孺愿太學還四明

之子文章伯,而翁德業尊。詎言光夜璧,猶作暗投論。入楚目從笑,還家舌尚存。新知仍世誼，秋色共銷魂。

送高比部入賀冬至

昨日登高處，今晨別思催。一陽天上近，萬里雨中開。祖席浮殘菊，歸鞍夾早梅。前星猶未定，憑爾尺題來。

送陳蘭臺僉閩臬壬辰

滿眼多諧俗，而君獨守官。陸沉時論惜，新徙主恩寬。衣繡行春日，揚舲渡曉寒。星軺應鳳駕，父老七閩看。

送王瞻明少參表兄入滇二首 甲午

早識桓生馬，風霜挾惠文。談兵能悟主，倚劍悵離群。楚水瀟湘闊，南天氣候分。椿萱春正茂，勉爾樹功勳。

其二

一笑相逢日，何緣遽別離。王程催去住，膂力足驅馳。蟻綠溥春色，鶯花擁使麾。轉憐空谷裡，芳草自棲遲。

洪芳洲侍郎予祭葬二首 洪以冤死，子照磨君爲之請。

夙昔懷茲事，不堪髮指冠。天心久始見，佞骨今應寒。高冢滋春草，恩書出縣官。還憐骯髒意，濡忍獨爲難。

其二

冠紳遺恨切，此日渥恩頻。不爲緹縈孝，能垂漢主仁。松楸含雨靈，感歎動鄉鄰。靈爽知猶在，千秋戴紫宸。

積雨園居

一雨連三月，泉聲處處飛。入池通曲澗，帶樹濕芳菲。疆埸滋春靄，樓臺靜翠微。朝來禽鳥哢,僮僕插秧歸。

秋夜山樓

寒蛩呼客夢,倚徙傍危樓。露白團今夜,月光净索秋。蕭蕭庭樹下,隱隱遠山浮。坐久清神思,飄然物外遊。

重過汶上路太守丙申

合并如昨日,兹復醉名園。棋局無先後,詩篇共討論。雪消花出窖,春入鳥窺軒。良愧丈人意,臨岐未忍言。

秋夕同蘇弘家户部王仲紹茂才集何稚孝儀部宅戊戌

四海誰知己,羨君意氣真。三秋鴻影度,清夜柝聲頻。擎燭看新句,開尊洽故人。況欣逢二仲,片語托交親。

送徐奕開進士轉餉雲中便道省覲辛丑

燕市花看徧,如君擅一枝。陳蕃新下榻,何遜舊傳詩。萬里斑斕意,清秋庚癸時。故人三事望,策足莫令遲。

送賀道星文選扶侍還浙

海宇文章伯,風期夙昔論。山公稱啓事,洛少矢危言。隨子大家賦,酬親明主恩。蒼生需辟命,歸闕奉魚軒。

送曹能始大理還金陵

鄒嶧新傾蓋,薊門喜再逢。居然看洗馬,卓爾擅雕龍。詩興牽堤柳,吏情對蔣峰。君行無不得,宣室坐從容。

送夏鶴田給諫使琉球癸卯

丹詔臨天外,金門出從臣。風烟今已净,區域總無垠。春色宫衣映,仙槎海若馴。丈夫萬里志，岐路不沾巾。

又

羨君饒意氣，青瑣諫書傳。爲輓螭頭直，遙臨馬齒前。故鄉持節過，孤島候風便。聖主虛鈞席，歸期早計年。

晨發滋州 甲辰

驅馬到中州，雁聲喚客愁。帝京千里道，親舍白雲悠。魏武臺空在，漳河水自流。嚴霜溥昨夜，蕭瑟曉風秋。

夜飲黃貞父令君賦謝

此地喜逢君，高名蚤出群。五絃鳴單父，千頃挹徵君。榻下緣傾蓋，杯深正論文。疏鐘催驛騎，客路曉氤氳。

月夜度萬安橋

傳道仗神功，長天駕遠虹。中流驅馬過，一柱鎖川東。堂古殘碑在，代新遺愛同。往來成五載，片月送濤風。

過三衢懷鄭心葵憲副 庚戌

思君陽羨別，此日更悠哉。白簡莫須有，丹山歸去來。及疆聞道路，頌德滿輿臺。相對能無怍，人情付酒杯。

遊武夷二律

爲愛名山勝，經過幾度留。峰峰懸峭壁，曲曲漾清流。悄世心都盡，入林意轉幽。最奇應接筍，何日到高頭。

其二

六六最佳處，文公舊講堂。隱屏高百丈，古木秀千章。好辨師鄒孟，大行藉聖王。朱子之學，至我明太祖大行。輪山遺化在，歸去好承當。

壽李青岱邑侯辛亥

彼美神明宰，仙鳧引玉顏。仁風揚四履，湛露泂三山。韶節花初放，金車醇可還。華封更有贈，看取紫宸班。同安有三秀山、金車石。

潘士鼎大參首春枉駕二首

相思無素書，乘興枉高車。古寺尋芳草，狂歌慰索居。經綸堪付汝，拓落好憑余。細雨花枝動，春園欲荷鋤。

其二

托契期千載，相看共百年。斲輪而自老，談荻我猶賢。握手悲頭白，誰人問草玄。壯心降不盡，風雨夜杯傳。

奉母望洋庵居

卜兆在東偏，結廬近海邊。濤觀八月望，風急重陽前。將母無兼味，歸舟送小鮮。漸於塵趣遠，白日欲高眠。

送蔡敬夫大參入楚二首

束髮通朝籍，才名冠一時。胸中吞武庫，筆底倒湘纍。新節平分楚，離亭對舉巵。爲張文士氣，相望在台司。

其二

家世共滄洲，交親孰與儔。從茲尊酒別，能憶故人不。客路催詩興，雄藩待刃遊。雙攜神女去，無事賦荒丘。

貞節庶祖母楊氏諱日

十五承巾櫛，艱辛半百年。孤貞明皦日，完節報重泉。旌表絲綸重，坊題里巷傳。吾生恩育意，臨諱獨潸然。

壬子正月廿九日定兒舉孫

五十悲頭白，無聞嬾對人。未應關出處，誰復問沉淪。善養何須禄，道非莫厭貧。掌珠娛母意，佳氣上楣新。

悼次兒婦陳氏壬子

麟孫方囝地，賢婦去何之。闈德更生傳，家人之子宜。掌珠誰爲撫，匣鏡自今翳。解珮成夫意，寥寥好繹思。

七夕陪李明府讌喜雨亭

好雨憶重陽，新亭敞嶽旁。子來民志喜，傑構士抛梁。牛女天中夕，鵲橋月下觴。豫愁飛鳥去，此地是甘棠。

哭薛玄臺國子二律癸丑

論人三代後，誰是伯夷流。苦勁孫符祖，清孤子寡儔。有聞寧待旦，無責亦同憂。詩史并書尺，三年斷寄郵。

其　　二

金門同射策，蚤歲得交君。痛哭立談賈，尚方借劍雲。孤忠堪百折，一往可三軍。耿耿澄清志，身沉道自芬。

訓學兒加冠二首

莫言方少小，冬至已勝冠。從厭詩書趣，雅耽睡夢寬。光陰抛却易，門閱荷應難。好及成人始，青雲勵羽翰。

其　　二

命汝學光名，字之以敬卿。誦詩知訪落，束髮並諸兄。陽復日初永，心專累自輕。卷開當有益,何必問金籤。

哭王華岡戶部

經歲無消息,忽傳有是非。乾坤知己少,扶抑寸心違。揭日文猶在,凌雲氣欲飛。路遙難掛劍,惟有淚沾衣。

銅魚亭成邀林負蒼陳賓門張輔吾三君夜坐

神魚迎水躍,天馬護亭斜。奇蹟何年隱,勝遊此日誇。午風催急雨,夜月坐平沙。隔堞堪呼取,如澠不用賒。

示　定　兒

如何甘自棄,少小慕豪奢。不惜興文誤,還愁責志差。聖賢惟克念,損益慎從邪。勗矣明師訓,男兒莫怨嗟。

懷鄭可竹甲寅

違面忽年餘,逢人問起居。谷神當不死,詩興復何如。老去妻偕隱,地偏物漸疏。思君時度嶺,咫尺是玄廬。

立春日蔡仲吾少仲二茂才攜酒過訪望洋庵乙卯

薄暮春方入,晨來一鳥啼。茶花看漸拆,梅蕊放初齊。風景新年好,肴尊二仲攜。橋頭相送罷,歸路欲如泥。

蔡少仲之黃甘尋小史啓兒戲贈

丹霞絲管沸,知屬那家春。暗寄看花淚,何嫌命駕頻。渭城聞舊唱,潭水憶汪倫。誰念白頭怨,即爲賣賦人。

乙卯上元夕有作

今夕是何夕,家家銀燭明。彩雲籠淡月,火樹映疏星。天入華胥界,人疑不夜城。樓頭簫鼓噪，拼飲莫辭醒。

喜吳玄麓表叔

鄉閭雖不遠，消息苦難真。喜枉相思駕，驚看白髮新。無官吾較健，有子叔非貧。蔬酒芳春日，慇懃敘舊親。

送體謨弟肄業成均

髫年同鼓篋，此日尚經生。四海求知己，三春動去旌。雁隨雲影度，花向日邊明。舉子須奇勝，槐黃聽好聲。

送呂益軒海憲還松陵時方推晉皋

方傳謁帝去，忽訝掛冠行。談笑驅嵎虎，指揮靖海鯨。鄉思縣震澤，人傑臥蒼生。借鑰雁門北，佇看麟閣名。

乙卯立秋日聞鄉試加額

恒風猶未息，一雨已成秋。月隱鳴簷滴，溪光漲瀑流。鎖闈舉子近，傷稼農夫愁。解額聞加五，作人欲頌周。

吳星海工部過訪即席賦

燕臺相識久，吳會託交親。骯髒君言事，崎嶇我避人。何期黃蕊候，得望素車塵。離合一尊酒，杯行莫厭頻。

崀峽道中詠松

古石盤山徑，蒼松寒客衣。樛看千尺上，巨可兩人圍。拂曙暉先得，經霜色轉肥。平生懷獨往，歲宴不相違。

蛟關視師聞警丁巳

列戍若星河，烽烟徹普陀。敢萌貪漢物，豈爲信風過。群醜垂膏斧，天心未止戈。願言嚴日戒，無使海揚波。

錢塘江上作

中宵發寶嫛，薄暮已陽江。雨過漩窩急，風輕瀑沛淙。月餘疲驛供，文寄濫名邦。不繫孤舟去，潮聲上短矼。

送姚主簿之衞參軍己未

衕散供開帙，荔丹與橘甜。惟吾憐共僻，知爾意無嫌。稟母村墟戴，簿書吏隱兼。那堪高士躅，去作參軍髯。

莆陽道中庚申

歸途月幾望，春雨濕行裝。時事棋爭局，朝端雀處堂。不禁憂國淚，何地托家強。母子行偕隱，網羅任爾張。

酌茶懷蔡敬夫

古有陸鴻漸，敬夫應是耶。瓯無陶令粟，椀足聖泉茶。味淡堪予共，香浮滿座嗟。東山行起卧，獨往摘秋芽。

送王景瞻表侄遊南雍辛酉

相送及殘春，鷹花正可人。白門風物好，太學覩聞新。鼓篋交名下，倚閭憶老親。經過遺芰地，懷舊幾沾巾。

哭方伯發吾兄二首

行省官通貴，人生竟有涯。詩工入蜀後，酒減含香時。去住無纖掛，鄉鄰盡淚垂。風波遲一哭，行斷我心悲。

其　二

喜聞方勿藥，何遽反其真。鷗舞驚誰侶，鵬來問主人。爲郎大小蔡，此日去留身。架上遺書在,諸郎克荷薪。

除城南小池中萍子感時

小池依近郭,積雨暗孤亭。自愛林園静,忽驚烽火熒。紛紛傳啓事,寂寂嘆空廷。濠上知魚樂,無端一夜萍。

送舊令徐雲林甫陽入覲

一自仙梟遠,常懸去後思。新絃鳴大邑,舊德食餘黎。四野桑麻遍,千秋廟貌垂。雲霄看咫尺,何處逐征麈。

蚕春同客遊梵天寺限韻壬戌

人遊誼古寺,客到及春前。寒樹晴光煖,孤亭暮景懸。躋攀應爾健,高臥任吾堅。夜静梵鐘動,不驚老衲禪。

壽内弟池致夫和州守六十

兩翁同擢桂,吾復託松蘿。總角文爲友,浮名鬢共皤。産疑因宦減,慶喜積餘多。六十猶强健,飛騰意若何。

丁卯中秋夜月

中秋月正團,千里亦同歡。點綴微雲盡,清光永夜寒。犀闈收鳳藻,才子欲鵬摶。安得司文者,明明如月看。

讀書樓二首

藏書成小閣,咫尺傍萱庭。侵曉迎初旭,叠峰送遠青。閑來覲卷帙,嗒爾付沉冥。兒輩慵成僻,誰堪詁一經。

其　二

尺地難容搆,危樓起屋西。疏窗城柝入,隔幔漢星低。膏續書堪把,衾寒夢不迷。紅夷消息好,傾耳罷霜鼙。

建溪道中癸亥

雨驟逃何處,堤邊一草亭。晚風催霧急,微溜益泉冷。酒憶南溪美,狂禁此夜醒。須臾開落照,客路帶春星。

宿武夷萬年宮

愛此神仙窟,驅車復問舟。鳥聲清靜夜,蟾影湛丹丘。曾孫亭幔杳,玉女鏡光浮。明朝欸乃入,會須到上頭。

登天遊峰一覽臺

姥山奇絕處,一覽逼層空。曲水縈如帶,隱屏羅下風。神工仙掌峻,儒脈考亭崇。何事尋三島,吾將卜此中。

池直夫述爛柯山石梁之奇

脩虹架作臺,突兀亦奇哉。拔地千尋合,浮空一線開。奕童今去杳,樵子暮歸來。局罷人間世,仙家日更催。

謁孟廟二首 時妖賊初平,廟貌新葺,朝廷遣太常祭告。

祠下低徊舊,茲來鬢漸皤。丹青王命重,俎豆使星過。千載瞻遺像,七篇挽逝波。若何妖賊輩,入室敢操戈。

其二

舉世爭趨利,亂原不可收。東西馳羽檄,齊魯競戈矛。雖築邪魔觀,誰懷仁義謀。嶧山高巀嶪,吾道炳千秋。

長安送鍾升中選士歸粵

一自鍾期往,高山悄獨悲。出群聞令子,對語見吾師。臺下黃金重,鄉關匹馬遲。秋風尊酒意,搏翼在天池。

小疏兩奉留命仍欲借差歸省述懷

一官何拓落,頭白尚銀青。兩疏垂皇眷,浮言忌獨醒。漁樵吾自足,門户彼人冥。蚤晚征夫信,衰親倚徙聽。

出都阻風蘆溝橋道院何匪莪使人餽食

狂風顛午後,咫尺不相看。行見天心復,誰嗟客路難。良朋尊酒供,孤館夜鐘寒。鳳詔醒殘夢,猶同拜舞歡。

任丘縣鄭城作

兹邑名三輔,我朝多重臣。鄭城壘跡舊,凍浦浪花新。衰柳摇風岸,單車暗馬塵。何論旅况惡,回首戀楓宸。

輓李宗謙解元二首　甲子

李宗謙,予四十年知交也。蘇紫溪先生識君於未遇時,既發解,文字奇海內,學子宗之。晚年高尚,不詣公車。何司徒稚孝疏薦于朝,未及召,而君不待矣。哲人云亡,宜祀學宫。懷舊景賢,詩以輓焉。

老蘇負隻眼,談藝蚤推公。果占闈書首,遂為海內雄。命窮時不偶,身隱道彌充。自古留名士,獨清在冥鴻。

其　二

把臂論交日,正當束髮時。文章稱獨步,蕴藉是吾師。遺筆藏名嶽,高科盡小兒。漢廷聞薦賈,前席未應遲。

送蔡仁夫就試南闈先之楚

海外雙神物,斗間紫氣横。楚原鵠度急,臺上鳳遊鳴。聖主恩光重,難兄勳業成。佇君文捷奏，兼聽凱歌聲。

送張于賡之南

尊公吾畏友，之子出群才。欲奮搏鵬翼，言遊集鳳臺。臨江憑北固，回首誦南陔。兩世冠紳後，佳音遲爾來。

送劉海若謁補乙丑

聞君爲劇邑，治行冠旌書。文識龍光氣，萌銷牛斗墟。青蠅雖暫點，白璧竟誰如。行矣謁明主，連城價有餘。

贈莆陽唐宗洙茂才

君家通奕世，兒輩結新知。恰值黃花節，同操濁酒卮。霜風寒客夢，燈火証心期。令子文章秀，青雲應不遲。

壽王春和七十丙寅

文場曾苦戰，垂老總耽玄。相視憐頭白，頻過喜屋聯。一官予碌碌，九轉爾僊僊。何日靈丹就，逍遥不盡年。

送陳克鸞入南雍

至後日初寒，莫言行路難。觀光南國蚤，引興旅杯寬。才俊聯簪合，皇圖卜鼎安。槐黃消息近，着意爲君看。

海上賊嘆丁卯

群盜縱橫甚，舳艫四百强。銅山恣出入，南澳更猖狂。巡憲揚兵駐，將軍料敵長。願言圖制勝，招撫勿爲常。

哀蔡敬夫大葬二首 戊辰

衰病侵尋裏，憐君此日歸。重泉無夜旦，大葬有光輝。當代才誰並，滿襟淚未晞。出師盡瘁表,千載嗣音徽。

其 二

皇恤誰兼備,輪山始得公。夷氛賜劍重,論定易名同。勳業垂圖史,春秋付學宮。懸知埋玉處,夜夜氣成虹。

張紹和貽予凱甫集二首 己巳

我讀聖童詩,如遊四傑時。豈緣心嘔得,要自賦來奇。青紫何難拾,喬松未可期。玉樓徵李賀,千載有同悲。

其 二

宇宙才名久,可兒更出群。通家未識面,總角已凌雲。仙室存靈氣,遺編見古文。再來應有意,却喜慰嚴君。時舉幼子。

送邑丞汪觀我擢紹興參軍 庚午

一官原貳令,公事苦紛挐。三載垂囊去,千家戴德餘。越州遥捧檄,虔路蹔停車。莫厭經旬雨,扳轅意未疏。

別駕唐宜之署同賦送

別駕方堪展,何言領一同。明心依佛乘,餘治見儒風。賣劍兇殘化,鞭蒲俄頃功。欣聞將有命,引領意無窮。

送王臨江國醫還 辛未

相過百里外,積雨滯還輈。人是羲黃上,術疑盧扁儔。談深堪發藥,步老不須鳩。何日源山去,期君汗漫遊。

登南庵石亭

倚城孤絕處,危石互撐枝。將軍嘗嘯臥,何老舊題詩。湖海收襟帶,峰巒净晚曦。微茫天水外,卷島幻更奇。

贈陳雲紀

夙昔託良緣,合離疇使然。朱陳聲氣重,桑梓德門先。文價應誰並,父書仍子傳。漢廷擢第一,猶憶平津年。

答應宗洙茂才贈詩壬申

有客來烏石,投詩開我襟。爲耽環堵臥,敢意翹車尋。結友浮華勝,多君氣誼深。論文須切劘,何事侈琅琳。

壬申夏海警

海上何多盜,游移一月餘。官軍皆縮手,村塢半空廬。稻復無遺種,人寧敢定居。掃清憑二鄭,消息未應徐。

送陳旭之歸清源

有客欵柴扉,呼童爲倒衣。談深如舊識,歲晏欲言歸。灑壁雲山合,貽詩玉屑霏。桐城來去便,春色倍依依。

廉憲府君諱日乙未秋仲違膝,丁酉春仲聞訃,今癸酉春。

辭親四十年,逢諱倍凄然。遙憶教忠去,不禁別淚漣。慎終遺母氏,奔訃出留銓。衰白成何事,一坏尚問天。

贈陳應萃七十乙亥

吳門循令最,銓署兩登名。共惜遂初去,其如宦況輕。村居徒四壁,輿論重蒼生。春酒迎長日,新綸佇玉京。

送邑丞徐蹇庵擢去丁丑

君是明經彥,試廷迥出群。佐同治行最,署邑惠聲聞。衙散書耽玩,轅扳慕孺慇。遷喬他日事，悵望楚江雲。

五言排律

輓馮夫人 庚寅

淑質原名族，徽音自姆儀。間關思令德，伉儷及良時。借劍夫君壯，鼓琴家室宜。紫綸金殿下，鬢髮玉笲垂。魚貫縢承寵，木樛福所綏。胡云金石固，溘爾死生離。明月沉秋浦，婺星隱旭熹。傷神長蒨熨，悼逝子荊詩。七戒傳閨壼，長些薦楚詞。森森庭際秀，望望崦中遲。偕老當年恨，同歸皦日期。漆園稱達命，嗷嗷向阿誰。

【校記】

① "薪"：原文作"新"，據文意改。
② "蒲"：原文作"莆"，據文意改。

清白堂稿卷十二下

七言律詩

送郭希宇之南銀臺己丑

漢庭尚璽雲霄近,舊國銀臺雨露新。簪筆威稜猶自壯,題才藻鑑更誰倫。三山宮闕浮佳氣,九列聲華動紫宸。此去清源斑舞日,願言趣駕莫嫌頻。

送周中嶽年兄請告還楚

郢客高歌早擅壇,五雲傾蓋笑相看。片言意氣吾能許,四海交遊君自難。歸思豈緣兒女係,離絃忍向友生彈。故園伏枕休留滯,悵望瓜期獨倚欄。

擬與李本寧大參

鴻名仰止自韶年,此日龍門御李還。雪調高歌郢客後,綵毫孤傍嶽峰懸。幾經天上稱才子,猶向人間問謫仙。聖代即今須補袞,佇看綸綍五雲邊。

壽石中丞母六十六時晉封太恭人庚寅

中丞烏府擁高牙,急管清絲飛紫霞。叠叠綸恩來極北,遲遲春色到天涯。三公母貴頭猶黑,五綵衣斑錦作花。將相應知原有種,漢朝誰似石君家。

爲蕭昆陽題寶綸樓先是丁卯有白衣道人之夢,庚辰樓成,而封典適至。

使君爲政自風流,奏最當年寵命優。夢裏白衣開勝蹟,築來紫誥映高樓。簾疏遠接千山拱,地廠時看五色浮。藉甚賢孫堂搆事,須知嶺北有貽謀。

題京山孫侍御永思圖

籍甚楚材橫上國，君家兄弟更稱雄。名標早歲河東鳳，彎攬留都御史驄。柱後觸邪冠是鐵，封章悟主氣成虹。獨憐三載貤恩重，松檟蕭疏雨露中。

別潘士鼎時以校萩入南

一從世路各東西，馬首風塵望欲迷。乍喜德星占太史，且看文苑動青藜。秋高月入官衙冷，夜静樽開天漢低。兹夕他鄉須潦倒，萍踪明日又分携。

胡幼泉冬至入賀便道還楚

同舍仍欣結比鄰，通家意氣倍相親。那堪落木悲秋色，忽漫書雲向紫宸。地入瀟湘多王氣，天回燕谷轉陽春。高才五馬飛騰近，肯許周南再接塵。

送艾熙亭之岡卿任

石城疏雨起寒雲，津柳蕭疏獨送君。名爲孤忠驚海內，詩緣百折出塵氛。周南久注蒼生望，尊俎今看紫塞勳。共羨孫陽過冀北，懸知千里盡空群。

送帥淡泉先生回臨川

白下相從意氣豪，十年回首夢魂勞。文章敢擬邯鄲步，詩序應傳衛氏毛。寂寞官衙連雨雪，殷懃客路愧綈袍。此地重分君莫惜，搏風鵬翮九秋高。

送許學真簽閫之南海

喧喧笙鼓石頭城，聞道將軍出帝京。萬里衝寒憑短劍，百蠻羇闕有長纓。樓臺雪色明歌席，嶺路梅花點去旌。海上鯨鯢今已掃，應教胡虜亦知名。

送董仲恭博士守欽州辛卯

幾年携手鳳凰城，聞道分符獨遠行。鮫室到來州域盡，蜃樓結處海潮平。

傳經國子誰高第,爲政風流好著聲。萬里波濤須自愛,青蘋綠柳倍離情。

送屠冲陽郎中守廣州

論交原自丈人行,出守新看同舍郎。惜別況當絲作縷,臨岐且共酒盈觴。番禺果布開都會,庾嶺風烟隔混汇。啓事山公聲價好,高才豈久滯邊疆。

送王弘陽少卿之滁寺

兩都携手挹芬芳,此日干旄下鳳凰。憂國共傳漢賈誼,渡江争識晉諸王。三山巖巖懷中見,一水盈盈望袖長。自是題才多妙術,故教千里試孫陽。

壽江津劉封君

作賦當年似馬卿,詞源三峽倒縱橫。連城入夜無人識,短劍干霄也自明。老去黃金籝裏少,閒來丹訣市邊成。詒經況復饒韜略,萬里沙場怕姓名。

送薛道譽提學入楚

白門霽雪早春催,尊酒送君上鳳臺。運幄妙傳黃石秘,談經新見絳帷開。過湘懷賈當投賦,入郢狂歌好自裁。饒使楚材成棫樸,不妨擲筆下龍堆。

喜何穉孝調儀曹却寄壬辰

除書遙下建章宮,忽報鶯遷上苑東。詩興盛傳何水部,蕆儀新就漢孫通。幾回尺素風塵隔,無限寸心爾我同。爲道故人甘寂寞,草玄久許學揚雄。

送王麟泉司寇予告還閩

飄然綠鬢戀青松,予告恩光下九重。物色東山供再卧,朝紳南國嘆孤蹤。封章舊許鳴如鳳,出處今看道若龍。時艱開濟須公等,曳履還聽入曙鐘。

李養白明府被言解任甲午

百里來牟覆地黃,千家烟火樂難量。共言治行高神爵,無那謗書到樂羊。

細雨霏霏霑去綬,新花片片點行裝。陌頭相送空搔首,遺愛他年看白棠。

九日東山邀林計部李都諫蘇茂才得寒字

木落天高秋向闌,綸巾皂蓋出林巒。傍籬疏菊花光嫩,入夜孤尊月影寒。世外浮雲誰莫逆,年忘流水自須彈。嘉期再奉應何日,乘興還同就玉蘭。

送汪雲陽郡伯入覲

朱旛畫戟漢吳公,七邑甘棠愛不窮。貌瘦總緣憂歲旱,政平翻令樂年豐。九天宮闕金門迥,萬國冠裳玉節同。爲報使君須計日,堪憐竹馬有兒童。

汶上路鳳岡太守招飲見其冢孫賦謝乙未

尚書里第傍城開,太守邀歡客騎廻。酒瀉金尊齊地苦,花看玉樹謝庭才。夕陽細雨霑行色,汶水寒雲擁戍臺。最是榆年筋力好,知君自解隴西來。

送周繼元驗封觀察粵海丁酉

周南十載柱同題,門外僕夫忽唱驪。節到蠻天開瘴癘,風清炎海掃鯨鯢。憑將春色供離酒,剩有圖書過剡溪。聞道寶林衣尚在,爲拈半偈點吾迷。

贈程太守賜綵堂

何事皇恩暫許歸,祇緣遊子戀庭闈。小兒騎竹還相問,白髮倚閭望不違。全勝綵衣應紫綬,可將愛日駐斜暉。世人盡說天親樂,誰向三公早息機。

題程太守郡閣遐思圖

使君爲政自清真,郡有鳳凰甑有塵。戲綵已輕千石養,懷思猶切一經人。松楸漠漠雲邊遠,像設依依畫裡新。最是鳴琴仙宰日,貽恩於赫下楓宸。

徵兵得塵字

遼左經年動塞塵,捷書猶遲報楓宸。千帆出海風波净,萬里徵兵羽檄頻。

謀國已疏前箸畫,同袍誰似古秦人。端居祇切憂時志,欲解吳鉤贈所親。

送郭邑簿士瀛之德藩

能名籍籍舊誰如,百里閩山自控驢。矮屋不妨容短簿,王門何處可長裾。風塵已覺宦情薄,拓落非關世法疏。歲晚梅花牽別緒,懸知遺愛滿樵漁。

崇德胡鳳賓上舍赴吊先觀察公賦謝戊戌

迢迢千里赴心期,正是支床欲絕時。雞酒共傳徐孺子,餅罍應罷蓼莪詩。春山路轉啼猿樹,夏室魂歸楚客詞。憑寄禦兒諸父老,空堂猶自薦江籬。

壽邑侯新安洪含初仲冬初度

畏壘庵傳自大鯆,使君嘉政續遺踪。共看瑞靄浮三秀,况有歡聲動四封。縣是河陽花正滿,日從長至燠偏濃。尤憐吏牘清如水,衙退斑斕喜氣重。

喜蔡敬夫比部入都兼讀新詩庚子

萩壇才子早知名,書劍翩翩入帝城。古寺三春傳別酒,今宵萬里共寒更。家音讀罷銷鄉思,世事談深減宦情。莫訝長安騰紙價,羨君新句太縱橫。

送樂仲律客部冊封淮藩君五日生近有還妾事

仙郎題柱擅風流,江右分封使命優。好客孟嘗同五日,清言樂令暎千秋。肝腸鐵石憐傾國,旌節光輝過秀州。三立期君須自愛,傳杯漫作別離愁。

送龍斗冲上計還郡龍由比部守東萊辛丑

忽漫逢君忽散萍,繽紛冠冕餞都亭。兒童竹馬迎高蓋,郡國鳳凰集漢庭。公暇舉杯邀海市,政成興頌入宸聽。徵書佇看日邊下,萊子歲星是法星。

送何公露觀察浙江并期長君延陵恩赦

黯黯寒雲擁僕夫,河梁且復立斯須。閣梅詩興還何遜,堤柳風流接大蘇。

冠帶神羊澄浙水，門臨白鷺足吳歈。鳳毛争羨搏風翮，解網天心定不無。

壽賀吏部母太安人吏部爲行人得請贈父茲覃恩并得封母予假侍還檇李壬寅

挾策當年負壯圖，題才清識映冰壺。已開殊典稱純孝，更奉新恩報母劬。遲日正堪翻綵袖，長風遥送入三吳。趣裝早慰鈞衡望，還祝含飴弄掌珠。

别王憲葵光禄王爲儀郎疏請册立禮成晉卿勳寺告歸

羨君此去有光輝，卿月前星映紫微。氣吐青雲還自壯，翼成黄鵠任高飛。東山懸注蒼生卜，麗日長翻萊子衣。歸到太行親舍近，金臺柳色未堪違。

唐華濱年伯觀察青州贈行

籍籍才名三十年，春風相送倍依然。更看新節東方去，始信由來白璧傳。盤錯堪銷齊郡酒，清真獨對范公泉。中原豺虎縱横甚，引領高牙下日邊。

過黃有懷嘉魚李景穎甲辰

君叱使車蜀道回，我隨新節楚天來。秋江白露懷人遠，驛路黃花對酒開。朝事風雷已作解，楚宗消息更堪哀。談心促膝知何日，聊把嘉魚尺素裁。時馮僉事應京輦出詔獄，而楚撫兵尚趙公爲宗室撲殺。

過温陵晤何稚孝儀部

知君不枉貴游書，却把素交亦杳如。對月幾懷玄度想，問奇重過子雲居。故鄉名勝題應遍，四海蒼生望尚虛。腰下黃金慭先汝，肯許相從學釣魚。

帥淡泉先生二子遠顧澄江奉寄乙巳

一别門墙十載餘，京華曾幾接瓊琚。春秋七袠神逾王，上下千年手自書。楊子天清雙雁度，延陵路轉數行疏。歸來倘問治吳狀，憑語公門水不如。

過草埧和孫忠烈公韻己酉

滔滔世道許誰當，萬頃波濤一葦帆。蒿目匡時長太息，傷心拯溺幾廻忙。憑將楚事逢孫叔，剩有丹衷對老蒼。他日汗青應不泯，大開謗篋待朝堂。

又和王陽明先生韻

時事蜩螗已大奇，楚氛猖甚更堪危。南人爭傍北人立，帝力和將民力疲。一疏玉階還揖讓，頻年碧海卧旌旗。歸來戲綵高堂上，閑向空門禮導師。

車盤驛讀謝繹梅尚書壁間韻

歸客樓頭望故園，幾盤車馬入關門。溪聲帶雪中宵急，樹色籠烟白晝昏。且喜倚閭紓母諗，不禁回首戀君恩。風流却憶尚書履，黄犢重賡句尚存。

余乙酉秋遊九鯉兩日夜不得夢今二十六年矣庚戌元日暫憩楓亭因和林楚石黄門韻

郵亭駐馬拂征埃，十載風塵上日廻。親舍猶瞻雲白處，仙山遥憶嶺頭來。潦添秋水浮烟起，花入春光野樹開。緣薄當年原不夢，息機三迓亦蓬萊。

庚戌九日同體謨弟學孚二兒展謁董水先塋適世卿姪偕李興東浮海至二首

不憶他鄉逢九日，十年何處獨登臺。一從載鬼休官去，却得刲羊展墓來。風入海頭秋更急，月臨峰頂地無埃。夜深衣冷僮移席，潦倒中庭共客杯。

其二

正携難弟登高處，還喜親朋佳興同。地僻堪悲秋慘淡，天清並坐石巃嵷。青鳥袖裡談偏勝，黄菊尊前酒不空。太武遥瞻衣帶外，誰人帽墮孟嘉風。

送蕭叶宮遊燕兼簡吳亮恭中翰

多君文似漢相如，才藻翩翩凌子虛。襟抱平吞雲夢澤，劍光時傍斗牛墟。

暫遊冀北應空野，漫向燕臺説曳裾。知己佇登青鎖闥，河東賦就待吹噓。

送李斗初憲副入楚

千秋金鑑奏明光，萬里驊騮出帝鄉。日煖板輿人衣錦，風高旌節地浮湘。登壇詞賦追原玉，開府勳名接杜羊。此日同年誰得意，看君三事蚤飛揚。

題呂純陽先生像

骨相翩翩蚤不同，仙來常下蕊珠宮。千詩白信桃爛動，萬累盡隨魔劍空。廟貌君山還舊跡，欸言子夜聲深衷。憐予未會雲房秘，羽翼何由共御風。

聞王華岡出守思南却寄 辛亥

多君意氣自昂藏，卅載才名世莫當。共訝一官何拓落，誰言五馬轉黔陽。立談侃侃爲知己，抗疏稜稜借尚方。魏尚雲中雖已矣，令人回首憶馮唐。

聞王華岡不赴思南却寄

褰帷猶未稱魁名，投檄豈緣憚遠行。氣吐虹蜺驚薄俗，風高簪組見交情。鳳凰臺下供幽討，蘭玉階前正自英。江左夷吾慙鮑叔，東山安石繫蒼生。

輓朱淡庵司空宮保二首

爲郎雲署依名德，出餞江干枉上公。總領中臺三獨坐，用平邦土汝司空。蚤辭黃閣身猶健，晚就丹砂面若童。一別于今成永訣，百年知己思無窮。

其　二

九九梁峰誕降靈，異人挺出翼明廷。捐金燕市收忠節，曳履周南識典刑。老伴圖書無長物，閒栽封樹已抽青。東山謝傅今何在，終始恩私照夜扃。

九日同李令君遊西山巖喜雨有作

好雨深秋霑四野，使君精意格重玄。商霖適愜窮閭望，海國行歌大有年。

澤入花光潛潤菊,喜添陽節對開筵。西山攝屐陪遊處,酩酊僧扶舊榻眠。

讀林次崖先生集有感二首 壬子

先生崛起表輪山,意氣稜稜九棘班。最是廷中能執法,何妨海角欲吞蠻。洛陽痛哭堪同調,浪泪要荒亦半還。老去家貧何足恨,高風一往杳難攀。

其二

丈夫生世爲何事,先達如公乃大奇。到老丹心懸日月,立朝壯志拂雲蜺。漫言抗法談兵誤,吾愛欽江泗水詩。位高金多皆寂寞,眼前徒嚇里中兒。

別謝山子比部

曾於謝朓識詩名,此日相逢意自傾。但使孤忠扶社稷,何妨浪跡到江城。觸蠻世態雙棋局,磊塊襟期一酒觥。寂寞春山垂釣者,明朝分手思盈盈。

丁亨文吏部詩贈五十初度依韻賦謝

生來不解羨圖麟,還憶當年侍紫宸。皤白萱堂憑定省,雌黃月旦任紛綸。知非欲寡慙猶未,得意狂歌慣耐貧。珍重山公尸祝意,嵇康疏散也嶙峋。

喜丁亨文吏部召起考功

三春瑞色靄溫陵,傳道天書再下徵。八載南山供隱豹,今朝北闕羨遷鶯①。官當水鏡明秋日,人是玉壺映井冰。聖代進賢如轉石,看君啓事幾同升。

送張程川憲副入賀

當年留署把清芬,廿載逢人說使君。一爲閩南開福曜,還從薊北捧祥雲。千秋金鏡明光奏,萬國山呼紫禁聞。天子壽名符舜孝,遙瞻雨露曉氤氳。

壽丁亨文吏部兼趣還朝

高卧泉山歷幾春,青編綠鬢彩衣新。況當啓事承恩日,正是攬揆降嶽辰。

吾道拔茅三畫泰,人情引領一朝伸。願言趣駕還鵷列,帝眷仙郎待秉均。

送內弟池致夫孝廉計偕

公車詔下集群英,書劍秋風萬里行。勿爲望雲懷遠道,正看射策謁承明。興文健筆人皆辟,入畫青山神更精。此去冲天須努力,椿萱垂白佇成名。

送胡璞完少參擢憲粵

文光西越尚留輝,左廣星軺出紫薇。莫訝輿情懸借寇,何人清節可如威。折衝聲搗鯨波靜,籌海功成鮫嶼歸。界上使君爭此日,鑑湖未許遂初衣。

合邀李青岱令君梵天寺既陟輪峰復醉夜月時將有入覲之行

神君飛舄欲朝天,晴日輪山敞別筵。三秀峰尖明夕靄,雙溪水淺羃寒烟。微微清夜聞梵唄,處處歡歌韻管絃。遙憶紫陽遊集地,雨餘步月共流傳。

寄懷何稚孝并賀次郎得舉

如椽之筆太縱橫,人物八閩手自程。鵷列猶疑虛啓事,鳳毛今喜見成名。觸蠻世態真蕉夢,磊塊胸懷付酒觥。一別十年難會面,何時重與論生平。

至日寄吉水鄒爾瞻二首

金陵蚤得托龍門,廿載暌違意氣敦。不朽華篇光世德,幾廻芳札問江村。法星啓事中猶格,安石蒼生望自尊。天欲治平當有在,千秋木鐸未應諼。

其 二

自笑風塵成底事,歸來閑得讀殘書。浮名不用垂鐘鼎,行業何當愧里閭。世態一憑吾老去,天心喜見日長初。百年知己遙相望,却寄緘題到歲除。

送閔昭余憲副還吳興癸丑

丹霞太守號廉明,晉陟雄藩領舊氓。共喜海邦瞻使節,那知時局妬高名。

千家棠樹歌遺芰,夾道桃花逗去旌。相送願言留信宿,聖朝輿論有持衡。

送吳復初國醫還檇李

秋風初動碧梧枝,客子高吟歸去詞。兵法胸中饒正變,內經指下見黃岐。遊閩乘興三千里,陟屺望鄉薄暮時。強欲留君君不住,樓頭煙雨正嘉期。

蔣鯨台民部告滿還朝

仙郎挺起海之濱,一日魁名動紫宸。怪底文章吞浩蕩,却於錢穀脫風塵。少年識面稱知己,垂老交心若飲醇。聞道山公虛啟事,紅花芳草點征茵。

寄謝蔣尊陽中翰

澄江相識在公車,漢主同時賞子虛。惜別方舟寒夜月,懷人萬里幾行書。君依鳳沼青霄上,我狎鷗群白日餘。五色詔裁歌古調,陽春屬和好誰如。

送胡拱柱惠州還朝

交誼于今三十春,晚來意氣倍相親。坦衷涉世憐同病,把臂看山爲避人。我奉衰親甘菽水,君懷明主向楓宸。鶯聲樹色征途好,側耳日邊寵命新。

壽王瞻明憲長六十四

三吳憲節承新寵,一壑綸竿乞故鄉。戢翥馳驅推獨步,冥鴻寥廓羨高翔。荔丹灼灼明朱夏,壽極輝輝映畫堂。真訣王喬君自得,引年何必藉岐黃。

哭顧涇陽少卿二首

年少讀公制舉文,於今之世長蘇君。再登銓地匡時切,特起卿班繫望殷。道脉來從無極老,東林藉甚九重聞。況當吳會繁華勝,餘韻教人利善分。

其 二

登龍五載臭如蘭,徧灑春風滿講壇。相送關門浮紫氣,遙瞻卿月向金鑾。

忽傳良弼騎箕去，祇益幽人賦澗槃。更愧治吳無善狀，空邀椽筆照江干。

壽世卿姪五十

汝今五十我加一，猶憶韶齡共頡頏。書帙盍貽兒輩讀，酒尊時傍少年場。千家同誦多爲德，五世應看再發祥。鬖鬖半蒼襟袍好，孫枝隨膝拜高堂。

送沈恒川國醫還吳門

三吳倉扁舊知名，此日相逢倍有情。已諾不辭千里遠，視垣真見一方明。南來龍荔可中喫，秋起鱸尊引去程。老我東山尋樂處，慭君國手許蒼生。

壬子新秋宿三秀山牛皮田僧居

天外三山秀作朋，閑來秋色興堪乘。牛田庵净僧初結，馬嶺岈高我獨登。一線清冷懸百折，數聲格磔暮相譍。松風明月禪心靜，欲陟中尖猶未能。

癸丑季秋禱雨豪神廟遂陟天馬山請水廟在馬山之麓而名豪神乃知天馬即豪山之宗也

馬鞍山是邑朝山，千丈崚嶒不可扳。嵌下小池秋底涸，望中碧海幾層環。倦來峰頂披雲卧，暮到嶺頭帶月還。却喜天容忽慘淡，明神疑已訴民艱。

上元日家方伯兄赴邑賓之招賦贈甲寅

酌酒聽歌蜀道難，西南萬里暗林巒。驅車到處狼烟静，解組歸來龍劍寒。帝睠滇雲崇屏翰，鄉推名德表衣冠。滿城火樹銀花合，弟勸兄酬月正團。

丹徒潘修業文學遠訪賦別

却喜暗中摸索得，還從疇昔結交親。黃金久擬收燕市，白璧猶疑泣玉人。春水江山圖畫似，海天風雨往來頻。南徐父老能相憶，惟道髭鬚半作銀。

初夏園居雨餘讀擊壤集二首

積雨山齋一事無，誦詩偏愛邵堯夫。三春忽過成初夏，小道偏參不礙儒。老去宦情如嚼蠟，閒看兒業亦操觚。門生時扣柴扉坐，猶把試文來問吾。

其二

花酒尋常行樂事，堯夫翻出幾多詩。祇緣壘塊胸中盡，不禁風雲筆底奇。乍雨乍晴看世態，半醺半醒上庖羲。喧喧鳥雀簷前語，更卧高樓聽黃鸝。

喜林志唯吏部奉常得命

物外幽襟迥絕倫，山公水鏡淨無塵。欲將步武繩閩洛，肯把聲華動縉紳。舊國源峰供隱霧，新班卿月是爲春。故人三事相期在，結綬清秋向紫宸。

郭復庵遠顧敝廬旋當還朝賦贈并謝

寂寞行吟嘆獨醒，忽聞仙客扣柴荆。黃金臺下人如玉，句曲山前政發硎。情話不辭良夜醉，離歌那忍歲寒聽。贈君此去班清切，剖却藩籬自亭亭。

五日同洪春寰陳賓門邀蘭谿趙玄樞世兄于梵天寺晚登羅漢峰

羅漢峰頭共濁醪，翻疑五日是登高。四圍樹杪雲山合，一望江門雪浪號。老衲猶傳當日事，通家何惜片時豪。招魂愧我負心在，知己難揮宋玉毫。

訪小嶝山丘吉甫先生舊宅

一卷突兀水中間，遙想先生冰雪顏。人擬柴桑真伯仲，詩追擊壤異艱關。生當頹運身終隱，志在遺經手自刪。爲問百年歸骨處，後昆指點淚痕斑。

快坐丘吉甫釣磯山海環靜是此山最勝處下有石棋盤題字先生筆也今僅存其三

烟波四望總愁人，此地偏宜老隱淪。棋局尚堪紆勝筭，釣磯無復坐垂綸。

謾誇維漢一絲重，且仰配朱千載新。愧我掛冠頭欲白，行藏猶自滯風塵。

壽陳仰台封翁七袠

謝却青衫老故園，少年才藻秡場掄。緋金拜寵時稀御，蘭玉繞階道自尊。社結詩翁敲秀句，閑開書卷洗塵誼。況逢令子躋初壽，七袠稱觴酒百罇。

贈懷寧任公子圓水

輪山月滿火西流，詞客翩翩汗漫遊。意氣懷人輕片諾，文章知己托千秋。通家識面恨予晚，世事論心快爾投。欲贈連鰲任公子，期年東海坐垂鈞。

丁亨中賢坦深秋遠顧情見乎詞

相思命駕向銅城，如玉仙郎秋水清。寶瑟重更初在御，瑤琴欲鼓未成聲。文章識子垂髫日，丘壑宜予避世情。萬里青雲看直上，籬花泛酒淚同傾。

甲寅冬望壽蘇文所七十一

三世連墻意自歡，君今華髮我休官。星輝南極陽將復，瑞藹高門月正團。玉樹階心聯葉起，黃花秋色引杯寬。去年七十投佳句，欲贈新詩愧和難。

甲寅冬壽奉常池岳翁七十六

五周花甲宰官身，半在岩廊半海濱。帳裡貽經聯玉樹，鏡中得士答楓宸。六葭陽復天心見，三世膝前瑞氣新。借問稀年高卧者，非熊渭水是何人。

池直夫內弟邀登洪濟山絶頂夜宿留雲洞阻雨未遂觀日

幾望雲岩思欲飛，仲冬載酒雨微微。龍門逐轉石疑墜，鰲頂峰窮海作圍。不寐猶懷登日觀，憑虛誰問刺天誹。主人更會談玄理，深洞竦松玉屑霏。

臘月壽黃鮮生邑侯

名嶽挺生不世人，聲華輝赫動楓宸。出當聖主千年日，來作閩天百里春。

煖入梅花明壽域,澤廻黍谷潤餘民。佇聞漢詔徵尤異,高議雲臺旋化鈞。

輓黃儀庭大宗伯二律

當年謁帝冠羣英,晚去思親薄世榮。邦禮久疑虛啓事,歲星今已厭承明。遺文共許歐曾輩,戀德堪齊章邵名。致位秩宗非不達,時人猶惜未阿衡。

其二

忽傳商説騎箕去,奕世交情涕淚頻。生爲聖王懸夢卜,人推名德表冠紳。三公不易斑衣養,稀歲完歸白璧身。田亭山前乘化處,龍章千載映星辰。

歲首春前咏餅梅作乙卯

開歲春遲已覺春,梅花特地逞精神。白如白雪鋪瓊樹,紅似紅妝帶玉人。對插餅中嬌欲語,何勞剪出鬭催頻。東郊爛熳更無數,細雨攜儔醉五辛。

送吕益軒海憲入賀

姑蘇才子擁旌麾,腰佩吳鈎雙陸離。湛露已沾爲邑日,雄風更著伏闈時。千秋丹赤陳金鏡,三殿恩光接玉墀。海内知心看漸遠,驪駒欲贈幾低垂。

和袁希我中丞韻

高牙大纛盛才名,忽遣驪歌到寂荆。八郡清風沾灑徧,三山緩帶指揮輕。笑當衷甲驅闒竪,堅乞抽身泣孺㞋。暫去澄江非穩卧,爲言聖世佇衡鈞。

喜陳蠢源左轄入閩

同舍追隨意氣親,瑤華千里問畸人。已聞尤異書虞考,更喜藩宣咨岳臣。百萬蒼生懸節鉞,三千多士入陶甄。軒車遲爾平臺上,戴笠何妨揖後塵。

寄懷李鳳屛大將軍兼問母太夫人起居

吳門旗鼓舊相當,惜別澄江幾度霜。肘後征蠻金作印,尊前橫海月明檣。

板輿喜動三軍色,鎖鑰風生一劍裝。笑我齊年惟寂寞,欲投不律事戎行。

贈丁亨文選郎初度時新膺銓命

聖主新恩下玉墀,恰當崧嶽降神時。題才總屬山公鑑,賭墅慣敲謝傅棊。十載靜觀應了了,今辰趨召莫遲遲。世情南北君休問,賢路蕩平任主持。

董見龍考功予告奉訊

仙郎起草在南宮,無限人才入鏡中。學比仲舒源自遠,清同叔則識兼通。亦知漢主虛鈞席,未許王孫戀桂叢。中散不堪真有七,漫將書尺抵山公。

秋晦遊宿石空岩時有海豐築岸之役

驅石誰填碧海衝,朅來岩際臥雲松。天圍翠壁諸峰聳,水帶秋聲薄暮舂。深夜女冠千拜佛,凌晨道侶五更鐘。坐觀星象真堪摘,便隔塵寰似幾重。

賀韓少參璧哉新擢海憲

萩苑仙郎盍擅壇,歐陽共說是今韓。傳經貴竹風流遠,擁節茘桐惠澤寬。帝眷東南新雨露,人占江海靖波瀾。耄倪何事扳轅切,天在榕城咫尺看。

歲暮奉母出分水關依己酉冬入關韻

七載歸來臥故園,無端隨牒度關門。千山叠叠寒烟斂,萬木蒼蒼暮色昏。幸有丹衷廻主鑒,羞將薄祿答親恩。人生出處渾無繫,投老須教面目存。

車盤驛和葉少師韻

分水關頭咽渺茫,寒宵始覺在他鄉。敢言於越聊棲鳳,還笑上林坐牧羊。堂老猶榮辭祿詔,野人何事賜環章。畏途真悔葛藤在,關吏揶揄有底忙。

過鵝湖書院和朱陸三先生韻

幾經塔院不忘欽,駐馬登堂慰夙心。肅拜怳從當日聚,儀刑儼在碧山岑。

欲求易簡先原本,細下工夫詎陸沉。同異紛紛終一致,孔庭並祀廓如今。

起赴浙臬過草萍再和孫忠烈公韻

忠烈綱常慷慨當,陽明學脉更慈航。姚江間出人雙擅,越憲新膺我底忙。漫擬風猷追絕躅,且將出處信穹蒼。江湖魏闕心長繫,此日憑何答廟堂。

再和王陽明先生韻

自笑生來少怪奇,行藏何計繫安危。十年世局觀應破,千里車塵力已疲。嶺樹蒼蒼分楚越,春雲藹藹擁旌旗。此行直過陽明洞,一點良知是我師。

會江道中作兼簡楊侍御

江繞旌旄驛騎飛,千峰遙帶雪霏微。荒村已見梅花爛,傲歲何妨竹色肥。官便潘輿聯舊舍,人懷召芾愧前徽。德門雙白斑斕舞,最羨衡文柱史衣。

過曹娥江謁孝女廟丙辰

遠峰帶雪繫行舟,煙淡潮平穩不流。怪底江非曹作姓,揭來娥與水俱悠。祠邊孤塚梅花落,宋代三褒錦字留。多少美人黃土裏,香蘋祇薦自千秋。

秋日邀周南陽憲副林槐亭提學遊阿育王寺觀金塔舍利寺有娑羅樹二株是先大夫守四明時移種金陵蘇東坡碑是先大夫重勒感懷有作

育土精舍四明東,秋興扁舟二妙同。寶樹移來原佛種,殘碑重勒見坡公。珠光閃閃懸金塔,貝梵沉沉逗晚風。回首趨庭何日事,止今相對已成翁。

丙辰四明除夕作是日立春

春風一夜判年華,膝下團欒更憶家。豈有浮名驚物論,何從啓事到天涯。樓船出海龍深蟄,組練排空劍閃花。轟闕長纓原有志,波臣敢作滯留嗟。

丁巳元日四明試筆時年五十有五

去年藩署肅朝冠，此日明州五夜闌。聖壽遙先郡吏祝，親祠舊傍泮宮安。賜環可有分毫補，緘篆從教案牘寬。來鶴庭趨懷往事，自憐垂老得盤桓。

登盤陀石丁巳

巑屼片石亦奇哉，高傍大悲說法臺。夜月朦朧斜落影，海風簸蕩淨無埃。白華梅井仙踪在，紫竹檀林帝命開。細雨緣梯凌絶頂，懸知當日點頭來。

禮潮音洞

大士遙從西極來，瑞光常現落迦隈。朱瓔碧椀清宵月，深洞狂波白日雷。石作善財參佛立，花緣悍將徧洋開。視師到此探幽勝，彼岸微茫祇自猜。

喜陸伯生枉顧四明二首

十載山中信未沉，一官更喜便招尋。清齋下榻何年事，奕世通家此日深。縱目樓頭碑尚在，散衙樹色晝常陰。風塵杯酒同舟去，別後論詩憶賞音。

其二

泠然仙客御風輕，不負剡溪訪戴盟。薄禄奉親慚善養，高朋話舊有餘清。衡文白首非吾事，羈闕長纓浪得名。總爲出山成小草，曉猿夜鶴倍含情。

聞浙學誤簡有作

文衡此地忝三推，笑我行年非壯時。已分畸人爲棄物，何當明主憶清司。玄珠赤水求猶易，一葦衝流捍者誰。未論蘇王堪並駕，且將鄒魯範驅馳。

浙江驛舟中共丁亨文館卿夜話

塔邊雨色夜霏微，江上逢君似令威。共話青燈驚曲折，何知驄馬巧依違。

時傳啓事聲名重，門有樹人桃李菲。暫到故園非穩臥，五雲行見簡書飛。

春日遊玉屛山絕頂己未

簇簇巉巖入望佳，一卷奇勝巨靈排。山中鹿虎藏深洞，天上星辰迥可階。檻拂薰風眠白日，逕廻危石破青鞋。已誇幽討成三笑，爲許重尋共午齋。

送徐雲林邑侯移劇莆田

美名嘉政映青春，大邑移符寵命新。三秀已馴桑下雉，九華今見甑中塵。君家自有循良譜，界上其如攀臥人。爲道重沾河潤日，漢廷傾耳下徵綸。

送林璞所應召赴闕

雄文壯歲許誰如，明詔徵才下玉除。萬里驊騮開逸步，九秋鵾鶚快凌虛。廟堂未解憂東顧，軍國尚祈渙內儲。肉食疇堪撐社稷，看君亶上達賢書。

奉訊林省庵納言時方推太常

知君戰勝未應癯，却説閒來問藥鑪。物外蕭然觀世態，醫方抄就豈身圖。蚤耽著述功吾道，即展經綸效是儒。聖代只今需仗鉞，漢儀誰數叔孫徒。

仲春宿石竹山庚申

重凌絕壁扣仙關，步入榕門路轉艱。窺牅老猴深避客，參天古木半空山。欣逢勝友宵聯榻，不盡群峰曉作環。白玉橫腰寧我事，倦飛猶悔未知還。葉相《祈夢》云：腰繫白玉帶。

到三山聞彭侍御疏及先一夜宿石竹夢云相送榕門月色新乾坤萬里一歸人

捧檄武林歲已三，憂時未忍遽抽簪。中州柱史知何意，兩浙衡文亦不慚。菽水高堂從此是，風波滿眼慣曾諳。仙人昨夜傳歸夢，底事征車今始南。

池致夫直夫邀遊清源洞

猶憶望山磴道危,同遊不覺歲華遲。平臨郊國諸峰拱,遠接滄溟春水滋。笑叩仙源名利客,遍探幽勝雨風時。黃昏半嶺沾衣路,餘興未酣酒共持。

送詹見五巡憲入賀萬壽

使君持憲自清真,澤沁南邦似醉醇。鈴閣晝閒孤鶴唳,樓船波靜萬家春。玉書初下褒殊績,金鏡欲携獻紫宸。載道旄倪扳未得,重看旌節拜恩新。

送王玄亭方伯再入中州

携手看花三十年,鬢毛如許總相憐。文成大雅堪誰並,義激當機羡爾偏。此去天中崇屏翰,尚聞遼左報烽煙。同心海內幾人在,決勝還期日月邊。

庚申秋聖節日后服未除忽聞賓天之報復聞泰昌新政情見乎詞

素衣脱却換朱衣,曉月清秋望紫微。何意萬年稽虎日,忽傳軒后御龍歸。太平五紀真稱盛,蠢爾遼夷恨未威。再世恩波遥洒涕,欣逢新政續前徽。

喜黔中蔣美若年兄已到難兄寧洋縣署兼訂枉駕

一別金陵三十春,祥舸萬里隔風塵。何期尚子名山徧,爲訪難兄漳水濱。爾快鳳毛成茂宰,我懷鶴髮解朝紳。相逢咫尺年華改,貰酒青陽待故人。

張紹和孝廉即席有作步韻

忽復逢君貞素堂,主人邀我無功鄉。經年訂約今方得,怪說分携有底忙。細雨昨宵滋嫩菊,花風此夜度微霜。幾人知己開懷抱,莫使吾醒也自狂。

步韻送蔡敬夫方伯赴召之易州三首　天啓辛酉

草色花香競蚤春，長亭尊酒倍情親。才名蓋世堪誰並，獨立靜邊憑此身。控扼重關三輔地，狂歌易水昔時人。此行開府君餘事，莫遲音書報舊鄰。

其　　二

去年將我共依依，今日送君詎忍違。二蔡齊名吾竊忝，三春寸草計寧非。行邊象緯占雙佩，林下詩書穩半扉。才子文章真有用，碧浯山色借餘輝。

其　　三

盛年椽筆擅雄文，濟世才奇聖主聞。堪笑劍鎗無遠略，誰當尊俎表殊勳。楚氛久息呼庚諾，燕市今看靖塞雲。百萬貔貅需指顧，壯遊何必悵離群。

邀蔡對石工部夜飲有贈　辛酉

白下追隨三十春，忘年世好倍情親。多君未厭花邊酒，老我今看鬢底銀。細雨坐深緣道故，殘燈棋罷覺交伸。相望舍許愁離索，歲晚猶期結比鄰。

蔣象岩太守從寧洋縣齋以二詩言別云復將入齊視令子華令克家期而不到有懷和韻二首

衡門寂歷長蓬蒿，正遲佳人酒共陶。傷手南來愁着屐，壯心東望欲同袍。新朝雨露仍熊軾，萬里雲霄有鳳毛。歸去未應開蔣逕，弓旌佇看下林皋。蔣書云：南方多雨，因學着木屐傷指。

其　　二

遠遊端的為難兄，兼許輪山訪友生。風雨一春愁未了，鶯花瞥眼過朱明。先秋蛩已催歸思，臨老何緣話舊情。茂宰琴中歌陟岵，蓬萊烽火客心驚。

步韻壽太僕李伯東

岳命出山罔命歸，恩波三世世應稀。共言明主鈞衡意，未許老臣薜荔衣。牧圉聊供軍國賦，琅琊暫假客鵾飛。畫師草聖前身是，炯炯雙眸大筆揮。

壬戌人日望洋庵作

歲暮方從海上廻,春新復挾堪輿來。院中茶蘂紅將拆,墻外梅花白爛開。六十年光空甲子,終天孺慕泣南陔。無端夜半天風起,捲送濤聲欲作雷。

即席戲贈歌妓壬戌

苧羅溪畔浣春紗,一入吳宮更憶家。妙舞低垂心已到,清歌宛轉意偏賒。渾疑行雨陽臺夢,誰泛支機八月槎。自笑狂夫頭欲白,不關鐵石怯簪花。

送周台石大參入潮陽

與君同是考盤人,先後徵書下紫宸。我愧疏材徒若若,君餘芳略自嶙嶙。東西鼙鼓聲猶壯,鄒魯干戈息底頻。閩粵接連乾淨地,爲驅蛟鰐卧潛鱗。

送林璞所侍御按南畿

勸君蚤上達賢書,不謂題才漫及予。豈有浮名堪剪拂,祇慚知己借吹噓。萬年根本垂皇眷,八道循行出使車。蒼鬱蔣山瞻旺氣,澄清風裁壯王居。

癸亥展獅山先壠時將北行

每逢初歲到江濱,屈指于今十二春。違遠半緣羈吏跡,無端更欲動征輪。懸弧蚤擬紓開濟,投牒從教老隱淪。朝命再臨須勉出,衰庸何以答君親。

劍浦道中癸亥

此地幾經飛蓋入,公車橋外憶淹留。千層漠漠丹崖樹,片葉潺潺碧瀨舟。一自斗間明劍氣,于今浦底說龍湫。夜來風雨驚潛蟄,湧起甘霖潤九州。

車盤驛又和葉臺翁韻

一官拓落幾投閒,更爲君恩別故山。自分疏材無寸補,況逢時事復多艱。

十臣濟濟扶新運,九列纍纍半壯顏。衰謝畏途堪叱馭,白雲飛處是鄉關。

過釣臺和葉臺山相公韻

桐江弔古表雙亭,萬壑千岩相與青。共詫雲臺圖列將,誰知狂態動占星。百年炎祚空成夢,一線清風猶自醒。擊楫中流聞祖遯,非關名利獨揚舲。

和陽別內弟池直夫

羡爾多奇復愛奇,春風疋馬漫相隨。離家愁見他鄉月,攬勝悠然獨往時。禪理自從前世悟,詩篇肯許衆人知。塤箎唱後重斟酌,賦就揚雄奏漢墀。

和陽訪內弟池致夫州守

當日龍飛第一州,使君出牧古諸侯。山公吏譜傳冰檗,上國文光射斗牛。盟取寸心懸白日,壘成四履壯金甌。高堂拜別慇懃道,爲報平安解爾愁。

送莊羹若脩撰册封趙藩

問君何事出銅龍,言指魏都啓大封。五色雲光明上第,三長史筆纂神宗。長卿使節蜀人羨,七子才名鄴下逢。冲聖虛懷延道術,莫遲歸報未央鐘。

陳白意計曹招飲檢玉亭同何匪莪王虞石陳四游陳季琳分韻得蕭字

通惠河流出玉橋,秋風繚動轉輪遙。方舟徐曳移珍兕,岩壑徧探借大貂。觀奕無言吾自遠,敲詩對酒致誰饒。興酣欲上新鈎月,愁聽銀壺隔麗譙。

和師相葉臺翁自壽韻

起參新政復三年,南極秋光映壽筵。冲聖虛傾馮翼切,人情久屬景卿懸。任將髮白憂軍國,饒有心平是福田。兼俸加官酬載筆,漫愁多貰酒家錢。

題井研侍御陳岷麓公册

當年通籍挹容輝,再世交心欲濕衣。龍里乘驄干羽格,螭頭簪筆諫書飛。功收屬國雲霓望,魂傍故鄉夜月歸。俎豆三韓應勿替,易名誰不羨風徽。

宿柳泉公館逢至日

年年至日拜君親,旅館今嗟萬里身。吉月欣逢進履日,南郊遙憶奉璋人。村邊楊柳新含潤,水底魚龍欲振鱗。世事謾言終剥盡,天心來復見茲辰。

輓林負蒼憲副二首

廿不先生盍掛冠,爲徵良守勉之官。諸生盡化文翁教,漢史獨稱黃霸寬。取次公卿須後命,裁成郡吏永垂觀。祇緣學得金仙術,一過柯山便羽翰。

其　　二

林園十載共婆娑,棋局酒鐺良夜過。一受長生鍊息訣,却嫌少飲朱顏酡。世間鍾鼎皆成夢,鄉里口碑自不磨。此日先生宜祭社,三湘旌節任蹉跎。

癸亥冬草萍又和孫忠烈公韻

少年謬許赤心當,老我慙非濟世航。眼厭紛紛成底事,中懷冷冷爲誰忙。東西鼙鼓憂長白,門户葛藤付彼蒼。銓筦何人能逆折,負暄還欲效朝堂。

草萍又和王陽明先生韻

漢世公卿誰自奇,言當不諱始堪危。生來癖笑金人戒,老去徒嗟馬力疲。相士東南收美箭,觀兵吳越閃朱旗。侍臣恩許寧親日,喜靖夷氛海上師。

過分水關和黃大司馬韻

世路崎嶇欲問天,吾生自許直如絃。鶯聲囀送之官去,梅蕊開迎拜疏還。

雲白親闈看漸近，絲棼國事任誰肩。漢皇何日思宣室，重過關頭聽瀑泉。

大橫驛和黃大司馬韻

古驛寒雲樹影低，叢山仄徑客魂迷。人疑直道難容世，帝鑒孤忠許舊栖。延水舟輕飛下瀨，建溪酒美判如泥。入門莫訝歸裝薄，春草長林色已萋。

送洪爾蕃上舍偕兄赴京甲子

芳春物色入朱明，尊酒送君萬里行。風景迎眸供綵筆，關山回首惹詩情。二難客路堪爲伴，三鳳皇都佇共鳴。意氣凌雲原自許，男兒何事逐浮榮。

初秋送張方復孝廉計偕

露湛風秋天宇清，長亭斗酒送君行。聖朝席側思賢俊，才子計偕上漢京。珍重進身寧喫着，莫將所學負生平。而翁正笏螭頭陛，喜聽臚傳第一聲。

爲李令公壽封翁思涯暨孺人呂詩二首

爲祝君侯祝所親，天恩雙拜鬢如銀。自傳金母木公訣，何論三旌五鼎春。幾載輪山供大隱，一肩行李不嫌貧。君家總憲今元老，信是仙都多異人。

其　　二

行年指使羨如賓，逐子之官到大輪。兩兩皇恩頒紫禁，輝輝壽極晃陽春。風清衙冷善爲養，晝永荔丹味入脣。萬户謳吟何以報，只今法從拜貤綸。

送邑侯李任明再覲

當年上計入明光，梟鳥歸來復幾霜。總爲堯堦須屈軼，故教南國頌甘棠。半肩行橐琴書冷，擁道扳轅父老忙。海上鯨烟今已掃，憑將深策達朝堂。

除前一日立春書懷

甲子除前迎蚤春，戴花敲鼓走鄉鄰。歲逢春日愁增歲，春入歲寒喜覺春。

卧母數錢頒里媼，病妻炊黍供尊神。老來憎説看除目，家室和平莫厭貧。

送林栩庵司理徵選乙丑

少小通家挹玉顔，何緣旌節映閩山。多公廉靖持三尺，老我虛庸託萬間。明主注遴青鎖闥，嚴君遥倚越江關。此行忠孝人皆羨，爲寄中興諫草還。

奉寄林槐亭提學

惜別甬東歲幾周，封書幸不滯輕郵。堪憐身老知誰健，瞥見局翻添却愁。獻納舊傳柱史簡，勳名今喜兒郎收。聖朝側席懷耆德，行遣鋒車出帝州。

陸伯生以詩箋見寄奉答

武林分手是何年，却喜音書到遠天。奕世通家吾已老，驚人佳句爾誰傳。滄田世局看如許，門户宦情總不牽。三泖七閩相望迥，論心還欲卜良緣。

贈蔣恂庵安溪令

共傳仙令出雲間，爲試理人領閩山。峰秀千層當面起，溪流一曲抱村環。風清月朗聞啼鳥，訟理政平習閉關。聖主勵精綜吏最，雙鳧佇入紫宸班。

南思受中丞平夷奏凱紀贈四首

海國波恬六十秋，紅夷深入棹輕舟。壘堅彭島分天塹，市乞三山踞粤州。乍出火攻爲上策，還憑廟箅伐狂謀。功成飛疏報明主，紫誥彤弓取次酬。

其 二

中丞開府得民和，時雨之師枕上過。間諜先將夷魄褫，樓船一出戰勳多。九重動色紓南顧，萬户歡聲入凱歌。纘禹疏河新命重，論功行屬禁中頗。

其 三

日本遠浮天一方，明朝原不與來王。紅夷蠢爾更幺麽，徽市胡然敢跳梁。

帷幄韜中籌虎豹，湖山海外截金湯。從茲萬姓安耕鑿，方召于周頌外攘。

其　四

鎮海彭湖一鏡通，屯兵向逼是心攻。不緣開府紓雄略，安得墮城靡望風。經歲漁人仍集網，歸洋賈舶坐乘空。更聞善後綢繆密，萬里和蘭永不訌。

送宮傅黃鍾梅公應召二首

未老飄然戀桂叢，聖明求舊起司空。豈緣堂搆工師重，爲剖藩籬人物衷。三尺持平張釋當，蒼生注望謝安東。兩朝慈孝光千古，青史長垂翊贊功。

其　二

一自計偕欣御李，儼如群皂拜崧丘。抗言師友伸知己，獨任政刑抒壯猷。共是兩朝承顧命，誰臨大事砥中流。天王袞職須公補，此出勳名徹底收。

贈桂允虞大參齎賀萬壽兼拜家慶

聖主萬年開閶闔，使君來賀入明光。恰過汝水逢家慶，登拜親闈介壽觴。南國于蕃勳業遠，而翁大耋鬢毛蒼。此行應占山公啓，重捧恩書出帝鄉。

又南中丞平夷奏凱

怪底夷舟何處歸，海天萬里凈煙霏。間非表餌深於間，威以甲兵不用威。開府勳猷繩大祖，將軍籌略振前徽。共傳常武中興烈，此日清朝露布飛。

壽蔣翰林祖母吴太安人九十一

刪詩首繫栢舟篇，立節立孤更可憐。節皦三膺綸綍貴，孤成叠見子孫賢。年開百衮神彌旺，名豈秦臺世共傳。堪美趨朝太史日，板輿扶侍五雲邊。

簡劭思祥刑三載報最賦贈

何處風清霭盡消，共傳作士有虞陶。心涵水月停三尺，法炳丹青麗九霄。

得士獨觀神色外,攝符更起蔀閽洞。政成奏徹明光陛,爲佇徵書下聖朝。

送蔡仁夫往迎令兄司馬歸櫬

西風消息是耶非,原上鶺鴒何處飛。我撫牙絃誰爲鼓,君傷棣鄂絮沾衣。櫬槍電掃憑三尺,湘渚雲迷泣二妃。一綫千鈞須自愛,關頭雪没馬鞍韉。

輓蔡敬夫總督三首 丙寅

才名蚤歲擅文壇,帷幄籌兼絶代看。爲許酬恩三尺劍,誰知盡瘁五溪蠻。捷音幾見飛楓陛,逆首猶遲正藁竿。淚灑英雄長不滅,九泉耿耿寸心丹。

其 二

一入營門便改觀,三軍勇倍萬民歡。伸威雄劍光衝斗,掃穴義旗瘴洗蠻。蚤矢此身殉畬土,寧甘隱跡狎漁竿。皇恩軫恤勞臣重,名並縱擒永不刊。

其 三

與君同姓結同生,三十年來意氣併。君出爲君如意舞,我歸爲我不平鳴。力任半壁聲威震,志決一身去住輕。天道無知何足問,千秋蘋藻峴山情。

送按察孫東曙卿同寺

法星高映將星文,羽扇樓船净海氛。更許幕南能逐虜,一過冀北定空群。漢皇前席思才子,閩叟扳車送使君。猶憶野亭留小隊,即看旌節表殊勳。

丙寅秋老母誕辰王春和兄有歌爲壽云多得吕仙之助

月到中秋幾望時,恰逢老母誕生期。慚無庖膳供甘旨,喜有歌章介壽祺。自是天仙多暗點,不緣人巧費搜奇。從今歲歲稱觴日,願乞新篇照綵衣。

丙寅八日同張尚宰過牛灰山僧舍

咫尺靈山意未疏,秋深重扣老休居。登高悔却忘扶杖,迷徑行來幾舍輿。

小閣池清坐日暮,夜松濤湧醒鐘初。諸天共話驚河漢,閒讀曹溪一卷書。

曹方城令公贈言

閒來獨對青編坐,散步時聞謠誦音。邑有神君心若水,野無膏雨政爲霖。催科緩及桑麻長,樂育俄看桃李陰。更說丰稜銷反側,自公無事晝鳴琴。

送簡劭思祥刑入郎儀部丁卯

泉南爲理絶纖塵,藉甚循良冠八閩。照比寒潭澄水鏡,澤如燕谷轉陽春。虞廷禮樂典司重,仙署聲華寵命新。君去雲霄從此逈,清時啓事正需人。

雨中訪友朱文公祠祠爲蘇紫溪許鍾斗讀書處上房僧舍予舊棲也

輪山梵宇晦翁遊,廟貌百年在上頭。溪老經傳多俊士,史公業就冠瀛洲。春雲漠漠海天遠,古樹蒼蒼洞壑幽。歸到上房尋舊隱,門庭非昔一僧留。

送漳守汪鶴嶼歸新安

丹霞千里借專城,風洒四鄰別樣清。邸絕餽魚公相後,橋餘渡虎漢循并。漫將中立嗟吾道,共喜投閒戴聖明。此去黃山供臥穩,相期莫負歲寒盟。

送沈漢陽郡守擢憲粵西

明山舊識擅雄文,兩榜魁名海內聞。一自望郎分劇郡,七閩載道頌神君。聖朝乃睠西南顧,使節遥披粵嶺氛。此日征轅扳不住,棠陰父老轉望雲。

送周愛日選郎入都

千仞高翔歷幾春,覽輝此日下蒼旻。滿朝懸注山公啓,明主睠懷水鏡臣。故國干戈回望逈,廟謨尊俎折衝新。野夫相送慙知己,莫問如今老隱淪。

送池直夫孝廉上公車

少年藉甚擅才名，雲路高騫舊帝城。禪理冥窺文字外，詞源迸落鬼神驚。新秋霽景開行色，上國壯遊命友生。聖主得賢誰作頌，子淵摛藻動西京。

戊辰元日立春試筆

英主乘龍正御天，寰區歡頌太平年。大奸脱距舜功二，魏忠賢、崔呈秀。君子得輿人望懸。遥卜我明皇祚泰，况逢元朔蚤春還。潢池赤子弄兵者，爲語投戈轉力田。

輓戴亨融廉憲二首　戊辰

憶昔金陵傾蓋日，君爲侍御我爲郎。嘉辰選勝誰先後，尊酒論心對激昂。半世風塵分去住，幾廻問訊貽琳瑯。忍聞憲節驅筇坂，瞥爾乘雲游帝鄉。

其　二

嗟爾少年意氣豪，冒詩結客領吾曹。經傳貴竹人文轉，績著古松帝命褒。賞拜横犀猶薄賏，冠仍我豸豈藏刀。懸知故域歸魂處，定有文光燭夜高。

海道周際五擢憲江右賦送

少年才子表東甌，唱第彤廷五色浮。北闕夷夔司禮樂，南天方虎領貔貅。清冰壺裡一輪月，大海風前萬斛舟。專憲江藩攀不住，何年旄鉞入閩州。

陳季和赴鄴省覲有贈己巳

樓頭積雨報新晴，聞道仙郎欲遠行。繫雁嚴君頻寄信，攀龍才子自含情。鄴都覽古多文藻，芳草生春送客程。趨過對餘須静討，歸來劍氣倍崢嶸。

送張尚宰起大理寺丞還朝

故國猶聞桴鼓鳴，深秋送客入承明。九重新廣合宫聽，廷尉舊稱天下平。

風起雲飛思漢士,彤弓玈矢屬周楨。祝君大展經綸手,遠我青山避世情。

送黃元眉侍御巡方川陝

黃華飛疏入承明,共羡中臺一鳳鳴。銜命寧辭萬里遠,望雲暫向故鄉行。漫將馬政當邊計,還仗龍韜佐盛平。四牡騑騑須自愛,翩雛應見古人情。

送憲伯蔡五岳告歸庚午

使君威德遍閩州,三十年來四度遊。共說泉南真佛國,誰令漲海坐安流。政當盤錯心如水,功活萬人病不憂。暫向吳興舒嘯傲,佇看旌鉞慰歌謳。

佛可上人到鄴取藏經還山有贈

北山是爾幽栖地,何事雲遊上雀臺。不向衛城乞食去,却將白馬馱經回。從知象教非文也,任墜天花亦幻哉。自此拋離言句障,歸來嗅取嶺頭梅。

送方城曹令公入覲

六年爲邑勵清聲,慈母神君相與名。水旱雖仍饑不害,海波時湧勝爲兵。漢廷受計虛青鎖,群后四朝上玉京。顧我人非單父客,音徽猶自憶絃鳴。

送士觀姪赴公車

澄明秋色北風寒,才子乘風勵羽翰。親舍無勞廻望遠,帝京今喜卜年安。談經三策共推董,唱第五雲誰似韓。寂寂宗門須大振,期君萬里一鵬搏。

寄題張凱甫幼清祠

童烏不與子雲玄,凱甫蘭摧欲問天。詩占千言供即席,記成九曲便登仙。而翁今許文章伯,孺子蚤遺麟鳳篇。香火青熒長不滅,時聞笙鶴過山前。

送王而弘少廷尉還朝

共君兄弟結心期,龍蠖屈伸各有宜。抗疏精忠光揭日,納言遠引傲明時。

虞臬作士徵書重，謝傅出山興論推。聖主英風卑七制，廷中議法藉平持。

送陳白南太倉赴京謁補辛未

每嘆世情學絕裾，誰能偕隱不躊躇。多君輕撇利名障，將母忍教定省疏。海上捐金酬壯士，朝中招隱動征車。九重席側思方虎，好把英猷大展舒。

送海道徐魯人擢憲山東

文章夙已擅時名，籌略更推萬里城。海上鯨鯢今掃淨，山中狐鼠敢橫行。七閩舊赤扳車轍，一路春花擁客旌。康濟自身過畫錦，旋看仗鉞簡承明。

偶憩開年寺歸從礮內出石佛

一片清溪迎寺來，千年香火傍山開。堂升拾級階當面，雨過翻空浪若雷。指畫驚傳神力授，莊嚴詫說施家財。旋車礮口更奇絕，亂石流穿百道豗。

讀威寧伯王襄敏公集

風飄對策上雲迷，綵筆縱橫不可羈。文寫胸中之氣概，詩成興到自淋漓。胡塵百戰勞誰並，閹宦共功數固奇。幸際孝皇求舊德，勳封何必子孫貤。

贈郡守王壯其擢興泉憲

使星一識十年來，出守共稱濟世才。戰勝堂皇收大憝，澤覃蒼赤上春臺。英聲北闕幾封疏，憲府南天此日開。莆海源山氛祲淨，高牙大纛眾望推。

哭少司空何穉孝先生四首　壬申

憶我壯年新射策，逢君謁選上金臺。長歌為贈南都去，赤牘時從北闕來。意氣相期誰介紹，文章堪許豎頤頰。回頭倏忽成今古，嘆息人間不易才。

其二

羨爾大儀能守官，聲名藉甚重長安。孤忠自許甘投檄，啟事幾迴滯轉丸。

却藉餘閑供著作,終歸公望表朝端。憨予先後續貂迹,惟有一丘傲歲寒。

其　　三

勳寺追隨尋舊歡,此曹猥冗濫清班。我遭讒口還初服,公累乞身晉一官。論定屈伸仍自逈,情投出處亦齊觀。却憐大壑藏舟蚤,剩有遺編照菽壇。

其　　四

到老百篇詩思豪,終朝揮翰不辭勞。古來才子似公少,作者之壇任爾操。院乞玉皇皆可侶,乘車戴笠是吾曹。昨冬荒徑聯杯酒,忽漫騎箕列宿高。

七十書懷

漫言七十古來稀,過去光陰如箭飛。還叩胸中無一字,虛遊物外總忘機。蓼莪情事終天在,白首行藏與世違。爲語少年三立士,日車莫假魯陽揮。

安溪往還

老來一室耐安居,忽走清溪百里餘。鳥道扳援愁欲絕,羊腸詰曲步應徐。山城晝靜疑村塢,仙苑岩幽出紫虛。更有玉河灘水闊,扁舟直下金鷄渠。

送陳伯武之南京刑垣

浯島于今開鎖闔,碧梧一鳳矢音鳴。六朝名跡供清賞,昭代讞論重舊京。座列貫城平議獄,馬逢三獨揖分行。當陽聖主多英斷,尚德飛章贊太平。

贈張紹和六十

聖主公車不乏賢,丹霞之子更超然。遺文搜遍六朝上,深義冥窺象帝先。萬石洞中程霧隱,名山藏裡子雲玄。知君自有弓旌至,何俟平津擢對年。

送安溪許箕穎令君應召甲戌

使君雙烏五雲飛,製錦佳聲達禁闈。幾載鳴琴和夜月,四郊雛雉狎春暉。

轅扳藍水棠初發,詔下閩山麥正肥。此去明時需補袞,遥瞻行色倍依依。

賀周愛日選郎舉子

當年柄選王裴徒,聖主有心求舊無。令子一經高占選,而翁六袠復生珠。共誇謝傅芝蘭秀,恰與周家仲叔符。自是生平多種德,頻將湯餅爲君娛。

壽陳賓門憲副七十

一從弱冠託交心,五十年餘氣誼深。跲踔畏途同拙宦,歸來三徑快披襟。世情静裡看應破,詩思醉醒時一吟。希歲欣逢介壽日,羨君繞膝盡璆琳。

送顏吏垣入都乙亥

羨君英望滿朝推,召起東山總諫司。況復中原多事日,恰當下詔求言時。知人安民臯謨矢,尚德緩刑漢疏垂。願抒丹衷酬主眷,林間欣覩太平期。

送少宗伯林鶴台應召

彤廷第唱五雲浮,講席談經沃紫旒。自是孔門肩一脉,故教廟貌羣千秋。聖朝特簡寧枚卜,名世應期分必投。匡救久宜將順併,蒼生翹望濟川舟。

曾二雲少參兩推楚蜀未俞更喜題留賦贈

毘陵作守清貞最,憲府閩天此日開。靖掃海氛騰茂績,閑登講座育英材。我慚投老逢真契,公爲留賢注聖裁。萬姓叩閽祈借寇,新綸佇下建章來。

壽王東里中丞六十三丙子

涉世多公十載餘,文章勳業百無如。鎖闥大諫舒忠赤,憲府敢言動殿臚。歸到山中安石望,閑來方外子雲居。年周花甲神情旺,求舊佇迎駟馬車。

送熊夢澤明府入覲二首

使君爲邑號神君，六載輪山廉且勤。碧海干戈今枕席，四封禾黍足晨曛。登堂民服揮毫折，司舉士收大雅文。肆覲循良應第一，擁車扳卧去思愨。

其　　二

扳轅無計留循良，復際葭秋露已霜。寤寐朝堂虛左待，艱危海國試先嘗。暗中摸索當年事，林下瞻依五載長。萬里王程須自愛，老夫藉手靖邊疆。

送區長澤祥刑署同還郡丁丑

五羊才子占魁名，六載刺桐祥理聲。吏蠹靜觀如鏡照，民冤片折頌衡平。澤覃郡邑同尤渥，重鎮澆囂政更清。聖代即今須補袞，祝君特召出承明。

送陸天隨巡道入賀萬壽

知己相逢詎偶然，識君况在泮宮先。中吳士許文章伯，上計官評才品全。德禮盛恭敦古道，恩威兼濟靖窮邊。此行萬壽嵩呼日，海國重欣見二天。

送葉國文學御入都戊寅

羨君柱下著清聲，造士南畿水鑑明。讀禮已酬天罔極，登車矢作漢家楨。矧兹疆宇逢多事，端藉仁賢佐太平。愧我暮年塵諫草，臨岐却阻一稱觥。

題熊夢澤邑侯生祠

使君上計是何年，五里崇祠已儼然。總爲廉明思去後，故教香火亟爭先。榕陰堪比召公樹，郊外猶聞宓子絃。聖主用人親試吏，蹔虛揆席待名賢。

題陳季和古莊書室

問郎修業在何許，卜築城西一草廬。晨鳥噪林催醒夢，夜魚弄月躍清渠。

談經總要深心會,制舉莫輕信筆書。主靜儒先傳妙訣,而翁傾耳唱句臚。

七言排律

送史聯岳傅相告歸癸亥

都門七月秋風動,濟濟冠紳祖餞殷。東山特召扶新主,黃閣歸休乞聖君。椽筆繪天綜訓烈,恩貤奕世濟清芬。共誇弼亮光昭代,不愧魁名現五雲。清白樓臺無地起,端嚴型範任人薰。杯銜不問朝來客,籌運坐銷海上氛。側席九重求舊德,蒲輪佇借懋殊勳。

五言絕句

溪行癸巳

危石參差見,狂瀾日夜翻。扁舟一葉遠,何處泊孤村。

題　畫

石壁千尋峻,溪流九曲環。洞天應第一,曾憶舊蹟攀。

城西驛庚子

雨過夜風秋,雷殷石溜急。晨鐘驚客夢,愁思萬端入。

獅山先塋封石告成有作二首

山踞金獅臥,橋蟠玉閈虹。左沙關鎖好,佳氣鬱葱葱。

其　二

遺言猶在耳,塋對碧浯聞。試上新阡望,戴洋松色來。

過麻城弔李卓吾八首　甲辰

生前不會面,死去憑誰語。魂魄應歸來,此鄉不可處。

其二

最愛讀書樂,石湖自歌哭。誰言世界窄,不能容老禿。

其三

老聃姓亦李,聃老却無死。膏火自熬煎,吾徒非耶是。

其四

本是出世人,而談世間事。世出與世間,兩者將無異。

其五

聖主遲留意,未必欲死君。剛心降不盡,垂白甘喪元。

其六

君著五死篇,欲死不知己。臨當刎頸時,畢竟逍遙是。

其七

藏書故可焚,焚書故可藏。流派自莊周,知非盡荒唐。

其八

生不逼人惡,沒亦誰人憐。此老千年後,奇文當必傳。

蘭 畹庚申

尋芳九畹側,如與幽人即。堪笑畫圖中,盆邊更插棘。

榕蔭

夏榕結密陰,行者憩其下。雨過老髯低,風來清韻灑。

籬菊

陶潛裛露採,籬下一尊開。爲看重陽日,誰人送酒來。

藪篁

野竹拂青霄,亭亭傲雪條。春明栽不得,偏向林中饒。

荷　池

干霄疏竹影，拂水茂林風。有客涼亭上，荷香送碧筒。

霜　栢

本是凌霜骨，歲寒自不移。何如桃與李，紅白掇春枝。

夜　梧

永夜片螢流，虛堂孤月冷。照人懷抱中，一葉疏桐影。

松　濤

松栢託根高，御風亦作濤。貞心終不改，滾浪笑夭桃。

望洋庵春夜古體 乙卯

海頭風怒號，松聲夜作濤。耿耿不成夢，明發念劬勞。

長平道中作

大阜仍青松，孤峰帶白雪。盤根大地中，氣候居然別。

題畫四絕

山色青於黛，波心澹不流。我知濠上樂，何事坐垂釣。

其　二

桃花紅勝錦，一鳥花間鳴。春色還人好，閒來得此生。

其　三

六根青淨後，白日卧羲黃。一入學思路，終宵亦自忙。

其　四

榴花紅映日，永夏垂朱實。結子纍如珠，誰知蜜與石。

題松鼠畫圖二絕辛酉

嘗怪穴中鼬,誰能辨曲直。翻身高樹上,騰踏紛如織。

其　二

秦相觀倉中,嘆人在所處。三台頻夜望,不戒晉炙鼠。

六言絕句

建州山行即事甲辰

夾岸青松拂蓋,一溪緣水行舟。驚心簇簇危石,聒耳轟轟激流。

七言絕句

題西山巘戊子

古寺巃嵷石磴餘,門開萬戶入庭除。春深烟霧暗山起,百尺高枝看亦無。

送葉涵臺秀才還里二絕庚寅

霏霏雪色映金卮,携手都亭欲別時。爲客不知曾灑淚,却因相送惹鄉思。

其　二

綈袍應戀故人寒,長鋏歸來笑自彈。日暮孤帆春色裏,獨憐遊子倚門看。

周中岳年兄讀書習射詩以問之二首

楚詞一變續風雅,後有杜陵前屈賈。之子閉門誦九丘,歌成應和郢中者。

其　二

長安春入長楊柳,夾路青青垂向牗。折取一枝憑寄君,如今誰是穿楊手。

楊花歌

三月長安楊柳萋,千門飛絮入望迷。天風一夜雨中起,散落深溝踏作泥。

夏直白雲署

吏況全銷五斗醪,柝聲半濕翻盆雨。曉來啼鵲復鳴鳩,鼓吹湖邊起兩部。

早起恤囚辛卯

黃菊晴開一夜霜,白雲高卧近重陽。朝來泣灑覆盆下,爲問綿衣幾個裝。

送何雪漁遊楚二絶

紅梅落盡柳條青,楚客扁舟下洞庭。爲問相思何處所,濁醪江上醉初醒。

其二

憐君書法勒名山,令子兼看玉作顔。風色白門春正好,可堪相送碧桃斑。

燕磯觀漁壬辰

竟夕投罾江水湄,得魚不濟老漁飢。世人何事臨流羨,長嘯乾坤上石磯。

檇李別薛茂才

總角追隨意氣親,鑑湖回首幾經春。相逢鏡底悲容色,明日復爲去住人。

早發嶀峽癸巳

夜眠不住灘聲轉,曉發常隨霧靄多。嶀峽溪山圖畫似,榜人莫漫放舟過。

蔡童子暢過予山園論文口占爲贈甲午

寂寂問奇一字無,玄亭載酒暗投珠。韶華少小應須惜,萬里長風看過都。

雁

稻粱謀足陣聲哀，一夜東風避繳回。可笑單于驚漢使，上林那得帛書來。

荔枝

紅顆冰肌樸鼻香，故園千樹逗斜陽。怪來屢作歸田賦，此物三年夢裡嘗。

度分水關甲辰

長安一道好風煙，臨到關頭夜雨懸。總爲故鄉親舍近，遥添瀑水送歸船。

度分水關

兩壁青山欲刺天，一重山轉幾飛泉。山色泉聲相映帶，直隨歸客下峽川。

聞鄧直指推陞楚臬己酉

相將吳會和塤篪，忽訝謗書向玉墀。我去君來何足問，寸心容易遣人知。

懷玉道中蚤梅

踏雪經過五度春，歸來瞥見嶺梅新。故園幾樹衝寒放，爲逗風光待主人。

望西山二首

翠微山色對西郊，採茗雲根拂露梢。一去皇州成逋客，禪門空鎖鶴松巢。

其二

馳逐風塵廿載餘，而今重得問玄廬。山靈笑我成何事，叢桂岩幽跡莫疏。

壬子生朝憶雋卿姪

去年兹日醉香岩，浮海携尊有阿咸。風雨庵頭春寂寂，電光石火淚沾衫。

送方思萱學博歸安吉二絕壬子

細雨凉風八月天，輪山相送倍依然。多君絳帳談經罷，剩有龜圖貯秘玄。

其　二
三載逢君笑口開，葛巾芒屩共徘徊。柴扉指點從坤向，無那河梁別思催。

又遊西山岩四首

崎嶇寂歷御風遊，紅葉枯枝嘯不休。薄暮梵鐘聞下界，更看輪月隱梢頭。

其　二
起看明月掛樓西，鐘鼓佛堂聲漸低。高樹號風猶未歇，朦朧曙色報天鷄。

其　三
上樓山色下樓臥，高樹鳴風晝沉寥。欲到岩頭窮遠目，却疑昏黑待明朝。

其　四
岩頂猶餘古戍臺，登臨曾憶廿年來。神山碧海乘風近，翠壁青霄插漢開。

讀詩漫興二首

思獻論文喜淺粗，堯夫飲酒貴輕淳。解人一往成千載，妙理詩篇說却真。

其　二
輕淳入口總相宜，妙得淺粗更有誰。作者固難知不易，東坡文字謫仙詩。

對　菊

籬邊疏菊放花遲，對酒看花十月時。爲報冬來猶有閏，好留黃蕊映寒枝。

送謝司訓還建州癸丑

詞場蚤已擅操觚，倚馬千言手自書。但使襟期同鄭老，何妨坐客一氈無。

戲贈楊心空道人甲寅

靜裡攤書總自煎，大還何處問金仙。竭來貽顆刀圭在，老我青山不記年。

夜　　雨

春來苦雨連初夏,滴瀝中宵到枕邊。蛙鼓蟲吟喧不住,翻愁旱魃在秋前。

送車弘宇掌教弋陽二首

五載輪山坐絳紗,九峰歸去御潘車。懸知多士雲霓望,分水關頭度歲華。

其　　二

延津雙劍化爲龍,吾道南來是正宗。君去弋陽傳教鐸,疊山忠節問遺踪。

歲暮望洋庵作

歲行云暮風淒淒,老傍獅封意轉迷。梅蕊衝寒將拆甲,松梢落日半斜西。
_{時逼除,墓梅猶未開,松樹爲秋災多偃。}

春　　吟

東風蒸出一枝新,無處春光不可人。偏怪暗催添白髮,臨觴惆悵對花神。

夜過嚴灘有懷二首

永夜瀧中風雨來,釣臺咫尺若蓬萊。祇緣旌節催程急,無那舟航撥浪開。

其　　二

一經祠下輒低徊,夜擁寒衾去鷁催。疑是山靈回俗駕,故教昏黑秘仙臺。

踏雪訪虞長孺銓部不遇遂入越州丙辰

金臺通藉憶容輝,甘載西湖卧少微。今日雪中真訪戴,空令剡曲片帆飛。

渡西興憶三十年前

西陵樓下繫舟時,春水浮空拍岸遲。帶雪漲沙橫十里,牛車沉踔遠江湄。

遊蘭亭二首 丁巳

永和修禊九年春，千載風流事若新。我問征夫尋往跡，亭餘華表見樵人。

其　二

崇山峻嶺周遭合，曲水激湍自在流。惟是墨池平種秫，老僧空說黑光浮。

度分水關大安道中作戊午

翠竹青松面面山，驚湍峭壁下閩關。不爲崎嶇嗟客路，却疑幽絶隔人寰。

太平驛道上溪行二首

兩岸山青一水通，參差溪面石巃嵷。小舟盪槳溯游去，憑軾相看總畫中。

其　二

溪寒水綠不聞喧，微雨扁舟帶遠村。行入峰回逕轉處，梅花疑作桃花源。

人日望洋庵作庚申

春入梅花爛熳開，天風日夜捲濤來。望洋庵裡醒殘夢，畏道陽尊幾細裁。

哀遼陽十絶

聞道遼民半已髡，奴酋間入小西門。招降失筭何嗟及，十萬義軍幾個存。

其　二

賜劍翻疑作杜郵，空傳徐土撫民流。監軍何意艱關出，欲把河西與虎酋。

經略袁應泰、監軍道高出，袁死高遯。

其　三

沁水臺烏迥出群，古今罵賊兩張聞。世功戰死賢降死，闒外何人是冠軍。

巡按張銓罵賊死，總兵尤世功戰死，副總兵賀世賢降賊死。

其　四

何也闔門泥井底，崔乎捐命闒司堂。雖然不補危城破，千載丹青亦自香。

遼陽道何廷魁,開原道崔儒秀。

其　　五

頻年加賦爲三韓,陸輓海輸民力殘。川浙健兵一戰盡,紛紛夷馬繞河干。

其　　六

年年朝貢館王畿,賜宴大官御府衣。狼子野心終吻血,賊臣降虜助張威。
遊擊李永芳撫順降夷用。

其　　七

傷心雄鎮欸關路,化作奴兒住牧場。銓筦繽紛煩啓事,誰人堪許奏于襄。

其　　八

潰兵爭入海山關,虜騎夜過三汊灣。經月出車煩廟筭,行邊司馬尚幾寰。
兵侍張經世。

其　　九

瀋陽軍破破遼陽,旅順可將一葦航。謹備樓船教水戰,奴兒原不慣風檣。

其　　十

五夜旗星掛東隅,建夷氛應慘於胡。懸知厭亂天終定,先殪關酋今殪奴。
戊午秋,蚩尤旗見東方。

聞毛文龍領兵二百六十人夜入鎮江縛獻僞將佟養眞父子辛酉

孤軍夜入鎮江城,縛獻逆臣動帝京。祇慮着高無後勁,空辜義士望雲情。

渡浯海送發吾左伯兄葬志感二首

破浪乘風檣欲傾,橋邊發櫂片時程。不堪雙雁行中斷,忍令素車讓巨卿。

其　　二

安穩功名三十年,何當稀歲邊重泉。劍南猶拜益州像,樂府空傳蜀後篇。

經略熊芝岡壬戌　予嘗以蘇紫溪、顧涇陽、熊芝岡三解元可作三傑。

賢書首舉三人傑,帝命專征一劍雄。萬丈文章供筆戰,亦隨逃撫棄遼東。

遼撫王肖乾

通藉何年遂撫遼,謾言一戰定邊徼。焚香叛將迎奴入,匹馬關門去已遥。

望洋庵憶梅癸亥

疏梅橫駕短墻來,每到春先爛熳開。此日尋花花不見,前村折得兩枝回。

汎海歸望洋庵

一葉乘風破浪回,茶花爛熳桂花開。依依游子望雲意,歲宴還期展謁來。

葛陽道中

低低山子卷爲石,茂樹平疇中有廬。遥望靈峰拔地起,雲屛削出青芙蕖。

富陽江上絶句

春山浮靄岸風輕,柔櫓飛鷗江色平。細雨霏微波起點,常潮蕩漾浪無聲。

過項王烏江廟五首

興劉蹙項子房功,少伯越吳事頗同。當日烏江如不死,杯羹猶憶是誰翁。

其二

捲土重來亦何爲,民情蚤已決雄雌。只今帶礪長如許,借問逐秦竟屬誰。

其三

平生喑啞廢千人,一曲若何自愴神。誰謂沛公多豁達,戚姬歌舞不禁辛。

其四

漢主三章新約法,楚兵一炬爇咸陽。霸王成敗從兹判,不論天亡與戰亡。

其五

一抔荒土舊江濱,爲惜英雄骨已塵。歌罷娥眉何處所,至今廟貌説夫人。

汾水驛庭和壁間詠葵

已過端陽未吐姿，芳心結向幾曾移。更沾雨露傾中赤，爲問行人始得知。

過獻縣有懷耿藍陽故兵曹

製錦虞山不易才，千年文學講堂開。同舟誰共風波惡，猶惜籌邊屈指來。

感滕民爲故令趙乾所起祠

東土花明古道邊，西陲績奏未央前。務勞志決身先隕，截柳爲祠憶種年。

江浦道中作

朔雪寒風老客顏，驅車彌月走空山。隔江遙見鍾陵色，松竹蒼蒼浦子灣。

癸亥冬再過釣臺

一年兩度過嚴津，來爲君恩去爲親。捧檄何如偕隱好，銅魚溪畔穩垂綸。

再詠澗松

憶昨詠松澗底篇，準看紫蓋拂層煙。而今老作溝中斷，惟有貞心似昔年。

大安驛遇雪是日立春

我來不見昔時人，黃犢青山句有神。一夜陽春吹雪白，半空湧出玉嶙峋。

茶洋舟中

每從飛蓋羨溪行，怪石巉巖片葉輕。此日鳴榔下瀨去，櫓搖乙軋不停聲。

芋源溪行

橄欖洲邊山疊環，半青半赭入雲間。春山欲雨蒸雲出，極目寒雲不見山。

常山道中逢梅

蒼蒼松色冪寒雲,靄靄嵐煙帶夕曛。爛熳梅花新照眼,故園春事倍殷殷。

贈陳生繼及世功父甲子

文字要於源上求,胸中寫出筆機流。莫言爾父爲書誤,少小還應飽索丘。

留欵郭鍾陵王春和二玄丈

爲學神仙煉鼎砂,黃金未就半無家。杯中有酒莫辭醉,更向空山咽月華。

重陽前一日董水橋頭泛小艇出海

一室觀天天亦窮,扁舟橫海海天空。風雲萬叠青冥上,烟水雙帆杳靄中。

丙寅重陽日望洋庵作

登山有客還吹帽,對酒無花却憶家。更向海門高處望,風濤滿眼日西斜。

推南奉常得門户閑住旨有作四首 丙寅

不知門户向誰氏,聖主恩深肇錫名。漫把衣冠誇野老,已拚簑笠事春耕。

其 二

十載求閒未得閒,却緣啓事謝鴛班。人生宦達關何事,饒得庭闈戲彩斕。

其 三

涉世不圖取世憐,故山久許穩高眠。從今跳出風塵外,猶恨終朝手一編。

其 四

泪落漢人黨錮書,千秋孟博意何如。生平謾道不爲惡,總值清朝網結疏。

又門户嘆四首

四十年來老縉紳,疏疏散散傍何人。而今題入甘陵部,吉水梁溪結比鄰。

其　　二

鄒子羅倫一輩人,烈如秋日藹如春。却緣談學婆心切,下士聞之大笑嗔。

其　　三

顧子東南開講席,一時走集盡紳衿。山林何與朝家事,釀得黨名禍底今。

其　　四

是黨非耶唯與阿,仁賢堪惜盡消磨。繇來此説空人國,幸不漢唐起內戈。

原黨四絶

倜儻權奇淮上公,揮金結客走豪雄。八行香茗飛燕邸,十載玄黄戰未終。

李脩吾

其　　二

比部平生一片心,葉唐李郭託交深。東林何事借名姓,簸弄乾坤幾陸沉。

于如庵

其　　三

楚熊自合死關東,再起專征主眷隆。頂禮畿民今瓦石,誰飛章疏侈言功。

熊芝岡

其　　四

趙宰文章亦自奇,稜稜丰骨司功時。老來啓事憑胸臆,不道錢通入幕兒。

趙儕鶴

開歲自董水歸 庚午

三杯酒醒路行斜,刺眼新桃爛熳花。欲摘一枝歸去插,却疑春屬野人家。

北望二首

閩海黔山露布飛,東西二虜逼京畿。聖朝總有犁庭烈,豈令單輪隻馬歸。

其　　二

消息真傳阻兩旬,懸知王旅戰功新。何言小醜敢深入,皮島失無牽掣人。

口占贈大崟寨行腳仙 辛未

不知行腳來何處,曾向崟頭決勝籌。此日烽銷春色爛,騎驢好上酒家樓。

仲冬海豐莊居

住家習靜尚耽書,此日田廬快索居。薄暮場登人散後,歸巢語燕鬧庭除。

壬申壽呂翠盤九十以元日初度

憶昔侍翁弱冠時,翁今黃髮我如絲。從茲百二昇平日,幾遍相過共酒巵。

辛未歲暮又贈曾我魯

借君筆札集遺編,曝竹聲喧已歲前。矻矻搜羅成底事,束書且用樂餘年。

歲暮自吟

生平性癖雅耽書,還叩胸中一字無。七十明朝猶未老,莫將泛涉汩真如。

贈相士楊念溪二首 壬申

富貴莫言吾自有,韋衣淡飯亦男兒。從今願乞天公日,萬卷詩書酒一巵。

其二

通籍年來四十餘,拂衣強半在巖居。春風漫許爭桃李,書尺長安久已疏。

秋夜宿龜窑田舍

邑裡遙瞻半嶺峰,青天之下白雲封。到來几席閑相對,薄暮秋清溪水淙。

甲戌春日飛雪二首

頭白何曾見雪飛,輪山春入雪霏微。恰逢人日寒如許,閨女牽裾拾小璣。

其 二

曾望遠山輕積雪,溪城穀日雪飄飄。帝將報我歲其有,故散春花走氂鬐。

【校記】

① "鶑":原文作"鷹",據文意改。

清白堂稿卷十三

紀

關聖帝君紀

關聖帝君,名羽,字雲長,本字長生,河東解良人也。君生東漢之季,雄偉魁麗,鳳眼蠶眉,長軀美髯,故稱髯公。好《左氏春秋》,諷誦略能上口。君膂力絶人,持大刀,披甲上馬,出入戰陣,望之若天神然。嘗亡命奔涿郡,逢昭烈及張翼德,於桃園酣談時事,拍掌裂案。昭烈遂與定盟,弟畜之。昭烈領平原相,以君與翼德爲别部司馬。寢同床,坐同席,而稠人廣坐,兩人侍立,終日周旋昭烈,不辟艱險。

北海孔融爲賊管亥所圍,昭烈俠將千餘人救之。君麾軍爲一字,既接戰,突入賊陣,斬管亥,圍遂解。陶謙死,昭烈領徐州,爲吕布所襲,曹操益兵助擊布下邳,布擒。操諸將争取財物,而君獨取其所乘馬,有喜色,馬亦長嘶不止。所謂"人中有吕布,馬中有赤兔"者也。君與昭烈從歸許。君勸昭烈從會獵中殺操,昭烈不從。而會董承衣帶詔事發,乃使君襲殺徐州刺史車胄。昭烈還小沛,而以君守下邳,行太守事。

建安五年,操引兵來,昭烈奔袁紹。操獲甘、糜二夫人并君以歸。拜君偏將軍,厚禮之。操欲污君而間其兄弟,君秉燭達旦。操察君無留意,乃屬張遼探之。君曰:"知曹公待我厚,然劉將軍誼不可背,吾當立效以報曹公乃去。"及紹將顔良圍白馬,操以遼與君爲先鋒。君麾蓋策馬刺良於萬衆中,遂解白馬之圍,初不知昭烈在袁軍中也。操表封君爲漢壽亭侯,君盡封其所賜,拜書辭操而奔昭烈。操義之,不追也。是時,君千里獨行,得周倉及義子關平,皆人豪云。

會昭烈辭袁紹就劉表,於是操南征。表卒,子琮以荊州降。昭烈將南渡江,乃遣君將水軍下江陵。操追至當陽長坂,昭烈斜趨漢津,適與君舟值,共至夏口。君謂昭烈曰:"使蚤從獵中語,則無今日矣。"昭烈遣諸葛孔明入吴,激孫權合兵禦操,大破操軍于赤壁。昭烈以周瑜所分南岸地狹,乃從權借荊州,遂降武陵、長沙、桂陽、零陽諸郡。君以元勳拜盪寇將軍。昭烈西入益取劉璋,而留君董督荊州事。聞馬超來降,書與孔明問超人才,答曰:"孟起兼資文武,雄烈過人,當與翼德並驅爭先,猶未及髯之逸倫絶羣也。"君大悦。於是,吴使魯肅來索荊州,而數昭烈負約。君曰:"烏林之役,劉將軍戮力破敵,豈得徒勞!而足下欲來收地耶?"會操使曹仁定漢中,昭烈乃與權連和,遂以湘水爲界,分荊州。

二十四年,昭烈立爲漢中王,使費詩拜君前將軍,假節鉞。聞黄忠位與己並,怒曰:"大丈夫終不能與老兵同列!"費詩開諭,遂大感悟,乃受命。君使糜芳守江陵,傅士仁守公安,而自率衆攻曹仁於樊。操遣于禁、龐德將七軍助仁。秋,雨浹旬,漢水溢。君移高乘船攻之,遂降于禁,斬龐德。别遣將攻拔襄陽。當是時,君威震華夏,梁、郟、陸渾諸起義者多遥受印,號爲聲援。操議徙許都以避其鋒,竟用司馬懿、蔣濟之謀,許割江南地封權,而勸權躡君,以解樊圍。於是,吕蒙代魯肅鎮陸口,外修好君,而内陰圖之。蒙又稱疾篤,以陸遜未有遠名,使代蒙。遜通書厚自託,使君不忌,稍撤備以赴樊。先是,權遣使爲子求婚,君罵辱其使。又糜芳、士仁素嫌君輕己,及出軍供給資用不敷,君言還欲治之。而操使徐晃救曹仁,君不能克,權遂發兵襲君。蒙至尋陽,盡伏其精兵艅艎中,使白衣摇櫓,晝夜兼行,盡收縛君所置江邊屯候,以故君不及聞。蒙入南郡,芳、仁皆降,盡得君及將士家屬。會權至,君勢窮,乃西保麥城。權使將逆擊,君暨子平俱遇害於章鄉,荊州遂屬吴矣。權封蒙孱陵侯,會蒙疾發,百方爲之募醫請命,竟不起,蓋天刑之也。

君用兵崇信厭詐,秋毫無犯,善用少擊衆,轉弱爲强,雖市人隸麾下,便成勁卒。君攻龐德,嘗爲流矢所中,每至陰雨,臂常作痛。醫曰:"夫鏃有毒,當破臂刮骨,此患乃除。"便伸臂令醫劈之,臂血淋漓。時適請諸將,飲食相對,而君割炙引酒，言笑自若。初圍樊時，夢豬嚙其足，語子平曰："吾年衰矣。然不得還江表夫？"君即雄略蓋世乎，然奕者一梟，不勝五散。昭烈、孔明重倚君，而不爲之後勁，亦過矣。使君不死，與孔明左提右挈，炎祚其有興乎？天不佑漢，惜哉！未幾，張翼德亦爲其下所殺。章武元年，昭烈伐吳，以報君讎。明年，敗績猇亭。又明年，崩於永安。

君既賷志以歿，廟貌遍天下，英靈代顯。入我明尤盛，太祖逐胡元，掃群兇，嘗夢君提大刀、騎赤兔馬居前矛，則獲全勝。嘉靖庚戌，虜薄都城，夢君將天兵大戰，盡殲之。次日虜遯。護國功多，故立廟正陽門之右。萬曆七年，河隄輒潰，總河潘季馴夢君語之曰："視吾刀所指。"明日地裂數里，得二毒龍首進京師。某年間，解州鹽池忽如玄酒，州人乞靈於君。是夜夢君奮擊蚩尤，逐之海外，而池鹹如故。其赫濯多此類。今皇帝尤敬信君，大疑必質。四十年勅封"三界伏魔大帝神威遠鎮天尊關聖帝君"。聞比年科闈之事，亦君司命。嗚呼！所謂天地之正氣，古今之明神，非耶？吳江孫履恒署教烏傷時，嘗刻君彙事。直心居士蔡獻臣因旁採而爲之紀。贊曰：

光岳正氣，挺生異人。於維髯公，逸群絕倫。生爲人英，歿爲明神。聲威夷夏，指顧風雲。使天祚炎，權鹹操擒。阿蒙不道，旋即天刑。赫赫義烈，萬古如新。大佑皇家，藉我天兵。曰君曰聖，位號彌尊。建奴搆禍，菅艾生民。維君助順，陰翼大征。皇興鞏固，拜手乞靈。

傳

唐李白傳

李白，字太白，九世祖涼武昭王暠，中葉以罪徙條支。神龍初，遁歸巴西。驚姜之夕，長庚入夢。白天才超逸，志氣宏放，十歲通詩書。既長隱岷山，州舉有道，不應。長史蘇頲奇之，曰："是子少益以學，可比相如。"然白喜縱橫擊劍，爲任俠。父尉任城，因家焉。與山東孔巢父、韓準、裴政、張叔明、陶沔，日沉飲徂徕間,號竹溪六逸。

天寶初,南遊會稽,西入長安。賀知章見其文而歎曰:"天上謫仙人也。"聞於玄宗皇帝,召見金鑾殿,草和番書,并奏頌一篇。帝親調羹而賜之食,有詔供奉翰林。白嘗侍帝醉,使高力士脫靴。興慶池沉香亭前,牡丹花繁開,楊太真從上遊焉。上曰:"賞名花,對妃子,焉用舊樂?"遽命李龜年持金花牋,宣賜供奉,立進《清平調》詞。時白餘醒尚在,援筆奏詞三章。有"借問漢宮誰得似,可憐飛燕倚新妝"語,遂命黎園弟子略約歌之。上因調玉笛以倚曲,太真妃笑領歌詞,意甚厚。上自是顧李供奉異於諸學士,而高力士終以脫靴爲恥。異日,太真重吟前詞,力士因摘詞中"飛燕"語太真,驚曰:"何李供奉能辱人如斯?"上欲官白,卒爲宮中所捍而止。白自是益放於酒,懇求還山。又與知章、李適之、汝陽王璡、崔宗之、蘇晉、焦遂爲飲中八仙。杜甫歌云:"李白一斗詩百篇,長安市上酒家眠。天子呼來不上船,自稱臣是酒中仙。"蓋實録也。

白既歸,益浪跡天下。遍歷趙、魏、燕、晉、岐、邠、商於至洛陽,再入吳,轉徙金陵、秋浦、尋陽。間安禄山反,永王璘起兵,強闢爲府寮。璘兵敗,白坐累,繫尋陽獄。初,白客并州,識郭子儀於行伍,脫其刑責而獎重之。至是,子儀請以官爵贖白罪,而宣撫崔涣、中丞宋若思,驗治白以爲罪薄,宜貰。若思仍上書肅宗,薦白才可用,不報。乾元元年,終以污璘事長流夜郎。遂泝涐江,至巫山,會赦得釋。其族人李陽冰爲當塗令,白度牛渚磯過之,悦謝公青山,將終焉。代宗立,以左拾遺召,而白已病卒。年六十二,葬東麓。

白晚好黃老,嘗請北海高天師授道籙於齊州紫極宮,有蓬萊丹丘之志。偶乘扁舟,一日千里,或遇勝景,終年不移。於書無所不窺,詩歌奇逸,若出天然。與杜甫並稱大家。詩文凡三十卷,文宗時,詔以"白歌詩,裴旻劍舞,張旭草書"爲三絕。從弟令問嘗謂白曰:"兄心肝五臟皆錦繡耶?何開口成文,揮翰霧散乃爾。"陽冰序白詩云:"凡所著述,言多諷興。自風騷之後,馳驅屈宋,鞭撻揚馬,千載獨步,唯公一人。"宋蘇軾書其碑陰云:"方高力士用事,公卿大夫争事之,而白使脫靴殿上,固已氣蓋天下矣。其從永王璘,當由迫脇。不然,白識郭子儀之爲人傑,而不能知璘之無成,此理之必不然者也。"白有子伯禽。元和末,觀察使范傳正爲改葬青山,立二碑焉。

明戶部主事周蕢山公傳

往余爲諸生,每過晉江後市里,輒低徊蕢山周公墓下不能去,悲其以諫死也已。讀王道思誌銘,論公之志特詳。然竊怪其於公所疏爲何事,與其所以死諫狀,反闕焉不欲盡,豈故諱之耶?逮予郎客部,獲從其孫任子一騏遊,乃得富平楊忠烈公爵所爲周主事傳,及惠安李公愷蕢山罪錄,不覺咨嗟涕洟,稍爲銓次而弗忍竟也。越今十五年矣,屏居之暇,偶檢舊稿,遂續成之。

公諱天佐,字宇弼,父封主事公琅。公風神清秀,少貧苦讀。嘉靖乙未聯成進士,得請歸娶。居家孝,與兄弟友,與人交信而能敬。其主事戶部也,監收草場,又督儲德州,一無所染。日惟挾册吟誦,思廣所業,其趣操卓然如是。

自太僕卿楊最之死,中外以言爲諱。歲辛丑二月,御史楊爵上封事直諫,肅皇怒,下詔獄杖訊押鎖之。風暴作二日,京師呼爲楊爵風。四月辛酉,九廟災,燬文祖、仁宗二主,至尊躬告南北郊,有詔陳奏闕失。五月戊子,公上疏"爲應詔陳言,乞宥諫臣,以光聖德,以回天意事"。其略曰:"求言之道,示人以言,未若示人以政。明旨云:'時政闕失,着該各衙門條奏。'而楊爵之獄未釋,是未示人以政也。承平之久,天子之尊所少者,不在於唯諾稱頌之滿庭,正在於憂治世、危明主之一士。在廷之臣,不負此義。獨一楊爵,而逮獄已經數月。且聖怒之下,一則曰小人,一則曰囚犯,人君一喜一怒,上帝臨之。陛下試一思焉,其所以怒爵而罪之者,果合天心否耶?臣願勑下鎮撫司,早賜寬釋。仍乞嘉納采行,旌爵忠讜,天下幸甚。"公上疏時,妻吳氏問之,不以告,出始語其友鄭一鸞。次日,李公過談移時,亦不以及也。庚寅晡,內臣傳旨:"廣東司主事周天佐,你鎖綁你衛裡,切實打六十棍,與楊爵一例,牢固押囚。"是早,公收整書卷,從容待罪,語不及家事。軍校綁之,索深刺骨。壬辰,東廠內臣監杖,杖至二十餘,呼皇天、呼祖宗,天佐何罪!旁觀者泣下如雨。公軀幹細弱,不勝杖。又守者持之嚴,楊公呼一人即膝上作"困卦"二字,以潛慰公。公首之微笑。越癸巳未時,目獄卒,口不能出聲。既而呼父母妻子曰:"吾昇天去矣。"遂死。杻押間,楊公聞之,私泣曰:"傷哉!天佐為我死,吾竟不識其面,亦不獲臨其屍,庶幾來世結再生緣乎。"丁酉,鄉人就衛後街為蓆篷殮焉。故事,死獄中者,御史、主事各一人,驗其屍而後出之。公臀瘡甚,腹上皆青黑色。驗者至,吏大聲報曰:"遍身上下並無他故,止因急病身死。"遂據題請,有旨:"着地方領埋。"是日,日黃白無光,震雷微雨,屍出乃已。

公死時,年三十一耳。其妻遺腹復舉女,兄子日暹後之。隆慶初,詔贈光祿少卿,廕一子。萬曆戊申,禮部議補諡若干人,公與焉。

蔡子曰:予讀蹟山遺稿,蓋重傷事英主之難云。繼公杖斃者,為御史浦鋐,亦以救楊忠烈之故。總之,三公皆天植者哉!公將歸娶時,送林茂貞謫欽序曰:"是歸也,即欲效公多讀古書,他日即欲效公敢為直言,不壞本心。"嗚呼!有以也夫。

明南京工部尚書贈太子少保澹菴朱公傳

萬曆庚戌正月之三日申時,大司空漳浦澹菴朱先生考終正寢。撫、按二臺以恤請,上為震悼,下所司議上,於是贈先生太子少保,予三代誥,祭葬如例,蓋備數云。

先生諱天球,字君玉,號肖若,更號澹菴。先生生而穎異沉凝,七歲就塾師,偶忘其鑰,群兒皆從旁竇入,先生獨鵠立門外,須鑰至乃入。師大奇之。稍長,閉門攻苦,文必先進,為督學熊公所賞拔。己酉年二十二,舉于鄉,明年遂成進士。而先生則已知學,澹薄寧靜,風節自持。時同袍寓旅邸者,偵先生鼾睡自如,蓋其雅度冲遠矣。

辛亥秋,授南京工部虞衡司主事。明九歸法,胥史無所售奸。考滿入都,適楊忠愍公繼盛以請劍分宜相論死西市,中外重足,莫敢收視。而先生獨約南曹薛公天華、楊公豫孫、董公傳策往哭甚哀,且捐金具衣冠為殮。人莫不為先生壯之,亦莫不危之,而先生名用此益重。擢南駕部員外郎,未幾遂郎精膳,剔蠹釐敝,整如也。已出僉憲湖南,丁母陳淑人憂歸,讀禮邑之溪南。時流賊哨聚,發其篋,盡圖籍也,一無所犯而去。壬戌,服闋,補廣東屯鹽僉事。一切徵課清引,皆奉祖制從事。商懼,因提舉欲以數千金爲暮夜嘗,先生峻詞卻之。詰朝,鑴例于石。按奥者以是義先生。其年冬,徙視學粤西。正身率先,士瞿然顧化。已擢參議,分守浙東。尋晉山東視學副使,東人士雖素嫺大學,而古風漸遠。先生喟然曰:"生平誦法孔孟,固將以行之也。今履其地而尸厥官,謂皋比何?"於是,立四隅社學,頒日記故事,俾所在童而習焉。又取《朱子家禮》刪纂之,名曰《易簡編》,布在學官,令冠婚喪制一準朱氏禮。自是東土彬彬,有昔日鄒魯之風矣。所取士一以文義爲殿最,貴門白屋無所別識,人亦不歸怨德焉。于時,先生望重巖廊,晉南京太僕寺少卿。會入賀莊皇帝登極,而給諫石公星以言事杖闕下,先生上疏,乞廣容納、宥狂直,以隆聖政,激切千餘言。京師爲之語曰:"是故不畏分宜收視楊忠愍者,其抗直固天性哉!"時新鄭、江陵二相挾潛邸舊勢張甚,先生頗有譏切,語稍稍聞。

乙巳內計,乃得外調,先生遂拂衣還溪南。扁其廬曰"明農草舍",蓋已有終焉之志。而邑令房公寰最敬禮先生,數往候之,一見語合,則以邑誌屬先生。雖邑之士大夫咸造請,以爲此大典非先生莫能爲也。先生乃就古泉禪寺,集諸掌故,手裁定之。房公每試士,必上先生次其甲乙。先生不得已,爲彊校閱。每月旦出,諸生無不人人悅服。繼房公者,爲朱公廷益,其率諸生北面先生,如房公。于是,邑諸名士皆出先生門下,而先後登第者十數輩,漳浦人文蒸蒸甲寓內矣。撫按臺省核先生行誼,則交章薦先生。會舊知陸五臺、吳悟齋二公咸起,當路亦力推轂。丁亥,即家起廣東憲副,旋晉南太常少卿。明年,晉南冏寺,江南北馬改大修。已丑,擢卿南大理。時陸公爲大司寇,耿楚侗公爲御史大夫,先生鼎足雁行,相得歡甚,而論讞亦無所阿。尋晉南京刑部右侍郎,已改工部右侍郎,尋改左,奉勅修理皇城九門。

先生精天文,熟掌故,注厯鑿鑿中窾。而董視工程,稽核虛冒,不辭勞怨,已於事而竣。于是，先生祖樂山公魯、父若齋公琯，皆誥贈如先生官。而祖母林、母陳，皆贈淑人云。時先生登第四十餘年矣，人望之若隔世。而先生年六十餘，鬢髮紅顏，舉止安詳，言詞簡當，則莫不喜且①愕，以爲先生殆異人也。會南院缺右都御史，乃以先生往。南院故紀綱重地，而諸御史自以與院長無屬，各得言所欲言，陰持不肯下。先生則躬節約，振風紀，諸御史進而聞先生忠厚正直之旨，退而人人自得也。留臺一時肅然改觀。居歲餘，晉南工部尚書。先生方率屬程工如佐司空時而加愗焉，會大計評品屬員，與銓曹少異同，而南省語侵先生。先生遂四疏乞骸，溫旨慰留亦再三。最後有旨，以朱某素有清望，暫聽告，俟病痊起用。先生行李數肩，星馳棹發，追送者皆望涯而返，咸嘖嘖歎慕曰："使先生稍濡忍數月，即滿二品考邀恩前後矣。不俟終日，先生有焉。"

歸來溪南，布衣蔬食，歲時與諸家食士大夫爲真率會。有司造廬，咨詢利病，不惜縷縷條畫，然竟不一語及私。晚乃卜樂丘于溪南之三里許，砌祠堂，蒔花木，其間題聯句曰："飲酒賦詩聊自廣，携壺荷插便隨埋。"蓋有司空表聖之達焉。優游十八載，臨化，焚香危坐，顧謂諸孤曰："吾生平出處去就，俱不敢苟。今得正而斃，足矣。"距所生嘉靖戊子十月十七日午時，享年八十三。

先生貌莊而氣和，禮恭而言寡。居恒未嘗見一惰容、出一褻語。宅陳淑人憂，哀毀骨立。事若齋公善養志，立祖廟，創義田，捐貨葬友。庭除肅穆，即誕日，猶不容演戲稱慶。曰："吾先公家法固然。"蓋先生起家《禮經》，故其周旋惟謹如此。然當機立決，見義勇爲，居官侃侃引大體，雖死生利害不顧。宗族友朋每有過，動輒相戒，不使先生聞知。即先生聞知，必徵色發聲，須其人愧悔改圖，然後出見，假之詞色。同年王新泉公賢而無子，先生即其所居立祠，令世世祀勿絕。他如培西北山脉以固地靈，引九曲水以資灌溉，清官山以還樵牧，皆爲德於鄉之大者。其教諸孤必以脩身立名爲本。又曰："肖子不須貽之產業，不肖子不須貽之產業。"故居官六十年，家猶儒素。惟酷嗜圖籍，曰："吾傳家萬軸，勝於籯金遠矣。"由此觀之，先生出處進退，非特有古大臣風節，蓋居然醇儒之作用者哉！

先生元配涂氏，繼配李氏，俱封孺人，加贈淑人。繼黃氏，又繼吕氏。丈夫子六：曰篤敬、曰進援、曰達揚、曰篤孝、曰篤叙、曰篤烈，皆好脩而文，以世其家。女子三，孫男十三，女孫八，曾孫女二。所著《淡園存稿》行于世，有韓、歐家法。

蔡子曰：余郎南比部，蓋獲事朱先生云。壬辰告歸，先生以御史大夫親往餞之石城舟次。今讀盧司徒、戴侍御所爲狀若傳，其文核而彰，猶若見先生焉，而知已不可作矣。先生筮仕，即講於徐文貞、唐中丞二公之門，深爲所器。及文貞秉政，而先生所奏記，無不以推轂海内正人君子爲第一義。夫文貞相業大者，乃在收拾人才，蓋朱先生有助焉。先生雖晚達，而立朝僅六年，未及大究厥施，然其羽可用爲儀矣。漳浦人又言，先生之生，甘露降，梁山鳴。及逝之日，晝晦，其夕梁山有火光，旋滅。嗚呼！嶽降騎箕之説，豈虚哉！

<h2 style="text-align:center">旌表庶祖妾貞節楊氏傳</h2>

家大人識王父兼峰公誌銘之陰，又明年萬曆己丑，獻臣成進士，授主事南比部，三徙得南選郎。而家大人亦由四明憲副貴竹，尋參其藩。癸巳，滿三載，聞於是王母及曾王母。安所公誥贈中大夫、貴州左參政，而王母恭人洪、曾王母吕俱稱淑人。吾門寖寖大矣，實我王父母之遺哉！甲午冬，家大人長浙臬，將入覲，會獻臣在告，乃命鳩工礱石，以表封樹，且奉庶祖母楊氏柩祔焉。

楊性淑慧，幼即下棲習紡績，不妄隨鄰舍女嬉笑。既侍王父，頗通小學、勸世諸文，事吕、洪二淑人並曲得其歡。嘗舉女，不育也。年二十四，王父訃自京師，號痛欲殉者數矣。王母所以慰藉百端，乃强起，佐拮据，相依兵火間，如母子然。王母殁，而楊操家甚肅，終身茹荼衣枲不厭。凡吾家所以毋替前烈，而獻臣父子獲有今日者，楊有力焉。生嘉靖丁亥，卒萬曆甲申。時獻臣從四明，婦池安人實視含歛。初，楊孤，母改適張，楊心弗是也。後張營母穴矣，乃爲別厝，不令從，以見志云。

今世俗第以一時感慨效節爲奇，考楊始終守死善道，難實百之。矧獨身煢煢，又故妾也。督學吴江顧公移縣扁其貞節，而未及上於朝，獻臣父子幸列仕版，忍負幽冥而不使楊之孤貞顯焉？此天理人心之公，非兒女煦嫗之私。甲辰，獻臣以儀郎擢備兵常鎮，將出都，特上祖妾孤貞難泯一疏，事下按臺覆勘具奏，乃得照例旌表貞節云。

旌表貞烈顧門薛氏傳

檇李歲薦士薛子祈元者，予筆研友也。予總角交祈元，即知其曾王母沈、王母張、母屠，皆以節顯矣。及宦浙，又知其長女顧烈婦事，大奇之。

烈婦生萬曆庚寅，至辛亥，年十九也，以六月結縭顧之球。越月，而會球兄之瑛者，爲其收息人顧恩所刃，併刃其弟之璉及其僕。又計盡滅顧氏以絕反兵，則突入球家，姑仲驚起詰之，恩遂以刃向姑。時之球急，徒手提恩。恩刃中球，球斃，遂刺仲。烈婦方歸寧，聞變，倉黄步歸。其母石孺人偕之至，則姑已瞑矣。球僅目之，亦遂瞑。烈婦枕尸號絶，久始甦，已復登樓自縊。家人排户救解，又其父母持之泣也。烈婦乃蘧然起，曰：“我固未可死。”於是，盡廢其嫁時裝，爲二死者治斂事。蓋屏粒五日，母石日夜守不怠，至是始一啜粥飲水而已。郡邑聞之，爲捕治顧恩，論如律。烈婦乃爲具薦告，獄成也，復伏地哭極哀。母石終意其必死，使少二子三奎諷之曰：“夫節第至死不變，豈在必死哉？”烈婦曰：“吾所以未即死者，爲夫與姑未葬，仇未報也。如汝言，則夷齊不餓死矣。”比歲莫，語其母曰：“伯兄燕遊，而父獨處室，祖先伏臘之謂何？母歸矣，獻歲且復來。”於是母石歸，而烈婦遂沐浴更衣，以其夜潛雉經死。蓋十二月二十九日也。父母驚往視之，則衣皆密縫，五日就殮，面如生。當其時，宗族鄰里聚觀者，莫不駭嘆泣下，向聞其狀於郡邑監司云。

烈婦幼即寡言笑，不喜葷腥，不事羅綺。八歲時，比鄰失火，家人俱怖走。烈婦獨操盤攀几取神主捧出，父母益奇愛之。總角工女紅，從父作字受書，往往能商略古今節義常變事。其死可留於夫姑被禍之日，而不可留於得罪人、具葬地之後。矢志而不移，就義而不逼。夫寧一決之爲烈哉？蓋得於天植與閨訓者素矣。烈婦之生也，祈元夢一神人捧金書從天而下。臨死之夕，復夢女歸指其胸前鏡曰："我胸中一鏡,光明殊甚。"今士大夫多讀書,識義理,然一臨利害,輒展轉趨避,忍不能決,視烈婦何如哉!倘所謂胸中鏡者,明耶?昧耶?

烈婦以壬子八月與之球合窆岳秀之阡,伯兄茂材三象爲請於大學士沈公鯉誌而銘之。歲丁巳,旌表貞烈,給坊如例,則巡按李公邦華及宗伯何公宗彥上之也。嗚呼!是可以風矣。贊曰:

婦從一,是其常。誰爲禍,如熾揚。叫有昊,穹蒼蒼。就羲和,矢志剛。一月嬪,千秋藏。胸中鏡,皪日光。于嗟乎,誰無死?烈不亡。

旌表貞節黃氏傳

歲甲午,吾泉王氏之門以四世節孝旌。節婦三:李氏冰介暨媵洪氏,又李之曾孫婦黃氏也。孝子二:李之子瀧水司訓王公熺及熺季子文昇也。王氏雙孝雙節,各有傳紀,侈譚縉紳間,獨黃以後死缺焉。

按,黃氏父麒,南安人,笄而適諸生輔。輔之父曰文祥,瀧水公長子也。輔弱冠爲郡諸生,已有名。黃氏知《孝經》、《列女傳》諸書,能佐其讀。輔早世,黃年二十二,比終喪,哭不絕聲,幾死者數矣。念舅姑在堂,四孤在側,曰:"吾爲死者死則死,爲生者生則無死。且不有曾祖姑足師乎?"瀧水公既老,病痢,親爲浣滌中裙、厠牏,無難色。瀧水公憐婦孝食貧,遺囑加贍之田十五畝。黃以壽終,孤竟立,今孫曾中有翩翩好學者。

蔡子曰:余在儀曹,所論次天下義夫孝子、烈女節婦衆矣。然未有四世節孝如王氏一門者也。節而旌,詎泯泯乎?吾同年庚鑄猶屬予爲黃氏傳,豈以予言足重耶?黃之節,又豈待予言而重耶!王自冰介苦節開先,而子若孫以孝聞。黃氏復守其家法垂六十年不變,固天植哉!其所由來者素也。庚鑄爲孝子文昇公子,於黃爲從嫂,自諸生以行誼聞,其視功名紛華之事,口逡巡不欲道。至表章其世德,不啻飢渴之於飲食。此真孝子孫至性,加人遠矣。

蘇母純節張氏傳

夫女子有行則天在夫,長子老身則天在子,不幸夫與子交際其窮,而以未亡人爲猶子之天，形影吊而颒諸立，卒之綫祀有托而亢宗，有人斯誰爲之哉？則不天而天乃在我，試與紅顏一決白首孤貞者較節論烈，其難易不同日而語矣！

蔡子曰：余讀初仲所爲張母純節錄，而嘆蘇氏孤之有天也。張母故起齋公女，而字愧烏公。愧烏弱冠，以高才補邑弟子，無禄夭絕，母年纔廿幾，殉者數矣。其翁對峰公再三慰止之，曰："不有伯氏二孤在乎？長者九齡，次者七，爾與丘嫂黃善撫之，猶爾子也。"母乃勉從翁言，無死。未幾，對峰即世，嫂黃繼殞。而海上倭賊之難大作，二孤間關遂相失也。母涕泣曰："天乎！竟忍絶吾蘇乎？誰爲致者，吾不愛吾潛珥。"頃之，長者得生還，即初仲父香山公也。次者落溫蔴山中，爲他人子，則急遣香山公覓仲歸。此時離合悲歡光景，堪令人涕泗集矣。

香山公配張孺人，晚舉初仲，稍識句讀，即促就外傅。乃初仲復髫而孤，則日夜與孺人煦育課督之。曰："先世詩書之業在孺子矣。勉之哉！"初仲既弁而鼓篋溫陵，一切修脡薪水之資，皆母之自出。及業成，而喜可知也。母故勤操家，機杼洴澼洸，竟老不自休。猶斥其供讀之餘，實祭田若干畝。初仲既成進士，母教之廉。令崑三載歸，徒四壁立。而至是乃以倫序，後次公之子惠賓。蓋母年八十有三，無疾而瞑，曰："吾可以下報夫與吾翁矣。"

夫死易，立孤難，自古記之。然屬毛離裏天之合也。蘇氏二孤寄於冢婦之腹，荼蓼兵火，一髪千鈞。無張母，則夫與伯而俱餒。有張母，則伯與夫而俱續。矧其撫初以亢厥宗，則母之天於蘇也，大矣。夫夫婦、君臣之義，一也。爲臣者，其於楨國不第以畢命爲忠。爲婦者，其於昌家不第以一殉明烈。愧烏之亡而不亡也，蘇之再傳而克昌也，微張母，誰力哉？子曰："豈若匹夫匹婦之爲諒也。"斯張母之節也，是宜旌。

烈婦何三娘傳

何三娘者，梧洲太武之麓何家女也。年十八，歸于陳次君以恕。氏性婉慎，能得姑歡。越明年秋，而次君病憊，就外舍。氏心憂之，色爲悴然，第時從姑候視不燕見也。已而次君竟弗起,氏絶粒飲水者二旬,既自分必死矣。且謂姑幸未老,有伯叔四人在,可承朝夕。而姑强之粥,乃啜少粥。及卒哭,其母往省之,見其顔色焦槁,則泣諷之,曰:"女豈欲效古死烈者乎?"氏曰:"薄命之人,得從爲幸。雖然,脩短命也,吾弱弗能裁,惟矢同穴耳。"蓋恐傷母心云。然間詢里婦戴者所爲死節狀甚具。會避紅夷於母家,妹方織,則代之織,曰:"吾弗再也。"將歸,則索弟襪代之刺,曰:"吾病恐弗及也。"其姑故令長婢侍寢,氏勞苦之,曰:"子休矣,可令幼者代。"家人以夷氛故圖扈逝者,於是拊柩大慟曰:"同穴之謂何?"其夜遂經死。婢幼,不知也。初,次君殁,其遺衣一無所留,惟留裹足帛以自約結。至是,乃用之經,而歛履亦先籌燈製具矣。此其志曷嘗一日忘死者哉!蓋歸以辛酉之冬,孀以癸春之仲,而死以甲子之正。

夫風之靡也,《栢舟》矢死,已奇矣。慷慨一決,則又奇。若三娘之孝而静,必死而從容,不濡忍,不矜激,視死如尋常事,所謂天植者非耶?貞哉!烈哉!而加一等矣。

同安趙陳二烈女傳

蓋余讀詩,至《衛·栢舟》,而嘆女貞之重也。夫彼已成婦矣,一與之醮,及爾同死。故有從容俟者,有慷慨殉者,死不同,其不得不死,一也。聖人删詩有取焉,而筆之於經,以爲後世勸。至以許嫁之女,畢命於來授綏之夫,如吾邑趙三娘者,余睹其狀,嘉其烈,可異焉。

按,三娘父應冬,母陳氏。父夢人授璧而生三娘,幼字何公保。庚戌三月,公保死。三娘年十六耳,請奔訃于其母,不得命。則約何氏姑來,馳與俱往。哭甚哀,變服執喪,一如婦禮。居月餘,骨立,父母訪而憐之,即舅姑弗敢留也。而三娘遽扃户,自分必死矣,其母若姑倉黄排門擁去。不得已,謂舅姑曰:"生不婦何,死當來歸。"既至家,雉經者再,復以解救不得死。諸兄弟不忍其決也,又冀其久而志稍懈也,勸其母仍歸之何。出門則曰:"吾不及矣。"遂自製殮具,卒哭之辰,沐浴更衣,拜訣其翁姑、父母。時鄉鄰異其事者咸集,而其母猶持之絮泣。則紿母曰："吾將登臺死。"母出，遂經於戶內，絕矣。天忽震電，陰雨海號，諸來觀者莫不洒涕下拜焉。

夫高而未始不中者，德也。趙女於何，雖有成言，然非有衿帨之行，嬾婉之曙也。即從其父母更卜歸，亦非有先王禮制之禁也。而斷斷必死，雖至親勸諭，不為沮，可不謂烈哉！非性天植，甘死如飴者乎！此其事極難，節極奇，未敢概之中庸。然律以《栢舟》之義，更加一等矣。其為聖人所與無疑也。於我朝令甲應旌，余故傳其事，俟觀風者採焉。

趙三娘之死烈未幾，而邑中有陳大娘之事。陳大娘者，諸生陳開春女也。幼頗通《女誡》、《列女傳》諸書，許聘呂用和之子重熙。庚戌年十九矣，期以明年夏于歸，而重熙以今十月即世。大娘素服白舄，絕粒號哭，矢以身殉。鄰嫗刺刺勸解之，則引刀欲斷其耳，以明無二心。適呂家婢來，歸奠餘，因跪請其母曰："呂郎死及旬矣，朝夕之奠，誰為奉者？"母尼之曰："婦有三從，汝父在外，且安之。"大娘曰："從一而終，父之教也。棄小從以成大從，可乎？"即遣婢約其姑，夕與俱往。入門，拜舅姑畢，服衰麻，旦暮哭奠，夜寢柩旁。其父歸，弗能強也。乃賣簪珥舉奠，至臘月朔，令人豎臺於中庭，梳沐結束，曰："吾今得死矣。"顧謂父母、兄弟，幸無過悲怛。遂出拜天地，徧拜舅姑父母及親戚，取約婚帖納諸袖中，手白練，同二婢登臺。二婢泣，大娘顧笑，遂投繯死。

嗚呼！百里之中，一歲之內而烈烈者二焉，亦大奇矣。豈與趙女同聲相應者乎？大娘之死，邑丞若簿親往解其繯，大令李公親臨拜焉。詰朝余往，遠而望之，面猶如生。而里巷嘖嘖，聚觀者奔走而未止也。且有嘆息泣下者，此不可驗人心之同耶！余承之儀曹，每半載得彙覆御史所上節孝疏。私謂節獨行也，亦庸行也。今一鄉中所覩記真節者，必有若而人，而直指按部一方，兩三年纔一報命，而所請僅五六人而止。因嘆婦人女子，空自苦一生，而欲博朝廷三十金楔棹之榮，又何難也。則窮鄉下邑，抱孤芳而不耀者眾矣，余甚悼焉。故每告人以郡國表節之額宜廣，不可過設不必信之心。然至烈女烈婦，則其所為自足驚詫耳目，而其得請也猶易。今令公雅重風化，此二烈者，業為上狀于當道。吾知其必且獲旌，而不恨於孤芳之難達也。

鄭氏葉氏貞義合傳

辛亥冬，余方校讐《林次崖先生文集》，見有《貞義記》二焉。其一鄭氏，其一葉氏，事甚卓卓。而二記皆先生耄年筆，余業汰之矣。顧二氏之誼，有不容泯泯者。

按記，鄭氏星女紉婚曾，未行也。曾爲不善，義當絕。氏終身不改字。居家能爲其兄弟宗和、宗睦、宗貴等主内政，不令析箸。其兄宗貴壯年喪耦，不再娶，感氏之化也。氏年不知幾何，然記稱八十二矣。

葉氏，漳浦人，幼許諸生吳公學子維幹。公學偶陷非辜，乃父民部君恐浼焉，改許楊。及女稍長有知，鬱鬱不樂，曰："吾有死耳。"迨楊卜婚期，女約吳氏姑駕舟來，與偕行。家人欲奪以歸，女矢投于河，已復念曰："無益也，祇以覆吳。"慟哭，至家不食累日。姑聞其守義不渝也，來訊，女起櫛沐更衣，以婦禮拜姑堂下。家人驚馳告民部，乃具妝歸之于吳焉。

余嘗合二氏而論次之。公學非辜，維翰無罪，民部遽爾改聘爲過。葉之必歸吳也，求仁得仁，雖聖賢無以易之矣。曾義既當絕，而鄭又未婚，守死以殉，則先生所謂非禮義中正，而方之申徒狄之入河者，故爲葉易而爲鄭難。嗟乎！二女子豈嘗讀書知道理，然至實見得是乃能遺死生、堅金石，真足愧世之具鬚眉稱男子者，是可使湮滅不傳乎？雖然，以先生之文而不能得之於梨棗，矧余小子效顰之作，安知異日不覆醬瓿哉！然余能汰先生之文，而不能没二氏之誼，亦喬木錯薪風人之遺也。鄭吾同所軍家女，都閫戴公扁之曰"貞義"，而記不著何所，姑俟再考。

書歙洪氏節烈傳後

余備員儀署，蓋一歲之奏覆節烈者二焉。因竊嘆國家風勵之權，人生挺立之真，不遺于婦人女子。又竊嘆所覯聞節烈之行，在所間見，而直指報命請旌，不過五六人而止,何僅僅也。間嘗持其説,以爲夫人空自苦一生,而祇博三十金楔棹之榮。採風行部者,何得過設不必然之慮以格之,有問焉必以告也,而僅僅猶故也。嗚呼！真節真烈之出于窮鄉下邑者,苟非掛賢人君子之筆以垂不朽,欲十一彰表于王綸,亦難矣。

屏居中,偶讀今大儀洪公所貽《節烈傳》,則其家之女而烈者三,婦而節者十九,崖略具焉。既卒業,爲之氣壯,或酸鼻以悲。曰："是何歙洪士女之多也！彰往風來,在兹舉矣。"蜀寡婦清,用財自衛,使秦皇帝爲築懷清臺,太史氏艷而稱之。歙故不乏如清輩,而是編一無所取,至著其凡云有子而家温者不與,豈不亦幽閨之董狐哉！即採風者據以上聞可也。洪公躬羔素而隆風化,令吾同,首正富室悔婚之禮。及長儀曹,請出藩,請王婚,請釋楚錮,請易代蘖,皆侃侃挺持之大者。其爲此例嚴事核,不特足光家乘而已。彼具鬚髯誦法孔氏者讀是編也,亦可以凜凜竪脊梁矣。此又傳外之旨也。

神 道 碑

明通政使致仕贈右都御史考吾林公神道碑

大總憲考吾林公之殁也,令子左侍郎宰以恤請。聖天子下于部,於是予公祭一壇,遣藩司官行禮,仍予全葬,葬公石鼓山之陽。又由通政使贈都察院右都御史,閩督學使者,祀公賢祠。而邑父老子弟又捐金募役,特建崇德祠于北關外。信州、雷陽二郡,皆祀公于名宦。蓋公居官居鄉,榮哀之典備矣。而侍郎公曁其兄憲副公寀,以小子獻臣素辱公教,能知公,乃以隧道之碑見委。獻臣自揣,名位文章皆不稱公役,然以通家誼,不敢辭。

按,浦林之先,出唐九牧。入國初,數傳而得叔祺公,爲公五世祖。叔祺生素庵公民,則年高德邵,人稱壽官公云。公生質庵公鳴琚,廪廪德讓,居常自勖,寧負我,無負人。戚屬令歸者,寄窀槖焉,公爲坐守三晝夜,無取也。公生積庵公長壽,配陳氏,實生公。積庵公至性孝友,而素履端方。弟姪微有過,端立誚讓，不少假。即鄉人有不善，亦不敢與公知也。自公貴，祖、父俱贈通議大夫、通政使，母陳亦封宜人，贈夫人云。

公諱梓，字達材，別號考吾。公生而聰慧端莊，異常兒。十齡即工舉子業，文宗朱鎮山試士，公蒼頭入試，既完搆而筆偶落，拾之，邏者以犯規唱。朱公賞其文，第曰："既犯規，須量責乃取。"公徐應曰："士不可辱，豈急進取哉！"公益器之。次年再較，遂首遊泮。嗣邑令慎公山泉，亦大獎重公，每較必冠。戊午遂舉於鄉，以乙丑成進士，時年二十八矣。公以二甲除南京刑部主事。仁心爲質，每於死中求生。至其執法不撓處，雖貴近不顧也。司寇有諭以做官十分執不去者，公曰："一秩可輕，三尺難移耳。"同寅某嬰疾卒官，而邸闃無人，公殫心力經紀之。不數夜，夢其人盛服焚香爲公祈昌後於天。嗟嗟！公子孫振振繩繩有以也哉！

庚午，擢守梧州，時有弄兵潢池者。公宣布朝廷恩威，亂繩頓解。羅旁之役，制臺殷公奉命剿賊，公調餉給兵，未嘗乏絶。殷公每嘖嘖林守，年少有籌略，不特召杜蕫人而已。會奉積庵公訃歸。丁丑，再補廣信，修學宫，造浮橋，均賦役，諸如救荒、郵傳、兌運事，靡不斬其勞苦，而供其困乏。商人營造京紙者，例輸百金，公嚴革之，費以大省。郡有兄弟十年之訟，公以情理開諭，兩造欣服，相好如初。在郡三載，而四經水旱。禱雨雨，祈晴晴。己卯秋入棘，戒行矣，而回禄爲災，逼近公廨。公念囹圄中人，亟入獄，縱之。而趨禱城隍，火亦旋息。時暮夜倉猝，竟無一囚逃者。明晨，羅拜堂下，曰："太爺活我，太爺活我。"其德感若此。直指邵梅墩公，薦公爲十三郡冠。郡人亦以反風滅火，立石紀異焉。

庚辰，擢憲饒州。鄱湖多盜，公一下車，盜爲屏跡。初任時，淮藩例有禮饋，公婉辭無所取。會江陵相裁革天下司道三十餘員，而饒憲亦在裁中，然裁者輒補他所。而公十載林壑，不通長安貴人書。庚寅，始起備兵楚沅。時苗頑兵譁，公嚴保障以御苗，而誅首亂，以御兵地方，卒用安堵。明年參藩辰州，以失當道意論調。公念母陳春秋高，依依膝下，不復爲謁補計矣。

至辛丑，補粤西之桂平。思明土民内叛，擒獲多徒。公審無辜，釋放者百餘人。尋晉總憲,闔省澄清。繼擢粵東右轄,分道海北。蠲贖賑窮,砌石平渡。歲丁未,交夷內訌,攻陷欽州。而公先一月以入賀行,事竣輒馳歸,招攜戢叛,制臺戴公仗公如左右手。時公督餉渡海,而颶風陡作,絕桅折檣,竟日乃得泊岸者,天也。已而大兵征剿,斬俘千級。神祖賞公功白金三十,晉俸一級矣。庚戌,遷四川左布政使。蜀稱殫也,而公錙銖不染。會征猓夷,用詘,則議籍郡邑積穀輸餉,而自捐俸鍰千五百金助之,師爲宿飽。

癸丑,入卿太僕。乙卯,晉通政使。時邊餉市賞諸費,多借囗帑,帑金幾虛矣。公外脩明馬政,而抗疏言:馬折以備軍國之需,若他費可那,將奈一旦緩急何?議雖格,識者韙之。其在納言,出納惟允。每覽四方條奏,水旱盜賊諸事,輒爲憂形于色。丙辰,大廷策士,公讀卷,祈得人以報國,譬校岡弗虔也。嗣奏三載考,予復職,廕一孫。朝紳方望公八座以竟大用,而公遽乞身歸矣。

公性至孝,父積庵公微有不豫,齋慄愉婉,必得請而後即安,雖貴爲太守猶然。母陳,年八十六矣,患乳疾,公偕沈夫人坐卧榻前,躬調湯藥者七閱月。其居喪未嘗見齒,後喪毀病,逾年乃有起色。撫二庶弟婚娶成立,悉推先業予之,仍贍以月餼勿絕。姊若妹三人,及封翁姊若妹四人,公悉爲周濟。而長姊寡無子,則爲之贍生立後焉。歷官六十餘年,衣惟布澣,宅無樓臺,而貧宗婚葬舉火之需,輒不吝傾囊厭之。生平無疾言遽色,而子孫則義方提命,無令稍有軼越。即憲副、侍郎一入仕途,公每面命,書貽必曰:"以忠藎報國,以清白立家。"蜀樊賊之役,侍郎以藩使守錦城,督渝餉,拮据幸苦,公惟勉以捐軀保境,無一語及私也。居恒無事,恬澹自適。橫逆之來,了不介懷。其接人,雖田夫野老,無不和顏悅色。其處鄉,則吉凶慶吊,災侵祈禳,及出入守望,悉與衆共,未嘗以齒爵自崖異也。邑發脉從西來,而爲鄉民剷鬬幾斷。公請於邑與諸紳,捐貲培之,文風賴焉。歲饑,蔣令君爲糜以待流民,公助之賑,全活者甚衆。至請託之牘,不入官府,生事之懲,尤嚴臧獲。蓋公所爲義舉福利之事,不可勝數。而私己害人之事,不惟不出于口,亦且不萌于心。可不謂大人君子哉!最公通籍見後乙丑進士者,又四年而家居,餘二十年懸車。又十二年,而次公以左司農陳情歸養,尤人世父子所希。乃龍蛇之歲間，病腹痛，屬纊前一日，正襟危坐，呼兒孫侍立，第曰："若輩勉爲好人。"語不及家事云。

公生嘉靖戊戌二月十六日，卒崇禎戊辰四月初一日，享年九十有一。元配沈夫人，孝慈莊惠，與公媲德。子六：長憲副寀，今補廣西按察司副使；次侍郎宰，總督糧儲南京户部右侍郎，兼都察院右僉都御史，晉左侍郎終養；三寔，庠生；四寧，五宸，六宗，俱太學生。女三人，孫十七人，曾孫十九人。孫朝錦，官生，鳳陽府同知；朝鎬，蜀府左長史；朝銘，叙州府同知；朝欽，候選通判。餘孫曾皆濟濟雍庠俊茂士也。沈夫人爲沈歉齋公女，壽五十五，初封安人、宜人，繼贈淑人，又贈夫人，改贈淑人者二，恩恤與公並祭合葬云。銘曰：

納言之命起中天，出内惟允王喉舌。昭代二帝有道長，篤生名碩號人傑。肅皇違世貽虞龍，神廟之季謝朝列。中外敭歷懋勳猷，進退始終惟一節。二子同朝羨濟美，三事陳情侍耄耋。孫曾濟濟邁汾陽，千里之駒盡汗血。福公寧第享大年，奕世載德綿瓜瓞。石鼓之陽式豐碑，天壽龍章永昭揭。

明中大夫太僕寺卿純吾鄧公神道碑

萬曆己亥十二月初七日，太僕寺卿純吾鄧公以疾終于家。明年，公子廕國子生允淳走京師，以祭葬請，上下禮部，得予恤如例。允淳又以公行述謁文少宰馮公、少宗伯敖公，爲不朽計。已，又以隧道之石屬公之門人蔡獻臣，曰："先公知子，其文之。"獻臣自惟名位不足以頌公，再三辭，不獲。又明年，允淳遣信來徵言，曰："孤兄弟將以某年某月某日葬公于某山之麓，子有成言矣，其可食諸。"

按述，公諱鍊，字文純，別號純吾。鄧之先世居撫之雲林，其徙建武落霄，則自伯佐公始也。嗣是有溶者，仕爲金紫將軍。溶生永康，永康生仁，仁生玄，玄生梡，梡生西澗公祿，以慕義聞里中，是爲公祖。西澗公生方石公維垣，博學雋才，用高等餼于學官，肄業者屢相錯也。然數奇，省闈入彀矣，輒不偶。晚乃貢入太學，不及仕以没。公爲方石公仲子，自公滿太僕考，而贈祖父、父如公官，祖母、母皆稱淑人，而母甯則先封太孺人云。

公生而慧穎,舞象時授書,日數千言,方石公大奇之。未幾失怙,哀毀支床。鄧自西澗公好行其德,鬻田宅爲人代券償子錢。至方石公没,而家食貧矣。然公不以貧故輟伊吾聲。壬申,補諸生。先後守郡者大賞識公,首拔之,然終不以知己故,有所居間,即婦翁章某,坐讐誣繫,亦終不爲造守公白狀也。其趣操如此。

丙子鄉薦,明年成進士,當之長沙郡理,則馳歸迎母氏俱。時方弱冠,而登堂讞決,老吏不如。江陵相用事,法尚束濕,公惟取一切舞文積蠹,置諸理。至兩造相對,反覆推究,務求得情,不粤取毛鷙慘刻希上官旨也。寧鄉令黷而賦逋,兩臺移公署之。下車首革火耗,民乃大悅,而輸更最。壬午,徵拜河南道御史。尚書梁某者,故江陵私人,因馮璫得吏部,中外口噤,公抗疏論罷之。已銜命按粤,粤距京師萬里,禁網疏闊。公至,勑監司去拘攣覈功令,無以虚文遁我。銅墨吏黷而殘者,劾其尤,人始惴惴知三尺矣。行部所至,問民利病與更始。獄又繫數十人,負巨艦直以數萬,公廉狀可原,會疏出之。海忠介屏處瓊海,公爲堅坊,而額之曰"三代遺直",又疏請得召用。人謂公於是乎能舉善。帥陳璘以分餉失士心,總督欲彈治褫其任。公察其才氣驍健,可以過使,竟寬之。事竣還朝。因旱,言燒造之役大擾江省,且奇脆無益,宜速罷。上報俞焉。

尋按吳、按閩,其治大指如粤。吳財賦甲天下,豪家習爲規避,而貧民日苦敲扑,積逋累年,直引領望蠲耳。公首定規畫,以三七後先取辦,貧民藉是甦矣。俗閃儈扛幫健訟,公立出其冤繫者,而幫訟無賴子悉論如律。孝廉吳某恣行,子母烋哮,無敢誰何。某子甲以賄舉南畿,一以法遣黜之,雖有力者道地無所聽。乙酉,選武士四十人以獻。閩地山海強半,漳、泉諸郡仰給粤。公命所在積穀,不足則以贖鍰益之。又謂閩歲額無幾,郵政苦不支矣,乃裁其冗而立之程,因以稍蘇。復所楊公、如野劉公,奉命典戊子試事,而公實監臨之。將放榜,二公以所取牘與公商定,高下略無異同,一時稱得人焉。其武試所拔士亦如吳。

初,公按閩過里也,念寅淑人年高,將圖侍養。淑人以大義切責之,公不敢違其意。又見淑人操作善飯,乃勉登車。而會淑人哭伯鍔嬰疾,公聞,則馳疏倍道歸。及邵武,而訃至矣。服闋,補福建道。有詔舉將才,公會疏以李寧遠父子及劉綎、吳廣輩聞,後多登大將。與公按粤時,陳璘俱著功名於倭播云。

　　差刷卷京畿,晉大理丞左右少卿,署寺事焉。公曰:"自吾爲理官,躋臺史,皆法吏也。吾無敢敆三尺從事,矧天下之平哉!"所平停疑法必以情,故公佐棘寺,京師自以不冤。乙未,晉僕正寺。馬爲京邊騎操之需,自易種馬爲俵解,弊滋甚。公日夜搜剔以前楊公所編馬政書,沿革得失具在,捐俸板焉,而身率僚屬精行之。承平久,馬大半徵折鍰,疆塲之役興,天子借以犒士,又借以賚功,至命啓舊藏佐之。公謂:天下能却馬以糞乎?一旦緩急,將奈何?乃疏陳大計,願賜停格,詔下司馬議,稍裁節焉。時皇長子三禮久稽,公率僚疏請,發明孝慈得止之義甚剴切,留中不報。公以病羸數乞歸,太宰孫公覆留之,後乃特旨留。既滿考,請愈力,而陰懇銓曹爲題放,始獲予告。公歸,而偕親朋把酒奕棋,洋洋然曰:"吾身今吾有矣。"踰年②復病,竟不起。距生嘉靖壬子正月二十八日,年四十八耳。

　　公爲人白晢修髯,而冲夷溫粹,即御僕隸,無厲言遽色。按部同安,獻臣從諸生望見。已而戊子得雋,乙未謁補,公進而教之,其心事光霽慈祥,望而知其爲正人君子。性孝友,初謁選歸,則盡推先人貲與季曰:"伯兄足自饒,季貧可念也。"既貴顯矣,捐穀數百石贍族指,仍創學田。間有一二暴子弟,以聖諭四語委曲訓誨,咸歛戢焉。里居不謁公門,即守相達官有所私質,亦竟無所言。居官以緩爲急,而沈毅精敏,黠胥莫能窺其際。直指贖鍰及囘寺羨價數萬,悉登籍。俵解徵收多不中程,然公終不以苛細益吾鍰也。司理分校楚闈,及持斧試郡邑士,必躬爲校閱,所物色多知名者。自京秩主試見爲奪直指權,率多鑿枘,甚至秦越其所舉士。而公於楊、劉二公無幾微,於獻臣輩九十人者,視之皆桃李,故九十人師事公不替。長沙咫尺江陵,方時相氣燄,而公顧不通介紹以自遠。在囘寺,聲望大重。閩中州撫臣及南操院缺,廷推率首公。顧中格,人或諷公是齮齕銓曹者,釜鬵乎哉?當便翻無再失。公曰:"夫官之淹速,命也。吾病恐不及首丘圖,且拂衣耳。"居恒與近溪先生譚學,互暢玄旨,而絕不爲崖異放曠之行。其提身教淳輩,斤斤不踰尺寸。易簀脩然,無有憤戀。嗟乎! 此其所養，豈易言哉！最公始終，可謂完名純德之臣。天子之知公而恤公者，亦可謂無憾。然嗇於年，而不大究其用，可悼也。

公配章氏，封孺人，贈淑人；繼配涂氏，封淑人。皆先公卒。章淑人以簪珥佐公諸生時，貴爲命婦，莊事甯淑人不少懈，終身布衣疏食而已。涂淑人德媲之。章生嘉靖丙辰正月二十九日，卒萬曆庚寅七月二十九日。涂生萬曆丁丑九月二十日，卒戊戌五月十二日。葬皆合焉。公三子：允濬，國子生，娶典儀黃思女。當廕，推與其弟，即允淳，娶旌德知縣張時顯女。允淑，早夭。章淑人出女一，幼許孝廉羅繼先。男翊世，涂淑人出。孫男善周，濬出。善偕，淳出。孫女各一。銘曰：

世儒談學，競趨狂慧。俗吏之治，爭尚踔厲。狂也而蕩，廉也則劌。允矣我公，展也其純。柔嘉維則，平易近民。簪筆于朝，攬轡于閩。于閩于吳，于吳于粵。無微不滲，有蠹必核。定國不冤，伯囧無眤。帝曰大正，維予是毘。返爾初服，遲爾鼎司。嶽降遽收，梁木竟萎。煌煌優恤，以全終始。樂石銘詩，名德是紀。用詔來人，其式于此。

墓　　表

福建右參議十峰殷公暨配張宜人墓表

嗚呼！此雲間賢大夫十峰殷公及其賢配張宜人之墓。公諱廷樞，字執夫，己丑舉南宮，與余同出慕渠蕭先生之門。已同官南曹。壬寅，公以中州賀萬壽，聚首輦轂下。已余備兵常鎮，公來過余於梁溪，故交最厚，而知公最深者，莫余若也。公父爲鉅野令舜石公，舜石公父守溪公，而嗣從吾公後。公母唐太宜人，而嗣王母爲倪太孺人。公事父母孝，通籍後，丁舜石公及唐、倪二母憂，易戚備至。待二弟能友而誨。有妹適祁而寡，爲撫其女而擇名士嫁之。其天性篤至如此。

公生而蚤慧，弱冠補諸生，每試輒冠，已受廩于學官矣。歲戊子，北遊太學，遂聯舉進士，就選得南駕部主事。已以鉅野公服闋，補營繕。復以唐宜人服闋，補武選。尋副職方，郎車駕，已擢僉河南憲，巡河北。已晉參議，巡大梁。復以倪太孺人重服闋，補閩藩，分守建南。居無何，入賀。遂以病乞休。此公涉世之概也。

公在南駕部，所職草塲租賦設法清核，武弁猾胥不得乾没。在繕部，董役北上門，勾稽精詳，省水衡金錢若干緡。在車駕，最苦郵傳冒濫，一切以挈令裁之。分巡河北時，有劇盜王好問者，戕殺捕官，聲言欲掠汲郡。汲，故潞藩所居國也。公不動聲色，選將督兵，殲厥渠魁，而地方安堵。在大梁，部使者欲庇一令，公奏記言其劣狀，竟劾罷之，輿論快焉。此公宦蹟之可紀者也。

公敭歷所至，最詳慎者刑獄，而生平兢兢檢押，不少假。在南有一鴻臚，持暮夜金爲姻婭居間，公立叱去之。大梁入賀，與參知陳子有約，一時郡縣筐篚爲之屏絶，號雙清云。家居門無雜賓，教子弟無與外事，臨歿尤以"勉旃爲善"屬其子焉。邑有訟故宦裔，欲攘其産者，持百金乞公片言，公投袂起曰："吾即貧，奈何利爾屠沽兒魚肉衣冠後乎！"宦裔竟以得完。所善屠文學無子，既經紀其喪，又爲置後而贍其未亡人。此公在朝在家之卓卓然者也。

憶余嘗與公覽觀仕籍，凡起家正途者，公一一能道其履歷不爽。故余每服公精敏之識、卓練之才，必當大用於世。未秋入賀之役，既抵家，則嵐病甚，不能行。公遂堅意乞身。適余署道蘇松，乃上狀撫臺，爲疏請致仕，而冀其奏薦起用也。後得嘉禾滕醫，病良已。踰年復發，竟以即世。

嗚呼！自風尚日澆，而縉紳先生争激詭爲名高。故言廉介、言氣節、言經濟，大類優孟之學孫叔敖，衣冠抵掌，皆非真叔敖也。甚則借以爲勁羽矣。乃公不敝冠垢衣而廉，不危言抗疏而節，不蠭悍踔厲而治辦。表裏洞徹，内外淳備，出處、身名俱全，蓋粹然中行之軌焉。可不謂賢乎？位不究施，年未配德，惜哉！惜哉！

公生乙卯十月，卒戊申三月，年五十四。宜人生丙辰八月，歿庚戌閏三月，年五十五。子二：之儀，諸生，蚤卒；之儼，國子生。余又聞張宜人之賢，凡公之孝友施于有政,能以清白一節著聲者,宜人仁孝勤儉有力焉。嗚呼!是可爲媲美也已矣。故因之儼之請,爲表其大者於墓若此。倘亦有道之碑,可無愧色也歟。

【校記】

① "且":原文作"五",據文意改。
② "年":原文作"平",據文意改。

清白堂稿卷十四

墓誌銘

南京兵部武選司郎中小峰趙公墓誌銘

趙公諱與治,字道隆,別號小峰。萬曆乙巳,余備兵江陰,則公以鄉先生見問,其年八十六矣。丙午秋,觀兵楊舍,謁公於石橋里。其冬,公以後事來,余就謁旅次。於是公始以仲兄之次子樹綱爲子,而屬其產於兄弟之子若嗣子及夏氏女各有差。而公以丁未卒,蓋十二月十六日也。

嗚呼!若公者,所謂鄉先生歿而可祭於社者也。公清白吏,嗣子產薄,不能具喪葬。余稍經其費。而會邑孝廉夏君樹芳者,公通家子,誼甚高,因及公葬事,而余許爲之載筆。於是,夏君以公狀,偕公族子繹熙、甥張明德輩來請銘。

趙之先出宋宗室恭獻王,有士鵬者,守江陰軍,因家焉。六傳至良發,狀元及第。又五傳而孝子鉉,我高皇帝旌之,俱祀於鄉。孝子生淮,淮生樞,樞生煜,煜生至愚公堪,則公大父也。父通判撫州數峰公鐘,贈奉政大夫、襄陽府同知,母徐封太宜人,皆以公官貤恩如制云。趙故望族,至愚公用貢起家,而數峰公與弟欽俱領鄉薦,門浸浸大矣。

公生異常兒。稍長,治舉子業,師事太史日門胡公。日惟手王文恪制義一編,不旁涉徑蹊。既補邑諸生,會撫州公坎壈,未抵官以卒。家貧甚,公矯矯自拮据,口不言貧,而儼然以《左氏春秋》教授里中矣。督學楊公,拔寘高等餼焉。舉嘉靖己酉,越癸丑,成進士,謁選得曹州守,則迎太宜人就養。公入承母歡,出修民之和,常俸外毫無所取。而相分宜政以賄成,入觀者,筐篚填溢,公獨循例投刺而已。以是吏部擬公調,時相知有力者,欲爲請近地,曰:"脫五百金,則近地可圖也。子有老母，獨不念哉？"公曰："吾貧措大，安得五百金？東西南北，惟命之從，可也。"于是調蜀廣安，板輿就道，無幾微見顏面。

公風骨戍削，事上官，抗直不阿。而御豪猾，則凜凜稟三尺從事。巨室俞者，故多爲不法。公至，立發其奸。俞陰募善水者，斷公舟維于瞿塘之上，舟幾覆。公揭於當道，竟置之理。一時趙公有廣漢風。御史行部寃訪羅織，道路以目。公廉得其主名，立召榜掠階下。其人抱血衣訴御史前，御史叱去之，曰："汝自取戾，趙知州芒寒色正，可犯耶？"人以此賢公，亦併賢御史。居廣安六年，不調。至癸亥，始晉襄陽郡丞。中丞、御史先後慰薦，而蔣公某署其考上上。時蒲坂太宰秉銓，擢公南京户部員外郎，不數月，尋郎武選。蓋庶幾知公而欲大用之者，而公先以奔太宜人訃歸矣。既釋服，遂不復謁補。曰："吾五十爲郎，徵蘭未卜，安問腰下組哉？"

初，公師事胡先生。先生爲人師，不專專呫嗶，登山臨流，悠然獨會。故公學特脫落文義，蓋得之師傳爲多。其舉進士時，胡以會元居翰林，欲汲引公，而里人亦欲假先生千金爲館選地，公悉謝不就。守廣安，有采木之役，左右多難之。而公叱馭逾峨眉，捫參歷井。初，從行者二十二人，至竣事歸，僅得五，而公亦病瘧甚。其不邀榮，不避難若此。

公宦遊僅十餘載，而林下者四十年。總憲悟齋吳公、政府鳳磐張公，皆同年相知，有意推轂公，公不顧也。居恒讀書，不問户外。探囊扞網之豪俠，重貲求片言爲居間者，公峻却之，無所動。至人有覆盆不能白，邑有利病不堪薰灼者，則斷斷爲郡邑大夫陰脱明諍，不少避諱。而事已，則絶口不道，或竟不使其人聞之。邑人謂公古遺直，更德公頌公矣。公里居，家徒四壁。薄田三頃，以供伏臘、完租課。終身布衣蔬食。歲往來城廓間，細雨斜風，野水孤航，一平頭奴張蓋坐①其上，見者不知爲官人也。郡太守懷白周公、宜諸歐陽公，皆景慕高風，鄉飲郡志必得公爲重。公晚年妾丁，舉一女，適茂才夏祖綬，早寡。公愛憐女，每談及，未嘗不流涕也。故析產與嗣子均。既耄，猶不忘懸弧，曰："鼎元孝子之血緒，斬於余乎？斬於余乎？"嗚呼！中郎有女，伯道無兒，蓋自古嘆之矣。

廣安有五賢祠，公處一焉。江陰人士，復謀祀公於學宮。

公生正德庚辰五月十九日，距卒，得年八十八。配華氏，封宜人，無錫太學生信女，齊年媲德，先公十年卒，葬于砂山祖壠之後。

蔡子曰：始余聞趙公，清耿君子也。余年友薛玄臺、葉玄室、高景逸諸公皆重之。初見公，猶自炯炯。及後謁公於石橋，則稍稍病憒矣。不揣爲商及嗣事而泫然。公歿，而遺産之哀益不能盡如公指，以夏氏女饒給，而嗣子寡也。樹綱卜以己酉二月二十日，奉公柩與宜人同藏，背丁面癸。銘曰：

仕宦何必車生耳，田舍何必跨閭里，似續何必非猶子。吁嗟趙公！天只人只，千秋萬歲式于此。

四川按察使省庵王公墓誌銘

自世風斯下，大雅不作，學以超脱爲高，仕以揮霍爲能。而語以恬淡之脩，廉勤悃愊之政，則未有不笑其爲迂且拙也者。乃若學不爲名，仕不爲利，望之闇然，叩之卓然，試而輒效，久而愈孚，斯稱真儒循吏矣，則吾友王公省庵其人乎！歲丁未，公再辭四川按察使之命。及戊申秋，余方貽書訊之，而公已先數月逝矣。惜哉！哲人之不竟其用也。明年某月某日，將卜葬于青山先塋之側。公之子弘度以遺命來請銘。謹按膳部雨金公所爲狀，纚纚萬言，不啻詳矣，余焉用文之！

王之先出琅琊，唐大理少卿從德者，徙居黄巖，至宋末復徙永嘉，則自萬十一翁始。是公與膳部六世祖也。公大父一松翁儼，父碧山翁允文，皆以覃恩贈四川參政如公官。大母薛、母張，皆贈淑人。

公生而警敏，志向異凡兒。年十五，從碧山翁受詩。族人大令肖華公、大參暘谷公，皆奇之。而與郡丞玉洞公、侍御葉仰山公相切劇甚力。公試輒第一，丁卯，遂領鄉薦。及罷公車歸，時方弱冠，已能自砥礪，不屑屑曳裾公門矣。甲戌成進士，則日講究律例疑義，而以其間乞歸省。及謁選，得當塗令。當塗孔道，而直指駐節處也。公受事若老吏，文移讞決，俄頃立辦，胥史輩無得上下手擾民一錢。追徵立投櫃法，火耗贖鍰，分毫無染。民爲立石紀之。公旦起謁臺司省過客，郵舍供帳甚設，然所餽不過筭食器，即張江陵母以馳傳還楚，所過郵亭，皆纈彩華飾，獨公無加禮，治行流聞爲六郡冠。而適市廛不戒于盜，郡丞龍某者，江陵私人也，止公毋發而自行揭報。後事聞，龍得免，而公坐降級。公治裝一日即行，百姓夾道，擁至采石，車爲枳。既抵家，而橐蕭然也。

公故與同年曙臺唐公、觀瀛沈公友善，及己卯謁補，朝夕京師，遂毅然有志於學。既赴贛幕，或勸公借差以行。會曙臺至，曰："君薄幕官耶？"公悟，遂止。已捧檄署瑞金、署寧都、署安遠，其民皆椎獷難治，而公一以至誠行之，不作遷客態。瑞金則爲均其里甲，寧都則爲丈清太、太平、懷德三鄉之田，而清匿鍰以佐脩城費。安遠則從中門躋公堂，而破其數十年之惑。監司皆賢公曰："使公爲真令，吾無憂虔矣。"居久之，擢樂安令。以師禮謁胡廬山先生於求仁書院。未幾，先生起閩臬，便道訪公。公爲設皋比大會諸生。其大指以覺爲性，而以復性爲學，常靜常覺，而常不擾，則性體復而應酬自無不當。蓋原本陽明，而發揮尤徹，樂安人士始知有正學矣。樂安地僻，弊竇如鼠穴。公故以剛毅著稱，奸猾皆慴不敢動。暇則舉行鄉約，從胡先生教也。時縣治圮矣，爲鼎而新之。河流閼矣，爲疏而濬之。文風否矣，爲度學之右方而塔之。三者皆大役，而公惟力是視，民德公不朽矣。乙酉，將入計，撫臺督宗祿舊逋甚急，公曰："民竭矣。與其最也寧殿，吾輟入計可也。"樂安民争稱貸以完課，而公遂得以單騎北行。是時鄰邑司寇舒公、大理何公，皆稱公卓異，而竟副南行人以去，則其故難言之矣。公於是始得奏三載滿，封其父若母如制云。

公故深於紫陽廬山宗旨，而大行，又散秩，乃時與諸君子聚會倡明。尋擢南刑部廣東司員外郎，遂郎山東司。決獄一稟絜法，而主以寬恕，丈爲司寇陸五臺公所器。即旁署有疑難，衆所遜避者，必借公片言折之。一時南都如嶽南譚公、鳳梧張公、太行傅公，比曹則南皋鄒公、定庵沈公、立吾閣公、蘿陽程公，皆與公相引爲知己。而予獻臣，則筮仕同舍，得公觀刑爲多。公亦辱收之意氣之末，故知公最深。

已陸公入爲冢宰，而擢公守鎭江。時倭夷蠢動，當事者虞兵敝不任戰，乃簡鄉民，以次詣郡，授部伍法，境內騷然，以訴于公，公曰："未見寇而先疲吾民，非策也。"立遣罷之。鎮之機户，歲造上供以萬計，往往預支直而緩納幣，甚且與居間承行者共填谿壑。公給發以時，弊蠹一清。即杼軸孔揚，爲海內所艷，而公一無所市。當是之時，鎮民大德公節愛，而公奉碧山翁諱歸矣。

乙未，補襄陽。有天罡地煞者剽奪爲害，公殱其巨魁，民用以和。襄地故四達，榷額歲四萬餘，而稅無定則，其所入至不可詰。公財十之七以還商，而存其三以供額，仍榜刊以垂永永。商人咸鼓舞加額。未幾，而復奔母諱歸矣。公既畢葬，則廬墓不復圖出。而選郎宣城梅君，特用太平守起公，猶以公當塗治行故也。太平民田江潯，會雨，堤蕩且盡。公身督僚吏，不匝月繕完之。公爲令，所鑑拔士，其後利鈍皆不爽。至是，復延毘陵周君百里爲之師。百里，亦門下高足也。公兩涖姑孰，先後直指皆以耳目臧否寄公。公有聞則吐，有誤則爭，不苟爲阿狥。直指已微刺如公言，愈益重公。然公終不肯借直指權以自矜重，其委曲周旋，扶持善類，公不言而人亦莫知也。

公既以三郡最，誥贈其父母。而直指疏乞留公徽寧道，業下部矣。會入覲，力辭。竟擢副蜀臬，分巡下川東道。乙未滿考，復加參藩。所轄夔，則其鄉王梅溪公舊治，而温名守淇竹衛公達人也。公行部爲建梅溪祠，而與衛公相得甚歡。衛公亦樂爲公盡，已盡攝川以北。時播酋雖平，而凋瘵殊甚。公旦暮勞來安集之，不辭勞瘁，所全活甚衆。石砫土司馬千乘者，酷而貪，其酋羅朝國等圍困之。馬氏奔訴公，公亟耀兵萬縣，而手自爲示，令壯士持往諭之。且謂：若不見楊應龍乎？若强孰與楊？小忿之不懲，而膏斧之不恤乎？諸酋皆感泣，乃縛爲首者四人以獻。時總督方議征剿，得報大喜，謂公真文武才矣。蜀道崚巇，而鋪舍橋梁尤弗不治。公嚴檄修葺，濟以贖鍰，務爲可久之圖。安州望溪橋易木而石，費頗鉅，得公力而後告竣。

壬寅、丙午，俱以賀萬壽行故事入賀。各屬有餽賄而蒙垢者，或覬保全，公概不接，亦不問姓名以去。時安疆臣侵界，當事者惓惓取衷於公，公條答擘畫，無所避忌。諸公如目得之，皆嘆服公，以爲昭晰邊事，負雄略，可大用。而公既乘便歸里，遂引疾乞休。丁未秋，晉按察使。時衛公已撫江右矣，及大理鄭公、牛公皆書來勸駕，謂："廟堂方急，公宜勉自效。"公曰："吾以參藩疾，以臬使起乎？"竟再疏固請。銓曹重公，爲寬郵程，而公竟不禄矣。

公性孝友，處家庭未嘗疾言遽色，與人交冲夷坦直，表裏洞然，不可得而親疏，久而令人不忘也。無賴子知公長者，故侮公，而公恬然不校。人有負不韙者，苟比公，公内凛斧鉞，而外不示爲崖異，則又在夷惠間矣。居恒無温飽，志布衣蔬食，澹如也。所居官不爲操切苛細，亦不爲迎合取聲譽，實心實政，鰓鰓然興利除害，求是去非而已。喪楊淑人於金陵，喪碧山翁於鎮，大事皆貸助而得完，則僚程公、令張公有力焉。其守姑孰時，大璫邢隆、暨禄者，相繼督税張甚，邢欲守手板庭謁，而公竟以賓禮見。暨於酒餘，出閱工部彈草相示。公危言尼之，其事遂寢。署川北，復條上税官殺人狀，兩臺爲之疏，置于理，而税璫丘某者心折。公竟撤委官，無令縱橫道路間矣。公所去，民咸立碑建祠以識遺愛。獨瑞金祠規於視篆，而樂安祠越二十餘年而拓新之。此何必減羊叔子哉！所著有《省庵稿》、《偶然稿》、《知非稿》，藏于家。大都直陳時事，根極理趣，無文人佻薄氣。屬纊之辰，起坐屬二弟繼旦、繼昭以後事。語不及私，而神氣不亂。

公名繼明，字用晦，初號東野，改號省庵子。生嘉靖乙巳正月初六日，卒萬曆戊申四月初三日，年六十四。元配楊氏，封孺人，累贈淑人。繼配劉氏、杜氏、陳氏，俱受封贈。側室西廊劉氏。子二：長弘慶，楊氏出，蚤世，娶林氏；次即弘度，嫡劉氏出，聘屯部侯道華公次女。女六：一適太學生林邦儒，一適庠生戴曙雲，一適庠生林承諫，一許庠生徐守愚次子某，一許大參項甌東公曾孫某，一未字。

蔡子曰：以余貌於王公，穆穆落落人耳。至讀其筆之紙者，而始異之。與之談道理、商絜令，議政事得失，人物高下，則不激不隨，有倫有脊，往往探囊而出，不爽尺寸，始人人自失也。兩令三守，田廬猶如寒素。其所至有惠愛，有丰采，橫璫亂酋，片言而定，使盡得柄用，雖古大臣風烈，何以加哉！余嘗謂筮仕者,得當賢寮長,可稱明師,蓋私幸得公云。故公真醇儒、真良吏,儒醇也而有用,吏良也而有聲。世不能盡知公,而不能不知公,世知公而不能竟公施。噫!是可謂合才誠備體用君子矣。宜銘。銘曰:

晦其外,閟其中。玉于璞,鐘于宮。學匪餙貌,仕匪爲通。闇然而日,章君子之終。

南户部主事林三庭公暨配黄孺人墓誌銘

三庭林公,諱叢槐,字應昌。獻臣爲兒童,則已耳公夙彗盡達名,艶慕之焉。比通籍,從先君子得侍公辟咡之詔,又選部唐仁卿君,爲余言公饒平之政甚詳,於是又嘆公不竟其用,何天畀之良而人扼之亟也。今歲天啓乙丑,公子元卿、世卿,將安厝公,而偕公姪燧卿以狀來請銘。夫君家侍御有筆如椽,余安能爲役?

按,林世居晉江馬坪鄉,其徙同之東市,則自梅溪公始也。梅溪生性,以貢令安遠。性生元善,元善生魯温,即所稱翠崖公。而長子解元啓,次子軒。軒,公祖也。公父竹石公袍,母葉氏。

公幼聰敏,美丰容,授書,一涉目即成誦。年十一遊庠籍,甚著奇童稱。督學周石崖首拔,奇愛之。公以此取忌於曹。偶然亦用此,益折節爲恭謹。己酉舉鄉,越丙辰成進士。謁選,得左廣之饒平。時公年未及壯,而蒞事則精敏若老吏。拊循之餘,首重興學,每試必拔其尤者,餼諸公署而訓誨焉。即唐選部爲世名人,每感公陶鑄,津津不忘者也。時粵賊蝟起,而張璉爲之魁,聚夥至萬餘人。招撫議行,公不難,以單車往諭。賊或戕其役人,以恐動之。公神色自如,賊亦嘖嘖畏服,竟羅拜擁衛而歸。已而倭來攻城,城援絶。公浚壕開窖,日夜登陴,募壯士共守。城卒完,士民爲《金城保障圖》以紀公功。公拮据四載,再受賞,四登薦,竟爲上官不悦者所中,擢僅得南户部主事。邑人又爲之碑去思,祀生祠。壬戌,復以拾遺罷歸。蓋所效於官者,僅僅若此矣。

初,公之官,竹石公授以"清白"二字,公奉命惟謹,故歸休之日,家仍四壁。惟二親朝夕甘旨之奉,湯藥身棺之具,必竭歡,必盡誠。喪母時,年逾耆矣,擗踊盡哀。伯氏庠生叢梧，艱於拜跪，公每翼而起之，蓋孝友其天性也。晚構別業城西，顏其堂曰"崇真"。時與詩客高人如伯兄州刺東衢、妹倩傅仰山杯酒賡和。又時狎田夫野老、俳優童豎間，談笑歌舞，以洩其聊蕭不平之氣。陳鰲海郡丞嘗過公山齋，慨然欲捐腴田以闢其門徑，公竟固讓不肯當，人兩賢之。蓋公宦貧故能儉，守恬故無求，性冲故不爭。與人交無少長，必引與鈞禮，即下户寠夫，亦絕不作氣勢侵凌之。按臺陳海山公、邑令倪雨田公，高公雅操，嘗捐金以助屋資，誼不得辭，其他毫無所居間。晚年雅慕說金陵吳越之勝，嘗一贏糧而過之，亦竟栩栩空囊歸也。曰："吾遊足適矣。"臨化前一夕，步履歌詠自如，顧謂二卿曰："縉紳家溫，多爲身後子孫累。吾貧無以遺汝，死亦不至累汝。汝兄弟各努力，無玷家聲，吾瞑也。"所著有《明農集》，而止修、養氣二說，尤其晚年筆云。

嗟嗟！以公之英妙才俊，蚤自致青雲之上，疇不謂三事可拾級登。又使公廢錮之後，有相知氣力者推挽，亦可隅失而榆收。乃掛仕籍者曾幾何，童而脫穎，壯而鎩羽，天耶？人耶？夫仕宦猶之酌也，知味者少嘗可矣。三爵不識，沉湎濡首乎哉？矧君子所自樹者，尤不在此。

公配黃，爲黃崇禹翁女，佐公學宦，備有賢德。公入賊巢時，上官逼取邑篆將別委，孺人堅持不與，故公得有諭賊功；其撫妾子如己子，二事尤婦人所難。孺人先公卒，諡淑懿。公生嘉靖庚寅，卒萬曆己亥，年七十。孺人生嘉靖甲午，卒萬曆甲午，年六十一。子二：元卿、世卿，皆側室谷氏出。元卿子，一開，一幼。世卿子七：閱，邑增廣生；閭、聞、閣、已官、龍官、盡官，幼。曾孫男曰官，閱出。初，公葬孺人於林窑蚱蜢山，已穿二穴，具誌狀。今元卿、世卿卜地石碾山之麓，背庚面申，將啟林窑之窆，以十二月十二日奉二尊人合窆焉。銘曰：

有美一人婉清揚，蚤通朝籍綰令章。心勞撫字力勖勸，含香留署讒口張。解組歸來意僛僛，爲儉爲廉不敢先。發爲詩歌清且妍，婆娑林間四十年。雎鳩分飛今並棲，玉樹雙茂孫枝萋。石碾之封閟白日，百千萬秋安且吉。

進士治庭張公暨配貞順孺人蔡氏墓誌銘

余爲童子時，則聞同有治庭張公諱鳳徵者，名進士也，而不永歲。萬曆戊子,與公之子廷高舉于鄉,相得甚歡。已,廷高亦舉進士,歷知華亭、松陽二縣,而復不永。廷高初釋褐即告歸,以丁酉之二月,葬公及母貞順孺人于斗拱山之麓,而自爲誌納壙中。未幾,而廷高不禄,子伯仲季相繼夭折。舉家惶惶然,曰:"咎由斗拱。"於是,叔子喬楠卜遷吉,乃啓二柩移他所,而以今天啓甲子三月六日,相地林嶺,穿穴改藏焉。喬楠謁予獻臣,屬之誌若銘。曰:父志也。

按,張之先,五代時自固始入同安,居于浯洲之青嶼。數傳至乾育公,始遷東園。育生大淵,大淵生世弘,世弘生鵲峰公塤,以明經起家,教諭平陰。塤生仰峰公希濂,爲邑諸生有聲。仰峰公娶戶部郎王公佐女,實首舉公。妊身時,王父感鳳集之祥,故以名公,而字舜夫。

公生而穎敏,襁褓中輒能識壁上字,無錯指。九歲,通五經大義。稍長,出就傅,則時師遜席矣。年十八,補弟子員。明年,督學萬安鎮山朱公,拔置高等。辛酉,臨海存庵金公,擢第三。遂以是秋領鄉薦,年二十七矣。公素善病,壬戌,公車不果上。至乙丑,乃成進士。觀政御史臺,屬已疾,猶兢兢,辰入申歸,無少怠。凡同里同榜之過從者,必策蹇報謁。體遂委頓,得請,至張家灣而殁。

公性孝友惇篤,事父母無色忤,處内外族姻無隱情。平生嗜善若渴,見不善,第謹避之而已。以故與公遊者,若飲醇焉。歲己未,里中倭,公與仲弟鳳表皆將縲去,乃出所携金,祈免其一。公謂仲曰:"吾弟幸有子,其負若子,出營金贖我。即不能辦,幸毋以吾爲念。"仲曰:"兄善事父母,且未子,必不可留。"相推久之。賊怒目大叱,幾剚刃公,已而獲免。當是時,急難相讓,知其事者,以爲有争死之風,兩難之焉。其後仲實撫廷高以有成立,天也。

孺人爲邑著姓蔡崇文公女,與公媲德。訃至,廷高方三歲。孺人抱之而慟曰:"吾即欲殉夫君于地下,如貌諸何?古人云:'死易,立孤難耳。'且舅姑在堂,吾安得死?"無何,而二垂白繼隕,孺人益哀毀骨立,疾且亟,泣謂廷高曰:"吾所以忍數年無死者,爲而在耳。吾死,其無忘而父之業。"遂瞑。蓋廷高嘗爲予言而泣云。

公生嘉靖己未八月,卒乙丑七月,年三十一。孺人生嘉靖己亥九月,卒隆慶庚午四月，年三十二。子一，繼桂，即廷高。萬曆乙未進士，歷華亭、松陽令，卒官，祀名宦。娶郭大紹女。孫男四：長喬棟，仲喬柱，殤，叔喬楠，季喬梧。喬楠由龍溪諸生入太學，娶憲副陳公基虞女。子二，燿、焜，俱幼。喬梧，邑諸生，蚤卒。林嶺山在邑西十餘里，其穴負艮抱坤，其地憲副公予之，而其役則喬楠任之也。

蔡子曰：人不可以無年。張氏自平陰以來，世績學，亦世積善。至治庭公，壯歲通籍，庶幾哉食其報矣。且以公之至性令德，彼蒼假年，所就詎可量乎！乃一第長畢。即廷高著聲循良，亦復不竟其用。辟之鸒飛而下，忽已搖翩而去。天之報施善人，其何如哉！喬楠好學而文，獨承其家，光昭前人之緒，而益衍之，其將於是乎在。乃爲誌而銘之。曰：

此爲何祥，來自丹穴，鳴高岡。亦既成名，乃徵我夢，曷不長？謂天茫茫，仁不必壽，豈其常？林嶺鬱蒼，卜云其吉，奕世昌。

南京戶部郎中李質所暨配楊宜人墓誌銘

吾同質所李先生，故以篤行碩學爲諸生祭酒。嘉靖戊午，舉于鄉。隆慶戊辰，與先觀察同登進士第。庚辰，小子獻臣從宦南都，得侍公。逡逡誠確，退讓君子也。公歿，學使者採輿論，祀公鄉賢。而二子承琪、承瑯蚤夭，不克葬。越今崇禎庚午三月初四日，長孫樹芳等乃卜葬公及楊宜人於林後，穴乙面申，而以狀來乞銘。獻臣曰："斯先子之德友也，銘其敢辭。"

蓋李之先有仲禮公者，由偃店南山後徙山邊居焉。數傳至光俊，山邊李始大。光俊生仕英，仕英生贈郎中公鐸，配鄭宜人。其中子爲質所公，兄文敏，而弟文同者也。

公諱文簡，字志可。贈公課諸兒嚴，而公幼即警敏耽書，舉動若成人。贈公尤奇之，蓋嘗手植三榕，曰："此吾家三槐。"蓋有待也。年十五，受《易》于次浦許先生。而標格遒上，文章爾麗。楊長者雅慕公，以女女焉，則勤淑封宜人者是也。粧送豐腆，公藉爲鼓篋資，益得以肆力于學。而與鳳鳴洪公、中峰柳公，括羽鏃厲,屢試輒冠,遂補諸生餼。諸生亦盛相推挹。然躓于場屋者屢矣,則益下帷發憤。既舉賢書,而公不沾沾自喜,設帳攻課,無異青衿時也。又十年,而成進士,謁選得無爲。無爲,故江北壯州。公甫離書生,而老練若素吏。其大指則在撫綏安利之,若搏擊武健以取赫赫名而自爲脂膏計,公不屑爲也。然公雖惻怛慈仁,而法所不可,自謂萬夫不能奪矣。以故囊無長物,民有口碑。僉謂必得内徵,而僅移肇州丞以去。去之日,而州人擁道扳留,志去思焉。

肇爲制臺開府地,重劇之事,多以屬丞。而公批郤導窾,優優乎遊刃有餘地矣。又總督石汀殷公,故所謂大刀闊斧者,而公以謹節濟之,不求盡如其旨。而殷亦敬重公,郡縣缺必委署焉。而公之爲丞爲署,亦即其刺無爲者也。秩滿,擢南户部山西司郎中。時先觀察以同舍數相過從,歡甚,獻臣因得再侍。乃無何,公病甚。先觀察數往視,而公竟不起矣,南都賢士大夫多痛惜之。

楊宜人婉娩有賢德,淡素操家。公未第時,拮据佐讀,無閫内顧。既貴從宦,布縞疏糲,無綺羅鮮美之態,可謂德配矣。公爲人孝友謙讓,平生無疾言遽色。念祖宗無棲神地,則捐貲倡建,迄今堂搆如新。初,楊長者以事窘于漳海防,且將波公,一試公文,遂大嘆賞,事乃解。登第後,念長者知愛,爲置祀田報焉。其不忘德如此。遇里閈族戚,無少長貴賤,一惟溫恭退讓,不作貴容,亦不譴較是非。蓋公弱冠而修儒業,逾壯而偕史計,望艾而後入官,未耆而遽即世。而公之退然、確然、澹然、皭然者,則數十年一日也。使天假年,其建竪寧止此哉!

蔡獻臣曰:予觀輓近薦紳先生,其上者騁才力以取世資,要非法從尊,非卿亞不稱得志。次者以官爲市,通關節,程賕罰,以圖充橐囊、美田宅已耳。下者居鄉而漁獵小民,子弟作氣勢,盛爪牙。而李先生有之乎?雖官不必高,家不必厚,年不必耄,而淡泊謙讓,始終一節。自是六十甲子以前人物,所謂鄉先生殁而可祭於社者,古之人歟!古之人歟!子孫食報,蓋未可量也。

銘曰:

世風而季,高者爲名,卑者爲利。伊公則否,樸學循吏,君子之脩。年不竟豎,一往五庚,乃反于土。林後之丘,德人偕隱,奕世其休。

山西參政祀鄉賢林玉吾暨配封宜人九十六壽慈安葉氏墓誌銘

吾同大參林玉吾先生者,先達盛德君子也。先生年三十九而登第,六十二而致政,七十九而仙逝。諸子炳、煒、燁、炘,已奉厝於蓮溪龍鬚崙矣。既而元配葉宜人壽九十六終,乃以形家言,起合葬于安民里後安之麓。子燁、孫泰基等以狀來請銘。先生與先觀察同學宦,獻臣通家子也,義不可辭。

先生諱一材,字以成,玉吾其別號也。世居同之亨泥。大父坦庵公,父封主事滎川公。滎川公寬宏曠遠,爲鄉里所信愛。母封宜人陳,首舉先生。先生幼聰敏,從師受羲經。稍長,乃改治《春秋》。年二十一就試,名督學朱鎮山公拔第二,補弟子員。厥後姜鳳阿、蔡見麓二督學,亦皆物色先生。先達洪靜庵司寇,延致西席,且謂先生決非諸生中人,締姻好焉。嘉靖庚申,島賊內訌,崎嶇艱難中,有憫其貧而饋之金者,又有欲割腴田以助朝夕者,先生皆揮手謝之。

未幾,而隆慶丁卯、辛未,則舉閩闈,捷南宮,而出王文肅公之門矣。唱第二甲,謁選得主事南祠祭司。於國家典禮多所咨詢,勒成編帙。尋擢郎,而以滎川公訃歸。三載,立骨支床矣。服闋,起郎戶曹河南司,則裁宗藩額外之陳乞,又題糧額必準弘治十三年例,不許浮增以邀功。時江陵相方行丈量法,則議無浮糧,州縣不得概丈以滋擾。此其大者也。辛巳,擢守太平。革鹽號以惠商,分稅契于屬邑。郡俗多誣命之辟,先生爲之細辯,折嚴遣償,而澆俗頓革。甚至文昌宮火,而天雨反風,鳩工砌圩,而怪魚斂鬐,人以神君爲頌。先生曰:"偶然耳,守敢自多乎?"尋擢備兵金衢,則重繩永康之婪吏,靜留預備之倉穀,即當道不無側目,而先生任真不顧也。戊子,晉雲南參知。裁軍伴,分鑛稅,臨元一道,遂爲冷局矣。滇撫蕭公以邊才疏薦,乃移參山西。壬辰,復以媒蘖調憲冀南。訓練綢繆,引馬泡泉以入學宮,設立名藉以束藩宗,布帛舖行,毫無濡染,民歌來暮。乃以親老乞近地。尋擢參粵西,而母宜人之訃至矣。歸田後五載,汾人建生祠祀焉。

先生樸直以宅心，禮讓以率俗，勤儉讀書以訓子孫。家居一十八載，凡地方利病，如蠹奸商以滷鹽爲官鹽，謀設運同知總之，又如浦頭河泊安民巡簡，皆害多于利者，則力陳其弊于當道而疏汰之，迄今便焉。先生出處，大都具此矣。

宜人葉，爲吾同望族，父□□公，生有閫德，二十于歸。先生出就外傅，宜人操作井臼以事翁姑，甚至襁負而舂，晨昏不自苦。先生既登第，貴矣，宜人疏衣淡食如故。所難者，尤在善撫妾媵以廣胤嗣子，側室子女如己出，旁觀者嫡庶莫辯也。先生敭歷吳、越、晉、滇間，宜人贊爲寬和，故宦轍所至，人稱林佛子焉。其爲姑慈教，故諸婦諸孫曾婦皆孝而敬之，雖至耄期不衰。

先生生嘉靖癸巳二月，卒萬曆辛亥四月。宜人生嘉靖己亥十二月，卒崇禎甲戌七月。子男五人，女三，孫十七人，孫女十，曾孫二十三人，曾孫女八，玄孫十四人。後安之封，負酉朝卯，卜以戊寅十二月初九日丑時，諸子孫共奉厝於茲土。

蔡子曰：福極一曰壽，同紳壽七十而九者，惟玉吾先生暨池奉常、柯運長而三耳。至貤封內子，齡九十六者，自葉宜人外，未聞也。林氏子孫曾玄振振未艾，而子炘舉於鄉。先生歿二十四年，署學道徐雲林公俞士民請祀之鄉賢祠。徐公衢人而令吾同，故知先生深也。嗚呼！天人之際，此可以觀矣。銘曰：

位未究施，三藩參知。年未配德，聿髦者一。佛子著稱，黌宮典刑。賢哉內助，百年布素。子孫振振，永大爾門。

雲南左布政使發吾蔡公墓誌銘

歲天啓辛酉維夏，雲南左布政使發吾蔡公卒于家。獻臣走海上而哭之，曰："噫！吾兄乎！吾兄乎，是國之勞臣，鄉之碩德，而吾宗之鎮也，是獻臣之所避席而請益者也。位止方伯，用曷究乎？年僅古稀，享曷慳乎？"既已無可奈何，而公子調璣等卜以十二月十八日，葬公于浯洲湖南山之陽，且以狀來請銘，曰："先君子歸有期矣，知先子者，莫叔氏若也。其可無一言以納諸幽？"嗟嗟！余何忍銘公，又何忍不銘公。

公諱守愚，字體言，別號發吾。五季時，吾蔡自光州固始遷同安之浯洲。有十七郎者，贅於平林之陳，五傳至靜山公，平林蔡始大。又六傳至孔璋公，孔璋生允楨公，允楨生朋山公倡，朋山公仲子中溪公希旦，公父也。朋山公以經學教授，爲里中大師。中溪公矩行義概，會倭亂，率鄉兵拒敵，竟死之。皆以公貴，誥贈四川右參政、按察使。而母許氏封太安人，與祖母吳皆累贈淑人。人謂蔡氏之天定矣。

公生而奇穎。稍長，則中溪公教之禮節及口授書義，而間爲譬說古今成敗。公雖幼，已能了了。未幾，而中溪公及于難。母淑人授以遺書，公益用感憤。年十二，從叔父滇江公就學遠方。日夕下帷不自休，所爲文輒矯矯露奇氣。及紫溪蘇先生設帳梵刹，或勸令稟業，公諾之，然竟不往，曰："吾家三世自相師，何知鼓篋？且士貴自力耳。"則假館傍舍，每奏一篇，先生未嘗不稱善也。丙子，督學胡二溪公首拔應試，而先觀察肖兼府君，亦從角卯奇公，則延致之金陵，使切劘獻臣。大司馬郭青螺公覽其制義，亦大奇之。乙酉，督學王麟洲公置前矛，遂薦鄉書。明年成進士，而謁選得南儀制司主事。公奉母與俱，入承歡而出厎事，暇則與同舍汪登源、蔡調吾、顧悅庵、湯若士諸公杯酒唱酬，證曩今故，所得益深，而詩若文日益進，子亦以南比部從焉。

公丰儀脩偉，性度朗豁，然當其挺持，凜不可奪。以故宗伯王忠銘公、李長軒公、趙定宇公皆器重之。而公一官五載，竟奉太安人諱以歸。歸而身任窀穸之役，與伯兄西梁公，謀襄二尊人大事。閉門採摭，彙爲《明倫寶鑑》一書，皆前言往行，有裨風教者。并手抄酈善長《水經注》成帙，外事不問也。

乙未，復除工部屯田，督理易州、龍灣二廠。故事，炭直不以時給，而惜薪司復從中索例，不得以時納，甚且以不如式駁還，蓋商亦極病矣。公至，則移內外主者與訂約，時其出納，而給直則令商自兌，不經他手。凡日用薪油、醯醢、蔬茹之例供，概從減省。曰："毋令有餘以爲市。"則又興二廠社學，肄商子弟其中，而時臨視之。商大歡洽，戴公如家人父子然。戊戌，擢虞衡員外郎，又擢郎中屯田。去之日，諸商環擁，車爲梐，則請留靴爲記。公固拒之，曰："奚事此？有二社學在，第令子弟勿廢業，則吾棠不蔚矣。"乃相與持去。是時，起部方急殿工，物力告詘，則贊大司空疏借内帑，而以郡國續輸例銀補償之，經費於是乎稍紓。其秋，擢副蜀臬，分巡上川南也。辛丑，參藩政，整飭威茂。壬寅，晉按察使。丙午，晉右布政，皆仍分道川南。會六詔不靖，而中丞喬公念非公莫可鎮定，乃薦公以原官移節建昌云。

蓋建地延袤三千餘里，五衛八所，棊置于狢猓番棘之間，所通往來者一綫耳。蜂聚烏散，行李爲梗。又自衛弁諸生以至屯卒荷戈之徒，往往交通紿負，致令番夷益肆剽掠。及事決裂，則請大兵征勦，以掩蓋其罪狀，而抹殺其債逋。蓋道弗已十餘年，而兵使者又遠駐雅州，鞭長馬腹，是以任其披猖，而無可奈何也。公先後巡川南最久，時土婦瞿繼良與其叔馬應龍爭印相仇殺，公下車，則授計遊擊吳文傑，直入其卧内，持印而出。於是嫂、叔投戈聽命。又藺州土婦奢氏爭權留印，而惡目簸弄其間，臺使者檄公與周敬松公會勘。公議獻首惡及追印爲先，如印不可得，則疏請更鑄。至於首惡，惟縛獻目把而已，其餘不足問。議乃定。是時楊酋陷綦江，天子命總督李霖寰公徂征。公以畫策督餉功聞，貲白鏌焉。採木役興，公在川南，則條無木之難、無錢糧之難。又曰："以有司分召商則易，以司道總召之則難。召商而聽其分採則易，躐廠而驅商以採則難。先事而預集工本則易，後事而計木議給則難。"指畫甚辨。在建則條募夫之難，採木之難，出水之難。又請司帑先給三分之一，而以建昌之杉易重慶之楠。曰："是其所産固然，兩地交便焉。"威茂餉米三萬有奇，皆藩司給直灌縣，而買運不時，積欠不可問。公爲條包攬搪塞、乾銷私兌、那新補舊諸弊竇，又爲立三限掛銷獎戒法。又分派於新繁、崇寧、郫、彭産米之邑，若店户買米不齊，則驗糧官督之；脚户運米不到，則監收官督之。其久逋者，量追※脚價給軍。自是，威茂無憂餉矣。

其徙建昌，則寄孥於雅州，而單車涖焉。日與諸衛所及番夷宣布恩威，申明約束，番夷戢服不敢動。然公猶鰓鰓焉爲之議設府，爲之議改衛，授爲訓道，爲之議善後。曰：“嚴勾募以實行伍，簡馬軍以充營陣，核屯糧以實軍儲，重監撫以資贊理，復土官以便控馭，議輸積以備緩急，嚴哨道以防竊發，聯村屯以資守望。”則又爲之議改將增兵，屯局僉書，加遊擊銜，增兵七百，而以鎮城兵一百，及漫水鎮東等營兵隸之。操捕司增兵三百，而以鎮城兵一百及靖邊、登相等營兵隸之。寧越、會鹽二守備，各增邏兵一百五十，而以原住各營堡隸之，使往來防守。其議有用有不用，而公所以計安建南者，亦既備殫心力矣。故數年間，小犯小勝，大犯大勝。先後擒斬惡夷七百餘，追還被擄男婦五百餘，皆確然可紀者。然久居瘴鄉，夙夜焦勞，遂成痞積。報滿及期，三移疾乞休，而兩臺苦留之。

辛亥，亦擢雲南左布政使候代矣。會大帥侯某移鎮越嶲，而誤聽細人之言，欲計擒點酋，擢烏撒以爲功。公馳而止之，曰：“是未可輕也。彼其巢據官道而力能號召，執之必且啓釁。”公別去，而大帥竟決計誅之。自是酋孽奮呼，諸夷響應，道路梗塞者踰旬。公聞報，失聲曰：“不聽吾言，噬臍何及！”爲撫諭熟夷，檄將召兵，然後利濟鎮西之間，享無事焉。蓋其威惠素孚故也。未幾得代，遂繳劄致仕歸，而直指彭某竟用流言中公考功法。惜哉！蓋建南被禍以來，土民日請大征，而當事者日議鵰勦，然兩者詎易易哉！三尺孤懸，兵餉難處，公行部每諭諸生曰：“古云‘一將功成萬骨枯’。此萬骨者，果盡夷乎？奈何易言之也。諸生第毋包軍，毋占屯，毋結夷，毋逋負，亦可省本邊十五之禍。”咸語塞無以應。至於鵰勦，非不稱快，然諸夷近者則陰逆而陽順，誅之無名。其桀驁跳梁者，又遠在數百里外，崇林密箐之中，求一寬敞地可以屯數百之兵而不得，進無腰營，退有後躡，疾走則虞蹶，緩入則虞洩。且我之屯堡何如哉？十軍哨守則爲堡，三家住種則爲屯。我倖得志，彼必取償。我未及殱其窟穴，而彼所殘破已鞠爲茂草矣。故自有建南以來，未聞以鵰勦取勝者。惟繕儲胥，討軍實，以防與撫爲持久之計，然後征勦惟所用之。公疇此至熟也。噫！此公之所以安建，亦所以得咎者歟。

初，土官安世隆爲那固所弑，孽婦祿氏糾夷報復，藉口夫亡妻繼之説求管事，而陰欲嗣姪祿祈，奸弁奸生，有居爲奇貨者。公責諭以大義，俾逐祈而立安世業,然後許之。烏思藏之貢者,不無生事內地。臺疏題參部覆議革,而各番求復不已。公謂貢額自國初已定,原無加增。彼賣勅之利,孰與貢賞之所獲厚?且川省三萬茶引,亦惟是貢番往來貿易通行,藉令關門一閉,無論茶法爲阻,即軍需亦當歲增數萬矣。竟如公言復之。於是,諸番願世世奉欵勿絕,而肖公像於弘化寺,爲檀越主云。公嘗署藩一月,而留羨金千餘無所取。吏以例白,且曰:"如後來者何?"公笑曰:"我自有羨,後人自無,何相妨耶?"其廉不近名如此。嘗言,吾居蜀十四年矣,惟是不敢受各屬一果一菜,不敢取地方一粟一絲,不敢任喜怒而出入一罪,不敢聽囑託而臧否一人,不敢傳舍官府,不敢秦越軍民。蓋實錄也。

公學術行誼,一遵程朱家法。曾捐金葺復古堂,以祀孔子而退二氏。又刻《菽林標準》、《明倫寶鑑》以嘉惠蜀士。尤留意作人,每進諸生,與評隲文薮,談說經旨。如侍御孫之益、孝廉張心鏡,皆其首選者。生平樂易質直,不作婞婀態,以故特立寡援。然官亦登二品,自謂有命矣。歸至家,掃軌讀書,絕跡城市。扁其所居軒曰"寧澹"。客至,尊酒盤餐,不爲厚具。曰:"惟澹爲可久。"有司以大賓賓之,勉爲一再赴。至以居間請者,輒謝不敏。戒諸子則曰:"得不得,命也。非分之有,不必過求。"撫兄子如己子。而時舉行鄉約,以繩子弟之弗率者,鄉黨間斷斷如也,可謂才誠合,始終一君子人也。已庚申冬,舊恙復作,涉春漸瘥,而脹不消,竟以四月六日厭世。距所生嘉靖壬子,得年七十。

公好爲詩,詩有魏唐風。文出入經史,自足名家,具載《百一齋稿》中。獻臣曰:"余讀公諸議,揭見經濟才焉。當其叱馭入建,何讓王尊九折坂哉!"然公雖以力持大征,不竟其用,而所全生命物力弘多矣,所謂仁者之功,非歟?公配許,封淑人,整整操家。子若孫彬彬克世。銘曰:

溟渤之大,沮澤之長。篤生偉人,孔碩且良。胸羅經史,行表直方。兩都題柱,蔚矣望郎。星使益部,三邊踐敭。嘉眉卬雅,憲旌再楊。惠洽威震,夷憬羌王。詩工蜀後,檄傳馬卿。晉長滇轄,節鉞在望。投牒歸來,爲德于鄉。黷武何烈,多命實戕。炯炯寸心,可質穹蒼。湖南之阡,德人所藏。疇勒銘者,呼我爲兄。

明兩浙都轉運鹽使司運使桐岡柯公暨配累封恭人陳氏墓志銘

蓋老氏之微言曰:"太白若辱,盛德若不足。"然君子猶或譏之,則以其張噏、強弱、興廢、與奪之論,不無疑於術云耳。世風薄而機心熾,於是有張氣設械,乘人而鬭其捷,即求猶龍之似不可得。乃若仁心爲質,與物無競,處得志而平等,歷白首而靡踰者,則真君子其人,斯非大雅之所貴而自然之符耶?

故兩浙運使桐岡柯公,諱鳳翔,字志德,余同年友也。年十八,補邑弟子,爲督學王白、岳麟洲二公所賞拔。賢縉紳授經子弟者,争迎致之。歲戊子,以《易》魁于鄉,爲第四人。已丑,遂成進士,授刑部四川司主事。尋擢員外郎、郎中,出知平樂府。丁母恭人高氏憂,服闋,補知贛州府,調慶遠府,竟擢兩浙都轉運以歸。

公坦衷質貌,不矜名,不藏機,而行己居官,尤兢兢不爽尺寸。其爲比曹,多所平反。然法所不可者,即權貴人居間,不爲動。三綰郡符,持大體不苟細。至爲轉運,則釐蠹剔抉殆盡。而守贛時,亦辭權務不染指。以故虔人愛之,粤夷懷之,浙商人頌之。第以不能屈意狥上官,故壬子計吏,竟以年罷公,公不慍也。既歸,則居於墩柄之里第,足不入城市,不乘輿,不張蓋,時脱巾曳履,高卧北窗下,過者不知爲貴人也。邑令三以大賓賓公,勉爲一赴而已。公至性孝友,嘗斥五百金置始祖祠及祭田,族中饑寒者,不吝餘瀝濡沫之,其惇倫若此。意氣窮交,始終綢繆,即有相背負不問也,而藉以殯葬者六七家,其篤故如此。少年凌侮者不求報,窮人負課者不責逋,童僕有過怒而譴之,不加撻,能自改亦納之,其容物如此。一錢尺土,未嘗有利於人,即操券求售者,必令得所欲而去,其廉財如此。余觀桐岡公瘦骨稜稜,言若不出口,即世所爲張噏強弱、興廢與奪之術無一有,而居厚居實,望之意消。生平無求多於人,人亦無求多之者。子若孫率教惟謹，無婾衣，無美食，無侵侮於人。公殁後，亦無侵侮之者。即挾老氏之精者，不能有所謂若辱若不足，大雅君子非耶？今不得而見之矣。

公配封恭人陳氏，世嗣公女，慈孝勤儉，公之學與宦，皆恭人佐之。撫庶子，鞠孤孫，皆底成立。先公卒。公憫陳翁孤，爲具窀穸，立祠堂，又囑其子孫歲時祭掃不絕，蓋念恭人賢而報之厚也。

按狀，柯始祖襄庵公，五傳至輅公，輅生贈贛州公梓，公父也。世有隱德，至輅公，始延師教子孫讀。公遊庠而贈公殞，家益落。母高和丸課之。後公貴，並先後拜貤典云。

公生嘉靖辛丑二月，卒萬曆己未六月，年七十九。陳恭人生嘉靖乙巳八月，卒萬曆甲辰年三月，年六十。子三：長擎霄，庠生，早夭，陳恭人出；振霄，庠生，側室蕭氏出；翀霄，側室林氏出。孫男三：長太學生兆京，擎霄出；次兆武，次兆沐，振霄出。曾孫一，長工興，兆京出。振霄等以狀竭予，曰："不孝將以泰昌元年十二月之廿七，奉府君暨恭人合窆於人得里板橋磁窑山之原，背寅面申。此府君設帳舊遊地，願先生賜之銘。"予忍銘公？銘曰：

蓄之碩，發之遲。官三命，去見思。則大耋，壽維祺。含德厚，能嬰兒。猶龍乎，類而非。于嗟桐岡！反其真猗。

刑部山西司主事恂所蔡公暨配陳氏墓誌銘

嗚呼！余年友比部恂所君，謝世四十一年矣。歲甲寅，余爲之狀，而孤煜貧不克葬。越庚午，而配陳孺人卒。煜乃以余所爲狀及孺人之狀來也，拜且泣曰："卜吉塘北之原，葬有期矣。願終畀一言以納諸幽。"余辭不獲。

比部之蔡，其先景美，自漳沈溪徙居於同，三傳至達公。達生驥庭公鑑，娶於倪，君父母也。君諱戀賢，字德甫，別號恂所。幼負奇穎，雙眸炯然，志概不類凡兒。族有敬齋中丞者，驥庭公攜往謁之。中丞大奇之，曰："此吾家千里駒也。"年二十，補邑弟子員，益發憤其所爲業。驥廷公家貧，君故用舌耕以資菽水，而陳孺人佐之女紅，曰："吾俯仰足給矣。"其刻勵如此。署邑陳別駕赤沙試士，首君。乙酉舉于鄉，出司理陳靜臺之門，二公俱稱知己，然君終不以知己故，有所請囑。己丑，魁南宮。則御史大夫旭山李公以職方郎同校，實首君牘。廷對，而大司寇李漸庵公又首君牘，賜第得二甲第五人，隸事戶曹。六月開選，授刑部山西司主事，而予得南刑山東司以去。君筮仕西曹，其讀書讀律，刻苦自砥，不異諸生時。慮囚一以平恕得情爲主，然問有所成獄，主者雖再三持之，竟無以易君議也。居曹纔兩朞，漸庵公暨吾泉王少宰、詹司寇皆獎重君，曰："此山公輩人，稍需時耳。"會遘疾，不數日卒，年僅四十有二。惜哉！

君性孝友，一錢之入，必與二三兄弟共之。初第，即私念兩尊人春秋高，欲圖歸養。以神廟方冊立東宮，冀得一命貤親，故留陳孺人及三子以代晨昏。即烏紗鷺繡，家人俱未獲一面。及倉卒，無一骨肉在者，竟莫能詳君居曹狀，尤可痛也。

孺人爲源靜公女，年十八于歸，即善事翁姑，曲得其歡心。而家故貧，二三伯叔亦貧，兩尊人一切存歿之需，皆孺人肩之。所遺丈夫子三，女四，一切束脩婚嫁之費，亦孺人拮据了之。而爗、熽二子復夭絕，惟中子煜相倚爲命。四十年間，艱辛備嘗。已春一疾，淹延二載，臨化謂煜曰："汝父遺我二老人及藐諸苦狀，惟汝知之。吾今可下報汝父矣。汝無忘汝父之誨，以督諸孫成立也。"遂端坐而逝，年七十九云。

夫恂所君起家窮巷，能自力致身青雲，豈偶然哉！其志節氣誼，亦自卓卓挺拔于流俗，乃未竟其用以死。彼蒼者，胡厚畀之，而亟收之耶！若孺人之代夫君，而子而父，糟糠憔悴，可謂賢孝勞勩矣。蔡子曰：余於比部大婦，而嘆天之未定。然不於其身，必於其子孫，母氏命之矣，煜其識哉！

君生嘉靖庚戌二月，卒萬曆辛卯五月。孺人生嘉靖壬子七月，卒崇禎庚午九月。子爗，娶戶部員外郎李光綬女。煜，娶經歷周仕寅女。熽，娶按察司副使周良賓女。女一適廩生嚴而寬，一適林顯卿，一適庠生劉尚鼎，一適舉人池顯方。孫男三：時喬、時泰、時春，俱煜出。孫女四：一爗出，二煜出，一熽出。曾孫二：繼昌、繼祖，時喬出。曾孫女二：時泰出。墓在塘北山，負巳揖亥。煜擇以崇禎辛未仲冬二十七日，奉二柩合窆焉。其地則年友陳賓門所捐，其費則劉、池二東床所協，故煜得襄斯役也。余誌之而銘曰：

蓋高茫茫杳難測，畀君孔厚奪胡亟。一命方膺邊長畢，龍光夜夜斗牛色。堂垂雙白貌諸孤，一嫠拮据甘於荼。半世別離今歸居，仁者必後徵大蘇。

安寧州知州郭旭東暨配李孺人墓誌銘

憶歲丙子，先觀察令崇德也，郭旭東君與黃公肖源，公車過之。先君欵入衙齋，而獻臣獲以童子侍坐。逮己丑賜對，而君與余名第相後先也。時登榜者同得七人，越辛卯，而恂所卒於比曹，越壬辰，而君卒於龍津。嗚呼！天乎！何畀之厚，遇合之難，而奪之亟哉！

君諱曰烜，字宗實，別號旭東。大父厚齋公，父次衢公，邑增廣生也。母孺人葉氏。君年十三而失怙，母子煢煢相依爲命。然君負質穎，伯氏瓊州守肖野公大奇之。而君志氣亦益適上，就師親友，一意嚮學。母氏不憚茹荼，拮据以督給之。及婚李孺人，補邑諸生，母氏始一解顏。而君及孺人朝夕奉侍，一切薪水蔬菽，無不悉力爲營。癸酉舉鄉，而後喜可知也。嗣六上公車，始成進士，而配李復訃聞矣。

君開選得州嘉定，則芒芒歸，而獨身奉母入蜀，嘉轄縣六，故稱善地。然君雖起家儒素乎，而刻志勵操，一毫不苟，如坊里之供，苴長之金，又如諸稅之貯州帑者，歲可得三千緡，而君概謝却之，若贖鍰之輕省無論矣。會兔差不靖，君率督馬招討收捕擒獲，而六邑藉以安堵焉。尤勤造士，而精藻鑑，試州邑庠，而首王公毓宗，後爲宮坊著聲。卯秋分校，得士九人，而四標甲第，其餘亦濟濟然有樹者也。是時君涖任年餘，而循聲著於川南。惟是執法不阿，屬員鄉紳間，不能無少齟齬。壬辰計後，臺史有拾君短者，主爵意難之，而重違言者，乃量移君安寧守。方君覲行，而留兒奎奉母嘉邸。至是，母念歸急，乃溯江入楚。而君及長子基逆之荊州，則跪請於母前曰："蜀道遠，所以板輿迎母者，爲朝夕侍膝，且以薄禄養也。今移滇，無俱往理，請解綬長侍可乎？"母氏止之，曰："兒雖喪父，幸叨一第，庶幾秩滿可邀弛恩。吾且從二孫歸耳，汝勉旃，且拭目汝之遷擢也。"君竟不忍別母，而奉輿偕行。既抵龍津，而疾作，遂以不起。兒女枕尸而慟，老母憑棺而泣。痛哉！當倉卒時，僅遺圖書數卷，而周身幾不能備。君之治嘉亦暨可覩矣。

夫君總角而孤，方壯而舉，逾彊而仕，母子、夫妻寒苦以有成名，乃一官逾年，而施不及竟，歿不及家，彼蒼詎可問乎？時姜給諫應麟謫知餘干，而先見夢曰："某日某太守將來履任，汝宜善護視。"嗚呼！神者先告之矣。孺人爲李君任公女，佐君以勤，事姑以孝，撫二子六女以慈，而不能稍緩旬月，以及南宮之報，亦可哀也已。君男朝奎等，以崇禎甲戌十二月望，合葬君孺人于九躍山之南斗，坐丙向壬，去家僅里許，而屬余以墓中之石。余乃按狀爲誌，而銘焉。

旭東君生嘉靖乙巳十月，卒萬曆壬辰六月。李孺人生嘉靖庚戌十月，卒萬曆己丑正月。子二：長府庠生朝基，次邑庠朝奎。女六。孫男五：長琦，廩生；次璜、三玠，朝基出；嶽申、嶽甫，朝奎出。曾孫一，徵滩，玠出，今嗣冢孫琦云。銘曰：

王陽畏道君叱之，母也板輿子御之。施未竟兮榮未弛，中道夭折母心悲。歌斯哭斯聚族斯，奕世之昌天可期。

明昭勇將軍惠潮參將榕齋邵公暨配淑人吳氏墓誌銘

先觀察肖兼府君，故得交於參戎邵榕齋公。公以風雅行誼重縉紳間，而自罷兵柄歸，則卜築豪山下家焉。先觀察命獻臣曰："小子學詩乎，榕齋翁深於此道者也。"於是，余一再過公，談詩甚歡。乃先觀察厭世未幾，而公亦訃聞矣。公以萬曆庚戌年正月十七日，與配吳淑人合葬於慈雲寺右五脚壠之麓。而墓中石尚虛而有待，公之孫宗周以屬余，余心諾之，未就也。兹乃獲按邵君時弼所爲狀，而論次焉。

公諱應魁，字偉長，別號榕齋。明初沿海衛所棊置，始祖伍觀者，由定海所調戍金門。傳至公高祖得，得生安，安生正，正生元。元二子，公爲仲。公生而穎，弱冠操舉子業，就邑試，一日盡傾同士。而遭元公艱，弗果會。名將俞虛江公以武第來視所篆，公從之遊，遂徙業焉。丙午領鄉薦，丁未成進士。同安之中武第，自公始。已授所鎮撫，而畫贊南贛軍門。贛故多峒賊，倚山哨聚，官府不可問。公奉檄往諭賊峒中，賊以兵恐之，不動。以妖冶挑之，復不動。竟俯首受約束聽撫。公歸報命，而中丞龔公輝、盧公勛咸疏薦公可大用矣。

歲乙卯，倭犯浙直。有詔徵天下材官，總制張公則取公隸俞公幕下。公提樓船絶海，直抵俞公所。俞公喜曰："邵撫軍來，倭不足平矣。"時倭勢猖獗，將寇吳江。議者謂倭張，宜稍避。公叱曰："倭深入我地，我亡能一矢相加遺，乃我張倭，何言倭張哉？"則調兵據平望橋以待。比倭來，公以偏師邀其後，倭衆辟易，追斬溺死千餘人。中丞張公景賢奇公，令統巨艦駐洋山。洋山孤縣海外，而島夷出沒衝也。諜以衢山之急報，公疾趨之。倭以二艘誘我，薄暮，追至蒲澳，諸艘蝟起，公率我舟師乘風衝犂。平明至馬蹟，創甚，然猶裹血奮呼，殊死戰，賊乃潰去。俞公聞公被困時，如失左右手，仰天嘆曰："天乎！誰與我剪長鯨之鬣也。"俄而公至，俞公大喜。手爲傅藥，身爲解衣，仍令公移師吳淞。當是時，嘉定急則轉嘉定，上海急則轉上海，江陰急又轉江陰。敵無不攻，公無不應。而川沙窪之首虜尤多，侍御周公如斗語紀功何公全曰："吾不識邵撫軍狀，乃能殺賊若是。"

明年，俞公晉都督鎮浙，乞公與偕。懸賞得選鋒三百人犒之，令撓賊。賊不爲動，公曰："是狃我也。"會天大雪，公提所犒三百人，人披一簑，持火藥，夜半潛抵賊柵，懸簑而爇之。風發火熾，壁上下如赭，大兵鼓噪乘焉，賊多焚死。是役也，公用奇勝，能以少擊衆，號爲冠軍。於是，總制胡公檄公督兵黃窑港。時倭大至，天色方晚，聯舟爲營。公語諸將曰："敵衆我寡，難與爭鋒。乘其未定，一鼓可擒也。"遂令我兵各標雙燈，直衝賊艘，炮弩齊發，呼聲震天。賊焚溺死者不可勝數，餘寇遁走茶山北洋。窮力追之，再戰再捷。未幾，諜報，倭將入七丫港。公設伏賊後，而自以大兵迎敵，戰酣，伏起夾擊，大破之。未幾，乍浦外洋衝突，沉倭艘二。於是，尚御史維持上公功。是秋，陞南直隸遊兵把總。兵部復敘功，陞永寧衛指揮使。未幾，復把總劉家河。明年，復把總圌山。公巡歷江海，不避風濤。時有倭至，公擊之三片沙，沉其二舟，斬首虜多。

己未，陞福建行都司署都指揮僉事。壬戌，誥授昭勇將軍。於是祖正、父元，皆贈如公官。而祖母陳、母楊及配吳皆稱淑人云。公將赴閩閫，時監軍唐荊川公移書撫按曰："邵某，東南才將也。多事之秋，正藉干城。奈何令優游散地？"遂交章請以閩銜領浙直事，專守江南。而倭躪入江北，江北總兵盧鞬被劾詔獄，因波及公。公不深辨而解職。居吳數年，乃得交歡殷斗墟都、王小竹翹，而介紹從鳳、麟二王先生遊，間出詩章，相賡和也。其在吳，則學士張水南公、左司馬汪南溟公、大宗伯徐太室公，在浙則考功豐南禺公，在里則太守趙特峰公、左司寇洪芳洲公，及山人黃孔昭、葉深甫，皆與遊而賞重公，蓋詩學所淵源遠矣。

既而劇賊曾一本橫行粵海中，總督吳公桂芳特請以公參將廣、惠、潮三州。公提哨船不滿三十，偶值賊艘百餘，乘夜截擊我師，公獨以中軍當其衝。自寅及辰，督戰甚力。手射殺賊酋，圍乃解。復合諸軍大戰破之，上功吳公。初，公入廣時，汪司馬方撫閩，所以迎勞欵洽公者備至。而按閩陳公，粵人也，意不能無所覬，因以未履閩任中公。公力求去。吳公嘆曰："吾終不能用邵某耶！"

公歸，杜門却掃，日取左史售校之，以授子若孫，明窗朗誦，聲瑯瑯然也。倦則據案臨池，筆墨淋漓。迨夫情境所會，或壘塊胸中，則一發之於詩歌。蓋公自遊二王後，詩日益豪。且更豪於酒興，至百盃不亂。親知談心，即觴咏流連，有十日不返其轄者。選勝大輪、夕陽、慈雲、天馬間，所至皆有標題。其貽康茂才詩曰："上客當筵無罵坐，看花盡日不言金。"其韻致類此。公與人交不侵，爲然諾，意氣投合，即沒齒不衰，乃孝友尤天性然矣。伯兄應祿饒心計，公宦遊俸入，恣所出入不問。治宅金門，頗有園林之趣。兄心欲之，公乃移家豪，而推宅與兄。蓋亦有托而逃焉者，此爲人所難矣。公居豪，巡憲喬公懋敬、少府丁公一中、陸公一鳳，行部往返，輒枉車騎，得公詩乃厭心去。乃公終不以折節故有所關說。麟洲公督學至泉，詢公起居狀，時諸生已無知公者，然公竟不一面也。遷秩後,寄以一詩而已。

淑人,吳瑛公女,孝惠勤儉,貧而佐讀,官而佐養。公有所督過吏卒臧獲,度情可矜宥者,輒從旁解之。淑人產一子,即爲公置妾,析產妾子視己子。妾無出者,千里挾之歸,召其父母,備禮遣之。臨終所以訓飭其子孫者,有文伯母之風,可謂賢矣。

公享年七十有六,淑人年八十有八。語云:"絳灌無文,隨陸無武。"若榕齋公者,兼之乎！予觀大司馬所書公浙直功,擒斬真倭凡四百八十餘名顆,親斬首凡一十九顆,而三片沙之捷不與焉。此於賞格,宜世萬戶有餘。公逡逡退讓不自言,業章章若爾矣。今其子孫貧不能赴部請襲,予嘗緘公誥軸中功狀,核之司馬署,所爲叙題,未得也,然此意終當不負。關白之禍,費軍需數百萬,比建奴復憑陵遼左矣。借令九原可作,何憂鼠輩？奈何不獲食一級之酬也。公胸懷灑落,而其中耿耿不可奪。聞公意有所不懌,以一夕忿懣卒。此豈有分毫濡忍者,不毅然偉丈夫哉！所著《射法》行世,詩稿藏于家,特公剩技耳。銘曰:

顯允將軍,乃文乃武。鹹倭殲賊,貫石如虎。波靖東南,勳書盟府。考盤在豪,碩人栩栩。以昌其詩,蒸出奇語。慈雲之壙,千秋之下。有氣如虹,有封若斧。

【校記】

① "坐":原文作"生",據文意改。

清白堂稿卷十五

墓 志 銘

誥封左參政致仕儒學訓導栢坡洪公暨配封淑人王氏墓志銘庚申

今世之人，率貴科名而崇勢利。夫科名果足貴乎？則有工帖括而薄藴藉者矣。勢利果足崇乎？則有都烜赫而疏行誼者矣。乃若積學累行，高年劭德，爲多士師，爲鄉邦儀，如栢坡洪先生其人者，則固不假名位而尊，不藉賢子孫而重，斯君子之素位，而有道之卓軌也。

先生諱居正，字季中。其先光州固始人，宋建炎中，有十九郎者尹南安，遂占籍同安之栢坡。世有官人，十一傳而爲贈貴州左參政西川公真源。西川之子四人，其三爲邑文學，長即先生，栢坡其別號云。先生體貌修偉，鬚髯長尺餘，而惇重醇謹其天性也。幼即負奇力學，文譽噪諸生間。是時，洪有文學青渠公及司寇芳洲公，與先生頡頏，號爲三①傑。督學使者田豫陽、熊愚山皆首拔公。所試論人爭傳誦之。而周石峰擢第二，朱鎮山擢第三，姜鳳阿、蔡見麓，則更以文行並列高等。旁邑負篋從者，屨滿户外，亦多翔貴去。而先生獨數奇，省試輒落。初，郡守程習齋公賞識先生，期以魁首。及入棘，得先生牘，則又擊節甚，評點至有踰格者，以進之直指趙公。直指亦大加擊節，業將首解額矣。會上官有脩程郄者，執格以爭，而趙弗能奪也。燕鹿鳴時，惟有嘆惋而已。先生聞之，顧弗爲愠，曰："命也。夫且獨不可圖後舉乎？"而先生子廉憲公，亦且以先生家學舉戊辰進士，刺州貳郡矣。

先生以萬曆癸酉膺明經薦，謁選得訓導武進。時廉憲公報政，當得貤恩。

先生辭不就,曰:"兒司政,吾司教,各營其官,不與易也。"其在武進,捐俸以新黌宮,卻贄以恤寒士,士被其物色多脫穎者。及予備兵常鎮時,常人士猶時言同安洪先生也。廉憲公以雲南守滿,而先生始謝去,就中憲封。尋進封貴州左參政,有司屢以大賓賓先生,間爲一赴,不數數然也。先生以封翁家居若干年,閉門守恬,不作氣勢,不廣生殖,約率僅指,取供掃除而已。而性尤友愛,撫諸姪有恩。無祿,廉憲即世,先生年八十餘,而巋然靈光。鄉人之敬且愛者,不異於廉憲之存也。先生母郭氏,贈淑人。配王氏,封淑人。王淑人,邑南亭著姓。甘蔬茹淡,佐先生學宦,白首相莊,無片語忤,可謂德配矣。

蔡子曰:獻臣童稚時,見先生過我先君宦邸也。及遊泮通籍後,屢得侍先生杖屨。先生亦以年家子,辱收而辟咡之。先生蓋有道之儒也,望之巖然,即之溫然,叩之淵然。其訓家云:"孝弟禮義,文章節概,當吾家茶飯,諸兒曹喫得飽時,即是便宜田地。"故其爲諸生,爲博士,爲封翁,自壯至老,言無過詞,動無踰則。準準繩繩,皆可爲後生典刑。斯其人豈以名位尊,以賢子孫重者哉!古鄉先生歿而可祭於社者,先生之謂矣。

先生生正德乙亥十一月,歿萬曆戊戌五月,年八十四。王淑人生正德丁丑正月,歿萬曆乙巳八月,年八十九。男一,邦光,隆慶戊辰進士,四川按察使。孫男一,士愷,邑庠生。曾孫男一,宗熙,邑庠生。玄孫男一,輔。宗熙將以今萬曆庚申五月十九日辰時,奉先生、王淑人合葬于林工寮之原,坐申向寅。其地則先生所自卜而經營者。曰:"吾百歲後,魂魄將歸此,無易吾成。"廉憲先背,孫愷蚤世,至是乃克襄事,知先生之志樂也。宗熙以予嘗奉教於先生,而以狀來請銘。銘曰:

我省其山,佳氣鬱蒼。五鳳峙焉,先生荒之。隱隱隆隆,其下有岡。穴居其中,先生康之。於千百年,如斧如堂。過者必式,曰是惟有道君子之藏。

明樂安王府教授方北葉公墓誌銘丁未

歲戊戌,獻臣宅先通議公憂,有儒生航海欸廬而弔者,問之,則曰:"吾浙太平樂安王府教授方北公之子葉思澤也。"蓋予祖兼峰公通判台州時,曾延方北公授先通議經云。予既心銜公父子高義。及備兵江陰,而公没五載矣。葬有期,思澤以狀來請銘,獻臣誼不得辭。

按狀,方北公,姓葉,諱恒蔭,字春乾。曾祖胚以歲薦司訓建寧府。胚生良佐,良佐配蔡,繼配王。公,側室朱氏出也。公生穎異,年十一就試,爲邑令林公所賞識。弱冠補弟子員,直指傅公、督學古和雷公試士,咸首公,而雷公懸公試義於武林學宫,以風示多士,名籍籍浙東西矣。及入棘,而腹痛神迷,文甚不自得。出,語人曰:"吾負知己!吾負知己!"放榜竟不偶。歸而兼峰公迎致西席。公遂以義經教授稱大師,是時《易》說尚少,每攄所獨得授諸生。今坊刻盛行,其說往往與公合,蓋所醖釀者深矣。然至省試輒失利,豈固有命耶?今上之元年,以貢赴京師,授訓縉雲。尋諭餘杭,已而遷樂安以歸。時年七十八矣。

公爲人坦中好施,意豁如也。性嗜酒,客至,必留飲盡歡,類陶彭澤。鄉族之鬨,得公一言立解。甚或望門而返,不欲使公知也,類王彦方。建寧公曾建鄉約堂,圮於兵火,公鳩衆新之。每獻歲,必群聚,舉獻酬,示勸戒。類吕藍田,其喜爲詩歌,至老不倦。先通議令崇德,公過之,爲叙會詩數千百言。及年將九十,猶遺予長歌。其遣弔先通議也,主僕間關數千里而來。予謂公之命長君,與長君之致公之命,皆人所難。昔徐孺徒步隻絮,千古美談。然孺子施於辟舉之三公,而公行於執經之門弟,誼不高於古人哉!先通議長浙憲,嘗欲贈公"師儒德壽"四字,而未果,獻臣始克顏其堂,蓋實録也。

配吴氏,與公媲德,今年八十有九。男四:長即思澤,邑庠生;次思汘、思渾、思汴。女二:長適黄岩周某,次適臨海何某。孫男十三,曾孫男三人,女二人。公生正德癸酉三月,卒萬曆癸卯二月。墓在十五都茅岙先塋之左,葬以某年某月某日。銘曰:

去以萬曆來正德,住人間世九十一。談經直窺四聖域,陳義堪與古人匹。詩卷酒鎗不虚日,曠達清真樸弗餙。我勒貞珉無愧色,茅岙新阡過者式。

徐州學正陳溪南先生暨配孺人吴氏墓誌銘

萬曆戊寅,獻臣年十六,從先君子宦留都,居中館驛,而延海寧陳禮泉先生授之經。時同業者,有韓城忽子春、子秋及蘭州段欽、段鍠兄弟。先生頗刮目獻臣,而閱文必摘其短。故越十年,獲叨一第,而二段亦以明經鄉舉起家云。

先生諱愈嘉,字曰猷,號禮泉,改號溪南。先世宋室高脩撰世英,扈蹕南渡,居杭,十一世,而東園公贅海寧東里之陳,生月軒公,因仍外姓。月軒曾孫柳莊公,先生大父也。父知霍山洌泉公,子四人,先生其仲。先生生有異質,七歲就塾,一日能熟誦《千字文》。總角畢覽經史,下筆立就。弱冠游庠,試輒高等。東粵林公督浙學,首拔先生,許以魁選。當是時,文聲籍籍,與隅陽、虛舟兩公並馳。乃兩公聯翩得雋,而先生數奇,屢躓場屋。先生天性孝友,更直心負義。概意所可者,毅然獨往,所不可者,雖百口不能奪也。人有不善,雖貴顯富厚,必加面折。尤善爲人排難解紛,即觸貴勢人,無忌也。家貧,好施予,周人之急,即瓶粟貸鏹,亦所不靳。蓋自爲秀才時然矣。以故四方賢士,爭延致爲師友。如馬省庵、葉潤宇、徐門巖、朱惺復、蔡少懷諸公,皆相與操觚結社,而各登賢書以去。其及門之士,則同郡茅、吳諸孝廉是也。歲辛丑,陪明經試,而督學洪公首錄先生,且令勿就選。先生出而嘆曰:"吾老矣。豈復規規與後生輩較利鈍哉!"廷試後,謁選,司嘉善訓。己酉,教諭山陰。辛亥,遷徐州學正。

先生居常病士風下而師道夷,至是輒奮然曰:"豈可以我辱學官?"嚴取與,明是非,日與諸生評論文字,斷斷不少狥。然至諸生有拂鬱不平事,輒據理爲之申解。即上官有司事關教化者,亦侃侃直言不阿。嘉善則潘默庵、魏廓園、許明葵,山陰則祝嵩齡諸公,皆一見決其所就。魏以諸生受誣,先生爲力請於有司,得白。故諸公蒙知戴德者,即受業不殊,而先生卒不預分毫私也。初,洌泉公謝霍山歸,囊無長物,析產甚微,又不戒於祝融。先生歲所得脩脯,盡分贍諸兄弟。乙亥、己卯間,丁父母憂,哀毀如禮,喪葬諸費皆獨身任之。又性豁達,喜飲酒,居常與知交及諸生酣飲,醉餘浩歌自得也。家居十八年,亦一以友酒自娛。生平所爲古文詞,隨手散去。曰:"吾適耳,安事此?"晚節雅慕淵明,和其詩,罄所有作買醉錢。一切世俗不如意事,總不着其胸中。曰:"即此不累爾子孫,足矣。"嗟嗟!吾師乎,吾師乎!殆超然物外人也。故行年八十而聰明不衰,然亦以積飲成疾,竟至於困。

元配孺人吳氏,千兵吳參峰公女,秉性醇淑,終身不見喜怒之色。先生性剛果,而孺人佐以柔和。又茹荼操作,以佐家計。故先生雖貧而志適也。

先生生嘉靖乙巳十二月,卒崇禎庚午七月,享年八十八。孺人生嘉靖甲辰正月,卒萬曆壬子九月,享年六十九。子三人:治安,邑庠生;治宏,禮部儒士;治綦,郡庠生。女二。孫男八:之遠、之虹,安出;之迓、之祁、之韶、之瞻,宏出;之恪、之恂,綦出。先生臨化無留連語,先數日,囑治安曰:"誌我者,必同安蔡子。"故丙子夏,治綦以兄安所爲狀來,曰:"先生、孺人已合窆,將以藏諸廟。"獻臣老矣,不敢以不文辭。銘曰:

書云孝乎,因心則友。明經起家,在泮飲酒。澆盡壘塊,永錫難老。積厚薄酬,以詒孫子。

外曾祖梧圃黃公暨配蔡孺人墓誌銘

嘉靖癸亥歲,外曾祖梧圃黃公謝教諭事還里,獻臣生彌月也。母淑人則攜以歸寧,時公病憊矣,顧小子曰:"嘻,斯蔡家兒耶?"至八月七日,公竟卒。卒三十一年,爲萬曆癸巳,公之孫曾曰輝輩,卜地得黃龍山祖塋之東,將以仲冬九日,奉公柩合配蔡孺人藏焉,以狀來徵誌。獻臣黃所自出,烏敢辭。

公諱江,字源深,性喜治蔬種樹,故別號梧圃。祖筠會,父秋崖公,母顏氏。世居同安浯洲文水福山。秋崖公三子,長即公也。幼而穎慧,秋崖公曰:"是當亢吾宗。"課之讀嚴。弱冠補邑諸生,一試即高等饋焉。自是試屢高等,爲諸生祭酒。公名善《易》,受經者屨恆滿,牛十九在外也。同祖弟源,意氣相劘,視一第如芥。頃之,源舉鄉書,而公文多佶屈聱牙,竟躓不獲售。年踰艾矣,志愈壯,業愈精。辛亥,督學使者萬安朱公拔而貢之,謁選,得司訓粵之增城。至則進諸生質經解疑,貧者輒卻其贄金,曰:"以此佐燈窗費。"增令盛者雅重公,握手歡甚,試士鑰其文授公,公代令評隲,一一不爽。歲督學行部,第諸博士,無不首增城訓者。嘗署從化庠,與其邑篆公托宿冀舍,旦夕詣邑視帑獄而已,篆率不數數啓函,亦不持一錢歸也。從化人戴公,謂公:"胡不遂師帥我?"去而鐫碑誌愛焉。居增城六年,擢諭樂會。又踰年,病告。會邑人大司寇陳公按粵,再三留,不能得,則給之傳符以歸。亡何,而公竟不起矣。

公爲人平易侃直,居常不頃刻自暇,綜理纖悉,着一衣十年未敝也。事父母孝,友二弟,尤嚴飭祀事。孺人吾蔡產也,齊眉和睦,佐公儉而更濟以施。家有糯米,常罄瓴以應鄰媼之求。御臧獲有恩,蓋媲德云。

獻臣曰:當公徙樂會時,春秋高矣。又二子早世,而配孺人亦旅歿增城,以喪歸。公意忽忽不樂,猶雞肋一官者,何也?豈非念辛苦起家不易,諸孫藉升斗哉!然予所聞世之爲學官者,鄙細何可勝道也。間一綰邑符,即耽耽不啻若奇貨。今觀公司訓與其署邑狀,寧苟非義自潤者。及孺人之仁愛好施,其天性矣。語曰:"位不配德者有後。"又曰:"福之興,始于閨門。"是在諸孫曾勉之哉!

公生弘治己酉七月,距卒得年七十有五。孺人生戊申閏正月,先公五年卒。男三人:國樞,吾外祖也,娶蔡氏;國柱,娶陳氏;國榮,殤。女一人,適陳世鎮。國樞生日望,娶教諭陳倫孫女。孫女三:長適蔡汝繼;次即吾母,以家大人浙江按察使,封淑人;次適蔡首鰲。國柱生日輝,娶成千户女;日益,娶陳氏。孫女一,適庠生洪宗樑。曾孫五:裳娶許氏;裘娶陳氏;袞相邑庠生,娶宋氏;袡、褾俱未冠。曾孫女四。玄孫男一女二。諸孫曾翩翩好儒,無替其家。塋負未面丑,國榮祔焉。銘曰:

學則勤,用未伸。作之配,蓋光倫。天網疏,與善人。庇後生,視貞珉。

誥封中憲大夫知府仰台陳公暨配封恭人許氏墓誌銘 _{天啓癸亥}

獻臣與陳志華憲副束髮爲文字交,已同舉戊巳,又獲締姻好,蓋相視莫逆也。因以年家子,事其尊人仰台翁者四十年。先是,翁配許恭人,安厝于溪尾山八載矣。而形家言宜遷,至是翁卒,志華問地于參藩洪公纖若,徵狀于明經陳公懋時,行營曾營埔之原,將合窆焉。乃併以手述屬予曰:"子其誌之。"夫若翁吾翁，媼吾媼也。寧可以不文辭？

翁諱廷佐，字時守，別號仰台。蓋以志華貴封南雄府推官，晉封南廷評以至今封稱中憲云。高祖大珪，曾祖朴庵公新鑊，祖惕齋公渭，父毅庵公櫛。毅庵娶知縣許公贄女，實生翁。翁幼不好弄，每談及詼諧褻嫚語，面爲赤。而於嗜學，其天性也。弱冠遊庠，屢占學使者高等。邑侯陳公文、徐公待試士，咸首翁，以爲一第可芥取。顧數奇不得志于省闈，然其下帷攻苦愈益甚。每篝燈丙夜，雖盛暑隆寒不輟。翁於文好史遷、賈傅，於詩好杜。而尤精經術，如蔡虛齋、陳紫峰、林次崖諸先生講義，舉參伍融洽，窺厥奧窔間，以意發所未發，經生家多就而稟業焉。如蔣衡州芳鏞、陳太倉如松、李孝廉雍，皆稱高足。志華甫離塾師，翁即躬自課督之。志華未就食，翁亦未食；夜分未寢，翁亦未寢。蓋翁年逾強，而志華已成進士舉矣。然翁猶矻矻不自休，旦暮伊吾，庶幾得當知己者。乃竟六試不一偶，於是喟然曰："力田不如逢年，予髮種種矣，安能復挾策俛首，從初學小生校先後乎？"乃謝罷諸生，而就封君冠服也。然翁亦不數御，即縣官以大賓賓之，亦遜謝不往，間爲一再赴耳。其感時觸事，與夫贈貽慶弔，磊塊不平之氣，一一發之于詩。而時與二三友人結社探韻，積成卷帙。其詩高者，固已直逼中盛，而爲名公所稱賞，今梓行者可諷也。

公質直坦夷，其行已若揭日月，而與人絕無睚眦。處父母、仲季間，篤有至性。嘗就外館，忽心動，遂渡海歸省。因侍毅庵公食，食竟而公捐館，獲視含歛，人以爲純孝之報。其宅許孺人憂也，年及耆矣，猶苦塊哀毀，不殊前喪。仲季不祿，翁爲經紀後事，又推食以食其猶子，無令乏絕。族子弟之秀者，不惜獎掖進之。其弱爲猾嚙者，振助而直之。故没之日，族人老幼皆流涕。翁心存濟物，眉間常若有憂者。歲掩骼施槥以數十計。疾疫盛行時，嘗爲糜以待餓者。志華通籍，多爲刑官，翁每以敬忌爲戒。即得第增秩不栩栩，即偶坎軻不戚戚。曰："命有制矣。"居平無聲色紛華之好，衣取布素，器用刓敝，無雜賓，無幹僕。青編相對，一榻蕭然。真古篤學恬脩君子也。

恭人爲許惟恪公女，婉娩端恪，舅姑稱孝焉，妯娌稱任焉，姻族稱禮焉。翁學于外，助之費。翁好施予，贊之決。翁與詩人結社賡和，厄酒肴佐之歡。崇尚節約，即冠帔外，練裙澣衣自若也。可謂媲德矣。

吁嗟！世之爲封君者，予聞其上者，作氣勢，自矜重，睥睨縉紳官長間，孰有如翁之溫恭退讓、屏迹公門者乎？其下者，圖便利，廣田園，驅駕桀黠奴以漁鄉里。孰有如翁之下楗却掃、繢學稱詩者乎？即不然，亦其晚以子貴，智盡能索者耳。孰有如翁之青鬢貽經、白首而不改操者乎？且以翁媼之積德累行，善自攝生，皆爲大壽者相。而恭人疽發于背，翁痾失于劑，豈彼蒼亦有不可問者耶？

按，陳之先自光州固始，五季時，遷于同安之浯洲陽翟，至大珪公始蕃。毅庵公嘗就童子試，居首。而朴庵公以星家言，尼不與再試，乃退而爲德于鄉。斗斛平概，嗇入而溢出之。倭陷官澳城，公與伯季俱得脫圍城中。而朴庵公贅居蓮山頭，每過林嶺，必禮神祠。歲除焚香祝天，必洗足百拜焉。時大小嶝嶴民，以通夷內徙旁邑，有疏請其地輪稅者，公以經歷司書記，侃侃爲陳豎民仳離狀。經歷如公指抗言之，以故二嶴竟得復。由此觀之，陳氏世德遠矣，宜有封翁父子。

翁生嘉靖乙巳三月，卒天啓辛酉七月，年七十有七。恭人生嘉靖乙巳二月，卒萬曆壬子十月，年六十有八。子一，即志華，諱基虞，廣東按察司副使，娶封右參議王三錫女，封恭人。女二：長適庠生許文耀，次適國子生李本植。孫男三：長元鑲，庠生；次元鐸，殤；次元錞，庠生，娶予女。孫女一，適知縣張繼桂子庠生喬楠。曾孫女三，元鑲出。墓負乾向巽，葬以天啓三年二月廿四日。銘曰：

曾營之峰如卓筆，棘人欒欒來相宅。誰爲定者參知洪，誰其藏之太丘寔。蚤歲窮經老昌詩，被褐懷玉人爭席。儷德齊眉寧爾居，積厚慶餘過者式。

贈主事中溪公暨配許安人墓誌銘癸巳　代家大人

蓋予歲壬辰還里，儀曹姪皆其兄守畏，爲言贈君葬事而泣也，曰："二先人不朽之圖，將累叔父。"予心許之矣。予髫嘗從贈君學。庚申之事，實用痛心疾首，又悉嫂太安人內行甚具，即不文，固願有述也。越癸巳，予徙浙。儀曹以狀來請,曰:"守愚不幸,儼然在衰絰②之中。又不幸而天禍我家督也。二先人安厝,愚實肩之。是在仲冬之二十二日乎。微叔父言,無以納諸幽。"予曰:"狀備矣。"遂按而誌之。

贈君諱希旦,字可久,別號中溪。配太安人,許公女也。母吳媪。蔡之先自中州固始遷于閩,已遷同之浯洲。其贅于平林之陳,則自十七郎始也。五傳爲靜山公,平林蔡始著。又五傳至廷輔公。廷輔生圭生,圭生生祥,祥生曇,曇生倡,是爲君父朋山公。朋山公發憤儒業,與予父別駕公相友愛砥礪,並以儒籍甚,嘗三用督學使者薦高等。應省試,弗利。竟弗肯補弟子員以去,曰:"丈夫得時則駕耳,安能跼蹐守諸生爲?"著書教授,從者恒數十人。邑大夫高公行誼,以大賓賓之,亦竟謝弗就。公娶於吳,早卒。繼娶陳,生三子,仲即贈君也。

君少有至性,朋山公授之書,不百遍不休。爲學敦篤,務實踐。朋山公家故貧,暨太安人歸,稍稍以簪珥資君讀。已復盡亡於胠篋者,愈益困。朋山公念諸子俱壯,室湫隘不可居,謀更搆之,乃令各就館四方。君既爲人師,則益矜飭模範,而自刻苦愈甚。見異書,必借而手抄之。夙夜讀聲徹戶外,膏盡則蒙被誦,爲弟子先。而朋山公間視之,次第課所績業,弗稱輒加訶撻。諸弟子益人人悚恐奮於學。君學愈苦,爲文益根極理則有名。然數奇無所遇,而伯季俱先後補弟子員矣。居恒鬱鬱不自得,歎曰:"世言儒冠誤身,豈虛哉! 豈虛哉!"乃稍自力農以供二親甘旨,然亦時時教授不休。久之,朋山公病。君衣不解帶,百方醫藥,禱祠願以身代,竟弗效。於是,公年逾彊矣,哀慕若孺子然,水漿不入口者三日,一切含殮殯祭,悉遵晦庵家禮。既終喪,乃益絕意四方之事,退而課二子。時長者年十餘,少未亂也。君教之禮,日口授書義。倦且卧,則令誦宋文丞相《顏魯公廟》詩,《正氣》、《雙忠祠》等歌,而以其間爲譬,説古今善敗。曰:"吾家累行而儒者三世矣。無顯者,小子勉之哉!"

會倭夷內訌,將至浯。君念朋山公未葬,日夜營窆地,則足重繭矣。一日,聲息急,衆皇皇欲奔,君泣曰:"父喪在堂,萬一有他虞,雖死奚贖? 去者何也?"乃盡出家中藏羅諸庭,而身自守之。曰:"即寇至,吾盡獻以柩請,庶幾免乎?"

已而倭不果至，於是約伯季趣嚴具，自操杵插成墳，至指盡血。夜獨身巡行隴間。既襄事，而賊愈迫，群不逞因緣其間掠財物。里中闔謀禦之，則相與推君爲首。君固謝不獲，乃悉括族里丁壯，得二百餘人，爲椎牛釃酒，聚而加約束焉。晝設偵伺，夜嚴刁斗，君親勸督之。亡何，賊至，知有備，不敢犯，則引而東。數日，至益夥，衆益懼。伯季乃謀曰："賊迫矣。盍自爲計，且如老母何？"君曰："不可。衆推擇我爲首，我動衆必搖。"乃遣兩兒奉母僑寓金門所，而身與衆分守。又數日，賊乃大至。衆相視無人色，君叱曰："事至此，奈何？亟前老弱幸得脫，與其胥爲魚肉也。"遂挺身出。衆稍稍繼之。未既陳，有紅裰秃髮賊驟馬揮刀，引數騎突衝其胸，群倭奴哄然從之。十砲齊發，衆遂犇。君立不動。一人曰："衆潰矣！"乃引卻。既而賊用諜者謀，出三道繞其後。君聚衆，衆莫應者，遂跳身遁。賊及之，剚刃君，君死矣。時嘉靖庚申四月十三日也。

君隆顙脩幹，動止自矩，生平無陽行，無裏言。朋山公以禮法傳諸子，而君尤甚，恭謹無與。比母病，躬湯藥，凡再踰月，弗離側。嘗從伯兄可大君燕坐，偶踞，君遽進曰："禮樂不可斯須去身，兄豈以燕處忘禮乎？"伯爲之斂容。讀書野寺，一婦夜欸門，君曰："若不知魯男子乎？可速去，恐僧見辱。"婦固求宿，乃大恚，曰："若乃非良家子。"遂閉不内。寺有小僧暴卒，其師素潔，不敢近，業就木矣，君探其懷，微温，乃爲灸而起之。旁舍嫗無子，時向君乞食。一日，嫗忽不至，君曰："必病也。"遣守畏往視之，則嫗卧簀懤矣，叩頭曰："郎君來，甚幸。"君復時命以粥粥之，嫗病尋愈。其不欺暗室，而施於不報類若此。

君雖凛凛篤行君子乎，尤善開引大義，爲人解紛。即親有力者，必面折。即下户疏弱，必婉曲直之。以故人人説服，無不聽君立解。族有悍子，忤繼母，至齧其臂。父怒，縛將沉之。兄弟居間莫能得，則以屬君。君至，謂其父曰："子誠亡狀當死。然獨不念其母乎？天下無母在而子棄死不救者。且人其以若爲惑後妻而殺前人子也。"因泣下，子亦泣。其父因泣不自禁，乃爲引至祠堂，扶而釋之。蓋自君在而里中無鬭閱，族子無公行非義者。庚申之難，知與不知，皆爲流涕云。

當君之遭難也，親屬無在者。獨太安人與守畏崎嶇兵刃間，徒跣往還收其屍。時皇急，計不能具木。適他里有豫爲其母地者，則解遺裝，買而殮之旁小舍，蓋居室已燼於賊手矣。賊退，太安人毁甚，不欲生。私念姑陳老且病，不宜重以哭泣傷其心，而二孤子未成立也。於是，時捫淚以寬姑，而自拮据以持門户。頃之，陳夫人邑邑竟卒。太安人罤勉辦喪事，屬兵火新靖，歲侵，朝夕虞不給。守畏既受室，則請得事刀筆以餬口。太安人爲聽其意，而手贈君所遺書授儀曹。儀曹九歲而孤，太安人愛憐之甚。然有過必加譴，甚或恚不食，曰：“兒忘而父乎？吾何以報死者？”年十二，則遣從其季父可任君學他所。故儀曹弱冠而業成，錚錚諸生中。然省試猶再三詘焉。至乙丙之際，聯舉進士，而後太安人喜可知也。既奉檄當之留都，留曹俸入薄，太安人安之，攻勤茹淡，一如家食時。庚寅滿三載考，則贈君得贈如其子官，而太安人有今封矣。然翟冠繡帔一再著，即解去，絮泣曰：“死者何及也。”

　　先是，太安人以積勞故得痰疾，一夕方就寢，忽大嘔數升，遂不省。越宿而蘇。又明日，爲壬辰四月初三，大漸。問所欲言，不應。張目視儀曹，曰：“若貧不任歸骨耳。”再呼飲，飲之，遂瞑。嗚呼！太安人其可下報贈君哉！留都知儀曹貧者，微有所賻，得如禮。而狀又言太安人以布裳執勤當尊章，以辟纑紡枲佐讀，以身先作指佐耕，以任撫甄氏嫠姑，以煦嫗逮諸婦，以誕日不舉觴，念母諱，種種閫範，皆人所難。而太安人特其細者耳，故弗著。

　　貴易曰：贈君死賊時，君兄可太亦以賊驅入深塹傷足，天毒君家酷矣。夫以君之高誼，矩步較然，不欺其志，而竟罹非命。天乎！天乎！太安人間關萬苦，忍死存孤，毅然偉男子也。卒以享壽考，膺封號，庶幾哉！播而食之矣。儀曹之第，父、兄子弟相勸勉，以爲書不負三世，信矣。予獨謂不必盡然。則自君夫婦操行，與其所遭卜之也，殆天定哉！儀曹深沉温厚，可任大事，名位方隆隆起，而諸孫秀特不群，以嚮于學。由此觀之，君之所以昌厥後者，未可量也。

　　贈君生正德辛未八月十八日，享年五十。太安人生正德乙亥五月初六日，享年七十有八。男子二：長即守畏，娶許堯綱女，宅太安人憂，不勝瘁，未朞而卒;次即守愚,南京禮部儀制司主事,娶許大倫女,封安人。孫男七:調鼎,邑庠生,娶許從國女;調冕、調最,俱幼,守畏出;調璣,娶知州許大來姪孫女;調玠,聘主事許廷用曾孫女;調瓚、調琯,俱幼,守愚出。孫女五:一適陳徽業,蚤寡;一適陳基榮,守畏出;一許聘吕鯤子一廣;一許聘同年李璣子際榮;一尚幼,守愚出。墓在十九都覆釜山之陽。銘曰:

有赫世廟,明治中興。泰極釁兆,島夷憑陵。壯哉人傑,義激氣騰。彼蒼殲良,志士捫膺。乃有哲儷,女誡可繩。卒立其子,蘭省用登。天之克定,亦既有徵。釜山之藏,幽魄永憑。斧如堂如,庇爾雲仍。

贈武昌府推官東濂李公暨配贈孺人林氏封太孺人林氏墓誌銘 崇禎戊辰

當神宗朝,方諱言册儲事,而都諫松汀李公獻可率六垣以出閣講學請,竟忤上旨,削籍以歸,天下韙之,而無敢爲公言者。及公捐館,而貞皇登極,閩撫按乃爲公請恤。於是,贈光禄寺卿,予祭一壇,而廕尚有待也。初,公既上公車,傷父贈公東濂之不逮禄也,又傷母孺人林之蚤逝也,則卜地而先後安厝焉。復念繼母林太孺人在,僅誌其壙而虛其右。兹公子秉正等及弟茂才從可,將奉太孺人合窆,而具狀來請銘。獻臣以苦塊辭。曰:"是先都諫之未竟志也。"

按,東濂公,諱霖慰,字于用。大父菊逸公瑄,父侃庵公回。李故聚族浦園,至菊逸公始移邑東家焉。菊逸公久餼于庠,偶試失利,則感憤,戒其子不令竟學。侃庵公每自恨中道徙業,及公生而穎,則取髫年所誦菊逸公書史以授公。曰:"兒能讀此,則續爾祖矣。"公旦夕淬瀝,自總角則已有聲。然五試督學,始補邑諸生。兩試閩闈,又復不偶。乃感嘆曰:"命也夫!"於是設帳而授弟子業。

公規行矩步,不失尺寸。其讀書,一守紫陽傳註。其所爲文辭與指引後生,惟以發揮理趣爲工,故及門率多貴顯。其貧不能具脡脯者,不責也。至季終,則上束金於侃庵公,聽其分與,無銖錙私焉。與人交,吐露肝膈,口不談人過,人亦不忍欺之。至性恬淡,不言勢利。邑令王公高公行誼,嘗以兩造就質,公固讓,而徐以理諭遣之，終不令費一錢也。故人宦遊者，從千里外移書招之，竟不赴。公事父孝，待弟友，處宗黨能周給。生平無嫚容，無遽色，謙下濡忍，人人稱公長者。而齡不及傅以觀都諫登第，寧不憾哉！

公初娶西山楊氏，再娶恭勤林孺人，又娶慈懿林太孺人。楊蚤卒，以三母例未及贈，又先已別葬，茲不具述。恭勤系出龍谿東山，其父僑居王頭村，聞公賢，故歸女焉。入門踰月，而姑陳卒。再踰月，而女姑嫁。食貧服粗，又出其嫁來裝以佐遣姑。凡烹芼、緘緥、紃紙、醯醢之事，皆手任之。其所坐治縷處，非有事不移。故其布縷獨密緻，他女流莫能若也。及都諫稍長，受書或不熟，立召譴訶，篝燈紡織，必令成誦乃已。又覘鄰舍兒青其衿，輒謂，爾何不效耶？以故都諫年十四即遊庠，本母孺人之教也。乃以產病積羸，一日遂瞀不可起，年三十三耳。

慈懿系邑古莊，十八歸贈公，則兒女稱母者三矣。孺人拊之，不殊已出。贈公舌耕，十九在外。侃庵公春秋高，而性峻急。孺人持家計，佐以十指。每供奉，未嘗不當翁意。四十而舉茂才，非不愛也，而課督不吝箠楚。既貴為太孺人矣，而被服飲食，一如糟糠時。且教戒茂才，不可以兒故作貴介容也。都諫事母如母，一切家政，皆聽太孺人主持，即內子受成而已。室無勃谿，人兩賢之。茂才則謂，吾母終身無一受用之日。嗚呼！此所以為慈懿歔。

蔡子曰：當都諫舉鄉時，人謂李氏有天矣。乃恭勤不及見也，文林公不及祿也。即今之稱贈公、稱孺人，皆以子官追貤者也。僅一慈懿氏翟冠霞帔，以拜朝命而安都諫之養。又謂，彼蒼久而後定，夫以贈公之朴學篤行，二德配之，先後嗣徽，固宜多生賢子孫而益昌大其緒。矧都諫謁忠而大用未竟，茂才積學而遇合有待，天之報李，寧可量乎！其必繩繩有興者矣。銘曰：

世可必者，惟德與書。于嗟濓公，規步矩趨。行勵曾史，學遵程朱。篤生令子，奮翼天衢。譽起祥刑，忠翼皇儲。女士作儷，脩短則殊。龍章永賁，牛眠歸居。嘻！是乃所以光先緒而裕後昆也歟。

封承德郎郭穎台公暨配葉吳二安人墓誌銘

曩予屏居里門，而郭生明逵來問業，溫雅而文，瓊州守肖野公冢孫也，因得詳其世德。今年冬，郭生以其曾王父封承德郎南京戶部主事穎台公葬期來告，且拜乞文。曰："兆穴負坎揖離，在馬壠山。公所卜也，緣形家言不一，故終祖父之世，未及襄大事。今遍謁名師，竟無如之者。下窆有日矣，將奉曾大母葉、吳二安人祔焉。願以片石累先生。"

按狀，公諱榜，字廷聘。父顒，娶解元林啓女，生公。公幼而聰慧，不類常兒。髫年補博士弟子員，同輩雅推服之。胸中淹貫六藉，而嫺于禮容，周折曲中，尤善談說經義。仲子瓊州公自授書，以至成進士，未嘗一就外傅，習公案頭業而已。嘉定守旭東君，公姪也。每就質疑，娓娓爲道說不休，旭東君亦遂成進士。然公雖爲諸生祭酒乎，竟數奇不得志于場屋。性真愷，不問家人產。產益落，一蔬一褐，澹如也。瓊州公每之官，必跪受指而後行。既郎南戶曹，以其官封公，公乃謝諸生就封，而年亦及耆矣。瓊州公所以侍奉公甚備，然每出猶着布素，從一奚奴，無少長折節下之。居常見里中蒼頭兒，則喜而摩其頂。人皆習其爲封翁，而不知封翁貴人也。邑令鄭公廉其行義，以大賓賓之，公不得已而後應。配葉，繼配吳，皆以瓊州貴，贈封安人云。葉安人有婦德而蚤世，吳相公力學而濟以勤，仲子既材則課之讀，夜分猶績，卒所以成立者，非獨承德公能也。

郭之先安同公，自莆蓼江來徙。三世贅翁，遂家邑擢賢坊之左。安同公豐財好施，貧無告者櫬之、瘞之，孟秋飯僧度之。又嘗輸粟三百餘斛于官以賑。傳四世而至守素公道，多行善，觀風使者旌善人焉，是爲公大父。夫德不世不昌，慶不積不餘。承德公之所以亢宗昌後，翁媼偕老，以躬膺天子之貤命者，豈一日之故哉！其所由來者遠矣。葬以今萬曆己未十二月二十四日，明逵殫力獨肩其事，亦父祖志也。予銘可辭？銘曰：

業也儒，積不施。子能仕，父教之。彼蒼者，挹注茲。二妃從，德則媲。過者式，視豐碑。

贈浦江知縣蘇新郭曁張黃二孺人墓誌銘

先大夫有相知文學之友，曰贈公蘇新郭。先大夫長浙臬，曾延致署中，朝夕論議,裨益良多,即獻臣亦素所發覆也。贈公辭世三十五年矣,冢子吉安丞致其仕歸,卜以癸酉仲冬之八日,迎窆于溪東之新寮崙,而奉二母贈孺人合焉。以通家誼委墓中石於獻臣,獻臣辭不獲,則吉安君之狀備矣。

按,同藍田之蘇,系出宋魏公頌公。祖毅齋公一清,父肖泉公商霖,邑庠生也,母李氏。予嘗誌肖③泉公,詳其世次。贈公諱震亨,字君仁,以字行,一字君鼎。肖泉子四,公其長也。生有穎質,幼不好弄。師授之書,輒成誦。九歲能通制舉義,及舞象時,竟日兀坐,於文學,其天性也。弱冠就督學試,以儒科第二人應省闈。自是聯占高等,名大噪於諸生間矣。胡敬屏、王石池兩侍御,郡守朱白野試士,皆首公。上高王咸虛,少年高才,來令同,亦首物色公,次乃林省元奇石。庚午秋試,林卷竟屬令君較領第一。臨發榜,令君偵公名落,徑請於總裁僉憲白公,曰:"是八閩奇士,寧獨泉哉?"總裁命亟搜公牘,竟不得也,令君爲不懌者累日。然公是時年方壯,而志不少挫。每罷試,輒閉戶下帷,與友人蔡大中、莊堯典朝夕切劘,通有無,規過失,自謂無忝三益矣。以故其蓄愈邃,其業亦愈工。而竟艱一第,豈非天乎!

贈公性豁達,不問家人生産。遇物坦夷,生平無疾言遽色。事二親孝,與三弟友。肖泉公沒後析箸,二弟以公食指大,分居長,與量從多,非公意也。仲弟夭絶,肖泉公命附輪祀矣。公慮其久而湮也,以次子國揚後之,而以己之分業授之。二弟議將更析,公曰:"無庸也,吾所受已多,第令死者不替,足矣,何復累弟哉?"是舉也,親知藉藉以爲美譚。家居苦小偷,嘗一白之,捕有禁囚,認識所剜窗門,手列數盜以報公。碎而不顧,曰:"老牢頭將無藉此以快讐覓利乎?不可信也。"遂已之。其謹厚慎事若此。壬辰,吉安君學成遊泮,公遂以是秋罷省行,曰:"吾有子可以竟吾志矣。勉旃勉旃!"蓋嘗攜居山中課蓻,每仰屋嘆曰:"科第,天也。吾即不偶,無所恨,獨恨負諸名公知己耳。"因悉數其人,繼以淚下,吉安君迄今猶時思之而感涕也。

公居恒以名文法帖自娛,尤善古文詞,詩賦歌行,各窮其致。書法出入顔、蘇間,求文乞書者,户外之屨恒滿。邑令洪含初公嘗請額五門,南曰朱紫,東曰鴻漸,北曰拱秀,西曰豐澤,曰朝元,今手澤猶新,而公不可作矣。公偃蹇諸生垂四十年,謝世時甫六十。一旦淹然於李松汀都諫座中,即妻孥亦不及訣,可駭痛也!

元配張孺人,爲張德馨公女,婉娩和淑,翁姑稱孝焉。韶年艱子,自苦而拮据家事。未嘗言病,及病即世,吉安君僅九齡,國揚三齡耳。撫摩鞠育,竟有成立,則繼室黃孺人之力也。國揚幼嘗夜號,孺人令婢輩多方娛之,且紿之曰:"而父出會文將歸,懷菓餌餡汝矣。"此其意與毛裏豈異哉?故吉安兄弟侍繼母如母,贈公易室而無內顧憂。丙午,猶及見吉安君之成名也。黃爲麻城訓黃忍江公孫女。今上初元,吉安君以浦江治行薦,故未報滿而膺貤恩。於是,公得贈如子官,而二母俱稱孺人云。嗟乎!以贈公之文行,二母之賢淑,而試未薦,年未及永,養未及祿,豈非彼蒼之不可問者哉!吉安君郡邑著聲,寵命幽賁,是可慰公於九原矣。墓負壬向丙。銘曰:

文工雕龍,書則紙貴。其生也勤,其逝也蛻。新塋吉壤,綸輝永賁。二美偕焉,德人之隧。

叔祖眉山公暨配陳氏墓誌銘 甲午

公諱橋,字宗達,亦名宗達,晚號眉山。吾高祖素庵公之孫,曾祖贈中大夫貴州左參政安所公之子,而吾祖別駕兼峰公之弟也。母呂氏,贈淑人。吾蔡自贈公以上,世耕讀有隱德。居同安浯洲之平林,至別駕公用經術顯。公少受舉子業,數奇不甚得志於有司。別駕公舉於鄉,贈公曰:"是足大吾門矣。爾仲其修先世稼穡之遺。"於是,公始退而率僮指耕。暇則坐沙中,與父老談菽麥,不知人世軒冕貴介何物也。歲登則稍斥賣其餘,有加釜焉。曰:"吾貧不及施,庶幾以此爲若德云。"

庚申之歲,倭奴內訌。時贈公柩在堂,則夜焚香祝天,願以早膳十年爲祈賊平,柩幸得完。公卻朝餐者竟贈公葬,宗族謂公爲能孝。公坦中惻怛,口不挂人是非。然鄉子弟爲不善者,戒不使公知也。鄰有鬬,墻有鬩,得公片言立解。終公之世常然。中身後，二子早喪，幼者呱，遺者弱，又遭兵火之患，拮据甚苦。既家大人成進士，始能以餘俸稍稍佐公朝夕。而公之子若孫亦濟濟，壯受室有孫，於是時頗適，而公老矣。邑侯金公枝察公行誼，以鄉飲大賓賓之。公辭不獲，乃一航海。登堂，龐眉鶴髮，褒衣博帶，望之若茹芝老然。尋以年高恩授冠帶，公笥之不再御。丙戌，滿八袠。子姓宗戚奉觴上壽，鄉里共榮之，以爲公宜享有此也。獻臣孩提則出入公懷抱，戊子冬，將上公車，謁公，公臥床褥間，喜甚，爲強起張目視臣，曰：“吾目夢夢者，貌人如霧，幸及見孺子有立也。”己丑，獻臣官南比部，公以是年十一月卒，距所生正德丁卯九月，享年八十有三。時家大人亦憲副貴竹，而吾叔訃云：“公臨殁，惓惓以汝父子爲念。”痛哉！痛哉！

獻臣曰：以予觀眉山公，何其俊俊篤行君子也。夫天道福善，若左券然。而公僅享有遐齡，子孫亦僅僅醇謹，世其家學而無大顯者，耕而無大饒者，豈人謀之未臧哉？抑天不可問也？我聞一歲樹穀，十歲樹木，百歲樹德，公樹之矣。永叔之表曰：“爲善無不報，而遲速有時。”公子孫其當之乎？

公配陳氏，儉勤媲美，生正德戊辰，卒嘉靖庚申，享年五十三。四子二女，貴毅、貴恒，俱先公卒。女一，適陳業，陳氏出。女一，未①字卒。貴和、貴隨，公侍梁氏出。隨之生也，同舉三，隨爲伯，梁遂以亡。繼陳氏，陳之來，叔祖母陳尚在。二叔亂有撫摩恩，故母之墓在陳坑城之原，坐坤向艮，公及陳氏、梁氏、季女爲穴，而四虛其一，以待陳氏。葬以今甲午季冬二十二日。貴毅娶呂，生憲朱、憲張。貴恒娶呂，無子，子憲張。貴和娶呂，繼娶黃，生獻範。貴隨娶陳，生獻節、獻策。一女孫。曾孫三，紹慶、紹賡、紹麻，憲朱出。曾孫女六。玄孫一，利賓。獻臣謹涕泣而銘之。曰：

陳坑之滸，有海其泫。陳坑之陽，有山其雲。有枕有漱，有耕有耘。樂哉土！若堂若斧，是爲隱君子眉山公之墳。

明隱君周震吾暨配靜懿孺人黃氏墓誌銘

予嘗考覽史傳，至獨行、隱逸如范冉、陸續、梁鴻、龐公之流而奇之。彼其操尚殊絕，一往不返，皆其性分有所獨至，而未要之中行之軌，然已足以激清風而垂不朽矣。乃若不立異，不炫名，不越倫常，庭闈、宗族、鄉黨之間，而俊俊質行，雖鄒魯之儒，莫或先之。斯其事不畸於人，而其修足侔乎天，不亦中庸之蹈，而君子之所貴歟？嗚呼！此後世史家之所以傳孝友也，況翁媼儷德，尤爲難耳。

吾同有隱君子，曰震吾周公。其先八世源深公，自吳杭徙家同之錢塘鄉，而人訛呼爲前場，因謂前場周。五傳至綽齋翁。配王孺人，實生公，諱仕慶，是今祠部君爾發王父。公娶莊江黃子顯公次女，爲靜懿黃孺人。偕壽媲美，人稱德配。公好讀《春秋》，明大義。是是非非，截然無所回護。而坦夷朴貌，不作崖異谿刻之行。其於孝友，蓋天性云。綽齋翁嗜酒，不事家人産。公與孺人併力營生，不畜私財。綽齋翁以酒得奇疾，瘡大如斗。公晝夜侍湯藥，恒口爲吮之。既無可奈何，則竭誠盡慎，所以治喪事者甚備，而用不告窘。其撫九歲幼弟，一如母意。鼎足析箸，而次弟所閹田適當下流，公遂慨然以己田易之，未幾，竟付之波神，無難色。綽齋翁兄弟三人，其季蚤夭，而二孤僅孩提。仲者殁，無子，而仲母在也。公爲二稚子鈎券簿，稽疆畝，既犂然具矣。又爲關其出入，俾無得侵侔者。以故二從弟終身父事公，曰："微伯，吾安得今日？"仲母在者，公率諸弟事之如母。即時有所割以與其女若甥，公不問也。

公既自傷業儒未就，每課諸子贈君輩，必令籯粮鼓篋，冀不得之身，必得之子。及祠部諸兄弟嶄然露頭角，公勸課有加。居恒繞膝，必次第問其所業。祠部君弱齡冠諸生，舉鄉闈，而後公喜可知也。公鎮日抱膝趺坐，口不關長短，心不着恩怨。親疏少長見者必以禮，使人望之意消，即之氣下，間有鷙然無禮自雄者，亦不能幾微有加於公也。平生不知醫，有所知者叩之必以應，或躬爲省視，不計單寒，鄉細民故多德之。中年後絕足城邑。既登大耋，縣官欲以賓禮賓之，竟不能得其一赴。

黃孺人與公白首相莊。其初來賓也，事姑王孺人，操作烹飪，必躬必親。即綽齋翁性卞急，有所需，咄嗟立辦。王孺人最愛季叔，而仲叔方授室，家政一埤孺人。嫂叔妯娌間，雍雍無間也。凡震吾公之讓田同産，延師脩脯之費，與所以御族戚仁里閒者，皆孺人調護，拮据其間。不給，則脫簪珥佐之。晚年程督諸婦織絍佐讀。祠部早孤，尤愛勉之，使內外交警，故克有成。震吾公卒時，年八十有五，戚里皆爲盡哀。孺人後一歲卒，年八十有二。然震吾公之喪也，孺人猶憑棺哭，朝夕奠，或時爲謝粒。其耄而有禮，何論舉案齊眉矣！

蔡子曰：以予觀震吾公，凜凜德讓，刑于而家，有獨行、隱逸之致。而要歸於孝友，即史傳所稱，何以加哉？夫天之道，何知近名？奇者隔之，闇者合之。公翁媼若此。今丈夫子五，孫十有六，孫女七，曾孫亦十有六，曾孫女十有三，玄孫女一，振振未艾。而祠部君起家進士，爲循令、爲望郎，名位隆隆方升。天之報善人者，亦庶幾播而食之矣！天道遠耶？非耶？公之子若孫，將以天啓壬戌年五月二十五日，卜葬於大美洲之陽，負坤揖艮。而祠部君手爲狀，以墓中之石屬予獻臣。予辭不獲，乃詮次而銘之。曰：

無懷乎？葛天乎？而大義炳炳。立方乎？擇地乎？而爲德冥冥。婦德曜，夫侯光。大耋偕老，奕世彌昌。赫赫恩綸，佇畀幽宮。謂予不信，請質蒼穹。

明隱君林葵洲暨配孺人彭氏墓誌銘

歲庚申，林廷永君以選御史候命都中，海內傳其六逆五盡二反一順之疏而韙之。而君顧念其大父葵洲公暨大母彭之未安厝也，遂請假歸葬。於是，光宗皇帝新嗣統，被臺命矣。君歸，卜地店頭莊之原，負寅向申，形家曰吉。將以明年天啓元正之十二日，奉二柩窆焉。君乃爲狀，而偕其仲父炳來請銘於蔡子獻臣。蔡子嘗延君師兒曹，故詳其家世，矧狀纏纏具也，即不文，奚辭？

按，林自梅溪公五傳而至解元海峰公啓，以文學廉節，累官國子監監丞，歿祀鄉賢祠。其次子爲蓮山公磐，補邑弟子員，意有不可，輒見之文辭。所遺有《花謂花》、《竹謂竹》等歌。達官貴人間側目之，竟終老於蓮花山下。蓮山公初娶洪，繼娶王，舉景崖公。又繼娶郭，舉栢庭及葵洲公。

公諱牧，字師讓，侍御君大父也。幼俊爽，美丰儀。弱冠能文，而厄於數奇，乃輟舉子業。會邑仁山彭公者素封，僅一女，愛憐之，以歸公，是爲彭孺人。孺人雖故富家女,而荊布操作,所以佐公孝養者備至。尊嫜膳,必手治敬進之,不以付女奴。蓮山公素厚善宋潞溪者,每飯必召與俱,蓮山公爲加匕焉。又欲嫁女而難其奩具,孺人與公謀曰:"妾奩粗完,足充小姑下陳。其以煩尊嫜拮据爲?"公喜,乘間白之蓮山公。則大喜,謂公曰:"若吾貸,吾且若償。"公跽謝曰:"兒得微有罪乎?父子無貸,何償焉?"蓮山公益喜,曰:"不意汝婦乃能如是。"當是時,人以公爲能子,而以孺人爲賢婦。其先意率此類也。

初,蓮山公以舉子事望公繩武,至是而夫婦能孝,得父母歡,乃不減向所期許者云。即景崖公性剛,而公婉事之。栢庭公性柔,而公莊事之。昆弟怡怡無間也。從兄寓泉公,以訟事繫旁郡。公捐貲居間,無少吝。嘗過族兄槐庭公,怪其啜茶數碗,而問故,曰:"當午餐耳。"公爲惻然,時損餘糈餉焉。又嘗寓雙歛別墅,見一妊婦負薪者亟走如厠,公曰:"嘻,其産也。"孺人遣婢偵之,果然。已而爲具雞酒,婦得抱兒無恙以歸。公內敦讓而外好施,尤折節諸名士,與共有無。宴人子待以舉,大者率爲折券,而孺人往往鬻衣餚贊之。以故口不問生事,而時寄情於花竹魚鳥、圖書詩酒間。提學劉南郭公、山人曾蘭塘輩相往來,酬酢勿絕,雖家計用是稍落,不顧也。公殁後,冢子贈公乃舉侍御,而孺人稱未亡人者,垂三十載。食指日繁,而勤施如故,一絲一粒必以分。慎愆享祀,一觴一豆必以腆。性尤嚴,飭冢婦姒婦事,無巨小,必以諮。即娌姒過從,二婦必旁侍。歲時伏臘,族戚餽遺,非孺人手分甘不以入庖。蓋二婦賢,而孺人操家整整固然耳。方侍御髫時,孺人已奇愛之。然又後孺人十餘載始成進士。故侍御既貴,而傷孺人之不逮也。

夫邑東,林故著姓。貴者達者,席厚貲者,武健而豪者,足智多機分財多自予者,故自不乏。而公翁媼孝友恭讓,禮士好施,退然處於不競之地。今其孫曾若此矣。語曰:"天之道,其猶張弓乎。"又曰:"福之興,始于閨門。"孺人嘗言:"婦道得失,關家隆替。"某婦賢當興,某婦不賢當敗,竟若左券。然則林氏之興,孺人已蚤計之矣,其奇侍御君有以也。蔡子曰:予讀葵洲公狀,而見人家得失之林焉。是宜銘。銘曰:

省元之孫，柱下之祖。豐施嗇取，亦莫予侮。鴻光媲美，有坎若斧。世載其德，永綏厥祜。

少泉蘇公暨配李氏合葬墓誌銘 甲寅

同南之蘇，世與予連牆，而予幼未及識少泉公。比長，則習公之子若孫，蓋奕世通家云。公諱商霖，字德說。嘗有意眉山氏家學，故號少泉。蘇系出宋魏公頌之後，入我明，至老圃公惜，公五世祖也。曾祖守愚公存明，由藍田徙家城南。次子省翁公洧，洧生毅齋公一清，配劉氏，海憲沂東公妹也，實生公。

公夙慧，弱冠遊庠，逡巡矩矱而大義凜然。既蚤失怙，奉大父，撫幼弟，益發憤其所爲業。已而二弟皆有聲諸生間。時海憲公按兩淮矣，壽母劉詩曰："三孺俱成立，持以慰二親。"本公課二仲之力也。公讀書好觀大意，生平極慕伍行人、諸葛丞相，謂二人所處極難耳。又曰："凡人立志宜高。"中夜常將古人好事思量一翻，心便軒豁，止如堯、舜禪受，謾言："聖人存心天下，且看當日何等氣象，一以天下與人，一以匹夫受天下，更有何物掛礙胸中！"念到此，便覺灑然。素履儉約，一裘常餘十年，而尺寸錙銖絕不經意。嘗書扁自勖，云："長一家，俾無得罪于卑幼；淑寸地，當能受福于鬼神。"其寄意遠矣。公有子君仁、君智，能讀父書。公訓之嚴而有方，君仁屢試負駿聲，公即謝諸生以老。曰："男兒屈首受書，所貴拾青紫亢宗耳。一敝儒冠無爲也，且不于其身，于其子孫，足矣。"邑博廉其名行，用開讀例給冠帶，然非公意也。

公性孝友，祖父母、父母之喪，哀毀幾絕，竭力襄事，終其身，諱日必號慟。季弟訃自粵來，走數千里歸其櫬。仲弟謝世，僅遺藐孫，偶遭危疢，公泣涕籲天，願以己子代，已幸無恙。每持老圃、守愚二公及先世積行，請於督學，乞立傳邑誌。至邑令王公京以聞於郡，郡守朱公炳如爲紀世行。公請海憲公大書而鑱之，邑人榮焉。族祠燬，公首事更新。將屬纊，遺囑諸子，惟曰："祠堂未了耳。"嗚呼！此其至性，加人一等矣。

公配孺人李氏，賢孝。自歸公爲冢婦，則祭祀、賓客、喪葬、堂搆諸費，一切倚辦。一縷一粒，辛苦愛惜。而雅好施予，有求必應。其處妯娌間穆如也。祖父母嘗憫外家王弗祀，孺人曰："婦在，當無慮。"每述以語諸子，輒泣下。故王氏之祀於蘇，五世未祧，謚為"慈勤"，不虛矣。是可謂媲德乎！

公生正德己卯八月，卒萬曆丙子十月，年五十八。孺人生正德己卯三月，卒萬曆己亥十月，年八十一。公以庚寅八月十九日，葬于南洋岫內馬湖山之陽，負庚酉揖甲卯。今公子君智暨孫國翰等，將以甲寅十二月十八日，奉孺人之柩啟竁合焉，而以狀來請銘。予惟公子君仁所稱新谷公者，先子畏友也。聞丙子之試，公擬其文必捷，而竟以不偶，故鬱鬱抱疾。夫以公之達，棄儒冠如敝屣，而不能忘其子之遇不遇，何也？無亦以累世積行，後必有興者，故操左券而責償耳。今翰已舉于鄉，而薦琨蘭董，錚錚庠校，蘇氏子孫之興，其在茲乎！庶可慰公于地下矣。銘曰：

水積而淵，魚龍之宮。德積而豐，賢俊攸鍾。遙遙魏國，奕世其昌。馬湖之麓，雙璧所藏。一先一後，報公九京。

太學生池三洲翁暨配李孺人墓誌銘

池氏之家中左，自宗寶公始也。宗寶生旻，旻生贈吏部文選司郎中春臺公。春臺公子三人，皆配封太安人葉出。伯新洲公，仲奉常明洲公，而叔則三洲。

翁諱浴沂，字士潔者也。按狀，翁生而資穎，甫冠，即偕奉常公及中丞王玉沙公、邑宰蔡拔吾公結社。而師事戶曹郎蕭見心先生於漳開元寺，共肄業焉。比癸酉，督學試，公以第三名入泮。自是學益勤，試輒高等。然三入棘闈，而皆不偶。時奉常公已洊歷銓郎顯重矣，而翁不作貴介態，不輟經生業。曰："遇不遇，命也。"旋辭泮宮而遊國學。國學才藪，亦無敢白眼相覷，咸藉藉謂必賢書中人。故事，上舍歷事滿者，輒授丞簿功曹，及州郡倅而止。公不待歷滿，慨然曰："丈夫業，屈首授書，而不能揚名吐氣，奈何折腰五斗米而取譴訶於長官大吏為？"遂倦遊而歸。曰："子弟可教也，吾不復逐隊數千人為科名計矣。"故延銓郎周愛日公、孝廉李君懋觀、明經葉君傳野，與為師友，而朝夕程督之。癸卯，子姪顯充輩遂與諸公後先登賢書焉。

翁素性愷爽，不銖銖錐刀之末。中歲以後，花朝月夕，時與二三知友引觴命酌，賡唱迭和，爲愉快也。人有以是非曲直質者，得翁片言立解。內外親屬來謁，必詢其甘苦。或周其不給，無少吝嗇意。即家常租稅之入，或後時，或苦訴祈免，亦曲體而量給之，無難色。蓋年近九十，耄矣。然精神王而筋力不衰，中左人咸稱爲地行仙云。同諸生以翁令德篤行，書其生平，上之學。學上之邑，邑上之督學，將以賓禮賓之。然翁竟以起居拜揖之不便，堅辭不赴。於是，邑令顏其堂曰"熙朝人瑞"。越歲九十有三，王正幾望，方庀春酒，燕客盡歡。詰朝，呼僮進粥，粥至，不及啜而仙去矣。

翁前娶吳公女，僅舉一女。續娶兌山李公女，即孝廉懋觀女兄也。生丈夫子四，女一。性貞靜，寡言笑。其奉事大父母，則鷄鳴起，治具惟謹。其總理家政，則釜竈必親，女紅必力，不以勞頓而委之臧獲。其輔佐夫君，則勤儉之，所贏餘悉以佐棘闈道理之需、堂搆婚嫁之不足。其教育諸子，則姑息不事，課督必嚴，而無負賢父廣延師友之至意。其拊畜諸孫曾，則長者訓誨如子，而幼者含飴以弄。以故諸子若孫濟濟成立，蓋翁媼之德教居多，而彼蒼之錫類也。孺人後翁一歲歿，亦壽九十。豈非媲德齊年而人世不可多得者哉！

蔡子曰：奉常公，吾婦翁也。吾弱冠侍三洲翁，五十年餘矣，故知翁最詳。慨今之爲貴介者，作氣勢，圖富厚，視翁之不驕不侈、不競不貪，何懸殊也。翁之子顯兗，舉而不壽。其孫萊，庠而不子。咸用悼惜。豈造物不可知耶？語云："天遠人邇。"今諸孫曾詵詵振振，吾將觀池氏之天勝矣。

三洲翁生嘉靖壬寅年，卒崇禎甲戌。孺人生嘉靖丙午年，卒崇禎乙亥。男長顯兌，庠生；次顯兗，癸卯舉人；三顯溁，庠生；四顯胤，即今以狀來乞銘者也。女二。孫男十一人，孫女九。曾孫十五人，曾孫女十六。婚娶名氏，另詳于後。墓在陽臺山之原，坐午向子，即翁用形家言預定者。合窆以崇禎十二年四月初七日戌時。予爲銘。銘曰：

華封之祝，伊誰有三。翁媼偕老，亦復多男。雖辭千萬，何言石甔。慨彼書田，秀而未實。維天佑善，百年靡忒。子孫繩繩，圖南奮翼。

隱君蘇文所公暨配張孺人墓誌銘

吾同之蘇，故號著姓。自守愚公移居城南，再傳爲毅齋公，娶憲副劉沂東公妹，生德遇公，諱商誥，邑諸生也。配黃氏，是生文所公，諱思義。當公年十九而孤，家惟寡母及二妹。而公新娶張孺人，邑紳張公文錄女孫也。

公幼讀書，就童試，而孺人以椎布操作佐之。雖躬洴澼洸，不言勞矣。公性篤孝，事父母惟恐拂其意。母最愛二妹，爲捐産治裝，不少靳。而孺人亦脱己奩，以分與小姑，里人稱之。孺人舉丈夫子二：長國華，次國英，皆弱冠遊庠，負俊聲。而公始罷舉子業而談詩，一切門户公私諸務，不以紛二子，俾得一意學，曰："庶其種而穫乎？"予嘗賞其文而期之，曰："文所公必封不久矣。"居平與從昆弟比屋而居，同畔而田，相得歡然也。家近市，時出坐肆間，閲諸熙穰來往者，以爲快。人人多公長者，盡愛敬公且德公。即有侮者，遜謝而已。以故學校中高公行誼，乃公滋益挹損，即邑令用賓禮賓之，不赴也。晚年，尤耽爲詩。與封翁陳仰台諸君結社唱和，亦時以詩投予。蓋其中誠有以自得者哉！乃二子皆未遇而無年，公之晚况可知也。然諸孫曾輩，猶藉公與孺人撫育而教誨之，以竟有成立。蓋二老人嘗孤燈對泣，而呼諸孫曰："吾不幸而喪二子二孫，今耄矣。行且累若，吾生不及長侍曾王父，即死魂魄猶願相依。今卜旁近地，以爲異日計，吾樂也。"其老不忘親若此。越歲己、庚，相繼考終。公齡八十有六，孺人少二焉。

予蔡與蘇，比屋居者三世矣。以文所公之醇謹謙讓，不譴是非，以與世俗處，幼而勤學，晚而稱詩，庶幾儒者之蹈乎！乃其骨肉間多所缺陷矣。語曰："天道無親，常與善人。"公不得之身，不得之子，將不得之於後乎？今孫曾輩振振濟濟矣！吾且持是以券蘇氏之天。

公生嘉靖甲辰，卒崇禎己巳。孺人生嘉靖丁未，卒崇禎庚午。子國華、國英。女二。國華子五：長鐘，子一；次世炳，庠生，子興三，庠生；次錡，子二；次鍱，子一；次錕，子二。國英子四：長鋌，子三；次鑛，次鈁；次紹武，庠生。今庚午，錡等將以十二月廿二日辰時，合葬公、孺人於後榭德遇公墳左，坐乙向辛。紹武以狀來請銘。爲之銘曰：

大隱城市，公其然乎。作配鴻光，奕葉詩書。耕未食報，積乃留餘。惟和惟睦，益培其基。有皇豈夢，既定何遲。過者必式，徵此銘詩。

邑文學鄉賓呂東浯暨配陳孺人墓誌銘

呂之先，宋季有千二使者，由南安朴鄉徙居浯洲之東，累傳至原禧公。原禧公生光驊，光驊公生世祐，世祐公生子二，長曰讓，次曰仁。讓以明經貢于廷，未授職而卒。長子川，嘗冠學使者試，年十九遂領鄉薦，仕終浙太平令。仁號直庵，以隱居行誼重鄉里，則東浯公父也。

東浯公諱誠源，字以漸。自幼喜經書古文，錚錚邑諸生間。而天性篤至，少年喪父，終身孺慕，事母以孝聞。與太平公同堂，相友愛，胞聯不啻也。太平公同父姪敏德無子，而負子蕩產，公佐太平公嫂戴孺人，直之於官，僅復其半。而後乃以公伯子鯉嗣太平公，蓋嫂意云。

公爲人質真坦夷，居恒不設城府。臨財不苟予取，處家不爲煦沫態。其課子若孫，則授程而訓督之。其知交皆知名士，故封户部郎王公濟、進士終養許公福，皆以女女公子，蓋交誼重而意氣孚也。公初娶順正蔡氏，繼娶陽翟陳公女，是爲貞肅陳孺人。歸時，不及事姑矣。而嫂戴同居，妯娌相得甚歡。茹淡習勤，能佐公所不足。婢僕貧甚者，不難出餘貲振之。其嚴課子亦如公。而視前人女知己女，尤爲難耳。浯東之地，故多倭賊出没。至公徙金門所中，而捐金數百，築東堡以護近鄉逃寇者，蓋非僅　家　時之計，人尤賴之。沿海漁民行公貲本者，時以所獲遺主人翁，公辭不受也。迄今諱日，猶醵金餽奠，以志不忘公德。晚年，縣父母數以大賓賓之，或赴或不赴，可謂純德篤行，翁媼媲美者矣。

順正蔡先葬浯之峰山。今公仲子鯤、孫一清等，卜以崇禎二年二月二十一日未時，合葬公及貞肅于歸德里埔下後坂山，負巽揖乾，而以狀來請銘。蔡子曰：余曾祖母贈淑人呂氏，及姪進士國光曾祖母，皆太平公妹也。其後世講朱陳，故知東浯公家世爲詳。以公之積德累行，宜昌厥後。今老者龐眉鶴髮，而孫曾輩濟濟斌斌，多文學秀也，但未大顯者何？豈彼蒼欲駿發之，而先厚蓄之耶？夫土積而岡阜崇焉，水積而蛟龍生焉，此自然之理也，吾將持是以券兩家子弟矣。乃爲銘曰：

昔何居，海之東。今何歸，山之封。考公旋，樸弗斷；作之合，勤而淑。脩之家，慶乃餘，書三世，負人乎！高其門，駟馬來，後有過者式于斯。

邑文學莘野王公合葬墓誌銘

先君子暨伯父瓊浯公，有筆硯之友五人焉：曰孝廉洪公子岐、文學呂公滄海、洪公見東、周公震東暨王公莘野是已。王公諱三聘，字允覺。其居同安申明亭右，而徙於學宮之傍，今猶稱南亭王云。公爲廩生王公岑之孫，歲貢、封南京户部主事愧于公濟之季子，封雲南參議思齋公三錫、韶州守晉齋公三接之弟，蘇松按察使瞻明公道顯之叔。母封安人葉氏。

公生而白皙，丰神英拔。封户部公課之嚴，以故公弱冠即遊黌序有聲，而與先君子諸公相切劘。既洪公與先君子先後鄉會舉而封參議，公則延紫溪蘇先生于師席訓子。而公又得與紫溪先生切劘，如諸公。當是時，公自視一第可拾芥取，然數奇竟無所遇。公素豪于酒，慷慨然諾。萬州守杜君鵬南者，邂逅杯酒間，意合，遂以女許公子。而封參議公及吾伯父，晚亦遊于酒人，則挾公與俱。蓋獻⑤臣嘗侍公坐至夜分，衆皆稍稍引去，而公猶餘勇可賈，社中人以是伏公。然公生平折節慕爲恭謹，其孝友好施，蓋天性也。公幼時，葉安人暱愛之甚，至壯猶然。及遭二喪，哀毀如禮。倭亂後，韶州公寄櫬劉營，公數數奔護，無所避功。叔午溪公溺死，公爲扶屍，視其含殮。晚猶莊事封參議公，寄趣桂菊，陶然也。省試至橫路，遇漂屍，輒捐貲瘞之。其陰所折券棄債、周人之急者，不可勝數。學使者豐城徐公所獎優行生，令學官不得依故事。于是邑博吳君炳思以公應，多士稱爲得人。丁酉春，予奔先君子之訃歸。見公兩眸神氣稍索，而心訝之。未幾，而公亦不起矣。

公配蘇氏,司訓蘇桂孫女。善操家,嘗有所舉,弗育。故公置二郭氏,郭君範女,予同年進士旭東公功妹也。黽勉有無,不辭勞勩。舉丈夫子四,長道謙,即締杜姻者,年十九未娶而殤。初字吉甫,刻勵苦讀,其師陳君懋時傷之,誄曰宣伯,言其善之聞于鄉也。次道㷼,邑庠生;次道烋;次道聯。

公生嘉靖庚子二月,卒萬曆丁酉,年五十八。蘇生庚子十月,卒萬曆甲辰,年六十五。郭生嘉靖癸丑二月,卒萬曆癸卯,年五十一。某年某月某日,諸子將奉公合窆于長興里御史嶺之塋,負巳向亥,長殤附焉。此公所自置地。爲狀而請予,言者㷼也。予通家子,不得辭。銘曰:

生之年,先公二。沒之月,公後四。師友則同,通塞豈異。高壠埋玉,二美從焉。誰種誰食,以利爾後人。

劉長公肖沂暨配孺人歐陽氏墓誌銘

劉長公肖沂者,諱夢龍,字國禎。封御史鐵山公諱恭之孫,御史沂東公諱存德之子。配孺人歐陽氏,都指揮昭毅將軍深之女。

蔡子曰:若長公所謂賢豪間者,非耶?昔六國豪公子,藉有土、卿相之富厚,招天下賢者,用以抗強秦而存宗國,太史公傳而賢之。漢萬石君,恭謹無與比,子孫遵教,以孝謹聞。斯咫尺之義,儒者之概矣。乃《史》列《游俠》,又以其言信、行果,赴士之阨,雖時扞文網,其私義廉讓,有足稱者。夫儒與俠,其道相反而相非,然皆足自見於世,而兼之者,非奇男子不可。吾乃有以誌長公矣。

侍御公初娶葉恭人,生長公及國望。而繼恭人葉者至,公幼,母之如己母。性機穎嚮學,年十二,遂補邑諸生。下帷發憤,有聲庠校間,自謂一第可拾芥取。逮戊巳間,海賊橫發來攻城。公手畫備禦策,邑令譚公韙之。又於城東捐貲築土堡爲犄角。公部署既定,益市牛酒勸勞之,民依堡得全者衆矣。侍御公備兵潮陽,檄調閩卒,應募者未問貲,第願得公子一諾,蓋一日而集壯士數百人。當是時,長公豪舉聲藉甚。及侍御公宦歸,一切家政皆倚辦長公。公上承父志,尤竭力洗腆無數見不鮮。撫諸弟,教而育之。故茂才國成、憲副國夏、南昌令國壯,皆蚤歲以能文稱。而卵翼國壯,又自襁褓間矣。侍御公歿,而公禍作,猶日夜負土襄橋東葬。事已,析產甚均。而挺身赴理,冀紓諸弟之難。雖茂才君竟以株及,而二季無恙,卒有成立者,公力也。其得禍之由,則以洪司寇失江陵意,而撫閩者下石逮之。人謂令某預聞其事,而公適與令善,故言者及公,而家亦因以落矣。然公仗義輕財,終不以廢箸故負債家子母,蒙難而諸弟減產佐之,故緩急人樂爲用。

國夏既登朝,公乃退而耕於野,與田夫傖老課桑麻、教子弟。鄉鄰有搆鬪者,得公一言立解。族屬子姓,少有過舉,公正言訓諭之,亦無不改心易慮者。蓋公達識敢言,往往中窾窾,能令人心折氣平。晚年,益邃於挫銳解紛之術,善摧剛爲柔,非獨其智多也。今公不作,而鄉族肴肴多事,乃始思公矣。

歐陽孺人,年十六歸公。婉而不妬,惠而好施。家難拮据,傾橐裝,千金無所吝。南昌君幼失怙,依丘嫂如母。故劉氏宗爲閫儀,其偕壽有以也。

公生嘉靖丁酉,卒萬曆乙卯,年七十九。孺人生嘉靖己亥,卒今天啓乙丑,年八十七。公子尚鼎暨孫宗召等,卜以十二月廿二日,合葬公于東山半嶺之猪母穴。而先期具行實,又以南昌君之狀來請銘。皆文而核,予故按而次之。然予習長公稔矣,愧不能名。長公孝友謙讓是儒,毅然諾取予是俠,所謂賢豪間者乎!使公當戰國時,平原、信陵之風流,詎足道哉!而竟以巖穴老,是在其後之人矣。墓負乾向巽,子孫婚娶詳左方。銘曰:

幼而負奇,晚而挫銳。允矣家督,展也德慧。儒俠交譏,兼之而濟。鴻光偕老,以昌厥世。

邑文學國成劉君暨配孺人黃氏墓誌銘

昔予序劉君國成遺集,而有感於盧次仲、徐文長之事,蓋不勝咨咨慨焉。今壬申冬,君子仲縉等卜葬君,而以所爲狀來請銘。予讀之,益詳君抱冤遯跡之苦及配黃孺人撐家茹荼之賢也。嗚呼!天何才之?而何扼之?豈天之所以才君者,乃所以禍君歟?抑所謂公冶非其罪者耶?

按,國成諱夢驤,別號應南,侍御沂東公中子。伯國禎,仲國望,而君與弟憲副國夏,皆出母恭人韓氏。韓,京師人,以國夏貴,故贈。又季則今憲副國壯者也。君生六歲,侍御公以内臺出守南康,挾君母子宦邸。會公疾甚,君哀號祈代。江午坡先生來省疾,見而大奇之,則許妻以女,後以中殤弗諧也。越辛酉,公入覲,而母韓産歿,君與國夏縈縈護持以歸,路人爲感動焉。侍御公故高才碩學,而君與國夏俱蚤慧,發憤攻書,尤蘄以古文詞創起濱海間。年十四,補邑諸生,則已嶄然露頭角矣。癸酉,督學宋二山試君第二人。丙子,楚胡二溪復首拔君,而國夏次之。當是時,二劉之名噪甚,僉謂即首解額,而郭青螺、管慕雲先後在闈,俱暗中摸索得君牘,然竟臨登榜而落。乃翁望君雋甚啞,亦竟以是鬱鬱無聊即世矣。

初,邑貴人與侍御同舉者,雖有小嫌,而隙未開也。會其姻家子與國禎以負債搆隙,遂至蠻觸叩閽。又不謂貴人者忽中奇禍,蓋以勘遼藩失江陵相指,而撫閩者因而擠之,遂逮死獄中。人疑單詞或出邑令手,而國禎與令歡。迨江陵歿,貴人子伏闕訟冤,而詞併及君矣。當是時,家禍如焚,逮者四出,君岌岌不免虎口。國禎諭以"覆巢之下,寧有完卵",尚與員各自爲之,不然,誰爲哭秦而復楚者乎!而友人林奇石省元亦力慫恿。君曰:"兄弟俱死,無益也。"君遂不及訣家人以行。昕暮荆棘中,饑渴困踣。漳有黄廷麟者,義俠士也。慕君名,夜叩匿所,與俱出。猶恐不任魯朱家,則治裝而致之東山薛氏。然是時,索君急。則黄孺人及其母陳,脱簪珥爲道途資。君乃由漳趨越,行乞吴市,而棲湖之雲祥觀。謁侍御故人凌公雲翼及茅公坤,曰:"吾同安劉沂東子也。以家難,故至此。"茅公進君問故,君涕泣具道本末,則止於家。又讀所爲文,而大奇之。君因得與范公甫、張益庵、黄貞父、翁于先諸名士遊。茅公又爲君作訟冤書,海内讀而悲之。既羈棲二載,太宰張公瀚亦侍御故人,乃勸君歸,曰:"吾已爲白於金省吾、陶雲谷二使君矣。"君倉皇歸時,家計已落。國禎猶持一帳相示,君焚不顧,曰:"兄在,乃問出入耶?"自是杜門屏跡。深念已以才名賈禍,不敢與外事。惟是求詩文者不可概卻,既成,則削其稿。曰:"吾以是當泣耳。"乙巳,金公撫閩,與督學徐匡嶽談往事。及君冤狀，徐亦心知君冤，復其弟子員。又或下石於徐海石按君，竟奪之矣。蓋國禎知君之才足以雪恥，故寧以身受禍而不辭。君亦知己之才奪非其罪，故窮約以終老而不惜。

癸卯秋，屬纊前三日，夢天帝召文士七人，作《卿雲護闕賦》。君居首，賞鈔八錠。醒猶能誦其一二。嗟乎！君之才達於帝所，而不能脫時忌耶？君弟國夏、國壯，俱先後成進士。而君獨坐累，以布衣終，亦命也夫。

孺人父爲諸生黃和冲公，母陳，苦節止一女。當君蒙難時，脫簪珥以佐行。即事平傾蕩之後，有所需，或取諸外氏。故君嘗謂，陳母有生我恩。殁，爲營塚，設祭于家，令子孫世祀勿絶也。君素曠達，而孺人性毅而勤。其操家儉而能斷，故不爲多難减產。即國夏雖貴守赤城，而所善范、張諸君濟濟宦途，君終不爲彈鋏遊。今諸子皆饒文學，而坤及諸孫輩尤錚錚庠校間，則父書母訓之所貽者遠矣。君于古文，遠慕馬、班，近則喜李于鱗文，手爲註釋行之。平生所著《天馬更生集》二卷，即己巳予所序也。蔡子曰：“虎豹之災以皮，國成之襛以文。夫士非文，何由致身？而君覆用媒禍，彼蒼生才固有不可問者哉！”

君生嘉靖癸丑，卒萬曆癸卯，年五十一。孺人生嘉靖丙辰，卒萬曆乙巳，年五十。子男四：長仲縉，次季紘，次季綏；次坤，府庠生。女四：長適黃廷麟子庠生琮，次適廷勇子庠生士誌，皆行遯漳浦時深交締結者；次適貢生郭曦昌，次適歐陽承南。孫男七，曾孫男四。墓在同禾下瑶山之陽，負甲向庚。仲縉等卜以崇禎五年仲冬二十日，奉二柩合窆焉。銘曰：

東溪之產多俊聰，生鞠則一命不同。伯氏搆怨君株累，叔季通藉君終窮。文章誤身非其罪，茹荼撐家內助功。下瑶之陽慶令居，玉樓餘光奕世隆。

王念齋暨配李[6]孺人墓誌銘

南亭王者，吾同之名族。念齋君諱道烝，字念甫，王之儁也。先世有隱德。至君曾王父靜軒公，廩於庠。王父愧予公，以明經封南京户部主事。父晉齋公，嘉靖庚戌進士，終粵韶州守，以清白著聞，祀於鄉。母封安人，貞勤葉氏。舉丈夫子四，君行二。晉齋公時宦南都，及捐館，君纔六齡耳。然君質負奇俊，志紹箕裘。甫成童，從諸昆季延晉江蘇紫溪先生於梵天寺而禀業焉。蘇先生亦奇之。弱冠，邑試第二。周少魯督學刮目君，補邑弟子員。君手録六經子史，朗誦不輟，聲籍籍起。蓺林中拍肩把袂皆知名士，諸名士亦推君爲前茅。奈數奇，再三躓於省試。益發憤，搆山房於西湖塘，下帷其間，毋城市逐逐爲也。暇時，手植荔枝百株。延師課堦、垣二子。清風朗月時，泛舟於塘，以諭適意。君布衣疏食，每邑中往返，皆徒步。蓋晉齋公居官清白，所貽祖業僅中人産。時同祖兄瞻明觀察已成進士，而君毫不作貴介容。性骯髒，不能曲護人短，亦無他腸，人以是稱其直諒。乙酉秋科試，自三山歸，途次染恙，抵舍不數日卒。

配李氏，爲南民部質所公女。曰嬪于王，不苟言笑。甘淡泊，勤女紅，諧妯娌，大當姑葉安人意。念齋君常呼爲吾家德曜。寡守後，益拮据。爲兒曹衣食計，慈嚴兩行，終無姑息意。曰："爾父有志未就，爾輩可不勉旃？"撫夫伯肖晉諸孤隕涕曰："天胡不祚？先大夫何歷世之多孤也。"其居念齋君及姑安人喪，謝鉛華，茹荼蓼，蓋三年如一日。謚爲貞勤，不虚矣。

念齋君生嘉靖壬子八月，卒萬曆乙酉八月，年三十四。孺人生嘉靖甲寅七月，卒萬曆庚子七月，年四十七。今崇禎丁丑十月十一日巳時，君子庠生堦及垣，將合葬二尊人於長興里第二溪敦山之原，坐巳向亥，而以狀來請銘。

蔡子曰：先觀察與晉齋公坦腹葉門，而瞻明爲予表兄弟。故予壬午歸自金陵，三載間與念齋遊莫逆也。居又連墻，故知其家世內外最悉。夫以君之才之學，纔踰壯而齎志以殁，余甚悼惜之，且嘆彼蒼之報清白吏何遲也。今茂才昆仲濟濟，諸孫多英挺，其成立可計日待矣。銘烏得辭？銘曰：

父宦清白，子學箕裘。年僅踰壯，志復未酬。彼蒼佑善，寧爽也不。不於其身，則於子孫。敦山之原，祖封爲鄰。齊眉同穴，蘭玉森森。

王日近暨配陳孺人墓誌銘

中表兄王公恒甫，諱道照，別號日近者，予姑王門封恭人之子也。王之先自光州固始遷吾同嘉禾山,三徙居學宫右,稱南亭王。大父封南户部主事愧予公濟,父封雲南右參議師齋公三錫。師齋公二子:長爲蘇松兵備按察使瞻明公道顯,恒甫其季也。

兄生而穎異,負壯志,與瞻明公奮勵切劇。方角卯,而先廉憲肖兼公奇之,爲求師於晉江,得紫溪蘇先生焉。授經課莪,多所獨得。年十九,邑試,爲王含虚令公所識拔。而督學麻城周公録取儒科第二人。嗣是,每試輒占高等,人稱王氏二難。予束髮從宦歸,而兄虚書室共之,執牛首盟之。丙夜拈題,不使閣筆。即人情世態,所開發良多。蓋伯仲壎篪不啻也。蘇先生嘗稱兄文筆敏妙,宜膺前矛。乃瞻明先登,予嗣策名,而兄年逾彊,猶不得志于文闈。然志愈鋭,文愈進。而遽不禄,命也夫。

兄爲人英警明達,事父母得其歡心,生平交友接物,温夷樂易。至與閭里細人,慰勞良苦,然少見謬戾,必直折不少狥。其爲人謀,擘畫利害,無不殫心力者,故人皆愛而嚴之。其論文,識鑒尤精。吾邑陳憲副賓門、林侍御樸所、陳州刺白南,俱從草莽黌序中物色之,而以告予。丁酉場畢,閲許鍾斗試牘,而卜其爲李九我輩人。四公後皆成名若券焉。是冬,哭吾姑,哀毁逾禮。未及朞,而臀瘡發,渴愜食瓜,遂不可救。臨化,痛不及終事父,而以令子晃屬。予念之猶戚戚也。

配陳孺人,爲知州榮祖公女。生故富貴家,而孝舅姑,任妯娌,潔蘋繁,嚴臧獲。兄力學,而孺人勤家政以佐之。兄義施,而孺人無吝色。故中年斷絃而不再議續,曰:"吾王駿家法,故如是。斯德配也已。"

蔡子曰:恒甫季父晉齋公良二千石也,而兄瞻明爲名侍御。然恒甫益折節爲恭謹,不作纖毫貴介氣加人。彼誠欲自致其身於青雲耳,乃年未及壽而齎志以殁,一子亦復不永。天之報施,其何如哉!今孫驌,子母拮据,家計駸駸起。惟是多男子而能讀遺書,庶幾哉克有定乎!吾且以兄嫂之素卜矣。

公生嘉靖壬子九月,卒萬曆戊戌七月,享年四十七。孺人生嘉靖甲寅九月,卒萬曆甲午六月,享年四十一。男一,晃,太學生,娶晉江藩。生孫男駵,孫女一。繼娶卓,生孫男驌,孫女四。孫駵娶黄,生曾孫貴,甫十歲殤。次孫驌娶洪,生曾孫洪業,曾孫女三。驪卜地縣西新塘鋪之右塘尾山,負申揖寅。將以甲戌仲冬八日辰時,合葬公、孺人,并殤姑尾娘祔葬其左,而委予以墓中之石。獻臣情誼不容辭也,爲刷涕而誌,且銘曰:

賢不必貴,仁不必壽,天可問否?不於其身若子,則于其孫曾,靡人弗勝。生不偕老,今歸居。奕世之後,其昌乎!

太學弼臺弟暨配貞勤周孺人墓誌銘

弼臺蔡君者,獻臣同祖弟也。君諱獻襄,後改鼎臣,字體謨,別號弼臺。縣邑諸生入太學。吾蔡世居浯洲之平林。高祖素庵公生安所公,安所公生鄉進士梧州府通判兼峰公,二公皆贈貴州左參政。兼峰公子四人,而二爲瓊浯公,三爲予父廉憲肖兼公。瓊浯公諱貴守,邑弟子員。娶林氏,實生體謨。而余生先一月,又各隻身,如同胞然,即吾父母視之猶己出也。

君性資英朗,舉動儼飭。又喜恬淡而厭紛囂,未嘗以貴介世系而作氣勢於閭里,亦未嘗以華侈之習而徵逐於貨利,瑣屑問家人產,惟日與知己士結袖較藝,把臂賡和。時而花朝月夕,豪吟朗誦,適然有韻。若匪朋狎友,一切謝絕。予諸生時,置一書室於東山,而體謨亦置一書室于朝元門外。間得一石,剖之,有樹焉,余爲額之,曰"玉樹山房"。體謨搆"摘星樓",其中竹樹參錯,池沼交映。同人以二山房,一軒朗,一幽邃,東西並稱勝焉。時信卿姪亦總角好學,爲延璞所林侍御、華國陳戶部二先生師之,又延徵日陳君友之。而體謨亦與三君操觚論文。已而璞所庚戌成進士,華國丙午薦鄉闈,徵日君亦以辛未成進士,人謂主人有知人鑒云。體謨在庠三十餘載,邑侯含初洪公最知之。試輒高等,直指觀風,間列前矛。而學使者亦嘗以行誼優獎,慨壯志弗酬,乃遊太學。蓋生平應閩闈者四,應北闈者二,而數奇不偶。然後喟然嘆曰:"人固無如命何!且吾縱不能得之身與子,庶其得之諸孫乎?"於是閉門潛玩,凡古今文詞,諸子雜書,纂集抄詳,曰:"吾以是遺子若孫,吾可老矣。"

體謨素嚴取與而性好施,凡友朋之貧不克葬者,及家計匱乏而求乞者,無有靳也。尋以足疾，醫藥罔效，半在床褥者三年許。言動不亂而神氣漸耗，遂尔化去，壽僅六十三耳。惟是獻臣筮仕南曹，而瓊浯伯爲携室入南，未數日暴卒。體謨悲不及訣，而迎櫬於三山以歸。伯母林享年九十，而體謨又不能待以視歛含，斯終天之憾也歟！

君配貞勤周氏，爲周山窰陽山公女。秉性直方，貞静自閑，日勤女紅紡績不少休。敬事翁姑，得其歡心。又善理家政，以其贏餘佐夫君棘闈往返之費、堂搆疆場之資，其自奉則衣素食淡。至親賓享祀之需，則躬親釜竈，未嘗厭苦。其子信卿，則幼鞠育，長義方，朝課而暮考。故信卿生平循循禮法，罔敢軼越，皆慈嚴力也。其拊諸孫則愛而勞，御臧獲則嚴而恩。第夫君殁後，悲悼煩勞，竟以目眚風中而終，年七十一矣。

余惟曾王父母及王父母兩世積德渥矣。吾父與瓊浯伯毛裏友愛，吾父爲德於官，而吾伯爲德於鄉。以余夫婦聞見，視信卿之狀二尊人者，不啻焉。謨弟子一人，而諸孫濟濟有六，質敏而學勤，斤翰已露穎於黌宫，豈非彼蒼將以昌其後而大其報哉！吾是知種德之不爽也。蓮山阡亦謨弟所預定，蓋漳浦徐堪輿乾者，其年餘九十，其爲吾家相地者三世矣。信卿姪卜吉合窆二尊人，而狀來徵誌。予爲之銘，曰：

居室之道，語云造端。譬如平地，積而巘岏。維祖與伯，厚培其根。内外嗣脩，勤儉樹敦。彼蒼佑善，宜爾振振。殖豐長發，以大其門。

明故王敏直伯子敏冲叔子合葬墓誌銘

蘇松兵備湖廣按察使瞻明王公諱道顯者，予姑蔡恭人子也。觀察配恭人黄氏，舉丈夫子五：長輅，次國子生軸，次轍，次邑諸生輳，又次國子生軒。而輅，字鳴鷥，生隆慶已巳九月初七日子時，卒萬曆丙戌十一月二十六日子時，年十八，觀察諡之曰敏直。轍，字鳴雷，自號無憂子，生萬曆戊寅九月十五日酉時，卒戊戌五月二十二日丑時，年二十一，蔡子獻臣諡之曰敏冲。嗚呼！二子皆王家千里駒，而殤而折乎！彼蒼者，胡厚畀之而遽奪之耶！故觀察常語人曰："吾不欲關兒輩讀書事。"蓋傷二子之才而短也。

按狀，王故同所稱南亭王。始祖佐，數傳至德公，德公四傳至靜軒公岑，廩於庠。岑生貢士封南京戶部主事公濟，濟生封雲南布政司右參議公三錫，是爲觀察公父。觀察成進士時，敏直年十五，敏沖纔六年耳，予俱及。其幼時岐嶷穎敏，授之書，輒能成誦，其夙慧同也。敏直從觀察讀書石澳蘆嶺間，延師教之嚴，而敏沖則從宦之日多。其詣力所造，未知孰賢。然每制舉義出，皆磊落豪邁。觀者嘖嘖嘆賞，其高才能文章同也。敏直性孝友，行尤醇謹。少與觀察同起居，每一別，輒流涕動人。觀察謁選過家，染病劇，敏直焚香祈代，扶侍備至。敏沖開朗，不屑規規。然聞長者譴訶，即跪自責，無一毫護惜意。其至性同也。觀察初理台時，病新愈，未耐酬應，敏直即爲代筆札之役。及臬齊藩滇，艱關萬里，一切束裝綜理，敏直任之。會滇中丞以疏草屬觀察，敏沖輒爲具疏，若老吏然。又俱能約束僕從，宦邸整整。其竭力承德、饒有才情同也。二子既稱能文，而俱以從宦，未及就試，矧伯尚長殤，叔僅弱冠，其爲處囊之錐，未露出匣之劍同也。敏直遘危疾于赤城，適觀察奉檄他郡，不及訣。而敏沖又翛然化去于楚郵，空山寂寞，其傷父母之心同也。

嗚呼！天可問乎？乃予於敏沖尤有異焉。其從宦滇也，習爲扶乩。而純陽仙師亟稱許生，收之門籍，且授以天清地濁八句真訣。戊戌春，仙師謂觀察，生夙號還虛真人，謫七世矣，當還太清。及觀察奔母恭入訃，仙翁又謂敏沖曰："他日會我北山之顛，期將至矣，亦一勝事也。"他人莫測，惟敏沖若有契者。歸途詩云："遊子棲遲不忍歸，無奈南來落雁催。愁多庾信腸欲斷，恨極江淹魂已飛。遙遙馬首逐霞徑，飄飄旅況窮煙霏。回望故鄉雲路杳，黯然泣下淚沾衣。"五月九日，夜宿便水，夢與二三羽衣談前世因果事。醒，賦四韻云："羽衣夜來過，翻手徒成憶。非無凌雲志，自有衝天翼。飄飄霞外舉，矯矯雲端立。四頭荒烟斷，空山不可極。"至辰陽馬底間，體中小劇。比宿界亭，則依依於父母之膝，若嬰孩狀。晚就睡者僕聞其屈指計日至廿二，則曰："是其時矣。"夜分秉燭，肌肉漸冷，厥明長逝，而左臉現黑子若星斗者七，則廿二日也。起視其地，空山數壁，宛若吟中景。始信其詩語不偶然也。且祖母訃未聞時，即語黃恭人云："家中有事，人將至矣。"其預知類如此。嗚呼！世所謂神仙者，果有之乎？如敏冲，去來亦奇矣。夫二子者，以彼其才，非所謂英特不群者哉？使天假之年，必將拾芥一第，而其所樹立必卓然有大過人者。乃皆秀而不實，豈山川氣薄不能有之耶？抑蘭摧玉折，如優曇鉢花，空中起滅，僅一刹那頃耶？然使仙翁還太清之言不誣，猶堪爲敏冲慰耳。

初，蘇紫溪先生以女許敏直，而敏冲亦約婚予女，皆未字。故而翁不議嗣而議祀。歲立田租二百石，使軸、轓、軒三弟兄以暨子孫永永輪主之。觀察即世，軸等奉黃恭人命，將以天啟元年八月之六日，合葬二子于蓮山頭福場，背未面丑。而會軸、軒有南北雍之行，故襄其事而以狀來請銘者，轓也。銘曰：

畀之胡良奪之亟，冥冥彼蒼誰能測？彭祖殤子壽則一，伯叔相從居此室，千祀椒漿永不忒。

明隱君吳仁齋墓誌銘

萬曆庚戌，吾友吳觀國大光葬其母勤慈孺人暨其弟觀光于雞籠山之陽，獻臣既爲誌而銘之矣，時尊人仁齋公無恙也。越癸丑，而公歿。又越今天啟丁卯，觀國偕其弟允光、爲光輩，卜以十二月二十七日，奉公柩啟藏而合窆焉。預爲狀乞言於予，曰："吾父意也。"

按，吳之先，世居烈嶼。數傳有訓詁公，其四子慎以貢起家，仕至潯州府同知，始僑居邑東。潯州生蘊，以正德丁卯舉鄉書。蘊生潛，復舉嘉靖戊子，後更名德范，令浙西安。其孝德政聲，載邑志衢乘中。而東市之吳，遂爲邑望。西安有子景唐，別號南岡，娶户部三庭公姊林孺人，是爲公父母。公生而西安公奇愛撫抱，曰："是兒必允吾宗。"命名達一，而預以本愚字焉。南岡公故負才雋，著聲邑庠，而以哀毀西安公踰節，無禄蚤世。林孺人哀慟，矢殉者數矣。公年甫六齡，出撫父柩，入戀母側，諸白衣冠來吊者，哭泣拜稽，一如成人禮。客咸惻惻憐稱之焉，曰："吳氏有子。"自是，母子煢煢相依。而林孺人躬自訓課之，坐立句讀，一一稟承，不敢少踰以嬉。

既除服，爲約姻于林。即勤慈孺人，爲次崖先生孫女，而安厝于雞籠山者也。先生念壻幼孤，則禮而致之家塾。公垂髫登門，而周旋舉止，不失尺寸。先生嘖嘖不置，時與共讀，較鈍敏焉。弱冠婚成，而舉觀國。人爲林孺人解頤，而孺人則課督公有加。户部公亦子視之，令與門下高弟相切劘。於是，公學日勤日益，而遘羸疾幾殆，且就養于外氏三載。疾平歸，而觀國亦已角卯，能文，補邑諸生矣。然公之志日益壯，而自爲學亦益勤。凡五不得志于衡文者，始擲去舉子業，曰："是有命也夫，吾子勉之哉！"歲癸巳，觀國試高等，觀光遊泮，公喜可知。而良配不禄，觀光亦繼殞矣。

公至性孝謹，内行純篤。事林孺人，或遇盛怒，多方勸解。鬚鬢頒白矣，猶時向床前長跪。忍飢耐寒，盤餐之費，日可一錢。至祖父諱辰，則不吝市釀擊鮮。生平讀書課子，杜門處錞逡逡然，無凌厲之氣，無矜餙之詞，無婾衣美食之奉。黌序高公行誼，將舉大賓賓公，猶辭讓未遑也。乃行年僅六十有九。孝篤而不獲奉壽母之終，善積而未及覩諸子之成名，九原能無遺憾乎哉！雖然，有觀國昆季在，有濟濟諸孫在，公之食報，彼蒼其終有定矣。公配林，賢孝媲美。事具前誌，勤慈之謚不虛也。

公生嘉靖乙巳閏正月，卒萬曆癸丑六月。丈夫子四：大光娶吕，生女三。妾蔣生男直方，取《坤》六二之義而爲之命名者。允光娶吕，生男三：鼎臣，邑庠生；台臣、袞臣。女二。鼎臣生孫男三：逢清、逢泰、逢復。觀光，年十九未娶，殤。仁齋公以應分田租十石，命兄弟三人子孫輪祭，有廢業失祀者，與不孝同科。爲光娶楊，生男三：懋官、丙官、晉官。女三。雞籠山在安民鋪石室内，墓穴坤向艮。右爲勤慈，血虛其左待公，今合矣。銘曰：

瑟琴鼓脩短年，居歸同窆後先。廩廩德讓，閔閔書田。疇食餘慶，操券問天。

功伯蔡爾遠爾實公暨配合葬墓誌銘

吾平林之蔡有伯諱貴毅字爾遠、諱貴恒字爾實者，乃吾叔祖諱宗達、號眉山公長、次子,而叔祖母陳之自出也。眉山公祖爲素庵公,父爲贈貴州左參政安所公,世有隱德,即獻臣之高曾祖也。長伯娶東倉吕敏德公女,次伯娶林兜吕公女。二伯皆早世,自吾有知,已不識其人,而僅從吾母黃太淑人得侍二伯母。二伯母友愛吾母,若親姊娣,而撫獻臣若嬰兒然。長伯有子二:曰憲朱,憲張。次伯無出,而張兄嗣之。時姑陳已先卒,其貳亦陳。然叔祖常稱之曰:"吾二婦賢而孝。"已而次伯母告殂,逮長伯母卒,時年七十餘矣。二伯母孀居,皆勤儉持家。而朱、張二兄服習其教,硯身理生,整整無少跌越。余通籍以後,嘗謂二伯母以年、以節,於例宜得旌表,而惜後人之莫能爲意也,即獻臣亦有責焉。

朱兄娶許氏,子三:曰紹慶、紹光、紹休。張兄娶許氏,側室陳氏,子三:曰紹廣、紹度、紹庶。紹慶子王賓,今孫寅。紹光子益賓、孟賓。紹休子鳳賓。鳳賓子肇泰、肇育。二伯早世,而二兄繼殞。今紹慶、紹度、鳳賓等將合葬二伯、二伯母于黃牯山,坐午向子,兼丙壬。是爲崇禎丁丑五月十一日卯時。而屬銘於獻臣。敬爲銘曰:

兄弟好矣,而年不逮。姊娣節矣,而旌不逮。榖同室兮歸同穴,天既定分綿瓜瓞。

處士少桂蔡君墓誌銘

吾蔡世居浯洲之平林,堂姪雋卿,名紹英,別號少桂者,吾祖通判梧州累贈湖廣參政兼峰府君之曾孫也。府君伯子近江公,年少補邑諸生,逮壯而不禄。近江公一子爲恪庵公,子世卿,次雋卿,其祖母及母皆許氏云。恪庵公明恕豁達,族人任焉。先觀察肖兼府君,自做秀才、成進士,備歷險夷,相倚如左右手。辛未,謁補。恪庵送至浦城別去,而旅殁錦田,以屍歸。二雛長者八齡,少者六齡,此時景象忍言哉!

雋卿既蚤失怙,賴二母育而教之。而雋卿幼有至性,出入起居,惟命是從。讀書務通大義,不作書生呻吟雕鏤態也。然時語及恪庵公,輒飲泣。自成童以逮冠婚後,盡然。其爲人重厚質直,無宂言,無餙行。處昆季,則友而恭。處女兄弟,則盍送來往,不作二觀。處尊行,則一出話,一舉足,恂恂無敢先人者。處里鄰,則然諾必信,升斗不靳。無侮人,人亦無侮者。無欺人,人亦無欺者。至鄉閭族黨難平之事,則解紛息爭,有不之官府而取決於雋卿之一言者。即恪庵當日所以人任焉,不是過矣。雋卿配洪氏,鴻光唱隨,勤儉娬德。居平不襲紈綺,不厭鮭菹。優游海濱,時課耕漁。以故不别治生,而家計視舊日益。上奉七十老母,下撫二孺子,庶幾有志物之養、義方之訓焉。乃母氏無恙,而雋卿以逾強之年遽爾病殂。痛也!

生嘉靖丙寅十一月廿八日寅時,卒萬曆辛亥六月二十日申時。憶是年春仲,雋卿過訪望洋庵,予携之登香山焉。別未幾何,而永隔矣。越壬子,予《望洋》詩云:"去年兹日醉香巖,浮海携尊有阿咸。風雨庵頭春寂寂,電光石火淚沾衫。"迄今念之,不能忍讀,蓋文生於情者哉!二子,長會貞,邑諸生。娶吕氏,生良胤。次秩賓,死於賊。娶傅氏,生弘胤、景胤、永胤。會貞將以崇禎辛未二月廿二日,葬乃父于湖東山之原,去贈公墓里許,負巳揖亥,而虛其左。予勉會貞以力學顯親,而爲之銘曰:

乃祖乃父,壯齡捐館。立節立孤,世垂彤管。伊雋吉人,下壽未踐。胡積之厚,胡履之短。仁者必後,自古云然。爾歸爾居,以券彼天。

誥封淑人蔡母許氏合葬墓誌銘

誥封淑人許氏者,吾兄雲南左布政使發吾蔡公守愚之配也。以兄南儀制主事滿,封安人;又以四川參政恩按察使滿,封俱淑人云。許,後浦著姓。父大倫,母盧氏,生二女,次爲淑人。初,贈按察中溪公,故與許公歡。方伯兄三歲失怙,客於許公所。盧母親爲櫛沐、理蟣蝨。稍長,許公督之,讀輒成誦。公曰:"孺子可教也。"遂女焉。

淑人于歸,家故食貧。躬絣纑紡,不辭勞,而又分身課耕。時姑太淑人老矣,方伯兄負篋遊,淑人黽勉,朝夕得姑歡心。及歲時歸省,輒以女工佐。伊吾篝燈,丙夜相對也。歲丙戌,方伯聯成進士,授南儀部,迎太淑人養。南曹故冷,淑人計日具鮭菜,間一肉,調而進之,太淑人安焉。諸同舍及知交過從者,淑人必躬治肴蒸。即客不時至,取咄嗟辦無爽。壬辰,太淑人遘危疾。淑人手湯藥,奉起居者累日夜。及以喪歸,而祭葬親賓之事整整焉。方伯公除服,補屯田司臬廠。久之,擢副蜀臬。尋參藩政,晉按察使、右布政使,則皆以淑人從。故事,部使者薪燭蔬茹,或取給諸商。方伯兄悉爲裁省,而淑人以攻苦佐之。既叱馭周歷上川南、威茂、建昌之間,位高禄厚,而淑人笵内政,猶故儒家態。第關防内外,倍加嚴密。方伯得十四年畢志於官,而無内顧者,淑人力也。及總領滇雲,而致其仕歸於田廬,無所增餙。淑人怡然曰:"君官休矣,而吾操家乃伊始。"

淑人素性嚴重,寡言笑。謹管鑰,課耕問織,米鹽絲縷醯醬之屬,無不秩秩得所。而歲時祀先,務極誠敬,有時鮮必以薦。至周恤貧乏,無論戚屬里巷,無吝色焉。臧獲稍有軼越,立加誚讓。然亦事過即已,不藏怒也。淑人丈夫子五。當入蜀時,璣、玠以諸生留試,惟瓚、琯、玠從。淑人晝令就傅,夜則課讀。尤愛憐少子玠,稍長,亦弗爲姑息也。蓋嘗勉諸子若孫曰:"源不積不厚,不導不流,不廣不長。先世積矣,汝父導之,而輩其廣之哉!"戒諸婦曰:"汝今稍圖安,少服勤,亦知我茹荼視稼以濟學乎?汝今用度漸侈,亦知我惡衣菲食以佐廉乎?汝今祭祀賓客,接御家衆,每多忽略,亦知我之隨事點檢、罔敢不虔乎?汝曹識之。"又,淑人從南曹歸也,念許公、盧母春秋高,時遣女奴候問,奉甘脆。踰旬日必迎致之。歿則經紀其喪,而殯葬以禮。鄉黨僉曰:"孝哉女!"淑人自辛酉哭方伯,亦以過瘁不自支。戊辰後,諸子繼歿,獨瓚在。重以海寇爲梗,間關轉徙,步履多艱。越辛未,竟以十一月二日即世。距生嘉靖甲寅,享年七十有八。

獻臣曰:淑人之事姑、事父母,可謂能孝。佐方伯公仕學,可謂能賢。撫育五子,可謂能教。貴壽多男,而夭折者四。世界真缺陷乎!瓚子載德,諸孫濟濟向學,其嗣興蓋未艾也。瓚卜以崇禎癸酉某月某日,奉淑人柩合窆于湖南山之陽,方伯穴之左,而以狀來請銘。予爲誌之,而銘曰:

勤佐學,儉佐廉。奉姑孝,薦豆虔。穀爾子,慈而嚴。維德行,美媲焉。遲十載,永千年。昌厥後,券彼天。

明誥贈安人周室黃氏墓誌銘

黃安人者，今禮部精膳司員外郎周長庵君配也。其父冠峰公，同安之夏店城人。其母洪，別駕鳳明公女。安人年十一而孤，十九而歸膳部君。又八年，而膳部舉于鄉。又十年，而成進士，令吳，安人從。再踰年，以疾卒于官舍。蓋年僅三十九云。

別駕公以明經爲大師。安人幼從母，得通《孝經》大義。及歸膳部，則不逮事贈翁姑，獨王舅震東翁及王姑黃孺人在耳。一切井臼纖紝之勞，安人必親操之。然所規勸膳部者，惟以讀書成名爲第一義。故膳部弱冠而業成，交警之力爲多。其事王翁姑也，得一甘則善藏而進之。即黃孺人年高性嗇，而安人所以事之者，尤曲得其歡。膳部君有同祖之妹，有同父之弟，皆幼失怙恃。而安人亦弟妹畜之，以畢婚娶。即仲氏復不禄，而撫育其女猶女也。其處妯娌族戚，任而有禮。御臧獲，嚴而有恩。間有爭是非、相詬誶者，一一能分別，言之不爽。既舉二子，能行立矣，即使出就外傅，不難扑責課督之，官舍中辰昏伊吾聲琅琅然也。疾革之日，爲膳部歷叙其先諱辰，令執筆志之。又叮嚀兒女，以爲人子焉，爲人婦焉。而附身附棺，則遺言寧儉毋侈。蓋膳部君爲予道安人，而泫然也。曰："自吾三年令吳，而安人未嘗易一珥，市一縑。居恒自傷爲婦不逮事吾母，而夢中見焉。爲述其衣服、笑語，呴呴相慰藉狀甚悉。歲時伏臘之需，不陳薦，不敢與兒女。風雨晦冥，輒跪拊二尊人柩下，察有所侵否，雖妊身不避。此非所謂至性可通神明者耶？今雖以吾滿考稱孺人，以今上覃恩稱安人，然於妻何及哉！此吾所以久而益思，弟置側室，以主中饋，而不更娶也。"

蔡子曰：夫士方窮約時得賢内助，非細故也。既黽勉交脩矣，或不能及貴顯。即貴顯矣，或不能共福澤。以安人之賢孝，婦道、母訓，種種備之，而效鷄鳴於燈窗，賁龍章於夜臺，豈非命也哉？然彤管足紀矣。

安人生萬曆甲戌六月十五日巳時，卒壬子十月二十二日寅時。男子四：長楨槐，次奕槐，安人出；三森槐，四榮槐，側室孫氏出。女子四，俱安人出。膳部君將以天啓癸亥正月十五日，葬安人於石鼓山之陽，負壬子揖丙午。手狀而屬予誌之。銘曰：

有鳥關關，飛而比翼。殷懃鶯子，拮据成室。雄既高翔，雌也永隔。今昔育鞠，有涕沾臆。百歲千秋，與爾同穴。

明封孺人陳室葉氏墓誌銘

予讀陳同凡公所爲元配封孺人葉氏狀，而嘆孺人之賢孝，真可爲閨範。而惜其所享之薄也。孺人父倉林肖石公，爲同邑佛嶺岡之葉。母文崎許氏。孺人生隆慶戊辰五月廿八日，年十九歸陳。時翁贈文林郎豪衢公，姑贈孺人李氏，咸年六十餘，老矣。同凡自弱冠即負笈讀書，脩公車之業。又以學行爲人延致，不獲朝夕膝下。一切侍養之役，皆代任於孺人。又，丘嫂林氏，執節撫孤，偕孺人共脩婦道，故得老翁姑歡心，曰："賢孝哉！二婦也。"孺人歸十三載，僅舉一女，而胎三男皆弗育。同凡既隻身，而母氏即世，贈翁亟欲得孫，命置二室童氏者，孺人意無難也。至丙午年，孺人始舉長子，名祈霖。而妾童亦育有二子一女矣。封翁之喜，可知也。同凡戊午舉鄉薦，壬戌以公車掛乙榜，署教蒙城。孺人則携童妾及三子二女以從。及乙丑舉南宮，釋褐銜命知吳縣，又從豪梁徙家入姑蘇。未匝月，而祈霖一疾不起。孺人慟不欲生，然猶以一女及妾所生子在，稍稍用大義自抑。

越明年丙寅，魏璫亂政，忠良多逮繫，而吳門周忠介順昌與焉。吳民負義概者，無不欲爲周忠介死，而緹騎之難起矣。時同凡以忠介一日之知，畢力周旋，凛凛焉不測是虞，故盡遣孺人携家還同，而獨留長子柩在署，曰："吾且與偕行耳。"幸明旨僅蔽罪五人，而吳令供職如故。丁卯冬，復馳役迎眷。而孺人所生女以塯殁孫幼苦留孺人，第遣童妾携所生二子入吳越。己巳六月朔，孺人得疾，遂終正寢，享年六十有二。于嗟！孺人豈非熟宦署之淡況，而洞生卒之先幾者乎？訃聞三日，同凡即遣童氏母子南奔喪。衣皆密製，且戒出境成服，勿令吳人知也。

蔡子曰：予聞同凡言：吾内子偕伉儷者四十三載，其奉侍翁姑與姒娣寡嫂林，而撫貳室及子女者，各計若干年。然事父母能得其歡心，友寡嫂猶女兄弟，視二室若左右手，而撫庶子女如同己出。佐學則矢勤儉，從宦則耐清苦。凡養生送死，歲時伏臘，祭祀賓客，訓兒女，延師友，課耕織者，無不咸正罔缺，可不謂德配哉！乃終身食貧衣縞，而一子年不及婚，臨終遠不及訣，抑何脩之人者備而嗇於天者嗇也？嗚呼！痛矣！男子三：長祈霖，孺人出，年二十未娶而歿；次祈楫、祈梅，二室出，邑庠生。祈楫娶李。孫男三：吳官、朝官、好官。祈梅娶葉。孫男一，娘官。同凡辛未請假携嫡男柩歸，葬於鄭山先贈公墓側矣。茲買山苧溪之蕭厝，爲葉孺人卜宅。擇以今丁丑七月二十六日寅時下窆，坐辛亥向辛巳，即同凡與童妾亦將百歲之後歸焉。蔡子乃爲之銘。銘曰：

以儒起家，惟德作合。懿哉孺人，賢孝足法。昊天不駿，錫胤不卒。樛木螽斯，宜爾蟄蟄。

吳母林氏暨男庠生觀光墓誌銘

獻臣有二十餘年文字之友吳君觀國，手其母林孺人及其弟觀光之善狀，而泣曰：「嗚呼！吾母，賢母也。大光不子，學未有立，又未立子，無以慰逝者于地下。承家大人仁齋公命，將以某月某日厝吾母于安民鋪雞籠山之陽，亡弟祔焉。」言未訖，涕泗交頤。又曰：「使亡弟在者，必蚤自致青雲，不至作此寂寂也。惟吾子哀而賜之銘。」

孺人爲西安令吳東崖公之孫婦，邑諸生南岡公之婦，而仁齋公達一之配。仁齋六歲而孤，獨與孺人姑林氏母子爲命。孺人年十七于歸，婉娩善事姑，得其歡心。姑曰：「吾有婦矣，猶女也。」仁齋公嘗嬰沉疴，就養孺人家。孺人朝夕扶侍，進不敢以色見，而退不解帶者若干月。夜焚香祈以身代，曰：「天乎！無使吳氏再世孀也。」仁齋公疾良已，而孺人竟不自言祈代事。孺人有丈夫子四：長即大光，次允光，次觀光，次爲光。孺人佐仁齋公課督之嚴，即有過，不靳誚讓。故大光、觀光甫角卯而業成。大光且數試諸生高等，食餼矣。家故不貧，而以食指漸繁，孺人益孳孳爲勤儉。垢衣糲飯不厭，隆冬操作，至手爲龜。然好施，其天性也。每見敝衣，輒澣濯補綻而篋之，以衣貧嫗之寒者。姑所厚善諸戚族里婦每過從必肅匕箸而進之。其賢孝如此，而年僅四十八死矣。

觀光幼即師事許子遜太史、林肩日孝廉，二君大奇之。其讀不窺户外，而體羸，竟後孺人二年殤。此吾友所以請銘而泣也。憶在癸巳，觀光新補諸生，而孺人無禄。余往吊，聞其姑若夫哭之甚哀。夫孺人之父鳳岡公，大理丞次崖先生子也。先生以理學氣節名一世。家範濡染者素矣，則孺人之賢有自哉。

孺人生嘉靖丙午正月，卒萬曆癸巳閏十一月。觀光生萬曆丁丑正月，卒乙未正月。墓負坤抱艮，虛中穴以俟。觀光長殤，另擇腴田歲入十石者，俾兄弟之子孫輪祀焉，仁齋公意也。銘曰：

積厚不壽，慧蚤而殤。彼蒼可問，昌後是常。母兮兹藏，其子焉依。西安之胄，勿替引之。

【校記】

① "三"：原文作"二"，據文意改。

② "經"：原文作"經"，據文意改。

③ "肖"：原文作"少"，據文意改。

④ "未"：原文作"奉"，據文意改。

⑤ "獻"：原文作"數"，據文意改。

⑥ "李"：原文作"葉"，據正文"配李氏，爲南民部質所公女"改。文又云："曰嬪於王，不苟言笑。甘淡泊，勤女紅，諧妯娌，大當姑葉安人意。"題"葉"字，涉"葉安人"而致誤。

清白堂稿卷十六

禱 祭 文

癸丑秋南街禱雨文

伏以天佑下民,歲書有年之慶;時不假易,忽遘恒暘之災。欲拯孑遺,須仗神力。吾同蕞爾彈丸,贏焉甌脱。可耕之地無幾,生聚之黎日增。即五穀時熟,尚須餬口於粵東;倘一稔不登,何冀鼓腹於寧止?幸三載之時若,躋百室於嬉遊。兹者亢旱爲虐,晚禾垂枯。自杪夏以迄季秋,嘻星示警;嗇夫馳而庶人走,籲天靡聞。捐瘠可虞,盜賊將熾。夫皇穹之閔下土,猶慈親之覆所生。慈親無終棄之子,有疾必呼;皇穹無卒斬之民,哀控斯獲。惟時潛通於上下,必藉孚格於神明。虔修道場,共發善念。懇請某神某神,凡兹南城之衆,同切頂禮之誠。大旱作霖,實有資於冥力;易災爲稔,敢忘報於神休?謹疏。

癸丑秋豪神廟禱雨文

嗚呼!同人之望雨,三閲月矣。肅霜届節,晚禾多枯。泉脉涸於重淵,飛埃封于密室。矧此羸者同也,地狹民稠,三時不害,猶資粵粟,一旦告侵,山毛海藻,其足食乎?嗚呼!禾之未秀而槁者,無冀也已。其一溉俊枯者,猶可救也。

謹按縣志,豪山之神,朱紫陽先生禱焉而應,真文忠公禱焉而應,及我明張令公遜禱焉而又應,故土人稱是廟曰"雨神"。感通之理,今昔豈異!意者有司未及討故實以修三公之政,故神也屯其膏耳。不然,桔橰露禱之衆,筋力竭矣。而神能興雲雨以澤此一方民者,將恝焉安受其爨乎?必不爾也。

某退而稼穡,力民代食。歲一不稔,將與嗷嗷之孑遺同槁。然不暇自憂,而憂同民。謹以芹誠,爲有衆請命。今日不雨至明日,明日不雨至又日。神其再炳靈異,不殊於舊志所稱。則雨神之名,于今爲烈。而廟貌于兹土者,亦將起頽廢而拓新之,如昔日也。惟無誘之造物,以爲神羞。無任逼切籲禱之至。

豪山禱雨紀事癸丑

歲癸丑夏,霪。稻有未斂而芽者,人曰是必旱秋。既自七月至八月不雨,福興三郡,禾焦泉枯,魚鱉蛙鱔之屬盡矣。署同者日催科敲扑是務,徒晨昏詣朝元觀祈禱耳。坊里士民,亦各設壇以其境之神禱。米價日踴,錢日賤。東溪之流,不絕若綫,民無如矣。

考邑志,縣南三十里馬鞍山下有廟焉,宋朱文公簿邑禱焉而應,真文忠公泉遣官禱焉而應,我明成化間張令公遜禱焉而又應,是豪山之神也。廟制昔敞今圮,會有孝廉欲奪之者,土人乃相率建數楹焉。予又嘗道豪嶺間,聞楓坑人言,馬頭石嵌下有龍池,凡請水者必於是。王明叟所謂天將雨,龍擊水,聲如鐘磬者也。乃以九月之六日,具香果爲文,躬拜於廟以禱。已乃陟馬山,求所謂龍池者。山陡絕,用小兜輿由中崙登,然兩人翼而扳躋者。半之山間,清潭瀑沛,沁人腸胃。而石嵌小池,則涸已久矣。至絕頂,疲甚,渴不可得水。余偃臥石上,顧見海數環在衣帶間,而風日微茫,四盻不甚了了。乃緣舊徑,扶翼而下。比至邑,漏下二鼓矣。而碧落頗作雲氣。詰朝,日乍陰乍明,其夜遂以霶霈,越三日乃止。邑人大悦,猶恨其未足也。

嗚呼!旱潦歲所時有,余雖不敢貪天之功,其敢忘神之賜乎?後之司民命者,可以修三公故事矣!且如張令公新廟之役,其可以已乎哉?是日同陟者,余弟體謨、姪信卿,及邵參戎之孫宗周。并記之。

庚午春豪山祈雨文

節彼豪山,何嵯峨矣。雲羃其上,俾滂沱矣。應祈如響,芘民多矣。維暮之春,雨澤賒矣。溥彼原隰,如棲苴矣。七日之祈,我願奢矣。霶霈之來,既既加矣。雖然沾彼燥土，能幾何矣。盜賊頻仍，民無家矣。三日不雨，將無禾矣。夜戽晝槹，民怨嗟矣。叩神謁帝，挽天河矣。立霈甘霖，足原衆矣。尚饗。

豪神謝雨文

惟春之暮，原濕如炎。惟日之霖，東西均霑。霡霂滂沱，靈功赫焉。人悦于市，農力于田。其終相之，雨暘罔愆。以耘以耔，奄觀有年。惟神應祈，如桴鼓然。欲奢操狹，鑒此精禋。

林次崖先生配祀朱祠告文癸丑 代

宣父衍派，集成惟朱。筮仕于同，廟貌翼如。王許從享，呂丘與俱。及門高第，私淑名儒。於惟先生，崛起閩陬。矯矯立朝，矻矻著書。紫陽遺緒，闡發靡餘。多方多士，如瞽得扶。推遡流源，像設斯舉。洋洋在左，載豆及簠。昔譽周室，翌以四輔。今猶有宋，五星奎聚。凡我末學，式瞻儀刑。讀書論世，吐粗茹精。庶幾朱學，千載嶒嶸。公神耿耿，佑啓後生。尚饗。

赴常鎮任謁先府君崇德四知祠文乙巳上九日

嗚呼！府君既擢南曹户，而卻徽商油商之餽於姑蘇，是以有兹祠。獻臣從府君于崇，齡方十。而府君勤勞之狀，卧不帖而食不時者，亦略悉其概矣。壬辰之冬，獻臣以南銓告歸，府君以黔藩入賀。舟次于崇，不期而會。奔走邑人歡呼填溢，以爲庶幾播而食之矣。府君騎箕九載，學使者俞士民請祀之名宦。而四知之祠貌加新，器加飭，皆崇父老子弟不期然而然者，孰使之也？朱邑臨歿曰："後世子孫祭祀我，不如桐鄉人。"嗚呼！謂崇爲府君之桐鄉，非耶？獻臣無似，謬領吳節，泊舟祠下。適是日爲府君誕辰，謹率在行二孫，陳醑肅謁，簡書敦逼，旋當解維，惟府君佑啓，俾無忝[①]天子之新命。尚饗。

謁祀先府君四明平政祠文丙辰

惟斯梁之再造也，而歸侵地于官也，爲郡人百世利也，自府君始也。府君廟食于宦祠也，從郡人之請也。其廟貌于兹也，諒非府君意也，亦非小子意也，寄郡人之思也。小子視海而壯新鍊以維之也，永府君之遺也，歲乃新矣，而一卮以薦也，知府君之神無不在也。嗚呼！往來之攘攘也，江水之湯湯也，府君之遺愛載與俱長也。尚饗。

謁祀先府君四明報恩新祠文丁巳

維兹四明，爲府君桐鄉，祠祀有年。獻臣視海兹土，實先靈焉依，豈特幷州而已？兹獻臣謬領浙衡，去明有日，而府君之祠適成。斯舉也，實藉郡邑諸大夫之力，與衿紳父老文武吏士之歡心。此府君之德也，非以小子故也。知府君之神亦必欣焉。妥佑于斯，以永芘是邦之人。謹告，尚饗。

科試嘉興謁祀崇德四知祠丁巳

府君綰綬，禦兒之澨。朝夕拮据，民獲寧宇。四知勒銘，爰有兹所。嗣祀黌宮，俎豆終古。小子從遊，年方十數。五載過庭，習誦訓詁。壬秋宦轍，此地攸聚。士民觀者，兩岸如堵。已冬謁辭，自分永隔。聖明使過，復叨浙役。兹來校士，再陳燔炙。望外之喜，幽明俱劇。惟是材藪，暗中模索。不明不公，於何逃責。尚祈默佑，衡平鑑澈。尚饗。

科試四明謁祀先府君報恩祠文戊午

獻臣拜違几筵，越一歲所矣。兹以定科之役，復來四明。芃芃多士，府君當年樂育尚有存者。不則，亦樂育者之子若孫也。獻臣宵旦靡寧，公盡並矢，即羅天之網不能畢收者，亦付之無可奈何耳。於赫先靈，庶其鑒之。惟是兹邦再來，幸邀望外。從兹以往，重奉廟貌，未卜何年？依依此情，不覺泫然悲喜之並集也。尚饗。

赴光禄任謁崇德四知祠文癸亥

獻臣衡文檇李，衹謁四知。屈指于今，倏歷七朞。朝命再臨，母氏趣之。勉强就道,重經禦兒。府君廟貌,五紀于兹。徽人之厚,崇人匪私。自惟迂疏,家食棲遲。齒髮漸暮,將母爲宜。簿遊肅謁,能復幾時。蘋藻舊黎,桃李新枝。子孫百世,過者必咨。英靈洋洋,顧而樂之。尚饗。

南都同年會祭王鳳洲大司寇文 辛卯

琅琊之裔,婁江之濱。扶輿清淑,篤生哲人。哲人惟公,絶類離倫。凌厲萬古,輝映千春。我相斯文,雲露風靡。唐宋以還,頽瀾誰起?我明啓運,浡發何李。迄公興嗣,鷹揚虎眎。上窺墳典,下步風騷。先秦西京,錯落楮毫。雌黄群品,旗鼓時髦。一字斧凜,片言袞褒。著述孔富,譬彼則海。無聞不哀,有見必采。昭代琬琰,宏鉅魁壘。後有作者,疑信斯在。世言文人,弗可時施。而公致位,邦禁是司。世言文人,拓落鮮規。而公敭歷,三尺是持。嗚呼!當公登朝,絶塵空冀。京師貴人,願交爭致。爲罔聞者,冥搜遐寄。九載一官,恬淡明志。暨公乞身,帝眷斯隆。貽書相臣,苦詞訴衷。謂且得請,洩洩融融。稅駕攝山,抗跡冥鴻。今之後生,相時射利。曰老成人,夜行靡至。流汗下風,鳳凰梟鷙。千仞覽輝,險微矯避。公之文章,伯仲甫遷。公之家世,濟美象賢。一邁仙真,逃空悟玄。況兹有盡,愚聖同然。蘊等令子,同升眄睞之辱。木壞山頹,百身何贖?言念空谷,其人如玉。一弔告哀,寫此醽醁。嗚呼!尚饗。

南京九卿會祭王鳳洲文 辛卯 代

嗚呼!公之文,足以輝映百代,而遠接乎良史之傳。公之孝,足以昭刷九原,而克蓋乎前人之愆。公之出,有三槐九棘之貴,而海宇快覩其鳳騫。公之歸,有東山緑野之勝,而蒼生觖望于龍蟠。公之聲價,如八斗之建、萬斛之瞻,而身享之者且數十年。公之門閥,如西京之韋、江左之陸,而貂珥四世而聯翩。嗚呼!世界缺陷,造物忌完。予觀人世,孰能如公之得其全?公壽有盡,而所不朽者,揭日月而昭宣。早染世味,晚悟一團。百樂一苦,悉付無何。而況此脩短之必然!獨公之予告,蓋曰其專精神、輔醫藥,以需異日召,而胡爲乎奄忽而棄捐?

嗚呼！是則九重之所爲震悼，而吾儕之所爲永歎。尚饗。

辛卯祭胡寅賓知縣文代家大人

余令語溪，於林泉得范梓溪，於孝廉得呂心文及吾寅賓云，三人皆高雅可重。而君尤篤學好脩，邑子挾策治經者爭師之。是時，君自謂一第可芥取，而余亦謂君甲榜中人也。余去崇十五年矣。范、呂二君相繼云亡，而君亦齟齬一第。然中間彼此通問之使不絶，蓋庶幾君子之交者。丙戌下春官，乞署灤庠。己丑，晉龍巖令。先是，君以子茂材喪，形神稍憊。既之龍巖，龍巖居閩山中，君病益甚，鬱鬱冀得徙。未幾，喪其內子，而君亦不起矣。死之日，父垂白在堂，二孫煢煢也。

嗚呼！君有三冬文史之富，而不克售于時。有經術餙吏之猷，而不克竟其施。有蒼顏鶴髮之親，而不克終其養。有兀宗讀書之子，而不克撫其成。斯亦生人之不辰，而朋遊之深悼矣。雖然，彭祖殤子，孰短孰脩？王侯匹夫，孰通孰塞？寅賓已矣！垂白者，尚強無恙也。煢煢者，岐嶷可教也。代君之養，立君之孤，持君之身後，有弟上舍在。其能不負君，可必也。獨余父子念交誼，感隙駒，何能無山陽之痛哉！瓣香束帛，于以哭君，且爲君解。

同鄉祭祠部蔡調吾公文壬辰

嗟彼蒼之難問兮，常與善而無親。伊先生之卓犖兮，胡中道而沉淪！相世風之既馳兮，士波流而茅靡。縱快志於一割兮，違刳心於名理。偉英特之天挺兮，魁多士於南宮。肆縉紳於檇李兮，媲仲卿之舒桐。立柱下而簪筆兮，飛風霜於白簡。抗權貴以叩閽兮，備謫居之偃蹇。既妙選於留銓兮，價南金以孔揚。矯百折於一疏兮，揭日月而爭光。主爵載晉以文衡兮，帝遲留而未庸。固曰有所需而大用兮，遽一疾而告凶。

嗚呼！獵百家之玄圃兮，絶孔聖之韋編。探遺珠於象岡兮，發秘藏於前賢。進固效功於明王兮，退將潛脩於一室。詎有志而未就兮，使壯士拊心而若失。母垂白其在堂兮，悵倚門之是非。傷北門之宴貧兮，恨蓼莪之永違。嗚呼！彭祖殤子，疇短長兮。跙踦顏淵，疇穢芳兮。爲吏則廉，臣則直兮。命雖未究，名是式兮。有子承家，終必克兮。先王之魂，歸故國兮。

祭大司寇陳我渡公文癸巳 代家君作

嗚呼！三秀之靈，鍾爲人傑。逮于我公，實司喉舌。郡稱鼎足，邑推閥閱。所欽公者，匪以位尊。公德則厚，才也絕倫。質行篤論，薄俗可敦。昔解公車，文章魁壘。製錦越西，循良赫起。持斧衣繡，風霜萬里。既晉中丞，開府二京。大展厥施，矻矻干城。入督留儲，載貳冬卿。大峪之役，勞在社稷。帝嘉懋勳，掌禁是陟。炯炯法星，光燭南國。會失柄臣，中以言官。綸音勉留，公也永嘆。累疏乞歸，里第盤桓。溫陵之墟，閉關屏迹。衿佩冠紳，式廬請益。人望東山，帝思安石。胡期一老，天不愁遺。膏肓爲祟，砥柱竟隤。國罔黃髮，鄉喪矩規。嗚呼！年幾大耋，仁猶弗壽。位躋八座，用猶未究。百身可贖，太平庶奏。貴易父子，辱在葭莩。惠况飲食，教誨提扶。訃聞怛悼，薦此區區。

會祭洪賓吾觀察使甲午

嗚呼！有生必死，人道之常。維公之死，朝折棟樑。家喪令子，鄉追法程。於唯公乎，三秀儲精。早薦南宮，遂刺專城。仁心循政，書名未央。晉貳滇郡，乃佩守章。黔徽作鎮，西南砥平。秉憲三巴，斧鉞在望。壬夫脩郤，讒口高張。公乘其間，稅駕故鄉。弄雛舞斑，閭里稱慶。廟堂側席，需以經營。或勸公駕，曰而無聲。庶幾養志，不易三旌。胡期一疾，遽中膏肓。

嗚呼！年躋中壽，年匪不長。位步總梟，位匪不榮。椿萱並茂，其樂難量。遺經有子，詎羨滿籝。所未瞑者，親哭于堂。所可解者，白髮無恙。鍾鼎之業，達人避盈。如公所就，焯矣崢嶸。後生儀刑，彌遠彌光。於唯公乎，情亦可忘。某等聞訃怛悼，有涕承眶。陳詞告哀，羞此一觴。嗚呼哀哉！

祭同年傅太行驗封文丙申

萬曆乙未之秋，傅長孺吏部卒于京師。年友南京吏部文選司郎中蔡獻臣謁補至杭,聞訃大駭悼。南北奔走,水陸錯迕,念欲一价哭奠,未之逮也。明年春,復入金陵。八月,長孺子叔韶過焉。乃得具隻鷄絮酒授之以歸,而告以文曰:

嗚呼長孺!氣足以邁往,才足以任重,識足以超世,介足以絶俗。蓋吾黨之英特,而朝家之纓緌也。乃遽止此耶!己丑以來,五六年間,余惟長孺,長孺惟余。每相砥以名行,相示以肺肝。石城一餞,黯然銷魂。山中尺素,淋漓手墨。而長孺今安在耶?長孺年甫彊,神爽骨勁,雙眸炯炯。遇人傾倒,不設涯岸,中更有志於性命超悟之學。既晉天官郎,駸駸貴矣。過里門,蕭然儒素,一切腆餽無所受,雖家人詬誚不顧。世有能卓卓自樹若此者乎?是皆足不死,乃受事未幾而死也,痛哉!

嗚呼長孺!有少婦日憂其病,庸詎知其遺之柏舟也。有老親貧無以爲養,庸詎知其遺之西河也。有子叔韶方爲之拮据而有室,庸詎知不能需其成立,而佳婦復以産殞生。凡長孺之所遭,備生人之荼毒。嗚呼!天昭昭耶?夢夢耶?傾危狼愎,狡獪不可方物之人不可勝數,乃不死,而死我長孺!可詰耶?不可詰耶?余爲祭長孺文輒悼甚,不忍執筆,聊寫其衷情若此。嗚呼!長孺有知,其尚不忘相從於金陵之故事耶?

祭同年黃居約侍御文戊戌

於嗟!居約胡畀之特,疇奪之遄?伊予兄弟,並起海上,皇路聯翩,三山歌鹿,金臺題雁,肝膽共憐。余入留署,兄出李官,宦轍各天。室遠心邇,鴻魚之間,余後子先。暨予告歸,音驛都廢,兄也常然。徵書于粵,簪筆柱下,攬轡南天。鐘阜玄湖,余獲追隨,再司其銓。二三知己,談必促膝,聚必流連。杯酒壺局,間日不見,如有失焉。予耽名理,兄表風稜,太阿龍泉。射隼埋輪,白簡虹吐,三尺石堅。都城紛挐,迎刃以剚,萬口稱便。惟余黯淺,時披胸臆,兄曰韋弦。載集良朋,努力千載,遊神汗編。脩予罔棄,余亦心許,遽訃以旋。胡别未幾,兄無疢疾,一旦長捐?

嗚呼!澄清之志,方發于硎,未究其全。鉛槧之業,已游其藩,未鈎其玄。

豈形之太勞,進之太銳,竟夭天年?抑芳蘭易萎,龍劍易缺,脩短靡遷?垂白在堂,呱呱在抱,彼蒼者天。有令昆季,黽勉立孤,庶也終綿。言念英風,光明磊落,凛凛生前。忸彼蜉志,人雖膚立,厭厭重泉。魂兮歸來,陳些招之,不殄涕漣。兄死者形,不死者名,造物匪慳。吾儕未瞑,耿耿寸心,素車猶延。嗚呼哀哉!

祭王日近表兄文戊戌

嗚呼!自去冬徂今,曾爲時之幾何?而哭吾姑矣,哭鳴環矣,又哭吾恒甫兄矣。天乎!何降災王氏之頻也。姑春秋高,鳴環遺世化去,雖司命亦無如之何。吾兄何以死哉?兄少負奇稟,與當世兄稱二難。又得君禹蘇先生爲之師,多所指受。蘇先生亟許兄一日千里,顧竟不得志于場屋。然每督學使者試,則兄必據諸生高等。暨陳嫂歿,甫彊,而堅守王駿之家法,不再娶。乃更以行誼重黌序間矣。

獻臣戴弁以來,與兄聚首者十餘年。制舉之役,兄實執牛耳而盟之。幸以瓦缶先鳴,兄力也。乃至人情世態之曲折,亦自兄發之爲多,以故兩人遊若塤篪。然兄爲人警敏明達,即與閭里細人交相慰藉,勞苦無間。尤善爲人造事,擘畫利害,無不既乃心力者。然自當世兄貴,而兄益折節爲恭謹,不作貴介容。是皆足永年,而竟一疾奄畢也。痛哉!痛哉!

嗚呼!豈兄之春秋故及此乎?豈凌雜米鹽,不無嬰薄其天和,而自令中道夭乎?豈調攝之失度,而卒不可救藥乎?造物者,其皆不可問也。兄易簀之際,神氣如常,余猶意其無恙。乃兄亟呼予而屬之鳴鏘。夫兄之子若女,有祖父若伯父在,必能教而撫之,以有成立,有所歸也。余無能爲役,則惟勉鳴鏘以善嗇千金之軀,無效亡羊之遊,篤學好脩,以圖顯揚,如是而已。若夫脩短之數,達人所齊。蟪蛄也,朝菌也,冥靈也,大椿也,一也。余不過爲兄悲慟,以益而翁與子之悲。嗚呼!尚饗。

祭蘇新郭秀才

嗚呼!余於公之云亡,而嘆士之振藻挾奇而不得志于時者,可勝道哉?又嘆人世生死無常，迅速如石火電光之不少待也。公負才，故敏甚。少年騰蹈黌序間，郡邑諸大夫俱器之。又雅攻古文詞，凡邑中有大制作，必屬公具草。户外乞文之屨恆滿，然竟困一萩不遇以老。今年公六十，非有信宿之疾，晨起肅衣冠謁客，方坐談，而卒發不可救藥。嗚呼！其可嘆且駭也哉。

公生平恭謹周慎，每督學行部，必以行高受上賞。子茂材昆仲能讀父書，功名可芥取，拓公未竟之蘊者，蓋有待也。其得疾也，以奉母氏湯藥，不解帶者累日夜。今母氏八十無恙，而公先死，孝矣。余兩人與公爲再世交，讀禮之暇，靡數日不過從。公亡矣，疑義無所與質，晤言無所與展，而後痛可知也。至公之溘焉朝露則不爲痛，每相語，以爲脩短隨化，終期於盡。若增公一紀，而不疾而瞑，則天之福人也。然安得盡從人願？故不復爲人世留戀之悲，而第叙其所以嘆且駭於公者，以哭公，而歸之慰公。公精靈不昧，壯志猶存，其遽能忘情於兹也耶？

合祭林三庭户部

嗚呼！大造鼓鑄，命實不猶。慧蠢殊質，貴賤異流。厲醜施美，殤短彭脩。惟公之生，童而稱神。縱橫黌序，脱穎絶塵。束髮登朝，河陽安仁。行年七十，而返其真。人世缺陷，公獨履純。雖然，俗之所矜者，峻秩騰仕，而公斤斤郎署，未獲竟其施。俗之所矜者，良田廣宅，而公所以遺競爽之子者，惟使人稱之曰清白家風。俗少得志，則高視闊步，無人乎五步之内，而公恭謹和易，無少長，與鈞禮。俗競刀錐，居間漁獵，惟力是視，而公托志吟咏，覃思止修，雖守相恆繆相重，而門可設羅。由前則人之所羨慕於公者，而有道者之所取不在焉。由後則人或欲以其才力駕公，而公之所以爲公者，實在於此。

獻臣等兩家大人，俱辱公交誼不淺。而公不以其行輩之後，引爲忘年之遊。折節歡謔，乃兩生則逡循不敢進也。今公亡矣！老成漸彫，儀刑日遠。後生小子，於誰則效而考問焉？嗚呼哀哉！尚享。

會奠趙瀔陽首相文 辛丑

嗚呼！荃宰之遇合也，其有數存乎？而非庸衆之所能窺。初，公數上公車，而一當先皇帝，遂手拔而袞然於臚句之堙，既通籍金閨，駸顯重矣，以公之清謹端亮，而竟不免於江陵之一麾。然能擠公以嶺表，中公以考功法，而不能奪公者，輿望之歸。暨公之起而相也，元宰特薦，天子特知，而無俟借夢卜於廷推。公相十年，聲色不動。而潛孚默維之功，蓋不可以枚舉而周知。比年乞休之疏，月或一再上，而明主之眷留不衰。迹公之斷斷休休，豈故厚自附麗而卒能相與以始終者？不可不謂其遇之奇。蓋天之生公也，降神必有所自。而公之出也，必將有所爲。上之用公也，其晚合若驟，而天下則猶以爲遲。公之求去也，首丘之念，朝紳能諒之，而上則恐九齡風度之不可幾。嗚呼！東西之警既息，而典禮之行有日。使公覩此，庶其可瞑，而胡爲奄旬日而不憖遺？今公已矣！其生前之榮遇與身後之恤謐，蓋九重之所以隆政本者，而豈爲一人之私？惟是朝無私權，門無私桃李，縣宇無私德怨。是則公之所以爲公，而彷彿乎古之實能容之。

某等同籍世講，辱公之不鄙夷。蓋寢疾以來，不得旅進而望其容輝，慨典刑之長謝，跪酹觴而侑以此辭。嗚呼哀哉！尚饗。

會祭大宗伯林璧東姻翁文辛丑

於惟哲人，挺爲國禎。來也嶽降，去則列星。矧伊缺陷，五福是幷。疇當此者，實惟先生。惟公之生，世皇初載。梁峰浮發，淵懿魁壘。鷟鷟振羽，九苞其彩。袞然臨軒，以需鼎鼐。出入金馬，雄筆如椽。金匱石室，列傳編年。每一語出，凌厲固遷。司文章命，蘇曾連翩。士習頹波，借公砥柱。兩都辟雍，賢駿之圃。躍金在鎔，袞木就矩。人歸儒宗，帝曰予輔。爰貳南宮，三禮是司。寅清鳳儀，爲明夔夷。失權相意，冉考不移。寧無速化，不爲葷脂。乃陟秩宗，尚書留署。輿望攸屬，何遽遠去。庶幾召還，表正朝著。公意不可，乞身累疏。東山綠野，垂二十齡。秩秩德聲，矯矯神明。臨門羔雁，式間儀刑。亦有賢胤，奮跡明廷。秉鑒留銓，分藩於越。伯也參軍，童者苕發。森森孫秩，蘭玉咇馞。撫有三世，爲歡未歇。何期地震，遽喪老成。望耋猶促，三事詎盈。烏鳥夜飛，泣血屏營。九重怛悼，春末失聲。

嗚呼！華封之祝，未究公履。元吉其旋，人世孰擬。公年不百，公神不死。乘彼元化，歸于無始。某等臭味令子，暨之姻盟。聞訃傷心，淚如泉迸。瓣香束帛，于以告誠。煌煌備典，慰公九京。

鄉同年會奠鄧冏卿純吾老師文辛丑

維歲在戊，公以繡斧，旬宣于閩。威既旁暢，惠亦滲瀝，譽髦作人。大比之役，濟濟多士，如陶在甄。維師楊劉，來典厥事，公參其論。甲乙既署，公曰美哉，一變還淳。既燕鹿鳴，載色載笑，提命諄諄。公視諸子，維手所植，桃李則均。諸子師事，等無有二，十載公門。食之飲之，教之誨之，情誼彌敦。

繄公降生，盱水姑山，為世鳳麟。桑嘉維則，不茹不吐，侃侃誾誾。司理星沙，發硎芒刃，吏斧民醇。乃用循良，徵拜法從，簪筆楓宸。立朝一疏，落隼高墉，公論以伸。三方銜命，矢志澄清，攬轡埋輪。粵瘴既披，單車入吳，閩會用馴。肆我八郡，沐浴膏澤，踰紀猶新。四佐棘寺，奏讞平停，犴無冤民。周命伯冏，女作大正，良樂方甄。元良未建，推明慈孝，率僚叩閽。中丞節鉞，廷推屢屬，帝簡方殷。累疏乞身，有旨自中，勉爾鱸蓴。公請逾力，晝繡在里，召命在門。二豎為祟②，方期勿藥，遽隕名臣。年不及壽，位不配德，海宇酸辛。

惟公生平，官評月旦，既完且純。閩既尸祝，鄉宜祭社，以慰我人。亦有喆嗣，詩禮義方，競爽彬彬。煌煌恤典，主恩始終，幽室將窀。知己感恩，執紼無從，寄酹一尊。尚饗。

禮部公祭大宗伯馮琢庵文癸卯

嗚呼！彼蒼無意於世耶，何以生公而天授之奇？彼蒼有意於世耶，何以奪公之速而不究其施？謂公不遇耶，何以當盛年而邦禮是司？謂公遇耶，何以在帝左右而夢卜猶遲？令人竊疑於銓宰遇合之際，與天心之不可知。

方公之讀書中秘也，纔弱冠耳，而公輔之望已走八埏而四馳。及其衡楚與京也，得士獨多，而文章傳播，為藝林之師。公之輟講席歸也，奉馳典以逮親存，而再召再赴也，世咸屬爲阿閣之來儀。當海宇之多故而望公以轉旋者，若不能以斯須。然公雖未及相，而所以進退人材與綜叙典禮，則無讓於啓事之山公與直清之伯夷。蓋公之才，如湛廬吳鈎，無窾郤而不可導批。公之文，如敬輿、子瞻，能使人主一覽而默爲之奪移。公之識，如秦越人，視五臟一更端而即洞其歸。公之量，如探溟渤、吞雲夢，虛己以遊於世，而不譴是非。公之慎，如執玉捧盈，已病懲而慮周一張一弛之微。公之心，在天下國家，維易簀而猶效古人之諫以尸。公壽雖不永，然不朽者已垂之無窮，而不在於百年之大期。

某等辱公之教，與公之知，一朝長隔，典刑莫追，能不感慨而歔唏？尚饗。

祭封少參王師齋丈翁文 甲辰

嗚呼！吾兩家蓋相待而大云。自先姑之歸于公也，篤生當世兄爲名御史、名藩臬，而公之家益大。吾先子之背王父也，纔角卯耳，孰爲之矯輕警惰，則實嚴事公。而獻臣自遊泮以迄于服官政，亦荷公之教不淺。兩世克有成立者，公力也。是吾家待公而大。今吾姑、吾父往矣，獻臣烏忍聞公之訃。年躋大耋，不爲不壽。貤恩兩被，不爲不榮。筋力足以步趨遊，酒人足以自老。庭有蘭玉，室有困廩，園有蔬，沼有鮮，所取於造物不爲薄。公明決而忠厚，坦中而開誠。自爲秀才高等，而人已敬而憚之。逮爲封君，貴重矣，而人乃益親而信之，尸而祝之。庶幾乎庚桑楚、太丘、彥方其人者哉！今公歿，而州里誦義無窮。閭闠者無所望廬而返，而後生無所愧畏。是可以觀公矣，公無憾也。

獻臣之謁補也，適公八十，操巵酒而送之郊。癸卯孟夏，公手書貽臣京師，距公蛻時五日耳。一跌而瞑，臨穴無從。嗚呼痛哉！公之孫鳴中南還，乃得一些哭公。雞肋羈人，行且請休沐歸，而憑柩一慟也。

祭陸平泉大宗伯年九十七

嗚呼！用世之與出世，兩相觭也。非至人，其孰能一之？用世者主於匡扶世道，潤色皇猷，亦男子之偉豎矣。然而，行乎憂患之途，而立於風波之地，其大樸不完。出世者一意屏紛絕慮,嗇性養神,亦物外之遐舉矣。然而,其生若浮,其死若休,於宇宙無所擔荷。此其合一之難,不在乎才,而在乎養。又不在乎人,而在乎天。蓋古張子房、李長源、趙閱道、張子韶之流,庶幾兼之。於今則平泉先生其人也。

當其冠南宮,魁大廷,振藻詞林,造士成均,以至於正席宗伯,國家大禮大義,公實肩之,則用世之業偉矣。及其乞身喉舌,養素丘園,杜門掃軌,樂道著書,蘭玉侍側,命使臨門,世間經幾榮枯,而公固不聞不見,垂茲期頤,翛然委蛻,則出世之致超矣。然當公在肅莊朝,人莫不望公爲相,而不能委蛇權貴,一辭而退。其居詞林,亦請告之日強半,出處若龍,世莫能器。及家食餘三十年,雖絕口塵事,屏迹公門,而高風名德,使人望之意消,聞之心省。彼其維持名教,孰與黃扉諸公多?則用世、出世之合而爲一也。蓋公之養定,而天之畁公者厚。二百多年以來,一人而已。

獻臣附籍令子,仰止高山。受事澄江,即荷先生書幣之辱。庶幾一登其堂,憲老乞言而不可得。今公歸未浹月,而獻臣即有雲間之行。然蓋後矣,乃自恨其當吾世而失公也,豈不亦生平之憾歟!辦(瓣)香束帛,聊哭吾私。尚饗。

祭少參林光璧親翁文戊申

嗚呼!余之識君在癸巳,余之從君在丙申,余之姻君在庚子,余之違君在丁未。十五載間,誼締秦晉,氣結金蘭。別未幾耳,來有日也。而君何以死?即死矣,而何以癰發于背?嗚呼!君遽止此乎?將君之春秋故及此乎?抑以南計之役,憤激而及此乎?謂春秋及之,則君德厚而氣麗,人皆卜其峻樹而遠綿者,故不止此也。謂有激而然,則君養粹而識超,矧公論大明,賜環方新,亦不必爲赴湘弔屈之舉甚明也。而君何以死?何以癰發于背?

嗚呼!君宗伯公子也,門弟故甲於漳。而君束髮務逡逡爲挹損,約束僮指,無世俗豪貴之態。此其風味加人數等矣。君起家名進士,自理楚以至郎南銓,藩兩浙即備兵西輔,未數月乎,不吐不茹,不剛不柔。御民吏悉忠愛,接僚友披衷赤。而冰蘗雅操,二十年一日也。人謂君精金良玉,無纖毫疵纇。而一旦爲同官所中,從考功法,君即冲夷磊落,何能無幾微不平意乎？猶記南徐握別時,杯酒慷慨,依依不忍釋,而豈知君竟以此長逝哉！

嗚呼！乙巳司南計者,自謂刻核至矣。而中有數人爲衆所憐,若君則善類首稱屈,朝議亦首賜環,而君竟齎志以歿。彼讒人者,寧無人非鬼責乎！然輿論若此,則君之品益重。君之不中壽無憾,而後來考課者可以懼矣。寄詞酹君,聲淚俱盡。萬里寸心,惟君鑒之。尚饗。

祭王緱山己酉

嗚呼！伊昔江左,大原之王。風流儒雅,熠燿芬芳。群玉之府,驪珠之藏。帝降香案,言纘德馨。鳳來丹穴,鯨翻滄溟。胸羅七曜,筆役萬靈。當君弱齡,首解京闈。高文星懸,疑口猶蚩。君不爲阻,貴我知希。既魁公車,擢登上第。梟喙盡瘖,和珍剖示。君不爲喜,請歸省侍。伊君大章,繼洵而軾。伊君德器,高明温克。蒼生東望,喬尹梓陟。緑野之里,十載斑斕。三公不易,龍門誰攀。一遘危疾,良醫驚還。皇眷元臣,蒲輪來聘。屢疏陳誠,相依爲命。有詔偕行,佇寄大政。知非之年,箕尾忽乘。而翁哭君,曰送良朋。世人聞訃,咸用拊膺。

嗚呼！仙都久曠,子舍寧留。白雲茫茫,瀛海漻漻。子喬方平,與君爲儔。不朽者文,所留者名。瓊樹瑶華,絶世一呈。俯仰今古,淚雨爲傾。

祭雋卿姪孫文辛亥

嗚呼！雋卿已矣,善人萎矣。天何奪之速哉！爾年纔踰强,未可以去。爾母春秋高,未可以去。爾子未成立,未可以去。起家未享其成,爲善未食其報,未可以去。此數者,皆未可以去而遽去,何也？爾之體貌重厚,無佻浮態,一宜壽。爾之性資沉篤,無妄語、無餂行,二宜壽。爾之仁心爲質,雖俛仰拮据,而爲德于鄉,鄉人亦德之,三宜壽。此數者,皆足以不死而竟夭死,何也？自吾伯、吾兄以至於姪,三世矣。吾伯年二十九,吾兄年三十一,而爾年僅四十有六。向者家難頻仍,天未悔禍。今天而既定矣,猶若夢夢,何也?嗚呼!彼蒼終不可問矣。然爾之遘疾,身非有所苦,神非有所亂,知命俟時,一絕復蘇,永訣遺言,銖鎦不爽。自非修善因而獲果報者,胡能翛然不掛若此哉!爾之老母有而兄在,爾之二孤有而兄及我輩在。爾婦善操家,必能事姑訓子,以守爾之遺。爾子頗純明,必能讀書奮跡,以竟爾之志。

嗚呼!生死事大,無常迅速。然見以爲大則大,見以爲細則丘山亦毫末矣。見以爲無常則無常,見以爲常則殤子亦彭祖矣。雋卿,雋卿!去留之際,既不悲怛,吾又何能爲無益之悲以怛爾化?臨没之托,何忍相負?脀牲尊酒,爾其監之。

祭李振日秀才文壬子

憶歲在庚,余讀《同安賦》而異之。問知其爲振日作也,心識之矣。及振日挾萩及門,雖未澤於雅,然而其資邁矣。余曰:"此南山竹也。"已而振日之文月異歲殊,雖未進於化,然而其致實矣,其力宏矣。余曰:"此圖南翼也。"今春仲,振日來,告余曰:"吾夢戴帽,兹試其列五乎,吾厭之矣。"余見其色,若有憂焉,寬之曰:"子文字佳,何至是。"及拆卷,而妖夢是踐。蓋以《中庸》義用新説傷巧,而督學矯枉過耳。別未兩月,有言振日以唇疔殞者。余驚焉,余驚焉!

嗚呼!振日,吾既其文矣,吾既其貌矣。其文沉厚有氣力,其貌魁偉而壯實,意必發達而受用者。而竟止此矣!吾目不可使矣。夫丈夫而頂人儒冠、進賢冠,則當爲人束縛,顛倒而不得自主。要在胸中有一點浩然,干霄薄雲,超然不受世之牢籠者。此我大而物小之説也。如振日者,以彼其才,一試之不前,安知其終不復前乎!而遽抑鬱以死,則物大而我小。惜乎!未及以此理告之,而平其礧砢英鋭之氣,今何逮矣?吾負振日矣!瓣香哭子,解以此文。靈如有知,庶其瞑目於地下。嗚呼痛哉!尚饗。

祭同年劉鄰蒼憲副壬子

嗚呼!人言老氏之術,其精以治身,其粗以行世。蓋藉其專氣谷神者,爲引年之上藥，而取其挫鋭守雌者，爲涉世之要訣。兩者庶幾合而收之。而以觀吾鄰蒼兄，殆弗然乎！兄蓋純然儒者，而妙合老氏之道，抑胡其止於斯也。

兄爲侍御公子，閥閲甲於同。而兄蚤歲即退然下帷，不欲多上人，其況味遠矣！蠻觸之搆，至聞當宁，其禍幾於覆巢。而兄獨晏然處不争之地，規禍敗若指掌。使稍露角距，安得有今日乎？其識見超矣！既成進士，雅不欲競華臘之途，即寒氊猶屈就之。以至執法西曹，慮囚右廣，所居以仁明見稱。出守天台，治平爲天下最。其操趣卓矣！虔憲及境，遽圖乞身。人皆怪其蚤而服其決，主爵者亦曰暫聽告，以需異日用。兄骨瘦而神王，時寄之詩若字以發其奇。而善酒不酒，善奕不奕，其葆嗇周矣。

嗚呼！此皆兄所爲暗合於老氏之道，而吾謂其大用之器、遐筭之徵也。乃官不蹈乎陳臬，年未及於中壽。豈老氏之術，亦有不驗者耶？兄素知醫，而竟以參耆自煎。豈修短之數自有造物，而非人所能爲耶？嗚呼！兄行業在朝，月旦在鄉，尸祝在赤城，箕裘在諸子。病憊之中，與獻臣語甚達，無復去留身後之慮，兹歸必無憾。然吾儕則何能無怛然於知己之云亡也？瓣香束帛，薄酹一樽，潛焉出涕，音容若存。嗚呼痛哉！尚饗。

祭蒙陰署教昭宇兄文壬子

嗚呼！吾兄家世樹惇，至兄而始以制舉之業顯，冠龍泮，登賢書，可稱志士。吾兄爲人明粹溫夷，族戚内外，罔不油油得其歡，可稱哲人。其署教蒙庠也，談經術，重行誼，蒙人士咸用依歸，可稱明師。然兄之文章宜唾手一第，而竟不得志於公車。兄之才學器識，高可得國雍，次不失百里。何施不宜？何遠不到？而竟屈就一廣文以殁。嗚呼，天乎！畀之良，奪之亟，不可問矣。縹緲孤魂，飄泊旅櫬。萬里間關，八口寠貧。聞且見者，傷心酸鼻。矧其聯戚戚之誼，篤怡怡之誨者乎！雖然，生者寄也，貧者常也，功名者時也。惟立德可以不朽，惟有子謂之不死。兄年未及艾，而素行可孚於人。名未及成，而二子雅負瑰奇。然則，所爲不朽與不死者，固自在也，奚論一時之喧寂、修短爲哉？哭兄酹兄，侑以此詞,用慰冥漠,兼解令子之悲。嗚呼痛哉！尚饗。

祭金壇王華岡太守文癸丑

嗚呼！人固有不同調而相知者乎？非先生疇使予欷歔而不可禁乎？先生壯氣勁節,闊步高視,意若空一世,辨若倒九河。而予局曲自守,宜不足佐下風。即備兵中吳,意見議論亦時相左。先生何以知之,而信之之深也！又何以知之、信之,而不惜一官以殉之也？當御史之過聽而疏詆予也,方聞之於十日之外,而先生之伸予而見詆於御史也,已在於五日之內。先生出予數年前手書,以明予無他,即予亦不憶爲何語。及先生之疏御史二十罪而伸予也,又在予罷歸之後矣。嗚呼！此非有出於兩世交好之外者耶？此非予之坦衷直腸有當於先生,即予亦不知其然而然者耶？此非所謂不同調而深相知者耶？嗚呼！鍾期既逝,伯牙破絃。鮑叔不逢,仲父誰闡！此在二子,自有可知,即鍾、鮑,亦徒知之云爾。未有如先生之知予、信予,至捋一官以殉之,而無悔也。澄江歸來,屢奉音驛。比年魚雁稍疏,而先生已矣。生非木石,能無云亡之嘆、知己之感乎！奈何山川虧蔽,而隻絮之無從也。

嗚呼！文魁海內,不爲不遇。仕官再至二千石,不爲不達。生平負義概著名迹,不爲不表表。高尚勇退而讒邪卒無以加,先生不爲不完。年踰古稀,不爲不壽。先生可無憾也。予亦何爲先生憾哉？尚饗。

祭傅星波茂才文甲寅

嗚呼！神仙之事有耶？無耶？觀君之篤信與其去住之速,可信耶？不可信耶？君中丞公之嫡孫也,門閥故甲里中。少年負奇,不可一世。下帷發憤,數占諸生高等。此其意氣,已超然豪華閑遊之外矣,一第何足道哉！然君竟數奇,未得一遇,而刻心於扶鸞者之説,爲真仙可立致,與二三同志搆一小樓,亦時與仙真飲啗談謔,其事甚奇。君故艱于子,而仙真許以兩麟,又語以懷妊必彌兩朞,已而如期舉一子,今内子復有身矣。其事尤奇。乃學使者揭案之役,而君何遽去？又何溘然於道路間乎？

嗚呼！神仙之事果無耶？則獻臣嘗因曾生而致呂先生者，其欒筆言皆秘而徵。若是而信其必無，不可也。果有耶！則曾生僅能致呂先生於欒，其子乃能真致先生，而與先生飲啗談謔者，又有郭、王二三君。即諸君鑿鑿言之，而人且疑之。又因以疑曾生之子，若是而信其必有，不可也。第不知仙真之來，曾授君秘訣否耶？即君之修短窮通，亦曾託出以告，阻君之行，速君之歸，而君不能從耶？抑彭殤椿槿夙生有定，仙真雖知之，而無如之何耶？抑君所遇者，果有所接引於君，而君且與之羽化步虛，而相從於紫清寥廓之表耶？是皆不可知。而恨不得起君而問之者。

獻臣等友婿之情，朝露之感，瓣③香絮酒，聊以告哀。意君方拍洪崖，遊赤松，而舉手謝時人也。尚饗。

海道祭沈蛟門相公文丙辰

惟公與王文肅公，文魁海內，藻振詞林，均負天下之大手。致位卿亞，終養遺榮，均負天下之大孅。遭時遇主，起家爰立，均負天下之大望。當青宮危疑之際，一慿出講，一贊冊立，均負天下之大功。迨其末年，一再召而被阻，一將去而叢言，雖逃虛屏迹，嘵嘵未已，均負天下之大謗。嗚呼！公明《老》、《易》，而其用頗近於黃老。謂庇楚乎，則一覆一復楚之已事，老成謀國者，亦自有謂也。謂將順乎，則苦心苦詞斡旋於密勿中者，累牘皆是也。謂謀身乎，則在朝在里，門巷清穆，非有苞苴之聞、阡陌之富也。謂命賢乎，則中林之彥，啓事中格，自公之前後執政者，盡無如之何也。而何人言之嘵嘵也。嗚呼！戊申以後，言路世態，蓋難言之矣。惟是妖書之蔓，或少中持，內計之留，不能割愛，則蒙亦有惑焉。公嘗謂，吾遇大事，無適與謀者，第據所記古人書，以爲籌畫。又窺公之意，不惟賢士大夫，無所接引，即同鄉密戚，亦復寥寥。曰："吾不欲累人，且自累也。"蓋其爲相如此。然天下賢豪士終鮮豫附，毋亦潔己遠嫌之心勝，而翹材延英之效少乎！

嗚呼！公異人也。際大知遇而不驕，運大旋轉而不言，處大疑謗而不辯。

二氏之學,深遠矣。蓋不待今而所謂大手筆者,琅琅然金石垂也。蒙不敏,竊疑黃老不足治天下,欲順下風而質之,而公已不可作矣。茲出山來,瓣香束帛,酹公質公。靈如不昧,當爲颽然。尚饗。

寄祭王瞻明廉憲表兄文

嗚呼!予父自浯家于邑,姑丈焉依,郎舅姊弟相愛也,予父與兄舅甥相愛也,兄與予內外兄弟又相愛也。兄自童稚,嶽嶽不凡,予父已必有其大就。即予未爲諸生時,兄亦刮目待予,兩世相知也。兄爲人孤耿,意不可一世,而獨尊事予父而弟畜予,相視莫逆。自角丱至垂白,無復纖毫。可謂《伐木》之兄弟,甥舅相終始也。兄起家祥刑,徵入爲名御史。以言邊事失貴人歡,出僉齊臬,遂參滇藩。其後兩即家拜浙臬,至於備兵吳門,以疾而歸。凡歷三十載,所至皆著名迹,即未開府,無憾也。

兄春秋六十有七,視君家韶州公不啻倍之,視予父加七。人生何常,即未古稀,亦無憾也。予所傷者,獨兄之病耳。兄長身玉立,素彊無恙,內行淳謹,絕無他耗。乃一病五載,遂至痿痺。官既謝去,壽亦長畢。嗚呼痛哉!兄既以疾謝客,惟予得數見。然不衣冠,不見也。客冬,予辭之官,兄爲具章服而禮之。因嘆兄生平兢兢桀戁,不爽尺寸,即病憊猶然,以此卜其未艾,而何倏爾化去也哉?

兄行誼在鄉,事業在官,丰裁在朝,其未竟之志、未了之事在喆嗣。予獨悲兄用世、出世素有大志,而竟以一疾付之不就也。彼蒼乎可問哉?泚筆陳詞,泪與之俱。乘風寄奠,靈來鑒諸。尚饗。

寄奠鍾贊宇老師文 丁巳

嗚呼!人之相知,蓋有天焉。惟師於予,孰知其然。戊子闈闈,師實司衡。拔自棄置,俾之崢嶸。質非荊山,遇勝卞石。自茲以來,遂通朝籍。北闕公車,南都銓席。侍師函丈,聆師誨益。去住參商,餘二十霜。音驛未杳,手示琅琅。清源陳臬,大力雄風。束縛橫豎,式遏兇鋒。東土載寧,家尸戶祝。擢憲畿輔,勛名日懋。何期讒言,中之留笅。林泉盤桓,英雄氣短。惟帝念功,召起留曹。閩海重鎮,再畀節旄。予爲閩喜,復喜其私。忽覩邸報,哲人騎箕。特達知己,招魂何及。經綸巨手,欲竟邊戡。鷄肋羈人,缺焉絮酒。在三之誼,自顧已負。

嗚呼!年雖不百,俾艾而耆。宦雖未達,三躋憲司。施爲大都,實茂聲英。顯揚有子,才藻學成。世界缺陷,所取非薄。其不泯者,奇偉磊落。伊余小子,嬛嬛安倣。酬恩無從,酹詞儻悅。嗚呼哀哉!尚饗。

祭池明洲岳翁太常文戊午

惟辟理人,其寄繄人。惟辟官人,其鑑繄人。於惟岳翁,超類軼倫。洪濟蜿蜒,磅薄海濱。挺生明哲,實應昌辰。書賢畣薦,臨軒高掄。製錦括蒼,慈母神君。遂簡帝心,乃躋要津。兩都握銓,南宮衡文。大計群吏,藻鏡無塵。載司選事,進退群倫。清通簡要,裴王並芬。進陟奉常,郊廟駿奔。言念高堂,奉使里門。駿望岩蔚,槐棘繽紛。青蠅肆點,白璧彌尊。人儀東山,公樂衡門。著書課子,垂老逾勤。爰成二美,公車泮芹。繼公之志,咫尺青雲。孫曾繞膝,芝玉蘭蓀。眉壽大耋,谷神綿綿。百年不喜,騎箕遽聞。嗚呼痛哉!

維予先子,鄉舉同年。氣誼之期,遂結姻親。小子侍公,蓋自御輪。四十年來,教誨敦溫。出山之日,跋涉相存。貽我德音,琅琅如新。驚聞訃音,對婦酸辛。最公所履,蓋履其純。仕爲名卿,處稱達尊。翁媼偕老,丹桂靈椿。樹人之德,其德難論。多男之報,其報靡垠。魯酒瘠牲,使甥薦樽。些以招之,公魂不泯。嗚呼痛哉!尚饗。

祭柯三槐轉運年兄文己未

嗚呼!惟公蚤而含穎,壯而茁英。強而遇合,晚而康寧。既魁于鄉,雁塔題名。筮仕鵷署,讞決稱平。兩守大郡,循良著聲。轉運之司,軍國是經。不磷不緇,出納如衡。解組歸來,屏跡市城。課爾蘭玉,樂吾釣耕。靸履葵扇,高卧門庭。人擬羲黃,士慕典刑。大耋壽屆,可期百齡。何爲一疾,梁木遽傾。

嗚呼！淳風澌邈，世態難平。機械百出，田舍互争。公畸于人，而侔乎天。自做秀才，迄于宦成。胸中不怒，分外靡營。無責於人，人無責焉。居室之善，同彼衛荆。舉世如公，澆俗可春。三命耄年，令子慈孫。彼蒼與善，亦弗爲慳。去來之際，了然不驚。吾儕哭公，恐攖公寧。卮酒瓣香，聊叙平生。尚饗。

祭同年潘鵬江方伯文庚申

嗚呼！吾兄弟兩榜之附驥者有幾？兩榜中其負意氣稱相知者有幾？其傑然於榜中，能爲同籍光寵者有幾？三十年來，其敷歷中外、旦夕槐棘者有幾？無論敷歷中外、旦夕槐棘，即存於世者有幾？若吾士鼎，冠兩榜矣，意氣矣，傑然矣，槐棘旦夕矣，胡遽溘然也！真耶？夢耶？嗚呼！靈輀歸矣，真矣。

士鼎之爲文，布帛也，菽粟也，而有淵然蒼蔚之光。士鼎之爲人，溫玉也，醇醪也，而有毅然擔當之勇。士鼎之爲銓，金莖也，水鏡也，而有嶄然不淄之操。士鼎之爲藩臬長，甘雨也，和風也，而有百年必究之畫。今嗣天子訪落棠，正連茹，節鉞之寄，柱石之司，孰當先士鼎者，而胡不須臾待也？嗚呼！哲人其萎乎？吾黨其衰乎？蒼生其無禄乎？天道其不可問乎？若士鼎所自樹，則不九列而尊，未六裘而壽。其不朽於官於鄉者，可必也。翔喆嗣競爽，能讀父書。世界缺陷，達人大觀。惟是尊酒雙鷄，酹君旅次。回視客夏，登堂握手，刺刺不忍去，猶如昨日事，而轉眼遂成隔世矣！涕淚浪浪，傷如之何。

祭雲南右布政發吾兄文辛酉

嗚呼！鬱蒼平林，奕世彌昌。惟令祖父，學篤行方。鍾慶于兄，山川發祥。幼則岐嶷，長而昂藏。羅胸今古，落筆珪璋。迹邁儕俗，志規先程。弱齡就試，輒冠諸生。吾宗甲榜，觀察先登。兄也嶽嶽，相望代興。筮仕儀曹，禮樂修明。雍容留都，玉露金莖。予吏白雲，雁行頡頏。牛首燕磯，詩句酒鎗。嗣徙屯部，九載望郎。秉節川南，叱馭羊腸。嘉眉邛雅，澤滲威翔。晉長其臬，移憲建昌。兹地孤懸，苗夷錯疆。既綏以仁，厥武亦揚。商民安堵，道絶寇攘。加擢右轄，尋領滇方。勞苦功高，聲實崇宏。有將貪功，蠢茲用張。兄静以鎮，竟底于平。飄然倦遊，海鷗狎盟。無競于人，爲德于鄉。考盤浯島，絶足市城。行年及耆，方佇弓旌。厥疾既瘳，玉棺來迎。

嗚呼！位崇未配，道冲不盈。淑人君子，胡不百齡！後嗣競爽，可卜崢嶸。業藏名山，士追典刑。藐焉二弟，夙藉陶成。匪哭我私，悼此蒼生。一水如帶，聞訃屏營。尊酒隻鷄，彷彿平生。嗚呼痛哉！尚饗。

祭方伯王玄亭年兄文 辛酉

嗚呼！閩己丑舉者，三十一人。今幾何年，獨五人在耳。客秋去我潘士鼎，茲夏又喪而玄，而二兄俱以粤藩薨于位。夫方伯，尊官也，然未三事。六十不稱短矣，然僅下壽。嗚呼！兄何以死哉？兄與士鼎，俱有爛然傳世之文，有毅然必爲之志，有皭然不染之操，有卓然經濟之才，有挺然不可屈撓之氣。天下信其爲正人君子，而二兄又俱以蒼生爲責。國是人才爲念者，不啻一路福星而已。士鼎入粤僅年餘，而兄代之不數月也。嗚呼！又何以死哉？

兄郎度支時，大婚珠寶，費至不貲。中使督促取盈，而兄不爲動。兄藩蜀而獰鐵喪師，越雟鼓譟之役，侃侃剝議，以此觸忌左其官，而公論壯之。兄官京師必過予，過必劇談。兄走輪山必過予，過必劇醉。嗣後，每別必手書寄予，寄必輸心。總之，發舒其憂時感事之見，而不掛寒温升沉於筆端、舌端者。兄有封翁耋年，有令兄弟，出處迭侍，則天性之榮且樂，又吾輩所艷慕。今靈椿無恙，而兄先化去，吾知其不瞑也。嗚呼！又何以死哉？

雖然，兄名跡垂宇内，文章藏名山，未瞑之目有昆玉在，未竟之緒有賢嗣在。而生平炯炯亭亭之氣概，蓋有不隨死而亡者。名位脩短，曾何足云！陳詞寄酹，兄其鑒之。尚饗。

祭宫保總憲鄒南皋公文 乙丑

嗚呼！南皋！千古正學，間代賢豪。綱常一疏，日月爲昭。廷杖戍遣，給諫還朝。秉道嫉邪，正氣干霄。獨立百折，戴司銓曹。兩入留署，身退名高。潛心味道，振鐸擁皋。與人爲善，至性所饒。海宇宗之，雲慶鳳苞。光皇嗣位，徵拜虞陶。佐銓總憲，千載一朝。僉望治象，允升黃姚。何期讒人，有口如刀。謂宋講學，社稷以凋。冲聖易聽，大行竟韜。天未平治，千仞逍遙。説騎箕尾，甫返崧高。司馬不相，巫咸難招。蒼生隕涕，善類鬱陶。

某某髫年嚮往，鶺鴒末僚。知予之深，荷公之教。不及面者，三紀而遙。公一出山，疏薦于朝。宵人首叛，肆口譏嘲。呂防揚畏，近出江皋。伊予薄植，慚負甄陶。勉堅末路，敢忘久要。公晚有子，弱冠譽髦。隻絮寄將，有淚如濤。爲天下哭，并哭素交。嗚呼哀哉！尚饗。

祭林璞所侍御文乙丑

嗚呼！臣能極諫而不能得之於君，君能用諫而不能得之於臣。不能得之於君者，暫雖未用，竟見施行，則身退而名益重。不能得於臣者，鑒之明主，奪之彼蒼，則長筭終屈於短馭。噫！此漢文所以前席，而賈生所以賦鵩也。

璞所公以名進士、名司理簪筆柱下，埋輪都亭矣。會當經撫不和之時，遼左喪敗之後。公侃侃功罪，責成之論，不少假借。即攬轡南畿，而以法責關撫、以情動樞輔者，語尤切至。然公竟坐此外遷！及經略正罪，而言者追訟諸言事功，上乃特詔起公柱下。人謂公且旦夕三事，而何天之不假年也！非所謂暫雖未用，竟見施行者耶？非所謂鑒之明主，奪之彼蒼者耶？

嗚呼！丈夫官爲侍御，亦榮矣。精忠結於九重，疏草傳於寓内，聲名垂於汗青，如吾璞所，亦奇男子矣！予識公於草莽中，約體謨弟延之爲兒姪輩師。及公銜命陛辭，而疏薦予於朝，兩人皆自詫爲知己。比在告，尊酒流連，相得甚歡。方有王貢結彈之喜，而公一疾長畢。斯與賈生之遇漢文，何異哉？人之云亡，邦國殄瘁。寧獨交遊私痛而已！雖然，公諸子濟濟異資，斤斤嚮學，必能拾芥青紫，以擴公未竟之緒。予常以此左券於公，而今亦用此爲公慰。公無憾也！瓣香隻絮，聊寫予哀。尚饗。

祭司馬總督蔡元履文丙寅

坡公有言："其生也有所自，則其出也有所爲。"夫其出也有所爲，則其歿也必不朽。嗚呼！如吾敬夫是也。敬夫超軼之資，邁往之志，沉雄之識，弘博之學，有萬丈光鋩之文章，有百折必東之氣概。予閱人多矣，如敬夫之資、之志、之識、之學、之文章、之氣概者，蓋絕無而僅有矣。三路喪師，開鐵陷夷，敬夫憤慷過予，言曰："使奴首可貿，吾不愛吾首。"時方急邊材，予所心擬獨敬夫。鄖襄之節，快得副臺，主爵不爲不深知。督撫之役，賜劍專征，聖主不爲不深知。下車之日，募簡令申，俘馘萬計。安賊不敢越廣河咫，蠢茲苗玀不爲不知公，且畏公，而渡河之師何以潰也？何以大功垂成而急不及待也？何以勤事殞身厪明綸也？何以孑然無血胤也？何以悲傷之者衿紳鄉間無異詞也？天也！

嗚呼！敬夫盡瘁已矣。古人所以傳者不在壽，不在富，不在多男子。不朽有三，敬夫備焉。予與敬夫情同骨肉，誼猶昆弟。而判以西春，書以子秋，于今則長已矣。痛哉！昔襄陽太宰謬有同安二蔡之稱。予自惟才不如，學不如，毅然而必爲不如，爲焉而不撓不如，今老矣名位不如。獨年與子稍勝之，以是愧敬夫。

敬夫有文垂世，有弟仁夫代兄爲子，又能以己子爲兄之子。宗伯易名，緹騎延世，乃膚公所自有。矧聰明正直之人，生爲名臣，沒爲明神，委蛻曾何足云！敬夫深於內典，亦可以瞑目矣。瓣香尊酒，叙平生歡。靈明不昧，魄兮歸來。尚饗。

邑紳會奠蔡元履總督文丙寅

滄浯之中，太武挺峙。公之家世，實當其趾。帝睠皇家，緩急疇倚。維武降神，聰明天啓。下筆千言，一涉能記。發爲文章，浩無涯涘。神駒騰踏，瞬息千里。弱齡聯掇，遂魁多士。筮仕鶉鳩，三尺砥矢。載司武庫，郎望蔚起。作屏三楚，紉蘭禰芷。湖北悍卒，脫巾庚癸。借公輯寧，嚴師驕子。恩如挾纊，威則殊死。大計廉能，卓冠群吏。會有不可，掛冠如屣。徵拜易水，旋長晉藩。兵戎錢穀，振刷惟勤。開府鄖襄，風猷四聞。文綏武競，民安覆盆。水西跳梁，苗獞雲屯。圍我會郡，戕我撫臣。廷議首推，簡畀明綸。仗劍徂征，總領諸軍。光弼節制，子儀拊循。公也兼之，兵勢砏磤。師干屢試，一洗瘴氛。鹹功萬計，奏于九閽。大功垂成，將星遽昏。

嗚呼！公之文字，大家並驅。公之勳猷，銅柱可鏤。志大如賈生，而才略不疏。盡瘁如武侯，而身歿無餘。所慳者年，所永傳者藏山之書。所乏者嗣，所不朽者凌煙之圖。恩恤在朝廷，哀傷在里閭。吾儕交情，一酹長吁。尚饗。

合祭師相葉臺翁文丁卯

嗚呼！我明以相業名者多矣，而再入中書，如公者，則指不數屈也。吾閩前後居揆席者不乏矣，而楊文敏後，遭時遇主，則未有如公者也。蓋出處占世道之治亂，去來關氣運之盛衰，豈偶然而已哉？

嗚呼！公之文章，馳騁軾遷。公之事業，伯仲韓富。公之聰明，含茹古今。公之識度，包容流品。公之忠誠，上結主知。而其平易近人，信於黃童白叟。初，公未五十而相，相九年而歸。歸六年而再相，相又四年而歸。今年方望老而遽已矣。名位如公，亦何憾哉！追公輔理，所最苦心處，如章奏之中格，福藩之就封，沈郭之異同，人地之離合，張趙之柔剛，未嘗不委曲調停其間。然有調之而得者，亦有調之而不得者。昔韓魏公不分善惡、黑白，其公，公天下之心乎。范文正公坐呂相貶，及二公再出，歡然相約戮力，然朋黨之論遂起而不能止。其公之無可奈何者乎？使公復入中書，必有一段旋轉妙用。而今虛矣！

嗚呼！知公、任公者，顯皇也，而不及相。其終特起公者，貞皇也，而不及效其始。三世弼亮，時事中變，鼎湖方升，而騎箕以從。公能無憾乎？今嗣天子王矣，即欲修求舊故事，而九京不作，亦海宇蒼生之所爲憾也。

獻臣登龍於未相之先，廷拱識面於將歸之候。而復心則以年家子弟，拜公於病榻之前。然公皆折節而延之，開誠而詔之。白頭傾蓋，意誼懃惓，鵠立飄鬚,丰神猶在。所謂爲天下慟公,而非以哭吾私者。瓣香束帛,走一价於玉融山中。公靈不昧,其尚歆兹隻絮也耶?尚饗。

祭胡拱柱参政戊辰

嗚呼!公何爲而逝於建州也哉?知公必悔此行矣,即吾輩亦恨不能力阻公行矣。雖然,公志果而精銳,自謂壯夫不如,吾輩能阻之哉?且慫慂之爲九曲遊耳。

嗚呼!公古直人也,今不可作矣。予之識公自公車,公之交予自謁選南城歸,嗣是官途參商,升沉異路,中間聚首無幾。然而意氣之往來,書尺之寄將,固未④嘗幾時間也。公綰邑綬者再,歷郎署者再,領郡符者再。以至于司藩政,參名藩,所至皆有實績可紀。在南城,則調運累而民戴德;在户工,則奔走營督,省帑金以千萬計。而素守直道,歷久愈孚。雖年已逾耆,而骯髒之氣不衰。其家居,則所識窮乏,僕隸細人,必以餘俸及之。其事先,則身任祖祠之役,而置田以奉春秋祀。其敦族恤窮,則置義田以給不能婚葬者,又拓漏澤以待貧不能歸者。其析箸,則諸子與弟共之,無異同焉。此其誼,詎今人可有哉?

嗚呼!公今已矣。公議論丰采,是是非非,無所回互。流俗紛競,得公一言而解。至於作氣勢,橫漁獵,以取怨鄉閭者,生平無一有。子若弟效之,亦無一有。以故聞訃之日,巷罷相杵,豈虛也哉!余交公垂四十年,知公最深,將謚之曰"古直"。先生以爲後進鵠,公有當于余言否?瓣香瘠牲,酹以此詞。尚饗。

祭長壻丁亨中文戊辰

嗚呼!亨中之約婚予長息也,予未既其文而貌之,曰:"秀而文,必才士也。"遂采媒言,許委命焉。既而吾女果能修婦順,警雞鳴,甚當姑莊太淑人意,稱之曰賢。而亨中肄業郡庠,亦遂屢占高等,爲温陵名士。第恨吾女數奇命薄,舉雄不育,僅遺三女,以厪亨中誨育而婚聘名門。今亨中再續得莊,而舉丈夫子二。一則五齡,露頭角矣。一則湯餅會,纔旬月也。蓋予甚爲亨中喜之。適予患背疽,亨中將過訪輪山,予亟止焉。而亨中復瘍發左足,其病踰旬,甚劇。庸醫誤謂此熱風也,投之涼劑,遂不可起,年僅四十有五。痛哉,痛哉!

嗚呼!亨中以前矛戰闈闥者,屢矣。人曰且高掇矣,而未掇也。又以餼士試恩選者,屢矣。人曰且拔雋矣,而未拔也。甚至明經一薦,需次甚邇,而弗能待也。此人之所以爲亨中惜,而亨中亦自以爲遺憾者也。雖然,亨中讀盡天下之書,友盡青雲之彥。其資沉敏,其度溫文。其與人交無町畦,無崖岸,而人皆有意乎其爲人也。即長兄司寇公友愛之甚,然爲吏部郎時,而亨中扃戶洗耳,不與外事,絕無求田問舍意。及都卿貳尊重矣,而亨中爲介弟,溫溫然向日儒生也。此豈風塵中可有哉?予益以是多亨中。繼莊雖少而賢,能撑持後事。二雛者必有成立,而竟君未瞑之志。斯固彼蒼之可必者乎!兒輩視亨中,猶壎篪也。而會予有母喪,苦塊中勉爲拭淚濡毫,而慰君以此文。尚饗。

公祭陳對墀揭陽文 壬申

嗚呼!儒釋之學,人知其異,而不知其同。人知其作用之異,而不知其心性之同。人知其入世之異,而不知其出世之同。乃世之儒者儒,釋者釋,而真焉者寡矣。間或依傍形似,而兩俱無當焉者多矣。若對墀君,吾異焉。

君資性俊穎,垂髫而冠髦士,遊泮宮,吾儕皆出其後。時繩尺綽約,嗜學能文,溫溫然儒也。壯而歌鹿鳴,上公車,挾賈、董之學術,思以獻策於漢廷。罷歸桑梓,與物無競,依然故儒也。及強而謁選天官,得名邑焉。于越、于楚、于潮,苞苴不入,慈惠一致。迄今三封,尸而祝之,人曰儒而吏。及解組歸來,爲德于鄉,時與吾儕同社飲酒道故,而絕口不道居官事,人曰儒而隱。

嗚呼!對墀則誠儒哉!乃十餘年來,忽與高僧衲子結方外之緣,時而講經,時而茹蔬,時而薙其顛髮。嫂氏歿而作蔬供,不用葷血。蓋居然瞿曇家風也。然猶時衣冠以謁縣令。年來深居簡出,即吾儕過之,第相視而笑,不出一語。又豫爲袈裟,以戒後事。臨化十日,不粥不語,鬢髮薙盡乃去。令子重違其意,歛以深衣,而加以僧服。仍用蔬供,如嫂氏事。嗚呼!君真儒而釋者矣!君年僅六十九，意其神當在率陀天上路耶？吾儕宜舉公、輓公，奠以與君訣。然君方快心上乘，而吾儕乃從而怛之，恐哂爲不達，故止，而奠惟作疏供云。尚饗。

祭少司空張玄中年兄文

人之相知，貴相知心。豈不信哉！獻臣與兄同戊子舉，蓋三山、輪山傾蓋晤面者數矣。既十載，而兄登第。辛丑京師，兄以覲入。己酉樵李，弟以讒歸。一再握手相慰藉耳。嗣是，而兄以名郎出守吳興，以名守擢憲楚甸。又以卓異之政、揮霍之猷，特借邊徼。雲中、隴右、臨鞏之間，轍跡幾遍。乃假節鉞，撫全秦，又晉貳司空，由南而北。而弟蹈涼孤踪，橫被瑵摧。即聞問不通者，且二十載。逮今上之初，兄以法祖八事入告，而推轂及弟，列於文心、道韻、練才、潔守諸君子之林。弟雖左辟不敢當，然是者徒深知弟也。比年以來，予告歸里，復得以吉凶相問訊。而兄方負朝野望，明主行且旦夕特徵，銓筦藉重，以大竟名世之業。何期年方逾艾，而遽騎箕去耶？痛矣！痛矣！

雖然，兄文章魁海內，循卓遍敭歷，名位都卿亞，勳烈垂青史，行誼式鄉閭，又有弟佇登揆席，有子能讀父書，兄可無恨也。即臣猥蒙謬知，亦爲世道安危而哭兄，非爲私也。楮香牲帛，聊以告哀。兄靈不昧，庶其鑒之。

祭張輔吾中丞親翁文癸酉

嗚呼！方予宅憂，而公舉于鄉。及予郎儀曹，而公登第。先之以文章，聯之以意氣，重之以婚姻。蓋四十年來，所稱世好莫逆者矣，豈偶也哉！比予以勳卿推南奉常，橫被瑵摧。而公由禮曹改勳丞，由勳丞晉廷尉，亦復橫被瑵摧。其涉世浮沉，大略相似。然公雖退，而經濟猷略，益藉藉推重朝紳間。故今上之初，召復棘寺，而開府雲中。公單車臨邊，甫一歲所而挿酋俯首，受我戎索，罔敢跳梁。即奴子至桀驁矣，亦走乞撫賞於上谷，而不敢窺大同塞。非聲威震叠，其能然乎！然公勞瘁成疾，再告再留，而竟坐不起矣。

嗚呼！蔡清憲以總督而終於貴竹，公以撫軍而終於雲中，是皆國家有用人豪，吾同有數人物，而不克大展宏施，良可悼也！是寧獨一身一家之不幸，而邑里親知之私痛哉？雖然，公則何憾矣？公起海濱而都烏府，居鄉則恭敬桑梓，筮仕則尸祝大江之右與黃臺之北。在朝朝重，在邊邊重。聖天子眷恤勞臣，祭葬隆典，已拜明賜。行且旌功而贈爵，論德而易名。而公之子若孫若猶子，公車雍泮，青雲鵠起，顯揚未艾。公無憾也！獻臣言念交誼，而穌兒叨愛東床，尊酒瘠牲，聲悲涕殞。公靈不昧，格斯洋洋。尚饗。

祭鄞林槐亭癸酉

嗚呼！道卿挺英穎之奇資，抱直方之正性，其與獻臣交好也，寧獨尋常通家而已哉！蓋異姓而骨肉者也。歲丙子，先君分校浙闈，實知道卿於弱冠，時予年十四耳。道卿過語溪官舍，因得相識。道卿雙眸炯炯突出，先君大奇之。嗣後，道卿鼓篋金陵，得晤予。予從先君四明，得晤道卿。及丙戌，道卿魁南宮，選庶常，尋出爲侍御史，侃侃言天下事。而予以己春上公車，則主於道卿之署，復得晤令子今侍御君，亦猶予語溪時也。自是，而官轍相左，出處殊致。然尺素時相往還，道德氣誼，懇懇如也。道卿起家入閩，而過先人之廬，登先人之壟。予起家入四明，而醉公之堂，筴予之闕。又得與侍御君共造士，而於諸公子爲知己。蓋別後一紀又半，而尺素之往還不絕也。

嗚呼！俯仰五十餘載間，如吾兩人交誼者，亦鮮矣。客歲公壽，予長歌，有"但願松筠結盟久，閬風瑤圃歷仙岑"之句。今年，公及耋。予正擬以一言爲祝，而忽傳訃音。予且駭且痛。嗚呼！真耶？否耶？公遂仙仙乎去耶？雖然，公弱而計偕，壯而通籍，讀書而中秘，彊健而乞身。其立朝也，爲名侍御，爲賢督學，不爲不達。其詒子也，長者踵公柱下，次皆績學早慧，駿發可需，不爲不福。其耆而耋也，興詩作字，無異少年，不爲不遐。最公一生心事，天可知，人可言，無纖毫媕婀隱約之態，有始終表裏一節之風。則朝紳鄉黨之所共信，而後學之所儀刑，卓乎完德粹履君子也，文章又其餘耳。雖年未登百，用未及究，然侍御君業顯而揚之，亦何憾哉！瓣香一炷，聊敘平生。閬風瑤圃，遙鑒我誠。尚饗。

祭大司徒林省庵年兄甲戌

夫世風日替，正須砥柱。儒脉幾湮，必藉闡明。砥柱非規行矩步也，闡明非口談筆勤也，蓋皆有實焉。而兼之者鮮矣，兼此於達官貴人，則又鮮矣。何也？達官貴人，固無暇爲此也，是惟大司徒省庵兄！

予獻臣知兄之文，自乙酉始。知兄之爲人，自戊子同舉始。而稱異姓昆弟相知愛者，則自辛丑、壬寅間，官京師始也。兄爲學潛篤而操履清嚴，當官縝密而議論淵淳。蓋生平所得於理學者深矣。彼遠宗程、朱，近守薛、蔡。最警最要，惟是"一字不可輕出"、"一錢不可輕入"二語。又經傳史册，前言往行，會之於書，無不是學，筆之於紙，無不是教。李翼軒宗伯所謂理學之實，正直潔廉之實者，兄蓋兼焉。自南部院致政以來，閉門謝客，胸不掛出處，口不掛田宅。惟旦望之講堂，晉諸譽髦士，橫經問業無倦，教無惰容。大臣以八十存問，爲吾泉第一盛事。而理學名臣之楔棹，則自蔡文莊後，始有兩也。是砥柱、闡明合而爲一人者也。

獻臣與兄，年誼意氣弟兄也，而涵養體究父子也。且自庚申以後，不晤面者，已十五載。而兄時披衷而誨之，則如一日也。今年春夏來，方一牘在念，而倏聞訃音。嗚呼！山頹木萎，末學同痛，況我同心者乎！即欲再聆謦欬，其可得耶？雖然，年壽有盡，道德無窮。矧如兄之子姪，如兄之壽考，如兄之名位，如兄之恩寵，所謂得全全昌者。雖未百年，亦可以無憾矣！瓣香尊酒，聊寫我哀。尚饗。

祭方伯慈谿袁文海公文甲戌

嗚呼！吾先君令語溪，則得林槐廷侍御於場屋。守四明，則得袁文海方伯於泮宫。以故二君子者，獻臣俱獲託通家之好。而文海則獲從衙齋中講晜弟共筆硯者也。當公丙戌登第時，以文章受知馮文敏公，聲稱藉藉，而時寄書訊予青衿中。己丑通籍，五雲聚首，而喜可知也。然予筮仕入南，旋復告歸。中間宦轍浮沉，彼此各天。迨予起家四明，而公以滇藩謝事，數得晤對，道生平。及謬移浙學，而公與令子侍御君操舟祖餞，次君又獲以文字相賞拔。斯真奕世通家者耶！

追遡已十八載，而言念猶一日也。書疏之往還，與先嚴慈之戚，公摛詞奠慰猶在也。予涉世多忤，棄置固宜，以公之文名宦蹟，表表粵滇齊楚間，聖明固宜求舊，以大竟建豎。而世無能推轂公者，即侍御君錚錚柱下，亦復橫罹世網，公何能無慨然於中乎？然公論未泯，賜環有期。而公諸子若孫，種種高才力學，其踵侍御而成公志，固可必也。山川虧蔽，聞問爲艱。而槐廷子侍御書云，公以壬冬仙遊，蓋與槐廷先後數月耳。然槐廷年已及耄，而公僅七十有一。痛哉！嗚呼！知己殂逝，會語何從？撫今追昔，我心有忡。一些寄奠，五紀敘悰。公靈不昧，庶鑒遙衷。尚饗。

祭左司寇丁哲初親翁文丙子

自予之戊秋附公驥也，五十年年兄弟也。自予女女公之弟亨中，而公之女爲予學兒婦也，四十年姻兄弟也。肝膽相照，休戚相關，蓋居然異姓骨肉矣！嗚呼！公天下之大用人也，亦天下之得全人也。穎敏原自性生，文章得之家學，科第捷拾地芥，才猷蔚爲國楨。故司理楚浙則爲名祥刑，入郎銓屬則爲名吏部，卿寺兩都則爲名九列。晉貳司寇，則逆黨之獄，召問多稱上意。且官途稱重要者，惟銓與憲。而公柄六選，署中丞臺，則人才之登進，紀綱之振飭，表表朝紳間矣。會意有不可，則再請以歸。而兩臺之疏薦，卿貳之廷推，往往必首公矣。

母太淑人賢，公事母孝，即考功之起，趑趄不欲行，竟得躬湯藥，視含殮矣。公子六人，爲選士者一，爲任子者三，即泮宮，濟濟皆青雲器矣。數載東山，凡地方有大利病，當事者必式閭問籌畫焉。即鄉閭鼠雀之爭，得公片言立解，又人人歸德公矣。故公大用人也，得全人也。而留曹正卿之推，旨猶有待。令子才高器利而未及觀其成，年方望稀而一疾長畢。此朝野之所以惜名碩、思典刑也。雖然，大臣歿後如公之名重青史而身膺全恤者，寧有幾哉！即不百年，可無憾矣！獻臣父手猥辱深眷，臨化三日，手書若面，走哭何遲？會苦家變，瓣香束帛，淚落如綫。尚饗。

公奠大參洪春寰公祭文丁丑

嗚呼！尼父曰："仁者壽。"《書》曰："命靡常。"以我春寰公觀之，信矣，駭矣。公仁人也，八袠加一，郡紳稱最，詎不謂壽？公久素強無恙人也，耳目聰明，手足輕矯。知公頌公者，咸爲百歲不啻。而旬日之間，一疾長逝。詎謂命可常乎？

嗚呼！公之心事，天青日白。公之操履，規員矩方。公之涉世，小心令儀。公之當官，守憲貞度，愛人利物。公之處鄉，深居簡出，非公不至。蓋公自做秀才時，第以課文受徒爲事。迨彊而登科第，歷郎署，以至領郡三衢，藩臬粵東、江右、巴蜀間，爲年躋三紀。而宦有去思，家無長物，鄉無怨言。可不謂粹脩循行真君子哉？此塵寰之高蹈，後學之儀刑。方期長生久視，以作我諸紳白眉，奈何歸餘旬日，地隔廿里，遂爾仙凡殊也。吾儕何能無潸然耶？

嗚呼！俯仰數年間，郡紳有九十六之林震西，有八十八之林省庵。乃吾同先達，惟次崖公八十有四，得公稱亞耳。即池奉常、林參知、柯運長，亦僅七十有九。何壽命之不齊也？可慨也！然公雖未耄期，而令子若孫，濟濟衆多，脩業績文，克世厥家。公之種德與彼蒼之報公，蓋將昌後而未艾也。若公之生平操履，庠校自有公擧，崇祀自有令典，吾儕又何過爲無益之悲以怛化哉？情長些短，聊寫我哀。瓣香尊酒，歆此一杯。尚饗。

祭陳佩韋秀才襟丈文丙子

嗚呼！吾同有六世紳衿者乎？無有哉。有父子五人而同時錚錚泮宮者乎？無有哉。則惟佩韋君之陳，而君之父若子者然也。余與君坦腹於池明翁，所稱婭兄弟者，五十年矣。

君生平恂恂，足不錯寸趾，口無溢片言，惟父子兄弟自相師友。乃翁迪洲公,貢明經而司訓。乃弟式州君,登賢書,令楚粵。而君獨以文行爲諸生祭酒,晚偕丈夫子四遊郡邑庠,濟濟稱決科器也。蓋家學之淵源,皆得之君,而君猶孳孳不少衰阻。諸子讀,君亦讀;諸子課蓺,君亦課蓺;諸子就省試,君亦就省試。甚且精勤有加焉。曰:"吾獨爲兒輩倡耶?夫艾耆而首舉者,世寧無人?吾何遜焉!"不謂諸子方踴躍入闈,而君以微恙馳歸,竟溘爾中道,不及訣也。

嗚呼!續學如君,壯志如君,吾同有幾?而今安在哉?可痛也!雖然,有生同盡,有命在天,七十稀齡,與耄期何殊?道途造次,與考終正寢何殊?白首青衿,與高魁峻秩何殊?以君之銳志,何分老壯?以君之達觀,何復怨尤?今君已矣,諸子而得舉也,吾知君目可瞑,而志尤未已。倘諸子而阻場事也,則君雖乘化,而目猶未瞑。嗚呼!諸郎何以慰君?惟併歸精神,讀遺書,課妙蓺,期兩榜同登,以竟而翁未了之壯志而已。嗚呼!惟余知君,惟余憐君。瓣香尊酒,君其鑒之。尚饗。

祭吏科給事陳伯武文

嗚呼!吾浯蓋海中地也。堪輿家言:龍脉過海愈旺,而鍾爲人物愈奇。故吾浯前輩以德、以學登科甲者,匪少矣。然名位壽考,未有大顯聿耄者。即逸所黄公,亦僅五十一耳。比以文章功業位少司馬者,蔡元履也,而年僅五十。以文章魁海內入翰苑者,許鍾斗也,而年僅三十有七。以名司理徵選爲南北諫議者,陳伯武也,而茲夏復不祿于燕邸,年僅五十有三。嗚呼!此數君子者,詎非吾浯產耶?

伯武家世寒素而讀書邁迹,蓋鍾之太文山爲多。其司理廣右也,則闔省之官評吏治,率於公取衷,而優優焉、整整焉,如鑑空、如衡平。及司諫兩都,則尤留意於人才民生。兩載諫疏,蓋十餘上,而聖明鑒之,朝野宜之。僉曰:"是名諫議,宜都諫垣。"當其宅憂而家居也,不作氣勢於鄉里,不妄竿牘於有司,日惟閉户抄奏疏,親書史而已。蓋恂恂君子人也。使天假年,則異日必繼元履而都大位,乃一疾長往,而經紀身後事者,維晉安黄太史是藉,固宜見且聞之者悼惜之也。矧予迂疏老朽，而濫掛大疏之提綴者哉？嗚呼！公之當官，爲恪職，爲愛人。公之立朝，爲勿欺，爲敢言。公之居鄉，爲飭躬，爲和衆。繼述志事者，有諸令子在。總理家政者，有賢內助在。即不期頤，而視三君子，固有加矣，公無憾也。尊酒瓣香，聊寫我哀。尚饗。

祭體謨弟文乙丑

嗚呼！別駕公之孫三人，五十年來惟予與汝。予與汝生同年，幼同師，長同學，相親如同父。予猥以瓦缶先鳴，而吾弟留滯邑庠，爲諸生祭酒。已乃鼓篋成均，三赴京闈，而其志不挫。最後予乃尼弟曰："予蚤歲幸竊一第。今顛毛種種，猶然潦倒無成。人生如寄，何必科甲乃滿志哉？弟志雖壯，如數奇何矣。"弟銜之。

弟性喜書，到老繙閱益勤。起居几案，皆古今異苑。喜治生，不妄用一錢。至親知情誼當周恤者，則施予無所吝。喜客，每知己過從，必極歡盡醉乃已。喜園居，晚年尤甚。蔬樹花竹，整整成行。而版築疏鑿，猶時時不輟。予得歸來，方期與永結汗漫之遊。而弟以足瘡纏綿，漸成隔症，驟至不起，能無慟哉？

嗚呼！百年亦旦暮也，王侯亦巖穴也，珠玉亦瓦礫也。世界缺陷，吾弟不稱夭，不患貧矣！惟是高堂有八十餘齡之壽母，而未及奉其終。繞膝有濟濟髧亂之諸孫，而未及撫其成。所不瞑目者，此耳。然婦善持家，子能述事，自有以慰汝。眷念存亡，予敢岐視。一酹告弟，當輾然而含笑也。嗚呼痛哉！尚饗。

亡兒謙光哀詞內子

哀哉謙兒！胡然而遽止於此？又胡然而不予？謂司命者實爲之乎？謂邑無良醫，時當溽暑，而灸之火，而藥之參，以速其亡乎？謂爾角丱時，從宦燕邸，而父不能約束，或不無誘慕以斲其生機乎？謂拮据一室，急借貸，督工作，以多耗其心力乎？抑謂先塋祖宅或有缺陷，而使之然乎？有一於此，是爾父之責也。雖然，五十亦不稱夭矣。方我之生爾，年二十三。使爾生子，子復生孫，則今已儼然祖,而我亦儼然曾矣。奈何彼蒼之爾靳也?

嗚呼!我祖、我父母,累世之積德累仁,而不獲延一孫枝乎?爾爲子孝,爲兄弟友,待親友有禮,處鄉里不作貴介容。少壯應舉業,雖未成,而中歲以後,結社稱詩,種花養魚,亦翩翩濁世之佳公子也。生平臨財極嚴,毋務苟得。故遺嗣孫齡者,僅一室一園,及二三文房器用,頗覺工緻。蓋其情性固然哉!我與爾母,亦聿既耄,未卜在世尚幾何年?而汝婦能撐爾家,嗣孫以長繼長,汝有成言。孫婦亦通文義,明婦順,即爾之生鞠長育者,不殊也。嗚呼!死生有命,汝當順化,吾亦吞聲。爲善必報,不於其身,則於其後。爾婦蔬薦禪誦,欲爾超登上界。而父若母以牲醴飲食爾,亦曰:"此吾儒之常,子子孫孫勿替引之耳矣。"痛哉!尚饗。

冢孫思鞠二七祭文己巳

嗚呼痛哉!鞠孫胡爲而止於此耶?汝生一日,而母陳以死。汝母之死也年十九,而汝之死也年十八。嗚呼痛哉!汝母爲婦,事翁姑孝,相汝父慎。歸吾家三年,吾未嘗聞其聲。甚賢之、惜之。猶謂汝母死而汝存,則汝母存也。汝外祖陳翁雖痛女夭,猶謂有孫在,則女不死也。吾常謂,無汝母而有汝也,則猶有天也。汝六齡從我浙學,則能作書寄汝伯父。十六遊泮,即能終三場試。人謂吾有孫。年來學加篤,文加進,而世事亦通曉。事長者無失禮,交朋儕無溢言,人咸稱之。吾將以兹冬冠汝,明年婚汝,庶幾其爲大王父乎。不謂汝臥疾六日而遂棄我去也。嗚呼痛哉!

吾母愛汝,撫汝,將視其成。乃吾母去秋逝,而汝今夏從乎?吾父吾母,奕世載德,而不能延其冢曾孫之一脉乎?以汝母之賢孝,既夭其身,而復殤其嗣乎?汝事繼母能孝,而繼之撫汝,教而能慈,人不間言,而竟使哭汝乎?嗚呼!將汝之司命故止此乎?將我之德簿獲譴于天,而不能終有汝乎?將汝不善保嗇,輕用其精神而自斲乎?將汝父不善護視其子,而使汝至此乎?將醫家誤投參芪,使汝關格不通而驟冤死乎?嗚呼!使脩短有司則已矣,使吾與汝父及二三醫人之過，吾能無慟乎哉？汝臨化不亂，聞平居亦不諱言死。今死矣，其無不之、其再來，俱不可知也，吾又何悲？二七之旦，翁媼具牲醴而飲食汝，汝其有知也耶？無知也耶？痛哉！

哭仲朋孫二七文丁丑

維今丁丑八月廿四日己未，爲吾齡孫見背二七之晨。汝祖母命婢僕具牲醴庶羞以飲食之，而祖虛翁哭告之，曰：嗚呼痛哉！仲朋遽止於此耶？汝兄有則，言念痛心，而汝復止於此耶？矧汝嗣伯氏矣，汝奄然逝，則汝伯與汝伯母將誰望耶？嗚呼！天鑒汝曾祖父母仁心爲質，宜昌厥後，而何多孫之遲遲耶？何汝兄年僅總角，而汝僅弱冠，而未子耶？胡汝婦之賢孝，琴瑟新諧，而遽悲所天耶？當汝之嗣汝伯也，汝母忍而不能割也，而詎意其竟兩無着耶！汝天資明穎，新遊郡泮，吾見其進也，而詎意其秀而不實耶！汝心平氣和，謙謙抑抑，邑里人皆曰："懿哉公姓！"而彼蒼不仁，胡奪之亟耶？嗚呼！豈吾之不德而降罰於汝乎？豈賦命有定，如長短之不可斷續乎？豈汝不自葆嗇而盍自斲其生機乎？豈汝父教子不謹，使沉溺于非僻而不之顧乎？豈世乏倉、扁，視病不知其原委，而投劑不中其肯綮乎？嗚呼！痛哉已矣，何嗟及矣。惟汝伯母與汝婦相依爲命，以俟汝元弟多生男子，以嗣汝而并嗣汝伯之祀，繩繩勿替。則汝雖亡，猶不亡也。又大冶鑄人，生生死死，死死生生，使汝精靈不昧，或再鍾英毓秀，爲吾宗之子若孫。則汝雖不永於今生，而永於再來。是天之所以報汝曾祖父母，而吾之至願也。嗚呼痛哉！汝其揮淚鑒之。尚饗。

祭清遠李太師母文庚寅

嗚呼！士屈於不知己，而伸於知己。獻臣總角談秋，束髮隸學官，頗有聲。及再試不售，自信者且轉而爲疑，而眼青者幾變而爲白。戊子之役，復爲廣文先生所擯去。吾師拔之棄置之中，而舉之賢書之右。遂憑寵靈，聯掇南宮，服官留署。生我者父母，知我者吾師也。則獻臣之事太夫人，猶太夫人猶太母。而太夫人之訃,獻臣又烏能以無悲?

嗚呼!太夫人未可以死也,而顧死哉!太夫人多行善,相別駕翁,所至有惠政,冥冥中宜陰隲之,使享有遐籌。一未可。太夫人育吾師,幼而負奇,壯而射策,其所就必弘以遠,副珈翟韍之榮方未艾。太夫人未及觀厥成,二未可。吾師爲邑,敏識英風,聲實懋著。民蒙澤者,莫不舉首仰天,祝太夫人萬年。夫民之所願,天必從之。三未可。太夫人甫踰初壽,又素強無恙,望之咸以爲期頤人不啻也。四未可。別駕翁怡老于家,旦夕望太夫人歸,以共白首,乃澾然於數千里外,而不及訣。又不宜使別駕翁及艾而有鼓盆之戚。五未可。

嗚呼!太夫人有五未可以死者,而顧死何哉?雖然,太夫人易簀時,吾師方上計京師,跋涉南旋,猶得視醫藥,躬含歛,無蓼莪鞠我之恨。而司理廬陵劉公爲獻臣言,吾師宦囊若洗,殯歛之具,道里之費,幾弗能給,賴劉公爲之請於上官,微有所助,方得以喪歸于粤。嗚呼!此可以徵吾師之素,又可以必其所就之弘且遠。則太夫人年不必五鼎,含歛不必有財,歿不必與別駕翁訣,而可以無憾於去留脩短之際矣夫!尚饗。

祭伯母許太安人文壬辰

蓋臣從父老談庚申倭夷事,未嘗不流涕也。是時承平久,民不知兵。吾族世居海上,無城郭之限。卒然有警,相與推封主事中溪公爲長,率先約束,以與賊角。賊徘徊不敢進,須臾,眄其後則衆鳥獸散矣。賊因併力封公,封公竟不免。安人拮据,兵火備嘗。荼毒者逾二十年,卒能收聚餘燼。義、方二子,以克成立。可不謂丈夫之概、立孤之誼哉!安人食貧而寬綽,端詳不戚戚,暨儀曹兄成進士,不沾沾。族人以此益誦安人賢有大度云。辛卯,臣官比曹,婦遣肩輿迎安人。安人至,步履如少壯。婦躬進酒脯,安人爲舉一匕箸。比晉職方,居舍相去數百武。一日,安人蕆事過焉。婦見其步履無恙,而精采稍不逮,私語憂之,而不謂其未踰月而遽隕也。痛哉!痛哉!

嗚呼!安人雖未及期頤而春秋七十有八,高矣。伯子雖不及視含歛,而儀曹兄必誠必信，奔走南中，縉紳之賻與奠以襄大事，備矣。儀曹兄雖未及以三旌之祿養，然六載金陵，珍品時鮮，朝夕不絕，不倍葰家食時乎？適矣。儀曹兄篤學好脩，安人雖未及竟所就，然奏績承明，馳恩之隆重，冠帔之輝煌，實身被之，侈矣。安人常言曰："自吾背吾夫，未嘗一日忘吾死也。所以隱忍人世者，爲二孤長者未室、幼未丱耳。今子起家錚錚有聲，諸孫競爽，吾可以瞑目下報死者。"斯其志，豈蘄久生者耶？矧易簀之際，非有所苦，氣息奄奄，漸盡漸散。蓋大數之既終，雖盧、扁亦無如之何矣！夫何憾？夫何憾？瓣香束帛，命婦饌酒脯而進之。靈如有知，其尚爲舉一匕箸也。

禮寅會奠梅夫人徐氏文辛丑

惟邦媛之賢娉兮，譬朗月之宵光。毓粹質於高門兮，勗姆訓之柔良。羌窈窕而好修兮，紛內美其皇皇。扈瓊玖以爲佩兮，紉蕙茝以爲裳。協令德於相攸兮，矢交儆於雞鳴。虔蘋蘩其必躬兮，承婉娩於尊章。葛覃服而無斁兮，樛木纍而福將。將丹穴之群雛兮，伊子七之在桑。羨夫子之洵美兮，抉雲漢之天章。驟秣場而馳騖兮，步天衢而翺翔。翊夷夔之禮樂兮，職屬國之匡襄。騰妙譽於簪裾兮，占有相之內彰。佇奏最於明廷兮，宜象服之焜煌。何百年之不淹兮，忽一疾而溘亡。號比翼之王雎兮，衝颷激而參商。幽蘭猗其華蕤兮，驟隕蘀於秋霜。

素等奏塤箎於伯仲兮，耳翟茀之芬芳。嗟莊生之鼓盆兮，束生芻以徬徨。豈月盈則必食兮，乃造物之固常。抑形氣之本無兮，今反而歸於芚芒。惟夫君之方升與令子之岐嶷兮，芳菲菲其未央。續《女誡》於往編兮，雖促而謂之長。雲湛湛兮春草，日奄奄兮扶桑。奠椒醑兮桂漿，靈姍姍兮洋洋。尚饗。

祭王表嫂陳氏文癸巳

嗚呼！嫂氏佐恒甫兄之學，駿發可需矣，而未及發也。嫂氏之子有新婦稱姑矣，而嫂氏猶未離乎婦也。嫂氏之女婉孌尹吉矣，然長者未笄，幼未齓也。嫂氏之年纔四十也，奈何溘然去此而死也？

蓋吾從吾姑孺人及母妻之間，詳嫂氏之徽音媺行，未易更僕。而其大要，乃在莊重質直，無疾步，無譃語，無刻核求多之心，無怢求隱忍之行。是皆壽者相，而竟中道夭，又以免身故，謂天可問乎！然而嫂氏没，其姊姒哭之於室，其翁姑哭之於堂，其夫悼不自勝，至欲守王駿之家法。夫鄰里姻戚閨房之媛，無可稱述而白頭相守者，豈少哉？以方嫂氏，孰賢孰否？何短何脩？不楚梏、厲施耶！瘠牲瓣香，拭淚陳詞，以慰幽冥，兼解其夫與子之悲。嗚呼哀哉！

祭姑端懿王恭人文

嗚呼！獻臣哭吾父觀察公未一年耳，何忍遽哭吾姑耶？吾祖別駕公之子五人，而愛吾姑特甚。吾父於同胞素篤友于，而愛女兄特甚。吾姑於外家，姒娌之情不薄而，而愛吾母黃淑人特甚。吾姑視兄弟之子猶子也，而愛不肖臣特甚。則姑之殁，宜吾母子之悲悼不自禁，而涕悢悢然盈把也。雖然，姑之殁，則何憾矣！姑方齓，而別駕公舉于鄉，爲官人，父母故貴也。笄而字朝議公，爲封公愧予之婦，尊章又貴也。既而吾父登進士第，兄弟又貴也。晚而侍御兄成進士，歷名藩臬，天子貤恩朝議公及姑者再，翟冠翠翹，掩映芗繡，則夫婦又俱貴也。女兄之壻陳志國與不肖同通籍己丑，則女又貴也。

姑生而淑慧，受塾師書，屬對輒不凡。長而通曉道理，有偉男子之識。別駕公顧謂王母洪淑人：「使吾男子如女，足矣。」既歸而尊章曰：「吾冢婦也順。」姒娌曰：「吾丘嫂也任。」婢僕曰：「吾主母也惠。」里婦鄰媼待以舉火者曰：「吾夫人也仁。」而族戚内外，則總而稱之曰賢。今姑春秋七十三矣，與朝議公白首相莊無違言。已病憊，猶拮据蘋蘩不休。故姑在床褥，而朝議公若失左右手。殁而語及，必哽咽氣塞也。雖姑之子若女其貴者，以宦轍離隔，不無終天永訣之恨。而恒甫兄及李氏妹，旦夕扶持，籲天祈代。又孫茂才輩，濟濟在侍，裓身裓棺，必誠必信。視吾父齒僅中壽，獨子天涯者，不啻倍之矣。姑可無憾也！

然獻臣嬛嬛在疚，見姑猶父，而今已矣。吾母方仗姑過從，以終餘年，而今不可作矣。獻臣有女許侍御兄之子，冀及姑在，以卵翼教誨之，而今不逮矣。寧無悲悼不自禁而涕恨恨然盈把也！魯酒薄羞，母氏及婦所手治者，獻臣敬薦之。靈而有知，其尚能臨鑒飲食之耶！嗚呼痛哉！

祭親姆丁太孺人文壬子

嗚呼！獻臣自戊子附驥而知有太孺人，自兩締姻好而益知太孺人之詳。太孺人爲少司徒莊公冢女，王道思先生之自出。至性過人，幼即讀書，識義理。先生磨其頂曰："此女胡不男也？是天下之賢女也。"既歸贈寶慶翁爲梧州公冢婦，太孺人即天善拮据，家事事倚辦，得尊章歡。是天下之賢婦也。贈公故爲諸生有聲，太孺人日夜攻苦佐讀。贈公好施予，太孺人又常捐橐裝佐施。是天下之賢內助也。太孺人故舉丈夫子四，口授章句，幾能成誦，而後遣出就傅。諸子之嚴太孺人也，嚴於贈公。故亨文爲世名人，駸駸大用。而亨中懷負利器，傑然庠校間。是天下之賢母也。

蓋予有愛女，幸以棗栗事太孺人。太孺人濡沫之、訓誨之者百方。閨門內外，整整穆穆，纖悉僮指，悉取決於太孺人。諸子諸婦，咸受成焉。每歸與吾母及室人誦之，未嘗不交伏。太孺人之賢無兩也。太孺人晚以贈公無祿，仲叔蚤凋，大痛之餘，歸心白業。蓋斷葷蔬食者積有歲年，布金施榩者何日蔑有？即臨化之際，從容委順，絕無恐怖。善根之植，因者果矣。悼太孺人者，猶以爲年壽之未稀也，食報之未竟也，內則之不可復續也。雖然，稱賢婦人者，至於女士，美矣。至於女丈夫，極矣。然不足爲太孺人道！使太孺人爲男子，則有士君子之高行，而又有大丈夫世出世間之超識。矧亨中未就省試之役，而亨文八載家居，兩疏請告，即朝命再臨，猶逡巡不欲赴。蓋皆以太孺人晨昏之故。幸而得奉湯藥，承永訣。雖不百年，母子之間，復何憾哉？瓣香告虔，侑以此文。蓋母氏及室人手治之，而小子敬進之。嗚呼哀哉！尚饗。

祭一嫂許孺人文丙寅

嗚呼！孺人之嬪于蔡也，事姑及祖姑，曲得其歡，可稱孝矣。生平無疾言，無遽色,無非無儀,克勤克儉,可稱賢矣。子婦能養,孫曾濟濟,不爲不福矣。年踰大耋,歸報地下,不爲不壽矣。然獻臣所以難吾嫂者,則不在此。當吾兄之客死錦田,年僅踰壯,而嫂未三十也。上託孀姑,下遺藐諸,天乎亦至酷矣！乃吾嫂奉孀姑而襄大事,則以婦代子。育二姪而成之,撫二女而嫁之,則以母代父。計八十四年之中,其稱未亡人者,直三之二。而茹荼拮据,有如一日。至中身後,子女婚嫁既畢,乃始稱爲王母,而稍以家計聽子也。斯亦人生之大痛,而白璧之貞操矣。

謹按令甲,吾嫂與吾伯母例俱宜旌。而子困布衣,孫僅青衿,尚未能章顯于朝,致令兩世之孤貞鬱焉,即獻臣亦有餘愧。然以吾兄、吾嫂之積善執節,其後必有興者。而吾伯母、吾嫂之幽貞,終不至湮没而不彰也。吾嫂亦可瞑目于九泉矣。海波不靖,尚阻哭臨。薄奠椒漿,侑以此詞。嗚呼哀哉！尚饗。

祭王表嫂黄恭人文丁卯

嗚呼！方恭人歸當世兄也,獻臣時五六歲,以中表弟謁恭人,曳裾鳴珮見焉。歸爲母氏述之,吾母喜謂王氏有婦。已而當世爲諸生有聲,恭人佐之讀甚勤。其拮据爲家甚儉,而待里媼有恩。及當世成進士,歷官途,恭人從之台、從之京師、從之青、從之滇,又從之吴越間。而所以佐之官者,又甚肅。其生平事翁姑甚謹,吾先姑稱之曰賢。而接内外娌姒昏戚也,又甚綢繆。其自結縭以至白首,與當世兄相莊也,無違言。當世化去,而恭人操家十餘年,又甚整整。今行年且耋矣,而歸報當世,可不謂備美完福哉！乃恭人則又有異焉。

恭人丈夫子五,而其中子自號曰"無憂子",弱冠旅歿,意氣踪跡甚奇,蓋若有羽衣接引之者。于是,恭人茹蔬誦經,修金仙氏業,二十餘年一日也。兹夏偶得疾,尋愈。然藥食希進,曰:"吾志生仙界。"獻臣顧謂鳴玉、鳴衡:"世寧有絶食屏藥能久延者？"然二子竟無以奪也。嗚呼！使仙真可學,如恭人之堅决,其不復墮落塵緣無疑,矧生平備美如是！吾母、吾婦,皆蒙恭人愛甚摯,亦不敢以世俗去來之情過爲恭人怛化也。瓣香尊酒,授獻臣往奠,而告以此文。尚饗。

祭陳恭人親姆文戊辰

昔王家姑與余父最友愛。姑有丈夫子二,皆國器也。而余父獨賞其長者,曰必貴。有女子二,皆閨秀也。而余父獨賞其長者,曰必封。即子少時,與恭人以外姊弟相愛,猶同生也。其後,恭人締姻邦伯公。而邦伯公與予居恒修業,試闈競奮。子丑間,遂聯掇而通金閨藉,稱年暑弟。于是,予得尊恭人爲年嫂。及宦遊,而予弱息覞恭人子季和。于是,又以婚姻之故,得尊恭人爲親姆。蓋恭人於是稱恭人,而先君子言驗矣。數年後,予女入門。恭人稱之曰:"蔡家女能婦。"夫豈女能,則恭人之教也。又數年,而恭人篤愛予女,曰:"蔡家女能孝。"夫豈女能,則恭人之慈也。恭人身兼四德,行備諸美。撫二子如鳲鳩焉,撫一女若掌珠焉,撫兩婦若己出焉。而親戚里閭之婦,待恭人以舉火者,呼輒應也。戊辰之夏,邦伯公方驅車入中州,而恭人遽爾謝世,則不無各天之悲。然人亦安得長相聚乎!今邦伯公新命且膺,而克鑾、季和奮翮有日,則親姆亦可無憾也。顧念姻誼,瓣香瘠牲。老母荆婦,同此酸辛。嗚呼痛哉!尚饗。

祭九十一壽慈儉林伯母文甲戌

蓋《洪範》之五福,壽居一焉。而老氏三寶,一曰慈,二曰儉。夫老氏之論慈儉也,曰:"慈故能勇,儉故能廣。"殆爲奇男子言乎,而非所語於善女人。然婦人女子,則慈儉尤其切且要者。今年夏,吾伯母林,春秋九十一,以壽終。宗人問謚焉,獻臣曰:"夫吾伯母之事姑孝矣,友姒娌任矣,其操家政篤老不倦勤矣,其爲德備美矣。吾何以名之?"伯母僅一了體謨,了又一孫信卿,而男女曾孫且濟濟焉。撫而育之,以有成立,是其慈也。蚤作夜息,樹種畜養,家計漸昌。而伯母終身勞瘁,未嘗輕收一婢,輕費一錢。是其儉也。謚之曰"慈儉"。僉曰:"善哉!"

嗚呼!天人之際,其可知不可知者耶?吾伯瓊浯公客殁金陵,而伯母不及訣也。寡居者餘四十年,而晚復哭子。彼蒼之苦之也,亦荼矣!伯母生平自拮据,銖積寸累,以遺子孫。既大耄矣,啓閉吹爨,人所不堪,而安若固然。其自爲苦也,亦多矣!雖然,吾家自祖母洪恭人以來,不乏壽母。至伯母而耊既耄,豈非五福之一?是天之所以福伯母也。今孫及曾輩,或遊璧雍,或采芹藻,家餘粟帛,人稱詩禮。以亢^①宗而益大之,庶可冀乎?又天之所以券伯母也!此其理可知,而其事可待。夫使伯母履慈儉之素,而後人食勇廣之報,即年不百,而持此以見吾伯、吾弟於地下,亦奚憾哉?脀牲魯酒,婦氏治具,而獻臣敬進之伯母。其欣然一顧也耶?尚饗。

祭丁室亡女文壬子

嗚呼痛哉!一歲之中,既喪吾婦,復喪吾女。婦猶有孫,汝乃無兒。痛哉!汝母首舉汝,祖父、祖母咸喜。吾無女兄弟,及汝長,四德悉備。祖母曰:"孫女猶吾女也。"愛之甚。既相攸于汝家矣。然道之云遠,或歲一再歸,或再歲一歸。見汝之孝于姑嫜,而姑嫜愛之;和于家室,而家室宜之。祖母、汝母則甚喜。見佳壻之篤學好修,而榮貴可卜。又見汝之知書識理,而一言一動,咸有軌則。祖母、汝母則又喜。惟是汝之屢身而未子也,兩家蓋深念之。猶曰,汝年纔三十,有待也。庸詎知日者之猶舉女耶?庸詎知汝之遽止於此耶?汝既以舉女不怡,又免身未彌月而遭慈姑之大變。汝實力疾以視含歛,躬哭奠,故屢感屢發。未幾,遂一寒而不可救。

嗚呼痛哉!我旬日前視汝,汝欲我留,我初不以爲意。及疾亟,猶欲速我一來。何期倍道馳至,而汝已不及訣乎!祖母、汝母則痛汝、哭汝,又悼汝之夭而無丈夫子也。嗚呼,天乎!謂之何哉?汝已矣,無見期矣。然汝從慈姑于地下,未爲無依。汝有三女,夫君必能撫之、教之,如汝在時。吾家亦必爲汝善視之,決不令失所也。嗚呼,天乎!胡然而聚?胡然而散?胡然而不子?胡然而不延?吾且吞聲,汝亦瞑目。痛哉!痛哉!尚饗。

【校記】

① "亢":原文作"添",據文意改。

②"崇":原文作"祟",據文意改。
③"瓣":原文作"辦",據文意改。
④"未":原文作"束",據文意改。

清白堂稿卷十七

同安縣志 萬曆壬子修

輿 地 志

同安之名,肇晉太康,而大啓於唐天成。其在於今,則紫陽之所教也,列聖之所治也。生齒殷盛,人文浡發。蓋爲望、爲緊、爲岩者兼有之。夫其地廣博而饒洽,其山竦秀而開豁,其海汪洋而無涯際,泱泱乎大國之風也。小史可無紀乎?志輿地第一。

川

論曰:兩溪會處有銅魚、金車二石,爲水口雄鎮。故城與橋名"銅魚",館名"金車"。朱文公爲之題字刻石,偉然觀也。今"金車"如故,而碑沉於沙中,銅魚已填爲廛舍矣。此公物勝蹟,當日何從得之?且何靳數廛之地,不爲一邑還舊觀乎?舊識云:"銅魚水深,朱紫成林。"故二石下流,復築雙溪壩以蓄水。今沙日壅,溪日淺,而壩不可卒復,其故竟莫之講求,何也?

海道潮汐

論曰:潮往來,視月盈虛。故海濱人云:"月上水長頭,月落水分流。"又有以"長半滿,汐半竭"六字指掌順推者,豈不信哉!然晉惠潮平之候,其同者猶三之一。而以同安溪潮考之,無一符者。非以稍回遠之故耶?夫海若一噓,萬里皆平。今一郡之中,懸較若此。何況乎東海、西海、南海、北海,相去不可爲量數者乎!則蠡不能測矣。總之,土人舉其大凡,非晷漏而定之者。郡志所謂"按刻爲正",良有以也。

規 制 志

今夫有家者,必有垣墻、堂室、楔棹、庖湢、囷廩、庠塾,而後一家之制以備。

先王建國馭民,何以異此？余所列者,城池、街市、坊署、書院、社學、倉廩、收恤之類,其大者如縣學,百執之居及其職事,詳在官守,茲不具。志規制第二。

街　市

論曰：吾觀於市而嘆庶矣哉！往惟迫除,而肩相摩、趾相錯也。今則終歲紛沓,幾令人無着足處矣。自稅璫出,而三十六澳之民業包稅八十緡。後復額外加增其半,遂至上執餉稅之額,而下肆牙行之奸。頃者,李令君上牘按臺陸公,毅然罷之。其後,乃獲以香資地稅議抵,可謂約己裕民者矣。雖蠲四十緡耳,而商民之受惠,寧啻十百哉！

坊　表

論曰：余行通都大邑,表厥宅里者衆矣。豈必其人盡足不朽哉！吾同達官非之,獨不競此一節,猶爲近古。至蘇魏公之丞相坊表,自朱子千秋生色,而楔棹蔑如,斯爲闕典矣。近世清風、卻金、銘恩之役,吾猶有取焉。

社　學

論曰：聞之漳州,蓋重社師、社生云,吾郡則蔑如也。勿論其他,即吾鄉平林一社,長老無能名其址者,況後生小子乎！夫社學,即古小學之遺。其教必以朱子小學入門,而四書本經尤必兼熟傳註。今數者無一焉,根本撥矣。即使官盡爲置師,何益哉？加意作人者,多擇明師,謹申科條,俾之各教其鄉隅。而豪姓者,不得以蒙師爲市,雖庠塾閭閻可也。

預備倉

論曰：有備無患,自古記之。然吾見備之爲民害也。其入之時,雖增其直,民猶將益焉。其出之時,雖減其直,而利乃不在窮民,徒飽衙門之猾,糶糴之奸耳。吾嘗謂使犯杖有力者納穀於倉,而稍寬其數,則雖勞之而不怨矣。若中人折工之産,不可與領此。

水　利　志

夫擊壤之民,耕食鑿飲,曰："帝力於我何有哉！"後世良守令開龍首,浚西湖,爲百世利,民皆尸而祝之,此羸者同也。水之爲利大矣!或主祈禱,或供灌溉,或藉啓閉墾藝。余故備列,俾爲民興利者考焉。志水利第三。

井　泉　潭　湖

論曰:夫坊市之井,官所疏鑿以爲民利者。其他絶境泉潭之勝,大率出自天成。或①蠲疴表瑞,或興雲致雨,孰非山川靈氣所鍾而有裨我人者乎?浯洲諸湖,舊志不載,亦併列焉。

陂　　塘

論曰:夫同之地,山海居其十七,可耕之田無幾耳,故常病旱乾。如志所稱,以一陂一塘而灌數十頃之田,則官之致力於民者盡矣。今一旱焦土,所爲陂若塘者,安在哉?夫水利有專官,而儒者、吏者,率廢而不講,民生安得不聽命于天也?

埭　　田

論曰:滄海桑田,信哉!同安人築隄障海以爲田,又鑿水道引溪流,以時啓閉而灌溉之。於是,向之斥鹵變爲膏腴矣。然風潮不常,山潦時漲,或壞而入,或闌而出。歲脩補,所費不貲。甚哉!水之爲利害也。

官　守　志

按《周禮》,維王建官分職,率屬自六卿以達于鄉縣。封建罷,秦令之重也久矣。吾同於宋爲中縣,知縣事一、縣丞、主簿、尉各一。於元爲下縣,達魯花赤一、縣尹一,主簿、尉各一,儒學教諭一,又有巡檢、鹽場司令、司丞、管勾等官。此前代不具論,我明建官備矣。同今爲閩南壯縣,民隱土風,錢穀兵刑,事緒紛然。令而下,幾無寧日矣。吏兹土者,其可忽諸?志官守第四。

儒　　學

論曰:余觀吾同有學以來,六七百年間,所爲興革狀,何可勝究也。夫同自朱子簿邑,道教漸涵,人文蓋彬彬矣。我明高皇帝以朱氏學治天下,即五經四子,皆宗朱氏説,叛者有禁。而同又其過化之地,其興起正學,宜居天下之先。

乃二百餘年來,誦法孔氏,出入不背,所聞者固多有之,然儒効亦未大著。豈非豪傑之難哉?今後生輩,束《性理》《綱目》不讀,甚至併經書傳註不觀,輕去朱説,而新是從,以媒青紫,曰:"士固無用此耳。"平居徵逐,言不及義,其行益猥瑣不足道。而學官升散課督之規,亦久置不講。朝廷立官師、建卧碑、勒督學之意謂何?故有有司之脩學,有士人之脩學,又有學官之脩學,嗚呼!有司之脩學,十中或得一二焉。學官之脩學,百中或得一二焉。士人之脩學者,鮮矣!

學　　租

論曰:學租之設以贍貧士,而以其餘爲課饌脩葺之需,至便計也。況取諸橋梁、寺觀之餘,良工心苦矣。奸佃拖負,無所不至。司牧者何能無惻然?然法無兩利,既經議減後,復何説之辭?

二　　驛

論曰:吾同郵傳,自地方文武大吏外,不過漳縉紳往來耳。往時糧户親當,及夫保之弊,編氓受累極矣。今徵銀官贍,此法終不可罷。然上下相蒙,應付冒濫,遍天下盡然,非特同苦之也。憶鄒參政墀在漳南,不以脚力假人,而二郵得大蘇息。斯民勞逸之故,在上者可以鏡矣。

防　圍　志

夫兵以衛民,民以給兵。矧同爲山海要衝,其於防圍尤所重。今之名有餘而實不足者,寨遊之兵是也。其名實幾至俱亡者,弓兵、民兵是也。平居徵餉猶若不支,萬一倭奴内訌,則嘉靖末添編倍追之弊,能無慮乎哉?核實素練,先雨綢繆,當事者幸甚留意焉。志防圍第五。

八　巡　司

論曰:七巡司城,洪武二十年,江夏侯周德興經略所創也。弓兵司皆百名,工食名皆七兩二錢。而吾同額編三司,餘俱仰給晉南。其後減爲七十或五十,惟苧溪司,係正統元年添設,不置城,弓兵三十。原編安溪,嘉靖三十九年,以兵興扣銀充餉,各司止留十二名,以備哨探盤詰。而外縣工食,亦俱先後掣回,吾同加編至四百名矣。萬曆九年，陳坑、田浦、高浦、塔頭官兵裁革，而苧溪改建白礁，易今名。其弓兵三百名，全追工食九十五名充餉，又扣二百五名四分之一充餉，又裁減免編五兩四錢者一百二十六名。今峰上存二十七名，烈嶼、官澳各存十九名，白礁存十四名。巡檢賃居邑邸，而城多傾圮，廨無棲身。甚至司地佃給民間，城石幾化烏有矣。據其弊，雖悉裁猶可。然國初碁置防海詰奸之意，然乎哉？然乎哉？竊謂萬一有急，額兵固難猝復，復之亦無裨於用。然城之可守者修之，以俾民自爲守。其高阜不得水者，官移其石，而建之大鄉落中，亦備倭之一助也。猶勝其日割月偷，以至於盡也。

三　守　禦　所

論曰：國初設三所、七巡司備倭，計至密也。今司兵已裁充餉，即所軍亦第名存其半，糜倉粟耳。印捕城操相傾奪者，未已也。夫三所墩臺之設，各有守軍及罪犯哨瞭者，夜舉火，晝舉烟，使數百里之外得預知而爲之備。今承平四十餘年，高者谷矣。又況軍器、屯田，有一足恃者乎？

三　軍　儲　食

論曰：夫三倉之設，爲軍食也。自官攢因緣爲市，名納穀而陰折銀。既折銀，復圖納穀，而軍與民交病，獨鼠輩利耳。然二倉之役雖苦，而舊制固然，又烏可已？惟嘉禾原派南安，頃年偶以同民代輸，計領銀幾何，必均攤，倍直乃克竣事。夫南、同之去嘉禾，海道均耳。置所者，爲同亦爲南也。南蠲其一，同益之三，獨爲匪民，誰能堪此？日者，李令君春開以仍舊請，其談是非利害破的矣。司民隱者，何能無動念乎？

浯　嶼　水　寨

按，浯嶼水寨原設於舊浯嶼山外，不知何年建議，與烽火南日一例，改更徙在廈門。説者謂，浯嶼孤懸海中，既少村落，又無生理。賊攻內地，哨援不及，不如退守廈門爲得計。又或謂，倭寇之入內地，惟有二道，一從大擔、烈嶼而入，一從金門嶼而入。浯嶼居其外，實爲捍蔽烈嶼、金門之衝。若以良將重兵固守之，則賊不待入內地而已抑制矣。此在當道者斟酌采擇，以取其勝，未敢懸執一議也。如廈門防守官軍，果能以湄洲、深滬、料羅、大擔爲汛地，絡繹巡警，而於料羅澳及大擔嶼最切要處常扼守之，則又不論舊浯嶼與廈門矣。

論曰：隆慶初，縣志云爾。而興泉道駁之曰：倭寇之來，皆乘北風。自福寧、福州、興化以達泉州。而浯嶼爲泉州極東南一隅之地，倭船北風順流而下，兵船自南逆風而上，遠至迎敵，果計之得否乎？廣賊之來，皆乘南風。自漳州玄鍾入界，經銅山、六鰲、鎮海以至浯嶼。若賊從浯嶼外東大洋北向直上，以犯浯洲、圍頭、崇武等處，又浯嶼之所不及顧矣。故浯嶼兵船，自興化、湄洲而崇武、永寧、圍頭、浯洲、料羅分布哨至浯嶼，與銅山兵會，而銅山則直至浯嶼屯劄，是守倭寇上游。廣賊猖獗，則併力南守玄鍾，是守廣賊上游。夫昔之所爭者，浯嶼、廈門耳。而今則石湖，又去浯嶼不知其幾矣。然畫地非不分明，而將脆卒惰。或泊內港，或寄人家，商民劫擄，若罔聞知。甚至以販倭船爲奇貨，何言倭哉！夫寇飄忽靡常，刻舟於舊所從入者固爲拘攣之見。第將士以船爲家，時戒嚴于波浪要害之衝，則弭盜之上策也。

機　　兵

論曰：城池戎兵，所以爲衛也。夫同三里之城，七里之郭。即民兵三百，豈遽足資禦侮？今抽其餉餉兵矣，正得半耳。奔走送迎之不給，引弓執殳，又誰問之？天幸無事則已，脫有緩急，彼承票聽差者，亦足使乎哉？

典　禮　志

夫安上治民，莫善於禮。禮，通幽明、和神人者也。我國家典制大備，達諸郡邑。子路曰："有民人焉，有社稷焉。"吾同之謂乎！令以下設誠致行之耳。若民間冠婚喪祭，頗準朱文公《家禮》。雖文質時變，無甚悖謬者，不具論。志典禮第六。

城　隍　廟

論曰：今獨城隍廟完好耳。余嘗行視社稷，僅存壇壝及齋房一室，他垣屋無存者。聞山川壇亦然。當此民窮力詘之時，脩之則費不貲，不脩則非國家所以嚴祀敬神之意。夫立神以爲民也，司土者斟酌經費，而次第脩舉焉，可矣。

里社鄉厲之祭

論曰：余讀《大同集》，有春祈秋賽祝文。及考我明里社鄉厲之制，聚民讀誓，而後知聖王爕陰陽、治人神之周也。當其時，雨暘時若，衣食滋豐，民用和睦，神罔怨恫。今鄉村社厲之祭闕如，并壇壝不可考。而淫祠賽會，譁侈相競。何哉？

鄉飲酒禮

論曰：鄉飲酒之禮，所以養老崇德，示勸懲也。今民間之老見爲椎少文，不可與縣官揖讓，則以有爵、有封者充之。不則，或別有所爲而舉。故雖有季次、原憲之賢，舉未必及。即及，亦逡巡而不敢當賓席。此豈虞庠之意也哉？

賦 役 志

蓋孟子所論三征，特其大者耳。後世搜括折秋毫，以天下用天下，其勢然也。往夫保、庫子之役，大爲民害。及嘉靖兵興，加派倍追，民不堪命。今力差法變，而五十年來幸無兵革，民得釋肩於一條鞭之中。平居猶殫地竭廬以應，至其搜之盡而用之虛，有事復將更求者，莫甚於兵，吾不知其計之所出也。志賦役第七。

里老總保

國朝民差，有正有雜。里甲老人，謂之正差。均徭驛傳，機兵總甲，謂之雜差。同安都隅爲圖者五十有三。圖爲十甲，甲以一戶丁米多者爲長，而統甲首十戶。十年之中，每甲輪一人爲見年。坊爲坊長，里爲里長，共得五十三人。老人亦每圖一人焉。里長之設，原爲催徵錢糧，勾攝公事，及出辦上供物料。然勾攝非其任矣。出辦上供，則舊入八分。而今派條鞭，上官約束，亦無額外之擾。惟十甲役周，大造黃册，輪僉書手一人，貼書二人，則催徵大造，豈非里甲本務哉？《大明律》載："合設耆老，須於本鄉年高有德，衆所推服內選充教民。"榜文云："民間婚姻、田土鬬毆、相爭一切小事，須要經由本里老人、里甲決斷。若係姦盜詐偽人命重事，方許赴官陳告。"而戶部申明，老人、里甲合理詞訟條目，即鬭毆、爭占、竊盜、賭博、私宰、邪術，里老亦得與聞。蓋聖人導民靡爭，但能省一事，不犯于有司，則固無事乎以官治之也。故諺曰："和事老人。"今老人不由德舉，半係罷閑吏卒及無良有過之人。縣官一有差委，即圖攢錢。而里長亦多保家頂替，及慣熟衙門者應役，但得不侵收錢糧竣事下班足矣。人情不古，里甲固不能任決斷。即決斷，孰與之哉？吾邑見在老人止十八名，亦足以明其無所事事矣。總甲、保長，原亦《周禮》比閭族黨遺意，要在警備非常，非以爲役也。舊時責以送迎差使之事，故民爭求免，如報富戶糴倉穀焉。而當是役者，皆豪暴之徒，或作氣生事於鄉里。故奔走之任，被賊連坐之法，雖不必可行。然里有賭盜奇衺而不舉，則總、保亦不能無責也夫。

漁　　課

論曰：夫操舟於海，豈與江河溪澗等哉？風波頃刻，人力無所施巧。矧溪船乘潮，又常以夜乎。澳頭、劉五店，皆竪網柱以網魚者也。而海道往來之衝也，松柱之大以徑尺計，其長以數仞計。舊惟張於曠遠之地，故船不受害。今則密布急流，如列戟然。潮漲則隱隱簇簇，夜冥則不及見，風急則不及避，客舶之掛且裂於柱者，比比然。而彼方攘臂搶索，以爲有焦頭爛額功。其不幸而殞命者，將問之水濱乎？直指陸公嘗下令禁革，且命操舟者得徑自砍拔去。德意甚盛，而恬不爲動。網日增多，柱日增密。以區區漁利，而輕百十人之命爲戲。試問，其祖若父向者不以曠遠張網，遂至無魚，則亦何必截流竭澤而後爲快乎？噫！彼漁民豈獨無人心者哉？理而諭之，法而繩之，航海者庶其有瘳耳。

賦役條鞭

論曰：吾嘗怪吳賦役重而民苦富，閩賦役輕而民苦貧。何哉？山海多而可耕之地少也。兵興以後，休養生息且五十年。自一條鞭之法行，而賦法較若畫一矣。邑有神君，核浮詭，謹派編，嚴火耗，俾猾胥收頭不得上下其手，豈非百姓世世利哉？

寺觀額餉

論曰：以吾同山海餘地，可耕者有幾？而僧道田地至一萬七百餘畝，亦極侈矣。聞之僞閩時，悉以上田入寺。而留陳相繼，節度又多捨業增之，其勢非變寺爲民不可。自前輩林次崖、黄葵峰，皆有此議。然寺田地廣租輕，率民間佃種。自本折糧差外，復抽兵餉至七百二十餘緡，僧亦告病甚矣，姑仍之可也。

物產志

夫山川之孕毓，其精爲人，其粗爲物，日用衣食於是乎取之。然吾聞，豳民果酒嘉蔬以供老疾，奉賓祭，瓜匏苴荼以爲常食，故其風厚。今同俗不能無侈矣。侈則偷，偷則生之者有限，而用之者無節，吾懼其竭也。志物產第八。

貨屬

同之鹽，產浯洲、烈嶼及上都、汪厝、後倉、五堡沿海地方。宋元用煎法，今用曬法。度海濱爽塏地，用小石密鋪，堅築爲盤，盤方丈許。又度小潮不及之處，方四五丈爲漏埕，而坎其中爲漏池，以菅茅襯底，傍穴小井，稍深窾其底通焉。又鑿漏旁地，深丈許，爲木厨，以貯海水及鹹泉之湧出者。小潮時，將埕中泥沙挑撥晒乾，汲厨水澆之，俟再乾，則聚而實之池，仍汲厨水淋之，滲入小井，即成鹵水。風和日煖，取鹵水注盤晒之，則成鹽矣。泥沙淋過者，挑起再晒，再澆，而別取晒乾泥沙聚池而注之井，俱如前法。倘遇大潮，則平填小井，以收鹵氣。其鹵用剩者，另於丘頭置井貯之，以需大潮乍晴之用。六盤之地，一夫之力，夏秋日烈，可得鹽百餘斤，春冬須三四日，而池井搬運之工不與焉。價廉時，僅直米四升。陰雨颶風，則不可得，故吾邑鹽賤而晒苦。國朝恤鹽丁，而免其雜差，以此。

風俗志

《傳》曰："上行下效，謂之風。衆心安定，謂之俗。"夫同，紫陽之遺民也。聞諸長老，風俗嘗朴茂矣。邇來人以氣力僭侈相尚，廉恥幾盡。李令君嘗刻

《正俗編》以挽之。一歲中貞烈數見，庶幾其有瘳乎，而猶未也。夫風俗之變，如江河之下，日夜流而不返。子曰："行己有恥，可謂士矣。"故有恥，則女子、市民皆可為士。無恥，則縉紳、衿珮亦斗筲之人也。可不惕哉！志風俗第九。

吾邑正、嘉以前，人皆讀五經、《綱目》、《性理》，根本茂焉。至督學胡二溪來，喜子書、《史》、《漢》，而始知讀古文。然五經、《綱目》、《性理》之學，漸以疏矣。今則經史古文，胸中無一焉，而讀程策，程策又無一焉。而讀時文，甚至《四書》，經但讀白文，不涉註傳。小試出論，則茫然不知出處。總之，徒恃時文用事。夫無根之學，其華不榮，敝也久矣。

前輩皆嚴師而惇友，今則師友猶故也，而懶散凌夷，嚴憚切磋之益渺矣。即青衿之士，聯朋作會，竟日不能完二義。甚至分題會課者，輒大相襃奉，全篇圈點，極口揄揚。稍有雌黃，輒生嫌隙。奚望其勸德業、規過失乎？此欺人自欺者也，非求益者也。

同安風俗之蠹者，其一曰賭。而賭之最蠹者，尤在於頭家。賭者或積猾，或稚子弟，非必盡有見錢。而頭家則為之打發，索贏者而取償於輸者，故其利盡歸頭家。賭之具，或以紙牌，或以骨骰，或以壓寶。自膏梁貴介，赤兵腳夫，至儒冠，亦不免焉。近有一法，不用頭家，而要見錢。聚五六人，或十人，日輪一人直會。每人議攤場錢幾，飲食錢幾，輸贏皆當時見理。其輸而不足攤場之額者，次日湊足，方許入會。其不能補足者，擯之。必百方湊補乃已。此法行，而賭者日趨於盡無出頭時，誰為作俑者乎？

其二曰侈。蓋有衣服巾履之侈。往時衣皆布素，即學校亦然。今則人著彭段紡絲，無白布道袍者。往時市肆紬段紗羅絕少，今則蘇段、潞紬、杭貨、福機，行市無所不有者。往時惟有方巾、圓帽二種，今則唐巾、雲巾、帽巾，無人不用瓦楞，或用縐紗瓣幅。甚至奴隸之輩，亦頂唐巾著朝履者。往時富貴人家，裏衣無不用布，今則市井少年，無不著紬羅短衫、紬紗裙、紬綾褲者。蓋有首飾之侈。舊惟金面銀裏，今則有并裏用金者。舊惟真珠假石，今則不惟買珠於粵，而且市石於滇，沽玉瑙於燕者。舊惟頭髻、花簪、鬢釵、耳環之類，今則珠箍垂簾，有一頭籠而費七八十金,競相効尤者。蓋有飲食之侈。物必珍貴,具必鳳甌,品必數十,飲必丙夜。甚至弱冠生朝,演戲招賓,祖父忌祭,牌枚行酒者。蓋有迎神賽會之侈。每年坊隅庵院神佛,必出像剔香一番。如正月望、三月三、十五、廿三、四月八、八月望、九月九,十百成群,旗隊金鼓,每相争競鬭毆訐訟者。又借金珠首餙結爲坊亭,犀象胸背之類,而一座妝搠,四五稚子,一日之費,動數十金者。又有大使小使,一紅一白,以木雕爲相拔之狀,而崇奉尤多,迎賽尤盛者,竟不知其何神也。蓋有紙張之侈。往時拜刺,或單或折。紅拜束、紅手板,用之官府,已爲創見。今則尋常拜謁,必用六幅。親朋吉慶,輒投紅刺者。蓋有盤盒之侈。夫婚姻嫁娶,禮必用盒。其他往來,或六或八,稍求精美,非一金不可。而餽者未必受,即受亦不免狼藉用之,且受者能無報乎？彼此虛費,無裨實用。即不可已,或裁用其半,可也。

其三曰投靠。往時發科登第,家中僕從,僅取足用。即門義,亦不過三五人而已。今則父兄子弟,人各鈎致,不數十人不止。甚至勢家親識、鄉隅頭目、稍習事曉衙門之人,輒倚傍數人者。或爲一事則靠一人,曰：“非此不可自存活。”或靠一人則生一事,曰：“彼固無如我何。”即靠人者之親戚,亦復轉相假藉,紛紛多事,皆由此輩。噫！小人附炎,固無足怪,吾爲縉紳家懼耳！

宋、元之季,同安在在俱有堡砦。承平日久,遺址僅存。嘉隆間,時有倭寇,監司復檄民自築土堡。或合三四鄉爲一,或鄉各爲一,或有力者聽其自築。賊至則清野收堡,攻則掎角爲勢,彼既無所抄掠,將自去矣。今承平四十餘年,堡砦皆鞠爲茂草,而民間亦不知兵。倭奴時聞窺伺,可慮也。

嘉靖之倭亂,人以爲自通倭始。故自朱秋崖開府以來,禁之甚嚴。而呂宋諸夷之販,則官爲之給引置榷,亦開一面之網,非得已也。然向惟漳民爲盛,而同之積善、嘉禾鄰於漳者,亦時往。今則自邑治以迄海澨,傾貲借貸,而販者比比。其所挾則蘇、杭之幣,美好之需,百物雜技,無所不有。甚至作優人以悦異類。即一舟之中,亦籠鷄數千頭而去。皆前此未有也。彼之銀錢日來,而吾之用物幾盡矣。且借過洋販浙之名而私通倭奴者,若履年地焉。守汛官兵,啗其賂而衛送出海者，聞亦有之。噫！商夷雖不可遽罷，而海上勾倭之禁，庸可弛乎？

風俗論

論曰：語云：務華絕根，枵腹果然。同俗似之。胸無三冬之貯，而侈然足己而不學。家乏擔石，而渾身飲食被服，作富貴容。此望之而可知者也。乃其健而靡，儉而競，吾猶不欲悉數之。若武備弛而海禁疏，海盜怡堂，尤瞿瞿爲桑梓綢繆慮矣。賢有司以德教濯磨，以風猷振作，庶幾乎紫陽之遺烈也哉！

官師志

同之爲邑，於今七百年矣。朱夫子以大儒簿邑，兼理教事，其所施爲訓誨，皆可爲百世法。嗣是才具雖人人殊，要以桀纛不悖紫陽者近是。不然，即有赫赫名，奚貴哉！自宋以來，令、丞、簿、尉咸列，我朝則併學職而錄之。名宦舊各有傳，其餘去而見思者，第紀其治行以俟他日。夫民有心與口，至愚而神，蒞茲土者，其毋愚之也。志官師第十。

人物志

夫山川之精，浡發爲人，頂天立地皆人也。後世用人，尤重科目，故志科第。養士必取於學校，故志歲貢。夫揚側陋、書德行道藝者，虞周法也，故志薦辟。積德累行而發祥於子若孫，豈偶然哉！故志封贈。任子、例監亦通籍于朝者，故志任子、志例監。文武並用，長久之術，故志武舉。掾吏雖係雜途，然奔走效力，所裨不淺，亦顧自樹何如耳，故志吏員科目。瞥眼浮華，君子論其世也。世久論定，後事之師，故志鄉賢列傳。其有不階一命，而卓然能以高節嫄行自見，與婦人女子善道守死者，皆足不殁，故志隱逸，志忠孝、節烈。合之總爲人物志云。志人物第十一。

科第

論曰：山川精英，鍾爲人文。吾同蕞爾邑，二百五十年來，登第者六十五人,而一時在朝在野共得十八人,可不謂地靈哉!然美服人指,高明神惡,吾甚懼焉。故立朝必有矯矯挺立之風猷,居鄉必有恂恂不苟之操履,然後其香可襲,其羽爲儀,方不負爲一大事出世。不者,愧科名矣!夫此六十五人者,姓名、行誼,其可掩乎?思齊内省,或姑舍是以俟後之君子。

鄉　　榜

論曰:吾同鄉榜,至嘉靖戊子、辛卯二科,盛矣。而辛卯七人,皆澨産也。海中撮土,亦靈怪矣哉!然七人者,又俱厄於南宫。所謂物忌太盛,非耶?

鄉　　科

論曰:鄉科乃士人進身第一步。顧或作氣勢於鄉里,或借居間爲生活。以予所聞,炎炎如庚午、癸酉之際,極矣!蓋一唱群和,誰障狂瀾?卒之登黄甲、列顯仕者,不在焉。比來此風稍息,然逐細小而忘遠大者,豈其無之?夫士尚志而大人之事備,有志者宜何從哉?

歳　　貢

論曰:較諸弟子員於食餼者,二十得一焉,其數不勝也。至登賢書,則幾相埒。何哉?我朝三途並用,於明經不薄。然待年而貢者,恒多遲暮迂闊之態。夫以規行萬趨之人,而與驥競走,不先失其故步乎?故寧方爲皂,毋員爲卿,斯不忝誦法孔子者矣。選貢又當别論。

辟　　舉

論曰:辟舉之法,使人先行後文。自周、漢皆用之矣。國初,首重是典,故吾同得若干人。其後,科目寖貴,而辟舉間行,今則寥寥絶響矣。夫吏道積薪,正雜交鶩,人情譎詐,真僞難分。欲復辟舉於今世,疇任之哉!然數歳一舉可也。不然,精擇其學行卓卓者,以褒顯于朝,而醇謹不任經營者,則賓之於鄉可也。是在柄世者。

封　　贈

論曰:夫居官而貤父祖、廕子者,豈非顯親揚名、澤流子孫、儒者之榮遇哉?彼匹夫而以子貴,膺封命,亦不偶然矣。然縉紳類知自檢,而爲父若子者,或借氣勢橫行閭里間，能自恬淡振勵者，未數數焉。口碑具在，録之亦所以鏡也。洪上林白父冤瀕死，居官清介，十年不調，雖科目之賢者，何加焉。

例　貢

論曰：自國家開例以來，吾同之以輸粟得雋者，可數也。夫膏粱之子，見爲兩雍入棘，易耳。不知具、不素豫、不可以取捷，豈獨閩闈難乎？若其藉是以躋衣冠，營佐領，則又在所自竪矣。

武　進　士

論曰：吾同人皆治經求舉，及不得志于有司，則棄而習弧矢、談韜鈐。故射患步不及格，步及格，則得雋易耳。然三所皆右武地也。中左多以經術登顯仕，高埔則文武半之，金門則武儁多而文捷未聞焉。此豈山川之偏爲勝乎？抑有待也。

吏　員　出　身

論曰：同俗，業儒不就，則去而爲吏。至其讀律也，又甚攻苦。故以部試起家者，比比然。當官而任掾史者，徒以敏給營辦耳。而掾史亦祇奔走承順，以圖重稭。兩造當前，則商賄多寡爲勝負。故曰，吏道雜而多端，官職耗矣。夫漢世公卿，多起刀筆。即我明况鍾、蔚能猶然。慎無以刀筆自局也哉！

宋　名　臣

論曰：蘇魏公才節德量，卓然古大臣風軌哉！惟縣志外蘇紳，而府志外劉逵，此二公皆祀鄉賢，而紳則閩志列之名臣者也。按，蘇紳鋭進好傾，雖爲白璧之瑕，然其博學多智，極言時事，豐裁有足觀者。劉逵反正之功偉矣，而《宋史》譏其無他才能，以附蔡京躐進。夫逵之請碎黨碑，寬邪籍，在京未罷相時也，故京黨怨之深。無才附人者，固如是乎？即如所論，引用邪籍子弟，及多取爲邪黨學術者，夫元祐黨人果邪乎？子弟果宜禁錮乎？此二事可爲罪案，則救焚拯溺之説非乎？吕圭叔贊其孤忠，而林茂貞謂其翹然百代，當不誣也。余故表而出之。

皇　明　名　臣

論曰：人言蓋棺之後，論乃定耳。我明林茂貞先生，經學、奏疏爲時名臣，而鋭志當世，竟崎嶇五品以老，歿二十餘年矣！王敬美提閩學，始送祠祀焉。近又有屢請而不報者，何也？蓋知人之難矣。以余所見，如洪司寇之才名，而負大冤死。李黃門之諫斥，而不及賜環。其他前輩，政事學行有聲者不乏，或請而見格，或尚未及請，失豈特在上人哉？

隱　逸　傳

論曰：吾邑隱君子，當首釣磯先生。蓋孤鶴橫空，不可得而樊籠云。然已俎豆於紫陽之側矣！余故不列，若周命申、顏一盂二君，經明行脩，抑亦其次乎？

忠　義

論曰：葉、胡二公之死，義善矣。使世不乏若人，何必南憂倭、北憂胡哉？夫天下之難，皆墨吏債帥釀成之。幸而有奮不顧身者，又惜其不得一當偏裨之任，發憤其所為雄，而徒驅烏合市人而戰之，以自香其俠骨也。

孝　子

論曰：顏應祐之尋母，與朱壽昌何異？至張弘綱之賣賊脫父，王肇禎之再蹈深淵，求仁得仁，又何怨乎？夫孝道大矣！詎一死可以塞責，一善可以成名？惟精誠之至者稱焉。聞舊郡志，宋有蔡挺卿者，自戕肢體以療親疾。若近時所舉劉震春之侍疾廬墓，蔡憲曾之善居喪，樓鳴鳳之刲股羞父，皆經核實給扁。而蔡、樓，年俱弱冠耳。余私心重之，未敢列之也。

節　烈

論曰：今節烈旌表，必由撫按。即他所奏請，必下按臺覆核。而按臺不得歲一報命，即請僅五六人。以余所聞知，窮鄉下邑，抱幽貞而不耀者，可勝數哉？失在於視節太難，而過持不必信之心。然至烈婦女之泰山一擲，則世俗驚詫，差易上聞。夫人空自苦一生，而博朝廷三十金之楔棹，司世風者，何得過靳之？今所列已旌、未旌共若干人，而烈女趙三娘、陳大娘，烈婦陳氏、許氏，皆相望浹歲中，余所耳聞而目擊者，豈非天植哉？抑良有司之風化使然乎？

廣　善　志

既志人物矣，復有一善可紀，而傳未及收者，隆慶縣志列之外傳。夫府志亦有外焉,蓋貴賤並列,嫩惡錯陳,微顯闡幽,作傳者其有深意乎?兹所錄然乎哉!君子取人,有一節之善則進之,惟恐其不聞於人也。予之志,實竊取乎是。志廣善第十二。

祥異志

論者曰:天道在可知、不可知之間。其細者勿論,夫小民何辜?而天或大降饑饉以困苦流離之,又時出颶風駭潮以漂覆之,不能不令人致疑於造物也。故余特紀之以告夫脩政脩救者,預爲備耳。若一身之敬怠,一家之善惡,禍福徵應,不在其身,則在其子孫。天網不漏,是在當人各各恐懼修省。志祥異第十三。

叢祠釋道志

夫釋老之宫,雖與吾儒分門别户,然我明高皇帝,天縱神聖,不惟不禁絶其人,而且於其教若有契焉。泉南昔稱佛國,惜乎爲之徒者,多爲田地賦役所累,而不能深明其旨,猶未離俗耳。刹宇不如兩都三吴之麗,然高山遠海、怪石清泉,或有過之。志叢祠釋道第十四。

宅墓志

廳容旋馬,死欲速朽,昔人以爲美談。然式廬表墓,豈非賢者之流風遺烈哉?余考覽舊志,及我明縉紳先生之藏而列之,俾論世者憑而吊焉。孤竹牛山,千載一日矣。志宅墓第十五。

盜賊志

語曰:"前事不忘,後事之師也。"吾同邊海近倭,國初多置巡司寨所,蓋慮之矣。正統間,沙尤雖云猖獗,未有如庚辛荼毒之甚者也。其時譚令維鼎,蓋有文武才略,用間招叛,以賊殺賊,故賊常止於二三十里之外。然山阪海澨,如官澳、大墴、沈井、後陳諸城寨,難言之也。夫時拊循、繕民堡、練鄉兵,謹察其敗群者而斥去之,未雨綢繆,計無出此者。矧今山海間,時復蠢動見告矣。不見其形,願察其影。志盜賊第十六。

盜　　賊

論曰:倭之來,蓋漳、泉人導之。初猶附倭而張,其後則漳、泉間人自爲孟賊耳。余所叙官澳事爲詳,蓋採洪受《滄海紀遺》。而沈井、後陳、大墴、雀髻之陷,其慘不下於官澳,問故老,幾無能舉其先後者。然後知紀載之不可少。而譚令君之練兵築堡,用間招降,居然一將略矣,豈止得勝兵五十人哉?然倭自勝國時互市,不滿所欲,則燔城郭、掠居民,往往爲海邊州郡之害。我太祖蓋灼見而痛絶之,著于《祖訓》。即嘉靖末之禍,亦自安平、月港互市起。通倭之禁,安得而不嚴也?

徵　文　志

志徵文者,何?匪徵文也,將以徵實也。何也?文非志之所重也。矧士紳家著述甚富,必人爲之哀,是文選文編之靡也,志何以稱焉?孔子曰:"杞宋不足徵也,文獻不足故也。"余所收紫陽《大同集》,亦必爲邑之學校、建置、山川、人物而作,可以考沿革、備故實者。不如是,則不録,況其他卮詞無當者哉!後之鏡古者,將於是乎覽觀焉。志徵文第十七。

【校記】

① "或":原文作"成",據文意改。

附錄

虛臺公小傳

先生己丑初仕南京刑部主事。壬辰,轉南兵部車駕職方郎中。以思親請告,途中轉南吏文選郎。歸侍三年。丙申,再補原官。丁酉,丁父憂。服闋,庚子,補禮部主客郎。壬寅,轉儀制郎。甲辰,陞常鎮兵備道大參。丁未,加銜湖廣按察使。庚戌,被察回家。乙卯,起浙江海道少參。丁巳,陞浙江學副。戊午,陞光祿少卿。己未,告病。壬戌,起原官。癸亥,養親。丙寅,正推常少,魏璫矯旨閑住。戊辰,起原官。崇禎辛巳九月,卒。壬午,贈常卿,晉贈刑部右侍郎,廕一子。欽錫祭葬,三院批允建坊,特祠學宮,春秋二祭。所著《清白堂稿》十六卷,《筆記》三卷,《八十章》一卷,《四書合單講義》四部,刻行於世。

時丙子復月,書於東山之草堂。此序未知某某先生,抄錄至咸豐乙卯秋七月,恐有遺失,特再抄錄於貽穀①堂書舍。

(咸豐鈔本《清白堂稿》卷首)

蔡獻臣傳

蔡獻臣,字體國,號虛臺,別號直心居士。萬曆戊子舉人,明年成進士,授刑部主事,讞理一歸明允。時帝久不視朝,抗疏請定國儲,忠愛慈切。調兵部職方主事,遷禮部主客郎中;四方朝貢,一依典禮。調儀制司郎中;冬至習儀,臺省爭班,獻臣力執舊典。復論楚藩假子一案,忤右宗伯意;宗伯遽罷,深恨之。已又疏請福藩之國;鄭貴妃恚甚,夜發內使執之,不爲屈。及旦,以舊典争於帝前,同官爲之危,獻臣神色自若,帝嘉其直,遣出,以參政銜分巡常鎮,遷湖廣按察使。有爲宗伯修憾者,借楚事劾之,罷歸,百姓遮留,立祠尸祝。抵家,讀書東山。李春開延修邑乘,既成,得《春秋》謹嚴之旨。尋起浙江巡海道,改領提學道,識拔精詳,狀元朱之蕃其所取士也,浙人士爲立生祠。天啓中,閩撫鄒維璉以學問純正奏,御賜里名瓊林,召爲南光禄寺少卿,爲璫所誣,削籍歸。邑之海豐莊田上有朱埭,迭決貽患,屢築屢壞,迄無成功,獻臣出貲築岸於朱埭,歲以有收,而海豐田永保無事,農人業户請何喬遠爲文勒碑紀焉。

獻臣清介亮直,師事楊貞復,徹性命之學,教人以敦倫實踐爲先。所著《四書合單講義》,既繹微言單闡之,復融大義合貫之,故名。其書取古解而參己意,歸於遵朱。嘗謂先正林希元正、嘉間名臣,有功儒者,貽書提學馮挺配享文公祠。鄉里利病休戚,不憚委屈陳諸當道,人受其庇。著有《清白堂稿》、《仕學潛學講義》、《筆記》等稿。年七十九卒,賜祭葬,贈刑部右侍郎,祀鄉賢。《通志》,府、縣志,《晃嚴集》。

(光緒《金門志》卷十一《人物列傳》)

明故嘉議大夫浙江按察司按察使肖兼蔡公[墓誌銘]②

明故嘉議大夫浙江按察司按察使肖兼蔡公□□□
賜進士及第、資政大夫、南京禮部尚書、前吏禮部□□□□□林院侍讀學士、經筵講官、兩京國子監祭酒、年侍生黄鳳翔撰文
賜進士第、中憲大夫、太常司少卿、前吏部文選考功司□中、□姻生池浴德篆蓋
賜進士第、朝御大夫、雲南布政使司右參議、前貴州道監察御史、甥王道顯書丹

憲使同安蔡公諱貴易,字爾通,又字道生,別號肖兼,與不佞/同舉進士。公生嘉靖戊戌四月十五日,卒萬曆丁酉正月二/十六日,春秋六十。憶不佞居先慈喪也,公辱臨吊慰之。睹其/體甚康、神甚王,乃不數月而訃聞矣。今公子選

部體國君卜/葬公於其邑民安十都董水獅山之陽,而乞銘於黃生。嗟乎!/吾郡士同戊辰舉者十有八人,今僅存者三耳。河清有期,人/生不竢。不佞方灰心槁形,逃虛抱寂,遂廣莫之野以畢餘生,/顧又不勝其生死存亡之感也,惡乎辭銘。

公之先世家梧洲/平林。曾祖父文周、祖父宜勳,皆有處士之誼。父兼峰公宗德,/鄉進士,官廣西梧州府通判。比公貴,贈祖父、父皆中大夫,貴/州布政司左參政;祖母呂、母洪,皆淑人稱云。公喪父時年甫/十五耳,已能哀毀如成人。洪淑人督公學甚厲,公亦刻志憤/發,弱冠學成,補邑弟子員,因名其齋曰肖兼,所以志也。嘉靖/甲子薦於鄉,越隆慶戊辰成進士,銓爲江都令,奉洪淑人諒/未之官,服除,補令崇德。崇德綰浙西孔道,舳艫、冠蓋相□接/也,其事劇而民疲。公涖事則約己敕下,悉罷諸供應之擾民/者。過賓至,束脯授餐如禮,往往罄私囊以具。然至貴顯人亦/無所加賟。邑民當輸粲京庚,奸胥獵賄,恒以意爲高下。公□/產授役,毫釐不爽,人詫爲神明,而疲羸者稍稍蘇矣。嗣乃復/包角堰一捍海潮,創尊經閣群諸生講業一振弦誦。即任怨/任勞,弗恤也。含山巨盜楊雷、潘榜者糾聚橫行,莫敢問浙,以/□苦震,鄰臺使者謀遣將兵之,公曰:"無庸。"乃用間計擒其魁,/□□解散,三方安堵。蓋鄰郡咸誦蔡令云。賢聲聞,晉南户部/□□司主事陝西司,董錦衣八倉。弊竇如鼠穴,公日坐粃糠/□□□,雖盛暑隆寒不少輟,官吏曹役靡或表裏爲奸者。滿/考,□□□司員外郎,督浦口倉,一如督京倉時。未幾,晉郎中/祠部。祠□素號清適,公閉户讀書而已。壬午,寧波郡守缺而/余文敏相□者郡人也,既請公於銓部曰:"此吾門下士,知其/能澤我邦□也。"既得,公則貽書戒其家曰:"是其報我不以私,/無庸私覿□。"公至而造請士大夫,問民疾苦,其或邇關説□,/三尺雖有□□山弗奪,而相府之舍人兒無敢鼓聲焰□里/中矣。公吏□□□即千夫之夥,數年之後,凡一矚皆能辨其/□貌,舉其□□。□性復宏厚,薄鈎距蜂厲之,治務在存大體/□□甚而已。□□□衛所賂結府胥,那借軍儲至數千金,無/還計。公□□□□餉蠹,一清海上。漁商二税舊輸郡帑,公/議貯之□□□□□□令曰郡牘故在耳。靈門外跨大江,爲/浮梁兩□□□□□□以築室,渡者壅遂地,一日溺百餘/

人。公憮然,其狀□□□□,爲文祭溺者,民自是無所患苦。居郡五載,□□須□□□□□備舉廢墜,皆用外寬内明得士。及公□遷□州□□,士民□碑頌之。貴州險遠且地瘠,官□者往往生□□□□□□□皆在焉,恬然安之。無幾微見□,而題其□曰□□□□□□自逸也。嘗署督學,所校拔多儒士,人□□□□□□□□出納之羨弗問已。癸巳,晉浙江按察使,□士民□□之喜曰:"是故浙中良守令矣。"而公果□浙令□興。董、范事起,訟者蝟集。公一切用安静鎮之,不□理曰:"是無賴子,□□安足聽也!"撫按知公不爲動,則□下之道右府,而范可成竟縊死。事聞,□□□事者咸獲重譴,人始眼公能持重得大體。至其風厲□□□□□紀,慎激揚,貪墨者望風解印授遁矣。是時,公方負骸□□□□□□仇口所中,台史有構公短者,輿論爲之不平。□□□□□□意鐫一秩當候補,而公子選部君方□□□□□□□人有言:"無官一身輕,有子萬事足。吾□□□□□□□□□。"出都門,相知有力者競挽留,公□□□□□□□□□□陰陽、世俗與俱,上下亦不□□□□□□□□□爲令與守皆著異聲矣。乃其遷也,□得□□□□□□□□以寡援故。當余文敏輔政時,有建開金□□□□□□畚鍤役,公曰:"此□□□□□□□□點而資巨室,詎庸利乎?"既□□□工官後□□□□□□文敏陳之,文敏答曰:"某鄙人,不知□□□。若是□□□□。"□立行一意類如此,然亦卒無枘鑿。□□□青天,幸矣。通籍垂三十年,絶不營温飽計,自祿入外,□□□□□已。其自崇德趣留都也,徽人商崇德者感公不擾民,□□□金追至姑蘇獻焉,公竦然曰:"此山陰□錢耶?"峻卻之。□□□而□四知亭俟其事。貴寧所部安酋國亨嘗遣人投牒,□□有所饋者。公叱牒還之,揮其人使亟去。自是安酋俯首受□束惟謹,曰:"畏使君清耳。"觀察蘇大夫君禹顔其堂曰"清白",□實錄云。

家居恬淡寡嗜,屋無華椽,食不重肉,絶妾媵之奉,而獨軫貧窮,隆施予,内外親朋待以舉饗餐、畢婚葬者凡若干人。念兵火後鄉族多失祀者,則買地置壇,每歲兩酒飯焉。居常手不釋卷,爲詩文得唐人法,有著集藏於家。晚頗覽佛道經,用書畫自娱,暇則與故人譚舊爲歡謔。有以公府事干者,輒謝去,曰:

"里棲而家於有司,孰與仕進而家於官乎？吾即貧,/奈何以改吾素。"易簀之日,囊□蕭然,周身外咸蒼黃假貸而/辦,可謂以清德終焉。今崇之生祠巍然在望間,學使者俞弟/子員之請祀公黌宮,與崇之名宦數千里交相映也。斯足/慰公九泉云。公嘗欲結庵東山之麓,飯僧奉佛以答父母恩,/名之曰"報劬"。又念兼峰公側室楊無子執節,於/甲應旌,欲列上其事者屢矣,未就而歿。蓋公之永念先人如/此。豈與夫逐逐聲利,規一身之奉者同也。

公前配累贈淑人/葉氏,葉植國女,婉嫕有婦德,克佐外修。歸三年卒,爲嘉靖庚/申八月十三日,距生嘉靖壬寅七月十四日,得歲十九,槁葬/城北。繼配累封淑人黃氏,黃可成女,婦人而具丈夫之識。襄/公清白之業者,淑人也。子一：獻臣,黃出,體國其字,萬曆己丑/進士,南京吏部文選司郎中,娶太常寺少卿池公浴德女,封/安人。孫男三：謙光、□光、□光。孫女一。體國君卜今己亥十二/月初九日辰時,奉公柩□□□安人窆合葬焉。壙負丑揖未,/虛其左爲黃安人壽藏。銘曰：/

今有中牟,守則□□。□道□使,首曰象先。奕奕古人,公兼似焉。脱屣富貴,□□□□。□□於家,其德乃全。未竟之志,付諸嗣賢。佳城鬱蔥,餘□延綿。過者必式,德人之阡。

不孝孤獻臣泣血立石。/

晉江郭良楫刻。

崇禎□□三月,肖兼府君穴移右丈許,而葉母穴仍舊乃□。/□□□□□□□□□□□□□□□□□□□□□。

（何丙仲、吴鹤立编纂：《厦門墓誌銘匯粹》,厦門大學出版社,
二〇一一年版,第四十四—四十七頁）

明太學生蔡君裒卿墓誌銘

明太學生蔡君裒卿墓誌銘（篆書銘額）

明故太學生蔡君衷卿墓誌銘（楷書銘題）

士有楗躬則敦古處，居闈則篤古倫，締友則宗古誼，揮毫則尚古詞，此豈可於今人中求之？矧世禄之家乎！王武子稱其甥爲珠玉，李青蓮稱其甥爲明月。若余甥蔡衷卿之賢，鄉評無間，不借渭陽之稱也。

甥諱謙光，字衷卿，別號六吉。先世中州人，宋十有七郎者贅浯洲平林，因家焉。十三傳至安所公諱宜勳，贈左參政。安所公生梧州府通判兼峰公，諱宗德。兼峰公生浙江按察使肖兼公諱貴易。肖兼公生光禄寺少卿虛臺公，諱獻臣，二十三歲舉衷卿爲塚子。時光禄公尚爲諸生，戊子、己丑聯登第，衷卿已五歲，甚穎異。善屬對，觀察公鍾愛之，攜入浙署。庚子，光禄公轉禮部郎，攜入都門，衷卿已十六歲，所爲文示諸同寅，莫不擊節。偶得酒，劇病，諸醫束手謝去，有浙醫曾受觀察公厚恩，去而復來云："爾祖有德於小人，吾當報，雖不可，聊試爲之。"以大黃下虛羸之症，果愈。醫云："此非小人之能，爾祖陰德之庇也。"歸就試，以府選首名入類，屢列高等。閩闈不利，改南雍，復不利，改入北雍。交皆名士，與陳君諱瑞同筆硯八載，丙夜青燈，陳君亦遜弗及。後陳成進士，衷卿構園於南郊，名"干雲齋"，益攻苦勵學。癸酉科主者擊節，欲收以溢額置之。遂弗屑經生業，日放情山水，邀朋延衲，談禪賦詩。其詩清靈沖秀，每敲隻字，至忘寢餐。所刻集，觀察曹能始先生選之，大學士黃太稺先生序之。又時寫蘭石，如蕭賁之畫，矜慎不傳，自娱而已。書則學米南宮，好石亦如之，案頭瓊笈琅函，法書古畫，龍賓墨，馬肝硯，大宗琴、小宗香羅列左右，不容人點汙。值雨則手蒔花竹，接客則躬煎茗泉，或析義音如洪鐘。又篤天倫，事光禄公與余姊池淑人極孝。淑人督子尤嚴，衷卿聞厲聲必長跽請罪，淑人爲之霽容。戊辰秋，光禄公發背瘡，王母黃太淑人病亟，衷卿率諸弟兩侍湯藥，衣不解帶者匝月，對諸弟和怡之外，時寓規切，皆師憚之。先娶林，繼娶傅，俱賢而艱嗣。父母爲置媵，亦希近之，不甚繫念。

崇禎丙子六月初旬，余將遊粵，衷卿攜尊爲餞，飲至夜分。月杪，仲弟甘，季弟和，將省試，告別衷卿，談笑如平日，第言四肢疲苶，七月七日尚作書與友，次早卧化,惟三弟學光視其含殮,所嗜玩器悉以殉之。余粵回不及/面,哀哉！以哀卿英敏之才,宜青紫而名限之,其曠達之襟宜期頤而年限之,且積厚之光,宜昌厥後而子又限之。然蘭玉之摧,勝/蕭艾之榮矣。

　　哀卿生於萬曆乙酉年正月二十四日,卒於崇禎丙子年七月初八日,年僅五十二。先娶參政林公汝詔女林氏,生於萬曆/丙戌年正月十九日,卒於萬曆甲辰年九月初三日,先葬白鶴山佛跡岩之左;繼娶中丞傅公鎮孫庠生兆榜女。乃以甘子庠生龄爲嗣,/娶貢生陳世忠女,丁丑年八月卒。今以甘孫嗣齡。崇禎甲申年九月二十二日,哀卿與林合葬兹山,而虛其右壙以待傅。敬抆淚而爲/之銘,銘曰:

　　有德弗顯,有才弗展,有嗣弗衍,胡天以此報善耶？行令人則,詩令人式,品令人憶。若人豈受天抑耶？噫！有盡者身,無涯者真,干/雲齋花石何如白鶴山松筠？異日有過君墓者,咸曰:此光祿之令子,而詞壇之儁人歟？/

　　崇禎十七年歲次甲申年仲春望日,/
　　舉人、辱舅池顯方頓首拜撰。
　　賜進士第、階授文林郎、知泰興湘鄉二縣事、湖廣同考試官、通家眷社弟陳瑞頓首拜篆額。
　　賜進士第、文林郎、知高安巨鹿二縣事、江西同考官行取考選、愚弟國光頓首拜書丹。

（何丙仲、吴鶴立編纂:《廈門墓誌銘匯粹》,廈門大學出版社,
二〇一一年版,第一〇八——一一〇頁）

【校記】
　　①"穀":原缺,據文意補。
　　②"墓誌銘":原缺,據文意補。

校 點 後 記

《清白堂稿》十七卷,明蔡獻臣著。

蔡獻臣(一五六三——一六四一),字體國,號虛臺,明福建同安縣浯洲平林(今金門縣瓊林村)人。爲避倭寇侵犯騷擾,蔡獻臣父蔡貴易舉家由浯洲遷居同安縣城。蔡獻臣自幼受到良好的教育,萬曆十六年(一五八八)成舉人,十七年聯捷成進士,殿試二甲第六名。授刑曹,漸遷湖廣按察使,以中讒罷歸。起爲浙江按察使司巡海道,陞浙江副學使、光禄少卿。後復罷歸,隱同安城南近二十年。卒,贈少司寇,賜祭葬。

蔡獻臣一生著述很多,可考者有《玄白草》、《詩經制義》、《解頤草》、《同安縣志》、《仕學全稿》、《仰紫堂問業》、《勘楚紀》、《儀曹二難存稿》、《欽條演義》、《致良知四書摘》、《四書膚證》、《清白堂稿》、《四書合單講義》、《筆記》等。除了《清白堂稿》和《筆記》之外,其他都是制義、講義之類。蔡獻臣一生的注意力主要是在理學方面。

蔡獻臣的哲學思想近於王陽明。王陽明提出"致良知"的思想,遭到墨守朱子學的學者的反對,以爲王學專知而遺行。蔡獻臣認爲"致良知"與四書是一脈相承的:"致良知一脉,直接孟氏之傳,而遡《大學》之緒。"蔡獻臣還認爲:"夫致良知之學,是知行合一之學也。"蔡獻臣特地從四書中摘出部分與"致良知"之旨合者,編爲一書,自撰序文,又撰後記,反覆申明自己的觀點,先後作了《又和王陽明先生韻》、《再和王陽明先生韻》、《草萍又和王陽明先生韻》等詩,表達了對王陽明爲人、功勳及學説的崇敬。

蔡獻臣先後任職刑部、兵部、吏部、禮部。在地方上,歷任廣東右參政、按察使、常鎮兵備、浙江按察司巡海道、提學副使,經歷豐富。生長海邊、擔任過常鎮兵備與巡海道的蔡獻臣,其海防思想主要有四個方面:一是提升兵船隻製造質量。盡量改進造船用料,增強堅固程度,延長使用時間,以提高對倭寇及海盜抗擊的性能。二是對來犯的倭船,給予堅決的打擊或驅逐。萬曆四十四年(一六一六),倭船來犯,官兵戰船出擊外洋,倭奴披靡而去。三是在沿海建造銃城以備紅夷。嘉靖、萬曆間防倭,萬曆後期、天啓間備紅夷。蔡獻臣曾撰文建議在浯洲料羅、陳坑設置銃城。天啓五年(一六二五)冬至六年春,"賊艘停泊料羅、陳坑間者,月無虚日,或入村焚舍,或登岸取水,或燒沉兵民船隻。雖未大肆剽掠,然居民走匿山間,而漁舟廢業矣。若使二地有城、有銃、有銃城,賊安敢爾乎"。四是在《同安縣志》中特設《防圉》一志,分述"巡司"、"禦所"、"儲食"、"水寨"、"機兵"等海上防禦諸問題。其中浯嶼水寨設在浯嶼還是廈門,當時看法不一,蔡獻臣認爲問題不在於水寨設在何處,關鍵是如何構建閩海一體的防禦,其看法比較符合實際。

教育思想方面。在任浙江提學副使期間,蔡獻臣撰寫了《浙學道欽條演義行十一府》一册,對諸生提出十多條要求,諸如:未論做官,先論做人;讀書者,將以開性靈、裕經濟;孝子義夫、烈女節婦,綱常所與立;四書、五經宗尚宋傳,這是祖宗規矩;欲工制義,必先熟讀經史;舉業之文,其弊曰生、曰晦、曰堆、曰艱、曰突、曰太凌駕。至於學使的使命,蔡獻臣説,必定秉公心、公道;學使專督學校,不管民事;學使的工作有其獨立性,道内各役,不得有所干預。這篇《演義》較爲全面地反映了蔡獻臣的教育思想。

蔡獻臣認爲作文作詩,要學會做人,遵從先師即孔子的遺訓。其次,他認爲爲詩作义與制義相通。要作制義,必須熟讀詩古文;詩古文抒寫懷抱,與制義名理也没有什麽不同。他又認爲,詩人應當積極入世,作品不可遺落世事。他在給妻弟池顯方的詩集作序時寫道:"比脩業東山,益有味於陶之沖澹閒遠,一切塵坋不留肺腑,故題其庵曰'澹遠',而詩亦以名。其得於抱膝長吟之外者深矣。予非知詩者,將何以進直夫? 夫沖澹閒遠,固禪性得之,然乃枯槁遺世者之所爲,即和靖諸什亦以無懷、葛天自贊。直夫妙齡壯志,方當對大廷而履亨衢。"蔡獻臣所作許多壽文、墓誌銘、祭文大都是爲鄉人、親戚友朋而作,因爲他對寫作對象很熟悉或者比較熟悉,因此也就避免了這類文字的空洞或熟套,有比較具體的内容,情感比較真實,有些文章頗能打動人心,《雲南左布政使發吾蔡公墓誌銘》、《祭雲南右布政發吾兄文》、《祭司馬總督蔡元履文》、《祭長婿丁亨中文》,都朗暢可誦。蔡獻臣的詩,明净高遠,帶有較明顯的臺閣和理學家習氣,王志遠序蔡獻臣集,將其與蔡復一稍作比較,以爲"敬夫之文以才情勝,體國之文以識力勝,並稱兩蔡先生"。

現存《清白堂稿》有兩種:一爲明崇禎刻本,十七卷;一爲清咸豐間瓊林蔡氏族人鈔本十五卷。該鈔本係從十七卷本過録,所缺第八、第九卷,以第十六卷、第十七卷充之。

這次點校,以十七卷崇禎刻本爲底本。其中有部分代作的作品,目録中"代某某作"數字,或置於干支之前,或置於其後,今統一置之於干支之後,特此說明。本書附録收入《虚臺蔡先生小傳》、《蔡獻臣傳》、《明蔡貴易墓誌銘》、《明蔡君哀卿墓誌銘》諸文。

點校過程中,參考了王石堆、盧憶北前期搜集的資料,特此致謝!

編　者

二〇一九年二月

圖書在版編目（CIP）數據

清白堂稿／（明）蔡獻臣著；陳煒點校. —北京：商務印書館，2019
（泉州文庫）
ISBN 978-7-100-17682-8

Ⅰ.①清… Ⅱ.①蔡… ②陳… Ⅲ.①中國文學—古典文學—作品綜合集—明代 Ⅳ.①I214.82

中國版本圖書館CIP數據核字（2019）第148749號

權利保留，侵權必究。

責任編輯　閻海文
特約審讀　李夢生

清白堂稿
（明）蔡獻臣　著

商務印書館出版
（北京王府井大街36號　郵政編碼100710）
商務印書館發行
山東鴻君傑文化發展有限公司印刷
ISBN 978-7-100-17682-8

2019年9月第1版　　　　開本705×960　1/16
2019年9月第1次印刷　　印張43.5　插頁4
定價：186.00元（全二冊）